KB107512

천공의 벌

TENKU NO HACHI

ⓒ Keigo Higashino 1995

All rights reserved.

Original Japanese edition published by KODANSHA LTD.

Korean translation rights arranged with KODANSHA LTD.

through EntersKorea Co., Ltd.

천공의 벌

초판 펴낸 날 2016년 9월 12일 9쇄 펴낸 날 2024년 1월 26일

지은이 히가시노 게이고 **옮긴이** 김난주 **펴낸이** 박설림 **펴낸곳** 도서출판 재인 **디자인** 오필민디자인
등록 2003. 7. 2. 제300-2003-119 **주소** 서울시 강남구 도곡동 467-6 대림아크로텔 1812호
전화 02-571-6858 **팩스** 02-571-6857

ISBN 978-89-90982-66-7 03830 Copyright ⓒ 재인, 2016 Printed in Korea.

책값은 뒤표지에 표시되어 있습니다. 잘못된 책은 바꿔 드립니다.

천공의 벌

히가시노 게이고

김난주 옮김

재인

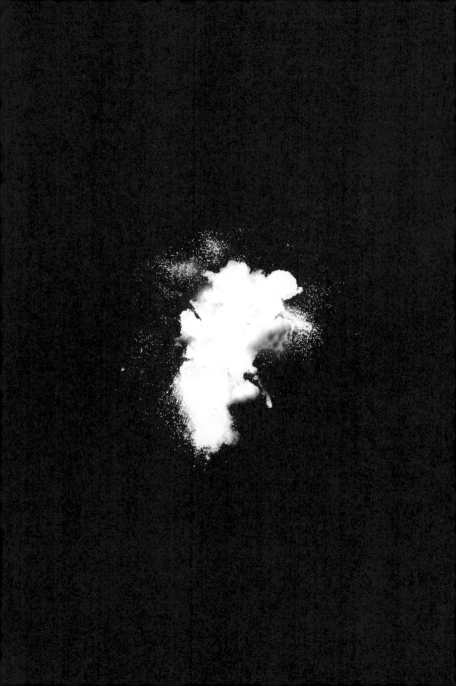

1

새벽 다섯 시에 정확하게 전화벨이 울렸다. 약 1분 전부터 손목시계와 전화기를 번갈아 노려보던 '그'는 첫 번째 벨 소리가 끝나기도 전에 휴대 전화의 통화 버튼을 눌렀다.

"여보세요."

"여보세요. 하치다 씨 댁입니까?"

남자 목소리였다.

"그렇습니다만."

"나야."

순식간에 상대의 말투가 변했다. 목소리도 한층 낮아졌다.

"지금 끝났어."

"수고 많았어. '그녀'의 기분은 어때?"

"상당히 좋아. 이제 내가 시키는 대로 잘 따라 줄 거야."

남자의 목소리에서 여유가 느껴졌다. 그는 과연 대단하다고 생각했다.

"그거 잘됐군. 안심이야. 오늘 '데이트'는 순조롭겠는걸."

"그렇겠지. 문제는 날씨야."

"그 점은 걱정할 거 없어. 조금 전에 확인했는데, 오늘은 아주 맑을 거래."

"데이트하기 딱 좋은 날씨로군. 그쪽은 어때?"

"준비는 끝났어. 게임은 언제든지 시작할 수 있어."

그러자 상대가 낮은 소리로 흐흐 웃었다.

"게임은 이미 시작됐어."

"그렇군. 그럼 다음 연락을 기다리지."

"오케이."

전화가 끊겼다.

그는 휴대 전화를 잠시 그대로 바라보다가 테이블에 내려놓았다. 자신도 모르게 깊고 긴 한숨이 흘러나왔다.

게임은 이미 시작됐다……, 맞는 말이었다. 이제 뒤로 물러설 수는 없다.

몇 시간 후면 모든 것이 시작된다.

그는 눈앞에 있는 컴퓨터의 CRT 모니터를 봤다. 문서 하나가 떠워져 있었다. 그가 세 시간 넘게 걸려 작성한 것이다. 작성한 후에는 몇 번이나 다시 보며 손질했다.

마지막 확인을 끝낸 그는 컴퓨터를 그대로 놔둔 채 다다미에 누웠다. 그리고 만일의 경우에 대비해 자명종을 두 개 맞춰 놓은 후 타월 이불을 덮었다. 두 시간이라도 눈을 붙이는 편이 좋겠다고 생각해서다. 오늘이 자신의 생애에서 가장 긴 하루가 될 것을 그는 알고 있다.

그러나 동시에 한숨도 자지 못하리란 것도 그는 알고 있었다.

과도하게 긴장하고 흥분해 있다는 것을 자각하고 있다. 나아가 공포감을 느끼고 있다는 것도 인정하지 않을 수 없었다.

다른 한편으로는 지금부터 자신이 하려는 행위를 제삼자처럼 냉정하게 파악하고 있기도 했다. 지금까지 인생을 견실하게 살아온 것에 비하면 완전히 궤도를 벗어난 행동이니 어쩌면 현실 도피일지도 몰랐다. 그는 눈을 감은 채 몇 번이나 속으로 다짐했다. 이것은 꿈도 그 무엇도 아닌 현실이다, 라고.

얼마 후 창문 커튼 틈새로 아침 햇살이 새어 들었다. 오늘도 무더운 하루가 될 것을 예감케 하는 강렬한 빛이다. 그 빛이 그는 미덥게 느껴졌다. 일본 열도가 불타오를 정도로 펄펄 끓었으면 좋겠다고 생각했다.

그는 고개를 살짝 들어 테이블 위를 보았다. 거기에는 조그만 액자가 놓여 있다. 배낭을 멘 초등학생 정도의 소년이 바위에 올라서서 웃고 있는 사진이 들어 있다. 소년의 등 뒤로는 하얀 돔 형태의 건물이 자그맣게 보인다.

후, 숨을 내쉰 후 그는 타월 이불을 머리 위까지 끌어 올렸다.

2

오전 일곱 시가 조금 지날 무렵이었다. 니시키 중공업 고마키 공장 정문 앞에는 아직 인기척이 없었다. 회색 아스팔트 노면

이 햇살을 받아 반짝이고 있다.

유하라 가즈아키는 정문을 들어서자마자 왜건을 세웠다. 경비실에서 한 남자가 이른 아침부터 무슨 일이냐는 듯이 고개를 내밀었다. 유하라는 한 손을 들어 신호를 보내며 차에서 내렸다.

목에 타월을 두른 경비가 경비실에서 나왔다. 경비의 머리에는 흰머리가 섞여 있다. 이 남자도 자위대 출신일 거라고 유하라는 짐작했다. 곳곳에 배치된 경비들뿐 아니라 독신 기숙사의 사감이나 주차장 관리인 자리를 모두 퇴역한 자위대원이 차지하고 있다. 그런 경우도 낙하산이라고 해야 할지 어떨지 모르겠다며 직원들이 뒤에서 수군덕거리곤 한다.

유하라는 웃옷 가슴 주머니에서 ID카드를 꺼내 경비에게 보였다. 경비가 카드에 붙어 있는 사진과 그의 얼굴을 번갈아 본다. 좀 더 늦은 시각이었다면, 그리고 다른 사원들처럼 걸어서 정문을 통과했다면 이렇게 꼼꼼하게 확인하는 일은 없었을 것이다.

"차 안에 있는 사람은 누구요?"

경비가 왜건 쪽을 턱으로 가리키며 물었다. 유하라는 그들과 대화를 나눌 때마다, 퇴역한 군인을 고용하는 것은 좋지만 기본적인 예의는 갖춘 사람을 써야지, 하고 생각한다.

차 조수석에는 아내 아쓰코가 심기 불편한 표정으로 앉아 있었다. 뒤 좌석에 있던 다카히코가 앞 좌석 등받이 사이로 얼굴을 내밀었다.

"아내와 아들입니다. 헬리콥터 시험 비행을 보고 싶다고 해서요. 허가는 받았습니다."

유하라가 대답했다.

차 안에 있던 아쓰코가 때맞춰 핸드백에서 서류를 꺼냈다. 허가증이었다. 유하라는 그것을 경비에게 건넸다.

경비는 서류를 쓱 훑어보더니 더는 관심 없다는 표정을 지었다.

"차를 어디다 세워야 하는지는 알죠? 아무 데나 세우지 말고."

유하라는 고개를 꾸벅하고 차에 올라탔다.

"아침마다 출근하는 사람들을 이렇게 확인하는 거야?"

아쓰코가 물었다.

"외부인들의 출입에 엄격하거든. 방위청 관할이니까 그럴 수밖에 없지. 하지만 평소 출근 시간대에 출근하는 사원들에게는 대충 하는 편이야. ID카드만 제시하면 불러 세우는 일도 없고 사진과 얼굴을 대조하는 일도 없어. 정기권으로 지하철 개찰구를 통과하는 거나 비슷한 정도지."

"그럼 다른 사람의 ID카드를 도용하는 것도 가능하겠네."

"뭐, 마음만 먹으면 그럴 수도 있겠지."

"위험한 거 아니야?"

"그러니까 이걸 몸에 늘 지니고 다니는 거지."

유하라가 가슴 주머니를 툭 쳤다.

니시키 중공업 고마키 공장 부지는 126만 7천 제곱미터다. 이곳에는 항공기 사업 본부라는 부서가 있었다. 이름 그대로 항공기에 관련된 연구를 하고 그 부품이나 제품을 제조하는 곳이다. 그러나 실제로 이 사업 본부에서 하는 거래의 대부분은 무한에 가까운 자산을 보유한 두 개의 조직을 상대로 이루어지고 있었다. 그 조직 중 하나는 방위청이고 다른 하나는 우주 개발 사업단이다.

조금 전 유하라가 경비에게 보여 준 ID카드에는 항공기 사업 본부 기술 본부 회전익기 연구 개발과라는 명칭이 인쇄되어 있다. 이 부서는 방위청이 주 고객으로, 신형 헬리콥터 개발이 주된 업무다.

정문을 지나면 길이 곧장 앞으로 뻗어 있고 그 양쪽에 공장 건물이 서 있다. 유하라는 차를 똑바로 앞으로 몰았다. 역시 이 시간대에는 이 길을 걸어 다니는 사람이 없다. 물론 지금 공장 안에 사람이 아무도 없는 것은 아니다. 오늘 있을 이벤트를 앞두고 유하라처럼 일찌감치 출근한 사람이 있을 것이다. 또 이런 이벤트가 없더라도 기술 본관에 있는 연구실 창문에 불이 완전히 꺼지는 일은 좀처럼 없었다. 연구원이라는 사람들은 언제나 급히 해결해야 하는 문제를 껴안고 씨름하고 있기 때문이다.

유하라가 운전하는 왜건은 이윽고 T자 도로와 마주쳤다. 좌우로 뻗어 있는 도로 너머가 시험 비행장이다.

비행장 바로 앞에 있는 주차장에 차를 세웠다. 다카히코는 차에서 내리자마자 철망에 들러붙어 비행장 안을 들여다보았다.

"에이, 아무것도 없잖아."

다카히코가 불만스럽다는 듯 말했다.

"아빠 헬리콥터는 어디 있는 거야?"

"아직 격납고 안에 있지."

"어느 격납고?"

"저거."

유하라가 맨 앞에 있는 격납고를 가리켰다.

니시키 중공업 항공기 사업 본부에는 열 개의 크고 작은 격납고가 있다. 그가 가리킨 곳은 제3격납고라 불리는 곳으로, 주로 대형 기체에 사용되는 곳이었다.

"아하."

다카히코는 양손으로 철망을 붙잡은 채 고개를 끄덕거렸다.

그때 등 뒤에서 가벼운 경적 소리가 울렸다. 돌아보니 흰색 크라운이 유하라의 왜건 옆 자리에 들어서고 있었다. 연식이 좀 된 크라운은 반짝반짝하게 왁스칠이 돼 있었다. 오늘을 특별한 날로 여기는 것이다. 야마시타답다고 유하라는 생각했다.

"안녕하세요, 선배. 어, 사모님도 오셨군요. 지난번엔 고마웠습니다."

야마시타는 차에서 내리자마자 몇 번이나 고개를 숙였다. 살이 좀 찐 탓인지 벌써부터 얼굴 양쪽으로 땀이 줄줄 흐르고 있다. '지난번'이란 얼마 전 그가 이사하는 것을 유하라 가족이 도와준 일을 말하는 것이다. 방 네 개짜리 단독 주택을 25년 상환 조건의 융자로 구입한 야마시타는 발코니가 아치형이라는 것을 동료들에게 자랑했다.

크라운 뒷문이 열리고 옅은 색 블라우스를 입은 마른 여성과 반바지를 입은 소년이 내렸다. 야마시타의 아내 마치코와 외아들 게이타다. 게이타는 다카히코보다 한 살 아래다. 부모들끼리 인사하는 사이 아이들은 나란히 철망에 들러붙어, 아직은 아무것도 없는 비행장에 얼마나 엄청난 기체가 등장할 것인지 각자의 공상을 주고받았다.

"우리는 기술 본관에 가야 하니까 저기 가서 좀 쉬고 있어. 시험 비행이 시작되기 전에 데리러 올 테니까."

유하라가 아쓰코에게 그렇게 말하며 몇십 미터 정도 앞에 있는 길쭉한 건물을 가리켰다. 그곳은 후생 센터라 불리는 건물로, 1층에는 매점이 있고 2층부터는 회의실과 간담회용 다다미방 등이 있다.

"매점이 열렸을지 모르겠지만, 음료수 자판기도 있고 텔레비전도 볼 수 있어."

"무엇보다 아주 시원해요."

야마시타가 손수건으로 이마를 닦으며 말했다.

"헬리콥터는 언제 볼 수 있어요?"

아쓰코가 남편에게 물었다. 물론 그녀가 헬리콥터에 관심이 있을 리 없었다. 아이들이 너무 지루해할까 봐 걱정하고 있는 것이다.

"앞으로 한 시간만 있으면 정비 담당자가 격납고에서 끌고 나올 거야."

"비행은 몇 시부터인데?"

"일단 아홉 시로 돼 있는데, 그분들 사정에 달려 있으니까 장담은 못해."

'그분들'이란 방위청에서 나오는 사람들을 말한다. 유하라가 안고 있는 가방 속에는 그들에게 설명할 자료가 꽉 들어차 있었다. 오늘 새벽 두 시까지 끙끙대며 겨우 만든 것이다.

"그럼 어쩔 수 없겠네요."

아쓰코는 마치코와 잠시 얼굴을 마주 본 뒤, 여전히 철망에 매달려 있는 아이들 쪽으로 고개를 돌렸다.

"다카히코, 가자!"

"그럼 이따 뵙죠."

유하라는 야마시타 부인에게도 가볍게 목례를 한 후 야마시타와 함께 걷기 시작했다. 기술 본관은 후생 센터와 반대쪽에 있는 7층 건물이다.

"오늘 여기 오시는 거, 사모님이 별로 내켜하지 않으셨나 봅니다."

야마시타가 말한다.

"그렇지, 뭐. 다카히코가 하도 보고 싶다고 하니까 마지못해 따라온 셈이지. 그 집은 어떤데?"

"우리 집도 마찬가지예요. 다만, 아빠가 하는 일을 아이에게 보여 주는 것 자체는 의미 있다고 생각하나 봐요."

"참 생각이 깊군."

"남편이 그저 무능한 중년은 아니라는 걸 자신도 확인하고 싶은 거 아닐까요."

야마시타가 쓴웃음을 지으며 말했다.

"이토록 고생을 시키고 있으니 나름의 성과를 두 눈으로 확인하겠다, 그런 얘긴가?"

"아닌 게 아니라 고생 많이 시켰죠. 퇴근은 늦지, 쉬는 날에도 걸핏하면 나가지. 그렇다고 월급을 듬뿍 받아 오느냐 하면 그렇지도 않잖아요. 태반이 수당도 안 나오는 야근이니까요. 어제 잠시 되짚어 보니까 마지막으로 가족 여행을 다녀온 게 4년 전이더군요. 게이타가 초등학교에 들어가기 전이죠. 이래서야 남편으로서도 아빠로서도 실격이라는 소리를 들어도 할 말이 없겠더라고요. 회사에만 서비스를 하고 가족은 나 몰라라 하는 꼴이잖아요. 이번에 집을 살 때도 집을 고르는 것에서부터 융자를 얻는 절차까지 전부 마치코에게 일임했다니까요. 당분간 마누라한테 큰소리도 못 칠 것 같아요."

"그 말을 들으니 나도 찔리는군. 우리 집도 별반 다르지 않으니까 말이야."

우리 집은 가족 여행을 다녀온 게 언제였더라, 하고 유하라는 생각해 보았다. 해수욕을 갔었던 건 생각나는데 그게 언제였는지는 모르겠다.

유하라 가즈아키가 니시키 중공업에 입사한 지도 어언 16년이 되었다. 대학에서 전기 공학을 전공한 그는 항공기의 전기 계통 전반에 관한 연구 개발에 참여해 왔다. 특히 조종과 관련된 기계적인 조작을 전기 신호로 전환하는 시스템, 이른바 플라이 바이 와이어에 대한 연구가 주된 테마였다. 입사한 지 5년째 되던 해에는 민간기 공동 개발 프로젝트 멤버로 선발돼 이후 4년 동안 시애틀에서 신형 여객기의 조종 계통에 관해 연구했다.

아쓰코와 결혼한 것은 시애틀로 떠나기 직전이었다. 다른 회사에 다니던 그녀와는 친구의 소개로 알게 되었다. 솔직히 말해 당시 그는 결혼까지는 생각하고 있지 않았다. 하지만 외국으로 가게 된 이상 어떤 식으로든 결론을 내려야 했다.

그런 유하라를 결심하게 만든 것은 아쓰코의 태도였다. 그가 미국에 가게 됐다는 얘기를 하자 그녀가 눈을 반짝이며 멋지다고 말한 것이다. 그 표정을 보고 유하라는 절반은 충동적으로 같이 가지 않겠느냐고 말해 버리고 말았다. 깊이 생각하고 내뱉은 말은 아니었다. 그러나 당연하게도 아쓰코는 그걸 프러포즈로 해석했다. 유하라 역시 그 발언을 철회하지는 않았다. 좋아, 프러포즈한 셈 치지 뭐, 하고 생각했던 것이다.

그녀는 하루만 생각할 시간을 달라고 했다. 하지만 그때부터 내내 달뜬 모습을 보인 걸 보면 그 시점에 이미 답은 나와 있었던 것 아닐까 싶다.

유하라는 후회하지 않았다. 아쓰코의 외모도 좋았고 사소한 일에 연연하지 않는 성격도 마음에 들었다. 그리고 낯선 곳에 혼자 가는 것보다는 그렇게 빛나는 표정으로 미국 가는 얘기를 듣고 있던 그녀와 함께 가는 편이 몇 배는 즐거울 것이라고 생각했다.

그러나 시각을 달리하면 그 정도로 그가 결혼이라는 것을 신중하게 생각하지 않았다고도 볼 수 있다. 그 무렵의 그는 결혼을 '인생에서 치러야 할 성가신 절차'의 하나로밖에 여기지 않았다. 어차피 치러야 할 절차라면 빨리 끝내 버리는 편이 낫다는 게 그의 생각이었다. 질질 끌다 보면 주위에서 이러쿵저러쿵 말이 많을 뿐 아니라 상대를 찾기 위해 동분서주하면서 쓸데없는 정신적 낭비를 겪어야 하니 결과적으로 일도 만족스럽게 할 수 없다는 것이었다.

아쓰코와 사는 동안 유하라의 그런 사고방식이 많이 개선되긴 했지만, 그럼에도 근본적인 생각은 변하지 않았다. 다카히코의 초등학교 입학을 즈음해서 오랜만에 가족끼리 쇼핑을 하러 갔을 때 그가 아들의 책가방을 고르면서도 항공 장치 특허에 관해 생각하고 있었다는 것이 바로 그 증거다.

자신이 아쓰코를 선택한 것은 잘한 일이지만 그녀 쪽에서는 이 결혼을 그다지 좋은 선택이 아니었다고 생각하는 것 아닐

18

까, 라는 것이 지금까지의 결혼 생활을 돌이켜 볼 때 유하라가 품는 감상이었다. 특히 미국에서 돌아온 후 오늘까지의 몇 년간의 생활은 야마시타의 처지를 비웃을 입장이 못 되었다.

"뭐, 어쨌든."

야마시타가 말했다.

"오늘만 지나면 일단 안심이에요. 조금은 인간다운 생활도 할 수 있고 가족에게도 서비스하는 흉내나마 낼 수 있지 않을까 싶네요."

"그랬으면 좋겠어."

유하라도 마음 깊이 동의했다.

그래, 오늘 일만 무사히 끝나 준다면, 하고 생각했다. 무사히 끝나기를 기도하고 싶은 심정이었다.

'B 시스템 프로젝트'가 시작된 날이 떠올랐다. 개념 설계가 방위청에 제출된 그날부터 자신의 개인적인 생활을 희생하는 나날이 시작됐다.

기술 본관에 들어서자 유하라는 24시간 사람이 지키고 있는 안내 카운터를 향해 한쪽 손을 들어 보였다. 지금 안내 카운터에 있는 사람은 유하라도 잘 아는 경비였다. 근무 시간 중에는 대개 총무과 직원이 앉아 있다.

안내 카운터 바로 앞에는 방범 게이트가 설치돼 있다. 자동 개찰기 같은 것이다. 유하라는 ID카드를 꺼내 게이트 앞쪽에 있는 투입구에 넣었다 뺐다. 투입구 위에 달린 램프가 빨강에서 초록으로 바뀌었다.

게이트는 철제 바로 막혀 있었다. 유하라는 그 바를 밀듯이 앞으로 나아갔다. 바는 저항하지 않고 스르륵 열렸다. 야마시타도 같은 식으로 옆 게이트를 통과했다. 이곳이 방위청의 기밀을 취급하는 장소라는 사실을 생각하면 출입 절차가 이렇게 까다로운 것도 당연한 일이었다.

후생 센터 매점은 역시나 열려 있지 않았다. 영업시간이 여덟 시부터라고 쓰인 입간판 뒤로 셔터가 내려져 있었다. 아쓰코와 마치코는 자동판매기에서 커피를 뽑아 들고 근처에 있는 의자에 앉았다. 아이들은 잠시 얌전히 앉아 주스를 마시는가 싶더니 종이컵이 비기가 무섭게 아무도 없는 휴게실 안을 탐험하기 시작했다.

아쓰코와 마치코는 서로의 남편이 직장 동료라서 알게 된 사이지만 나이도 같고 해서 평소 친하게 지내 왔다. 야마시타 마치코는 무척 얌전해 보이지만 얘기를 나누다 보면 의외로 대담한 일면도 있다는 걸 느끼게 해 주는 사람이어서 아쓰코는 오늘도 그녀와의 대화를 기대하고 있었다. 솔직히 말해 남편이 얼마나 대단한 헬리콥터를 개발했는지에는 그다지 관심이 없었다. 기체가 완성될 때마다 그것을 선보이는 쇼에 주요 관계자가 가족을 동반해 참석하는 회사의 전통을 성가시다고까지 생각하는 터였다. 다카히코가 더 어릴 때는 어떻게든 구실을 만들어 거절했는데, 이제는 아들이 가겠다고 떼를 쓰니 피할 도리가 없었다.

"그러게 역시 소메이 진학 스쿨이 좋다니까. 와코 기숙 학원은 수업료만 비쌌지 교육 방식도 옛날 스타일이고 말이지. 요즘 들어서는 합격률까지 낮아지고 있다니까."

마치코가 조그만 소리로, 그러나 총알같이 빠르게 말을 뱉었다. 그녀는 커피가 든 종이컵을 무릎 위에서 두 손으로 쥔 채 등을 꼿꼿하게 펴고 있었다.

"그래도 얼마 전에 와코 광고에 실린 합격자 명단을 보니까 상당하던데."

"광고 전단지 말이지? 나도 봤어. 그거, 와코 학원의 모의시험을 한 번이라도 본 아이는 전부 포함된 거래. 입시 학원이 흔히 쓰는 수법이잖아."

"아니, 그런 거야?"

"그렇다니까. 그래서 우리 게이타는 소메이 진학 스쿨에 보내려고 해. 거기서 발표하는 숫자는 부풀리기가 없다거든."

그렇게 말하고서 마치코는 커피를 홀짝 마셨다.

두 주부의 대화는 아이들 얘기에서 패션으로 갔다가 각자의 취미에 관한 에피소드를 거친 후 다시 아이들 얘기로 돌아왔다. 남편들에 관한 화제는 아주 잠깐 고개를 내밀었을 뿐이다. 하물며 남편들이 개발한 헬리콥터 따위는 그녀들의 안중에도 없었다.

대화에 한창 열이 올랐을 때 다카히코가 다가왔다.

"엄마, 우리 밖에 나가도 돼?"

"왜? 여기 그냥 있어. 텔레비전 보면 되잖아."

"재미있는 게 없단 말이야. 응? 잠깐만 나갔다 올게."

어쩌지, 하는 눈빛으로 아쓰코가 마치코를 보았다. 괜찮지 않을까, 하고 마치코도 눈으로 대답했다.

"좋아. 그럼 너무 멀리 가지 마. 찾으러 다니기 힘드니까."

"응, 알았어."

다카히코가 출구를 향해 뛰자 게이타도 그 뒤를 쫓아갔다.

두 소년이 밖으로 나가는 모습을 눈으로 좇던 엄마들은 이내 다시 대화에 빠져들었다.

후생 센터에서 나온 다카히코와 게이타는 아까처럼 시험 비행장에 빙 둘러 쳐진 철망에 매달렸다. 하지만 여전히 비행기도 헬리콥터도 모습을 보이지 않자 이내 싫증이 나고 말았다.

다카히코는 제3격납고를 바라보며 철망을 따라 걸었다. 게이타도 그 뒤를 따랐다.

"저기에 우리 아빠들이 만든 헬리콥터가 있대."

다카히코의 말에 게이타는 그래? 하고 되물었다.

조금 더 가자 철망을 통과하는 출입구가 나왔다. 문이 열려 있었다. 다카히코는 주위를 둘러보았다. 그리고 보는 사람이 아무도 없는 것 같자 철망 안쪽으로 발을 내디뎠다. 게이타도 그 뒤를 따라 들어갔다.

"아빠들한테는 비밀이야."

다카히코가 말했다. 게이타는 말없이 고개를 끄덕거렸다.

전원 공급용 차량과 연료 트럭 뒤로 몸을 숨기며 둘은 살금살금 제3격납고로 다가갔다. 반달 모양 어묵처럼 생긴 거대한 건조물이었다. 아직 아무도 없는지, 안에서는 아무 소리도 들리지 않았다.

문이 보이자 다카히코는 가까이 가서 손잡이를 돌려 보았다. 하지만 문은 잠겨 있었다. 다카히코는 건물 벽을 따라 걸으며 줄지어 있는 창문을 하나하나 손으로 밀어 보았다. 유리창이 반투명해서 안을 들여다볼 수는 없었다.

창문이 모두 잠겨 있어 격납고 안을 엿보는 건 어렵겠다고 포기하려는 순간, 맨 끝에 있는 창문이 힘없이 스르륵 열렸다. 깜짝 놀라 머리를 뒤로 젖혔던 다카히코는 잠시 후 조심조심 고개를 들이밀어 보았다. 그곳은 사물함이 죽 늘어선 조그만 방이었다. 사람은 없었다.

"헬리콥터, 보여?"

게이타가 옆에서 물었다. 게이타는 다카히코보다 머리 하나만큼 작다.

"아니, 안 보여. 근데 여기서 헬리콥터 있는 데로 들어갈 수 있을 것 같아."

형의 말에 게이타는 머뭇거렸다. 그런 짓을 했다가 부모님한테 들키면 된통 야단을 맞을 게 뻔했다. 하지만 그런 말을 해서 다카히코에게 바보 취급을 당하고 싶지도 않았다. 그리고 안에 들어가 보고 싶은 마음도 없지는 않았다.

게이타가 갈등하고 있는 사이 다카히코는 창틀에 발을 올려 놓더니 훌쩍 안으로 뛰어내렸다. 그곳에 혼자 내버려지는 게 두려웠던 게이타는 "기다려, 형. 나도 갈래."라고 소리쳤다.

다카히코가 손을 잡아 주어 게이타도 창틀을 타고 넘었다.

다카히코는 방 안쪽에 있는 문을 열고 바깥 상황을 살폈다. 아무 소리도 들리지 않고, 어두워서 무엇이 있는지도 알 수 없었다. 다카히코는 과감하게 방 밖으로 나섰다. 게이타도 그 뒤를 따랐다.

눈이 어둠에 익숙해지자 주위로 크고 작은 갖가지 기계들이 보였다. 눈을 좀 더 찡그리고 보자 공간의 크기를 짐작할 수 있었다. 천장이 어마어마하게 높았다.

이윽고 둘은 그 공간 한가운데에 검고 거대한 물체가 웅크리고 있다는 것을 알아차렸다. 산 같다, 라고 다카히코는 생각했다.

"우와, 굉장해."

다카히코가 놀라 소리 지르며 다가갔다. 다카히코의 눈앞에 있는 것은 동체 길이 33.7미터, 로터(헬리콥터의 회전 날개-옮긴이) 직경 32미터의 초대형 헬리콥터였다. 로터도 테일 로터(꼬리 날개-옮긴이) 지지부도 접혀 있지 않아 그 거대한 실체가 그대로 눈에 들어왔다.

　기체 오른편으로 길게 돌출된 연료 탱크 바로 앞에 승무원 출입구가 있었다. 다카히코는 주변을 살펴보았다. 바퀴 달린 트랩이 눈에 들어왔다. 다카히코는 그것을 밀어 기체 출입구 밑에 갖다 붙였다.

　기체의 출입문은 아래쪽 절반만 닫히는 구조로, 위쪽 절반은 열려 있다. 다카히코는 트랩을 뛰어 올라가 그 문을 타고 넘어 헬리콥터 안으로 들어갔다.

　내부는 길쭉한 창고 같은 느낌이었다. 한가운데에 대형 텔레비전만 한 크기의 나무 상자 하나가 놓여 있고, 그 상자는 바닥에 있는 레일 같은 것에 로프로 고정돼 있었다. 레일 같은 것이란 사실은 롤러 컨베이어(여러 개의 롤러를 나란히 배열해 그 위로 물체가 굴러가도록 만든 운반 장치-옮긴이)였지만 다카히코가 그런 명칭을 알 리 없었다.

　"형, 나 좀 잡아당겨 줘."

　돌아보니 게이타가 트랩 위에 서 있었다.

　다카히코는 게이타도 안으로 들어올 수 있도록 손을 잡아끌어 주었다.

　둘은 조종석을 들여다보았다. 그것은 그들이 상상하고 있던 우주선 조종실의 모습과 흡사했다. 둘은 잠시 넋을 잃고 그것을 바라보았다.

　조종석에 앉아 볼 용기까지는 나지 않았던 다카히코는 들어

올 때처럼 문을 타고 넘어 밖으로 나갔다. 게이타는 아직 안에 있었다.

이때 다카히코는 슬그머니 장난기가 발동했다. 헬리콥터에서 내려온 다카히코는 트랩을 몰래 밀어 저만큼 이동시켰다. 게이타가 울음을 터뜨리지 않을 정도로만 골려 주자고 생각한 것이다.

오전 여덟 시가 되어 갈 무렵이었다.

손목시계를 본 남자는 '드디어 때가 왔군.' 하고 생각했다. 남자는 니시키 중공업 시험 비행장이 내려다보이는 언덕에 승합차를 세워 놓고 있었다. 비행장과의 거리는 정확하게 500미터. 망원경을 삼각대에 고정하고 그 옆에 무선 제어 장치를 놓았다. 지나가는 자동차가 있다 해도 승합차의 높은 차체에 가려 보이지 않을 위치였다.

망원경 렌즈 안으로 제3 격납고와 그 전방 수십 미터가 들어왔다. 그 범위 안에서 일을 해야 한다. 성공률은 높게 잡아도 50퍼센트 안팎이라고 남자는 분석했다. 상황이 좋지 않으면 포기할 수밖에 없고, 그건 운이 그 정도밖에 없다는 뜻이다. 파트너에게도 그렇게 얘기해 두었다. 실패하면 파트너는 실망하겠지만, 사람의 운까지 바꿀 수는 없는 일이다.

손목시계를 노려봤다. 시각은 전화로 정확히 맞춰 놓았다. 그는 입속으로 초를 읽기 시작했다. 오, 사, 삼, 이, 일.

타이머는 제대로 작동했다. 격납고 정문 개폐용 전자 스위치가 ON으로 바뀌었다.

모터의 굉음이 격납고 안에 울렸다.

다카히코는 처음에는 무슨 일이 일어나고 있는지 몰랐다. 헬리콥터 쪽만 보고 있었기 때문이다. 우웅 하는 모터 소리가 들리자 그저 반사적으로 헬리콥터에서 멀리 달아났다. 안에 있는 게이타가 뭔가 엉뚱한 짓을 저지른 모양이라고 생각했다.

그런데 변화는 헬리콥터에 일어난 것이 아니었다. 다카히코는 주위가 갑자기 밝아진 것을 느꼈다. 옆쪽에서 강한 빛이 새어 들어와 거대한 헬리콥터의 회색 동체를 비췄다. 다카히코는 빛이 들어오는 방향으로 고개를 돌렸다. 격납고의 커다란 문이 천천히 열리고 있었다. 문틈으로 보이는 빛의 띠가 점차 굵어지다가 마침내 다카히코의 시야를 가득 메웠다. 광활한 비행장과 그 너머의 파란 하늘이 눈에 들어왔다.

"게이타, 빨리 나와!"

다카히코가 큰 소리로 헬리콥터 안에 있는 게이타를 불렀다. 무슨 일인지는 모르겠지만, 어쨌든 여기 있으면 안 된다는 생각이 들었다. 그러나 다음 순간 다카히코는 자신이 방금 저지른 사소한 장난이 떠올랐다. 트랩이 헬리콥터에서 몇 미터 떨어진 곳에 있었다.

다카히코가 트랩을 향해 가려고 했을 때였다. 낮게 으르렁거리는 소리가 공기를 뒤흔들었다. 그것은 틀림없이 헬리콥터에서 나는 소리였다. 만약 다카히코에게 자기 아빠만큼의 지식이 있었다면 그것이 보조 동력 공급 장치, 즉 APU에서 나는 소리라는 것을 알았을 것이다.

APU는 보조 기어를 통해 유압으로 주동력 전달 기어를 움직인다. 그러면 거기에 연결되어 있는 세 개의 기어 박스 구동축이 회전하면서 트랜스미션을 통해 세 기의 터보 샤프트 엔진에 동력을 전달한다.

세 개의 터빈 엔진이 거의 동시에 점화됐다. 다음으로 구동축이 회전하면서 주동력 전달 기어 박스를 움직였다. 낮게 으르렁거리는 듯하던 소리가 서서히 높아지고 있었다. 일곱 개의 로터가 회전하기 시작했다.

"으악!"

다카히코는 소리를 지르며 뒤로 물러섰다. 이미 트랩에 다가갈 용기는 없었다. 헬리콥터의 승강구를 보았다. 문 너머로 게이타의 얼굴이 보였다. 혼자 힘으로 문을 넘을 수 없는 게이타는 울상을 짓고 있었다.

로터의 회전이 점차 빨라지고 있었다. 그 결과 형성된 기류에 의해 주위에 있는 것들이 흩날리기 시작했다. 먼지와 종이가 날아오르고, 여기저기서 조그만 기기와 선반과 받침대가 쓰러졌다. 다카히코도 더는 그 자리에 서 있을 수 없었다. 그의 조그만 몸은 격납고 벽까지 떠밀렸다. 다카히코는 두 손으로 머리를 감싸고 몸을 웅크렸다. 그 몸에 마치 우박이 쏟아지는 것처럼 모래 알갱이가 와서 부딪쳤다.

이윽고 로터가 앞으로 살짝 기울었다. 그렇게 해서 전방으로의 추력을 얻은 거대한 헬리콥터는 서서히 전진하기 시작했다. 게이타는 울음을 터뜨렸지만, 다카히코의 귀에는 그 소리가 들리지 않았다. 엄청난 풍압에 압도당한 다카히코는 헬리콥터가 움직이고 있다는 사실조차 알아차리지 못했다.

"이봐, 빅 B가 움직이고 있어. 어떻게 된 일이지?"

기술 본관 5층 회의실 창가에 서 있던 기술 부원 하나가 의아하다는 듯이 말했다.

탁자에 앉아 의논 중이던 유하라와 야마시타는 동시에 고개를 들었다.

"헬리콥터가? 준비하는 거 아닐까?"

"로터가 회전하고 있는데?"

"뭐라고?"

유하라가 창가로 달려갔다.

5층 창문에서는 시험 비행장이 내려다보인다. 아닌 게 아니라 제3 격납고에서 그들이 오늘 선보이기로 돼 있는 최신형 헬리콥터가 날개를 회전시키며 나오고 있었다.

"뭐하는 짓이야!"

유하라가 노기에 찬 목소리로 외쳤다.

"격납고 안에서 엔진을 가동시키다니, 저런 무모한 짓을
......."

"빨리 가 보죠."

야마시타가 먼저 방을 뛰쳐나갔다. 유하라도 그 뒤를 쫓았다.

후생 센터에서는 여전히 두 엄마가 자녀 교육에 관한 정보를
교환하고 있었다. 그러다가 유하라 아쓰코가 먼저 그 소리를
들었다.

"어머, 저거 헬리콥터 소리 아냐?"

야마시타 마치코도 입을 다물고 건물 밖에서 나는 소리에 귀
를 기울였다.

"그런 것 같네."

"예정보다 빨리 시작하나 보다. 가 볼까?"

"그래."

마치코는 엉덩이를 들면서 "별 관심은 없지만."이라고 덧붙
였다. 그 말에 아쓰코도 맞장구치듯이 콧잔등을 찡그렸다.

후생 센터에서 나온 두 사람은 걸어가면서 철망 너머 비행장
을 바라보았다. 거대한 물체가 천천히 이동하고 있었다.

"엄청 크네."

아쓰코가 감상을 말했다.

"그러게."

"헬리콥터 같지가 않아."

말하면서 아쓰코는 주위를 둘러보았다. 아이들을 찾는 것이다. 그러나 다카히코도 게이타도 보이지 않았다.

"이상하네. 아이들이 어디 갔을까?"

"정말."

불안한 표정으로 마치코도 사방을 살폈다. 다음 순간 그녀의 눈이 한 지점에 정지했다.

"아쓰코 씨, 저기!"

그녀가 제3 격납고를 가리켰다.

아쓰코도 그쪽을 보았다. 다카히코가 그녀들을 향해 뛰어오고 있었다.

"쟤가 저기서 뭘⋯⋯."

그녀가 말을 하다 만 것은 아들의 모습이 뭔가 이상하다고 느꼈기 때문이었다. 다카히코가 엉엉 울고 있었다.

그녀도 다카히코 쪽으로 달려갔다.

"다카히코, 왜 그래? 게이타는?"

"게이타, 게이타가⋯⋯."

다카히코는 얼굴이 눈물로 범벅인 채 딸꾹거리는 것을 간신히 억누르며 헬리콥터 쪽을 가리켰다.

"저기에 탔어."

"뭐, 뭐라고?"

마치코의 눈이 휘둥그레지더니 남의 아들이라는 사실을 잊은 채 다카히코의 어깨를 잡고 마구 흔들어 댔다.

"그게 무슨 말이야, 뭐가 어떻게 됐다고?"

하지만 다카히코는 고개를 저으면서 울기만 할 뿐이었다. 안 되겠다 싶었는지 마치코는 게이타의 이름을 부르면서 격납고 쪽으로 내달렸다.

헬리콥터가 격납고에서 무사히 나온 순간, 남자는 참고 있던 숨을 내쉬었다. 그 부분이 가장 큰 난관이라고 여겼었기 때문이다. 조작에 한 치의 오차만 있어도 거대한 로터가 격납고 문에 부딪치고 만다. 그렇게 되면 모든 계획이 물거품으로 돌아간다.

그러나 아직은 마음을 놓을 수 없었다. 한 가지 난관이 더 남아 있기 때문이다. 격납고를 나오는 것이 보이는 난관이었다면 남은 것은 보이지 않는 난관이다.

남자는 망원경으로 기체를 좇으며 신중하게 컨트롤러를 조작했다. 헬리콥터는 격납고로부터 충분히 떨어진 곳에서 일단 정지했다.

다음으로 해야 할 일은 스위치를 하나 켜는 것이다. 그걸로 헬리콥터는 부상하기 시작할 것이다. 그러면 남자의 일은 끝난다.

통상의 헬리콥터는 단순히 이륙하는 데만도 독특한 기술이 요구된다. 지면에 바퀴가 닿아 있는 상태에서는 사이클릭 스틱(주조종간—옮긴이)이나 러더 페달(방향 조절 페달)의 위치가 최적이 아니더라도 기체가 정상 위치에서 벗어나는 일이 없지만,

기체가 부상하는 것과 동시에 그것들에 조금만 이상이 있어도 그 영향이 한꺼번에 나타나기 때문이다. 자칫 잘못하면 기체가 회전하거나 수평 이동을 할 수도 있다. 그런 일을 방지하기 위해서는 사이클릭 스틱과 러더 페달, 그리고 컬렉티브 피치 레버(헬리콥터를 상하로 이동시키기 위한 레버)를 조화롭게 움직이면서 이륙해야만 한다. 구체적으로는 로터의 반작용에 의한 기체의 회전을 테일 로터로 억제하는 동시에 테일 로터에 의해 오른쪽으로 이동하는 것을 주 로터의 경사로 방지하는 것이다. 이처럼 하나의 조종간을 움직임으로써 다른 조종간에도 영향을 미치는 것을 커플링이라고 한다. 이것은 이륙뿐 아니라 헬리콥터 조종에 늘 따라다니는 것이다.

그러나 남자가 지금 움직인 헬리콥터에는 그런 기술 없이도 이륙할 수 있는 시스템이 탑재되어 있었다. 가속도와 각가속도(시간당 회전 속도의 변화율)를 피드백함으로써 컴퓨터가 커플링을 방지해 주는 것이다. 뿐만 아니라 사전에 프로그램을 입력해 두면 자동 이륙도 가능했다.

문제는.

문제는 그 시스템이 얼마나 확실하게 작동해 주느냐 하는 것이었다. 남자는 자신의 사전 작업에 오류가 없다고 자신하고 있었지만, 그것은 이 기체의 전기 계통 설계에 별다른 변경이 없다는 가정하의 일이었다. 제조사가 출시에서 검수까지의 과정에서 기체에 사소한 변화를 주는 것은 공개는 하지 않지만 흔히 있는 일이다.

"부탁한다. 착한 녀석이니까 시키는 대로 움직여 줘."

남자는 입속으로 중얼거리면서 컨트롤러로 손을 뻗었다.

활주로 중앙까지 전진한 헬리콥터는 일단 그곳에서 정지했다. 잠시 후 터보 샤프트 엔진 소리가 커지더니 헬리콥터가 마치 신의 손에 매달리듯 천천히 부상했다. 바퀴가 지면에서 떨어지는 것과 동시에 거대한 기체가 일순 오른쪽으로 약간 기우뚱했다. 그러나 불필요한 움직임은 그것뿐이었다. 헬리콥터는 각도를 바로잡자 그대로 상승하기 시작했다. 로터가 일으키는 바람과 굉음이 지면으로 쏟아져 내렸다.

유하라와 야마시타가 연구소를 나왔을 때 헬리콥터는 이미 지상에서 약 100미터 상공에 있었다. 그러고도 계속 상승하는 중이었다.

"이게 어떻게 된 일이야! 대체 누가 조종하고 있는 거야?"

하늘을 올려다보면서 유하라가 소리쳤다. 거대한 헬리콥터는 역광을 받으며 창공의 까만 점으로 변해 가고 있었다.

그때 옆에서 야마시타가 중얼거렸다.

"마치코가 왜 저기에……."

유하라도 그의 시선이 향한 곳을 보았다. 야마시타 마치코가 제3격납고 옆에 서 있었다. 멀어서 표정은 알 수 없지만, 마치 유령이 휘청거리는 것처럼 보였다. 그녀 역시 헬리콥터를 올려다보고 있었다.

그 옆에는 유하라의 아내와 아들이 쭈그리고 앉아 있었다. 아들은 우는 것 같았다. 야마시타 게이타는 보이지 않았다.

대체 무슨 일이 일어난 걸까. 유하라는 불길한 예감에 휩싸였다. 구체적으로 무슨 일이 생겼는지는 상상할 수 없지만, 아무튼 뭔가 엄청난 일이 일어났다는 확신에 가까운 예감을 품고 그는 아내에게 달려갔다.

3

오전 8시 13분. 메이신 고속도로를 세키가하라에서 마이바라 쪽으로 달리던 라이트 밴 운전자는 뒤에서 다가오는 폭음 같은 것을 들었다.

"어, 뭐냐, 저 소리는?"

그가 조수석에 앉아 있는 동료에게 물었다. 두 사람은 같은 자동차 서비스 센터에서 차량 정비공으로 일하고 있었다. 지금은 점검할 차를 가지러 고객의 집으로 향하는 중이다.

조수석의 동료가 고개를 비틀어 뒤쪽 창문 너머 소리가 나는 쪽을 봤다.

"안 보이는데. 이거 헬리콥터 소리 아냐?"

동료가 그렇게 말했을 때 굉음은 이미 그들의 머리 위에 있었다. 그리고 그것은 이내 그들을 앞질러 갔다.

운전자는 차창을 열고 몸을 살짝 내밀어 하늘을 올려다보았다.

"우와, 엄청 크다!"

그는 저도 모르게 그렇게 중얼거렸다. 헬리콥터라기보다 하늘을 나는 배처럼 보였다.

"저런 건 처음 보는데."

조수석에 앉은 동료도 말했다.

운전자는 액셀을 밟고 있는 발에 힘을 주었다. 따라붙어 보자고 마음먹은 것이다. 속도계가 130킬로미터를 넘어서고 있었다.

그러나 허사였다. 굉음과 함께 헬리콥터는 앞쪽으로 아득히 멀어져 갔다.

오전 8시 24분. 쓰루가 역 근처의 보도가 회사원들로 북적거렸다. 아직 출근길에 있는 사람, 이미 출근해 타임카드를 찍고 오전의 첫 업무를 보러 나가는 사람 등 사정은 갖가지였다. 기온은 일찌감치 30도에 근접해 있었다. 사람들은 대부분 웃옷을 벗었고, 넥타이를 느슨하게 푼 채 손수건으로 목덜미를 닦으면서 걷는 사람도 있다. 와이셔츠를 입은 사람들은 하나같이 약속이나 한 듯 등이 땀으로 젖어 있었다.

그들이 일제히 걸음을 멈췄다. 누군가는 굉음을 들었기 때문이고, 누군가는 빌딩 상공에 그것이 출현한 것을 봤기 때문이다. 또 그런 사람들 때문에 덩달아 걸음을 멈춘 사람도 있었다. 이유야 어찌 됐건 사람들은 걸음을 멈추고 하늘을 올려다 보았다.

회백색 헬리콥터가 엄청난 기세로 상공을 통과하고 있었다. 그 속도가 어찌나 빠른지, 눈 깜짝할 새에 헬리콥터는 건물에 가려 보이지 않게 됐다. 그럼에도 거기 있던 사람들은 한참 동안 하늘에서 눈을 떼지 못했다.

"뭐지?"

누군가 말했다.

"이상하네, 이런 곳을 헬리콥터가 날아가다니."

"엄청 크던걸."

사람들 사이에 방금 본 비행 물체에 관한 대화가 한동안 계속됐다.

그중 한 사람이 이렇게 중얼거렸다.

"저 헬리콥터, 원전 쪽으로 가는 거 아니야?"

오전 8시 30분. 고속 증식 원형로 '신양(新陽)' 발전소의 소장 나카쓰카 가즈미는 방금 사원복으로 갈아입고 자리에 앉은 참이었다. 책상 위에는 서류가 잔뜩 쌓여 있었다. 맨 위에 있는 것은 얼마 전 실시된 출력 변동에 관한 조사 보고서다. 쭉 훑어본 바로는 별 이상이 없는 듯했다. 나카쓰카는 책상 서랍에서 안경을 꺼냈다. 최근 들어 노안이 더 심해지고 있는지 조그만 글자는 맨눈으로 읽기가 힘들다.

안경을 끼고 첫 번째 서류를 훑어보려고 하는 찰나, 책상 위에 놓인 전화의 벨이 울렸다. 외선임을 알리는 신호음이다.

"신양 발전소입니다."

"아, 나카쓰카 소장님, 접니다. 사카모토입니다."

다급한 목소리였다. 원자로·핵연료 개발 사업단, 약칭 '노연'의 쓰루가 사무소 소장이었다.

"어, 그래. 지난번에는 여러 가지로 신세가 많았네."

며칠 전 미국에서 시찰단이 방문했다. 그때 사카모토가 준비에 많은 도움을 줬다.

"아닙니다, 무슨 말씀을요. 그보다 소장님, 자세한 내막은 잘 모르겠지만, 헬리콥터 한 대가 그쪽으로 날아갈지도 모르겠습니다."

"헬리콥터라니?"

"제 눈으로 본 것은 아니지만, 우리 직원들이 목격했다고 합니다. 상당히 대형 헬리콥터인 것 같습니다."

"아니, 잠깐. 헬리콥터라니, 어떤 헬리콥터 말인가?"

"그걸 잘 모르겠습니다. 아마 자위대 소속이 아닐까 싶습니다."

"항로를 벗어난 건가?"

"그런 것 같습니다. 자위대가 아니면 미군 아니겠습니까."

"허어, 이것 참……."

나카쓰카는 왠지 느낌이 좋지 않았다. 이 발전소 소장이 된 이래 이런 일은 처음이었다.

운수성 항공국에서는 민간 항공기 회사에 원자력 시설 상공을 비행하지 않도록 행정 지도를 하고 있다. 또한 방위청과 미군에는 원자력 시설로부터 반경 2마일, 고도 3,500피트 이내에서 훈련하지 않도록 압력을 가하고 있다. 다만 그것은 어디까지나 지도와 압력에 지나지 않아, 설령 그 범위 내에서 비행한다 해도 법적인 처벌을 가할 수 있는 것은 아니고, 실제로 비행하고 있는지 체크조차 하지 않고 있는 것이 현실이다.

"곧 노연 본부에도 연락을 취하겠지만, 그러기 전에 먼저 나카쓰카 소장님께 알려 드려야 할 것 같아서요."

"알겠네. 전화해 줘서 고맙네. 주의하지."

"잘 부탁드립니다."

전화를 끊은 나카쓰카는 얼굴을 찡그렸다. 누군지는 모르겠지만 별 이상한 짓을 하는 인간도 다 있네, 하고 생각했다. 이런 곳을 지나 대체 어디로 가려는 걸까. 여기서 더 가면 나오는 건 바다밖에 없다. 아니면 한반도로 건너갈 작정인가. 헬리콥터에 그 정도 비행 능력이 있는지 없는지조차 나카쓰카는 잘 몰랐다.

일단 제어실에 알리려고 다시 수화기를 들었을 때였다. 창밖에서 공기를 진동시키는 낮고 단속적인 소리가 들렸다. 나카쓰카는 자리에서 벌떡 일어나 창가로 갔다. 창문은 남쪽, 즉 내륙을 향해 있다.

남동쪽 상공에 회색 물체가 떠 있었다. 아니, 그냥 떠 있는 것이 아니라 이쪽을 향해 똑바로 날아오고 있었다. 나카쓰카는 반달 모양 걸쇠를 풀고 창문을 열었다. 습한 공기와 함께 굉음이 날아들었다.

회색 물체는 점점 더 가까이 다가왔다. 덕분에 그 모습도 더 확실해졌다.

그 모습을 확인한 순간 나카쓰카의 두 눈이 휘둥그레지고 입이 딱 벌어졌다. 물론 자신이 그런 표정을 짓고 있다는 것을 스스로는 자각하지 못했다.

높은 곳을 날고 있는 까닭에 그 크기를 정확하게 짐작하는 것은 불가능했다. 하지만 그것이 믿을 수 없이 거대하다는 것만은 알 수 있었다. 형태는 분명 헬리콥터라 불리는 것이지만 그 크기는 그가 헬리콥터에 대해 가진 상식을 훨씬 뛰어넘었다.

거대한 헬리콥터는 지상에 음산한 그림자를 드리우며 마침내 나카쓰카의 머리 위에 도달했다. 바깥에서 근무하던 직원들도 모두 그 자리에 선 채 하늘을 올려다보고 있었다. 하나같이 어안이 벙벙한 표정이다.

나카쓰카는 소장실에서 튀어나와 바다에 면한 다른 방으로 달려갔다. 이미 직원들 몇 명이 그 방 창문에 들러붙어 있었다.

"헬리콥터가 어디로 갔지?"

나카쓰카가 고함치듯 물었다.

"바다 쪽으로 갔나?"

"아니요. 그게……."

젊은 남자 사원 하나가 고개를 갸웃했다.

동쪽으로 난 창문에서는 선착장과 방파제가 보일 뿐이었다. 그 너머는 와카사 만이다. 하늘에는 아무것도 보이지 않았다.

그러나 헬리콥터의 굉음은 여전히 들렸다. 그것도 아주 가까이에서.

"어디 있어, 어디서 들리는 소리야?"

나카쓰카는 창문 밖으로 목을 쑥 빼고 두리번거렸다. 오늘은 날씨가 맑아 엷은 구름이 조금 떠 있을 뿐이다.

"소장님, 북쪽입니다."

누군가 그렇게 말하는 소리가 들렸다.

"북쪽 창문에서 보입니다."

"북쪽이라고?"

나카쓰카는 그 방을 나와 다시 복도를 달렸다. 이 종합 관리 동 건물은 남북의 길이가 40미터 가까이 된다. 80킬로그램이 넘는 거구로 그 긴 복도를 달리자니 힘에 부쳤지만 지금은 숨이 차다는 것조차 의식할 수 없었다.

북쪽 방에서도 직원들이 창가에 나란히 서서 밖을 내다보고 있었다. 나카쓰카도 거기에 끼었다.

창문 정면에는 '신양' 발전기가 있었다. 맨 앞에 보이는 것은 터빈 건물과 디젤 발전기 건물이고 그 너머에는 원자로 보조 건물이 있다. 또 그 너머에 지붕이 돔형인 원자로 건물이 있다.

"헬리콥터가 어디 있어!"

나카쓰카가 소리쳤다. 그러지 않을 수 없을 정도로 굉음이 가까이에서 들리기도 했다. 하지만 그의 시야에는 헬리콥터가 없었다.

"저깁니다."

옆에 있던 사원이 거의 수직으로 손을 들었다.

나카쓰카는 고개를 있는 대로 비틀어 하늘을 올려다보았다. 그가 예상했던 것보다 훨씬 높은 곳에 회색 그림자가 보였다. 그 그림자는 점점 더 위로 이동하고 있었다.

"상승하고 있는 건가?"

"그런 것 같습니다."

나카쓰카와 직원들이 주시하는 가운데 거대한 헬리콥터는 엄청난 기세로 상승을 계속했다. 그러한 상태가 10초 이상 계속된 후 마침내 헬리콥터가 상승을 멈췄다. 날아올 때보다 훨씬 높은 곳이었다. 지상에서 700, 800백 미터는 족히 돼 보였다.

헬리콥터는 이제 그 위치에서 움직일 기미가 없어 보였다. 고속 증식 원형로인 '신양' 발전소 소장의 가슴에 점점 초조함이 번졌다.

"뭐 하는 거야, 왜 저런 곳에 멈춘 거지? 대체 어쩔 셈이야?"

그의 물음에 대답하는 사람은 아무도 없었다.

나카쓰카는 다시 중얼거렸다.

"원자로…… 바로 위잖아."

4

굉음이 더 커진 것처럼 느껴졌다.

쪼그리고 앉은 채 눈을 감고 있던 야마시타 게이타는 살며시 눈을 떴다. 어쩌면 사태가 조금이라도 나아지지 않았을까 하는 희미한 기대를 그 조그만 가슴에 품고 있었다.

그러나 우현의 출입문 위로 보이는 광경은 그런 기대를 무참히 날려 버렸다. 그곳으로 보이는 것은 하늘뿐이었다.

"아빠, 엄마……."

게이타는 다시 울음을 터뜨렸다. 뺨 위로 눈물이 뚝뚝 흘러내렸다. 코 밑은 콧물로 범벅이 되어 있었다.

헬리콥터가 이륙한 후 내내 게이타는 기체의 벽 앞에 쪼그리고 앉아, 접혀 있는 병사용 파이프 의자를 꽉 잡고 있었다. 의자는 좌우 합해서 최대 55명이 앉을 수 있도록 돼 있었지만 지금 이 헬리콥터에 탄 사람은 게이타 혼자뿐이다.

날씨가 좋은 덕분에 헬리콥터의 흔들림은 적었다. 그런데도 게이타는 그 자리에서 꼼짝도 못했다. 공포에 짓눌려 다리가 굳어 있기도 했지만, 섣불리 움직였다가 사태가 한층 악화될까 봐 두렵기도 했다.

게이타는 헬리콥터가 갑자기 움직이기 시작한 것이 자신들 탓이라고 여겼다. 어른들 몰래 기내에 숨어들어 이것저것 건드렸다. 그 와중에 어떤 스위치를 잘못 눌러 날개가 회전하기 시작했다고 생각한 것이다. 돌이킬 수 없는 짓을 저질렀다며 몹시 후회했다. 자신이 이런 상황에 빠지는 데 계기를 마련한 다카히코를 원망하기도 했다.

이대로 죽을지도 모른다고 게이타는 생각했다. 게이타의 상상으로는 헬리콥터가 엉망진창으로 날고 있을 것이 틀림없었다. 자기들의 장난 때문에 이륙했으니 제대로 날 리 없다고 생각한 것이다. 물론 무사히 착륙하는 일도 없을 것이다.

죽는 것이 두려웠다. 이렇게 느닷없이 죽음의 문턱에 선다는 것은 오늘 아침까지만 해도 상상조차 해 본 일이 없었다. 눈물이 계속 나왔다. 몸이 떨리고 소름이 돋았다.

엉엉 소리 내어 한바탕 운 후 게이타는 다시 주위를 둘러보았다. 뭐라도 해 봐야겠다는 생각이 그제야 겨우 싹튼 것이다.

게이타가 있는 곳은 화물칸이었다. 바닥 정중앙에 고정되어 있는 나무 상자를 제외하고는 아무것도 눈에 뜨이는 게 없었다. 군인들을 실어 나르는 헬리콥터일까, 하고 생각했다. 기뢰를 파괴할 목적으로 만들어진 헬리콥터가 있다는 사실은 아빠에게 들은 적이 없었다. 니시키 중공업이 이 기체를 납품하면 해상 자위대 기술자들이 화물칸에 기뢰 파괴용 도구를 싣게 된다는 것도 몰랐다.

게이타는 병사용 파이프 의자에서 손을 떼고 바닥에 납죽 엎드렸다. 기체는 마치 파도에 떠 있는 것마냥 계속 흔들리고 있었다. 그럼에도 게이타는 다시 파이프에 매달리지는 않았다.

엎드린 채 천천히 손발을 움직여 조종실을 향해 나아갔다. 그것은 엄청난 용기를 필요로 하는 행동이었다.

조금씩 조금씩 조종실을 향해 다가갔다. 그곳에 가서 뭘 할지는 생각하고 있지 않았다. 그저 거기에 다다르는 것이 지금 그가 할 수 있는 최선의 일이었다.

마침내 게이타는 조종실 입구에 도착했다. 조종실과 화물칸을 가르는 격벽을 짚고 무릎을 달달 떨면서 일어섰다. 조종실 내부가 눈에 들어왔다. 두 개의 조종석 사이에 있는 검은 판에 각종 계기가 즐비하다. 발광 다이오드와 CRT 화면이 빛나기도 하고 디지털 숫자가 표시되어 있기도 했다. 물론 게이타로서는 뭐가 뭔지 알 수 없었다.

그런데 그 순간 게이타의 뇌리에 단어 하나가 떠올랐다. 그것은 '무선'이라는 단어였다.

무선으로 누군가와 얘기할 수 있다면……, 그런 생각이 든 것은 게이타의 친구 중에 아마추어 무선을 하는 아이가 있었기 때문이다. 게이타 자신은 무선기를 만져 본 적이 없지만 그 친구가 조작하는 것을 본 적은 있었다.

그는 계기판 쪽으로 좀 더 다가갔다. 복잡한 계기들 중에서 어떤 것이 무선기인지 찾아보려는 것이었다.

그때 게이타의 시야에 바다가 들어왔다.

그 광경은 조종석 비스듬히 아래에 있는 하방 시야창을 통해 보이는 것이었다. 그 위치에서 눈에 들어오는 것은 끝없이 펼처진 바다와 하늘뿐, 땅은 어디에도 없었다.

바다로 나오고 말았어. 일본을 떠난 거야.

일본 열도에서 멀리 벗어났다고 생각했다. 헬리콥터 바로 아래 쓰루가 반도가 있다는 사실은 꿈에도 몰랐다.

게이타는 다시 그 자리에 주저앉고 말았다. 새삼스럽게 공포가 밀려왔다.

"아빠, 살려 줘⋯⋯."

눈을 감았다. 눈꺼풀 사이로 눈물이 흘러넘쳤다.

5

유하라 가즈아키는 헬리콥터가 어디로 날아갔는지 아직 모르고 있었다.

후생 센터 2층에 있는 회의실에 관계자들이 모두 모였다. 헬리콥터가 이륙한 지 40분 이상이 경과된 시점이었다. 이렇게까지 대응이 늦어진 원인은 딱 하나, 무슨 일이 생긴 것인지 아무도 몰랐기 때문이다.

헬리콥터가 북쪽 하늘로 완전히 사라진 후에도 그 자리에 모여 있던 사람들은 한동안 그저 멍한 표정으로 서 있었다. 엄청난 일이 일어났다는 의식조차 없었다. 누군가는 어떻게 된 사정인지 알고 있겠지, 모두가 그렇게 생각할 뿐이었다.

유하라는 훌쩍거리는 다카히코를 간신히 달래어 무슨 일이 있었는지 듣기는 했지만, 그럼에도 '조종석에 아무도 타지 않은 헬리콥터가 제멋대로 움직였다'는 사실을 믿을 수 없었다. 무슨 착오가 있어서 누군가가 예정에 없던 비행을 시도한 것이 아닐까 하는 의심이 사라지지 않았다. '아무도 타지 않았다'는 아들의 말을 믿을 수 없어 조종사 대기실에 문의하기까지 했다. 그러나 그때까지 출근한 조종사는 단 한 명도 없었다.

생각할 수 있는 가능성은 한 가지뿐이었다. 그러나 유하라는 그 가능성을 입 밖에 내지 않았다. 헬리콥터에는 야마시타의 아들이 타고 있다. 그러니 경솔하게 말할 수 없는 일이었다.

그는 궁리 끝에 기술 본부장인 가사마쓰에게 연락하기로 했다. 가사마쓰는 회사 근처에 있는 자택에 있었다. 출근 전에 걸려 온 전화에 이미 좋지 않은 예감을 했는지 전화를 받을 때부터 무척 언짢아하는 목소리였다. 긴장하면 목소리가 그렇게 바뀌는 것은 이 상사의 버릇이다.

유하라는 최대한 간결하게 사태를 설명했다. 그런데도 가사마쓰는 그 내용을 단번에 이해하지 못했다. 같은 말을 몇 번이나 되묻고, 헬리콥터 안에 아홉 살짜리 아이가 혼자 있다는 점도 집요하게 확인했다.

"어떻게 그런 일이 생겼지? 헬리콥터가 제멋대로 움직이다니, 있을 수 있는 일인가?"

가사마쓰는 수화기에 댄 귀가 쩌렁쩌렁 울릴 정도의 큰 소리로 물었다.

"원인은 조사 중입니다. 하지만 짐작 가는 바가 없는 것은 아닙니다."

"뭐야, 그게?"

유하라는 잠시 주저하다가 대답했다.

"누군가가 조작한 것 아닐까요?"

"조작이라고, 헬리콥터가 멋대로 움직이도록 말인가? 그런 일이 가능해?"

"지금 확인하는 중입니다만, 한 가지 가능성은 있습니다."

가사마쓰의 신음 소리가 들렸다.

"AFCS로군……."

"네, 그렇습니다."

유하라의 대답에 상사의 신음 소리가 더욱 커졌다.

"아무튼 우선은 주재관에게 연락해야 하지 않을까요? 그리고 경찰에도."

방위청과 관련된 연구 개발을 하는 경우 그 진척 상황 등을 점검할 목적으로 방위청에서는 간부급 인력을 이쪽에 파견한다. 그 사람을 주재관이라고 불렀다.

"아직 아무 데도 연락하지 않았지?"

"네."

전화기 저편의 가사마쓰가 침묵했다. 여러 가지로 고려할 사항이 있다는 것은 유하라도 이해할 수 있었다. 날아간 헬리콥터는 말하자면 해상 자위대가 맡긴 기체로, 민간기가 약탈당한 것과는 사정이 다르다.

"알겠어. 내가 직접 각 부처로 연락하지. 자네는 거기서 'B 시스템' 관계자를 소집해. 내가 갈 때까지는 이 사실이 일절 외부에 흘러나가지 않도록 하고. 알겠나?"

노기 띤 말투로 가사마쓰가 명령했다. 그는 흥분을 잘 억누르지 못하고 희로애락을 얼굴에 쉽게 드러내는 타입이었다. 그러나 그런 겉모습과 달리 의외로 냉철한 판단을 내리는 인물이라는 것을 유하라는 잘 알고 있었다.

그는 상사의 지시를 따르기로 했다.

마른 하늘에 날벼락도 유분수지, 하필이면 이런 날에…… 하고 생각지 않을 수 없었다. 회사로서도 자신으로서도 오늘은 더할 수 없이 중요한 날이다. 아무 탈 없이 오늘이라는 날이 끝나 주기를 그토록 바랐건만.

아니면, 하고 유하라는 문득 생각했다.

오늘이 그렇게 특별한 날이기 때문에 이런 일이 일어난 걸까.

'B 시스템 프로젝트'는 방위청 내의 일부 사람들 사이에서 '트랙의 일루미네이션'이라고 불렸다. 물론 긍정적인 별명은 아니다.

이 계획의 발단에는 방위청에 의한 어떤 대형 헬리콥터의 도입이 있었다.

해상 자위대의 기뢰 파괴용 헬리콥터로 도입된 CH-5XJ는 여러 가지 면에서 지금까지의 헬리콥터와는 다른 점이 있었다. 가장 큰 특징은 본격적인 플라이 바이 와이어가 도입된 헬리콥터라는 것이다.

플라이 바이 와이어란 기계적인 조종 계통을 케이블로 바꾸고, 조종사의 동작을 전기 신호로 바꾸어 컴퓨터를 통해 각 구동 장치에 전달하는 방식을 말한다. F16 전투기 등에는 이미 도입된 기술이지만, 헬리콥터에서는 아직 세계적으로도 선례가 거의 없었다.

플라이 바이 와이어 방식의 장점에는 크게 나누어 두 가지가 있다. 그 첫째는 경량화다. 앞으로의 헬리콥터에는 자동 안정장치를 비롯해 컴퓨터를 이용한 갖가지 항행 제어 시스템을 탑재하게 된다. 그렇게 되면 조종사의 동작을 애초에 전기 신호로 바꿔 버리는 편이 시스템 전체를 단순화하기 쉽다.

두 번째 장점은 조종이 간편해진다는 것이다. 헬리콥터는 항공기 중에서도 조작성이 매우 떨어지는 기체다. 그런 만큼 교육에도 시간이 걸리고 조종사 간에 기량 차이도 많이 벌어진다. 특히 기체의 성능이 향상돼 최고 속도나 고도가 비약적으로 증가하면 사소한 실수가 치명적인 결과를 초래할 수도 있다. 자위대원의 숫자가 한계에 이르러 우수한 조종사를 구하기 어려운 현실도 문제였다. 플라이 바이 와이어를 이용해 컴퓨터의 지원을 받으면 신참이라도 베테랑과 비슷한 조종이 가능해질 터였다.

그러나 애초에 방위청 내에서는 플라이 바이 와이어를 활용한 헬리콥터의 도입에 부정적인 의견이 많았다.

우선은 신뢰성이 문제였다. 역학적으로 정보를 전달하는 기계식에 비해 전기식이 신뢰성 면에서 떨어지는 것은 부정할 수 없었다. 단선 고장이나 접촉 불량뿐 아니라 전자 유도에 의한 혼란과 벼락의 영향도 고려하지 않으면 안 되었다. 이에 대비해 시스템을 다중화하거나 자기 진단 장치를 도입하는가 하면 일부는 광섬유를 사용하기도 했지만 아직까지는 사례가 많지 않은 만큼 불안하다는 의견이 나오는 것은 어쩔 수 없는 일이었다.

설령 그런 방법으로 문제가 해결된다 해도, 전투기라면 모를까 고작 헬리콥터에 그렇게까지 돈을 들일 필요가 있을까, 라는 당연한 의문도 제기됐다. 방위청 내에는 무기나 인간이나 일회용이라고 생각하는 간부가 적지 않기 때문이다. 국방비의 증액이 둔화된 것도 불리한 요소였다.

그럼에도 CH-5XJ의 도입이 결정된 배경에는 이 기체가 단순한 라이선스 국산이 아니라는 점이 작용했다.

라이선스 국산이란 일본의 민간 기업이 외국 기업과 기술 도입 협약을 맺고 공업 소유권 사용료를 지불해 허락을 얻은 후 생산하는 것을 말한다. 즉 일본 기업이 외국 기업의 제품을 '허락받고 만드는' 것이다. 전투기를 비롯해서 대부분의 항공기에

이 방식이 적용되고 있다. 그 이유는 단순하다. 요컨대 이 분야에서는 아무리 일본이라도 세계적으로는 후진국이기 때문이다. 여기에는 패전 직후 연합국 총사령부와의 합의 각서에 따라 일정 기간 항공기 관련 연구와 실험, 생산 등이 금지된 것이 영향을 크게 미쳤다.

사실 방위청이 완성된 기체를 직접 수입하지 않고 라이선스 국산이라는 형식을 취하면서까지 국내 메이커가 생산하도록 하는 까닭은 유사시에 수입에만 기댈 수 없다는 이유 외에도 하루빨리 일본의 항공기 개발 기술을 선진국 수준으로 끌어올려야 한다는 절실한 바람이 있기 때문이었다.

그런 연유로 이번 기뢰 제거용 헬리콥터 도입에 관해서도 미국의 기술에 기대지 않을 수 없었다. 소형의 다용도 헬리콥터 정도라면 완전 국산화하는 것도 생각해 볼 수 없는 것은 아니지만, 총중량 10톤 이상, 병사 수송 능력 25명 이상의 대형 헬리콥터에 이르면 국내 기술 축적은 아직 빈약했다. 애초에 이 수준의 대형 헬리콥터를 생산하는 나라가 거의 없었다. 개발비, 생산비, 운용비가 워낙 높아 민간에서는 물론 군용으로도 어지간히 특수한 사정이 있지 않은 한 수요를 기대할 수 없기 때문이다. 막강한 군사력을 지닌 데다 대규모 헬리콥터 작전을 전개할 가능성이 있는 미국만이 유일한 예외라 할 수 있었다.

그러나 CH-5XJ의 경우, 종래의 라이선스 국산과는 사정이 조금 달랐다. 이 기종은 미국의 에어로콥터 사가 개발한 CH-

5XE에 플라이 바이 와이어 방식을 도입한 것으로, 그 부분을 개발하기 위해 에어로콥터 사는 일본의 니시키 중공업과 기술 제휴를 맺었다. 그 이유는 니시키 중공업이 아직 전투기의 플라이 바이 와이어화조차 실현되기 전부터 이미 'FWH(fly-by-wire control system for helicopter)' 개발 프로젝트를 기획하고 오랜 시간에 걸쳐 그것을 연구한 결과 이 분야에서 전 세계 선두가 됐기 때문이다. 그 배경에는 미국이 기술을 주도하는 현상을 타파하기 위해서는 비교적 덜 불리한 전자 기술 분야부터 공략할 수밖에 없다는 판단이 있었고, 국토가 좁고 지형의 기복이 심한 일본에서는 장차 헬리콥터의 수요가 증가할 것이라는 예측도 있었다.

이런 연유로 CH-5XJ를 니시키 중공업이 라이선스 생산하는 경우, 적어도 플라이 바이 와이어에 관해서는 라이선스 사용료를 지불할 필요가 없었다. 또한 앞으로 이 범위 내의 개조나 설계 변경도 세세한 계약 조건에 얽매일 필요가 없어 종래와 비교하면 훨씬 자유로운 입장이었다. 이는 방위청으로서는 커다란 매력이 아닐 수 없었다.

찬반양론이 있었지만 우여곡절 끝에 결국 CH-5XJ의 도입이 결정됐다. 여기에는 국내 항공기 산업을 육성하겠다는 방위청의 의지도 긍정적으로 작용했다.

다만 이 결정에 앞서 방위청과 니시키 중공업 간에는 모종의 합의가 있었다. 그것은 도입 개시 후 5년 안에 니시키 중공업이 어떤 신기술을 개발해 CH-5XJ에 반영한다는 것이었다.

어떤 신기술이란, 플라이 바이 와이어 방식의 장점을 최대한 살리는 방법으로, 니시키 중공업이 먼저 제안했다. 앞에서도 말했듯이 이 부분의 개조는 계약에 저촉되지 않는다.

이 제안이 없었다면 CH-5XJ의 도입은 보류됐을지도 모른다. 도입 추진파가 플라이 바이 와이어 방식을 채택해야 할 정당한 이유를 찾는 데에 어려움을 겪고 있었기 때문이다. 그런데 니시키 중공업의 제안으로 정당하고도 발전적인 근거가 마련된 셈이다.

CH-5XJ의 도입이 결정되자마자 니시키 중공업은 신기술 개념 설계에 착수했다. 이어 방위청의 GO 사인이 떨어졌다.

이렇게 시작된 것이 바로 'B 시스템 프로젝트'다.

프로젝트 팀은 몇 개의 분과로 나뉘어 있었지만 그 핵심 분과의 리더로 발탁된 사람이 바로 미국에서 갓 귀국한 유하라 가즈아키였다.

약 5년에 걸쳐 방위청 기술 연구 본부 항공기 개발부와의 제휴로 연구가 진행되었다. 그리고 오늘, 마침내 영수 비행을 하기에 이른 것이다.

영수 비행이란 방위청 관계자 앞에서 최종적으로 점검을 받는 절차다. 새로 도입된 기체라면 처녀비행이라고 부르겠지만 이번 CH-5XJ는 개조한 기체이기 때문에 그렇게 부르는 것이다.

어쨌든 이 의식을 마치면 정식으로 납품하게 되는 만큼 유하라를 비롯한 프로젝트 멤버 전원은 어깨의 무거운 짐을 내려놓게 될 터였다.

앞으로 몇 시간이면 모든 것이 끝날 예정이었다.

야마시타 게이타를 태운 채 날아가 버린 헬리콥터는 그런 기체였다.

회의실에는 유하라와 가사마쓰 외에 'B 시스템 프로젝트'의 주요 멤버와 정비사, 시험 비행 조종사 등 열 명의 니시키 중공업 직원 외에 주재관 가토 유키히로 중장, 가토의 보좌관인 방위청 기술 연구 본부 항공기 개발 1부의 나카바야시 개발관, 조달 실시 본부의 도다 담당계관 등이 모여 있었다. 오늘의 영수 비행에는 방위청의 주요 인사 몇 명이 참석할 예정이었지만 도다가 참석을 중지하도록 조치를 취했다고 한다.

"그래서, 기체가 피랍되었다고 생각하는 근거가 뭡니까?"

가토가 날카로운 눈초리로 유하라를 보며 물었다.

"격납고 문 개폐 스위치에 타이머가 설치돼 있었습니다. 조금 전에 정비 담당자가 발견했고, 타이머는 오전 여덟 시에 작동하도록 설정돼 있었습니다."

"원래는 그런 타이머가 붙어 있지 않았다는 말이군요."

"그렇습니다."

이 대답은 정비 팀장인 후지모토가 했다. 얼굴이 조금 창백한 것은 자신들에게 일말의 책임이 있는 것 아닌지 불안해하고 있기 때문일지도 모른다.

"어제 격납고를 나올 때도 그런 장치는 없었습니다."

"흐음."

가토 중장의 표정이 한층 험악해졌다.

"저, 경찰에는 연락을……."

유하라가 말을 끝내기도 전에 가토는 유하라 쪽은 보지도 않은 채 "그건 저희 쪽에 맡기세요."라고 대답했다.

"하지만 헬리콥터의 행방이……."

"지금 각 방면으로 수배 중입니다. 곧 발견될 겁니다."

가토는 손목시계를 힐끗 보고서 대답했다. 그건 자기네 쪽 일이니 감 놔라 배 놔라 하지 말라는 투였다.

경찰에는 아직 연락하지 않았을지도 모르겠다고 유하라는 생각했다. 자위대의 힘만으로 어떻게든 처리해 볼 작정일지도 몰랐다. 그것이 방위청 간부들의 희망 사항일 것이다.

"일단 이 자리에서는 헬리콥터가 발견된 이후의 일을 검토하도록 합시다."

그리고 가토는 나카바야시를 보았다.

"누군가에게 피랍된 것이라면 그 방법은?"

"GPS겠죠. GPS 시스템을 이용했을 겁니다."

나카바야시가 매우 난처한 듯한 표정으로 말했다.

"저도 그렇게 생각합니다."

유하라도 나카바야시의 의견에 동의했다.

가토의 입 끝이 일그러지면서 한숨이 흘러나왔다.

"역시 쓸데없는 걸 갖다 붙이는 게 아니었는데……."

모두가 이 말의 의미를 이해하고 어색한 침묵이 번지고 있을 때 문 열리는 소리가 났다. 회의 참석자들의 시선이 일제히 그쪽을 향했다. 열린 문틈으로 보인 것은 야마시타의 핏발 선 눈이었다. 굳은 표정에 머리카락이 마구 흐트러져 있었다. 와이셔츠는 땀에 젖어 있고 넥타이도 헝클어져 있다.

"뭐야?"

가사마쓰가 성난 듯한 목소리로 물었다. 실제로도 화가 나 있을 거라고 유하라는 짐작했다. 헬기에 어린아이가 타는 바람에 사태가 한층 심각해진 것이 사실이었다.

"저도 프로젝트의 멤버입니다."

야마시타가 대답했다.

"자네는 부인한테 가 있어."

가사마쓰가 야마시타를 밀어내듯이 말했다.

야마시타는 금방이라도 울음이 터질 듯한 표정이 되었다.

"저, 부장님."

유하라가 입을 열었다.

"야마시타 군도 여기 있는 편이 좋을 것 같습니다. '빅 B'의 비행 제어에 관해서는 야마시타 군이 저보다 잘 압니다. 대책을 세우려면 그의 힘이 필요합니다."

가사마쓰는 일순 못마땅한 표정을 지었지만, 유하라의 제안을 거부할 이유가 떠오르지 않는 듯, 잠시 후 고개를 끄덕거렸다.

야마시타는 고개를 꾸벅한 후 유하라 옆 자리에 가서 앉았다.

"부인은 어쩌고 있어?"

유하라가 물었다.

"의국 침대에 누워 있어요. 신경 안정제를 맞고서요."

"곁에 있어 주지 않아도 되겠어?"

"네. 좀 전에 잠들었어요."

"그래."

유하라는 헬리콥터에 탄 아이가 자신의 아들일 경우를 상상해 보았다. 도저히 이 사내처럼 회의에 참석할 수는 없을 것이라고 생각했다.

그때 회의실 구석에 놓인 전화가 울렸다. 그 옆에 있던 젊은 연구원이 전화를 받더니 당혹스러운 눈빛으로 가토를 바라보며 수화기를 내밀었다.

"찾은 모양이군."

가토가 자리에서 일어나 수화기를 받아 들었다. 그리고 두세 마디 말을 주고받은 후 메모지에 뭔가를 받아 적었다. 험상궂은 표정은 그대로였다. 상황이 별로 좋지 않다는 것을 유하라는 눈치챘다. 가사마쓰도 걱정스러운 듯 가토를 바라보고 있었다.

전화를 끊은 가토는 안 그래도 음영이 깊은 얼굴을 더 일그러뜨린 채 자리로 돌아왔다.

"어떻게 됐습니까?"

가사마쓰가 물었다.

가토는 메모지를 내려다보며 잠시 마음을 가라앉힌 후 말을 꺼냈다.

"헬기는 쓰루가 반도 끝 상공에서 북상을 멈추고 그대로 상승해 고도 약 800미터 지점에 머물러 있답니다."

"쓰루가 반도라고요?"

가사마쓰가 비명에 가까운 소리로 물었다.

"왜 그런 곳에……."

"일이 귀찮게 됐어요."

"그게 무슨 말씀이죠?"

가토는 가사마쓰를 잠시 노려본 후 회의 참석자 모두를 둘러보았다.

"헬기가 원전 바로 위에 있나 봅니다. 고속 증식 원형로 '신양' 위에 말이죠."

6

고속 증식 원형로 '신양'은 쓰루가 반도 북단의 하이키라는 곳에 있었다. '신양'에서 약 1킬로미터 지점에 있는 20세대 96명이 사는 마을이다. 고기잡이를 하거나 해수욕객을 상대로 민박을 하면서 생계를 꾸려 가는 조그만 마을이다. 출어기는 늦가을에서 이른 봄까지고 주로 정치망을 사용한다. 대표적인 어종은 방어이며 그 외에 넙치나 오징어 같은 것들도 잡혔다. 해초 채취 등도 포함하면 모든 가구가 어업과 관련돼 있다고 할 수 있었다.

만을 끼고 그들의 삶의 터전인 어항과 마주한 곳에 '신양' 발전소가 있었다. 어항과 발전소 사이에는 소나무 숲에 둘러싸인 바위가 밭처럼 펼쳐져 있는데, 아이들이 물놀이를 하거나 해수욕객이 바비큐를 즐기기에 안성맞춤인 장소였다. 거기서 '신양' 쪽으로는 좁은 도로가 뻗어 있다. 공사용 차량의 통행을 위해 만들어진 길로, 현재는 봉쇄돼 있었다.

오전 8시 35분, 어항에는 20, 30명의 사람이 모여 있었다. 4분의 1 정도는 마을 어부들이고 나머지는 관광객인 듯했다. 하이키에서는 스무 세대 모두가 민박집을 운영하고 있다. 그래서 해마다 여름이면 많을 때는 인구의 서너 배나 되는 손님들이 찾아오기도 한다.

사람들은 모두 시선을 공중으로 향한 채 '신양'을 향해 서 있었다.

"아니, 저게 뭐야? 왜 저런 게 저기 떠 있는 거지?"

어부로 보이는, 밀짚모자를 쓴 남자가 말했다. 목소리에 불안과 걱정이 배어 있다.

"원전 위로는 비행기가 날지 못하도록 돼 있는 거 아니야?"

주부로 보이는 중년의 여자가 누구에게 하는 것인지 모를 질문을 던졌다. 그러나 그녀의 질문에 답하는 사람은 아무도 없었다.

모두가 쳐다보고 있는 것은 '신양'의 상공에 계속 머물러 있는 대형 헬리콥터였다. 어항에서 그물을 정리하고 있던 어부들이 맨 먼저 이 비행체의 존재를 알았다. 그리고 잠시 후, 평상시 나지 않던 낯선 엔진 소리를 알아챈 마을 주민들과 관광객들이 하나둘 모여들기 시작했다.

"헬리콥터로 뭔가를 운반할 생각인가?"

또 한 남자가 중얼거렸다.

"그럴지도 모르지. 혹시 핵폐기물을 운반하는 거 아닌가 몰라."

"그런 짓을 해도 되는 거야?"

"글쎄올시다. 나라가 하는 일을 낸들 알겠어."

그들로부터 조금 떨어진 곳에서 '그'도 헬리콥터를 보고 있었다. 해수욕객으로 위장하기 위해 티셔츠와 반바지 차림에 비치 샌들을 신고 선글라스를 낀 채 망원경을 들여다보고 있었다.

그는 헬리콥터의 상태에 전혀 문제가 없다는 것을 확인하자 옆에 있는 공중전화 부스로 들어가 수화기를 들고 전화 카드를 밀어 넣었다.

8시 38분. '신양' 발전소 종합 관리동에 있는 팩스 한 대가 문서를 수신하기 시작했다.

이 팩스는 주로 송신을 목적으로 설치된 것이다. 발전소 내에서 문제가 발생했을 경우 각처에 팩스를 보내 그 내용과 주변 환경에 대한 영향 등을 알리기 위한 것이다. 수신처는 노연 본사는 물론, 지역의 공공 기관과 소방 조합, 후쿠이 현 원자력 안전 대책과, 쓰루가 노동 기준 감독과, 쓰루가 해상 보안부 등에 이르기까지 스무 군데가 넘는다.

부소장 이지마는 우연히 팩스기 옆을 지나가고 있었다. 그는 팩스기가 작동하고 있는 것을 보고 헬리콥터에 관한 정보가 들어오는 줄 알았다. 여태껏 한 번도 본 적 없는 거대한 헬리콥터가 원자로 상공에 뜬 채 움직이지 않는 것에 말할 수 없이 불안해하고 있던 차였다. 어떻게든 빨리 자세한 상황을 알고 싶었다.

팩스기가 수신한 문서는 A5 크기였다. 이지마는 문서를 집어 들고 그 내용을 눈으로 훑었다. 3분의 1 정도 읽었을 무렵 그가 몸을 부들부들 떨기 시작했다. 그리고 팩스 용지를 쥔 채 허겁지겁 달려갔다.

소장인 나카쓰카는 여전히 북쪽 창가에 서서 헬리콥터를 올려다보고 있었다. 피랍된 것이라고 하니 조종하고 있는 자는 범죄자라는 얘기다. 그런 인간이 원전 상공에서 뭘 할 작정인가를 생각하며 그는 거의 제정신이 아니었다. 일단 쓰루가 경찰서에 알렸지만 그쪽 역시 정확한 정보는 입수하지 못한 눈치였다.

그에게 이지마가 달려왔다. 한눈에 봐도 얼굴이 굳어져 있는 것을 알 수 있었다.

"무슨 일이야?"

"소장님, 이걸 좀……. 방금 수신한 문서입니다."

이지마가 떨리는 손으로 팩스 용지를 소장에게 내밀었다.

그것을 받아 들고 나카쓰카는 일단 양복 가슴 주머니에 손을 넣었다. 돋보기를 꺼내려는 것이었다. 그러나 팩스 용지에 인쇄된 글자는 돋보기 없이도 읽을 수 있는 크기였다.

"아니, 이건……."

나카쓰카는 말을 잇지 못했다.

8시 40분. 원자력 안전 대책과 과장인 오사나이는 후쿠이 현청 내의 복도를 달리고 있었다. 키는 작지만 몸무게가 80킬로그램도 넘는 그는 냉방이 잘되고 있는데도 땀을 줄줄 흘렸다. 물론 그 땀의 일부가 식은땀이라는 것은 그 자신만 아는 사실이었다. 그의 오른손에는 종이 한 장이 들려 있었다.

지사실 앞에 선 그는 노크를 한 번 한 뒤 대답도 기다리지 않고 곧장 문을 열었다. 책상에 앉아 일하던 직원 넷이 동시에 그를 쳐다봤고, 그중 나이가 가장 많은 여직원이 자리에서 일어섰다.

"무슨 일이시죠?"

"지사님 계시지?"

"네, 계십니다만……."

오사나이는 다음 말은 듣지도 않은 채 안쪽에 있는 문을 향해 허둥지둥 다가갔다. 여직원이 다급히 인터폰을 연결하려 했지만 그러기 전에 그가 먼저 문을 열었다.

후쿠이 현 지사 가나야마 시게루는 와이셔츠 차림으로 카펫 위에 앉아 스트레칭을 하는 중이었다. 가나야마는 올해 일흔이 됐지만, 아침마다 하는 스트레칭 덕분에 아직도 선 채로 윗몸을 굽히면 양 손바닥이 바닥에 딱 닿을 정도로 유연하다. 그는 이 특기를 선거 유세 때도 종종 써먹었다. 아직 체력적으로 시들지 않았다는 점을 어필하기 위한 퍼포먼스다.

"뭐야, 왜 그래?"

갑자기 문이 열려서가 아니라 매일 아침의 습관을 방해받았다는 이유로 가나야마는 희끗희끗한 눈썹을 찡그렸다.

"지사님, 이걸 좀……."

오사나이는 손에 쥐고 있던 종이를 가나야마에게 내밀었다.

"방금 제 앞으로 온 겁니다."

가나야마는 일어서서 종이를 받아 들고 여유로운 동작으로 책상 위에 있던 돋보기를 집어 천천히 꼈다. 그 일련의 동작을 보고만 있자니 오사나이는 초조해서 견딜 수 없었다.

그러나 가나야마 지사의 표정이 태평스러운 건 거기까지였다. 돋보기 속 가나야마의 눈이 순간 휘둥그레지더니 그대로 오사나이를 향했다.

"아니, 이건……."

"네."

오사나이는 찡그린 얼굴로 고개를 끄덕였다.

"협박장입니다. '신양'에 전화를 걸어 확인해 봤는데, 단순한 장난은 아닌 것 같습니다. 그쪽에도 이것과 똑같은 협박장이 왔다고 합니다."

"그게 무슨 소리야!"

가나야마가 책상을 쾅 내리쳤다. 관자놀이 위로 혈관이 꿈틀거렸다.

"대체 어떤 놈이 이따위 터무니없는 짓을……."

가나야마를 흥분하게 만든 문서는 다음과 같은 내용이었다. 손으로 쓴 것이 아니라 워드 프로세서로 작성한 것이었다.

　관계자 여러분

　우리는 자위대 헬기 '빅 B'를 접수했다. 우리의 계산이 정확하다면 헬기는 현재 고속 증식 원형로 '신양'의 상공 약 800미터 위치에서 호버링(항공기 등이 일정한 고도를 유지한 채 움직이지 않는 상태-옮긴이)을 하고 있을 것이다.

　헬기의 조종은 우리가 완전히 장악했다. 어느 누구도 헬기를 지금의 위치에서 이동시킬 수 없다. 그리고 우리도 지금으로서는 헬기를 이동할 생각이 전혀 없다. 다만 연료가 소비됨에 따라 기체가 가벼워진다는 점을 계산해 단계적으로 호버링 고도를 상승시킬 것이다. 최종적으로는 2천 미터에 이르게 될 것으로 예상한다.

그대로 시간이 흐르면 당연히 연료가 바닥나 헬기는 추락하게 된다. 참고로 말하자면 헬기에는 대량의 폭발물이 실려 있다. 만일 추락하는 날에는 '신양'도 무사하지 못할 것이다.

이 위험을 피할 방법은 단 한 가지. 다음 요구 사항을 수용하고 즉시 실행에 옮기는 것이다. 요구가 관철되었다는 것을 확인한 후 헬기를 안전한 장소로 이동할 것이다.

- 현재 가동 중이거나 점검 중인 원전을 모두 사용 불능 상태로 만들 것. 구체적으로 가압수형 원전은 증기 발생기를, 비등수형 원전은 재순환 펌프를 파괴할 것.
- 현재 건설 중인 원전은 건설을 중지할 것.
- 상기 작업 상황을 전국 네트워크의 텔레비전 방송으로 중계할 것.

단, '신양'을 정지시켜서는 안 된다. 정지시킬 경우 헬기는 그 즉시 추락할 것이다.

헬기는 현재 보조 탱크까지 연료가 꽉 차 있는 상태다. 우리의 계산으로는 오후 두 시경까지 비행이 가능할 것으로 보인다.

일각의 유예도 허용치 않는다. 관계자의 결단을 기대하겠다.

그리고 맨 마지막 줄에 '천공의 벌로부터'라고 돼 있었다.

7

오전 8시 52분. '그'는 아직도 하이키에 있었다.

하이키 해변에는 백 명에 가까운 사람들이 모여 있었다. 다들 불안한 표정으로 '신양'을 올려다봤다.

"헬리콥터가 날아오는 일이 별로 없나요?"

관광객인 듯한 중년 남자가 마을 어부에게 물었다. 그 옆에는 아내로 보이는 여자와 사내아이 둘이 있다. 아이들은 초등학생 정도로, 둘 다 손에 조그만 그물을 들고 있었다. 물고기를 잡으러 나가려는 참이었던 듯하다.

"별로 없는 게 아니라 이런 일은 처음이에요. 애당초 원전 위로는 비행기가 날지 못하도록 돼 있으니까요."

마을 어부는 고개를 절레절레 흔들며 대답했다.

"아, 그래요? 그럼 헬리콥터만 괜찮은 건가……."

"글쎄요."

"아니에요. 헬기도 날면 안 될 겁니다."

근처에 있던 젊은 남자가 말했다.

"그럼 원전에서 무슨 사고라도 발생한 걸까?"

관광객의 아내로 보이는 여자가 말했다.

"만약 그렇다면 빨리 돌아가야지."

농담 삼아 가볍게 말하는 것인지 몰라도 관광객 남자는 싱글거리는 표정이다. 그러나 그를 따라 웃는 사람은 아무도 없었다.

"어쨌든 간에 헬기를 보낸 이상은 이쪽에 사전에 연락을 했어야 하는 거 아니야?"

마을 남자가 말했다.

"그러게 말이야. 뭐가 어떻게 된 건지, 원."

"다카야마 씨가 물어보러 갔다더니만 왜 이리 늦어. 도대체 뭘 하고 있는 거야."

다카야마는 하이키의 면장으로, '신양'의 건설 계획이 발표됐을 때 주민을 대표해 노연과 교섭한 인물이다. 당초 하이키 마을에는 원자로 건설에 반대하는 사람들이 많았지만 그들도 끝내는 다카야마 면장에게 설득당해 뜻을 굽혔다.

마을 쪽에서 젊은 남자 하나가 뛰어왔다. 러닝셔츠에 청바지 차림이다.

"아, 사부로. 다카야마 면장은 왔나?"

밀짚모자를 쓴 남자가 물었다.

사부로라고 불린 남자는 햇볕에 검게 그은 얼굴 위에 솟은 땀을 손등으로 훔쳤다.

"다카야마 씨가 뭐라든 그게 문제가 아니에요. 지금 큰일 났다고요."

"왜, 무슨 일인데?"

"무슨 일이냐 마냐, 저 헬리콥터가 '신양'으로 떨어진단 말이에요."

청년의 말에 주변에 있던 사람들이 모두 동시에 입을 다물었다.

"떨어지다니, 그게 무슨 소리야?"

나이 지긋한 남자가 물었다.

"추락한답니다. 누군가 팩스로 그렇게 적어 보냈대요. '신양'으로 저 헬리콥터를 떨어뜨리겠다고요."

"뭐야?"

"아니, 정말인가?"

"정말이에요. 의심스러우면 가서 직접 보세요."

즉시 한 사람이 마을 쪽으로 뛰기 시작했다. 열 명이 넘는 남자들이 그 뒤를 이었다. 남은 사람들은 하나같이 불안한 표정으로 다시 하늘을 올려다보았다.

"저 헬리콥터가 추락한다는 거야?"

관광객인 듯한 중년 여자가 말한다.

"설마. 하지만 정말이면 큰일인데."

대답하는 사람은 그녀의 남편인 듯하다.

"아무튼 빨리 여기를 떠나는 게 좋지 않을까?"

"그럴 것 같아. 아이들은 어디 있지? 어서 불러 봐."

이들뿐 아니라 다른 관광객들도 마을 쪽으로 돌아가기 시작했다. 다들 말이 없었다. 그러나 그 심경은 앞 다투듯 걷는 빠른 걸음으로 헤아리고도 남음이 있었다.

'그' 역시 자리를 떴다. 그리고 어항에 세워 둔 파제로에 올라타 시동을 걸었다. 너 나 할 것 없이 자기 자신을 챙기기에 바빠 그를 주목할 여유가 없는 듯했다.

파제로는 하이키 마을의 민가가 늘어서 있는 해안 도로를 지난 후 경사가 급한 오르막길로 들어섰다. 그 오르막길 중간쯤에 환경 방사선을 상시 감시하는 조그만 방사선 관측소 건물이 있다. 이곳에서 측정된 데이터를 10분마다 무선으로 중앙 감시국에 보낸다. 물론 현재는 전혀 이상 없는 데이터가 전송되고 있을 터였다. 이 조그만 건물 바로 옆에도 '신양'으로 이어지는 공사용 차량 도로가 있었다. 역시 지금은 통행금지 표지판이 세워져 있다.

구불구불한 오르막길을 다 오르면 사거리가 나오고, 거기서 왼쪽 길로 가면 '신양' 발전소로 들어가는 게이트가 나온다. 그 게이트를 지나면 터널이 있고 그 터널 너머에 발전소 입구가 있다.

그는 네거리에서 천천히 우회전을 했다. 백미러로 등 뒤의 상황을 살피니 게이트 앞에서 경비원 몇 명이 선 채로 무언가 얘기를 나누고 있었다. 술렁거리는 분위기로 보아 그들도 협박장에 대해 알고 있는 모양이라고 그는 생각했다.

운전에 주의하면서 그는 외길을 남쪽으로 몇 킬로미터가량 달렸다. 이윽고 오른쪽으로 긴키 전력 미하나 원자력 발전소의 격납 용기 3기가 시야에 들어왔다. 1호기와 2호기는 같은 크기의 원통형이고 3호기는 높이가 약간 더 높다. 그리고 1호기는 현재 증기 발생기 교체를 위해 거의 해체 상태에 있다.

미하나 발전소로 가려면 전용 다리를 건너야 하는데, 그 바로 앞에 출입문이 있고, 출입문 옆에는 PR홀 건물이 있다. 그는 차의 속도를 조금 줄여 출입문과 PR홀 앞을 통과했다. 여기도 경비원이 몇 명 있기는 한데 그들의 모습으로 보아 아직 이곳까지는 알려진 것이 없는 듯했다.

미하나 원전을 지나 조금 더 달린 그는 샛길로 들어섰다. 여관 간판이 붙어 있는 건물 바로 뒤에 2층짜리 연립 주택이 있었다. 그는 그 앞에 차를 세웠다.

2층 맨 끝, 202호가 그의 집이다. 약 3개월 전부터 그는 이곳을 비밀 거처로 삼고 있었다. 이번 계획을 위해서 전화도 새로 놓았다.

집으로 들어가 물을 한 잔 마신 그는 컴퓨터가 놓여 있는 책상 앞에 앉았다. 팩스를 보낸 것은 바로 이 컴퓨터였다. 전화 회선을 통해 이 컴퓨터로 신호를 보내면 미리 입력해 놓은 문서가 송신되도록 설정해 놓았다. 아까 그가 하이키 마을에서 공중전화를 사용한 것은 컴퓨터에 그 신호를 보내기 위해서였다.

팩스의 수신처는 모두 합해 열다섯 군데였다. '신양' 발전소와 노연 본사, 후쿠이 현청, 과학 기술청, 통산성, 하이키 면사무소, 쓰루가 시청, 후쿠이 현경 본부, 쓰루가 경찰서, 주변 면사무소 세 군데, 그리고 미하나 원전을 비롯해 근처의 원자력 발전소 세 군데까지.

팩스가 무사히 송신되었다는 것을 확인한 그는 키를 몇 개 누르고 마우스를 조작한 후 조금 기다렸다.

잠시 후, 컴퓨터에 연결된 TNC 모니터용 스피커에서 디지털 통신 특유의 소리가 흘러나오면서 컬러 화면에 복잡한 모양이 나타났다. 그 일부는 해안선이었다. 그리고 육지에 건물인 듯한 형체가 몇 개 보였다. 영상에 색이 있긴 했지만 그것은 실제의 색이 아니라 빨강과 파랑이 얼룩덜룩 칠해진 듯한 느낌이다. 바다인 부분조차 색이 일정하지 않다. 거기에 화면 여기저기 숫자가 표시되어 있었다.

그는 한동안 화면을 들여다보고 나서 만족스럽다는 듯이 고개를 끄덕였다. 그리고 다시 마우스를 움직여 그 화상 데이터를 JPEG 방식으로 압축했다.

거기까지 작업을 마쳤을 때 옆에 놓인 휴대 전화가 울렸다. 그는 즉시 손을 뻗어 버튼을 눌렀다.

"여보세요."

"하치다 씨 댁입니까?"

남자 목소리였다.

"그렇습니다."

그가 대답했다. '하치다'는 남자와 그만의 암호였다.

상대 남자가 한 호흡 쉬었다가 물었다.

"'그녀'는 어떻게 됐지?"

"그야 예정대로지."

"약속한 장소에 있는 거지?"

"완벽하게."

"그렇겠지."

전화 저편에서 남자가 낮게 소리 내어 웃었다.

"내가 '데이트'를 신청했으니 완벽하지 않을 리 없지."

"지금 어디 있지?"

"나가하마야. 이제 집으로 돌아가려고."

"알았어."

"'러브 레터'는 어떻게 됐어?"

"보냈지."

다시 웃음소리가 들렸다.

"지금쯤 놈들의 간담이 서늘해졌을 테지."

"앞으로 더 서늘해질 거야."

"그래, 그렇고말고. 그런데 '그 남자' 쪽은 어때? 일을 그만두지는 않았겠지?"

"걱정 마. 열심히 일하고 있어. 그쪽도 방금 확인했어."

"그림이 예쁘게 나온 모양이군."

"응. 어찌나 아름다운지 보여 주고 싶을 정도야."

그러면서 그는 화상 데이터를 다시 화면에 띄우고 바라보았다.

"기회를 봐서 이것도 보내 줘야지."

"그 반응도 기대되는군."

"두말하면 잔소리지."

"그럼 이만."

그리고 상대 남자는 전화를 끊었다.

휴대 전화이기 때문에 도청당할 경우를 생각하지 않을 수 없었다. 둘의 대화에 은어 같은 것이 자주 등장하는 것은 그 때문이었다. '그녀'는 헬리콥터를 뜻하고 '그 남자'는 고속 증식 원형로 '신양'을 가리킨다.

그는 다시 컴퓨터 화면을 바라보았다. 이제 이 화상 데이터를 어느 시점에 보낼 것인지 생각해야 한다.

그는 일어나 창가로 갔다. 조금 전 그가 달려온, '신양'으로 향하는 길이 바라다보였다.

하이키 쪽에서 오는 차가 많아진 것 같았다.

대지진 전에는 쥐들이 먼저 도망친다, 그는 그런 얘기가 떠올랐다.

8

오전 9시 2분. 후쿠이 현청 지사실에는 원자력 안전 대책과 오사나이 과장 외에도 야마네 부지사와 모로타 방재 과장이 와 있었다. 세 사람 모두 굳은 표정으로 서 있었다. 이 세 사람이 지켜보는 가운데 가나야마 지사는 누군가와 통화하고 있었다.

상대는 관방 장관인 이시쿠라 쇼스케. 저쪽에서 걸려 온 전화였다.

"……네, 경찰에는 방금 연락했습니다. 기동대원 30여 명을 현지로 보내겠다고 합니다. ……네, 수송에는 자위대의 협력을 얻기로 했습니다. ……아니요, 실은 저희도 아직 구체적인 내용을 다 파악하지 못했습니다. ……아, 그렇습니까. ……네, 좀 더 만반의 태세를 갖추도록 하겠습니다. ……네, 그 점은 염려하지 않으셔도 됩니다. ……네, ……네."

전화를 끊은 가나야마는 숨을 크게 내쉬었다. 그 소리가 오사나이에게는 마치 신음하는 것처럼 들렸다.

올해 일흔 살인 지사는 겨우 이 전화 한 통으로 할 일을 다 끝냈다는 듯이 의자에 푹 기대어 앉았다.

"관방 장관님이 사건에 대해 알고 계시는 모양이군요."

오사나이가 말했다.

"응. 범인이 과학 기술청 원자력국 안전과에도 팩스를 보냈다는군. 관방 장관 얘기로는 노연 본사랑 통산성 자원 에너지청에도 왔대. 협박장을 여기저기 뿌렸나 봐."

"그래서 관방 장관님은 뭐라고……?"

"어디까지가 범인의 본심인지는 알 수 없지만, 일단은 경찰에 일임하겠다는군. 다만 만에 하나의 사태에 대비해 방재 태세에 만전을 기하라고 하셨어."

"범인의 요구 사항을 검토하는 일은 없겠죠?"

"사건의 전개에 따라서는 수상 관저에서 관계 부처 장관 회의를 소집할 수도 있겠지만, 요구 사항을 검토하는 일은 없을 거라고 하는군. 당연한 거 아니야? 이런 요구를 받아들일 수는 없지."

가나야마는 책상에 놓인 팩스 용지를 손가락으로 콕 짚었다. 그러고 나서 모로타 방재 과장을 보며 말했다.

"그쪽은 어때, 소방과에는 연락했나?"

"네. 이미 가장 가까운 소방서에서 소방차 몇 대가 그쪽으로 출발했다고 합니다."

"장비는 충분하겠어?"

"방사선 방호복 등의 특수 재해용 장비는 각 소방서에 준비되어 있을 겁니다."

"그렇군."

가나야마는 고개를 끄덕였다. 그는 장비의 자세한 내용에는 별 관심이 없는 듯했다. 덕분에 오사나이는 내심 안도했다. 방사선 방호복뿐 아니라 가스 마스크와 휴대용 방사선량 측정기 같은 최소한의 장비조차 소방대원 전체가 장착할 수 있을 만큼은 확보되어 있지 않다는 것을 알기 때문이다.

가나야마는 팔짱을 끼더니 짧게 신음 소리를 냈다. 그리고 오사나이를 올려다보며 쥐어 짜내는 듯한 목소리로 물었다.

"만약에 추락하면 어떻게 되지?"

"네?"

"원전 말이야, '신양'. 거기에 헬리콥터가 떨어지면 어떻게 되느냔 말이야."

"글쎄요, 그건……. 어떤 헬리콥터인지도 모르는 데다, 협박장에는 폭발물이 실려 있다고만 적혀 있고……."

오사나이의 대답이 명쾌하지 않아서인지 가나야마의 얼굴에 불쾌감이 노골적으로 드러났다. 그의 주름진 입가가 일그러졌다.

"전에 외국의 어떤 학자가 이런 말을 한 적이 있어. '신양'에 사고가 나면, 핵폭탄이 떨어진 것과 마찬가지의 사태가 벌어질 거라고. 그럴 가능성도 있는 건가?"

"아니요, 그럴 염려는 별로 없다고 봅니다."

"정말인가?"

"그렇습니다."

"체르노빌같이 되지도 않고?"

"네, 그럴 염려는 없습니다."

이중 턱을 아래로 당기며 오사나이는 단언했다.

"그래? 그렇다면……."

가나야마는 뺨을 비비며 중얼거리듯 말했다.

"걱정할 일은 오직 현장 주변에 관한 것이겠군."

"네, 그렇습니다."

고개를 끄덕이던 오사나이는 깨달았다. 이 노인은 이곳이 위험한지 어떤지를 생각하고 있는 것이다. 헬리콥터가 추락했을 때 여기 있어도 괜찮은가를.

"아무튼 우리로서는 방재에 만전을 기하는 수밖에 없겠군. 긴급 시 피난 계획을 잘 따르도록 하자고."

"긴급 시 피난 계획…… 말씀인가요?"

오사나이가 물었다.

"그래. 무슨 문제라도 있나?"

"아니요, 저……, 그래도 괜찮을까 싶은 생각이 들어서요."

오사나이의 말에 가나야마는 의아하다는 표정을 지었다.

"그래도 괜찮을까 싶다니, 그게 무슨 뜻이지?"

"긴급 시 피난 계획은 원전에 사고가 발생해서 방사능 누출의 우려가 있을 때 발동하는 것이잖습니까. 아직 사고가 일어나지도 않았는데……."

"사고가 일어난 다음이 아니라 그 전에 대피하는 게 낫잖아."

"그러나 그건 사고가 일어날 거라고 가정한다는 얘기가 됩니다."

"그러면 안 되는 건가? 헬리콥터가 추락할지도 모르잖아. 그러니 사고 발생을 예상하는 건 당연한 일 아닌가?"

"아니, 그렇지만 설령 항공기 사고가 발생한다 해도 방사능 누출로 이어지는 일은 없다고 지역 주민들에게 설명하지 않으셨습니까."

"뭐야?"

순간 가나야마는 느닷없이 찬물이라도 뒤집어쓴 듯한 표정이 되었다. 그의 눈이 초점을 잃고 허공을 헤맸다.

"만일 이 시점에 주민들을 대피시킨다면 원전에 항공기가 추락했을 경우 방사능 누출을 동반하는 사고로 이어질 수 있다는 것을 현이 인정하는 꼴이 됩니다."

"허어……."

야마네 부지사의 입에서 그런 소리가 새어 나왔다. 모로타 방재 과장도 입을 쩍 벌렸다.

가나야마가 얼굴을 찡그렸다. 얼굴 가득한 주름이 더욱 깊어졌다.

"하지만 그렇다고 방재 대책을 강구하지 않을 수도 없잖은가."

"그거야 그렇습니다만, 주민을 대피시키려면 그럴 만한 이유가……."

오사나이가 거기까지 말했을 때 책상 위의 전화가 울렸다. 가나야마는 노인이라고 여기기 힘들 정도로 재빨리 수화기를 들었다.

"그래. ……음, 연결해."

가나야마가 송화구를 손바닥으로 덮더니 "현경 본부장이야."라고 나머지 세 사람에게 알렸다.

이윽고 전화가 연결된 듯했다.

"아이고, 본부장님. 이거 신세가 많습니다."

가나야마는 과장된 소리로 말했다. 그러나 그 목소리는 차츰 낮고 분명치 않은 소리로 바뀌어 갔다.

"……아니, 뭐라고요? 그게 말이 됩니까? 어떻게 그런 일이……."

지사의 심상치 않은 표정에 나머지 세 사람도 긴장의 수위를 높였다. 오사나이는 가나야마의 얼굴에서 서서히 핏기가 가시는 것을 보았다. 그리고 지사의 다음 발언은 세 사람으로 하여금 자신들의 귀를 의심케 했다.

가나야마는 이렇게 되물었다.

"헬리콥터에 타고 있는 사람이 어린아이 한 명뿐이란 말입니까?"

9

"네, '신양' 발전소입니다. ……아, 네, 그 점에 관해서는 현재 조사 중이라서…… 네, 그런 걸 받은 것은 사실입니다만, 어디까지가 범인의 진심인지는 아직 알 수 없습니다. ……아니요, 소장님은 지금 전화를 받기 곤란한 상태입니다."

"경찰에는 이미 신고했습니다. 곧 도착할 겁니다. ……아니요, 지금으로서는 아무것도 할 수 없기 때문에 일단은 사태를 지켜보는 수밖에…… 아니요, 그래 봤자…… 네, 불안하시다는 것은 잘 압니다. 네, 물론 지역 주민 여러분의 이해 덕분이라는 것은 충분히 알고 있습니다."

"저희도 자세한 건 잘 모릅니다. ……그러니까, 그걸 잘 모르겠습니다. ……난감하지만, 지금으로서는 어쩔 도리가 없습니다."

"괜찮습니다. 그런 걱정은 안 하셔도 됩니다. ……아니, 무슨 그런 말씀을, 핵폭발이라니요. 그런 일은 절대 없습니다. 걱정 마십시오. 안심하세요."

'신양' 발전소 종합 관리동에서는 직원들이 걸려 오는 전화에 응대하느라 정신이 없었다. 범인이 면사무소에도 협박장을 보내는 바람에 마을 전체에 소문이 퍼져 문의 전화가 쇄도하고 있었다.

소장인 나카쓰카 역시 전화를 받고 있었다. 상대는 발전소에서 조금 떨어진 작은 마을의 부면장이었다.

"대피를 해야 하는지 안 해도 되는지, 그걸 가르쳐 달라는 겁니다. 다들 겁에 질려 우왕좌왕하면서 빨리 대피해야 하는 것 아니냐고 묻고 있어요. 뭐가 어떻게 돌아가고 있는 겁니까? 사실대로 말씀해 주세요."

부면장은 상당히 격앙돼 있는 듯, 몇 번이나 말을 더듬었다.

"그러니까 그게, 지사나 경찰의 지시가 없는 한 뭐라고 말씀드릴 수가 없어요. 아직 사고가 발생한 것도 아니고 말이죠."

"사고가 날지도 모르는 거잖습니까. 헬리콥터가 추락하면 그게 바로 사고 아닌가요?"

"경찰에서 범행을 반드시 저지하겠다고 했습니다."

"그런 말을 어떻게 믿습니까. 만약 떨어지면 어떻게 할 건데요?"

"만에 하나 그런 일이 발생한다 해도 주변 지역에는 피해가 미치지 않도록 대처할 겁니다."

"그런 안이한 소리가 어디 있어요. 체르노빌도 대처를 한다고 했지만 결국 그렇게 된 거 아닙니까!"

그렇게 불안하면 대피하면 되잖아, 라고 말하고 싶은 것을 나카쓰카는 가까스로 참았다. 방금 전화로 들었던 노연 본사 쓰쓰이 이사장의 말이 귀에 남아 있었다.

쓰쓰이는 이렇게 말했다.

"알겠나, 나카쓰카? 주민들의 문의가 쇄도할 거야. 하지만 대피할 필요가 있다는 말을 경솔하게 내뱉어서는 안 되네. 이 시점에 서둘러 대피시킨다는 건 원전의 안전성을 스스로 부인하는 꼴이 될 테니 말일세."

항공기가 추락한다 해도 방사능이 누출되는 사고로 이어지지는 않는다. '신양'뿐 아니라 전국 모든 원전에 대해 일본 정부는 그렇게 선전하고 있었다. 이번 사태로 허둥대며 대피하는 것은 그런 선전과 모순된다는 얘기다.

거기에 아오모리 문제도 있었다. 로카쇼무라에 건설 중인 재처리 공장 근처에는 미사와 기지가 있는데, 그곳에서는 자위대의 전투기와 미군기가 하루가 멀다 하고 비행 훈련을 하고 있었다. 그곳의 항공기 추락 사고에 대한 위험성을 지적하는 목소리도 여전히 사라지지 않은 상태였다. 지금 여기서 주민을 대피시키면 아오모리에서도 논란이 재연될 것이 뻔했다.

부면장과의 전화를 간신히 끊은 나카쓰카는 손목시계를 보았다. 9시 20분이 돼 가고 있다. 슬슬 경찰이 도착할 시간이다.

창가에 서서 그는 격납 용기의 상공을 올려다보았다. 회백색 비행체는 불길한 엔진 음을 뱉어 내며 여전히 창공을 배경으로 떠 있었다. 그 위치도 조금 전과 변함이 없다.

누군가가 헬리콥터로 '신양'을 향해 돌진하려 하고 있다. 게다가 기체에는 대량의 폭발물까지 실려 있다.

제정신으로 하는 행동이라고는 생각하기 어려웠다. 원전과 함께한 오랜 세월 동안 나카쓰카는 이런 일이 일어나리라고 한번도 생각해 본 적이 없었다.

그러나 이 사태가 장난이 아니라는 것만은 명백했다. 실제로 지금 헬리콥터는 범인의 말대로 원자로 상공에 떠 있다. 그것도 그냥 헬리콥터가 아니다. 경찰에서 입수한 정보에 따르면 자위대에서 탈취한 것일지도 모른다고 한다. 현경 본부와 노연 본사에까지 협박장을 보낸 것만 봐도 범인은 상당한 각오를 품었음에 틀림없었다.

저 헬리콥터가 추락하는 날에는 어떤 일이 벌어질 것인가. 구조물의 강도나 내진성, 만일의 경우에 대비한 다중 방호 시스템 같은 것들이 나카쓰카의 머릿속에서 어지럽게 맴돌았다. 그러나 그런 지식을 총동원해 봤자 무슨 일이 벌어질 것인가를 상상하기는 어려웠다. '신양'의 안전성을 신뢰하고는 있다. 그러나 그것은 이렇게 예외적인 경우를 제외한 범위에서의 일이다.

아직까지는 어느 기관에서도 대피 명령을 내리지 않았다. 그러나 하이키 마을 주민들을 위시해 지역민의 일부가 쓰루가 반도를 남하하고 있다는 정보를 나카쓰카도 이미 들어서 알고 있었다. 그런 행동이 성급하다고 비웃을 마음은 들지 않았다. 오히려 대피하는 편이 안전하겠다는 게 나카쓰카의 개인적인 의견이었다.

그건 그렇다 치고, 대체 어떤 놈이 이런 짓을……

그런 생각을 하며 백발이 섞인 머리카락을 뒤로 쓸어 넘기고 있는데 운전과장인 니시오카가 눈에 들어왔다. 체구가 작은 편인 니시오카는 나카쓰카를 올려다보면서 똑바로 다가오고 있었다. 딱딱하게 굳은 표정에, 금테 안경 속 눈동자가 충혈돼 있었다.

나카쓰카는 옆에 있는 의자에 앉을 것을 권했지만 니시오카는 앉으려 하지 않았다. 하는 수 없이 나카쓰카도 선 채로 이야기를 나누게 됐다.

"팩스는 봤겠지?"

"봤습니다."

니시오카의 목소리가 살짝 떨렸다.

"운전원들에게도 전했나?"

"네. 전하지 말 걸 그랬나요?"

"아니야, 됐어. 운전원들의 상태는 어떤가?"

"그야……."

니시오카가 몇 번 눈을 껌벅거렸다.

"당연히 놀랐죠. 저도 그랬고요."

"그렇겠지. 그래도 어떻게든 침착하게 업무를 계속할 수 있도록 잘 설득해 주게."

"그래야겠죠."

"조금 있으면 경찰이 와서 헬리콥터를 조종하고 있는 범인을 설득하든 뭘 하든, 어쨌든 뭔가 조치가 있을 거야. 그러나 만일의 경우에 대비해 우리도 생각을 해 둬야 하네."

"네……."

니시오카의 얼굴이 한층 굳어졌다.

"지시가 떨어지면 언제라도 긴급 정지할 수 있도록 준비해 주게. 정지 지시는 다른 연락이 없는 한 나나 이지마 부소장이 할 거야. 다른 사람이 하는 명령은 듣지 말도록 하게."

"알겠습니다."

"그 밖에 원자로 운전에 관해서는 평상시대로 자네에게 일임하겠네. 그리고 운전원들 중에 심리적 동요가 심해서 정상적으로 업무를 계속할 수 없는 사람이 있으면 즉시 보고하도록. 다른 반 직원과 교체할 테니까."

"네. 하지만 그럴 염려는 없을 겁니다. 모두들 우수한 운전원입니다."

"그렇다면 다행이고."

나카쓰카는 고개를 끄덕이며 미소를 보였다. 그러나 마음의 긴장이 누그러진 것은 아주 짧은 순간뿐이었다.

"만일 긴급 정지를 시행했을 경우에는 노심을 냉각시키는 데에 전력을 다하도록. 평소 시뮬레이션을 통해 훈련한 대로 냉정하게 대처하는 거야. 알겠나?"

"네, 알겠습니다."

목례를 한 후 니시오카는 빠른 걸음으로 물러갔다.

그가 나가는 것을 지켜보고 나서 나카쓰카는 이지마 부소장을 불렀다.

"언제라도 이곳을 빠져나갈 수 있도록 전 직원을 준비시키게. 각종 자료를 최우선적으로 가지고 나가되, 나중에 입수 가능한 것들은 놔두도록 하고."

"대피하는 거군요."

이지마가 말했다. 지시를 기다리고 있었다는 듯, 안도하는 표정이다.

"범인이 헬리콥터를 어디에 떨어뜨릴지 알 수 없지 않나. 지금은 격납 용기 위에 있지만, 자칫 잘못해서 다른 건물로 떨어지지 말란 법도 없고 말이야. 그럴 경우를 대비해서, 여기 반드시 있어야 하는 사람들 외에는 모두 부지 밖으로 이동시키도록 하게."

"알겠습니다. 그런데 대피 장소는 어디로 할까요?"

"N사의 하우스가 좋을 것 같네. 나중에 내가 직접 연락해 두지."

"네, 알겠습니다."

부소장이 고개를 끄덕였다.

N사는 '신양'의 관리 및 유지 보수를 담당하는 하청 회사다. 이 회사의 서비스 하우스가 발전소를 나선 곳에 세워져 있었다.

"준비가 다 되면 자네가 지시해서 순차적으로 이동하도록 하게."

"네. 그런데 소장님은요?"

"나는 이곳에 남을 거야. 운전원들만 남겨 둘 수는 없지 않은가."

이지마가 눈을 휘둥그렇게 떴을 때 젊은 직원이 다가왔다.

"쓰쓰이 이사장님의 전화입니다."

"음……."

나카쓰카는 직원이 가리키는 전화로 가서 수화기를 들었다.

"나카쓰카입니다."

"원자로 운전을 중지하지는 않았겠지?"

쓰쓰이가 특유의 쉰 목소리로 물었다. 오늘은 그 목소리에서 평소의 여유가 느껴지지 않는다.

"물론입니다. 평소처럼 운전하고 있습니다."

"좋아. 일단은 그대로 운전을 계속하게. 절대 중지해서는 안 되네."

"과학 기술청 쪽에서 뭔가 지시가 내려졌습니까?"

"운전을 계속하라는 지시뿐이야. 그보다, 일이 좀 골치 아프게 됐어."

"뭐가 말씀입니까?"

나카쓰카의 가슴에 불길한 예감이 번졌다.

"그 헬리콥터 말이야,"

그러고서 쓰쓰이가 말을 끊었다. 거드름을 피우는 것이 아니라 침을 삼키는 것 같았다.

"범인이 타고 있지 않은가 봐."

"타고 있지 않다니요?"

나카쓰카는 자신도 모르게 창문 쪽으로 시선을 돌렸다. 하지만 각도 때문에 헬리콥터는 보이지 않았다.

"그럼 누가 조종하고 있다는 겁니까?"

"컴퓨터가 하고 있다는군. 범인이 헬리콥터에 타지 않고 멀리 떨어진 곳에서 조종하고 있다는 거야."

"어떻게……."

갖가지 생각이 나카쓰카의 머릿속을 맴돌았다. 그중에서도 그가 맨 먼저 떠올린 생각은, 헬리콥터가 추락한다 해도 범인 측에는 아무런 희생이 없다는 점이었다.

"그런데 말이야, 실은 그보다 더 큰 문제가 있어."

그러면서 쓰쓰이가 마치 확인 사살 하듯 쏟아 놓은 내용은 나카쓰카를 경악케 했다. 헬리콥터 개발 팀 연구원의 아이가 헬기 안에 갇혀 있다는 것이다.

"아이가? 설마요……."

"믿기지 않겠지만 사실인 것 같아. 경찰청에서도 연락이 왔어."

헬리콥터에 아이가 타고 있다. 그리고 기체는 범인이 원격조종하고 있다…….

나카쓰카는 머릿속이 혼란스러웠다. 생각이 정리되지 않아 무슨 말을 어떻게 해야 할지 막막했다.

"일이 그렇게 됐으니 무슨 수를 써서라도 헬리콥터의 추락을 막아야 하네."

쓰쓰이는 다짐하듯이 못을 박았다.

"그럼 범인의 요구를 받아들인다는 겁니까?"

"그럴 수야 없겠지만, 일이 여기까지 오면 우리가 나설 문제가 아니야. 정부에 맡기는 수밖에 없겠지."

"하지만 범인이 헬리콥터에 타고 있지 않은 이상 경찰로서도 손을 쓸 방법이 없지 않습니까. 범인이 어디 있는지도 모르는데 말이죠."

"그래서 말인데, 경찰이 아무래도 텔레비전을 통해 범인을 설득할 모양이야."

"텔레비전을 통해서요? 그럼 이 일이 곧 보도된다는 말씀입니까?"

"응. 매스컴도 냄새를 맡은 것 같고 하니 선수를 쳐서 경찰청장이 기자 회견을 하기로 했다는군. 그 자리에서 범인에게 헬리콥터에 아이가 타고 있다는 사실을 알릴 모양이야."

"아……"

"범인의 양심에 호소한다는 작전이지. 범인이 양심이 있는 사람이면 좋을 텐데."

"그러게요."

자칫하다가는 협박의 재료를 하나 더 주는 꼴이 된다. 이건 하나의 도박이라고 할 수 있었다.

"하지만 이 소식이 전해지면 또 다른 문제가 발생할 겁니다."

나카쓰카가 말했다.

"공황을 말하는 건가?"

"그렇습니다."

"뭐, 그 문제는,"

쓰쓰이는 숨을 한 번 후, 내쉬고 나서 말을 이었다.

"어느 정도는 감수해야겠지."

그 말에 나카쓰카는 아무 대꾸도 하지 않았다. 대신 마음속으로 '그런 공황에 휩쓸리는 처지가 한번 돼 보라지.'라고 악담을 했다.

10

무로부시 슈키치가 사건에 대해 알게 된 것은 와카사 만에 면한 스가하마라는 마을에 사는 여동생에게서 전화가 걸려 오고 나서였다. 스가하마는 '신양' 발전소가 있는 하이키로부터 외길로 약 8킬로미터 정도 남쪽으로 내려온 곳에 있다.

"오빠, 오빠, '신양'에 헬리콥터를 추락시키겠다는 협박장이 왔다는 게 사실이야?"

올해 마흔이 된 동생은 쇠붙이를 두드리는 듯한 목소리로 물었다.

눈은 떴지만 이불 위에 드러누워 한 손에 부채를 쥐고 마당을 바라보고 있던 무로부시는 그 목소리에 하마터면 수화기를 떨어뜨릴 뻔했다.

"뭐야? 아니, '신양'이 어떻게 됐다고?"

무로부시는 수화기를 고쳐 쥐었다.

그의 집은 쓰루가 시내에 있다. 그래서 '신양'이라고 하면 그게 핵발전소를 말한다는 사실을 곧바로 알아듣는다.

"그런 협박장이 왔다고 동네가 시끌벅적해. 그리고 실제로 헬리콥터를 봤다는 사람도 있고."

"야, 그게 도대체 무슨 소리야? 처음부터 다시 차근차근 말해 봐."

무로부시는 이불 위에 책상다리를 하고 앉았다. 그리고 베개

맡에 전화기와 나란히 놓아둔 메모장을 끌어당긴 후 볼펜을 손에 쥐었다.

그러나 여동생은 협박장의 자세한 내용은 알지 못했다. 면사무소에 그런 협박장이 왔다고만 동네 사람에게 들었다는 것이다. 여동생도 처음에는 반신반의했는데, 관광객들의 차가 잇달아 남쪽으로 내려가는 것을 보고 사태가 심상치 않다는 걸 깨달았다고 한다. 신호에 정지해 있는 차의 운전자에게 물어보니 정말로 헬리콥터가 '신양' 위에 떠 있고, 협박장에 대해서도 들어서 서둘러 돌아가는 길이라고 했다는 것이다.

"동네 사람들도 대피할 준비를 한다는데, 어떡하면 좋지, 오빠? 애들 아빠는 대피 명령이 떨어지면……."

거기까지 듣고 무로부시는 일방적으로 전화를 끊었다. 그리고 후쿠이 현 경찰 본부 내에 있는 자신의 직장, 즉 수사 1과로 전화를 걸었다. 그는 오늘 비번이다.

전화를 받은 사람은 상사인 사와이 계장이었다. 사와이는 무로부시보다 한 살 위 선배로, 형사인 것이 신기할 정도로 성격이 온화한 남자다.

"아, 무로부시. 안 그래도 지금 막 호출하려던 참이었어."

평소에는 느긋하게 얘기하는 사와이의 목소리에 여유가 느껴지지 않았다. 무로부시는 여동생에게 들은 얘기가 유언비어가 아니라는 사실을 직감했다.

"원전 건 때문입니까?"

무로부시의 질문에 잠시 말이 없던 사와이가 "어떻게 알았어?"라고 되물었다.

무로부시는 여동생에게 전화가 걸려 왔었다는 얘기를 했다.

"역시 주민들 사이에서는 소동이 벌어진 모양이군."

그렇게 말하며 눈썹을 축 늘어뜨렸을 사와이의 모습이 무로부시는 눈에 선했다.

"협박장의 내용이 뭡니까?"

"자세하게 설명할 시간이 없어. 간단하게 말하자면 '신양에 헬리콥터를 추락시키고 싶지 않으면 전국에 있는 원전을 지금 당장 폐기하라는 내용이야."

"말도 안 돼요!"

"글쎄 그런 말도 안 되는 생각을 하는 놈이 있다니까. 아무튼 이쪽은 지금 야단법석이야. 과장도 이리 뛰고 저리 뛰고 난리가 아니라고."

그 너구리가 뛰는 일도 있나요, 그런 농담을 하려던 무로부시는 말을 삼켰다.

"알겠습니다. 지금 바로 가겠습니다."

"그렇게 해 줘. ……아니, 잠깐만 기다려 봐."

사와이의 목소리가 전화에서 멀어졌다가 잠시 후 되돌아왔다.

"저, 무로부시, 이쪽으로 올 필요가 없겠어. 집에서 기다려 봐. 쓰루가 주변의 탐문 수사를 해 줘야 할 것 같아."

"탐문 수사 대상은요?"

"세키네를 그쪽으로 보낼 테니까 그 친구한테 듣도록 해."

"알겠습니다."

"그럼 수고하게."

사와이는 서둘러 전화를 끊었다. 그답지 않게 허둥거렸다.

무로부시는 수화기를 내려놓고 이부자리에서 나왔다. 그리고 툇마루로 나가 밖을 내다보았다.

파란 하늘에 솜털 같은 구름이 몇 가닥 흐르고 있다. 무로부시의 집 마당은 서쪽을 향해 있어 아직 태양은 보이지 않는다. 그런데도 오래 쳐다보고 있기 힘들 정도로 하늘이 눈부셨다.

그는 가만히 귀를 기울여 보았다. 근방의 동태를 살피기 위해서였다. 여동생이 사는 지역에서는 이미 주민들이 대피를 시작했다고 한다. 그렇다면 이 부근도 같은 상황이 아닐까 예상했지만 아직 아무런 정보가 전해지지 않았는지 평소와 다른 분위기는 느껴지지 않았다.

'신양'에 헬리콥터를 떨어뜨린다…….

그것이 어느 정도로 위험한 일인지, 솔직히 말해 무로부시로서는 감이 오지 않았다. 헬리콥터 따위가 떨어져 봤자지, 라는 생각이 들기도 했지만 한편으로 사와이 선배가 허둥대는 것을 보면 낙관할 수 있는 일만은 아닌 듯했다.

무로부시는 원래 교토에서 태어났다. 그런데 은행원이었던 아버지의 사정 때문에 초등학생 때 쓰루가 시로 이사했다. 그 후로는 내내 쓰루가에 살면서 이곳에다 집도 샀다. 자세한 건 무로부시도 잘 모르지만, 아버지가 교토에서 일에 무언가 실수를 했던 것이 아닐까 짐작하고 있다.

현재 무로부시가 살고 있는 곳이 그때 아버지가 산 집이다. 15년쯤 전에 일부를 리모델링하기는 했지만, 지금 그가 서 있는 툇마루는 옛날 그대로다.

그러나 그도 내내 쓰루가에서 산 것은 아니었다. 고등학교까지는 쓰루가에서 다녔지만 대학 때는 나고야에서 하숙을 했다. 그리고 지금의 동료들은 잘 모르는 일이지만, 그는 대학에서 화학을 전공했다.

경찰관이 되겠다고 마음먹은 이유는 기업에 취직하면 후쿠이 현으로 돌아가기 어려울 것 같아서였다. 그는 후쿠이 현, 그중에서도 쓰루가라는 곳을 좋아했다. 낚시를 하고 싶으면 자전거를 타고 달려가면 되고, 산에 오르고 싶으면 샌들을 신은 채 하이킹을 할 수 있는 환경이 좋았다. 4년 동안 나고야에서 살아보니 대도시가 자신에게 별로 맞지 않는다는 생각도 하게 됐다.

그러나 무엇보다 그에게 크게 영향을 미친 것은 그의 아버지였는지도 모른다. 그의 아버지는 살아생전에 쓰루가를 좋아하지 않았다. 은행에 오는 손님들을 무시하고, 이웃 주민들을 경멸했으며, 이런 곳은 영원히 발전할 수 없다고 입버릇처럼 말했다. 밤마다 술을 마시고 그런 푸념을 늘어놓는 아버지에게 무로부시는 어린아이다운 정의감에 분노를 느꼈다. 무로부시는 전학 온 자신을 반 친구들이 따뜻하게 맞아 준 것에 감사하고 있었다.

평범한 공무원이 아니라 경찰관이 된 데에 그리 특별한 이유가 있는 것은 아니었다. 그의 이미지 속에 공무원이란 시청에서 뻐딱한 태도로 시민을 대하는 접수원이고, 경찰관이란 파출소를 지키고 있는 순경이었다. 어느 쪽이 자신에게 맞을까 생각하다가 후자를 선택한 것뿐이다.

후쿠이 현경에 채용된 후 한동안은 기숙사에서 살았다. 그러다 아버지가 병으로 돌아가시는 바람에 집으로 돌아왔다. 그 무렵 여동생은 이미 시집을 갔기 때문에 어머니와 단둘이 살게 되었다. 그 후로 오늘까지 무로부시는 쓰루가를 떠나지 않았다. 그동안 그는 중매결혼을 했고 자식을 얻었고 어머니를 잃었다.

지금까지 인생 대부분을 이 쓰루가에서 보냈다고 해도 과언이 아니다.

그런데.

쓰루가에 살면서 원전이라는 존재를 크게 의식한 적은 별로 없었다. 물론 시민운동이 활발하다는 것을 알고 있었고, 원전이 없는 다른 지역 주민에 비하면 원전 관련 지식이 많은 편이기도 했다. 아니, 그뿐만 아니라 그는 직업상 몇 번인가 원전과 관련이 된 적도 있었다. 예를 들어 '신양'이 건설될 당시, 반대파의 데모를 제압하기 위해 동원되기도 했다.

그럼에도 일상생활 속에서는 원전의 존재를 별로 의식하지 못했다. 한신 대지진이 발생했을 때조차 아주 가까이에 원전이 있다는 생각은 떠오르지 않았다. 그 후 각종 매스컴에서 '지진과 원전'이라는 문제를 다루었을 때에야 겨우 사태의 심각성을 깨달았을 정도다. 포기했다고도 할 수 있고 익숙해졌다고도 할 수 있다. 어느 쪽이든 감각이 둔해졌다는 증거였다.

이번 일만 해도 그랬다. 심각한 상황이라는 것을 머리로는 알겠는데 어딘지 모르게 현실과 동떨어진 일이라는 기분이 들었다.

그러나 그것이 그는 두려웠다.

낙관할 수 있는 근거 따위는 무엇 하나 없었다. 근거가 있다면 '어제까지 안전했으니 오늘도 내일도 안전하겠지.'라는 생각뿐인데, 그것은 환상에 지나지 않는 것이었다. 무로부시는 자신의 신경이 둔해져 있다는 사실을 자각하고 말할 수 없는 초조감을 느꼈다.

그는 잠옷을 벗고 머리맡에 준비해 둔 옷을 입기 시작했다. 비번일 때라도 호출을 받으면 즉시 나갈 수 있도록 그렇게 해놓는 것이 그의 오랜 습관이다.

"어머, 당신 나가?"

마루에 있던 아내 요시코가 물었다. 그녀는 빨래를 하려는 참인 것 같았다. 속옷이며 수건이 잔뜩 든 바구니를 껴안고 있었다.

"응, 전화 오면 바로 나가려고."

"아침은?"

"아, 아침……, 녹차에 밥 말아서 간단하게 먹고 나갈까?"

그러자 요시코가 바구니를 내려놓고 부엌으로 들어가려고 했다. 무로부시는 그런 아내를 불러 세웠다.

"잠깐만."

"왜?"

"모토오는 어디 있어?"

"자기 방에 있을 거야."

모토오는 올해 고등학교 2학년이 된 아들이다.

"그래……."

잠시 생각하던 무로부시가 요시코에게 가까이 다가가 소곤거리듯 말했다.

"아침은 됐고, 그보다 당신, 모토오 데리고 나라에 있는 친정에 가 있어."

"아니, 왜?"

요시코가 눈을 크게 떴다.

"자세한 건 아직 잘 모르겠지만, 원전이 위험한 상황에 놓일지도 몰라."

"뭐라고?"

요시코의 안색이 변했다.

"어느…… 원전?"

"'신양' 말이야."

요시코의 입이 쩍 벌어졌다. 그 모습을 보면서 무로부시는, 이 여자는 나만큼 신경이 둔해지지는 않은 모양이라고 생각했다.

"귀중품이랑 갈아입을 옷만 챙겨서 최대한 빨리 떠나."

"당신은?"

"나는 일해야지. 어쩔 수 없잖아. 나중에 갈게."

"오늘 비번이잖아. 같이 가면 안 돼?"

"그럴 수는 없어. 일단 당신이랑 모토오만이라도 피해. 꾸물대지 말고 어서."

"알았어."

요시코는 대답을 한 후 잠시 망설이는 듯한 모습을 보이다가 현관 쪽으로 걸어갔다.

"여보, 어디 가는 거야?"

"옆집에."

요시코가 돌아보며 대답했다.

"옆집에는 무슨 볼일로?"

"볼일은 무슨."

요시코는 의아해하는 눈초리로 남편을 보았다.

"원전이 위험하다는 걸 알려 줘야지."

"이런, 바보. 당신부터 준비하고 나서 알려. 이 일대에 소동이 벌어지면 도망가기도 힘들 거 아니야."

"아……."

요시코가 입에 손을 갖다 댔다.

"그것도 그러네."

"얼른 떠날 준비나 해."

"알았어요."

요시코는 후다닥 계단을 뛰어 올라갔다.

무로부시는 시계를 봤다. 9시 20분이 되어 가고 있었다.

11

아이치 현 경찰 본부 수사관들이 니시키 중공업에 도착한 것은 9시 20분이 조금 지났을 때였다. 그러나 그들이 오기 조금 전에 이미 고마키 경찰서 서장이 경관을 여러 명 데리고 달려와 격납고 등의 현장을 보존했다. 유하라 등은 이 서장의 입을 통해서 헬리콥터를 탈취한 범인이 고속 증식 원형로 '신양'을 방패 삼아 국가를 상대로 협박하고 있다는 얘기를 들었다. 믿기 힘들지만 사실이라고 했다. 그러니 무슨 수를 써서라도 이 현장에서 해결의 실마리를 찾아야 한다고, 나이 지긋한 서장은 다소 핼쑥한 얼굴로 역설했다.

현경 본부 수사관들의 대표는 기타니라는 형사 부장이었다. 쉰 전후로 보이는 그는 차분한 인상이지만 동시에 때에 따라서는 냉철함을 여지없이 드러낼 것 같은 분위기를 풍겼다.

형사 부장이 몸소 현장을 찾는 것은 매우 드문 일이다. 다시

말해 기타니의 등장 자체가 이번 사태의 심각성을 말해 준다고
도 할 수 있었다.

기타니가 현장에 도착해서 맨 먼저 한 일은 니시키 중공업 관
계자들이 모여 있는 후생 센터 2층 회의실을 현장 지휘 본부로
사용하겠다고 말한 것이었다. 가사마쓰 기술 본부장은 이 제안
을 그 자리에서 승낙했다.

지휘 본부 주위에 있는 작은 방 몇 개는 관계자들을 불러 참
고인 조사를 하는 데 쓰기로 했다. 유하라와 야마시타도 그중
한 방으로 불려 갔다. 아이치 현경 수사 1과 특수반의 다카사
카라는 경위가 그들을 기다리고 있었다. 눈썹이나 콧대, 턱 선
이 모두 날카로운 느낌을 주는 사람이다. 경위라면 거기에 상
당하는 연령이 됐을 텐데도 얼굴에는 주름이 거의 없었다. 하
지만 그래서 젊어 보인다기보다는 오히려 음산한 인상을 주었
다. 유하라는 그와 마주 앉자마자, 아마도 이 음산한 인상이 범
인과 대치할 때는 위력을 발휘할지 모르겠다는 생각을 했다.

다카사카 경위의 양옆에는 젊은 형사 두 명이 앉아 있었다.

"어떤 상황인지는 알고 계시죠?"

다카사카가 유하라와 야마시타를 번갈아 보면서 물었다.

"네, 대충은요."

유하라가 대답했다.

좋습니다, 라고 말하며 다카사카는 고개를 끄덕였다.

"우선 경찰청의 전달 사항을 말씀드리겠습니다. 예의 헬리콥

터에 대해 잘 아는 분을 급히 현지, 즉 쓰루가 반도의 '신양' 발전소로 파견해 주십사 하는 겁니다. 누구를 보내느냐는 니시키 쪽에 맡기겠습니다. 단,"

다카사카는 말을 잠시 끊고 유하라의 얼굴을 응시했다.

"반드시 본인의 의사를 확인한 후 보내야 합니다. 거부하는 사람에게 무리하게 강요하는 일이 있어서는 절대로 안 됩니다."

무슨 일이 생길지 예측할 수 없으니 현지에서의 안전을 보장할 수 없다는 뜻이었다. 유하라는 바짝 마른 입술을 혀로 축였다.

"알겠습니다. 제가 가겠습니다."

유하라가 말했다.

"아닙니다. 제가 가겠습니다."

야마시타가 나섰다.

"GPS 시스템은 제 담당입니다."

"자네는 부인 곁에 있어. 내가 갈게."

그러자 야마시타가 천천히 고개를 저었다.

"게이타가 그런 상황에 처했는데 이러고 앉아 있을 수만은 없습니다. 그리고 마치코도 제가 여기서 뒷짐만 지고 있으면 속이 타들어 갈 거예요. 부탁입니다. 가도록 해 주세요."

유하라는 한숨을 내쉬었다.

"그럼 같이 가지. 우리 둘이 가면 웬만한 일에는 대처할 수 있을 거야."

그러고서 유하라는 다카사카 쪽을 향했다.

"그래도 되겠습니까?"

"물론입니다. 잘 부탁드리겠습니다. 헬기를 준비할 테니 그걸 타고 가세요."

다카사카는 부하 형사를 불렀다.

"헬기 준비는 어떻게 돼 가고 있나?"

체구는 작지만 눈매가 날카로운 그 부하는 손목시계를 들여다보더니 "앞으로 10분 정도면 될 것 같습니다."라고 대답했다.

"10분이라……, 두 분은 준비하시는 데 얼마나 걸리겠습니까?"

다카사카가 유하라와 야마시타를 보며 물었다.

"관련 자료만 챙겨 오면 되니까 5분 정도면 됩니다."

유하라가 대답했다.

"알겠습니다. 그럼 그 전에 5분만 더 제게 시간을 내 주세요."

그리고 다카사카는 양복 안주머니에서 종이 한 장을 꺼내 유하라 앞에 내밀었다. 협박장의 복사본이었다. 관계자 제위, 라는 말로 시작되는 그 문서에는 그야말로 경악할 내용이 적혀 있었다.

"어떻습니까?"

유하라가 끝까지 읽자 다카사카가 득달같이 물었다.

"놀랍습니다."

유하라가 솔직한 감상을 말했다.

다카사카는 희미하게 미소를 지었다. 표정을 환하게 한 것이 아니라 기분 나쁨을 강조하는 웃음이었다.

"동감입니다. 그런데 뭔가 짚이는 것 없습니까?"

"이 협박장을 읽고 말입니까?"

"네."

다카사카는 유하라에게 눈길을 향한 채 뾰족한 턱을 천천히 아래로 끌어당겼다.

"범인이 어떤 인물인지 유추할 만한 말투나 용어가 없느냐는 뜻입니다."

그 말을 듣고 유하라는 다시 한 번 협박장을 눈으로 훑었다. 그러나 그의 감각에 걸려드는 것은 없었다.

"글쎄요, 딱히 없는데요."

"그렇군요."

다카사카가 그다지 낙담하는 것 같지는 않았다.

"야마시타 씨는 어떻습니까?"

"저도 특별히……."

그러고 나서 야마시타는 고개를 살짝 갸웃했다.

"다만,"

"다만 뭡니까?"

"아니, 별건 아닙니다만…… '벌'이라는 단어가 마음에 좀 걸리는군요. '천공의 벌'요."

그리고 야마시타는 의견을 구하듯 유하라를 봤다.

"흠, 그렇군."

유하라도 그가 무슨 말을 하려는 건지 알아차렸다.

"듣고 보니 그래."

"무슨 말입니까?"

다카사카가 물었다.

야마시타는 다소 주저하다가 입을 열었다.

"도난당한 헬리콥터의 정식 명칭은 CH-5XJ입니다. 하지만 개조 전의 CH-5XE와 구별하기 위해서 저희는 '빅 B'라고 부르죠. 프로젝트 명이 'B 시스템 프로젝트'라서요."

"그런데요?"

"그런데 관계자들 사이에서는 '벌'이라고 부르는 경우가 많습니다. 벌이 영어로 bee잖습니까. 발음이 같으니까 일종의 은어처럼 사용하는 거죠."

"그거 재미있군요."

경위의 눈에 날카로운 빛이 스쳤다.

"그걸 아는 사람이 누구누굽니까?"

"특별히 비밀로 하고 있지는 않아서……."

야마시타가 도움을 청하듯 유하라를 봤다.

"프로젝트에 관련된 사람들과 그 주변 사람이라면 안다고 해서 이상할 것은 없습니다."

"그래도 어쨌든 한정된 사람들일 거 아닙니까?"

"그거야 뭐……, 하지만 범인이 '벌'이라는 단어를 쓴 것은 우연일지도 모르고……."

그렇게 말하는 유하라를 다카사카가 오른손을 들어 제지했다.

"그건 저희 쪽에서 판단할 일입니다. 자, 시간이 없으니 다음 질문으로 넘어가죠. 헬리콥터가 탈취된 상황에 대해서 오다카 서장에게 대충 듣긴 했습니다만, 좀 더 자세하게 들려주실 수 있을까요?"

"네, 그러죠."

"여기 있는 니헤이 형사는,"

다카사카가 자신의 왼쪽에 앉아 있는 키 큰 부하를 가리켰다.

"방범 파트에서 컴퓨터 범죄 등을 다루고 있습니다. 전자 공학과 출신이죠. 저희 팀은 아니지만, 이쪽 분들 얘기를 이해하는 데 도움이 될 것 같아서 와 달라고 했습니다. 그러니 다소 전문적인 얘기를 하셔도 괜찮습니다."

잘 부탁합니다, 라며 니헤이가 고개를 숙였다. 유하라와 야마시타도 함께 인사했다.

"저희가 알고 싶은 건,"

다카사카가 질문을 이어 갔다.

"범인이 대체 뭘 어떻게 했느냐 하는 겁니다. 초대형이라고 일컬어지는 헬리콥터가 제멋대로 격납고를 나와 날아가 버리는 일이 가능하도록 하기 위해 범인이 뭘 해야 했는지, 그걸 알고 싶습니다."

"알겠습니다."

유하라는 고개를 끄덕인 다음 몇 초간 눈을 감고 있었다. 어디서부터 설명하는 게 좋을지 생각하기 위한 시간이었다. 그는 잠시 후 얼굴을 들더니 다카사카 일행을 바라봤다.

"결론부터 말씀드리자면, 범인은 '빅 B'를 원격 조종할 수 있도록 개조한 것으로 보입니다."

"상황으로 판단할 때 그 말씀이 맞는 것 같군요. 하지만 그런 일이 간단히 이루어질 수 있는 겁니까?"

"간단하지는 않죠."

유하라가 즉시 대답했다.

"일반적인 헬리콥터였다면 거의 불가능하다고 단언할 수 있습니다. 미국의 한 업체가 일선에서 물러난 헬기를 표적용으로 원격 조종할 수 있도록 개조하는 세트를 발매하고 있지만, 그걸 사용했다 해도 하룻밤 사이에는 불가능합니다. 다만 '빅 B'라면 어느 정도의 사전 작업을 할 경우 가능할 겁니다. 그 헬리콥터는 특별하니까요."

"특별하다는 건 무슨 뜻이죠?"

"기존의 헬리콥터는 조종사의 조종 조작이 기계적 연결을 통해 로터 등에 전달되도록 돼 있습니다. 그런데 CH-5XJ는 조종사의 조작 내용이 일단 전기 신호로 변환됩니다. 그리고 그 전기 신호는 컴퓨터로 처리돼 최적의 신호로 바뀐 다음 헬리콥터를 움직이는 각 부분에 보내어집니다. 플라이 바이 와이어라고 하는 이 방식은 비행기에는 이미 상당히 많이 보급된 기술이지만 실용 헬기로서는 CH-5XJ가 최초입니다."

"그럼 디지털 방식이겠군요."

니헤이가 메모를 하다 말고 물었다.

"당연히 그렇죠."

다카사카가 고개를 끄덕이며 팔짱을 끼더니 다시 물었다.

"그런 시스템에서는 원격 조종이 가능하다는 말입니까?"

"컴퓨터로 전달되는 신호를 조종간에서 보내는 것과는 별도의 경로로 보낼 수 있도록 조작한다면 가능하죠."

"아주 간단하다는 듯이 말씀하시는군요."

"쉽게 설명하자면 그렇다는 얘기입니다. 하지만 실제로 하자면 얘기가 달라지죠."

"아무튼 범인은 그런 조작을 통해 장난감 무선 원격 조종 헬기를 조종하듯이 그 헬리콥터를 날려 보냈다는 거 아닙니까?"

"아니요. 아무리 그래도 그렇게까지는 무리입니다."

유하라가 고개를 저었다.

"아마도 범인이 원격으로 조종한 것은 격납고에서 헬리콥터를 내보내 이륙시키기 직전까지가 아닐까 생각됩니다. 지면을 이동시키는 정도는 어렵지 않겠지만 이륙이나 비행은 장난감을 다루듯이 할 수 있는 일은 아닙니다."

"그럼 다른 장치가 더 필요하다는 말씀입니까?"

"그렇습니다. 아니, 더 필요하다기보다는 그쪽이 메인이라고 생각합니다. 범인은 아마 AFCS 프로그램을 만졌을 겁니다."

"AFCS라고요?"

"자동 항공 제어 시스템의 약자죠. 고도의 자동 조종 장치라고 보시면 됩니다. 컴퓨터가 조종사를 대신한다고 생각해도 무방하고요."

"아하."

다카사카가 몸을 뒤로 살짝 젖히며 웃는 표정을 지었다.

"마치 SF 같군요."

그러나 그의 눈은 웃고 있지 않았다.

"어느 정도까지 자동화가 가능합니까?"

이번에는 니헤이가 물었다.

"프로그램을 미리 입력해 놓으면 우선 자동 이륙이 가능합니다. 다음으로 지정된 항로를 자동으로 비행할 수 있죠. 지정된 지점에서 호버링으로 전환하는 것도 사전에 프로그램을 입력해 두면 자동으로 할 수 있습니다."

"그렇다면 조종사가 필요 없는 거 아닙니까?"

다카사카가 어이없다는 듯 말했다.

"정상적으로 순항한다면 조종사가 할 일은 거의 없죠. 다만 착륙은 다릅니다. 착륙만큼은 아직 자동화가 어렵습니다."

"그렇다 해도 정말 대단하군요."

"이 모든 것이 가능한 헬기는 세계에서 단 한 대, 탈취당한 그 헬리콥터뿐입니다."

AFCS의 탑재, 사실은 그것이 바로 'B 시스템 프로젝트'의 내용이었다. 이 신기술을 확립한다는 전제하에 플라이 바이 와이어 방식의 CH-5XJ를 도입하게 된 것이다. 그리고 그 때문에 유하라나 야마시타나 모두 지난 5년간 가정을 희생해 왔다.

"그렇다면 범인은 사전에 프로그램만 입력해 두면 되는 겁니까?"

다카사카의 질문에 유하라는 고개를 살짝 옆으로 기울였다.

"그것만으로는 부족합니다. 우선 범인은 격납고에서 헬리콥터를 꺼내기 위해 원격 조종을 시행했는데, 그것은 말하자면 매뉴얼 모드 조종이라고 할 수 있습니다. 그런데 자동으로 이륙하고 지정 항로를 자동 순항하려면 모드를 전환해 AFCS를 가동시켜야 합니다. 그리고 그러기 위한 리모트 컨트롤 장치가 따로 필요합니다."

다카사카가 옆에 있는 니헤이를 보며 "이해하겠어?"라고 물었다.

"네."

니헤이는 고개를 끄덕였다. 그리고 유하라를 향해 "하지만 그건 별로 어려운 작업이 아닐 것 같은데요."라고 말했다.

유하라는 "AFCS의 구조를 아는 사람이라면 할 수 있는 일이겠죠."라고 대답했다.

"유하라 씨는 어떤가요?"

다카사카가 느닷없이 유하라의 가슴께를 손가락으로 가리키며 물었다.

"지금까지 말씀하신 개조나 조작 같은 걸 실행할 수 있습니까?"

"하겠다고 마음먹으면 할 수 있죠."

"시간이 어느 정도 필요합니까?"

"시간…… 말입니까?"

유하라가 야마시타를 보았다.

"유닛만 준비돼 있다면 서너 시간 안에 할 수 있지 않을까 싶습니다."

야마시타가 유하라의 동의를 구하는 표정으로 말했다.

"그렇죠. 그 정도일 겁니다."

"유닛이라는 건 뭐죠?"

"컴퓨터에 신호를 입력하는 일을 무선으로 할 수 있도록 하는 장치입니다. 그런 장치가 준비돼 있다면 설치하고 배선만 하면 끝이니까요."

"그렇다면 시험 비행 전날 밤에 범인이 개조했을 가능성도
……."

"충분히 생각할 수 있습니다."

유하라가 다카사카의 말을 얼른 받았다.

"아니, 그렇게밖에 생각할 수 없습니다. 그 전까지 정비사가 수도 없이 점검했을 테니까요."

"외부인이라면 어떨까요. 지금까지 말씀하신 장치를 설치하는 게 가능할까요?"

다카사카의 질문에 유하라는 다시 야마시타와 눈을 마주쳤다.

"외부 사람이라도 '빅 B'에 사용된 AFCS의 구조를 알아낸다면 불가능하지는 않을 겁니다."

"자네는 그 구조를 가르쳐 준다면 설치할 자신이 있나?"

다카사카가 니헤이에게 물었다.

키가 큰 형사는 고개를 저었다.

"이론적으로야 이해할 수 있겠지만, 실제로 하는 건 역시 헬리콥터의 특성을 모르면 무리라고 생각합니다. 조종 경험이 있다든지 하면 가능하겠죠."

"어떻게 생각하십니까?"

다카사카가 유하라를 똑바로 응시하며 물었다.

"비행 제어에 관해 잘 알아야 한다는 전제 조건이 필요하겠죠."

유하라는 하는 수 없이 그렇게 대답했다.

그의 대답이 특수반 경위를 만족시킨 듯했다. 다카사카는 고개를 크게 끄덕이더니 손목시계를 내려다봤다.

"시간이 꽤 많이 초과됐네요. 서둘러 출발 준비를 하시죠."

유하라와 야마시타는 기술 본관에서 '빅 B' 관련 자료를 챙긴 후 일단 아쓰코 등 세 사람이 기다리고 있는 후생 센터의 방으로 갔다. 아쓰코는 다카히코의 어깨를 껴안은 자세로 파이프 의자에 앉아 있고, 다카히코는 조금 전까지 울고 있었던 듯, 눈 주위가 벌겋게 부풀어 있었다. 그들과 마주 앉은 마치코는 손수건을 눈에 대고 있었다.

유하라와 야마시타가 들어서자 세 사람의 눈길이 동시에 그들에게 쏠렸다.

"지금 야마시타와 함께 헬리콥터가 있는 곳으로 갈 겁니다."

유하라가 자신의 아내보다 마치코에게 먼저 말을 건넸다.

"반드시 게이타를 구출해 내겠습니다."

마치코는 유하라를 올려다보고 나서 시선을 남편에게로 옮겼다.

"게이타를…… 구할 수 있어?"

"어떻게든 할게. 꼭 구해 낼게."

야마시타가 대답했다.

그는 손수건을 쥔 아내의 손을 꼭 잡았다. 그것이 또 그녀의 마음을 건드린 듯, 그녀는 다시 흐느껴 울기 시작했다.

유하라는 자신의 아내와 아들을 보았다. 두 사람 모두 간절한 눈빛으로 유하라를 올려다보고 있었다. 그는 아내 아쓰코 옆에 앉았다.

"마치코 씨를 잘 부탁해. 당신밖에 의지할 사람이 없어."

아쓰코는 아무 대답도 하지 않은 채 겁에 질린 듯이 양 눈썹 끝을 늘어뜨렸다.

"헬리콥터가 원자력 발전소 위에 있다면서?"

그녀가 물었다. 경찰관들이 하는 얘기를 들었을 것이다.

"맞아. 그래서 서둘러야 해."

"추락할 수도 있는 거야?"

"그런 일은 없어."

야마시타 부부 쪽을 힐금 보고 나서 유하라는 말했다.

"그런 일이 없도록 하기 위해서 나와 야마시타가 가는 거야."

"정말 괜찮은 거지?"

"그럼."

유하라는 고개를 힘 있게 끄덕이고 오른손으로 다카히코의 머리를 쓰다듬었다.

"엄마 잘 부탁한다."

"아빠, 게이타를 꼭 구해 줘. 나, 빨리 만나서 사과하고 싶어."

다시 울먹거리는 다카히코에게도 유하라는 힘주어 고개를 끄덕여 보였다.

방에서 나와 복도를 걸어가면서 유하라는 생각했다. 만일에 대비해 최대한 멀리 대피하라는 말을 아내에게 했어야 하나. 하지만 야마시타 부부 앞에서 추락할 가능성이 있다는 얘기를 어떻게 할 수 있단 말인가.

후생 센터 1층으로 가니 수사관들이 텔레비전 앞에 모여 있었다. 유하라도 그들 사이로 머리를 들이밀고 화면을 봤다. 저녁 뉴스 프로그램에서 자주 보는 여자 아나운서의 상반신이 비치고 있었다.

"다시 한 번 임시 뉴스를 전해 드리겠습니다. 오늘 아침 여덟 시경, 아이치 현에 있는 한 중공업 공장에서 자위대의 대형 헬리콥터가 탈취되는 사건이 발생했습니다. 이 헬리콥터는 범인이 원격 조종하고 있으며, 현재 후쿠이 현 쓰루가 시에 있는 '신양' 발전소 상공 약 천 미터에서 호버링을 계속하고 있습니다. 범인은 발전소와 과학 기술청 등에 팩스로 협박장을 보내, 헬리콥터가 추락하는 사태를 막고 싶으면 국내에 있는 모든 원자력 발전소를 사용 불능 상태로 만들 것을 요구했습니다. 한편 이 헬리콥터에는 이 업체에 근무하는 기술자의 초등학교 3학년생 아들이 갇혀 있다고 합니다."

12

'그'도 텔레비전 앞에 있었다. 이제 막 임시 뉴스가 끝난 참이었다. 뉴스 말미에 아나운서는 "잠시 후 9시 45분부터 경찰청 장관의 기자 회견이 있을 예정입니다. 채널 고정하시고 기다려 주십시오."라는 말을 덧붙였다.

그리고 화면은 바로 기자 회견장으로 옮겨 갔다. 정면에 기다란 책상이 놓여 있고 거기에 남자들이 죽 앉아 있었다. 한가운데 있는 사람은 아시다 경찰청 장관이다. 백발을 7 대 3으로 반듯하게 가른 교활하게 생긴 남자였다.

아시다 장관은 손끝에 쥔 메모지에 눈길을 떨어뜨린 채 먼저 현재의 상황을 설명했다. 그 내용은 조금 전 여자 아나운서가 보도한 것과 거의 같았지만, 깔끔하게 요약되지 않았다는 점과 중공업 업체의 이름을 '니시키'라고 밝힌 점이 달랐다. 모여 있는 기자들에게는 사전 브리핑이 있었는지, 술렁이는 기미는 없고 플래시만 쉴 새 없이 번쩍거렸다.

"다음으로, 이것은 에…… 범인에 대한 호소입니다."

아시다는 그렇게 말한 후 기자석을 한 번 둘러보고 다시 메모지로 눈길을 떨어뜨렸다.

'그'는 텔레비전 리모컨을 집어 들고 볼륨을 올렸다.

아시다는 억양 없는 음성으로 호소문을 읽기 시작했다.

"'천공의 벌'이라고 자신을 밝힌 범인에게 알린다. 이미 발표한 바와 같이 제군이 강탈한 헬리콥터에는 지금 아홉 살짜리 어린이가 갇혀 있다. 이 사실은 제군으로서는 예정에 없던 일로, 계획을 실행하는 데 큰 차질을 빚을 것으로 예상된다. 정부는 제군이 속히 헬리콥터를 안전한 장소에 착륙시키고 한 어린이의 생명을 구하리라고 기대한다. 그것을 실행한 후 어떤 문제가 발생했을 경우에는 연락해 주기 바란다. 정부는 그 문제를 해결하기 위해 최대한 노력할 용의가 있다."

말만 거창할 뿐, 요컨대 헬리콥터를 착륙시키라는 명령에 지나지 않았다. 그리고 협박장에 적힌 요구에 대해 한마디도 언급하지 않았다는 것은 그 요구를 받아들이지 않겠다는 의사 표시인 셈이었다.

기자단에서 질문이 쏟아졌다.

"전국의 원전을 사용 불능 상태로 만들라는 범인의 요구는 무시하는 겁니까?"

"그와 관련해서 총리를 중심으로 협의한 결과, 요구에 응할 수 없다는 것이 정부 수뇌의 방침입니다."

"하지만 범인이 똑같은 요구를 계속하면 어떻게 할 겁니까? 인명 구조를 최우선으로 할 경우, 응할 수밖에 없는 것 아닙니까?"

"범인의 응답을 듣기 전에는 뭐라 말씀드릴 수 없습니다."

"만약 이대로 응답이 없으면 어떻게 하실 겁니까?"

"어린이를 구조하고 헬리콥터를 무사히 착륙시키기 위해 최선을 다하겠습니다."

"방법은요?"

"현재 검토 중입니다."

"범인이 뭘 노린다고 생각하십니까?"

"모르겠습니다."

"만에 하나 헬리콥터가 추락할 경우, 피해는 어느 정도나 될까요?"

이 질문에는 아시다 장관이 아니라 그 옆에 있던 과학 기술청 원자력 국장이 대답했다. 얼굴에 기름기가 번들거리는 그 남자를 '그'도 알고 있다.

"헬리콥터가 어디에 추락하느냐에 따라 피해 정도도 달라지겠죠."

"예상할 수 있는 최악의 피해는 어떤 겁니까?"

"그건…… 그것을 추정하기란 상당히 어려운 일입니다. 다만 이렇게는 말씀드릴 수 있을 것 같습니다. 가령 헬리콥터가 추락하더라도 방사능이 대량으로 대기 중에 방출되는 사고는 절대 일어나지 않는다고요."

원자력 국장은 '절대'라는 부분을 강조했다.

"그렇게 말하는 근거는 뭐죠?"

"일본의 원전에는 다중 방호 시스템이 갖춰져 있습니다. 안전장치가 여러 단계에 걸쳐 마련돼 있다는 얘기죠. 때문에 그중 하나가 파괴되더라도 그다음 장치에 의해 사고를 방지할 수 있습니다. 이 시스템이 정상적으로 기능할 거라고 믿습니다."

"헬리콥터에 대량의 폭발물이 실려 있다는데, 지금 자랑하신 시스템이 모조리 파괴될 가능성은 없습니까?"

"없다고 봅니다."

"그럼 만약 어린이가 타고 있지 않다면 헬리콥터가 추락해도 걱정이 없다는 말씀입니까?"

여기까지 보고 '그'는 텔레비전을 껐다. 그리고 휴대 전화를 집어 들어 버튼을 눌렀다.

벨이 세 번 울리고 나서 상대가 받았다.

"여보세요."

"하치다 씨?"

'그'가 물었다.

"아이 때문인가?"

상대 남자가 되물었다. 역시 텔레비전을 보고 있었던 모양이다.

"그래. '그녀'를 움직일 때 알지 못했나?"

후, 숨을 토하는 소리가 들렸다. 이어서 상대 남자가 피식 웃는 것 같았다.

"알았을 리 없잖아. 그만큼 떨어져 있었으니."

"그렇군. ……사실이라고 생각하나?"

"아이가 타고 있다는 거 말인가? 사실일 거야. 그런 덫을 놓아 봤자 놈들에게는 큰 이득이 없을 테니까."

"그래. 하지만 사실이라면 재미없는걸. 아이를 태운 채로는 본래의 목적을 달성할 수 없잖아."

잠시 침묵이 흐른 후 상대 남자가 말했다.

"그렇겠지. 적어도 당신의 목적은 달성할 수 없겠지."

"어떻게 하지?"

그러자 상대 남자가 또 웃는 것 같았다.

"그런 걸 생각하는 건 당신 몫이잖아."

맞는 말이다. 대답할 말이 없어 그는 입을 다물었다. 몇 가지 생각이 머릿속을 맴돌다가 그중 두 가지로 생각이 좁혀졌다.

어느 쪽을 택할 것인가.

"포기할 건가?"

'그'가 침묵하자 상대방이 물었다.

"항복하고 백기를 드는 것도 남자답지."

그것은 '그'가 생각하는 두 가지 방법 중 하나였다.

"우리가 백기를 들면 어떻게든 해결될까?"

'그'가 물었다.

"낸들 아나. 누군가가 어떻게든 하겠지."

상대 남자가 우습다는 투로 말했다. '그'는 그 말투에 화가 치밀었다.

'그'가 다시 침묵했다. 하지만 이번에는 그다지 오래 걸리지 않았다.

"계속한다."

"그래, 그것도 남자답지. 아이는 어쩔 거야?"

"구해야지."

그가 그렇게 말한 순간, 전화 저편의 남자가 웃음을 터뜨렸다.

"제정신으로 하는 소린가? 어떻게 구한다는 거야?"

"정확하게 말하면 구하도록 만드는 거야."

"그러니까 어떻게?"

"그건 이쪽에서 생각할 문제가 아니야."

"흐음……, 듣고 보니 그렇군."

남자의 목소리에서 웃음기가 사라졌다.

"반대는 하지 않겠지만 위험한 일이야. 상대방의 목에 들이 댄 칼을 거두는 셈이라고."

남자가 하는 말의 의미를 그도 이해할 수 있었다.

"칼은 거두지 않아. 칼을 거두지 않고 아이를 구한다."

이번에는 상대 남자가 침묵했다. 그 침묵은 20초 정도 계속 됐다.

"저쪽에 달렸군."

남자가 마침내 입을 열었다.

"놈들이 멍청하면 시간만 버리는 꼴이 될 테고."

"해 보자고. 멍청이가 많을지는 모르겠지만 정신이 제대로 박힌 인간도 몇은 있을 테니까."

"그러기를 기대해 볼 수밖에 없겠군."

남자의 목소리에 웃음기가 되돌아왔다.

13

세키네 형사가 무로부시에게 전화를 한 것은 경찰청 장관의 기자 회견이 텔레비전으로 중계된 직후였다. 무로부시는 뉴스 를 보고 협박장의 내용과 헬리콥터에 어린이가 타고 있다는 사 실을 알았다.

뉴스가 나올 무렵부터 집 근방이 어수선해지고 있다는 것을 무로부시는 느끼고 있었다. 과학 기술청 원자력 국장이 괜찮을 거라고 역설했지만, 다들 그 말을 믿지 못하고 도망갈 작정인 듯했다. 당연한 일이라고 무로부시는 생각했다.

세키네 형사와 만날 장소를 약속한 후 무로부시는 계단 밑에서 2층을 향해 소리쳤다.

"이봐, 뭘 그렇게 꾸물거려. 좀 있으면 큰 소동이 벌어질 거라고."

"그래도 짐은 챙겨야지요."

요시코가 대답했다.

"귀중품만 챙기라고 했잖아. 모토오! 엄마 좀 거들어."

"거들고 있단 말이야."

모토오의 짜증스러운 목소리가 들렸다.

"요시코, 나 지금 나가니까 뒤처리 좀 부탁해. 문단속 제대로 하고 가스도 잘 잠그고. 그리고 장모님께 안부 전해 줘."

"아유, 알았으니까 잘 다녀와요."

귀찮다는 듯 대답하는 요시코의 목소리를 뒤로하고 무로부시는 집을 나섰다.

텁텁하고 뜨뜻미지근한 공기가 몸을 휘감아 옴과 동시에 여기저기서 주부인 듯한 여자들의 신경질적인 목소리가 들렸다. 여름 방학 중이니 집에 있는 아이들에게 대피 준비를 거들라고 시키는 건지도 몰랐다.

상점이 늘어선 거리로 들어서니 이미 문을 닫은 가게들이 눈에 뜨였다. 한 찻집 앞에서는 주인으로 보이는 남자가 입간판을 가게 안으로 들여놓고 '준비 중'이라는 팻말을 걸고 있었다. 가게 안에서 커피 향이 흘러나오는 걸 보면 조금 전까지 영업을 했던 듯하다. 손님을 억지로 내보낸 것일까, 아니면 가게에 있는 텔레비전으로 뉴스를 본 손님들이 당황해서 나간 것일까.

라이트 밴 한 대가 맹렬한 속도로 무로부시 곁을 지나쳐 갔다. 평소 같으면 무심히 보았을 일이지만 오늘은 그 차마저 무언가에 쫓기고 있는 것처럼 느껴졌다.

뒤이어 따라오는 소리는 샌들을 신고 뛰는 발소리였다. 무로부시가 뒤를 돌아보니 청바지를 입은 중년 여성이 다급한 표정으로 뛰고 있었다. 그녀는 후줄근한 옷차림의 중년 남자 따위는 눈에 들어오지도 않는 듯했다. 무로부시는 보도 한편으로 몸을 비켰다. 그녀는 그를 앞질러 10미터 정도 더 간 후 속도를 늦추더니 옆에 있는 편의점으로 들어갔다.

그렇구나, 하고 생각한 무로부시는 그 편의점 앞을 지나가면서 유리창 너머로 가게 안을 들여다봤다. 상상했던 만큼 아수라장은 아니지만, 그래도 평일 오전의 상황이라고 보기 힘들 정도로 손님이 많았다. 손님은 대부분 주부로 보였다. 좀 전에 무로부시를 앞질러 간 여자는 냉장고에서 페트병 생수를 꺼내고 있었다.

피난을 하든 일정 기간 집 안에 틀어박혀 있든 비상식량이 필요하다. 편의점에 손님이 몰려들 것은 불 보듯이 뻔했다. 무로부시는 점원이 딱하게 됐다고 생각했다.

"어, 뭐지? 왜 이렇게 사람이 많아. 무슨 일이 있나?"

"글쎄. 죄다 할망구들인데."

꼬챙이처럼 깡마른 몸에 헐렁헐렁한 셔츠와 반바지를 걸친 고등학생으로 보이는 두 사람이 편의점 안을 들여다보며 짜증스럽다는 듯 말한다. 똑같이 머리를 갈색으로 물들인 그들은 무슨 일이 있는지 아직 모르는 눈치였다. 집에서 아침 일찍 나온 건지 아니면 어젯밤에 외박을 한 건지는 모르겠지만 지금쯤 가족들은 발을 동동 구르고 있을 것이다. 무로부시는 무슨 일이 벌어지고 있는지 알려 줄까 하고 잠시 망설이다가 결국 그만두기로 했다. 집에 연락해 보는 게 좋겠다고 말했다가 별 쓸데없는 참견을 한다고 한 소리 들을 것 같아서였다. 둘 중 한 사람의 셔츠 가슴 주머니에 담뱃갑이 들어 있는 것도 그를 주저하게 만드는 이유 중 하나였다.

사건에 대해 아직 모르는 사람도 많을지 모르겠다고, 편의점 앞을 떠나면서 무로부시는 생각했다. 텔레비전에서 사건이 보도되기는 했지만, 그 밖에 다른 방법으로 주민들에게 알리는 기미는 없었다. 원전에 사고가 생기면 가능한 모든 방법을 동원해 인근 주민들에게 정보를 전달하는 것이 행정 기관의 의무일 것이다. 혹시 '신양'과 좀 더 가까운 곳에서는 정보가 충분히 전달되고 있는 것일까.

공무원들조차 갈피를 못 잡고 있는 건지도 몰랐다. 만일 주민에게 알린다고 하면 뭐라고 할 것인가. 별일 아니니 당황하지 말라고 할 것인가, 아니면 위험한 상황이니 지시가 있을 때까지 움직이지 말고 대기하라고 할 것인가.

아마도 위험하다는 말은 입이 썩어 문드러지는 한이 있어도 하지 않을 것이다. 그런 말을 단 한 번이라도 내뱉었다가는 원전의 안전 신화를 부정하는 꼴이 되고 만다.

무로부시가 늘 이용하는 우체국 앞에 감색 코로나가 서 있었다. 단종된 지 10년 가까운 차종이다. 그가 다가가자 운전석에 있던 세키네가 슬쩍 손을 들었다.

"하필이면 무로부시 선배가 비번일 때 이런 일이 생겼네요."

무로부시가 조수석에 올라타자 세키네가 히죽거리며 말했다. 테니스가 취미인 이 젊은 수사 1과 형사는 여름에도 반듯하게 양복을 차려입는 것이 트레이드 마크다.

"누가 아니래. 이런 때 비번이라서 정말 운이 좋았다고 생각했는데 말이야. 가족과 함께 도망가려고 짐 싸고 있는데 계장이 전화를 했지 뭐야. 실망이 이만저만이 아니야."

그 말이 무로부시 특유의 농담이라는 것을 아는 세키네는 슬머시 웃을 뿐 아무 말도 하지 않았다. 그는 뒤 좌석에 놓여 있던 파일을 집어 선배 형사에게 건넸다.

"뭐야, 이건?"

"탐문 수사할 곳의 리스트예요."

"흐음. 그래, 뭘 물어보라는 거지?"

"우선은 어젯밤과 오늘 아침의 알리바이요. 그리고 헬리콥터 면허의 유무, 무선이나 폭발물에 관한 지식, 원전과의 연관성, 또 팩스 기기나 컴퓨터가 있는지, 특히 컴퓨터요. 그 정도예요."

"컴퓨터?"

"각 곳으로 송신된 팩스가 컴퓨터에서 발신된 것 같대요. 착신 타이밍이나 문서의 상태로 추정할 수 있답니다."

"그렇군."

컴퓨터에서 팩스를 보낼 수 있다는 사실을 무로부시는 이제 처음 알았지만 내색하지 않고 잠자코 있기로 했다.

파일을 펼치니 수백 명의 이름이 적혀 있었다. 그 이름들은 몇 개의 그룹으로 나뉘어 있고, 각 그룹에는 명칭이 붙어 있다. 빨간 색연필로 표시한 부분이 무로부시와 세키네의 담당인 듯했다.

이 리스트의 의미를 무로부시는 이내 눈치챘다.

"이거 너무 안이한 거 아니야?"

"본부에서도 그런 의견이 나왔어요."

세키네는 고개를 끄덕이며 그렇게 대답하고 나서 시동을 걸었다.

"그래도 일단은 이쪽으로 접근하려는가 봐요. 경찰청에서 지시가 있었나 보죠."

리스트에 있는 사람들은 후쿠이 현을 거점으로 활동하고 있는 반원전 단체 멤버들이었다. 물론 전원을 다 포함시키면 수백 명 정도로 그치지 않을 테니 단체의 중심인물이나 전력 회사와의 담판에 참여한 인물 등을 추렸을 것이다. 검거 경력이 있는 사람들을 포함시켰는지도 모른다.

"우선 '신양'과 관련해 반대 활동을 했던 사람들부터 중점적으로 만나 보렵니다."

"하지만 이번 일은 반대파가 할 만한 짓이 아닌데."

"제 생각도 마찬가지예요."

세키네가 동의했다.

"개중에는 물론 상당히 과격하게 행동하는 사람들도 있지만, 이번 같은 파괴 활동은 그들의 방식이 아니에요. 다만 범인이 원전에 대해 증오심을 품고 있다는 것만은 확실해 보여요."

"그건 나도 그렇게 생각해."

무로부시는 턱을 비볐다. 그제야 수염을 깎지 않고 나왔다는 걸 깨달았다.

"원전에 분노하고 있다. 그러나 주민 반대 운동 따위나 하며 한가롭게 있을 수만은 없다. 그런 건지도 모르지."

"원전에 분노하는 이유가 일반적인 반대파들과는 좀 다르지 않을까요?"

"이미 직접적인 피해를 입었기 때문이겠지. 반원전파들은 대부분 원전이 가까이 있다는 불안감 때문에 막연히 반대하는 것에 불과해. 요컨대 미래에 있을지도 모를 피해를 두려워하는 거지. 한신 대지진 같은 큰 지진이 발생하면 어쩌나, 체르노빌과 같은 일이 벌어지면 어쩌나 하는 식으로 말이야. 그런 불안감과 범인의 분노는 본질적으로 달라."

"직접적인 피해라면, 예컨대 어업에 영향을 미쳤다든가 뭐, 그런 걸까요?"

"그럴 수도 있겠지."

"아니면 원전이 근처에 들어서는 바람에 민박 손님이 오지 않게 됐다거나 말이죠."

"그럴 가능성도 없다고는 할 수 없겠지. 하지만 말이야, 돈 문제로 말하자면 원전이 생긴 덕에 혜택을 받은 면도 있지 않을까?"

"관청이나 배를 불렸지 개인은 그렇지도 않을 겁니다."

"그럴지도 모르겠군. 그런데 피해를 입는 걸로 치자면 훨씬 심각한 사람들도 있어."

"원전 근로자들 말씀이죠?"

세키네는 무로부시가 하고 싶은 말이 무엇인지 아는 것 같았다.

"그래. 게다가 그들은 하청 업자와 재하청 업자들이야. 방사능투성이인 곳에 들어가 작업하는 만큼 피폭의 위험도 크고."

"원전 노동자가 방사능의 영향으로 병을 얻었다는 얘기는 자주 들리죠."

"반은 각오하고 그런 일을 하는 사람도 있겠지만, 아무것도 모른 채 솔깃한 얘기에 넘어가서 그런 위험한 일을 하고 있는 사람도 적지 않으니까 말이지. 게다가 원한을 품는 게 당사자 뿐만은 아니야."

"피해자의 가족도 그렇다는 말인가요?"

그렇게 묻고 나서 세키네는 뭔가 떠오르는 게 있는 듯 "잠깐만요."라며 무로부시의 무릎 위에 놓인 파일을 집어 들었다.

"이 단체 말이에요."

세키네가 리스트의 한 부분을 손가락으로 짚었다.

"그런 경우에 해당하지 않을까요?"

그가 가리킨 단체는 '다나베 요시유키 씨의 산업 재해 인정을 위한 모임'이었다.

"그게 왜?"

"다나베 요시유키라는 사람은 긴키 전력의 재하청 업체 근로자였는데 백혈병으로 죽었답니다. 그런데 가족들이 그의 죽음을 산업 재해로 인정해 달라며 회사를 상대로 운동을 펼치고 있는 모양이에요."

"그래?"

"네. 그리고 우리가 이 사람들 담당이에요. 가까운 곳부터 가볼 작정이었지만, 먼저 다나베 요시유키 씨의 가족부터 만나 보는 게 어떨까요?"

"그럴까……."

하지만 무로부시는 잠시 생각하더니 고개를 저었다.

"아니야. 역시 순서대로 가는 게 좋겠어. 서둘러 봐야 어차피 시간에 맞추지도 못할 텐데."

"시간에 맞추지 못하다니요?"

"헬리콥터가 추락할 때까지 말이야. 어차피 떨어질 거라면 느긋하게 하자고."

"범인은 진심일까요?"

"장난으로 할 수 있는 일이 아니잖아."

무로부시는 파일을 뒤 좌석으로 내던졌다.

"자, 그럼 가 볼까."

14

니시키 중공업 후생 센터 2층 회의실에 설치된 아이치 현경 현장 지휘 본부에서는 기타니 형사 부장을 중심으로 요시오카 수사 1과장, 이시바시 공안 1과장 등이 모여 수사 방침에 관해 논의하고 있었다. 물론 고마키 경찰서장 오다카도 있었다.

그들 앞에서 범인 내부설을 주장하고 있는 사람은 수사 1과 특수반장인 다카사카 경위였다.

"유하라와 야마시타, 두 사람의 얘기를 들어 본 결과, 외부인이 저지르기는 불가능한 일이라는 게 확실해졌습니다. 전날 미리 격납고에 숨어들었다는 점과 영수 비행 일정을 알고 있었다는 점 등으로 미루어 범인은 관계자, 그것도 내부 사정을 잘 아는 사람 가운데 있다고 보아도 무방하다고 생각합니다."

"그 가설에는 기본적으로 찬성이야. 하지만 내부인의 범위를 어디까지로 보느냐가 문제지."

기타니 형사 부장이 팔짱을 낀 채 말했다.

"프로젝트에 관련된 사람으로 한정하면 되지 않겠습니까?"

요시오카 수사 1과장이 상사 쪽으로 고개를 돌리고 말했다.

"그럼 몇 명 정도나 되지?"

기타니가 다카사카에게 물었다.

"관련자를 전부 합하면 수백 명에 이를 겁니다."

특수반장의 대답에 그 자리에 있던 사람들이 모두 얼굴을 찡그렸다.

"그렇게 많아?"

"헬리콥터의 구성 요소 하나하나마다 적게는 두세 명에서 많으면 수십 명까지 관련돼 있으니 그 정도 인원이 될 수밖에 없죠. 하청 업자까지 합하면 훨씬 더 늘어납니다."

"나는 이쪽 분야와는 인연이 없어선지 감이 전혀 안 오네."

이시바시 공안 1과장이 혼잣말처럼 중얼거리며 쓴웃음을 지었다.

"범인이 설치했다는 장치를 만들 만한 사람으로 제한하면 어떨까. 그럼 좀 더 좁혀지지 않겠어?"

기타니가 다시 물었다.

"범인이 개조한 조종 시스템에 관련된 사람으로 한정하면 그렇겠죠. 니시키 중공업과 방위청 직원을 합해도 100명 내외가 될 겁니다."

"방위청이라니?"

이시바시의 표정이 굳어졌다.

"항공기 개발부 사람들 말입니다."

니시키 중공업 가사마쓰 기술 본부장에게 이와 관련된 얘기를 들은 다카사카가 대답했다.

신기술을 도입하는 경우, 제조 회사와 방위청 항공기 개발부 사이에는 계속해서 긴밀한 의견 교환이 이루어진다. 이것은 크게 세 단계로 나뉜다.

첫 번째 단계는 개념 설계로, 무엇을 개발할 것인지에 대한 개념을 제조업체 측이 방위청에 전달하는 단계다.

그다음은 기본 설계. 이 단계가 되면 '그룹 회의'라고 불리는 회합이 한 달에 한 번 정도 방위청 항공기 개발부에서 이루어진다. 이때 제조업체 측에서는 스무 명 정도의 기술 담당자가 검토 항목별로 분과회를 조직해 방위청 개발관과 협의하게 된다. 이 과정이 대충 마무리되면 제조업체에서 기본 설계 심사회(PDR-Preliminary Design Review)가 열린다.

마지막은 상세 설계 단계다. 기본 설계와 마찬가지로 그룹 회의를 거쳐 상세 설계 심사회(CDR-Critical Design Review)를 갖는다. 여기서 방위청으로부터 승인이 나면 마침내 제작이 시작되는 것이다. 그러나 실제로는 대개 그 이전에 제작이 시작된다고 가사마쓰는 설명했다. 그러지 않으면 도저히 납기를 맞추기 어렵다는 것이다.

제작이 시작된 이후로도 그룹 회의 등을 통해 방위청이 진행 상황을 점검한다. 때로는 자위대 쪽에서 정비사나 조종사를 파견해 각 부문에 대한 조언이나 요구를 하는 경우도 있다고 한다.

"좋아. 그렇다면 방위청 쪽 사람들에 대해서는 경찰청에 맡기도록 하지."

기타니가 허공의 한 점을 바라보며 말했다.

"방위청 쪽을 제외하면 남는 건 니시키 중공업 사원들이군요. 전원이 해당될 것 같은데요."

요시오카가 기타니 쪽으로 몸을 약간 기울이며 말했다.

"어쨌든 대부분 출근했을 테니 군이 수사관을 여기저기 보낼 필요는 없겠군요."

"하지만 현재 회사에 있는 사원들은 용의선상에서 제외해야 하지 않을까요? 회사에서 헬기를 조종하는 건 불가능할 테니 말이죠."

이시바시 공안 1과장이 이의를 제기하고 나섰다.

"아니요, 유하라 씨 얘기로는 자동 조종으로 전환하고 나면 범인이 할 일은 없다고……."

다카사카가 조심스럽게 말했다.

"그러니까 헬기를 띄우고 나서 시치미를 떼고 출근할 수도 있다는 거죠."

"얘기가 그렇게 되는군."

이시바시도 납득이 가는 모양이었다.

"그래도 역시 요주의 인물은 오늘 회사를 쉰 사원들이겠지."

요시오카가 이시바시의 체면을 세워 주려는 듯 덧붙였다.

"반원전 단체 쪽은 어떤가?"

기타니가 공안 1과장 이시바시에게 물었다.

"리스트는 작성했습니다만, 최근 들어 아이치 현 내에서 대대적으로 활동하는 단체는 없습니다. 도카이 지구 전체로 범위를 확대한다면 모를까."

"최근에는 미에 현의 아시하라 원전이 이슈인가요?"

다카사카가 물었다.

"그런가 봐. 건설 예정지로 결정된 지역에서 강하게 반발해 환경 영향 조사에 반대하는 청원이 구의회에서 채택되기도 했다는군. 하지만 아이치 현 내에서 최근에 적극적으로 반대 운동이 일어났다는 얘기는 듣지 못했어."

그리고 이시바시는 슬며시 웃으며 기타니 쪽을 향했다.

"게다가 니시키 중공업 직원이라면 개인의 이념과 상관없이 그런 단체의 멤버가 될 가능성이 낮다고 생각합니다."

"왜지?"

"니시키 중공업이 원전 사업에도 손을 뻗치고 있기 때문이죠. 긴키 전력의 원전에는 상당 부분 관여하고 있지 않을까 싶습니다."

원자력 사업에 뛰어든 부서는 니시키 중공업 플랜트 개발 사업 본부였다. 공장은 이바라키 현에 있다.

"그러니까 회사의 눈을 의식해서 그런 단체에는 이름을 내걸 수 없다는 얘긴가?"

"그렇습니다."

"전에도 이런 일로 문제가 된 사례가 있거든요."

다카사카가 예전 신문 기사를 떠올리며 말했다.

"원전과 관련된 대형 전기 회사가 직원들에게 원전 반대 운동에 서명하지 못하도록 압력을 넣은 사건이 있었습니다."

"그 사건 이후로 이런 일이 표면화되는 경우는 거의 없었지만, 암묵의 힘이라는 건 분명히 존재하니까요."

이시바시가 다카사카의 얘기를 뒷받침하듯 말했다.

다카사카는 몇 년 전 어느 록 밴드의 반원전 노래가 발매 중지된 사건을 떠올렸다. 레코드 회사의 모회사가 원전 사업에 관계하고 있다는 것이 사실상의 이유였다.

"그렇다면."

기타니는 양손을 머리 뒤에서 깍지 끼고 의자에 깊숙이 기댔다.

"니시키 중공업 직원들은 설사 원전에 반감을 가졌더라도 그것을 표현할 장이 없다는 얘기로군."

"개인적으로 원한을 품은 경우에는 정당한 투쟁의 장이 주어지지 않는 만큼 파괴 활동으로 돌아설 가능성도 있겠는데요."

요시오카가 형사 부장의 의중을 읽은 듯한 말을 했다.

"좋아, 니시키 중공업 담당 수사관에게 그런 점을 염두에 두라고 지시하도록. 일단 대상자는 프로젝트 관계자야. 거기서 아무것도 나오지 않으면 범위를 넓히고."

기세 좋게 말하고 나서 기타니는 일동을 한 번 둘러보았다.

"그건 그렇고, 공장 주변에 대한 탐문 수사는 성과가 좀 있었는지 모르겠군. 슬슬 뭔가 나올 때가 됐는데 말이지. 목격자는 아직 안 나왔어?"

"그게 말인데요."

고마키 경찰서의 오다카 서장이 혀로 입술을 축인 후 말했다. 형사 부장 앞이라서 그런지 누가 봐도 긴장한 기색이 역력했다.

"시험 비행장 북쪽에 수상한 밴이 서 있는 것을 동네 주민이 목격했다고 합니다."

"밴이라니, 승합차 말인가?"

요시오카가 물었다.

"그렇습니다. 흰색 승합차입니다. 차종은 알 수 없고요. 어젯밤 열 시경부터 노상에 주차돼 있었던 것 같습니다. 차에 탄 사람은 목격하지 못했다고 합니다."

"지금은 거기 없겠지?"

"그렇습니다. 다만 밤 한 시까지는 확실히 있었다고 합니다."

"범인의 차일까?"

요시오카가 다카사카를 보고 물었다.

"그럴 가능성이 높다고 생각합니다."

다카사카가 딱 잘라 말했다.

"저도 그 장소에 가 봤는데, 주위가 숲에 둘러싸여 있어 사람들 눈에는 잘 띄지 않지만, 망원경을 사용하면 시험 비행장이 훤히 들여다보이는 곳이었습니다. 특히 헬기가 도난당한 제3격납고는 거의 정면으로 보입니다."

"거리는 어느 정도지?"

"제3격납고까지 직선거리로 500, 600백 미터 정도 될까요."

"그 거리에서 무선 조종이 가능할까?"

이시바시 공안 1과장이 고개를 갸웃거렸다.

"전문가의 의견으로는 무선의 출력을 높이면 가능할 거라고 합니다."

다카사카가 틈을 두지 않고 대답했다.

"차가 있었던 흔적이 남아 있나?"

요시오카가 다시 오다카 쪽으로 고개를 돌렸다.

"타이어 흔적을 채취했습니다. 그리고 담배꽁초와 머리카락 몇 올도요. 하지만 어느 것도 범인이 어젯밤 떨어뜨린 것이라고 단정하기는 어려울 것 같습니다."

"그렇다면 단서는 차뿐이라는 얘긴데……."

기타니 형사 부장이 떨떠름한 표정으로 턱을 비볐다.

"범인이 흰색 승합차를 타고 있었을지 모른다……. 그것 하나로 과연 어디까지 추적할 수 있을지."

"게다가 보나 마나 훔친 차량일 겁니다."

이시바시가 사뭇 단정적으로 말했다.

"범인이 차량 번호가 목격될 경우를 고려하지 않았을 리 없으니까요."

다른 사람들도 그의 의견에 동의하듯 고개를 끄덕였다.

"헬기를 훔치는 것에 비하면 승합차 따위 훔치기는 식은 죽 먹기라는 얘기로군."

요시오카 수사 1과장의 말에 일순 장내에 침묵이 흘렀다.

15

고속 증식로 '신양' 발전소.

소장 나카쓰카는 제2관리동으로 이동해 있었다. 그를 제외하고 이곳으로 이동한 사람은 기술과와 플랜트 1·2과, 방사선 관리과, 기술 개발부의 주요 담당자 열 명뿐이었다. 다른 직원은 이지마 부소장과 함께 발전소 밖에 있는 N사의 하우스로 대피했다.

제2관리동은 종합 관리동에서 남쪽으로 약 50미터 떨어진 경사면에 서 있다. 그만큼 발전 설비에서 더 떨어져 있는 셈이지만, 그렇다고 안전하다고는 볼 수 없었다. 원자로가 있는 건물의 중심에서 200미터 정도 떨어져 있을 뿐이다.

그러나 나카쓰카로서는 발전소 밖으로 나갈 수는 없는 일이었다. 범인의 지시로 운전을 계속해야 하는 이상 운전원들이 중앙 제어실을 떠날 수 없으니, 책임자인 자신도 여기 있어야 한다는 것이 그의 생각이었다.

나카쓰카는 제2관리동 앞에 서서 '신양' 원자로 건물을 바라보았다. 그것이 더없이 견고하다는 것은 알고 있었고, 만약 어딘가가 파괴되었을 경우에는 방호 시스템이 신속하게 작동한다는 것도 이해하고 있었다. 그래도 그는 불안했다. 이런 상황을 생각해 본 적이 없었다.

지금의 이 상황은 그가 전에 이바라키 공학 센터에서 '신양'의 안전성을 확인하기 위해 실시한 갖가지 사고 시뮬레이션과는 그 조건과 파라미터가 완전히 달랐다. 폭발물이 투하될 수도 있다는 것을 알면서도 원자로를 계속 운전해야 하는 사태를 대체 누가 예상할 수 있겠는가.

아니, 애당초 항공기가 추락하는 사태조차 상정한 적이 없었다. 항공기는 원자력 발전소 및 관련 시설 상공을 비행할 수 없다. 비행할 수 없으니 추락을 상정할 필요도 없다. 이것이 지금까지 원자력 행정의 사고방식이었다. 누군가가 일부러 항공기를 추락시킨다는 것은 상상 밖의 일이었다.

"한심하군."

그는 조그만 소리로 중얼거렸다. 상정한 적이 없다고 해서 불안해하는 것은 비과학적인 생각이다. 이래서야 '무슨 일이 벌어질지 알 수 없으므로 원전은 위험하다'고 주장하는 회의파와 다를 게 무엇인가.

자신감을 가져야 한다고 그는 스스로를 타일렀다. 그리고 머릿속에서 다중 방호 시스템의 흐름을 확인했다.

그건 그렇고. 범인은 왜 하필 '신양'을 노렸을까.

전국의 원전을 모두 사용 불능 상태로 만들라고 한 것을 보면 '신양'만 눈엣가시로 여기지는 않는 듯했다. 오히려 국가의 원자력 정책 전체가 공격 대상이라는 인상을 받았다.

그런데 그중에서도 '신양'을 타깃으로 선택한 이유는 무엇일까.

역시 일본 원자력 정책의 상징적인 존재이기 때문일지도 모른다고 나카쓰카는 생각했다.

고속 증식로는 현재 일본의 상업용 원전에서 채용하고 있는 경수로와는 여러 면에서 크게 다르다. 무엇보다 큰 차이는 연료일 것이다. 경수로에서 사용하는 연료는 우라늄 235라는 물질이지만 고속 증식로에서는 플루토늄 239라는 물질을 연료로 사용한다.

플루토늄을 사용하는 이유는 우라늄 235는 천연 우라늄 중에 0.7퍼센트밖에 포함돼 있지 않기 때문에 필요한 양을 항구적으로 확보할 수 있다는 보장이 없어서다. 천연 우라늄의 나머지 99.3퍼센트는 우라늄 238이라는 물질인데, 이 물질은 연료로서는 거의 쓸모가 없다. 지금 이 추세로 전 세계에 원자력 발전소가 늘어나고 우라늄 235가 지속적으로 연소된다면 앞으로 약 75년 후면 완전히 고갈된다는 것이 과학 기술청의 계산이었다.

그러면 플루토늄 239는 대량으로 존재하는가. 실은 그렇지 않다. 뿐만 아니라 이 물질은 자연계에 전혀 존재하지 않는다.

플루토늄 239는 앞에서 말한 우라늄 238이 중성자를 흡수한 결과 생성되는 물질이다. 그리고 플루토늄 239는 연료로서 사용이 가능하다.

물론 연료가 바뀌면 원자로의 구조도 달라진다. 경수로에서는 연료가 물속에 잠겨 있다. 우라늄 235를 핵분열시키기 위해서는 연료 간을 이리저리 오가는 중성자의 속도를 떨어뜨려야 할 필요가 있기 때문이다. 그래서 이 경우는 물을 감속재라고도 부른다.

반면 플루토늄 239를 핵분열시키는 데는 중성자의 속도를 떨어뜨릴 필요가 없다. 그래서 여기서는 연료가 물 대신 액체 나트륨에 잠겨 있다. 오가는 중성자의 속도도 아주 빠르다. 고속로라고 불리는 것은 그 때문이다.

그렇다면 '증식'이란 무엇인가. 이는 연료를 태우는 것과 동시에 그 이상으로 많은 연료를 만들어 내는 것을 말한다. 구체적으로는 이렇다. 플루토늄 239의 주위에 우라늄 238을 늘어

놓은 상태로 원자로 안에 넣어 핵반응을 일으킨다. 그러면 플루토늄 239가 핵분열하면서 열과 고속 중성자를 방출한다. 그 고속 중성자를 우라늄 238이 받아들여 다시 플루토늄 239로 변신한다. 즉, 우라늄 238의 양을 늘려 가면 소비된 것 이상의 플루토늄 239가 생성되는 것이다.

고속 증식로라는 이름은 이런 구조 때문에 붙여졌다. 과학 기술청의 계산에 따르면, 이 방식을 사용할 경우 앞으로 수천 년은 원자로의 연료를 공급하는 데 곤란을 겪지 않을 것이라고 한다.

다음 세기에 반드시 닥쳐올 에너지 위기를 극복하기 위해서는 이 멋진 시스템을 활용하는 길밖에 없다는 것이 나카쓰카를 비롯한 원전 관련자들의 생각이었다.

다만 이 기술은 경수로만큼 확립되어 있지 않은 게 사실이다. 그래서 실험로를 통한 연구를 10년 가까이 해 왔고 지금도 여전히 원형로를 사용해 검토를 반복하고 있다. 여기에 실증로 단계를 더 거쳐야 비로소 실용로로 사용할 수 있을 것이다. 자신이 그때까지 살 수 있으리라고는 나카쓰카도 생각하지 않는다. 그러나 지금 이 일을 하지 않으면 에너지 위기에 대처할 수 없다고 생각하기에 연구를 계속하는 것이다.

그런데 세상은 이런 상황을 충분히 이해하지 못한다고 그는 생각했다.

핵무기의 재료가 되는 플루토늄을 연료로 사용한다는 점과 취급이 극도로 어려운 액체 나트륨을 사용한다는 점 때문에 이전의 원자로보다 더 위험하다고 주장하는 목소리는 전부터 있었다. 그런데 최근 들어 그 목소리가 더욱 커진 것을 느낀다.

그 배경에는 지금까지 고속 증식로에 대한 연구를 계속해 왔던 해외 여러 나라가 잇달아 연구를 포기했다는 점도 있었다. 예를 들어 영국은 원형로 PFR를 1994년에 폐쇄했고, 독일의 카르카 고속 증식로는 18년에 걸쳐 건설되었음에도 1991년에 계획이 중단됐다. 또 프랑스의 슈퍼 피닉스는 연소·연구로로 방침이 바뀌었고, 슈퍼 피닉스 2는 계획이 중단됐다. 러시아의 실증로 BN 800 또한 계획이 중지된 상태다. 미국의 경우는 1977년에 카터 대통령이 '재처리 시설의 상업화를 무기한 연기한다'라고 선언한 이래 플루토늄 노선 자체를 부정하고 있다. 1983년에 클린치 리버 원형로 계획을 중단한 것도 그러한 정책을 반영한 것이라고 할 수 있다.

이처럼 다른 나라들은 포기하고 있는 것을 왜 일본은 그만두지 않는 것인가. 그런 의문은 어떤 의미에서는 당연한 것인지도 모른다. 하지만 아무리 그렇다 해도 그런 의문이 순 국산 로켓인 H2의 개발 계획과 맞물려 실은 핵무장을 도모하고 있다는 비현실적인 억측으로 발전하는 것을 나카쓰카로서는 참을 수 없는 일이었다.

그는 다른 나라들이 고속 증식로를 포기한 것은 그것이 위험해서가 아니라 각기 나름의 의도가 있기 때문이라고 생각하고 있다.

미국이 반플루토늄 노선으로 나아가는 것은 핵 불확산 정책의 일환이다. 앞서 말한 카터 대통령의 선언만 해도 1974년에 독일이 연구로의 연료를 재처리해서 뽑아 낸 플루토늄으로 핵실험을 성공시킨 것이 계기가 됐다. 영국의 경우는 북해에서 유전이 새로 발견된 영향이 클 것이다. 그 때문에 고속로를 연구할 필요가 없어진 것이다. 독일이나 러시아가 중지한 것도 다분히 정치적인 사정 때문이지 안전성과는 무관하다. 그리고 프랑스는 증식을 중단할 뿐, 슈퍼 피닉스를 가동하지 않겠다는 말은 하지 않았다.

일본은 이 나라들처럼 연구를 중단할 만한 이유가 없었다. 아니, 중단할 여유가 없었다. 오일 쇼크 같은 에너지 부족 사태가 초래된 후에 허둥지둥 핵연료 사이클 연구를 시작해 봐야 때는 늦다.

물론 현재로서는 우라늄 연료의 가격이 낮고, 플루토늄을 일정량 이상 보유하는 것도 국제적으로 문제가 된다. 비용 면으로 봐도 현시점에서는 이점이 있다고 하기 어려워서 고속 증식로에 앞서 플루토늄 이용을 가늠하기 위한 신형 전환로의 실증로 건설 계획이 전기 사업 연합회의 재검토 요청에 밀려 결국은 중단되기도 했다.

그러나 이런 것들은 모두 지금 당장의 얘기일 뿐이다. 자신들이 하는 연구는 지금 살고 있는 사람들을 위한 것이 아니라

미래를 살아갈 우리 아이들을 위한 것이라고 나카쓰카는 생각한다.

이런 일로 좌절해서는 안 된다는 것을 왜들 이해하지 못하는 것일까. 회색의 음산한 헬리콥터를 올려다보며 나카쓰카는 답답함을 느꼈다. 그리고 다시금 자신의 사명을 곱씹었다.

직원들이 이동하고 있는 사이 경찰과 소방 관계자들이 도착했다. 나카쓰카는 제2관리동 2층 회의실에서 곧바로 회의를 열기로 했다. 원전에 사고가 발생했을 경우 원래는 부지사가 현장 대책 본부장을 맡게 되어 있다. 그러나 현의 관계자는 원자력 안전 대책과장을 비롯해 그 누구도 아직 도착하지 않았다. 이쪽으로 출발했다는 연락조차 없었다. 이미 사고가 발생한 것은 아니므로 현으로서도 대응을 망설이고 있는 것인지도 모른다. 이유야 어찌 됐든 그들을 기다릴 여유는 없었다.

"앞으로의 대책에 대해 도쿄로부터 연락이 있었습니까?"

전원이 자리에 앉자 후쿠이 현 소방 본부의 사쿠마 특수 재해 과장이 말문을 열었다. 사쿠마는 피부가 햇볕에 잘 그은 늠름해 보이는 남자다. 건장하다고까지 하기는 그렇지만, 근육의 두께가 제복 밖으로도 느껴졌다.

"현재 수상 관저에서 통산 대신과 과학 기술청 장관을 중심으로 협의가 이루어지고 있다고 합니다만, 정식 지시는 아직 없었습니다."

나카쓰카는 노연 본사의 쓰쓰이 이사장에게 들은 얘기를 그대로 전했다.

"정부가 범인의 요구를 받아들이는 일은 절대 없을 겁니다."

그렇게 말한 사람은 방금 도착한 후쿠이 현경 본부의 이마에다 경비부장이었다. 작은 몸집에 호리호리한 체격이지만, 등을 꼿꼿하게 펴고 턱을 약간 쳐든 자세로 상대를 바라보는 버릇이 있어 실제보다 체구가 커 보였다.

"따라서 조금 전에 있었던 경찰청 장관님의 호소에 범인이 어떻게 대응하느냐, 거기에 달렸다고 할 수 있습니다."

"하지만 범인이 과연 계획을 중단할까요?"

사쿠마는 회의적이었다.

이마에다가 한숨을 쉬며 고개를 가로저었다.

"모르겠습니다. 개인적인 의견을 말하자면, 아마 중단하지 않을 겁니다."

"아니, 그래도 요구를 돈으로 돌릴 가능성을 생각해 볼 수 있지 않을까요? 장관님이 발표한 호소문이 의도하는 것도 그런 것이고……."

나카쓰카 옆에 앉아 있던 고테라 종합 기술 주임이 조심스럽게 발언했다. 그는 부소장과는 다른 형태로 오랫동안 나카쓰카를 보좌해 왔다. 매스컴에 노출되는 빈도가 노연 본사 사람들 중에서 단연 으뜸이어서 반대파들에게도 잘 알려진 인물이다.

고테라의 의견을 이마에다가 반박했다.

"그럴 가능성은 낮다고 봅니다. 돈이 목적이었다면 처음부터 그렇게 요구했을 겁니다. 설사 돈을 요구한다 하더라도 그 돈을 어떻게 받을 것인가가 문제가 될 테니 범인으로서는 아주 위험한 일입니다. 그 점을 모를 놈들이 아니죠."

이마에다의 말투에는 차분하지만 단호한 느낌이 있었다. 있지도 않을 가능성을 내비쳐서는 안 된다고 생각하는지도 몰랐다. 나카쓰카도 경찰 대표로 온 이마에다의 의견에 찬성이었다. 범인은 돈을 목적으로 움직이고 있는 것이 아니다.

"그럼 그럴 경우에는 어떻게 되는 겁니까?"

질문하는 고테라의 목소리가 살짝 떨렸다.

"정부가 요구를 받아들이지 않으면 범인은 헬기를 이동시키지 않겠죠. 그리고 시간이 되면 추락, 그렇게 되는 거죠, 뭐."

"아니, 그렇게 남의 일처럼 말씀하시면……."

고테라의 희끗희끗한 눈썹 끝이 축 처지며 팔자를 그렸다.

"경찰 쪽에는 아무 해결책이 없습니까?"

"유일한 해결책은 범인을 체포하는 거겠죠. 그러기 위해서 후쿠이 현경을 비롯한 전국의 경찰이 이미 활동을 개시했습니다. 남의 일이 아니기 때문에 그렇게 열심히 움직이고 있는 겁니다. 다만 문제는 시간이 없다는 것이죠. 저는 이번 사건의 범인도 반드시 체포할 수 있을 것으로 믿습니다. 그러나 그것이 앞으로 몇 시간 이내에 이루어져야 한다면 어려운 일이라고 할 수밖에 없군요."

이번에도 이마에다의 냉정한 말투에는 변함이 없었다.

반격을 당한 꼴이 된 고테라는 일단 입을 다물었다. 그리고 잠시 후, 이번에는 다른 사람들의 의견을 구하듯이 물었다.

"그러나 어린아이를 죽게 내버려 두는 길을 정부가 선택할까요? 저는 그러리라고는 도저히 믿을 수 없는데요."

그 말에는 아무도 대꾸하지 않았다. 어린아이를 죽도록 내버려 둘 거라고는 생각하지 않는다. 그러나 범인의 요구를 받아들이는 일도 없을 것이다. 그것이 그 자리에 모인 사람들 모두의 공통된 생각이었다.

나카쓰카가 사쿠마를 바라보았다.

"어떻게든 구조할 방법이 없겠습니까?"

"아이 말입니까?"

"네."

"힘들 겁니다. 제가 구조대에 있어 봐서 아는데, 비행 중인 헬리콥터에서 어린이를 구조해 내는 것은 물리적으로 불가능하다고 생각합니다."

"게다가,"

이마에다가 끼어들었다.

"설사 가능하다고 해도 범인이 구조 활동을 뒷짐 지고 바라볼 리 만무하죠. 어린이를 구조한다는 건 누군가 그 헬리콥터에 올라탄다는 뜻이니까요."

틀린 말이 아니었다. 나카쓰카는 책상에 양쪽 팔꿈치를 괴고 손깍지를 낀 채 엄지손가락으로 두 눈가를 꾹꾹 눌렀다. 가벼운 두통이 일었다.

"그 점에 관해서는 우리가 여기서 왈가왈부해 봐야 아무 소용이 없지 않을까요? 그런 건 정부가 결정할 일입니다. 그보다 지금은 헬리콥터가 추락할 경우 어떻게 할 것인가를 생각하는 게 우선이라고 봅니다."

소방 대표자인 사쿠마의 말에 나카쓰카가 얼굴을 들고 고개를 끄덕였다.

"맞는 말씀입니다. 추락에 대비해 준비를 하도록 하죠. 고테라, 자료를 부탁하네."

고테라는 기술과 직원들에게 발전소 전체의 조감도와 주요 건물의 단면도를 회의 책상 위에 펼치도록 지시했다.

"좀 전에 들은 바로는 발전소 안에 아직 운전원들이 남아 있다고 하던데요."

펼쳐진 단면도를 내려다보며 사쿠마가 나카쓰카에게 물었다.

"네. 중앙 제어실에 여덟 명이 남아 있습니다. 원자로의 가동을 중단하지 말라는 게 범인의 요구니까요. 남아 있는 운전원들에게는 언제라도 원자로를 긴급 정지할 수 있도록 준비하라고 말해 두었습니다. 헬리콥터가 추락할 기미를 보이면 정지 명령을 내릴 작정입니다."

현재 헬리콥터는 처음 시점보다 고도를 조금 더 높여 지상 천 미터 지점 가까이 있는 듯했다. 헬리콥터의 최종 고도를 2천

미터라고 가정하면 공기 저항을 무시한다 쳐도 추락하기 시작해서 지면에 도달하는 데는 20초 정도 걸린다. 반면 제어봉을 삽입하는 데 필요한 시간은 1초 이내. 연락만 신속하게 이루어진다면 시간 안에 정지시킬 수 있다는 것이 나카쓰카의 계산이었다.

"그 중앙 제어실이란 건 어디에 있습니까?"

"원자로 보조 건물 안에 있습니다."

나카쓰카는 발전소 전체를 위에서 내려다본 조감도를 가까이 끌어 왔다. 거기에는 격납 용기가 들어 있는 원자로 건물이 원형에 가깝게 그려져 있었다. 그 원을 네모나게 둘러싸고 있는 것이 원자로 보조 건물이다. 원자로 보조 건물 안에는 중앙 제어실 외에도 연료 관계 설비와 열 교환기 등이 있다.

"도면에서 보자면 이 부근입니다."

나카쓰카가 손가락으로 가리킨 곳은 원자로 건물에서 동쪽 부분이었다.

그 부분을 단면도와 비교해 보던 사쿠마의 얼굴이 흐려졌다.

"건물의 최상층이군요. 천장의 두께가…… 몇십 센티미터밖에 안 되는데요. 그 거대한 헬기가 떨어진다면 맥을 추겠어요?"

도면의 축척을 보면서 사쿠마가 말했다.

나카쓰카는 아무런 반박을 하지 못했다. 아닌 게 아니라 그럴 것이라고 생각했다.

"지금 우리가 있는 이 건물에서는 원자로를 조작할 수 없는 거죠?"

한 번 더 확인해 둔다는 듯이 사쿠마가 물었다.

"할 수 없습니다."

나카쓰카가 짤막하게 대답했다.

"그럼 인원을 줄일 수는 없습니까? 전력 회사가 운영하는 원전에서는 5인 1조로 1기의 원자로를 가동한다고 들었는데요."

"물론 줄일 수는 있습니다만, 제 나름으로 생각하는 바가 있어서 여덟 명을 남겨 놓은 겁니다."

"생각하는 바라니요?"

사쿠마가 의아한 표정을 지었다.

나카쓰카는 잠시 머뭇거리다가 고테라를 쓱 한 번 본 후 다시 사쿠마에게 시선을 돌렸다.

"만일의 경우를 고려해서 운전원 여덟 명을 네 명씩 두 그룹으로 나눌까 생각하는 중입니다."

"그건 왜죠?"

"이건 아직 공개되지 않은 사항입니다만……."

나카쓰카가 목소리를 낮추고 다시 한 번 주위를 둘러본 후 말을 이었다.

"비상 정지 조작이 가능한 제어반이 중앙 제어실과 별도로 다른 방에도 하나 설치돼 있기 때문입니다. 테러리스트에게 중앙 제어실을 점거당했을 경우를 대비한 것이죠."

이런 설비는 '신양'뿐 아니라 전국의 모든 원전에 갖추어져 있다고 할 수 있었다. 다만 그 비밀 제어반이 어디 있는지는, 그 목적으로 볼 때 당연한 일이지만, 공표되지 않는다. 관계자들조차 모르는 경우가 대부분이다. 이른바 원전 내에 있는 '비밀의 방'인 셈이다.

"그래서 둘 중 한 그룹을 그쪽 방에 대기시키는 방안을 현재 검토 중입니다."

"그렇게 하는 이유가 뭐죠?"

사쿠마가 또 물었다.

"헬리콥터가 추락하기 시작했을 때 원자로를 확실하게 정지시키려는 겁니다. 뭔가 문제가 생겨 한쪽에 연락할 수 없는 경우 다른 쪽에 명령해 정지시킬 수 있으니까요."

"예비 체제라는 말씀이군요."

"그런 셈입니다."

"그 비상용 제어반이 있는 방은 어디죠?"

그 질문에 나카쓰카가 단면도를 끌어당겼다.

"이 도면에는 명시돼 있지 않지만 대략 이 부근입니다."

나카쓰카는 중앙 제어실보다 한참 아래에 있는 조그만 공간을 가리켰다.

"헬리콥터가 추락했을 경우에도 이쪽 방이 중앙 제어실보다 안전할 것 같군요."

나카쓰카가 가리킨 곳을 보며 사쿠마가 말했다.

"그럴 겁니다."

그러자 사쿠마는 잠시 무언가 생각하는 표정을 짓다가, 다시 물었다.

"만일 정지 명령이 늦어져서 원자로가 가동되고 있는 중에 헬기가 추락하면 어떻게 됩니까?"

"어떻게 될 것이 없습니다."

옆에서 고테라가 1초도 틈을 두지 않고 대답했다.

"그게 무슨 뜻입니까?"

"아무 일도 일어나지 않는다는 겁니다. 물론 건물 일부가 파손되는 경우는 있을지 모르겠지만요."

"원자로는 계속 정상적으로 가동한다, 그런 말입니까?"

"그게 가능한 상태라면 그럴 겁니다. 물론 운전원이 곧바로 정지시키겠지만 말입니다."

"가능한 상태라는 건 또 무슨 뜻인가요?"

"발전 시스템과 관련된 부분이 한 군데라도 파손되면 원자로는 자동적으로 정지됩니다. 원자로가 가동하고 있다는 건 다시 말해 아무 데도 이상이 없다는 뜻입니다. 정상 가동이 가능한 상태란 그런 상태를 말하는 겁니다."

"만일 자동 정지 시스템이 작동하지 않으면요?"

"그럴 일은 절대 없습니다."

고테라가 단언했다.

"그렇군요. 그러면 참고삼아 하나 더 묻겠는데, 헬기가 떨어지기 직전에 원자로를 정지시키는 것과 떨어진 후에 자동 정지시키는 것에 큰 차이가 있습니까?"

"큰 차이는 없습니다. 불과 몇 초 차이일 겁니다."

고테라가 자신만만하게 대답했다.

"그렇다면,"

사쿠마가 나카쓰카 쪽을 향했다.

"운전원을 남겨 둘 필요가 없지 않습니까? 원자로가 알아서 정지한다면 말입니다."

고테라가 옆에서 헉, 하고 숨을 삼키는 듯한 소리를 냈다.

"어떻게 생각하십니까?"

사쿠마가 재차 물었다.

나카쓰카는 가볍게 기침을 한 번 하고 나서 입을 열었다.

"물론 그렇게 생각할 수도 있습니다. 원자로가 가동하고 있는 상태에서 운전원을 전원 대피시키는 것이 안전한가를 묻는다면 저는 주저 없이 안전하다고 대답할 겁니다. 그러나 원자력을 취급한다는 것에는 그런 식으로만은 해결할 수 없는 복잡한 문제가 있습니다. 사고가 발생한다 해도 자동으로 운전이 정지되니 제어실에 아무도 없어도 된다, 그렇게 간단하게 생각할 수 없는 일이라는 겁니다. 위험을 최소화하기 위해서는 일단 운전원이 정지 조작을 하고, 만에 하나 그것이 잘못됐을 경우에는 각종 정지 시스템이 작동하도록 해야 합니다. 그것이 바로 원자로를 지키기 위한 다중 방호의 개념입니다."

그리고 나카쓰카는 덧붙였다.

"아무쪼록 저희의 입장을 이해해 주었으면 합니다."

"다시 말해 운전원이 제어반에 붙어 있는 것도, 그리고 자동 정지 장치가 갖춰져 있는 것도 모두 다중 방호의 일환이라는 말씀이군요."

"그렇습니다."

"그렇다면,"

사쿠마는 잠시 말을 멈추고 고테라를 힐끔 보았다.

"자동 정지 장치가 작동하지 않는 일은 절대로 없다고 큰소리치면 곤란하지 않겠습니까? 다중 방호란 항상 최악의 경우를 고려하는 것일 테니 말이죠."

고테라의 낮은 신음이 나카쓰카의 귀에 들렸다. 고테라는 자신보다 한참 어린 상대로부터 질책을 당해 자존심이 상한 듯했다.

사쿠마가 계속했다.

"운전원을 두 군데 제어실에 나누어 배치한다는 것은 좋은 생각인 것 같습니다. 만일 운전 중에 헬기가 추락해 어느 한쪽의 제어 계통이 파괴되거나 원자로가 자동으로 정지되지 않았을 경우에도 다른 한쪽에서 정지시킬 수 있으니까 말이죠."

이 말에 고테라가 고개를 번쩍 들었다. 제어 계통이 파괴되고 자동 정지 시스템이 작동하지 않는 일은 있을 수 없다는 말을 하고 싶은 게 분명했다. 그러나 고테라는 결국 그 말을 삼켰다.

"다만 운전원들만으로는 만약의 사태에 대응하기 힘들지 않겠습니까? 각각의 제어실에 소방대원을 배치했으면 하는데, 그래도 될까요?"

"그럼요. 좋습니다. 잘 부탁드립니다."

나카쓰카가 대답했다.

"자, 문제는 지금부터입니다."

사쿠마가 정색하듯이 등을 쭉 폈다.

"항공기 추락 사고에 대비한 시나리오가 준비돼 있습니까?"

"아니요, 저희는 만들어 둔 것이 없습니다."

나카쓰카가 곧바로 대답했다. 이 점에 대해서는 얼버무려 봤자 아무 소용 없다고 생각한 것이다.

"역시 그렇군요."

"그 일에 대해서는 노연 본사가 과학 기술청 등의 협력하에 현재 검토 중입니다. 다만 일단 원자로 그 자체에는 영향이 없을 거라고 생각합니다. 좀 전에 한 얘기의 반복이라서 짜증스러울지 모르겠지만, 헬리콥터가 떨어져서 관련 계통 중 어딘가 파손됐을 때는 반드시 원자로가 정지하게 돼 있습니다. 그리고 원자로라는 것은 정지되기만 하면 안전합니다."

옆에서 고테라가 고개를 끄덕이는 것을 곁눈으로 느끼며 나카쓰카가 말했다.

"그래도 건물은 파괴되지 않을까요?"

사쿠마가 물었다.

"격납 용기는 파괴될 수도 있겠죠. 특히 천장은 얇으니까요.

그러나 원자로 용기 위에는 2미터 두께의 판이 있습니다. 아무리 무거운 물체가 떨어져도, 또 어떤 폭발물이 터진다 해도 그 판은 파괴되지 않습니다."

나카쓰카는 자신도 모르게 말투가 강경해지는 것을 느꼈다. 원자로의 안전성에 대해 역설하던 버릇이라고 할 수 있었다.

그러나 사쿠마는 그 설명만으로는 납득하지 못하는 듯했다. 석연치 않은 표정으로 애매하게 고개를 끄덕이고 나서 다시 질문을 던졌다.

"핵연료 저장고는 어떻습니까?"

"그쪽도 아무 문제 없을 겁니다. 연료 관계 설비는 원자로 북쪽의 보조 건물 안에 있는데, 이 도면을 보면 아시겠지만 연료 보관실, 연료 세정실, 연료 검사 기계실, 그리고 노외 연료 저장조가 모두 지하에 있습니다. 게다가 가장 중요한 노외 연료 저장조는 약 2미터 두께의 콘크리트 벽으로 둘러싸여 있고요."

단면도를 가리키며 나카쓰카가 설명했다.

"지상 부분에 연료 출입 설비라는 게 있는데, 이건 뭡니까?"

"노외 연료 저장조와 원자로 용기 간에 연료를 주고받는 것을 중개하는 장치입니다. 연료가 레일 위로 원자로 용기 위까지 이동한 뒤 완전히 밀폐된 상태에서 연료 교환이 이루어지죠. 하지만 지금은 연료가 실려 있지 않은 상태입니다."

사쿠마는 잘 이해되지 않는 듯한 표정을 한 채 이번에는 이마에다 쪽으로 고개를 돌렸다.

"헬리콥터에 적재돼 있는 폭발물의 종류와 양은 아직 모릅니까?"

여태까지 잠자코 듣고만 있던 이마에다는 느닷없는 질문에 당황한 기색이었지만 이내 "아직 별다른 연락이 없었습니다."라고 대답했다.

"어떤 폭발물을 사용한다 해도, 원자로를 파괴한다는 것은 ……"

고테라가 여기까지 말하다가 사쿠마와 시선이 마주치자 입을 다물었다.

사쿠마는 미간에 주름을 잡은 채 단면도를 들여다봤다. 그리고 이번에는 원자로 남쪽에 있는 보조 건물 내부를 손가락으로 짚었다. 그 안에는 복잡한 형상의 관이 이리저리 뻗어 있었다. 원자로의 열을 실어 온 액체 나트륨에 의해 물이 수증기로 바뀌는 곳이다. 그 증기로 발전용 터빈을 돌리는 것이다.

"이쪽은 어떻습니까?"

"거기…… 말씀입니까?"

나카쓰카의 말투가 한층 무거워졌다.

"고속 증식로의 약점 중 하나라고들 하죠. 나트륨과 물이 직접 닿게 되면 나트륨 화재가 발생하니까요. 그곳에 헬리콥터가 추락한다면 나트륨 반응이 일어날 가능성도……"

나카쓰카가 거기까지 말했을 때였다. 문이 거칠게 열리면서 남자 직원 하나가 뛰어 들어왔다. 모두가 놀라며 그 직원을 바라봤다.

"뭐야, 무슨 일이야?"

나카쓰카가 물었다.

직원은 팩스 용지 한 장을 손에 들고 있었다.

"소장님, 이런 게 방금……."

직원이 굳은 표정으로 종이를 나카쓰카에게 내밀었다. 그 손이 바들바들 떨렸다.

나카쓰카가 종이를 받아 들었다. 동시에 이마에다가 책상 위로 몸을 쑥 들이밀었다.

팩스 용지인 것을 보고 절반은 예상하고 있었지만, 역시 범인으로부터 온 것이었다. 그러나 거기 적힌 내용은 나카쓰카의 상상을 뛰어넘었다.

이마에다가 책상을 돌아 나카쓰카에게 다가왔다.

"뭡니까?"

나카쓰카가 말없이 종이를 내밀었다.

이마에다는 그것을 재빨리 눈으로 훑었다. 그의 안색이 점점 흐려졌다.

"뭐죠?"

사쿠마가 물었다.

"범인이 보낸 겁니다."

이마에다가 대답했다.

"아이를 구조하라는 내용이에요."

그 말에 그 자리에 있던 사람들이 모두 벌떡 일어섰다.

팩스의 내용은 다음과 같았다.

경찰청 장관의 회견으로 헬리콥터에 어린아이가 타고 있다는 사실을 알았다. 이쪽의 요구를 관철하는 데 더없이 좋은 재료라고 할 수도 있겠지만, 죄 없는 아이에게 고통을 주는 것은 우리의 본의가 아니다.

따라서 아이의 구출을 허락한다.

단, 다음의 요구가 충족될 경우에 한한다.

'신양'을 제외한 전국 모든 원자로의 가동을 중단한다.

이 요구를 받아들였다고 판단되면 아이의 구출에 협력하겠다.

또한 구출 활동에 대해서는 다음 조건이 따른다.

- 구출 방법을 텔레비전에서 발표할 것.
- 구출할 시에도 헬리콥터 내부에는 절대 들어가지 말 것.
- 헬리콥터의 고도, 위치 변경을 요구하지 말 것.
- 헬리콥터를 견인 등의 방법을 동원해 강제적으로 이동하지 말 것.
- 아이를 시켜 헬리콥터 내부에 있는 물건을 반출하도록 하지 말 것.

이 중 단 하나라도 위반할 경우, 매우 안타깝지만 헬리콥터를 추락시킬 것이다.

정부의 이성적인 판단을 기대한다.

천공의 벌

16

범인으로부터 어린아이 구출에 관한 통보가 있었다는 사실은 팩스가 '신양'으로 들어온 지 불과 10여 분 만에 전국에 알려졌다. 똑같은 내용이 몇몇 민영 텔레비전 방송국으로도 전달됐기 때문이다. 이미 '신양' 사건에 대해 특별 보도 프로그램을 내보내고 있던 각 방송국은 범인의 이번 통보가 장난이 아니라는 것을 확인하자 프로그램을 통해 즉시 발표했다.

프로그램마다 범인의 진의가 무엇인지에 대해 갖가지 억측을 내놓았다. 어느 프로그램에 게스트로 나온 범죄 평론가는 범인이 어린아이 같은 영웅주의에 빠져 있을 것이라면서, 의외로 가벼운 사람이 아닐까 싶다는 추측을 내놓았다. 또 어느 항공 평론가는 범인이 제시한 조건하에 아이를 구출하는 것은 불가능하다고 단언한 뒤, 만약 그걸 알면서 이런 통보문을 보냈다면 매우 음험한 인간일 것이고, 진짜로 가능하다고 생각한다면 미친 사람일 것이라고 결론을 내렸다. 그리고 반원전 활동을 오래 해 온 한 환경 보호 단체 대표는 범인은 공정한 승부를 희망하는 것으로 보인다고 말했다.

그러나 다소 소극적인 의견을 제시한 항공 평론가를 제외하면 대부분 의견이 일치했다.

그것은 범인의 요구를 수용해야 한다는 것이었다.

"그런 일이 가능할 리 없지."

맨 먼저 입을 연 사람은 자원 에너지청 원자력 발전과의 후지타 과장이었다. 깔끔하게 벗어진 그의 머리가 분홍빛으로 물들어 있었다.

"기술적으로 불가능하다는 겁니까?"

경찰청 수사 1과장 유키가 물었다. 이번 사건에서 그는 전국 경찰과의 연락을 담당하고 있다.

"상식적으로 생각해서 무리라는 거지."

후지타가 아니라 그 옆에 앉아 있던 이와바시 공익 사업부장이 대답했다.

"국내의 모든 원자로의 가동을 중단한다는 게 뭘 뜻하는지 모르는 모양이군."

"그만큼의 전기가 생산되지 않는다는 얘기 아닌가요?"

"그래. 그런데 그게 어느 정도인지 아나? 국내 총 발전량의 30퍼센트 이상이야. 아니지, 거의 40퍼센트에 이를걸. 그만큼이 잘려 나가는 거야. 일본 전체가 혼란에 빠지는 것은 불 보듯 뻔한 일이지."

"그래도 어린아이의 생명을 포기할 수는……."

"세상에는 할 수 있는 일과 할 수 없는 일이 있는 법이야."

이와바시는 유키에게서 눈을 떼고 의자에 몸을 기대며 팔짱을 꼈다.

'천공의 벌'이라고 자신을 밝힌 범인으로부터 두 번째 팩스가 '신양' 발전소를 비롯해 관계 부서로 들어온 지 20분 이상이 경과되었다. 경찰청 장관은 이미 총리 관저에서 관계 각료들과 회의에 들어갔다. 자원 에너지청 하시다 장관 역시 그쪽에 가 있을 터였다. 유키는 먼저 사정을 설명해 둘 목적으로 이곳 자원 에너지청을 찾아 회의실에서 담당 책임자들을 만나고 있었다. 후지타 과장과 이와바시 공익 사업부장 외에도 원자력 산업과와 공익 사업부 개발과, 발전과, 원자력 발전 안전 기획 심사과, 원자력 발전 안전 관리과, 원자력 발전 운전 관리실 등에서 과장급 직원들이 참석했다.

"이런 계절만 아니었어도 어떻게 해 볼 수 있었을 텐데……."

후지타가 투덜거리듯 말했다.

"왜요, 계절이 안 좋은가요?"

유키가 물었다.

"안 좋죠. 일 년 중 전력 소비량이 가장 많은 시기니까요. 에어컨 보급률이 엄청나거든요. 전력 소비량이 가장 적은 달은 4월이나 10월같이 기후가 좋을 때인데, 그 시기에 비해 지금은 약 5천만 킬로와트를 더 사용합니다."

"5천만…… 킬로와트요?"

유키로서는 도무지 와 닿지 않는 숫자였다.

"전력 소비량이 적은 시기의 1.5배라고 생각하면 됩니다."

요코이 발전과장이 친절한 말투로 설명했다.

"1.5배라…… 격차가 상당하군요."

"거기에 시간대도 문제입니다."

후지타 원자력 발전과장이 다시 말했다.

"지금은 아직 오전이라 전력 소비량이 비교적 적은 편이지만, 정오를 넘어서면서 급격히 늘어날 겁니다. 그런 시간에 전체의 40퍼센트 가까이 차지하는 원자력 발전을 중단한다는 건 미친 짓이에요. 그러잖아도 이 시기에 믿을 구석이라고는 원자력밖에 없는데. 강수량 부족으로 수력 발전은 생각보다 여의치 못할 우려가 있거든요."

"원전의 정기 점검도 여름에는 되도록 하지 말라고 권고하고 있어요."

원자력 발전 운전 관리실장 호즈미가 덧붙였다.

유키는 고개를 끄덕이고 나서 잠시 생각에 잠겼다. 범인은 이런 상황을 속속들이 알고서 지금 시기를 택한 것일까, 아니면 어쩌다 보니 이렇게 된 것일까.

"아시다 장관은 범인의 요구를 받아들이는 편이 좋다는 생각인가?"

이와바시가 유키에게 경찰청 장관의 생각을 물었다.

"가능하다면 일단은 범인의 요구를 들어주는 편이 좋지 않을까 생각하시는 모양입니다. 경찰로서는 인명 구조를 최우선으로 해야 하니까요."

"가능하다, 가능하지 않다, 그런 차원의 얘기는 아닌데 말이지."

이와바시는 팔짱을 낀 채 한숨을 크게 내쉬었다. 그리고 후지타를 보며 말했다.

"전력 회사에는 연락했나?"

"네, 연락하라고 지시해 놓았습니다. 아마 지금쯤 연락이 갔을 겁니다."

"어떤 심판이 내려질지 지금쯤 조마조마해하고 있겠네요."

요코이 발전과장이 농담을 하는 건지 아니면 원래 그런 체질인지 태평스러운 소리를 했다.

그런 요코이를 바라보며 이와바시가 말했다.

"각 전력 회사에 원전 가동을 중단했을 때의 대응책을 검토하라고 자네가 다시 연락하게. 가동이 중단될 가능성이 있다는 말도 하고."

"알겠습니다."

요코이가 자리에서 일어섰다.

"부장님,"

후지타가 불만스러운 눈빛으로 상사를 보았다.

"원전 가동을 중단하면 큰 혼란이 일어날 텐데요."

"그러니까 그렇게 되지 않도록 전력 회사에 대응책을 마련하라는 거 아닌가."

"대응하는 데도 한계가 있습니다."

"그래 봐야 잠깐이잖아요."

유키가 말했다.

"다른 전력으로 고비를 넘길 수는 없는 겁니까?"

유키의 질문에 후지타는 입술을 비틀며 고개를 저었다.

"원자로는 일단 가동을 중단하면 원래의 출력을 회복하기까지 약 여덟 시간이 걸립니다. 25퍼센트까지 올라가는 데만도 한 시간은 필요하죠. 전기 사용량이 가장 많아지는 시간에 공급 부족 사태가 벌어지는 것을 피할 수 없어요."

"그 정도로 오래 걸립니까?"

유키는 깜짝 놀랐다. 전혀 몰랐던 사실이다.

"원자력은 항시 백 퍼센트 출력으로 운전을 계속하는 것이 가장 효율적입니다."

호즈미 운전 관리실장이 말했다.

"출력 변동이 가장 쉬운 것은 화력 발전입니다. 그래서 전력 소비량이 떨어지는 야간에는 화력 발전의 출력을 줄이는 거고요."

"그러고 보니 원자력은 한밤중에도 쉬지 않고 가동해야 하기 때문에 쓸데없는 발전을 하는 셈이라고 어느 책에서 읽었던 기억이 납니다."

유키의 말에 몇 사람이 씁쓸하게 웃고, 나머지는 떨떠름한 표정을 지었다.

"반대파들이 상투적으로 하는 말이죠."

후지타가 말했다. 그도 떨떠름한 표정을 지은 사람 중 하나였다.

"야간 이용 요금의 할인 같은 걸 예로 내세우면서, '그러니까 전력이 부족하다는 건 정부와 전력 회사가 짜고 하는 거짓말이다'라는 게 그들의 논리예요. 조금 전에도 말했다시피, 계절과 시간대에 따라 전력 소비량에는 큰 차이가 있어요. 공급하는 측으로서는 최대 수요에 대응할 수밖에 없죠. 물론 양수 발전 등을 통해 야간 발전분을 주간으로 돌리는 노력도 하고 있습니다."

"양수 발전이 뭡니까?"

"수력 발전의 일종입니다. 야간에 원자력 등으로 전기를 만들어 낸 뒤 그 전기로 펌프를 돌려 발전에 쓰이는 물을 퍼 올립니다. 그리고 전력 소비량이 많은 낮 시간에 그 물을 흘려보내 발전하는 거죠. 물론 손실이 있긴 하지만, 야간에 발전한 양을 간접적으로 주간으로 돌리는 셈이죠."

유키는 후지타의 설명을 머릿속에서 되새기며 그 구조를 이해했다.

"그렇군요. 좋은 방법입니다."

유키가 고개를 끄덕였다.

그때 이와바시가 초보 상대의 강의는 그 정도면 됐다는 듯이 책상을 톡톡 두드렸다. 모두가 그를 주목했다.

"만약 정부가 범인의 요구를 받아들인다는 결론을 내렸을 경우에는 주요 기업들이 오늘 하루 휴무를 단행하도록 요청해 달라고 장관께 부탁해 보겠네. 경우에 따라서는 총리님을 텔레비전에 출연시켜 절전을 호소해 볼 수도 있고. 그 정도면 고비는 넘길 수 있지 않겠나?"

"정부가 과연 그런 결론을 내릴까요?"

후지타가 걱정스럽게 물었다.

"모르지. 하지만 그럴 가능성이 높지 않을까. 기술적인 문제는 무시하고 국민의 지지를 얻을 수 있는 길을 선택할 걸세."

이와바시의 말에서 전기 사업에 관한 장관들의 무지함을 야유하는 뉘앙스가 묻어 나왔다.

"생각난 게 하나 있는데요."

호즈미가 손을 살짝 들었다.

"원전이 모두 가동을 멈췄는지 어쨌는지 범인이 알 수 있을까요?"

순간 그 자리에 있던 모든 사람이 허를 찔렸다는 듯 침묵했다.

"그래…… 그 생각은 전혀 못했는걸."

후지타는 수염 깎은 자국이 푸릇하게 남아 있는 턱을 비비면서 이와바시를 보았다.

"그런 방법도 검토해 볼 가치가 있지 않겠습니까?"

"그러니까 실제로는 멈추지 않았는데 멈췄다고 발표를 하자는 건가?"

"범인의 눈을 속이기 위해 두세 개 정도의 원전은 실제로 가동을 중단해야겠죠. 하지만 전부 중단할 필요는 없지 않을까 싶습니다."

"범인이 눈치채지 않을까?"

안전 관리 과장이 옆에서 말했다.

"어떻게 눈치를 채겠어. 원자로가 가동을 멈췄는지 안 멈췄는지 밖에서 봐서는 알 수 없잖아."

"게다가 전국의 원자로를 전부 다 확인한다는 건 범인으로서는 불가능한 일이야."

호즈미가 말했다.

"전국의 원전 가동 상황을 실시간으로 확인할 수 있는 곳은 없습니까?"

유키가 물었다. 그는 얘기가 생각지 못한 방향으로 흐르기 시작하자 약간 당황하고 있었다.

"각 전력 회사의 급전 지시소라면 가능하겠죠."

호즈미가 대답했다.

"원전뿐 아니라 모든 발전소에서 운전 상황에 관한 데이터를 보내 주니까요."

"그 데이터를 중간에서 가로채서 볼 수 있는 방법은 없습니까?"

그러자 호즈미가 말도 안 된다는 듯 웃음을 터뜨렸다.

"디지털 다중 무선인데요?"

"하지만 이번 범인이라면 그 정도는 할 수 있을지도 모릅니다."

유키가 진지한 표정으로 말하자 호즈미는 이내 얼굴에서 웃음기를 거뒀다.

"무선에 관해서는 문외한이나 다름없지만, 아마 힘들 겁니다. 한두 개 정도야 가능할지 몰라도 모든 원전의 급전 정보를 빼낸다는 건……."

"그럼 급전 지시소로 들어온 데이터를 훔쳐보는 건 어떤가요?"

"그걸 어떻게 봅니까, 각 전력 회사별로 사외비일 텐데."

후지타가 얼토당토않다는 투로 말했다.

"사내에 범인과 연결된 사람이 있다면요?"

"있을 수 없는 일입니다."

"예를 들자면 그렇다는 거죠. 하지만 거기까지 생각해 둘 필요는 있다고 생각합니다. 몇 번이나 말씀드렸지만, 사람 목숨이 걸린 일입니다."

"그렇다면 각 원전에 지시해서 거짓 정보를 급전 지시소로 보내도록 하는 건 어떨까요?"

호즈미가 제안했다. 그는 자신의 아이디어를 버리기가 못내 아쉬운 듯했다.

"아니야, 그런 잔재주는 부리지 말자고."

잠자코 부하들의 얘기를 듣고 있던 이와바시가 마침내 입을 열었다.

"유키 군이 말했듯이 사람 목숨이 걸린 일이야. 게다가 실제로는 가동을 계속하면서 중단했다고 발표하는 건 오히려 범인의 계략에 걸려드는 일일지도 몰라."

"그게 무슨 말씀이죠?"

후지타가 물었다.

"생각해 봐. 만약 원전 가동을 중단했는데도 전과 다름없이 전기를 사용할 수 있다면, 그거야말로 원전을 모조리 파괴하라는 범인의 요구에 정당성을 부여해 주는 꼴이 되지 않겠냔 말이야."

아, 하면서 순간적으로 몸을 뒤로 살짝 젖힌 후지타는 잠시 후 표정을 가다듬고 웃어 보이려 했지만 그것은 마치 입술이 경련을 일으키는 것처럼 보였다.

"사건이 해결된 후에는 진상을 공표할 테니 그 정당성도 일시적인 것으로 그치지 않을까 싶은데요."

"하지만 사건이 해결될 때까지는 어떨까. 세간에는 범인을 편드는 목소리도 나올 수 있지 않을까? 그렇게 되면 범인과 교섭하기가 매우 어려워질 가능성도 있다는 걸 생각해야 해."

그렇게 말하고 나서 이와바시는 생각만 해도 화가 치민다는 투로 덧붙였다.

"아무튼 원전이라면 다들 싫어하니까 말이지."

"게다가,"

안전 관리 과장이 입을 열었다.

"사건 종료 후 진상을 공표한다 해도 그걸 의심하는 목소리는 끈질기게 남아 있을 겁니다. 원전 반대론자들에게 좋은 먹잇감을 던져 주는 셈이죠."

"모든 원전의 가동을 중단하고 정말로 전기가 부족한지 어떤지를 실험해 보라는 게 원전 반대파들이 걸핏하면 내세우는 주장이죠."

반대파와 부딪쳤던 일이 떠올랐는지 호즈미는 울컥하는 표정이었다.

"범인도 그런 패거리 중 한 명이겠지."

이와바시가 내뱉듯 말했다.

그때 젊은 직원 하나가 노크도 없이 벌컥 방문을 열고 들어왔다. 그는 모두가 쳐다보는 가운데 이와바시에게 다가가 귀에 대고 뭔가를 속삭였다.

이와바시가 상기된 표정으로 젊은 직원을 쏘아보았다.

"그게 정말인가?"

직원은 네, 하고 고개를 끄덕였다.

"뭡니까?"

유키가 물었다.

이와바시는 좌중을 천천히 둘러본 후 입을 열었다.

"범인이 또 팩스를 보낸 모양이야. 원전을 정지시킬 때 그 광경을 텔레비전으로 생중계하라고 했다는군."

17

"……지금도 관계 각료 회의가 계속되고 있습니다만, 아무래도 범인의 요구를 들어주는 방향으로 얘기가 흘러가고 있는 것 같습니다."

남방셔츠를 입은 남자 리포터가 수상 관저 앞에 서서 흥분한 목소리로 상황을 전하고 있었다. 안경테가 여름 햇살에 빛나고, 뺨에는 땀이 흘러내렸다.

'그'는 채널을 이리저리 돌려 봤지만 하나같이 똑같은 뉴스를 전하고 있었다.

텔레비전 생중계 건은 아직 발표하지 않은 모양이라고 그는 생각했다. 정부의 결론이 나오지 않은 상태에서 발표하면 매스컴이 앞질러 가 사태를 수습하기 어려워질 염려가 있기 때문일 것이다.

그가 조금 전 각처로 보낸 팩스의 내용은 다음과 같았다.

관계자 여러분

어린아이의 구출과 관련해 나의 지시 사항을 보충하겠다.

- 원전 가동을 중단할 때는 지역 텔레비전 방송국의 스태프를
  각 제어실로 보내 정지 과정을 빠짐없이 생중계한다.
- 정지 방법은 스크럼 정지로 한다.
- 스크럼 스위치를 ON으로 놓은 후 제어반 모니터를 최소 30초
  간 텔레비전으로 방영한다.

  모든 원전이 상기 수순을 밟았을 경우에만 아이의 구출을 허락
한다.

천공의 벌

아무리 팩스라 해도 너무 빈번하게 상대와 접촉하다가는 역
탐지될 가능성이 높았다. 그런 위험을 감수하면서까지 이 문서
를 보낸 데에는 절대적인 이유가 있었다.

사실 지난번 문서를 보내는 시점에 '그'는 한 가지 각오를 하
고 있었다.

그것은 설사 정부가 이쪽의 조건을 받아들여 원전 가동을 중
단한다고 발표한다 해도 전국의 모든 원자로가 정말로 정지됐
는지 여부를 확인할 방법이 없다는 것이었다.

가령 각 전력 회사에 전력 공급 정보를 공표하도록 명령한다
해도 허위 정보를 내보낼 가능성은 얼마든지 있었다. 확실한

방법은 원전이나 변전소가 발신하는 정보를 모두 감청하는 것이겠지만 현실적으로는 불가능하다.

통산성과 전력 회사가 그런 사실을 알아차리지 못할 리 없었다. 그러니 아마도 실제로 원자로 가동을 중단하는 일은 없을 것이라는 게 그의 냉정한 판단이었다.

하지만 그래도 상관없다고 그는 생각했다. 그렇게 되면 국가는 자기 한 사람을 속이는 것이 아니라 전 국민을 동시에 속이는 셈이 된다. 그러면 '그'도 자신의 목적을 달성할 수 있다.

'그'의 이런 생각을 바꾼 것은 다름 아닌 국민의 목소리였다.

그는 그것을 인터넷 게시판을 통해 들을 수 있었다.

이번 사건이 발생한 직후 인터넷에는 정보를 교환하기 위한 코너가 개설되었다. 교통 혼잡이 빚어지고 있는 곳은 어디이며 만일의 경우에 대피할 수 있는 장소는 어디인가 등 방재 관련 글도 올라왔고, 방사성 물질이 확산될 경우 어느 범위까지 퍼질 가능성이 있는가 하는 상당히 전문적인 내용도 있었다.

'그'는 그 글들을 꼼꼼히 살폈다. 어린아이 구출 조건에 대한 문서가 공표된 후에는 그에 관련된 글이 많아졌다. 범인의 정의감을 칭찬하는 단순한 것이 있는가 하면 아무리 폼을 잡아봐야 악은 악이라고 비난하는 목소리도 많았다. '그'는 그런 글에는 관심이 없었다.

그의 눈길을 끈 것은 범인의 요구에 정부가 어떻게 대응할지를 예상한 내용이었다. 그는 일반인들이 어떻게 생각하는지 알고 싶었다.

그가 알게 된 사실은, 일반인들 대부분이 원전이라는 것의 실체를 제대로 파악하지 못하고 있다는 것이었다. 원전이 어디에 얼마나 있는지도 몰랐고, 원전이 가동을 멈춘다는 것이 어떤 의미인지 상상조차 못했다. 원전이 가동을 중단한들 큰일이야 있겠냐는 의견이 있는가 하면 양초를 사 놓아야 하는 거 아니냐고 걱정하는 목소리도 있었다.

국가의 전력 수요에 대해 어느 정도 지식을 가진 한 사람은 정부가 범인의 요구를 그대로 받아들이는 일은 없을 것이라는 냉철한 분석을 내놓기도 했다. 그는 정부가 범인의 요구를 받아들이는 척하면서 실제로는 원전 가동을 중단하지 않을 것이라고, '그'와 똑같은 예상을 전개했다.

그런 의견들을 읽으면서 '그'는 생각을 바꿨다. 무슨 수를 써서라도 원전 가동이 중단되는 광경을 국민들에게 보여 줘야겠다고 생각한 것이다. 그 결과, 요구 조건을 보충한 팩스를 보냈다.

부엌에서 커피 향이 흘러나왔다. '그'는 부엌으로 가서 싸구려 머그 컵을 꺼내 물로 한 번 헹군 뒤 커피를 따랐다. 오늘 벌써 석 잔째였다. 식욕이 없어 음식은 먹을 수가 없었다.

그때 텔레비전에서 이런 소리가 들렸다.

"자, 그럼 여기서, 만일 헬리콥터가 '신양'에 추락했을 경우 과연 어떤 피해를 입게 될지, 전문가의 말씀을 들어 보겠습니다. 말씀해 주실 분은 데이토 대학 공학부의 우메미야 사다히코 조교수님입니다. 안녕하세요?"

"아, 네. 안녕하십니까."

'그'는 블랙커피를 들고 텔레비전 앞으로 돌아갔다. 진행자인 뉴스 앵커 옆에 조그맣고 깡마른 중년 남자가 앉아 있었다. '그'가 아는 인물이었다. 상대도 '그'를 기억하고 있을지 모른다. 원전 관련 소송을 벌이는 자리에서 몇 번인가 얼굴을 마주친 적이 있기 때문이다.

"에, 우선…… 엄청난 사건이 벌어졌는데요."

주부들에게 인기가 많다는 남자 앵커가 몸을 우메미야 쪽으로 약간 틀었다.

"그러게 말입니다. 저도 매우 놀랐습니다."

우메미야의 표정이 굳어 있었다. 카메라 앞이라 긴장했는지도 모른다.

"교수님은 '신양'의 안전성에 대해서 예전부터 의문을 품어 오셨죠? 그래서 그와 관련된 글을 쓰시기도 했고요. 반원전이라고 할까요. '신양'에 반대하는 운동을 벌이는 분들에게 많은 조언도 하고 계시다고 들었는데, 이번 사건을 보고 어떤 생각이 드셨습니까, 그런 분들과의 관련성을 느끼셨나요?"

"아니요, 전혀 느끼지 못했습니다."

우메미야는 단언했다.

"이런 방식은 반핵 반원전 활동을 하는 분들의 방침과는 정반대 차원에 속한다고 생각합니다."

"그렇군요. 실제로 사건이 공표된 직후 몇몇 시민운동 단체가 '범인은 자신들과 무관한 인물'이라는 성명서를 각 경찰서로 보냈다고 하더군요."

"네, 무관할 겁니다."

우메미야는 같은 말을 반복했다.

"알겠습니다. 자, 그럼 본론으로 들어가죠. 교수님은 이런 상황을 상상해 보신 적이 있습니까? 그러니까 원자력 발전소에 항공기가 추락하는 상황 말입니다."

앵커의 질문이 끝나기 전에 우메미야는 이미 고개를 젓기 시작했다.

"그런 상황은 생각해 본 적이 없습니다. 원자력 설비 부근에는 항공기가 비행할 수 없다는 규정이 있으니까요."

"역시 그렇군요. 실은 '신양'이 건설될 당시 정부에 제출된 설치 허가 신청서의 복사본이 여기 있는데요,"

앵커는 책상 위에 눕혀 있던 패널을 바로 세웠다.

"이 부분은 그 신청서 가운데 '비행물 등에 관한 설계상의 고려'라는 항목에 적힌 내용입니다. 적합성에 대해 이렇게 기술돼 있군요. '본 발전소 부근에는 비행장이 없고 발전소 상공에 정기 항로도 없다. 그리고 발전소 상공은 보호 공역이므로 항공기가 본 발전소에 낙하할 가능성은 매우 적다. 또한 부지 주변에 폭발 등의 사고를 일으킬 가능성이 있는 시설이 존재하지 않는다. 발전소 내의 시설에 관해서는 대형 회전 기기의 손상에 의해 플랜트의 안전을 훼손할 우려가 있는 비산 물질이 발생할 가능성을 충분히 낮은 수준으로 억제할 수 있도록 그 배치나 기기 설계, 제작 등에 충분한 주의를 기울인다.' 이상입니다. 요컨대 발전소를 건설하는 측도 항공기 추락 가능성은 전혀 생각하지 않았던 겁니다. 발전소 상공에는 아무것도 날 수 없으니 떨어질 일도 없다, 그런 발상인 것 같습니다."

"그건 '신양'뿐 아니라 전국의 모든 원자력 시설이 마찬가지입니다."

"그런 것 같더군요. 그러나 현실에서는 이번과 같은 범죄가 발생하고 말았습니다. 이 신청서에는 항공기가 낙하할 가능성이 매우 적고 폭발 등을 일으킬 가능성이 있는 시설도 가까이에 존재하지 않는다고 돼 있는데 이 두 가지 조건이 깨졌다는 얘기죠. 자, 그럼 만에 하나 그 헬리콥터가 추락하게 된다면 최악의 경우 어떤 피해가 예상되는지 여쭤 보겠습니다."

앵커가 카메라에서 우메미야 교수 쪽으로 얼굴을 돌렸다.

"원전에 대해 잘 아는 사람들 사이에서는 폭주 사고로 발전할 가능성도 있다는 지적이 있는데요, 우선 궁금한 것이, 폭주라는 것은 구체적으로 어떤 현상을 말하는 겁니까?"

거기서부터 얘기를 끌어 나갈 작정인가.

화면을 바라보던 '그'는 답답한 마음이 들었다.

"에, 일단 기본적인 것부터 말씀드리자면, 우라늄 또는 플루토늄에 중성자가 부딪치면 핵분열을 일으킵니다. 그런데 분열하면서 새로운 중성자를 방출하게 되죠. 새롭게 방출된 중성자가 다시 우라늄이나 플루토늄에 부딪치면 또다시 핵분열을 일으킵니다. 이런 연쇄 반응이 원자로 안에서 일어나는 겁니다. 이 연쇄 반응이 걷잡을 수 없이 커져서 제어할 수 없는 상태가 되는 것을 폭주라고 합니다."

"상당히 위험한 상태라고 할 수 있겠군요."

"물론 그렇습니다."

"제가 듣기로, 고속 증식로는 기존의 원전에 비해 폭주 사고를 일으키기 쉽다고 하던데, 사실입니까?"

"네, 사실입니다."

우메미야 조교수는 딱 잘라 말했다.

"기존의 원전을 경수로라고 하는데, 경수로는 핵연료 주위에 물이 차 있습니다. 이 물이 핵분열 때 나오는 중성자의 속도를 적당하게 떨어뜨려서 효율이 좋은 연쇄 반응이 일어나도록 하는 구조죠. 물의 유량이 연료에 비해 지나치게 많거나 적으면 효율이 떨어집니다. 또 연료의 배열 방식에도 최적 조건이라는 것이 존재합니다. 연료의 간격이 너무 넓어도 너무 좁아도 안 됩니다. 현재 국내에 있는 경수로들은 모두 최적화된 조건하에 가동되고 있습니다. 이것은 원래는 경제성을 고려한 결과입니다만, 한편으로 안전장치이기도 합니다. 최적의 조건에서 최대 효율을 올리다가 사고 등으로 인해 조금이라도 조건에 변화가 오면 일단 효율이 낮아지는 방향으로 움직입니다."

"아, 그런 것이로군요."

남자 앵커가 감탄하듯이 말했다.

"그렇다면 기존의 원전에서는 폭주라는 게 발생하지 않겠군요."

"아니요, 전혀 없는 것은 아닙니다. 아주 예외적인 상황에서는 통상적인 운전 때보다 핵분열이 한층 쉽게 일어날 수도 있습니다. 물론 극히 드문 경우로, 경수로에서는 오히려 냉각재 상실 사고가 참담한 사고의 대표로 알려져 있습니다. 이는 어떤 원인으로 냉각재, 즉 물을 공급할 수 없게 되었을 경우 노심이 녹아내리는, 다시 말해 빈 냄비를 불에 올려놓는 것과 같은 사고입니다. 스리마일 섬에서 발생한 사고가 바로 그 경우입니다."

"그렇군요. 그럼 고속 증식로가 폭주하기 쉬운 건 왜죠?"

"고속 증식로는 경수로처럼 냉각재와 연료의 관계가 핵분열 반응의 효율을 우선하는 것이 아니기 때문입니다. 중성자를 별로 감속하지 않고 사용한다는 뜻입니다. 만약 핵분열의 효율성을 높이고 싶다면 경수로처럼 속도를 한층 떨어뜨려야 하는데 말입니다. 그럼 뭘 우선으로 하느냐, 바로 증식입니다. 아시는 바와 같이 '신양'은 발전 외에도 우라늄 238을 플루토늄 239로 변환하는 일도 하고 있습니다. 그걸 우선시하는 거죠. 그러지 않으면 과학 기술청이 뭘 위해서 그 위험한 다리를 건넜는지 알 수 없게 되지 않겠습니까."

181

긴장이 조금 풀렸는지, 우메미야가 빈정거리는 투로 말했다.

"그럼 그 일을 우선시하면 방침이 어떻게 변하느냐. 연료 사이를 날아다니는 중성자의 수를 최대한 늘려야만 합니다. 그 수가 많으면 많을수록 플루토늄이 많이 생성되니까요. 그리고 그러기 위해서는 중성자의 속도가 빠를수록 좋습니다. 속도가 빠를수록 플루토늄에 부딪쳤을 때 새롭게 생성되는 중성자의 수가 많아집니다. 그 때문에 고속 증식로에서는 냉각재로 액체 나트륨이 사용되는 겁니다."

"아하, 그런 거군요."

정말로 이해했는지 어떤지는 분명치 않지만, 앵커는 납득했다는 표정을 지으며 고개를 크게 끄덕거렸다.

"그래서 고속 증식로의 경우, 연료의 배치나 냉각재의 유량 등 발전 효율 면에서 볼 때 최적 조건을 갖췄다고는 볼 수 없는 것입니다. 오히려 그다지 좋지 않은 조건하에서 가동하고 있다고 할 수 있죠."

"그렇겠네요."

"그러다 보니, 사고로 인해 연료의 배치 등에 변화가 생겼을 경우 조금 전에 말씀드린 경수로와는 정반대 현상이 발생할 수도 있습니다. 경수로는 일반적으로 최적 조건하에서 가동되기 때문에 어떤 변화가 생기면 효율이 바로 떨어지죠. 그런데 고속 증식로의 경우는 평소 악조건에서 가동되기 때문에 변화가 생길 경우 반응도가 높아질 가능성이 아주 큽니다. 예를 들어,

연료가 부서지거나 구부러져 연료끼리 접촉하거나 거리가 가까워지면 반응도는 반드시 올라갑니다."

"그것이 이른바 폭주로군요."

"그렇습니다. 거기에 고속 증식로에는 위험한 성질이 하나 더 있는데요, 이렇게 발생한 폭주가 더 큰 폭주를 불러일으킨다는 것입니다."

"더 큰 폭주라고요?"

"정 보이드 반응도를 갖고 있다는 뜻입니다. 여기서 보이드란 기포를 말합니다. 핵분열 반응이 활발해지면 액체인 냉각재가 끓기 시작하면서 기포가 생기죠. 그러면 중성자로서는 거치적거리는 냉각재의 밀도가 낮아지므로 점점 빠른 속도로 움직이게 됩니다. 경수로의 경우에는 중성자의 속도가 빨라지면 핵분열의 효율이 떨어지기 때문에 결과적으로 출력이 억제되죠. 이것은 음의 보이드 반응도를 나타내는 것입니다. 안전도 면에서도 바람직하다고 할 수 있습니다. 그런데 고속 증식로의 경우에는 아까도 말씀드렸듯이 애당초 고속 중성자에 의해 핵분열을 일으키도록 만들어졌기 때문에 효율이 저하되지 않습니다. 오히려 중성자의 속도가 빠르면 빠른 만큼 플루토늄과 부딪쳤을 때 새로 생성되는 중성자 수가 많아지는 효과가 있습니다. 효율이 별로 변하지 않는데 중성자 수가 증가한다는 것은 결과적으로 핵분열의 빈도가 높아진다는 의미입니다. 이것을 정 보이드 반응도를 갖고 있다고 표현하는 것입니다. 폭주함으로써 원자로 내 온도가 상승하고, 기포가 발생하고, 그럼으로써 반응이 더욱 활발해진다는 겁니다."

"그야말로 악순환이군요."

앵커가 심각한 표정을 지었다.

"그렇습니다. 이와 같은 정 보이드 반응으로 인해 대형 사고로 발전한 예가 바로 구소련의 체르노빌 원전입니다."

그 이름이 나오자, 원전에는 문외한인 앵커도 자극을 받은 듯, 등을 쭉 펴면서 눈을 크게 떴다.

"아, 그렇군요. 하지만 체르노빌에서 사고가 발생했을 때 일본의 전문가들은 국내에서는 유사한 사고가 일어나지 않을 것이라는 의견을 보였는데요."

"그건 당시 일본의 원전이 거의 경수로 중심이었기 때문입니다. 방금 말씀드렸다시피 경수로는 음의 보이드 효과를 나타내기 때문에, 기포가 발생하면 핵분열이 진정됩니다. 따라서 경수로만 사용하는 한 체르노빌과 같은 사고는 일어나지 않는다고 해도 틀린 말은 아니죠."

"그런데 고속 증식로는 얘기가 다르다는 말씀이군요."

"그렇습니다."

"음……."

인기 앵커는 마치 신음 같은 소리를 낸 후 과장된 몸짓으로 팔짱을 끼었다. 그런 퍼포먼스가 이 인물의 인기 비결이기도 했다.

"어떻습니까, 저도 그렇지만 이 프로그램을 보고 계시는 많은 분들도 이 얘기는 처음 듣는 내용일 텐데요. 그런 사실을 정부가 알고 있을까요?"

"물론 잘 알죠. 실제로 '신양'의 안전 심사에서도 보이드에 의한 영향이라는 것을 심사했습니다."

"그 심사의 결과는 어땠나요? 아, 물론 건설 허가가 났으니 문제가 없다고 결론이 나온 거겠지만요."

"네, 말씀하신 대로 설치 허가 신청서에는 원자로 긴급 정지 장치가 작동해서 사고가 수습된다고 쓰여 있습니다. 다만 여기서 검토된 내용은 냉각재인 액체 나트륨이 끓어서 기포가 발생하는 상황을 전제로 한 것이 아니라 냉각재의 표면을 덮고 있는 아르곤 가스가 냉각재 안에 섞여들어, 그로 인한 기포가 노심 속을 일시적으로 통과한다는 설정하에 계산이 이루어진 것입니다. 말하자면 아주 느슨하다고 할까, 아니면 단순하다고 할까, 아무튼 그런 조건에서 검토됐고, 그 결과 문제없다는 결론이 나온 것에 지나지 않습니다. 액체 나트륨이 끓는 경우에는 기포의 양이 그보다 훨씬 증가할 테니 안전하다고 할 만한 근거가 없다고 생각합니다."

"말씀을 듣고 보니 고속 증식로 기술이라는 것은 매우 어려운 분야인 것 같습니다."

"맞습니다. 사실 고속 증식로에는 폭주하기 쉽다는 결점 외에도 여러 가지 위험 요소들이 있습니다. 그렇기 때문에 여러

나라가 잇달아 이 연구를 철회한 것이죠. 현시점에서 여기에 본격적으로 매달리고 있는 나라는 일본뿐입니다."

"그런 것 같더군요. 미국, 프랑스, 독일, 영국 등이 연구에 착수하고 설비까지 완성한 상태에서 결국 단념했다는 얘기는 들어서 알고 있습니다. 자, 이렇게 해서 고속 증식로가 폭주하기 쉽다는 말씀을 들었으니 이번에는 현재 상황에 대해 얘기해 보죠."

앵커는 볼펜을 손에 들고 몸을 약간 앞으로 내밀며 우메미야 조교수 쪽으로 고개를 돌렸다.

"예의 헬리콥터가 추락해 대폭발을 일으킬 경우, '신양'이 폭주를 일으킬 수도 있는 겁니까?"

앵커는 대폭발이라는 부분을 유독 힘주어 말했다. 아무래도 이 남자 역시 다른 특별 보도 프로그램의 진행자들과 마찬가지로 사태가 심각하기를 기대하는 모양이라고 '그'는 생각했다.

"에, 제가 상상하는 범위 내에서 답을 드리자면,"

이번에는 우메미야가 패널을 세워 들었다. 거기에는 '신양'의 단면도가 그려져 있었다.

"이 돔 형태의 건물이 원자로 건물로, 그 안에 격납 용기가 들어 있습니다. 격납 용기 안에서 아래쪽에 있는 원통이 원자로 용기죠. 이 안에서 핵반응이 일어나고 있는 겁니다. 여기서 우선 문제가 되는 것은 헬리콥터가 이 돔의 지붕과 격납 용기를 뚫고 건물 안으로 들어와 폭발할 경우 어떻게 되느냐 하는 건데요. 지붕은 콘크리트 재질로, 가장 얇은 곳의 두께가 45센티미터입니다. 격납 용기는 철판으로 돼 있고 두께는 38밀리미터입니다. 헬리콥터의 엔진 부분과 충돌할 경우 이 천장이 버티지 못할 걸로 생각되는데요."

"그러면 지붕이 뚫려 버리고 말겠네요."

"그렇겠죠. 다만 이 도면을 보면 알 수 있듯이 격납 용기 위쪽에 천장 크레인이 있는데, 다행히 그곳에 닿을 경우 충격이 꽤 완화될 겁니다."

"만약 그 크레인에 닿지 않으면 어떻게 될까요?"

"그대로 바닥에 떨어지겠죠. 그 바로 아래가 원자로 용기고요."

"이 도면을 보니까 불과 바닥 하나를 사이에 두고 있는 것 같군요."

"그렇습니다."

"만약 여기서 폭발이 일어나면 어떻게 되나요?"

앵커가 손가락으로 원자로 위쪽을 가리키며 물었다.

"글쎄요. 원자로 용기 상부에는 제어봉 구동 장치가 있는데, 최악의 경우 폭발의 충격으로 그 장치가 파괴될 가능성도 있습니다. 뭐, 그건 헬리콥터에 실려 있는 폭발물이 어느 정도의 양이냐에 따라 달라지겠죠. 물론 제어봉 구동 장치라는 것은 사고가 일어날 경우를 고려해 예비 기구를 갖추고 있습니다. 여기에는 자중, 즉 자기 무게와 더불어 가스압으로 삽입되는 방식과,

자중과 스프링으로 삽입되는 방식의 두 종류가 있습니다. 어느 쪽이 몇 개씩 있는지, 정확한 숫자는 잊었습니다만."

가스 쪽이 13개, 스프링 쪽이 6개, 라고 '그'는 화면을 향해 중얼거렸다.

"그 두 가지 구동 시스템이 동시에 기능을 상실할 가능성이 있을까요?"

"확률적으로 낮다고 되어 있긴 합니다."

"그럼 제로는 아니라는 거군요?"

"기계라는 것은 뭐가 어떻게 될지 알 수 없으니 불운이 겹칠 경우에는 양쪽 시스템이 동시에 망가져 제어봉이 삽입되지 못할 수도 있겠죠."

원하는 답변을 얻어서인지 앵커는 고개를 크게 주억거렸다.

"제어봉이 삽입되지 않는다는 것은 제어봉이 원자로의 출력을 컨트롤하지 못한다는 뜻이죠?"

"맞습니다. 경수로의 출력은 제어봉 외에도 냉각재 속의 붕산 농도를 변화시키는 방법으로 컨트롤할 수 있습니다. 말하자면 두 개의 정지 스위치를 갖고 있는 셈이죠. 그러나 고속 증식로에는 그 스위치가 제어봉 하나밖에 없습니다. 그것이 망가지면 손쓸 방법이 없죠."

"그럴 경우에는 원자로가 폭주를 일으킬 우려가 있다는 말씀인가요?"

앵커의 말투가 점점 열기를 띠어 갔다.

우메미야 조교수는 잠시 머뭇거리는 표정을 보이다가 신중하게 대답했다.

"아, 그게 말입니다. 제어봉 장치가 망가질 정도의 충격을 받았을 경우, 원자로 용기 안의 연료도 어떤 영향을 받을 가능성은 있습니다. 만일 연료가 손상되면, 아까도 말씀드렸듯이 핵분열 반응도가 높아지니까 폭주로 발전할 가능성도 생각해 볼 수 있죠."

"그렇군요. 그렇다면 폭주설도 근거가 없는 것은 아니군요."

"만일 폭주가 발생한다면 지금 말씀드린 것과 같은 시나리오가 되겠죠."

"알겠습니다. 그것이 최악의 시나리오라 할 수 있겠군요. 다만 교수님이 아까도 얼핏 말씀하셨지만 '신양'의 경우는 폭주 외에도 대형 사고로 발전할 수 있는 시나리오가 있다고 할 수 있을 것 같은데요."

"예, 그렇죠. 폭주 이외에도 위험 요소가 몇 가지 있습니다."

"그중 하나가 증기 발생기와 관련된 것이 아닌가 싶은데요, 전문가들 사이에서는 이쪽이 확률적으로는 더 위험하다는 의견도 많은 것 같더군요."

'그'는 텔레비전의 리모컨을 찾아 볼륨을 약간 올렸다.

"네, 저도 그렇게 생각합니다."

우메미야 조교수는 겸손하게 대답했지만 말끝에 자신감이 묻어 나왔다.

"증기 발생기라는 것은 이 부분인 것 같은데요."

앵커가 원자로 보조 건물의 단면도를 가리켰다.

"이걸 보면 증기 발생기와 과열기, 두 부분으로 나뉘어 있군요."

"그렇습니다. 경수로 중 증기 발생기를 갖추고 있는 것은 가압수형 원자로라는 타입인데요, 그 경우는 증기 발생기가 한 개입니다. 그러나 '신양'의 경우는 물을 증발시키는 공정과 그 증기에 다시 열을 가하는 공정으로 나뉘어 있습니다."

"가압수형 원자로에서도 증기 발생기가 손상되는 경우가 있는 모양이더군요."

"네, 그렇습니다. 가장 큰 사고가 발생한 건 미하나 원전에서였는데요, 세관(細管)이 파손되는 바람에 원자로 안을 통과한 물이 대기 중으로 방출되는 사태가 있었습니다."

"'신양'은 그 문제에 관해서는 어떤가요?"

"'신양'은 경수로와는 다릅니다. 방금 말씀드렸다시피 경수로의 경우에는 원자로 안을 통과한 물이 그대로 세관으로 흘러들어갑니다. 그에 반해 '신양'은, 거듭 말씀드리지만, 원자로 안을 물 대신 액체 나트륨이 통과하는데, 그 나트륨이 직접 증기 발생기 쪽으로 가는 것이 아니라 원자로 옆에 있는 중간 열교환기 속을 통과합니다. 그리고 이 중간 열교환기에서 따로 액체 나트륨의 온도를 높이는 겁니다. 이렇게 원자로 속을 통과해 오는 액체 나트륨을 1차계 나트륨이라고 하고, 중간 열교환기를 통해서 가열된 쪽을 2차계 나트륨이라고 부릅니다. 그런데 물을 증기로 바꾸는 증기 발생기에 가는 것은 이 2차계 나트륨이거든요. 즉 2차계에는 방사성 물질이 포함되어 있지 않은 것이죠. 따라서 이 부분이 파손되는 것만으로는 미하나 원전처럼 방사성 물질이 누출되는 일은 없습니다."

"그럼 증기 발생기가 파괴돼도 상관없다는 뜻이군요."

"아니요. 문제는 그다음입니다. 증기 발생기에 흐르는 나트륨에 방사능이 없는 것은 사실이지만 증기 발생기가 파손되면 나트륨과 물이 섞이게 되는데, 이는 매우 위험한 상황입니다. 왜냐하면 나트륨은 물에 닿으면 폭발을 일으키는 성질이 있기 때문이죠. 그 결과로 화재가 발생한 케이스가 영국에서 실제로 있었습니다."

"그렇다면 '신양'의 경우도 화재로 발전할 가능성이 있다는 말씀입니까?"

"단순한 화재라면 그나마 다행입니다만, 1,700톤이나 되는 엄청난 양의 나트륨을 사용하고 있으니 일단 반응이 시작되면 손을 쓸 수 없는 상태로 발전할 가능성도 생각해야 합니다. 게다가 나트륨은 물에만 반응하는 것이 아닙니다. 건물을 짓는 데 사용된 콘크리트의 경우 실은 절반 가까이가 수분이라고 할 수 있습니다. 그런 콘크리트에 나트륨이 접촉하면 수소가 발생해 내부 압력이 높아져서 온도가 상승하고 내부 응력이 높아져 결국에는 엄청난 힘으로 파열되면서 사방으로 파편이 날리게 됩니다. 그런 폭발이나 화재가 배관을 통해 전달되면 중간 열교환기가 파손될 가능성도 충분히 있는 것이죠."

"만약 배관이 파괴되면 1차계 나트륨이 분출되는 경우도 있을 수 있겠군요."

"1차계의 압력은 2차계에 비해 0.5기압 정도 낮기 때문에 분출까지 가지는 않겠지만 폭발의 정도에 따라 빠른 속도로 넘칠 수는 있겠죠."

"1차계 나트륨이라는 것은 정말 위험한 것이군요."

"그렇습니다. 조금 전에 경수로 증기 발생기의 세관 파손 사고를 언급했는데요, 사실 물 그 자체는 밖으로 누출된다 해도 방사능에 대해서는 크게 걱정하지 않아도 됩니다. 그 이유는, 원자로 가동 중에는 물도 방사능을 띠지만, 그것은 질소가 방사능화한 것이기 때문이죠. 이 방사능은 반감기가 7초로 아주 짧습니다. 순식간에 줄어들죠. 그 경우 실질적으로 문제가 되는 것은 물속에 섞여 있는 불순물, 즉 미량 방사성 물질이라 불리는 것뿐입니다. 그런데 고속 증식로의 경우에는 냉각재인 나트륨 자체가 방사능을 갖고 있습니다. 물론 죽음의 재라 불리는 방사성 생성물도 함유하고 있죠. 이것들이 대기 중으로 방출된다면 환경 파괴로 연결되는 건 자명합니다."

"구체적으로는 어떤 피해를 입게 될지 예상할 수 있을까요?"

"지금 말씀드린 방사성 물질이 어떤 식으로 방출되느냐에 따라 다르다고 봅니다. 낮고 좁은 범위에 그친다면 방사능의 밀도가 높기 때문에 가까운 범위에 빠르게 악영향을 미칠 겁니다. 반대로 방사성 물질이 화재 등에 의해 상승 기류를 타고 하늘 높이 올라가게 되면 넓은 범위에 지연성 피해를 입히게 됩니다."

"지연성 피해라면, 암 같은 걸 말씀하시는 건가요?"

"네, 그렇다고 볼 수 있죠."

앵커가 과장스럽게 한숨을 쉬었다.

"풍향에 따라서 피해가 확산될 가능성도 있겠군요?"

"그럴 가능성이 매우 큽니다. 방사성 나트륨에는 나트륨 24와 나트륨 22, 두 종류가 있는데, 24 쪽은 반감기가 열다섯 시간으로 짧기 때문에 멀리 날아가는 동안 방사능이 상당량 줄어들 수도 있습니다. 그러나 22 쪽은 반감기가 2.6년이어서 바람을 타고 날아가면 상당히 넓은 범위에 걸쳐 악영향을 미치게 됩니다. 게다가 나트륨은 화학 반응을 통해 쉽게 식염으로 바뀌기 때문에 체내에 들어갈 가능성도 있습니다. 또한 죽음의 재는 나트륨 22보다 더 장기간 방사능을 갖고 있기 때문에, 비가 내릴 때 땅에 스며들어 식물의 연쇄 고리 속에 편입될 수도 있습니다."

"과학 기술청의 발표로는 헬리콥터가 추락한다 해도 환경에 미치는 영향은 전혀 없다고 했는데, 말씀을 듣고 보니 그 피해가 무시할 수준이 아닌 것 같군요."

"저는 안심할 만한 근거가 전혀 없다고 생각합니다."

우메미야는 이제 긴장이 풀려서 얼굴에 홍조까지 띠고 있었다.

"그렇습니까? 지금까지 들은 말씀을 종합해 보면 아무래도 이번에 범인의 표적이 된 원전이 경수로가 아니라 고속 증식로라는 점이 사태를 아주 심각하게 만들고 있는 것 같군요."

"저도 같은 생각입니다. 경수로라면 같은 상황에 놓이더라도 조금은 안심할 여지가 있죠."

"물론 범인도 그 점을 알기 때문에 '신양'을 표적으로 선택한 것이겠죠. 아무튼 헬리콥터의 추락은 무슨 수를 써서든 막아야겠습니다. 정부가 어떻게 대응할 것인지 주목되는군요. 교수님, 나와 주셔서 감사합니다."

우메미야 조교수도 "감사합니다." 하고 머리를 숙였다. 그리고 화면이 앵커의 상반신으로 가득 채워졌다.

"그럼 이번에는 이번 사건과 관련해 풍향에 의한 피해를 입을 가능성이 있는 오사카와 교토 시민들은 어떻게 생각하고 있는지, 시민들의 목소리를 한번 들어 보기로 하겠습니다."

앵커의 설명에 이어 장면이 오사카로 넘어갔다. 중년 남자의 얼굴이 클로즈업됐다.

"잘…… 모르겠어요. 여기까지는 영향이 없지 않을까요? 과학 기술청도 괜찮다고 했잖아요."

다음은 젊은 여자였다.

"무섭기는 해요. 어쩌면 좋을지……. 피난을 가는 게 좋을까요?"

이번에는 남학생.

"저는 그 사건에 대해서 잘 모르는데요."

이런 상황에서도 여전히 한가롭게 거리를 쏘다니는 놈들이니 저따위 대답밖에 못하는 게 당연하겠지. '그'는 텔레비전을 보며 그렇게 생각했다. 위험을 감지한 사람들은 지금쯤 집으로 돌아가 짐을 꾸리고 있을 것이다.

그러나, 하고 그는 생각한다.

저렇게 아무 생각 없이 길거리를 돌아다니는 사람들이나 피난 준비를 시작한 무리나 실은 큰 차이가 없는 것 아닐까.

텔레비전을 끄려고 리모컨으로 손을 뻗는데 휴대 전화가 울렸다. 그는 움찔했다. 뭔가 착오라도 생겼나 싶었다.

"여보세요."

"여보세요, 미시마? 나야, 곤도."

전화의 주인공은 이번 일의 유일한 파트너가 아니었다. 그는 안도의 숨을 내쉬었다.

"아, 과장님. 무슨 일로……."

"무슨 일은 무슨 일이야. 사건에 대해서는 알고 있지?"

"네, 알고 있습니다. 안 그래도 지금 텔레비전을 보고 있습니다."

"큰일이 벌어졌어."

"그러게요. 깜짝 놀랐습니다."

"자네, 오늘은 미하나에 안 간 모양이군."

"네. 증기 발생기 조립이 무사히 끝나서 잠깐 쉬고 있습니다."

"그렇군. 오늘은 특별한 일정이 없나?"

"오늘…… 말인가요?"

"그래. 설마 피난을 간다든가 하는 건 아니겠지?"

"아닙니다. 그럴 생각 없는데요."

"그 말을 들으니 안심이군. 실은 부탁할 게 있어서 말이야. 지금 바로 '신양'에 가 줄 수 있겠나?"

그는 수화기를 든 채로 잠시 침묵했다.

"싫은가?"

상사가 눈치를 살피듯이 물었다.

"노연 쪽에서 사람을 보내 달라고 하던가요?"

"아니, 그런 건 아닌데, 사업 본부장이 신경을 쓰고 있어서 말이지. 우리 쪽에서도 사람을 보내야 하지 않을까, 그러더라고."

"네……."

"상황이 상황인 만큼."

그리고 과장은 목소리를 한층 낮췄다.

"헬리콥터가 우리 거잖아. 사업 본부가 다르다고 아무리 말해 봐야 통할 리도 없고 말이야."

"무슨 말씀인지는 알겠습니다."

"그쪽에 아무도 없었다면 이렇게 신경 쓸 필요도 없겠지. 도쿄에서 가자면 이동하는 데만도 몇 시간이 걸리니까. 하지만 자네가 우연히 그쪽에 있으니 부탁을 해 볼까 생각한 거야."

상사의 변명을 들으면서 그는 머릿속으로 갖가지 계산을 하고, 세부 계획을 체크하고, 앞으로의 사태를 예측하면서 어떻게 결단을 내려야 할지 빠른 속도로 궁리했다. 적의 품으로 들어간다. 그것은 말할 것도 없이 위험한 선택이지만, 앞으로의 거래를 유리하게 이끌어 갈 수 있다는 점에서는 아주 매력적인 도박이기도 했다.

"어때, 가 줄 텐가?"

과장이 재차 물었다.

"알겠습니다."

그가 대답했다.

"가겠습니다."

"그래, 그렇게 대답할 줄 알았어."

과장은 내심 안도하는 것 같았다. 사업 본부장에게 체면을 세울 수 있을 테니 말이다.

"노연이나 '신양'에는 이쪽에서 연락하지. 자네는 준비되는 대로 곧장 출발해. 1분 1초가 급한 상황이니까."

"알겠습니다."

전화를 끊은 그는 이제부터 어떻게 할 것인가에 대해 2, 3분간 생각했다. 계획 중 세부 사항 몇 가지를 변경할 필요가 있었다.

그는 다시 수화기를 들고 버튼을 눌렀다. 신호가 울리자마자

'하치다'가 받았다.

"높으신 분들이 아직도 미적대고 있는 모양이더군."

그의 음성을 확인한 '하치다'가 말했다.

"슬슬 결론이 나올 때가 됐어. 그보다, 계획을 약간 변경해야 겠어."

"이번엔 또 뭐야?"

"회사의 지시로 지금 현지에 가게 됐어."

상대 남자는 웃음을 터뜨렸다.

"그거 잘됐군. 천벌이 바로 내리는 건가."

"나는 하늘의 은총이라고 생각하는걸. 아무튼 말이지, 더는 연락할 수 없어."

"그야 상관없지 않겠어? 앞으로의 일은 전부 당신 몫이니."

"그쪽은 언제까지 거기 있을 거야?"

"그야 물어보나 마나지. 마지막까지야."

"그렇군. 알겠어."

"그뿐인가?"

"그래."

"그럼 잘해 봐. 악운이 따르길 빌겠어."

"고맙군."

그는 전화를 끊었다.

그로부터 10여 분간 그는 컴퓨터와 접속 기기를 조작했다. 크게 힘든 작업은 아니었다. 그 일을 마친 후에는 옷을 반소매

셔츠에 넥타이 차림으로 갈아입었다. 그리고 신분증이 든 지갑을 챙겼다.

니시키 중공업 주식회사 플랜트 개발 사업 본부 원자력 기기 설계과 미시마 고이치.

신분증에는 그렇게 쓰여 있다.

손목시계로 시간을 확인하고 나서 방 안의 상태를 체크하려고 했을 때였다. 아직 끄지 않은 텔레비전에서 아나운서의 목소리가 흘러나왔다.

"방금 들어온 소식입니다. 관계 각료 회의가 지금 막 끝나고 아사카와 총리대신이 전국의 원자로 가동을 중단하기로 결단을 내렸다고 발표했습니다. 다시 한 번 말씀드립니다. 아사카와 총리대신이 어린이를 구출하는 조건으로 범인이 내놓은 요구를 수용한다고 발표했습니다. 또한 범인의 지시대로 이 상황을 텔레비전으로 생중계할 예정이라고 합니다."

18

형사들이 탄 차는 정체 구간에 갇혀 있었다.

무로부시는 차의 라디오 볼륨을 줄인 후 조수석 등받이를 뒤로 젖히고, 앞으로 쭉 뻗고 있던 다리를 꼬았다.

"일이 참 골치 아프게 됐군."

"정말로 전국의 원전 가동을 전부 중단할까요?"

세키네가 시선을 앞으로 향한 채 물었다.

"글쎄. 섣불리 속임수를 썼다가는 일이 더 위험해질 수 있다는 걸 높은 양반들도 모르진 않겠지."

범인이 원전 가동 중단을 조건으로 어린아이 구출을 허가한다는 내용의 연락을 취했다는 뉴스가 무로부시 일행이 쓰루가 시내를 출발한 직후 라디오에서 나왔다. 그로부터 몇십 분 동안 무로부시는 계속해서 이런저런 추리를 해 보았다.

도무지 알 수 없는 것은 범인이 어째서 이런 상황을 이용하지 않느냐는 것이었다. 첫 번째 팩스에서 범인은 이미 '신양'에 헬리콥터가 추락하는 사태를 막고 싶으면 전국의 모든 원전을 파괴하라고 요구했다. 그렇다면 어린이가 타고 있다고 해서 그 요구를 변경할 필요는 없지 않을까. 오히려 '아이의 목숨을 구하고 싶으면 이쪽의 요구대로 하라'는 식으로 나올 법한 일이었다.

그런데 왜 그렇게 하지 않는 걸까.

분명한 사실은 범인의 목적이 단순히 일본에서 원전을 없애는 데만 있지는 않다는 것이었다. 어쩌면 범인은 정면 승부를 원하는지도 모르겠다고 무로부시는 생각했다. '어린아이의 목숨과 교환하는 조건으로', 얘기가 그런 식으로 흘러가면 논의의 초점이 흐려지고 만다고 생각하는지도 몰랐다. 가령 정부가, 아마도 그런 일은 없겠지만, 범인의 요구를 받아들여 일본

내의 모든 원전을 파괴한다 해도 그것이 '신양'의 안전성에 자신이 없어서인지 아니면 인명을 존중한 결과인지 애매해지고 마는 것이다. 그리고 물론 정부는 후자라고 주장할 것이다.

그 점이 범인의 마음에 들지 않는지도 몰랐다.

"텔레비전을 좀 봤으면 좋겠네요."

세키네가 말했다.

"텔레비전을?"

"원전 가동을 중단시키는 광경을 생중계하라고 범인이 그랬잖아요."

"그랬지."

"후쿠이 현에 사는 입장에서 부끄러운 일인지는 모르겠지만, 저는 원전 내부가 어떻게 생겼는지 잘 몰라요. 팸플릿 같은 데서 얼핏 봤을 뿐이죠."

그건 자신도 마찬가지라고 무로부시는 생각했다. 중앙 제어실이라는 말 정도는 알지만, 그곳에서 어떤 사람이 어떤 일을 하고 있는지는 생각해 본 적조차 없었다. 그러니 이번 범인의 요구와 관련해서도 대체 원전이 어떤 식으로 정지되는 건지 상상도 가지 않았다.

무로부시는 조금 전에 만나고 온 인물을 떠올렸다. 그 인물은 쓰루가 시에서 서점을 운영하고 있는 쓰치무라라는 남자였다. 쓰치무라는 조그만 잡지의 편집장이라는 직함도 갖고 있었는데, 그 잡지는 각 호마다 원전 반대파의 의견에 페이지를 많이 할애하는, 요컨대 반원전 운동 추진파들의 기관지 같은 것이었다. 무로부시와 세키네가 찾아갔을 때도 쓰치무라는 인터넷을 통해 전국의 동료들과 '신양' 사건에 관한 정보를 교환하는 중이었다.

컴퓨터를 가지고 있다는 것은 범인일 수 있는 조건 중 하나를 갖췄다는 얘기였다. 그래서 무로부시는 질문을 치밀하게 해 봤지만, 쓰치무라가 사건과 무관하다는 것은 금세 분명해졌다. 그가 어젯밤에 서점주들의 모임에 나가 새벽 세 시 넘어서까지 술을 마셨다는 것이 확인됐기 때문이다. 쓰치무라의 충혈된 눈과 그때껏 풍기는 술 냄새는 그가 거짓말하고 있지 않다는 것을 대변해 주었다. 또한 실내를 꼼꼼히 훑어본바, 컴퓨터는 있어도 무선이나 헬리콥터에 대한 전문 지식이 있을 만한 분위기는 느껴지지 않았다.

"범인은 시민 단체 사람이 아닐 겁니다."

취조가 일단락되자 자신에 대한 혐의가 풀렸다고 생각한 쓰치무라는 입 주위에 돋아난 수염을 만지작거리며 말했다.

"왜 그렇게 생각하시죠?"

"저희는 원전이 얼마나 취약하고 얼마나 위험한지 잘 알고 있습니다. 그렇기 때문에 돌이킬 수 없는 일이 벌어지기 전에 원자력 계획 전체를 재고하자는 겁니다. 그런 사람들이 굳이 돌이킬 수 없는 짓을 저지를 리 있겠습니까."

"그렇다면 범인은 어떤 인물일 것 같습니까?"

"제 생각엔 의외로 원전에 관심이 없는 놈 아닐까 싶습니다."

"새로운 가설이군요."

"범인은 컴퓨터로 조종할 수 있는 헬리콥터를 훔쳐서 뭔가를 하고 싶었던 게 아닐까요? 그리고 세상이 떠들썩해질 만한 뭔가를 생각하던 끝에 원전에 주목했다, 그런 거죠."

"쾌락 범죄라는 거군요."

"원전 근처에 사는 사람이라면 이런 짓은 상상도 못할 겁니다. 아마 원전과는 아무 연관성 없는 도시 사람의 짓일 거예요. 틀림없습니다."

"그렇게 생각할 수도 있겠군요."

무로부시는 군이 반론을 펼치지 않았다.

"저는 도시 사람을 전혀 신뢰하지 않는 사람이라서요."

쓰치무라는 그렇게 말하고 나서 코를 벌름거리면서 숨을 크게 내쉬었다.

"반원전 운동에 참가하게 된 것 역시 도시인들에 대한 반발 때문이라 해도 과언이 아닙니다."

"아니, 무슨 이유로……."

살짝 흥미를 느낀 무로부시가 물었다.

쓰치무라는 혀로 입술을 한 번 축인 뒤 입을 열었다.

"도대체가 불공평하단 말이죠. 와카사에 이 많은 원전이 있는데, 거기서 만들어진 전기를 쓰는 사람들은 대부분 오사카나 교토 사람들이에요. 도시 사람들은 시골에 가면 원전이라는 게 있다더라 하는 정도지 거기 사는 사람들은 생각하지 않는단 말입니다. 아니, 생각하고 싶지 않은 거겠죠. 그러고는 이를 닦을 때도 아무 생각 없이 전동 칫솔을 씁니다. 참 어이가 없어요. 이게 불공평한 거 아니고 뭐겠습니까."

"그건 그렇지만, 원전을 유치한 건 해당 지역 아닌가요?"

무로부시의 지적에 쓰치무라는 입술을 일그러뜨렸다.

"맞습니다. 주민의 의사는 무시한 채 말이죠. 이웃 동네가 원전을 유치해 재정적으로 윤택해지는 걸 본 지역장 같은 사람들이 가만있을 수 없었던 거죠. 안달이 나서 너도나도 원전 유치에 나선 겁니다. 물론 이건 와카사만의 얘기가 아니에요. 현재 원전이 있는 지역은 어디나 사정이 비슷할 겁니다."

"지역을 활성화하겠다는 생각이야 지역장들로서는 당연한 거 아닙니까."

세키네가 조심스럽게 끼어들었다.

"이런 게 무슨 활성화입니까?"

쓰치무라는 내뱉듯이 말했다.

"물론 활성화는 필요해요. 인구 과소화를 막는다는 의미에서라도 말이죠. 하지만 그걸 원전을 통해서 이룬다는 건 어불성설입니다. 높으신 양반들은 원전이 들어오면 다른 기업들도 함께 올 거라는 꿈을 꾸는 것 같은데, 그런 일은 절대 없습니다. 발전소 옆에 사무실이나 공장을 세우면 전기 요금이나 할인받을 수 있을까, 그 외에는 아무런 이득이 없어요. 오히려 교통도 나쁘고 불편한 것투성이일 겁니다. 애당초 일반 기업이 들어올 만한 곳이 아니었기 때문에 원전이라도 불러들이자는 얘기가 나온 겁니다. 활성화는커녕 외지인들의 발길이 오히려 점점 줄어들고 있어요."

"하지만 재정적으로 윤택해진 건 사실 아닙니까? 아까 쓰치무라 씨도 그렇게 말씀하신 것 같은데요."

무로부시가 물었다.

"돈이야 들어오죠."

쓰치무라는 고개를 끄덕였다.

"고정 자산세에 주민세, 그리고 무엇보다 전원 3법 교부금이 있죠. 형사님, 전원 3법 교부금이라는 게 뭔지 아십니까?"

"그야 뭐…… 대충은요. 저도 쓰루가 사람이니까요."

전원 3법 교부금이란 전원 개발 촉진세법에 근거해 전력 회사로부터 징수한 세금을 전원 개발 촉진 대책 특별 회계법에 따라 특별 회계로 편성한 뒤, 발전용 시설 주변 지역 정비법에 기초해 발전용 시설이 들어선 시, 읍, 면과 그 주변 지역에 배분하는 것을 말한다. 세 가지 법령에 의거했다고 해서 전원 3법 교부금이라 부른다.

"그 돈을 지역 발전을 위해 써 달라, 명목상으로야 그렇게 돼 있죠. 그런데 그 돈으로 시골이 도시로 환골탈태했다는 얘기는 한 번도 들어 본 적이 없단 말입니다. 누가 사용하는지도 모를 최신식 체육관에, 멀쩡한 면사무소를 헐고 시골에는 어울리지도 않는 철근 콘크리트로 다시 짓는 게 고작이지요. 결국 그렇게 된다는 걸 나라에서도 알고 있어요. 전원 3법 교부금이란 건 말이죠, 형사님, 지역 발전을 위해서 주는 게 아니라 지역 발전을 포기시키기 위해 주는 합의금 같은 겁니다. 게다가 이 교부금이 언제까지고 지불되는 것도 아니에요. 20년으로 한정돼 있습니다. 고정 자산세도 감가상각으로 급감하고 있고요. 다시 말해서 특혜가 없어진단 말입니다. 자, 이렇게 되면 지역에서는 어떻게 하겠어요?"

"원전을 또 유치한다?"

무로부시의 대답에 쓰치무라는 긴 한숨을 내쉬었다.

"그렇게 되겠죠. 교부금이 아쉬운 나머지 원전을 하나 더 짓게 해 달라, 이렇게 되는 겁니다. 결국 일단 원전을 받아들인 지역은 원전 없이는 살림을 꾸릴 수 없게 되는 거죠. 악순환의 표본이라고 해도 과언이 아니에요. 하지만 말입니다, 그렇다고 해서 받아들인 쪽이 어리석었다고는 말하고 싶지 않아요. 인구 과소화가 진행되고 있는 시골 사람들로서는 필사적일 수밖에 없습니다. 내가 화가 나는 건, 그런 사람들의 심리를 이용하는 방식이에요. 나라와 전력 회사는 일종의 트릭을 쓰고 있다고요. 그리고 놈들에게 그런 트릭을 쓰도록 만드는 게 누구냐 하면,"

"도회지 사람들이란 말이죠?"

"그렇죠. 전원 3법 교부금은 원래 전기 요금에 포함되어 있는 간접세니까요. 즉, 의식을 하든 못 하든, 도회지 사람들은 자신들의 쾌락을 위해 시골 사람들에게 원전을 강요하면서 그 대가로 돈을 지불하는 셈입니다."

"지역 사람들은 그런 트릭을 모르나요?"

옆에서 세키네가 물었다.

"물론 알고는 있지만 모르는 척하는 거죠. 아마 아직 환상을 버리지 못해서 그럴 겁니다. 쓰루가 시에서는 그런 일이 별로 없지만, 원전 덕에 먹고사는 사람들이 많은 곳에서는 이런 얘기를 입만 뻥긋해도 따가운 눈총을 받습니다. 그런 지역의 주민들 중에는 원전을 유전이라고 여기는 자들까지 있어요. 원전을 받아들인다는 건 땅을 파서 유전을 발견한 것이나 다름없다는 거예요. 참 어수룩한 사람들이죠."

쓰치무라는 마지막에는 흥분한 나머지 이마까지 벌게졌다.

자신은 도회지 사람은 아니지만, 쓰치무라의 정의에 따르면 그쪽에 들어갈 것이라고 무로부시는 생각했다. 원전이 들어선 동네의 주민들을 생각해서 절전한 적도 없고, 전기 요금 속에 그런 목적의 간접세가 들어 있다는 얘기를 들어도 부자연스럽게 느껴지지 않기 때문이다.

만일 원전 가동을 중단하는 장면을 텔레비전에서 내보낸다면, 세키네의 말처럼 봐도 나쁘지 않겠다고 그는 생각했다. 탐문 수사 중이니 어렵겠지만.

그때 세키네가 급브레이크를 밟았다. 옆 차선에서 어떤 차가 무리하게 끼어들려 했기 때문이다. 안 그래도 길이 막혀 짜증이 난 세키네는 그답지 않게 "저런 바보 같은 자식."이라고 욕을 지껄였다.

"길이 엄청 막히는군. 아까부터 꼼짝도 안 하는걸."

무로부시가 앞쪽을 보면서 세키네에게 말했다.

국도 27호선은 쓰루가 반도가 육지와 맞닿은 부분을 동서로 가로지르는 길이다. 세키네 형사가 운전하는 코로나는 그 길을 동에서 서로 달리다가 정체를 만났다. 반도를 남하하는 차가 너무 많아 그 차들이 27호선과 합류하는 교차점에서 혼잡이 빚어지고 있는 것이었다. 그 차들이 대부분 타 지역 번호판을 달고 있는 것으로 보아 해수욕을 하러 온 사람들로 여겨지지만, 이 시간대에 돌아가는 길이 혼잡한 것은 평소 같으면 볼 수 없는 일이었다.

"이거, 하이키에 있다 돌아가는 해수욕객들만은 아닌 것 같은데요. 좀 더 멀리 떨어진 곳에 있던 사람들까지 서둘러 돌아가는 모양이에요."

"만에 하나 헬리콥터가 떨어졌을 때 '신양'에서 얼마나 멀리 있어야 안전한지는 아무도 모르는 일이니까."

"과학 기술청은 헬기가 떨어져도 별일 없을 거라고 했지만 말이죠."

세키네가 빈정거리는 투로 말했다.

"그야 위험하다고 발표할 수는 없지 않겠어?"

"그렇겠죠."

그렇게 동의하고서도 세키네는 여전히 떨떠름한 표정을 한 채 핸들을 움직였다. 신호가 바뀌고 간신히 합류점을 통과했지만 속도는 오르지 않았다. 뒤쪽에서 누군가 억지로 끼어들려 했는지 신경질적인 경적이 울리고 욕설을 퍼붓는 소리가 들렸다.

"큰일이네요. 이래서야 탐문 수사고 뭐고……"

세키네가 혀를 찼다.

"일 안 해도 되고 좋지, 뭐."

그러면서 무로부시는 안주머니에서 메모지 한 장을 꺼냈다.

"하긴 이런 농담이나 하고 있을 때가 아니지. 차 좀 어디다 세워 봐. 걸어가자고. 걷는 게 더 빠르겠어."

다음으로 만날 상대의 집이 멀지 않은 곳에 있었다.

세키네는 고개를 끄덕이고 근처 길가에 있는 찻집 주차장에 차를 세웠다. 열 대 정도 세울 수 있는 주차 공간에 경차 한 대가 서 있을 뿐이었다.

차를 맨 끝자리에 주차한 뒤 세키네가 먼저 내려 가게 안으로 들어갔다. 양해를 구할 작정인 듯했다. 잠시 후 돌아온 그가 쓴 웃음을 지었다.

"찻집 주인이 대피를 하는 게 좋겠느냐고 묻던데요."

"그래서 뭐라고 했어?"

"모르겠다고 했죠. 그랬더니 무책임하다고 버럭 화를 내는 거예요. 보아하니 도망가고 싶은 마음은 있는데 길이 이 모양이라 망설이고 있는 눈치였어요."

"무리도 아니지."

두 형사는 국도를 따라 걸었다. 도로에는 자동차의 행렬이 끝도 없이 늘어서 있다. 무로부시가 넌지시 차 안을 들여다보니 해수욕객인 듯한 사람들이 얼굴에 웃음기라고는 없이 불안한 듯 앞쪽만 주시하고 있었다. 그 표정이 여름 레저를 즐기기 위해 입었을 그들의 차림새와는 전혀 어울리지 않았다.

이윽고 국도에서 샛길로 접어들자 민가들이 늘어서 있고 그중 어느 집의 주차장에서 차에 짐을 싣고 있는 가족이 보였다.

"빨리빨리 좀 해, 뭘 그렇게 꾸물대니? 서두르지 않으면 길이 더 복잡해진단 말이야. 다카아키, 너 학교에서 필요한 것들은 다 챙겼어? 자기 건 자기가 챙겨야지. 엄마가 지금 얼마나 바쁜 줄 알아?"

검은 티셔츠를 입은 주부가 얼굴을 찡그린 채 집 안을 향해 소리 지르고 있었다. 그 옆에서는 남편인 듯한 남자가 커다란 종이 상자를 차에 싣고 있다. 그들의 차는 세단형으로 뒤 트렁크가 별로 깊지 않아 종이 상자를 넣자 트렁크 문이 잘 닫히지 않았다. 남편이 끈을 가져와 더 벌어지지 않도록 트렁크 문 아래위를 붙들어 맸다. 그 약간 벌어진 틈새로 아내가 종이봉투와 가방들을 밀어 넣었다.

두 형사가 빠른 걸음으로 걷는 동안 이런 광경이 심심치 않게 보였다. 차 없이 손에 짐을 들고 집을 나서는 가족도 있었다.

사람이 보이지 않는 집들은 창문이며 출입구가 꼭꼭 닫혀 있었다. 집주인이 이미 피난을 간 것인지 아니면 안에서 누군가가 숨죽이고 있는 것인지는 알 수 없었다.

"그 사람, 여태 집에 있을까 모르겠네요. 반원전파라면 보통 사람들보다 더 원전의 안전성에 의심을 품고 있을 텐데, 이런 사태가 벌어진 마당에 태평하게 집에 있을 리 없지 않을까요?"

세키네가 물었다.

"그럴지도 모르지. 뭐, 없으면 할 수 없고."

그들이 만나러 가는 사람은 미하마 마을에 사는 스에노라는 노인이었다. '신양의 영구 정지를 위한 모임' 회원으로, 반원전 집회 등에서 여러 번 발언한 적이 있는 인물이다. 지난해 오사카에서 있었던 '신양에 관한 의견을 듣는 모임'에서는 반대파의 대표로 질의에 나서기도 했다.

'신양에 관한 의견을 듣는 모임'은 과학 기술청과 노연 사업단이 주최한 행사로, 반대파와 과기청, 노연 간에 이루어진 최초의 직접 토론회였다. 여기에 참석한 반대파의 숫자는 2백 몇십 명에 이르렀는데, 그 명단이 과학 기술청에 남아 있었다. 이번 탐문 수사 대상자 리스트는 그 명단을 기초로 작성된 것이다. 물론 그 2백 몇십 명이 모두 후쿠이 현에 집중되어 있는 것은 아니고 전국 각지에 흩어져 있으므로 지금쯤 각 관할 서의 경찰들이 그 한 사람 한 사람을 찾아다니고 있을 터였다.

스에노 노인의 집은 2층짜리 목조 건물이었다. 현관 바로 옆에 낡은 낚싯대와 그물이 놓여 있었다. 어부의 집으로는 보이지 않으니 취미로 낚시를 하는 모양이다.

세키네의 걱정과 달리 스에노 노인은 집에 있었다. 무로부시가 현관 앞에서 목청 높여 부르자 어두컴컴한 집 안에서 깡마른 노인이 나왔다.

스에노 노인은 잠옷 차림이었다. 집 안에서는 텔레비전 소리가 들려왔다. 뭘 보고 있었는지는 물으나 마나였다. 지금은 민방도 NHK도 특별 보도 프로그램만 내보내고 있다.

세키네가 신분을 밝히자 노인의 얼굴에 순간적으로 싸늘한 미소가 떠올랐다. 형사가 찾아온 이유를 금세 알아챈 것이다.

속으로는 '경찰이란 참 멍청하기도 하지.'라고 생각할 것이라고 무로부시는 짐작했다. 이런 노인에게 그런 범행을 실행할 능력이 있을 리 없다.

그럼에도 세키네는 질문을 시작했다.

"'신양' 사건을 알고 계십니까?"

"알다마다요. 텔레비전에서도 나오고, 이 동네 사람들도 다들 난리법석인데."

"스에노 씨는 대피 안 하십니까?"

그 질문에 노인은 흥, 콧방귀를 뀌었다.

"도망칠 거면 벌써 도망쳤지. 원전 1번지니 뭐니 하고들 있는데."

세키네는 애매하게 고개를 끄덕이고는 무로부시 쪽을 보았다. 거기에 이끌리듯이 노인도 고개를 돌리고 무로부시에게 말했다.

"이렇게 애써 찾아왔는데 안됐지만, 나는 이 사건과는 아무런 관계가 없소."

"그건 저희도 압니다."

무로부시가 미소를 지어 보였다.

"하지만 저희로서도 뭐든 실마리가 필요해서 말이죠. '신양'과 조금이라도 관련이 있는 사람은 일단 만나 보려는 겁니다."

"흥, 그래 봐야 시간만 낭비할 텐데. 저 헬리콥터, 저 상태로 그리 오래 있지 않을 거라면서요?"

"그러니까 더욱이 빨리 단서를 찾아야죠."

무로부시는 현관에 걸터앉으며 집 안쪽을 슬그머니 들여다보았다. 텔레비전 소리만 들릴 뿐 다른 사람이 있는 것 같지는 않았다.

"가족은 없으십니까?"

"지금은 나 혼자라오."

"지금은, 이라면……."

"안사람은 7년 전에 병으로 죽었어요. 아들이 하나 있지만 도쿄에서 회사에 다니고 있고. 시골에서는 살기가 싫다나."

"요즘 젊은이들은 다 그러더군요, 시골 어디를 가나 말이죠. 저…… 확인 차원에서 필요해서 그러는데, 아드님 이름과 연락처를 좀 알려 주실 수 있으신가요?"

무로부시의 물음에 스에노는 턱을 끌어당기며 치뜬 눈으로 형사를 보았다.

"아들은 반원전 활동 같은 거 안 합니다."

"그러니까 확인 차원이라고 했잖습니까. 연락처를 알려 주시면 아드님이 사건과 무관하다는 걸 전화 한 통으로 확인할 수 있으니까요."

여전히 스에노 노인은 못마땅하다는 표정이었지만, 결국 어쩔 수 없다는 듯 아들의 이름과 집 전화번호를 알려 주었다. 이름이야 당연히 알고 있겠지만 전화번호를 찾아보지도 않고 말하는 데에 무로부시는 조금 놀랐다. 머릿속은 보기보다 늙지 않은 모양이었다.

"아드님은 무슨 일을 하나요?"

"학습 교재를 만드는 회사에서 영업을 한다나 뭐라나. 자세한 건 나도 잘 모르오."

"학습 교재라고요? 그럼 스에노 씨가 전에 하시던 일과 비슷하군요."

무로부시가 본 자료에 의하면 스에노 노인의 전 직업은 중학교 교사다.

"흠, 다 옛날얘기지."

노인의 눈초리가 약간 느슨해졌다. 남자란 여자와 달라서 언제까지고 옛날 일을 잊지 못하는 법이다.

"반원전 운동은 교사 시절부터 하셨습니까?"

무로부시가 슬그머니 본론을 꺼냈다. 세키네는 선배 형사의 리듬을 깨지 않으려는 배려인지 현관문 옆에 서서 말없이 바라보고만 있었다.

"그렇다고 할 수 있지. 본격적으로 시작한 건 예순이 다 돼서지만."

"특별한 계기가 있었나요?"

"뭐, 여러 가지로……."

노인이 말끝을 흐리는 게 마음에 걸렸지만 무로부시는 일단 넘어가기로 했다.

"자료를 보니 스에노 씨는 '신앙'뿐 아니라 원전 자체를 반대하시는 것 같더군요."

"그래요. 원전은 좋지 않아요. 그런 건 인간성을 왜곡할 뿐이지."

"아……."

무로부시의 말문이 순간적으로 막힌 것은 '인간성'이라는 뜻밖의 단어가 튀어나왔기 때문이었다.

"인간성이라니, 어려운 얘기인데요."

"어려운 얘기는 아니지요. 방사능에 대해서 말한 것뿐인걸."

"아아, 방사능은 인간에게 나쁜 것이어서 인간성마저 왜곡한다는 말씀인가요?"

"왜곡하다마다요. 정확하게 말하자면 방사능이 있을지 모른다는 불안이 인간을 조금씩 미치게 하는 거요."

"그건 또 무슨 말씀인가요?"

얘기가 재미있어지는군, 하고 생각하면서 무로부시는 대답을 기다렸다.

"사는 곳이 쓰루가 시내요?"

스에노가 무로부시에게 되물었다.

"그렇습니다만."

"원전에서 방사능이 누출될지도 모른다는 걱정, 해 본 적 있소?"

"아니요, 그런 적은 없습니다. 자네는 어때?"

무로부시가 세키네에게 물었다.

"저도 그런 걱정은 해 본 적이 없는데요, 솔직히 말해서."

노인은 고개를 끄덕거렸다.

"그럴 거요. 쓰루가 시내에 살면 원전이 가까이 있다는 실감이 별로 나지 않을 테지. 그런데도 전력 회사의 홍보는 잘돼 있어서 원전의 안전성에 대한 지식은 그런대로 갖췄을 테고."

"스에노 씨는 걱정되시나요?"

무로부시가 물었다.

"그 질문에 대답하기 전에 이걸 좀 봐요."

노인은 앉은 채로 몸을 뻗어 옆쪽에 있는 조그만 선반에서 파일 하나를 뽑았다. 그리고 그 안에서 오려 낸 신문지 조각을 꺼내 형사들 앞에 놓았다.

무로부시는 그 기사 쪽지를 집었다. 제목은 이랬다.

"'쓰루가 만에서 암 빈발' 기사에 후쿠이 현, 출판사에 항의문'

기사의 내용은 원전이 들어선 곳에서 암이 빈발하고 있다는 기사를 주간지에 게재한 대형 출판사에 후쿠이 현이 항의문을 보냈다는 것이었다. 무로부시는 고개를 끄덕였다. 이 사건이라면 그도 알고 있다. 해당 주간지의 편집부는 상당한 규모의 현장 조사를 통해 쓰루가 반도, 그중에서도 특히 영남 지방으로 불리는 지역에서 악성 림프종과 백혈병이 많이 발병한다는 사실을 밝혀냈다고 주장했다. 그에 대해 후쿠이 현은 기사에 실린 데이터에 아무런 과학적 근거가 없다며 항의했다.

"나는 이 논쟁 자체에는 별 관심이 없어요. 내가 걱정스러운 것은, 어쩌고저쩌고해도 결국 원전과 방사능은 떼려야 뗄 수 없는 관계라는 거요. 원전이 있는 곳에는 방사능도 떠다니지 않을까 하는 게 세상 사람들의 이미지이고. 이건 어떤 방법으로도 불식할 수 없는 거라오. 그 증거가……."

노인은 다시 파일에서 A4 사이즈 정도의 종이를 꺼냈다.

"이건 '신양의 영구 정지를 위한 모임' 집회 때 배부한 전단지라오. 이 아래쪽에 있는 '전국에서 온 편지'라는 난을 좀 읽어 보시구려."

이 노인이 하려는 말이 대체 뭘까 생각하면서 무로부시는 그 전단지를 눈으로 죽 훑었다. 거기에는 다음과 같은 글이 실려 있었다.

'몇 년 전 일입니다. 제 친척 한 가족이 와카사 만에 놀러 간 적이 있었어요. 그 집 아버지가 거기서 찍은 비디오를 보여 주었죠. 바다에서 헤엄치고 있는 아이들의 모습이 촬영돼 있었어요. 그걸 본 저는 매우 불안했어요. 왜냐하면 화면 한쪽으로 긴키 전력의 원자력 발전소가 얼핏 비쳤기 때문이죠. 저런 곳에서 수영을 해도 괜찮을까 하는 생각이 들었습니다. 그리고 몇 달 후, 그 아이가 백혈병에 걸렸다는 말을 들었을 때는 아연해지고 말았어요. 불안이 현실이 된 거죠. '신양'은 기존의 원전보다 훨씬 무서운 것이라고 책에서 읽은 적이 있어요. 그런 걸 그대로 놔둬서는 절대 안 된다고 생각합니다. 백혈병에 걸린 친척 아이는 발병 후 채 1년이 지나지 않아 죽었습니다.'

사이타마의 어느 주부가 보낸 편지였다.

"어떻게 생각합니까?"

노인이 물었다.

"어떻게 생각하고 말고 할 것도 없군요. 이 글을 쓴 사람이 오해하고 있는 거죠. 아무러면 와카사에서 해수욕 한 번 했다고 백혈병에 걸리기야 하겠습니까."

"그래요, 말도 안 되죠. 나도 그렇게 생각해요. 하지만 다른 지역 사람들이 볼 때 원전 지역은 곧 방사능이 떠다니는 곳이다, 그렇게 된단 말입니다. 그리고 더더욱 서글픈 일은 원전 지역의 사람들마저 어쩌면 그렇게 생각할지 모른다는 거요. 이 부근에 사는 사람이 백혈병에 걸리면 당사자도 그 가족도 다들 원전 탓이 아닐까 생각하게 되는 거지. 겉으로는 그렇지 않은 척해도 마음속으로는 다들 그렇게 생각할 거요. 형사 양반, 난 그런 게 참 슬프다오. 사실이야 어떻든, 자기가 태어나고 자란 장소 탓에 죽을지도 모른다고 생각하는 게 얼마나 비참한 일입니까."

얘기를 하는 노인의 표정이 더없이 슬퍼 보였다. 그 얼굴을 본 무로부시의 뇌리에 떠오르는 것이 있었다

"부인이 병으로 돌아가셨다고 하셨죠?"

노인은 조그맣게 한숨을 쉰 후 어깨를 축 늘어뜨리고 중얼거렸다.

"악성 종양이었소. 암의 일종이지요."

19

유하라와 야마시타는 '신양'으로 향하는 쓰루가 서의 경찰차 안에서 정부의 결정을 들었다. 범인이 두 번째 접촉을 해 왔다는 사실은 알고 있었지만, 전국의 원자로를 정지시키라는 터무니없는 요구를 정부가 과연 수용할 것인지는 유하라로서도 도무지 짐작되지 않았다. 그런 만큼 야마시타에게도 섣불리 희망적인 말을 할 수 없어 한동안 어색한 침묵이 흐르던 참이었다.

한참 만에 유하라는 옆에 앉은 야마시타에게 말을 건넸다.

"다행이군."

야마시타는 등받이에 기대어 눈을 감은 채 크게 심호흡을 한후 고개를 천천히 위아래로 움직였다. 창백하던 얼굴에 조금이나마 붉은 기운이 돌았다.

"게이타 때문에 일본 전체에 폐를 끼치게 됐군요."

"폐를 끼치고 있는 건 자네도 아니고 게이타 군도 아니야. 범인이지."

"맞는 말씀입니다."

조수석에 앉아 있던 경찰이 뒤를 돌아보며 말했다.

"야마시타 씨는 그런 데에 신경을 쓰실 필요가 없다고 생각합니다."

"그렇게 말씀해 주시니 마음이 한결 편안해지는군요. 정부가용케도 그런 결단을 내려 줬네요."

"사람 목숨이 우선이니까."

유하라가 말했다.

"전기야 어떻게든 될 테지."

정부의 발표에 따르면 전력 소비량이 많은 기업에 오늘은 주간 조업분을 야간으로 돌리도록 요청할 것이라고 한다. 또한이 발표의 말미에 관방 장관은 각 가정에서도 에어컨 사용 등을 자제해 줄 것을 촉구했다. 바꿔 말하면, 그런 노력과 인내만으로 원전 가동을 모두 중단하는 게 가능하다는 얘기다.

범인이 노리는 것은 바로 그런 사실을 전 국민에게 인지시키는 것인지도 모르겠다고 유하라는 생각했다. 만약 그런 것이라면 범인이 선택한 방법에는 반대하지만 그 주장에는 동의할 수 있었다. 국가는 에너지 수요를 예측하고 거기에 맞추어 공급량을 조절한다. 그러기 위해 원전이 필요한 것이다. 그러나 그와 아울러 에너지 수요를 줄이기 위한 정책이 수반되어야 하지 않을까.

거기까지 생각하던 유하라는 자기모순을 발견했다. 만일 그런 방향으로 세상이 나아갈 경우, 자신이 몸담은 회사는 마지막까지 그 흐름에 역행할 것이기 때문이다.

"3호 차, 3호 차 응답 바랍니다."

잡음 섞인 소리가 조수석 밑에서 흘러나왔다. 조수석에 앉은 경관이 디지털식 무전기의 송수신기를 집어 들었다.

"여기는 3호 차. 말씀하십시오."

"니시키 중공업 분들께 전해 주십시오. 방금 자위대로부터 연락이 왔는데, 헬리콥터에 있는 아드님과 무전이 통했다고 합니다. 아드님은 무사한 것으로 보입니다."

유하라가 고개를 돌려 야마시타를 보았다. 그는 운전석 등받이를 잡고 앞 좌석 사이로 몸을 내밀고 있었다.

"3호 차, 알겠습니다."

경관이 마이크 스위치를 끄고 나서 뒤를 돌아보았다.

"들으셨죠?"

네, 하면서 야마시타는 고개를 끄덕였다.

"다행입니다. 도착하는 대로 자위대에 부탁해서 아드님께 목소리를 들려주세요."

"그렇게 하겠습니다."

야마시타의 목소리에 기운이 조금 돌아온 듯했다.

"잘됐어. 그런데 게이타가 용케도 무전기 스위치를 켰군. 무선 통신을 한 적이 있나?"

"아니요, 그런 적 없습니다. 다만 그 아이 친구 중에 아마추어 무선 통신을 하는 아이가 있어서 어느 게 무전기인지 정도는 알고 있었는지도 모르겠습니다."

"아무튼 운이 좋았어. 게이타 군과 연락이 닿는다면 구출할 가능성도 훨씬 커질 거야."

"그렇겠죠? 하지만 선배……."

야마시타의 얼굴에 조금 전까지 보이던 어두운 그림자가 다시 드리웠다.

"게이타를 구할 방법이 있을까요? 아까부터 계속 생각해 봤지만 헬리콥터를 착륙시키지 않고서 구출할 방법이 과연 있을지……."

"흠……."

유하라 역시 범인이 게이타의 구출을 허가했다는 소식을 들은 이후로 내내 그 생각을 하고 있었다. 그러나 확실한 구출 방법이 떠오르지 않는다는 점에서는 야마시타와 마찬가지였다.

범인은 게이타를 구출하는 데에 몇 가지 조건을 내세웠다. 그것은 구출 방법을 텔레비전에서 발표할 것, 구조대원이 헬리콥터 내부로 들어가지 말 것, 헬리콥터의 고도나 위치 변경을 요구하지 말 것, 헬리콥터를 견인 등의 강제적 방법으로 이동하지 말 것, 아이에게 헬리콥터 내부에 있는 물건을 가지고 나오지 못하도록 할 것 등 다섯 가지였다. 그중에서 가장 문제가 되는 것은 헬리콥터의 고도와 위치를 바꿀 수 없다는 조건이었다. 즉 어떤 구출 방법을 선택하든 그 작업은 고도 천 미터 이상의 상공에서 이뤄져야 하는 것이다. 그런 만큼 구출하는 데에는 역시 헬리콥터를 이용할 수밖에 없을 것이라고 유하라는 생각했다. 상대가 공중에 떠 있는 이상, 이쪽도 그렇게 하는 수밖에는 방법이 없다. 하지만 대체 무슨 수로 두 헬리콥터가 서로 가까이 다가간단 말인가. 헬리콥터에는 회전하는 거대한 로터가 있다. 서로 접촉할 경우 양쪽 다 추락하게 된다.

"일단 자위대와 의논해 보자고. 그들에게 뭔가 좋은 아이디어가 있을지도 모르니까."

"네."

야마시타는 다른 말을 하지 않았지만, 유하라의 말을 그저 위로하는 뜻으로 받아들인 것이 분명했다.

"아, 보입니다. 저거 맞죠?"

경찰차를 운전하던 경관이 말했다.

유하라가 왼쪽 차창을 열고 고개를 내밀어 앞쪽을 살폈다. 바다 쪽으로 튀어나온 낮은 산자락을 깎아 낸 자리에 요새처럼 생긴 회색 건물이 들어앉아 있었다. 지붕이 돔 모양인 건물과 하늘을 향해 서 있는 높은 철탑이 인상적이었다.

그 건물 상공으로 눈을 향하자 불과 두세 시간 전까지만 해도 자신들이 자랑할 만한 연구 성과였던 빅 B가 음산한 모습으로 떠 있었다.

경찰차가 외길로 들어섰다. 잠시 후 전방에 '신양'의 입구로 향하는 터널이 나타났다. 도로 양옆에 승합차가 여러 대 서 있었다. 매스컴 관계자들의 차량이라는 것은 그 주변에 모여 있는 사람들의 모습으로 알 수 있었다.

"방송국 사람들도 참 힘들겠어요. 이렇게 위험한 곳까지 굳이 찾아와야 하니 말입니다."

조수석에 앉은 경관이 중얼거렸다.

"그게 그들 나름의 정의감 아니겠어."

운전 중인 경관이 대꾸했다.

경찰차가 경비실 앞에 멈춰 섰다. 마른 체격의 중년 경비원이 고개를 꾸벅거리면서 다가왔다. 방송 스태프들이 멀리서 이들의 모습을 촬영하고 있었다. 헬리콥터에 탄 아이의 아버지가 여기 있다는 사실을 방송국 사람들은 모르는 모양이라고 유하라는 생각했다. 그렇지 않다면 예능 리포터가 불륜 여배우에게 마이크를 들이댈 때처럼 우르르 모여들 것이 틀림없었다.

"니시키 중공업의 헬리콥터 기술자를 모셔 왔습니다."

조수석 경관이 차창을 열고 경비원에게 말했다.

"연락받았습니다. 제2관리동 쪽으로 가십시오."

"제2관리동이 어디 있죠?"

"터널을 지나자마자 우회전해서……."

경비원이 길을 알려 주는 동안 유하라는 별생각 없이 경비실 쪽을 바라보았다. 창 안쪽에 젊은 여자 둘이 나란히 앉아 있고 그 뒤에 다른 경비원이 있었다. 창문 바깥쪽에는 반소매 와이셔츠를 입은 남자가 출입 허가를 받고 있는지 허리를 굽히고 뭔가를 적고 있다.

창 안쪽에 앉아 있는 여자가 배지 같은 것을 건네자 남자는 목례를 한 후 이쪽을 향해 돌아섰다. 그 얼굴을 본 유하라는 흠칫 놀랐다. 아는 얼굴이었다.

"알겠습니다. 감사합니다."

앞자리에서는 경관이 경비원에게 인사한 후 차창을 닫고 있었다. 동시에 운전석에 앉은 경관이 기어를 넣었다.

"잠깐만요."

유하라가 경관에게 말했다.

"왜 그러시죠?"

"우리 회사 사람이 있어요."

유하라는 차 문을 열고 한쪽 다리를 차 밖으로 내놓으며 남자를 불렀다.

"미시마!"

상대 남자는 걸음을 멈췄지만 부르는 소리가 어디서 들리는

지는 알아차리지 못한 듯했다. 좌우를 두리번거린 후에야 겨우 경찰차 뒤 좌석에서 다리를 내놓고 있는 유하라를 알아본 모양이었다.

"유하라."

남자가 천천히 다가왔다.

"아, 저 헬리콥터 담당이 자네인가 보군."

"나 혼자는 아니지만 내가 대표로 오게 됐어."

"그래, 수고가 많군."

"자네는 무슨 일로?"

"과장이 전화해서 우리 사업부에서도 누군가를 '신양'에 파견해야 할 것 같다며 나더러 가 달라고 해서 말이지. 미하나 원전 증기 발생기 교체 공사 때문에 이쪽에 와 있었거든."

"피차 수고가 많군."

"그러게 말이야."

"그럼 안에서 보자고."

"그래."

유하라는 좌석에 바로 앉아 차 문을 닫고 경관들에게 "죄송합니다."라고 말했다.

"아시는 분인가요?"

조수석 경관이 물었다.

"우리 회사 원자력 부문에 있는 사람입니다. 입사 동기이고, 함께 연수를 받은 적도 몇 번 있어요."

"그러고 보니 니시키 중공업은 '신양'에도 관여하고 있다고 하던데요."

"네. 원자로 용기와 열교환기 제조를 담당하고 있을 겁니다. 부서가 달라서 저도 자세한 건 잘 모르지만요."

"극단적으로 말하면 범인은 니시키 중공업이 만든 헬리콥터를 이용해 니시키 중공업이 만든 원자로를 파괴하려 하는 거군요."

운전석의 경관이 기어를 바꾸며 말했다.

경찰차가 신양으로 통하는 터널에 들어섰다. 같은 간격으로 줄지어 있는 오렌지색 등이 하염없이 뒤쪽으로 흘러갔다.

"중장비 제조사가 많지 않으니 항공기와 원전의 제조원이 겹치는 것도 이상한 일은 아니죠."

유하라가 자신의 생각을 말했다.

"게다가 저희 회사의 항공기 사업 본부와 플랜트 사업 본부는 완전히 별개의 회사나 다름없어요. 거의 연관이 없다고 해도 과언이 아니죠."

"그렇군요."

경관은 별 관심이 없다는 듯이 대답했다.

유하라는 고개를 돌려 뒤쪽 창 너머를 바라보았다. 20미터 정도 거리를 두고 파제로 한 대가 따라오고 있었다. 미시마의 차인 듯했다.

유하라가 처음 미시마를 만난 것은 입사하고 얼마 지나지 않아서였다. 그러니까 벌써 수 년 전의 일이다. 신입 사원 교육에서 같은 팀이 되는 바람에 약 한 달 동안 매일 얼굴을 마주했었다. 특별히 친하다고 할 정도는 아니었지만, 이름순으로 앉다 보니 옆자리에 붙어 있어 학창 시절 얘기 등을 곧잘 했던 기억이 있다.

미시마는 교요 대학 기계 공학과 출신이었다. 유하라가 입시에 실패한 대학이었다. 그래서 선입견이 있었던 건 아니지만 미시마의 언행에 자극받는 일이 많았다. 특히 그에게는 다른 신입 사원에게 없는 예리함이 있어 몇 번 놀란 적이 있었다.

기업이 사회적 책임을 실행하는 예를 들라.

입사한 지 일주일이 됐을 무렵 교육 부서 사람이 연수생들에게 내준 과제였다. 신입 사원들은 몇 개의 팀으로 나뉘어 이 과제에 대해 토론을 벌인 후 최종 결론을 모두의 앞에서 발표하기로 돼 있었다. 유하라와 미시마는 같은 팀이었다.

멤버들이 내놓은 의견은 대략 다음과 같은 것들이었다.

"사람들의 생활에 도움 되는 것을 만들어 공급한다."

"이익을 지역에 환원하고 지역 발전에 공헌한다."

"공장 폐수와 산업 폐기물을 철저히 관리하고 환경 보호를 위해 노력한다."

갓 입사해 아직 학생티가 남아 있던 젊은이들이라 이 정도 생각해 내는 게 고작이었다. 그런데 맨 마지막에 발언한 미시마의 의견은 유하라를 비롯해 모두의 의표를 찌르는 것이었다.

"기업의 사회적 책임이라면 결국 돈을 버는 거 아니겠어."

이 말을 들은 멤버들은 할 말을 잃은 채 서로 얼굴만 바라보았다. 이윽고 한 사람이 입을 열었다.

"이익 우선주의는 좋은 게 아니야."

그러자 미시마는 의아하다는 표정으로 상대의 얼굴을 보았다.

"주의 얘기가 아니라 책임을 얘기하는 거잖아. 우선은 돈을 벌어야지. 나머지는 그다음 얘기 아닐까."

이 주장에 유하라를 비롯한 팀원들은 일단 반발했다. '돈이 전부'라는 사고방식에 반감을 품던 시기이기도 했다. 회사라는 게 무엇인지 전혀 알지 못했던 것이다.

하지만 미시마는 그런 풋내 나는 의견을 내놓는 데 열을 올리는 팀원들을 차츰 굴복시켰다.

"가령 우리 회사의 수익이 격감한다면 어떻게 될까?"

그가 물었다.

"수만 명이나 되는 종업원의 월급은 누가 주지? 아내와 자식은 누가 부양하고? 하청 업체는 어떻게 될까? 수익이 줄면 자연히 현의 세수가 줄고, 그러면 파손된 도로도 수리할 수 없게 되겠지. 기업의 사회적 책임이란 우선 그 기업과 관련된 사람들의 생활을 보장하는 거라고 봐. 그러려면 이익을 남겨야지. 사람들의 생활에 도움 되는 걸 만들거나 공급하는 건 그 수단일 뿐이야. 이익을 지역에 환원하는 것 역시 일단은 이익을 남겨서 세금을 내지 않으면 불가능한 일이고. 환경 보호라는 건 당연히 지켜야 할 룰일 뿐이야."

상투적인 표현을 빌리자면 눈이 번쩍 뜨였다고 할까. 유하라로서는 처음으로 기업의 사고방식이라는 것을 접해 본 느낌이었다. 다른 동료들도 마찬가지인 듯, 끝내는 아무도 그를 반격하지 못했다.

이윽고 발표할 시간이 됐다. 다른 팀들의 의견은 모두 유하라 팀이 처음에 생각했던 것에서 벗어나지 않았다. 열 개가 넘는 팀 중에서 '기업의 사회적 역할은 이윤을 추구하는 것이다'라고 주장한 팀은 단 하나도 없었다. 그런 만큼 마지막에 유하라 팀이 그런 주장을 폈을 때는 다른 팀들의 반론이 빗발치듯 쏟아졌다. 그러나 그 반론들은 모두 조금 전 유하라 팀에서 이미 나왔던 것들이라 반박하기 어렵지 않았다. 발표회 말미에 교육 담당자는 '본질을 파악한 유일한 발표'라며 유하라 팀을 칭찬했다. 유하라가 미시마를 보자 그는 씩 웃으며 한쪽 눈을 찡긋했다. 의외로 다감한 미소였다.

그 후에도 몇 번인가 다른 장면에서 미시마와 얼굴을 마주했다. 그럴 때마다 유하라는 다른 사람에게서 찾아볼 수 없는 빛나는 무언가를 그에게서 발견하곤 했다. 그리고 그 빛남에 그는 늘 자극받았다.

그런데.

유하라는 경찰차 안에서 시선을 앞으로 향한 채 고개를 갸웃했다. 오랜만에 본 미시마에게서는 예전 같은 빛을 느낄 수 없었다. 그것이 왠지 마음에 걸렸다.

신양 터널을 빠져나오자 오른쪽으로 비스듬히 앞에 거대한 돔형 건물이 나타났다. 그 바로 앞에 종합 관리동이 있고 종합 관리동 주차장에는 소방차와 자위대 트럭이 줄지어 서 있었다. 유하라 일행이 탄 경찰차는 주차장으로 들어가지 않고 오른쪽으로 크게 커브를 틀어 남쪽 사면을 오르기 시작했다. 그들이 차를 세운 곳은 중턱에 있는 2층짜리 네모난 건물 앞이었다. 건물 앞에 '제2관리동'이라는 표지판이 붙어 있었다.

유하라 일행이 차에서 내리는 것과 거의 동시에 안에서 제복 입은 경찰 둘이 다가와 유하라가 타고 온 차를 운전한 경관과 잠시 얘기를 나누더니 "이쪽으로 오시죠."라고 말했다.

대책 본부는 2층 회의실에 마련돼 있었다. 발전소 직원들과 소방 관계자, 그리고 경찰관이 몇 그룹으로 나뉘어 책상을 둘러싸고 한창 얘기를 나누는 중이었다. 자위대원의 모습도 보였다. 유하라 일행이 들어가는데도 누구 하나 눈길을 주는 사람이 없었다.

안내하는 경찰이 창가에 서서 이야기를 나누고 있는 뚱뚱한 남자에게 다가가 유하라 일행이 온 사실을 전했다. 나이가 좀 들어 보이는 남자는 발전소 책임자인 듯했다. 그가 모자를 벗으면서 다가왔다.

"발전소장 나카쓰카입니다. 오시느라고 수고가 많으셨습니다."

그가 흰 작업복 안주머니에서 명함을 꺼내며 인사했다.

유하라와 야마시타도 명함을 건네며 자기소개를 하고, 자신들의 관리 소홀로 이렇게 큰 사건이 벌어진 것에 대해 사죄했다. 또한 야마시타는 자신의 아들이 저지른 실수에 대해서도 사과의 말을 전했다.

"니시키 중공업 분들의 책임이라고 생각하지 않습니다. 헬리콥터를 훔치지 못했다면 범인은 아마도 다른 방법을 찾았을 겁니다."

나카쓰카가 위로하듯이 말했다.

"그렇게 말씀해 주시니 감사합니다."

유하라가 고개를 숙였다.

"그보다 지금은 아드님을 무사히 구출하는 일만 생각하죠. 들으셨는지 모르겠지만, 무전으로 얘기를 나눌 수 있게 됐다고 하더군요."

그리고 나카쓰카는 창가 쪽을 향해 "야가미 씨." 하고 누군가를 불렀다.

그곳에는 자위대원 몇 명이 모여 있었다. 그중 가장 덩치가 크고 나이가 많아 보이는 남자가 "네." 하고 대답했다.

나카쓰카가 그에게 유하라와 야마시타를 소개했다. 야가미는 날카로운 눈빛으로 두 사람을 보았다.

"항공 자위대 고마쓰 기지 항공구난 대장 야가미입니다. 와 주셔서 고맙습니다. 저 기체의 구조를 저희가 아직 파악하지 못해서요."

"그러시겠죠."

유하라는 그가 빅 B에 탑재된 시스템이 '트랙의 일루미네이션'이라 불리는 것을 비아냥거리는 건가 하고 잠깐 생각했지만 야가미의 표정으로 볼 때 그럴 의도는 아닌 것 같았다.

"무전이 통했다고 들었는데요……."

야마시타가 조심스럽게 물었다.

"그렇습니다. 이쪽으로 오시죠."

야가미는 창가에 놓인 책상 앞으로 야마시타를 안내했다. 거기에는 UHF와 VHF 통신 장비가 각각 한 대씩 설치돼 있었다. 젊은 대원이 책상 앞에 앉아 헤드폰을 끼고 모니터하는 중이었다. 야가미가 UHF 쪽 마이크를 집어 들었다.

"게이타 군! 들리나, 게이타 군?"

젊은 대원이 스위치를 전환하자 옆에 있던 스피커에서 땅이 울릴 때 나는 것과 비슷한 폭음이 들려왔다. 그리고 거기에 섞여 소년의 가느다란 목소리가 전해졌다.

(여보세요! 들려요, 들려요.)

"게이타!"

야마시타의 몸이 순간적으로 경련하는 것처럼 보였다.

"게이타 군, 지금 여기 아빠가 오셨어. 바꿔 줄 테니 기운찬 목소리로 말해 봐."

야가미는 마이크를 야마시타의 얼굴 앞에 갖다 댔다. 야마시타도 입을 반쯤 벌린 채 마이크 쪽으로 더 다가왔다. 그리고 마른침을 꿀꺽 삼켰다.

"게이타! 아빠야. 들리니?"

목소리가 떨렸다.

(아빠!)

잡음과 격렬한 진동음 사이로 게이타가 대답하는 소리가 들렸다.

(들려요, 아빠!)

아빠의 목소리를 들어서일까, 게이타가 울먹거렸다.

"게이타, 정신 똑바로 차려. 반드시 구해 줄 테니까 포기하면 안 돼."

(아빠, 빨리 구해 줘. 무서워, 무섭단 말이야.)

"조금만 참으면 돼. 너를 구하려고 여러 사람이 애쓰고 있어. 그러니 조금만 참아. 절대 져서는 안 돼. 알겠지?"

(응…….)

"좋아, 파이팅!"

거기까지 말하고 야마시타는 마이크를 야가미에게 돌려주었다. 그만해도 되겠냐는 듯이 야가미가 야마시타의 얼굴을 보았다. 야마시타는 고개를 끄덕했다.

야가미가 젊은 대원에게 게이타와 계속 연락을 취하라고 지시했다. 대원이 스위치를 다시 스피커에서 헤드폰 쪽으로 전환했다.

"의외로 목소리가 힘차서 저희들도 안심이 됩니다. 강한 아이예요."

야가미가 말했다. 적어도 유하라가 듣기에는 그저 위로의 말이라거나 듣기 좋으라고 하는 말 같지는 않았다.

"그랬으면 좋겠는데……."

야마시타가 손수건을 꺼냈다. 관자놀이에서 땀이 줄줄 흐르고 있었다.

"게이타 군 말로는 진동이나 흔들림이 그다지 심하지 않다고 합니다. 다만 역시 속이 울렁거린다고 하는군요."

"곧잘 멀미를 하는 아이라서요."

"그런 것 같습니다."

"저……,"

유하라가 입을 열었다.

"헬기 내부의 상황에 대해서는 게이타 군에게 물어보셨습니까?"

"아직 자세한 건 묻지 못했습니다. 다만 화물칸에 커다란 나무 상자가 놓여 있다고 하더군요."

"나무 상자라고요?"

"짚이는 거라도 있습니까?"

"아니요, 그건 아니지만…… 화물칸은 비어 있었을 텐데요."

역시 예상했던 대로라는 듯 야가미가 고개를 끄덕거렸다.

"그게 범인이 말하는 폭발물 아닐까 싶습니다. 집에 있는 세탁기 정도의 크기라고 합니다."

"안은 들여다보지 못했겠죠?"

"그럴 겁니다. 절대 접근하지 말라고 게이타 군에게 일렀습니다. 만에 하나 기폭 장치를 건드렸다가는 큰일 나니까요."

그런 물건을 도대체 어떻게 옮겨 실었을까, 하고 유하라는 생각했다. 헬리콥터를 원격 조종하기 위한 장치만으로도 짐이 상당했을 텐데, 거기에 세탁기만 한 크기의 나무 상자라니.

"자, 그럼 서둘러 구조 방법을 논의해 봤으면 합니다."

야가미의 말에 유하라와 야마시타가 고개를 끄덕였다.

회의실 맨 안쪽에 화이트보드가 있고 그 앞에 남자 일곱 명이 앉아 있었다. 야가미가 그들을 간략히 소개했다. 자위대원 외에 소방 관계자들도 자리해 있었다.

화이트보드에는 복잡한 선과 그림이 그려져 있었다. 여러 가지 구출 방법을 검토한 흔적인 듯했다. 어지러운 그림이지만 그들이 어떤 방법을 검토했는지 유하라는 이내 이해할 수 있었다. 왜냐하면 그 모두가 그가 이곳에 오는 동안 생각했던 방법들이기 때문이었다.

"이 그림을 보면 아시겠지만,"

야가미가 손가락으로 화이트보드를 가리켰다.

"안타깝게도 백 퍼센트 확실한 아이디어는 아직 나오지 않았습니다. 무엇보다 시간이 부족해서 구조용 특수 장비를 만들 수 없습니다. 지금 있는 것으로 어떻게든 해 볼 수밖에 없다는 것, 그게 가장 큰 문제입니다."

"이해합니다."

"다만,"

야가미가 야마시타 쪽을 힐끔 봤다.

"조금 전에 참모 본부에서 연락이 왔는데, 게이타 군과 연락이 닿는다면 가능성이 있지 않을까 하더군요."

"그게 무슨……,"

말은 그렇게 했지만 유하라는 이미 야가미가 무슨 말을 하려는 것인지 눈치채고 있었다.

"빅 B에는 호이스트가 비치돼 있죠?"

"그렇습니다."

역시 그걸 사용할 작정이군, 하고 유하라는 생각했다.

호이스트란 주로 구조를 목적으로 사람을 매다는 장치다. 빅 B의 경우 우현 탑승자 출입문 바로 위에 달려 있다. 굵기 약 5밀리미터, 길이 약 80미터의 와이어를 모터로 풀어내거나 감아 들일 수 있으며 약 300킬로그램까지 매달 수 있다.

그 와이어 끝에는 걸쇠가 달려 있고 거기에 레스큐 슬링이라는 굵은 밧줄을 걸어 사람을 매단다.

야가미는 고개를 끄덕였다.

"그걸 사용하려고 합니다."

"게이타를 호이스트로 내려 보낸다는 겁니까?"

야마시타가 눈을 크게 뜨고 물었다. 얼굴이 경련을 일으키고 있었다.

"아닙니다, 그건 불가능하죠. 범인이 고도를 바꿔서는 안 된다고 했으니까요. 그리고 천 미터 상공에서는 호이스트에 매달린 게이타 군을 잡을 방법이 없어요. 설사 방법이 있다 해도 어린아이 혼자서 레스큐 슬링을 다루기는 어렵습니다."

"그렇겠죠……."

야마시타가 고개를 떨어뜨렸다.

"하지만,"

야가미가 말했다.

"호이스트를 조작해서 레스큐 슬링을 내리는 정도라면 게이타 군도 할 수 있지 않을까요? 내렸다가 다시 올리는 정도라면 말입니다."

"그러니까 게이타 군이 내린 레스큐 슬링에 누군가가 매달린다는 겁니까? 그런 다음 다시 게이타 군에게 올리도록 한다는 건가요?"

유하라가 물었다.

"그렇습니다."

"어려울 텐데요."

"어렵다는 건 잘 압니다. 하지만 달리 방법이 없습니다."

야가미의 말투는 온화했지만 그 표정은 매우 심각했다.

"레스큐 슬링에는 어떻게 접근하죠?"

유하라가 다시 물었다.

"헬리콥터를 이용하는 수밖에 없겠죠."

"그야 그렇겠지만, 너무 가까이 접근하면 로터가 와이어에 닿을 수도 있어요."

"맞습니다. 그러니까 기껏해야 30, 40미터 정도일 겁니다."

"그 정도도 위험할지 몰라요."

"그럴 겁니다."

호버링 상태라고는 하나 빅 B는 완전히 정지해 있는 것이 아니다. 당연히 거기에 매달린 와이어는 심하게 흔들릴 것이다.

"그 정도까지 접근했다 치고, 그다음은 어떻게 하죠?"

"생각할 수 있는 방법은 한 가지뿐입니다."

야가미는 일단 그렇게 전제하고 방법을 설명했다.

유하라는 얘기를 들으면서 대장의 얼굴을 빤히 바라봤다. 그가 농담을 하는 게 아닌지 확인하기 위해서였다.

"신의 묘기군요."

유하라가 감상을 말했다.

"다른 방법이 없습니다."

"설사 그게 가능하다 해도 범인이 그 방법을 허용할까요?"

야마시타가 질문했다.

"그렇게 하려면 구조대원이 게이타가 있는 헬리콥터를 타야 하는데, 범인이 그러지 말라고 했잖습니까."

"빅 B 안으로 들어가지 않는다는 점을 범인에게 강력하게 주장할 필요가 있겠죠. 구조대원이 레스큐 슬링을 잡고 헬기 입구까지 가는 것뿐이라고 말입니다. 그러면 범인도 납득하지 않을까요?"

"물론 입구까지만 가는 거라면 범인도 다른 소리는 못하겠지만, 그것만으로는 아이를 구출할 수 없지 않겠습니까?"

"네, 그래서 게이타 군이,"

거기까지 말하고 야가미가 야마시타를 보았다.

"혼자 힘으로 헬리콥터 바깥으로 나와야 합니다. 그 방법밖에 없어요."

"어떻게 그런……."

야마시타가 핏발 선 눈으로 야가미를 보았다.

그때 회의실 한쪽에서 누군가 외치는 소리가 들렸다.

"원전 가동이 중지되고 있어!"

유하라가 목소리가 들린 쪽을 돌아보았다. 14인치 텔레비전 앞에 사람들이 모여 있었다. 누군가 볼륨을 올린 듯, 갑자기 남자 아나운서의 목소리가 명료하게 들렸다.

"지금부터 북일본 전력 가시와기 원전 1호기의 정지 상황을 전해 드리겠습니다. 본 방송은 '신양' 사건 협박범의 요구에 따른 것입니다. 다시 말씀드립니다. 지금부터 북일본 전력 가시와기 원전 1호기의 정지 상황을 제어실로부터 생중계해 드리겠습니다. 이 방송은 '신양' 사건 협박범의 요구에 따른 것입니다."

다음 순간 남자 아나운서의 얼굴이 사라지고 계기가 즐비한 방이 화면에 비쳤다. 감색 투피스를 입은 여성이 그 화면 속으로 들어왔다.

"이곳은 가시와기 원자력 발전소 중앙 제어실입니다."

그녀가 잔뜩 굳은 얼굴로 입을 열었다.

"이곳에는 1호기와 2호기의 제어 장치가 있고, 당직 과장을 포함해 열한 명의 직원이 원자로의 운전을 관리하고 있습니다. 잠시 후 원자로 1호기의 가동이 정지될 예정입니다. 2호기는 1호기가 정지된 후 잠시 상태를 지켜본 다음 정지할 것이라고 합니다."

그리고 화면이 바뀌어 카메라가 제어반에 아주 가까이 다가갔다. 운전원의 어깨 너머로 스위치와 표시등, CRT 화면 등이 보였다.

그 순간 유하라는 언뜻 자신의 주위에 묘한 기류가 흐르는 것을 느꼈다. 텔레비전을 보고 있던 몇 사람의 표정이 변한 것 같은 느낌을 받았던 것이다. 그는 새삼스레 사람들의 얼굴을 둘러봤다. 다들 긴장한 표정이었다. 그러나 자신이 왜 그런 느낌을 받았는지는 알 수 없었다.

"1호기, 비상 정지합니다."

텔레비전에서 그런 소리가 흘러나왔다. 제어반 앞에 있는 운전원의 목소리인 듯했다.

운전원이 오른쪽 앞으로 손을 뻗었다. 전면의 패널에 붉은 스위치가 있다. 거기에는 투명한 플라스틱 커버가 씌워져 있었다. 아마도 실수로 잘못 건드리는 것을 방지하기 위한 장치일 것이다.

운전원이 플라스틱 커버를 벗겼다. 그리고 오른손으로 붉은 스위치를 잡았다.

"비상 정지!"

운전원은 그렇게 외치면서 스위치를 오른쪽으로 젖혔다.

그 순간 경보 사이렌이 요란하게 울리기 시작했다. 유하라는 반사적으로 몸을 앞으로 내밀었다. 무슨 사고가 났나 보다 생각했다.

그러자 시청자들의 그런 반응을 예상했다는 듯, 조금 전에 나왔던 여자 리포터의 목소리가 화면 위로 흘렀다.

"방금 경보 장치가 작동했습니다. 이것은 비상 정지 조작을 했을 때 울리는 것이라고 하니 걱정하지 않으셔도 됩니다."

그녀의 말을 뒷받침이라도 하듯 잠시 후 사이렌 소리가 사라졌다. 화면에는 분주하게 제어반의 각종 스위치를 조작하는 운전원의 뒷모습이 비쳤다. 그는 때로 옆으로 고개를 돌리고 동료 운전원과 얘기를 주고받은 후 조작을 계속하곤 했다.

"저건 뭘 하는 걸까."

유하라가 중얼거리자 옆에서 "식히는 거야."라는 소리가 들렸다.

미시마가 바로 옆에 서 있었다.

"식힌다고?"

"평소라면 서서히 출력을 낮추겠지만, 이번 경우는 제어봉을 급격히 밀어 넣었기 때문에 각종 기기에 부담이 되기 쉽거든. 그래서 효율적으로 식도록 물의 흐름 같은 걸 조절하는 거야."

"그렇군."

"그런데 말이지,"

미시마가 다시 입을 열었다.

"정부 놈들이 과감한 결단을 내렸어."

"어린아이의 생명이 달렸으니 어쩔 수 없잖아."

그러자 미시마가 유하라를 보며 입술 끝에 보일락 말락 한 미소를 지었다. 뭔가 의미가 있는 듯한 미소였다.

"뭐지?"

유하라가 물었다.

"아니, 아무것도 아니야."

미시마는 다시 텔레비전으로 눈을 돌렸다.

CRT 화면이 카메라에 크게 잡혔다. 거기에 그래프가 하나 그려져 있었다. 저게 뭘까, 하고 유하라가 생각하고 있는데 다시 여자 리포터의 설명이 나왔다.

"이 그래프는 출력 상태를 모니터하고 있는 것입니다. 세로축이 출력, 가로축이 정지 스위치를 작동시킨 후로 경과된 시간을 나타냅니다. 보시는 대로 1초 이내에 출력이 상당히 떨어졌고 2초 후에는 출력이 거의 제로에 가까워졌습니다. 이것으로 1호기는 발전이 정지된 것입니다. 정격 출력으로 돌아가려면 여덟 시간 이상이 필요하다고 합니다."

화면이 바뀌어 이번에는 스튜디오에 있는 아나운서의 얼굴이 비쳤다.

"에, 방금 북일본 전력 가시와기 원전 1호기의 정지 상황을 전해 드렸습니다. 다른 원전도 준비되는 대로 전해 드릴 예정입니다. 다시 한 번 '신양' 사건에 관한 정부의 발표를 알려 드리겠습니다. 정부는 '신양' 사건을 일으킨 범인의 요구에 따라 오전 11시 30분까지 국내에 있는 모든 원자력 발전소의 원자로 가동을 일시 중단하기로 결정했습니다. 이로써 국내 총 발전량이 평상시의 60퍼센트 내지 70퍼센트로 감소되므로 각 기업은 물론 국민 한 사람 한 사람이 철저히 절전에 유의해 주실 것을 당부합니다."

20

항공 자위대 고마쓰 기지.

하사 가미조 다카마사는 불길한 예감을 가슴에 품고 구난 대장실 문을 노크했다.

네, 하는 나직한 목소리가 들렸다.

"가미조입니다."

"그래, 들어와."

실례합니다, 라며 그는 문을 열었다. 방 안에 세 남자가 있었다. 창문을 등지고 앉아 있는 사람이 오바 구난 부대장, 그 앞에 서 있는 두 사람은 우에쿠사 중사와 네가미 소령이었다. 야가미 대장이 자리에 없다는 것은 가미조도 알고 있었다. 그렇기 때문에 더욱이 호출된 순간부터 불길한 예감이 들었던 것이다.

"'신양' 사건에 대해서는 알고 있지?"

오바가 물었다.

"네, 텔레비전에서 봤습니다."

대답하면서, 예감이 맞아떨어졌다고 가미조는 확신했다.

오바는 고개를 한 번 끄덕하고 나서 "헬기에 탄 아이를 우리가 구조하게 됐다."라고 단도직입적으로 말했다.

가미조는 오바의 떨떠름한 얼굴을 잠시 바라보고 나서 우에쿠사와 네가미의 표정을 살핀 뒤 다시 오바에게 눈길을 돌렸다.

"결정된 겁니까?"

"그래, 방금 지시가 내려왔어."

"구조 방법은요?"

가미조의 질문에 오바가 순간 눈길을 피했다. 다른 두 사람도 말이 없었다.

"그 헬리콥터는 호버링 중이라던데요."

"그래."

"어린아이 혼자 타고 있고요."

"그래."

"그런데 어떻게……."

가미조가 양손을 펼쳐 보였다.

"어떻게 구조하라는 겁니까? 접근조차 할 수 없는데요."

그러자 오바가 책상 위에 놓여 있던 종이 한 장을 집어 그에게 건넸다. 팩스 용지였다.

"야가미 대장에게서 연락이 왔다. 참모 본부 쪽에서 제안한 구출 방법이야. 이렇게 하면 어떻겠냐고."

"일단 한 번 보죠."

가미조는 종이를 받아 들고 거기에 적혀 있는 내용을 눈으로 훑었다. 도중에 그는 몇 번인가 오바와 다른 두 사람의 얼굴을 보았다. 지금 자신을 놀리는 건가 하는 생각이 들었기 때문이다. 그럴 정도로 종이에 적힌 내용은 상식에서 벗어난 것이었다.

"이게 정말입니까?"

다 읽고 난 그가 오바에게 물었다. 목소리가 날카로워져 있었다.

"도쿄 놈들이 정말로 이걸 우리더러 하라는 겁니까?"

"그런 것 같다. 그리고 하라고 한 이상 하는 게 우리 임무야."

"어처구니가 없군요. 제정신이 아니에요."

가미조는 손에 쥐고 있던 팩스 용지를 책상에 내동댕이쳤다.

"대장님도 너무하십니다. 이런 제안을 받아들이다니요."

"내 생각도 그래."

네가미가 무겁게 입을 열었다.

"하지만 3천 피트 상공에 혼자 남겨진 어린아이가 있다는 게 문제야. 그런 상황에서 우리가 뒷짐 지고 있을 수는 없잖나. 정부도 범인에게서 구조 허가를 얻기 위해 원전 가동을 중단하는 상상할 수 없는 희생을 치르고 있어. 물론 이 구조 작전은 말도 안 되는 짓이야. 상식을 벗어나도 한참 벗어났지. 하지만 누군가 하지 않으면 안 되는 일이야."

"아마도 이 구출 방법은 작전 사령부 사람들이 생각해 냈을 거야."

오바가 팩스 용지를 손가락 끝으로 톡톡 치며 말했다.

"사실은 그들도 구출이 불가능하다고 말하고 싶었을 거야. 하지만 그럴 수 없으니 지혜를 짜내서 이런 제안을 한 거겠지. 그런 견지에서 보면 좋은 생각이라고 할 수도 있어. 만일의 경우에도 희생자를 최소한으로 줄일 수 있도록 고려했으니까."

가미조는 다시 팩스 용지를 집어 들었다. 이번에는 머릿속으로 상황을 구체적으로 그리면서 읽었다. 대단히 위험한 시도라는 인상은 조금 전과 변함없었다. 그러나 그것 이외의 다른 방법은 그 역시 떠오르지 않았다.

그가 고개를 들자 선배인 우에쿠사가 그의 어깨를 툭 쳤다.

"성공하면 영웅이 되는 거야."

"공훈은 우에쿠사 중사님께 넘기겠습니다."

"이봐, 마흔 넘은 늙은이에게 공중 그네 타기를 시킬 셈인가?"

말은 그렇게 해도, 건장한 육체를 자랑하는 상급 구난원은 적잖이 자신 있는 눈치였다.

우에쿠사 같은 베테랑이 되겠다는 목표를 가진 가미조도 보란 듯이 한 번 해 볼까 하는 기분이 들었다.

그건 그렇지만.

그는 다시 한 번 구조 방법이 적힌 종이를 내려다보았다. 아닌 게 아니라 우에쿠사 말대로 이건 그야말로 공중 그네 타기다. 그것도 3천 피트 상공에서의.

21

아이치 현 지류 시.

일본 최대의 자동차 부품 제조사인 H사의 지류 공장에서는 평소와 다름없이 생산 라인이 활발히 돌아가고 있었다. 이곳에서는 스타터와 얼터네이터 등의 전기 관련 부품이 만들어지고 있다.

얼터네이터 제조 1라인 반장은 올해로 마흔둘이 된 남자였다. 그는 공장의 안전 규칙대로 보안경을 끼고 안전화를 신고 생산 라인을 돌아보고 있었다. 이 라인은 6초를 한 주기로 움직이고 있다. 즉 6초에 한 개씩 얼터네이터가 완성되는 것이다. 얼터네이터란 자동차의 엔진 룸에 붙어 있는 발전기를 말한다. 차 한 대에 한 개밖에 없는 것이다. 그런 부품이 6초마다 한 개씩 완성되는 것을 보면 그는 반장이면서도 늘 묘한 느낌이 들었다. 이렇게 많은 자동차용 발전기가 대체 어디로 사라지는 것일까. 6초당 한 개라면 한 달에 10만 개다. 게다가 얼터네이터 생산 라인이 여기만 있는 게 아니다.

그의 발걸음이 샤프트 고주파 경화 장치 앞에서 멈췄다.

샤프트 고주파 경화란 고주파 전류로 발전기 전동축의 표면을 단단하게 만드는 공정이다. 전동축에 구리 코일을 감아 고주파 전류를 흘려보내면 샤프트 표면에 유도 전류가 발생해 저항 발열에 의해 표면 온도가 순식간에 수백 도까지 올라간다. 이때 갑자기 전류를 끊고 냉각수를 끼얹으면 전동축 표면이 단단해진다. 이것만으로는 아직 강도가 부족하기 때문에 다시 한번 가볍게 열을 가해 강도를 높인다.

반장은 날카로운 눈초리로 그 과정을 지켜보고 있었다. 지난주에 금속 표면에서 약간의 문제가 발견됐기 때문이다. 그 원인을 찾아서 개선했지만 그는 여전히 마음을 놓지 못하고 있었다. 그는 샤프트 중앙부가 확 달아오르는 순간을 응시했다. 이 직장에 오랫동안 몸담은 그는 그 붉기만 봐도 온도가 충분히 올랐는지 어떤지를 직감적으로 판단할 수 있다.

문제가 없겠다고 판단한 그는 다시 걸음을 옮기기 시작했다. 코일을 감는 공정이나 용접도 별다른 문제 없이 순조롭게 진행되고 있었다. 작업원들도 늘 하던 작업을 늘 하던 대로 하고 있다. 생산 라인이 무사히 가동되는 것이 그에게는 가장 중요한 일이었다.

하지만 과연 어떻게 될까, 하고 그는 생각했다.

'신양' 사건에 대해서는 휴식 시간에 텔레비전을 보고 알았다. 그때는 그 일이 자신과 직접적인 관계가 없다고 생각했다. 쓰루가 반도는 워낙 먼 곳이어서 만에 하나 사고가 일어난다 해도 이곳까지는 피해가 미치리라고 보기 어려웠다. 게다가 과학 기술청이 괜찮다고 했으니 공연히 걱정할 필요가 없다고 생각했다. 그는 원전에 대해서는 거의 아는 것이 없었다. '신양'이라는 이름조차 오늘 처음 들었다. 그건 비단 그뿐만 아니라 다른 반장이나 작업원들도 마찬가지였다. 다들 불안해하고는 있지만 그 일과 자신들의 연관성을 전혀 떠올리지 못하는 것 같았다.

그런데 조금 전에 과장이 찾아와 심각한 표정으로 이런 말을 했다.

"큰일 났어. '신양' 사건 때문에 오늘은 일을 그만해야 할지도 모르겠어."

"왜?"

직책상 자신이 부하지만 그는 과장에게 좀처럼 존댓말을 쓰지 않는다.

"범인의 요구대로 원전 가동을 중단할 모양이야. 그럼 우리도 중단할 수 있는 라인은 중단해야 해."

"그래서 우리 라인을 세우라는 거야?"

"어쩔 수 없잖아. 스타터 쪽은 요전번에 문제가 생기는 바람에 납기가 많이 늦었단 말이야. 거기에 비하면 얼터네이터는 아직 여유가 있으니까."

"여유는 무슨……. 그리고 중단하면 우리는 뭘 하라는 거야?"

"뭐, 특별 반차라고 치고 집에 돌아가는 수밖에 없겠지."

"내 참."

그는 모자 위로 머리를 벅벅 긁었다.

과장은 다시 부장을 만나러 갔다. 들리는 소문에 의하면 이미 전국의 원전이 차례차례 정지에 들어간 모양이다. 그러니 대책을 강구할 필요는 있을 것이다.

생산 라인을 멈추는 것 자체는 큰 문제가 아니었다. 문제는 오늘 할당량을 언제 만들어 납기를 맞추느냐 하는 것이다. 시간 외 수당이라도 준다면야 대환영이지만, 경기가 나쁜 지금은 그럴 여유도 없을 것이다. 아마 다음 주 토요일쯤 출근하고 대신 각자 다른 날 대휴를 쓰도록 할 것이다. 그러면 수당은 없다.

잠시 후 과장이 다시 이쪽으로 걸어오는 게 보였다. 반장도 그를 향해 다가갔다.

"라인, 중단시켜."

과장이 말했다.

"역시 우리가 희생양인가?"

"아니야. 스타터 쪽도 중단한다는군."

"스타터도?"

"납품처 쪽 공장도 오늘은 조업을 그만하는 모양이야. 다 같이 중단하는 거지."

"난리 났군."

"응. 온 나라가 난리야."

반장은 생산 라인 쪽을 돌아보며 큰 소리로 "이봐, 스톱! 스톱!" 하고 고함을 질렀다.

생산 라인을 멈출 수도 있다는 것은 각 작업원에게 미리 말해 두었다. 작업원들이 재빨리 정지 스위치를 눌렀다. 에어시퀀스 소리가 차례차례 잦아들었다.

"저것도 꺼야지."

과장이 앞에 있는 스위치를 눌렀다. 그것은 작업자들이 있는 곳에만 냉기가 닿도록 하는 스폿 쿨러의 스위치였다.

쿨러가 멈추자마자 땀이 배어나왔다.

요코하마의 모 백화점.

아동복 코너에 있던 주부는 공기의 질이 바뀌었다는 것을 금방은 알아차리지 못했다. 초등학교 1학년짜리 딸이 있는 그녀의 머릿속은 9월에 있을 딸의 피아노 발표회 때 어떤 옷을 입힐까 하는 생각으로 꽉 차 있다. 그녀는 자기 자신을 꾸미는 것

도 좋아했지만 그 이상으로 딸에게 예쁜 옷을 입히는 데 열을
올렸다. 그래서 딸의 옷을 고를 때에는 일반 매장은 거들떠보
지도 않고 전문점으로 직행한다.

"아야, 이것도 입어 봐. 엄청 귀엽다."

노란색과 회색이 섞인 체크무늬 원피스를 손에 들고 그녀는
딸에게 말했다.

"또? 아이, 나 피곤해. 빨리 집에 가자, 엄마."

"온 지 얼마나 됐다고 그래. 있잖아, 이거 잘 어울릴 거야. 엄
마가 보장할게."

"덥단 말이야."

"더워?"

그러고 보니 조금 덥다고 느껴졌다. 백화점에 올 때면 그녀
는 지나친 냉방에 대비해 늘 스카프 한 장을 챙겨 오는데 오늘
은 어쩐지 시원하게 느껴지지 않았다. 겨드랑이에도 땀이 차
있었다.

그녀는 가까이 있는 젊은 여자 점원에게 물어보았다.

"에어컨이 잘 안 나오나 봐요."

그러자 그 점원은 의아하다는 표정으로 주부의 얼굴을 마주
보았다.

"네, 에어컨 가동을 안 하고 있으니까요."

"어머나, 왜요?"

"왜라니요……."

점원이 당황스러운 표정을 짓는데 때마침 안내 방송이 나왔다.

"거듭 고객 여러분께 알려 드립니다. 후쿠이 현 '신양' 사건의 영향으로 오늘 일부 매장을 제외하고 에어컨을 가동하지 않고 있습니다. 고객 여러분께는 대단히 죄송하지만 모쪼록 양해를 부탁드립니다."

이 안내 방송은 처음이 아니었다. 그러나 쇼핑에 정신이 팔려 있던 주부의 귀에는 들어오지 않았던 것이다.

안내 방송이 끝난 후 그녀가 다시 여자 점원에게 물었다.

"후쿠이 현에 무슨 일이 생겼나요?"

"저도 자세한 건 잘 모르지만, 누가 원전을 파괴하겠다고 협박했대요. 그래서 그 범인의 요구대로 전국의 원전이 정지되나 봐요."

"아, 그렇구나."

그런데 왜 백화점의 에어컨이 꺼져야 하는 거지, 하고 생각했지만 더는 묻지 않았다. 다만 아까부터 이상하다고 여겼던 점은 해결됐다. 왠지 오늘 손님이 유난히 적다 싶었던 것이다.

그건 그렇고, 원전을 파괴한다는 건 무슨 소리지?

원전에 대해 그녀는 여태껏 생각해 본 적이 거의 없었다. 아무튼 별로 좋지 않은 것이라는 이미지는 있었지만 자신과는 관련이 없다고 생각해 안심하고 있었다. 가나가와 현에는 원전이 없어서 다행이라고만 생각했을 뿐이다. 실은 전국의 비등수형 원자력 발전소의 연료가 요코스카 시 구리하마에 있는 공장에서 생산돼 연료를 실은 적재 차량이 선도 차와 경비 차의 호위를 받으며 심야에 은밀하게 운반된다는 사실을 알지 못했다. 또한 '신양'에서 사용되는 플루토늄 연료의 수송 차량이 가와사키와 요코하마를 통과한다는 것도 몰랐다. 수송 차량이 도시를 통과하는 도중에 한신 대지진급 지진과 맞닥뜨릴 경우, 연료 용기가 파손돼 지진 재해와 방사능 피해가 동시에 일어나는 복합 재해로 발전할 우려가 있다는 소문이 돈다는 사실도 그녀는 아는 바 없었다. 하물며 가나가와 현의 10개 시와 읍에서 방사능 방재 대책을 마련하는 중이라는 것은 상상 밖의 일이었다.

"엄마, 집에 가자, 응?"

딸이 다시 칭얼거리기 시작했다. 주부는 주위를 둘러보았다.

"모처럼 왔잖아. 조금만 참아. 아, 저기 아이스크림 있다. 우리 가서 아이스크림 먹자, 응?"

그녀는 한 손으로 얼굴을 부채질하면서 다른 한 손으로는 딸의 손을 잡아끌고 한구석에 있는 아이스크림 가게로 갔다.

그러나 그곳 역시 후텁지근한 공기가 괴어 있기는 마찬가지였다.

도쿄 도 네리마 구.

이케부쿠로에서 세이부 선 준급행 전철을 탄 남자는 차량 내부를 둘러보며 진저리를 쳤다. 좌석 대부분을 애들과 젊은 놈들이 차지하고 있기 때문이었다. 그들의 목적지는 아마도 도시마엔 유원지일 것이다.

역시 전철에는 냉방이 가동되고 있지 않았다. 그 사실을 알리는 안내문이 개찰구 근처에 붙어 있어서 각오는 하고 있었지만, 전철 안에 발을 들여놓을 때마다 느끼던 청량감이 없다는 것이 쌓인 피로를 배가시켰다.

빈 좌석이 전혀 없는 건 아니지만, 앉으면 아이들이 재잘대는 소리에 휩싸일 게 뻔했다. 결국 그는 문 옆에 그대로 서 있기로 했다.

그의 목적지는 항공 공원 쪽이다. 그곳에 새로 조성된 뉴타운의 판매 사무소가 그의 현재 근무처이기 때문이다. 그는 오늘 아침 첫 전철로 지바에 가서 주택을 구입한 손님으로부터 서류를 받아 오는 길이었다.

그가 이변을 눈치챈 건 도쿄에서 야마노테 선을 탔을 때였다. 자동판매기에서 산 우롱차를 마신 탓도 있고 해서 그는 땀을 줄줄 흘리고 있었다. 그 땀을 전철에서 식히자고 생각했다.

그런데 전철에 냉방이 들어오지 않았던 것이다. 팬조차 돌아가지 않았다. 남자와 마찬가지로 냉기를 기대했던 손님들이 저마다 불평을 쏟아 놓았다. 그러자 그것을 듣기라도 한 것처럼 안내 방송이 흘러나왔다. '신양' 사건의 영향으로 냉방을 중단했으니 각 차량의 창문을 열어 달라는 내용이었다.

도쿄에서 이케부쿠로까지 가는 20분 남짓한 시간 동안 그는 땀범벅인 채로 서 있었다. 그리고 이케부쿠로에서 세이부 선으로 갈아탔는데 또 이 모양이다.

그는 양복 윗저고리를 손에 들고 있었다. 그것을 쥔 손바닥에도 땀이 흥건했다. 아이들과 젊은 놈들은 참 기운도 좋다. 이런 때에도 그들의 입은 잠시도 쉴 줄을 모른다.

네리마 역에 와서야 그들은 전철에서 내렸다. 맞은편 플랫폼을 보니 도시마엔행 전철이 대기하고 있지만 차량은 이미 만원 상태다.

그는 빈자리에 걸터앉았다. 땀에 흠뻑 젖은 하반신의 느낌이 불쾌했다. 넥타이를 느슨하게 하고 손수건으로 목덜미를 닦는다.

원전은 있어야 해, 역시.

그는 '신양' 사건의 범인에게 저주의 말을 속으로 몇 번이나 퍼부었다.

22

아이치 현경 특수반장 다카사카는 부하 노무라 형사와 함께 제3격납고 뒤편에 서 있었다. 어제 빅 B를 정비했던 미야모토라는 젊은 정비사도 함께였다.

"아마 이 부근이었을 겁니다."

미야모토는 약간 긴장한 표정으로 뒷문 근처를 가리켰다.

"손수레에 실려 있었다고 했죠?"

노무라가 물었다.

"네, 그렇습니다."

"그게 언제부터 여기 있었습니까?"

"확실하게 기억은 안 나는데, 그저께 저녁에 제가 여기 왔을 때는 있지 않았나 싶습니다."

"그저께 저녁이라고요?"

그렇게 되묻고 나서 노무라는 다카사카에게 어떻게 생각하느냐는 뜻의 눈빛을 보냈다.

"본 사람이 또 없을까……."

다카사카가 누구에게 묻는 것인지 모르게 중얼거렸다.

"다른 정비사들은 기억이 잘 안 난다고 합니다."

노무라가 대답했다.

"이 부근에는 늘 뭔가가 쌓여 있기 때문에 다들 별로 신경을 안 씁니다. 저만 해도 어쩌다 기억이 난 것뿐이에요."

노무라와 미야모토의 대답에 다카사카는 입을 다문 채 고개만 끄덕거렸다. 그리고 좀 전에 미야모토가 가리킨 곳을 바라보았다.

헬리콥터에 실려 있는 폭발물이 아무래도 나무 상자에 들어 있는 것 같다는 후쿠이 현경의 연락이 있었다. 그 사실을 니시키 중공업 관계자에게 전하자 정비사 미야모토가 그 나무 상자를 본 기억이 있다고 한 것이다.

"그 나무 상자에 혹시 뭐라고 쓰여 있지는 않았나요?"

다카사카가 미야모토에게 물었다.

미야모토는 고개를 갸우뚱했다.

"글쎄요, 기억이 안 나는데요."

"나무 상자에 어떤 특징은 없었습니까?"

"특징이라……."

미야모토는 생각을 쥐어짜기라도 하듯 얼굴을 찡그리더니 역시 자신 없다는 표정을 지었다.

"단언할 수는 없지만, 어쩌면 전표가 붙어 있었을지도 모르겠어요."

"전표라고요?"

"네. 요 정도 크기의 종이쪽지였어요."

미야모토는 양손 엄지손가락과 집게손가락으로 사방 10센티미터 정도의 네모를 만들었다.

"매입 전표 같았는데…… 아닐지도 몰라요."

"흠, 전표라……."

다카사카는 노무라 형사와 얼굴을 마주 본 후 살짝 고개를 갸웃했다.

다카사카가 후생 센터 2층에 있는 현장 지휘 본부로 돌아왔을 때 기타니 형사 부장은 와이셔츠 바람에 소매를 걷어 올리고 넥타이마저 느슨하게 푼 채 노트로 얼굴을 부채질하고 있었다. 그 방에 기타니와 같이 있던 요시오카 수사 1과장 역시 비슷한 모습이었다.

다카사카는 쓴웃음을 지었다.

"밖에 있다가 들어왔는데 시원하지 않으니 실망스럽네요."

"그렇겠지. 하필이면 이런 날 바람도 한 점 없고 말이야."

기타니가 창 쪽을 바라보며 짜증스럽다는 듯이 말했다.

"그렇다고 여기만 에어컨을 켤 수도 없으니……."

범인의 요구에 응해 전국의 원전 가동을 중지하기 시작했을 때 니시키 중공업은 오늘 하루 전력 소비를 최소화하라는 사내 방송을 했다. 특별한 사정이 없는 한 전기 설비는 가동하지 말 것이며 커피 머신과 자동판매기 등은 사용할 때만 전원을 켜라고 했다. 물론 냉방도 중단됐다.

그러나 경찰 관계자가 사용하고 있는 이 후생 센터 2층만은 냉방을 해도 좋다는 허락이 니시키 중공업 항공 사업 본부장으로부터 내려왔었다. 하지만 기타니는 그것을 거절했다.

"그래서, 나무 상자 건은 조사해 왔어?"

"네."

다카사카는 그 내용을 자세히 보고한 뒤 덧붙였다.

"역시 범인은 니시키 중공업과 관련된 사람인 게 분명합니다. 문제의 나무 상자는 어젯밤 범인이 숨어들 때 가지고 들어올 만한 물건이 아니더군요. 그렇다면 사전에 격납고 뒤에 갖다 놓았다는 얘긴데, 니시키 중공업 관계자가 아니라면 그러기 어려웠을 겁니다."

"그렇겠군."

기타니는 고개를 끄덕인 후, 방금 전화를 끊은 요시오카 수사 1과장에게 물었다.

"니시키 중공업 사원들을 조사하는 일은 얼마나 진행됐지?"

"프로젝트에 관련된 사원들은 거의 전원 출근해 있었습니다. 그 사람들에 대한 조사는 얼추 마쳤습니다."

"결과는?"

"몇 명을 빼고 대부분의 알리바이가 확인됐습니다. 남은 사람들도 어떤 식으로든 증명이 가능할 것 같습니다."

"그게 정말이야?"

형사 부장이 미심쩍다는 듯 눈썹을 찡그렸다.

"어젯밤 늦은 시각부터 오늘 아침까지의 알리바이야. 보통 사람들은 집에서 자는 시간 아냐."

"보통 사람이라면 그렇겠지만, 지금 조사 중인 사람들은 빅 B 프로젝트 관계자들입니다. 그 대부분이 오늘 아침에는 일찍 출근한 데다가 모두 기술 본관에 모여 있었거든요. 그러니 범행은 불가능했을 겁니다."

"그렇겠군."

"이제부터 범위를 약간 넓혀 볼까 생각 중입니다."

"아니죠, 과장님. 니시키 중공업 관계자들에게 의심이 가는 것은 사실이지만, 범인이 반드시 사원이라고 단정하는 건 좀 위험할지도 모릅니다."

다카사카가 이의를 제기했다.

"아니, 왜지?"

기타니가 물었다.

"예의 나무 상자가 이틀 전부터 거기 놓여 있었다는 점이 마음에 걸립니다. 범인이 내부인이라면 범행 직전까지 다른 장소에 숨겨 놓지 않았을까요? 만에 하나 누가 그 안을 들여다보기라도 하면 계획이 물거품이 될 테니까요."

"그건 그럴지도 모르겠군."

요시오카가 중얼거리며 동의했다. 그리고 기타니를 향해 말했다.

"저도 좀 전에 격납고 주변을 둘러봤지만, 나무 상자 하나쯤은 어디에든 숨길 수 있겠더군요. 그런데 그러지 않고 이틀 전부터 격납고 뒤에 갖다 놓았다는 것은 범인에게 그럴수 밖에 없는 사정이 있었기 때문일지도 모릅니다."

"흐음."

기타니는 팔짱을 끼고 잠시 생각하더니 요시오카와 다카사카의 얼굴을 번갈아 보며 말했다.

"그렇다면 범인이 외부인일 가능성도 있다는 말이군. 하지만 외부인이 그 헬리콥터를 훔친다는 건 불가능하지 않겠어?"

"네, 그러니까,"

다카사카는 혀로 입술을 핥고 나서 말을 계속했다.

"프로젝트 관계자이긴 하지만 니시키 중공업 사원은 아닌 자, 그렇게 되는 거죠."

"아니, 그 말은……."

요시오카가 목소리를 낮췄다.

"방위청 사람이라는 뜻이야?"

"그럴 가능성도 생각해 봐야 한다는 겁니다."

요시오카는 신음을 흘리며 팔짱을 꼈다.

"자, 자, 너무 성급하게 결론짓지 말자고."

기타니가 두 사람을 달래듯이 말하며 손가락 끝으로 책상을 몇 번 톡톡 두드렸다.

"우리가 문외한이라, 그 복잡한 장치를 만든 범인은 내부인임에 틀림없다고 단정했지만, 어쩌면 어딘가에 맹점이 있을지도 몰라. 전문가의 의견을 한번 들어 봐야겠어."

"그럼 가서 가사마쓰 씨를 불러오겠습니다."

다카사카가 서둘러 방을 나갔다.

"외부인이 빅 B를 훔쳤을 가능성 말인가요?"

니시키 중공업의 기술 본부장 가사마쓰는 두 손을 무릎에 얹은 채 등을 곧게 펴고 양 팔꿈치를 좌우로 벌린 자세로 파이프 의자에 앉아 있었다. 현경 본부의 형사 부장과 수사 1과장이 코앞에 앉아 있으니 다소 긴장하는 것도 무리가 아닐 것이다.

"네. 그럴 가능성은 없을까요?"

일어서 있던 다카사카가 물었다.

"어려운 질문이군요."

가사마쓰는 한쪽 뺨을 일그러뜨리며 어색하게 미소 지었다.

"저로서는 내부인 중에 범인이 있다고 생각하고 싶지 않지만, 솔직히 말해서 외부인이 그런 엄청난 일을 했다고는 보기 어렵습니다."

"유하라 씨와 야마시타 씨도 같은 의견이더군요."

다카사카의 말에 '그럴 겁니다'라고 말하듯이 가사마쓰는 고개를 끄덕였다.

"하지만 다시 한 번 생각해 보세요. 극히 사소한 가능성이라도 놓쳐서는 안 됩니다."

"무슨 말씀인지 알겠습니다."

가사마쓰는 고개를 비스듬히 기울이고 눈을 감았다.

"비행 제어에 대해 잘 아는 자, 예를 들어 대학에서 연구하고 있다거나 타사에 헬리콥터 기술자로 근무하는 사람이 어떤 경로를 통해 빅 B에 사용된 비행 시스템의 상세한 내용을 입수했다면 가능할지도 모르겠군요."

"그 내용이라는 게 어디에 보관돼 있나요?"

"전용 워크스테이션 안에 들어 있습니다."

"그러니까 컴퓨터에 있다는 말인가요?"

"그렇습니다."

"그럼 컴퓨터에서 헬기에 관한 정보를 빼낸다면 외부인이라도 범행이 가능하다는 거군요."

"뭐, 그렇기는 합니다만, 사실상 외부인이 정보를 빼내는 건 불가능합니다. 워크스테이션을 다루기 위해서는 극히 한정된 사람만 아는 ID와 비밀 번호가 필요하거든요. 그리고 그러기 이전에 단말기에 접근하는 것 자체가 거의 불가능합니다. 저희는 외부인의 출입을 엄격히 제한하고 있으니까요."

"그런 것치고는 어젯밤에 아주 쉽게 잠입했군요, 범인이."

요시오카의 말에는 야유하는 듯한 뉘앙스가 배어 있었다.

가사마쓰는 조금 불쾌한 얼굴로 "회사로서는 격납고에 숨어드는 인간이 있으리라고는 생각하지 못했던 것 같습니다."라고 대꾸했다.

"그럼 외부에서 들어오는 사람은 어디서 체크합니까?"

다카사카가 물었다.

"기본적으로는 정문에서 경비가 체크하게 돼 있습니다."

"정문을 지나는 사람 모두를 말인가요? 사원만 해도 수천 명일 텐데."

다카사카의 질문에 가사마쓰는 난처한 듯 눈을 껌벅거렸다.

"출근 시간대에는 거의 그냥 통과하는 게 현실입니다. 말씀하신 것처럼 사원이 일제히 정문을 통과하기 때문에 일일이 확인한다는 것은 물리적으로 불가능하죠. 그 외의 시간대에는 통과하는 사람을 경비가 불러 세웁니다."

"그렇다면 출근 시간을 노리면 누구나 쉽게 침입할 수 있겠군요."

"부지 안에는 들어올 수 있겠죠. 그러니까,"

가사마쓰는 요시오카 수사 1과장의 표정을 살피며 말을 계속했다.

"격납고에 숨어드는 것도 어렵지 않았을 겁니다."

"헬기가 도난당한다는 건 상상도 못했군요."

요시오카의 말에 가사마쓰는 "맞습니다."라고 침통한 얼굴로 대답했다.

"아까 말씀하신 워크스테이션이라는 건 어디 있습니까?"

다카사카가 다시 물었다.

"기술 본관에 있습니다. 하지만 외부 사람이 거기에 들어가기는 매우 어렵습니다."

"왜 그렇죠?"

"예를 들어서 입구에는 게이트가 있어서 ID카드를 집어넣지 않으면 열리지 않게 돼 있습니다. 이게 ID카드입니다."

가사마쓰가 양복 안주머니에서 지갑을 꺼내 그 안에 든 카드를 다카사카에게 내밀었다.

플라스틱으로 된 ID카드는 앞면에 가사마쓰의 사진이 있고 그 밑에 이름이 알파벳으로 새겨져 있었다. 뒷면에는 갈색 자기 테이프가 붙어 있다.

"아침마다 사원 전원이 그렇게 해서 기술 본관으로 들어가나요?"

카드를 기타니 쪽으로 보이며 다카사카가 물었다.

"그렇습니다. 그와 동시에 출근 시각이 메인 컴퓨터에 기록되죠."

"타임카드를 겸하고 있는 셈이군요."

"맞습니다."

"그럼 외부인은 절대로 기술 본관에 들어갈 수 없는 건가요?"

요시오카가 ID카드를 왼손에 쥔 채 물었다.

"아니요, 그렇지는 않습니다. 필요한 절차를 밟으면 들어갈 수 있어요."

"어떤 절차죠?"

"외부인의 경우 우선 정문에서 방문객 표를 줍니다. 그 표에 면회 상대의 이름 등을 적어 기술 본관 입구에 있는 관리실에 제출하면 관리 직원이 면회 상대에게 확인 전화를 걸죠. 면회 약속이 있다는 사실이 확인되면 방문자용 카드를 줍니다. 그것을 사용해서 들어가고, 나올 때는 관리실에 반납하면 됩니다."

"그 기록도 남나요?"

"방문자용 카드를 받을 때 관리실에 비치된 출입자 관리 표에 이름을 적게 돼 있으니 남아 있을 겁니다."

"그런 룰이 철저하게 지켜지고 있습니까?"

"그럴 겁니다. 그러기 위해서 창구에 사람을 두고 있는 거니까요."

"그것 말고 외부인이 들어갈 수 있는 방법은 없는 거죠?"

다카사카가 재차 확인했다.

"외부인의 경우는 그렇지만, 다른 사업 본부 사람이 올 경우에는 절차가 조금 더 간단합니다."

"다른 사업 본부라면, 니시키 중공업의 다른 사업 본부 말씀인가요?"

"네."

"그 사람들은 ID카드가 없나요?"

"아니요, 카드는 있지만 그 카드로는 항공기 사업 본부의 게이트를 통과할 수 없습니다. 항공기 사업 본부는 방위청 관할이다 보니 다른 부서보다 출입을 엄격하게 통제하고 있거든요."

"그럼 다른 사업 본부 사람들 역시 관리실에서 카드를 발급받아야 하는 건가요?"

"그렇습니다. 관리실에 자신의 ID카드를 보여 주고 좀 전에 말씀드린 출입자 관리 표에 이름을 적으면 입장용 카드를 받을 수 있습니다."

"그 말은 출입자 관리 표에는 기술 본관에 들어간 외부인과 다른 사업 본부 사원의 이름이 모두 기록돼 있다는 얘기군요."

"그렇습니다."

다카사카가 기타니와 요시오카를 보았다. 보충 질문이 없느냐는 의미였다.

형사 부장과 수사 1과장은 서로 얼굴을 마주 보며 고개를 끄덕였다. 그 모습을 본 다카사카가 가사마쓰에게 말했다.

"감사합니다. 이상입니다."

가사마쓰가 방에서 나가는 것을 확인한 후 다카사카는 상사들을 향해 돌아섰다.

"지난 석 달 이내의 방문자를 조사해 봐야겠는데요."

"그래, 서둘러."

기타니 형사 부장이 말했다.

23

유하라는 야마시타와 함께 텔레비전 앞에 앉아 있었다. 화면에서는 비슷한 영상이 끝없이 흘러나오고 있다. 그것은 각지에 있는 원자력 발전소의 가동을 중단하는 모습을 제어실로부터 중계하는 것이었다. 그러니까 결코 똑같은 영상은 아니지만 발전소의 제어실이란 대체로 비슷한 것이어서 똑같은 영상을 반복해서 보고 있는 기분이 드는 것이다.

"이제 몇 군데나 정지된 거죠?"

야마시타가 조그만 소리로 물었다.

"딱 40기라고 하지 않았나? 아마 3기가 남았을 거야."

"벌써 그렇게 많이요?"

야마시타가 다시 화면으로 시선을 돌렸다.

현재 일본에는 건설 중인 것을 포함해 53기의 상업용 원전이 있다. 그러나 정기 점검도 있고 해서 그것들이 모두 가동되는 일은 거의 없다. 오늘은 43기의 원전이 가동되고 있었다고 한다. 여름에는 물이 부족한 경우가 많기 때문에 이 시기에 정기 점검을 하는 것은 가능한 한 피하고 있다는데, 그래도 전부 가동되는 것은 아닌 모양이다.

"전력 부족으로 인한 문제는 발생하지 않을까요?"

야마시타가 걱정스러운 표정으로 물었다.

그는 자신의 아들 때문에 이런 사태가 벌어졌다고 생각하므로 어디선가 조그만 피해라도 발생할까 봐 걱정스러운 것이다.

"문제가 있다면 임시 뉴스에서 알려 주겠지. 뭐, 오늘 하루만이니까 기업이 생산 라인을 부분적으로 쉬게 하고 국민이 더위를 좀 참으면 어떻게든 넘길 수 있지 않겠어?"

"그렇다면 다행이지만, 혹시 컴퓨터 온라인 시스템 같은 것에 영향이 없을지 걱정입니다."

"그런 건 정부에서 다 생각이 있겠지."

대답하던 도중에 유하라는 옆에 이 발전소의 종합 기술 주임인 고테라가 서 있다는 사실을 알아차렸다. 그가 방금 두 사람이 한 얘기를 들은 것 같았다. 그래서 유하라는 그에게 물었다.

"고테라 씨는 어떻게 생각하시나요?"

"온라인 시스템에 영향이 없냐는 거 말씀인가요?"

고테라는 질문의 화살이 불쑥 자신에게 날아와서 당황한 듯했다.

"그것도 포함해서, 갑자기 정전이 되면 곤란한 곳이 많을 텐데요."

"그렇겠죠. 뭉뚱그려 말하기는 어렵지만."

고테라는 머릿속으로 생각을 정리하는지 잠시 말이 없었다.

"각 전력 회사는 자신들이 전력을 공급하는 곳에 어느 정도 우선순위를 매겨 두는 경우가 많습니다. 그래서 만일 공급량이 부족할 것 같으면 중요한 곳에 우선적으로 전력을 확보해 주고 지장이 별로 없겠다 싶은 곳은 정전시키는 식으로 운영하죠. 그러니 컴퓨터 시스템이 집중돼 있는 곳에는 전력이 공급되고 있지 않나 싶습니다."

"아하, 그런 구조로군요."

"물론 이 우선순위는 극비 사항이지만 말입니다."

유하라는 고개를 끄덕였다. 그렇겠다고 생각했다. 똑같이 전기 요금을 내고 있는데 자신이 소홀히 취급된다는 걸 알고 달가워할 사람은 없다.

"그럼 시골 쪽이 정전될 가능성이 높은가요?"

유하라의 질문에 고테라는 고개를 살짝 갸웃했다.

"글쎄요, 그게…… 아마 그렇지는 않을 겁니다."

"왜죠? 전기가 부족할 일이 없다는 뜻인가요?"

"아니, 그건 잘 모르겠습니다. 저, 잠깐, 실례하겠습니다."

그리고 고테라는 볼일이 있다는 듯 다급히 방에서 나갔다.

유하라는 그런 고테라의 등을 바라보며 왠지 석연치 않은 느낌을 받았다. 전국의 모든 원전이 정지된다는 것은 원전 관계자들로서는 엄청난 사건일 텐데, 이곳에 있는 직원들은 그 누구도 그 일을 화제 삼고 싶어 하지 않는 것처럼 보였다. 물론 이쪽은 이쪽 나름대로 헬기 추락에 대비해야 하므로 거기에 신경 쓸 겨를이 없는지도 몰랐다.

"슬슬 시간이 돼 가는데요."

야마시타가 시계를 보았다. 유하라도 텔레비전으로 시선을 돌렸다.

그들이 아까부터 텔레비전 앞에 진을 치고 앉아 있는 까닭은 원전 정지 장면을 보기 위해서가 아니었다. 잠시 후 방송될 경찰청 장관의 회견을 기다리고 있는 것이다.

규슈에 있는 원전이 정지되는 영상을 내보낸 후 장면이 전환되어 화면에는 남자 아나운서의 모습이 나타났다.

"지금까지 규슈 시라누이 원전 1호기가 정지되는 모습을 전해 드렸습니다. 잠시 후에는 야마시타 게이타 군 구조 작전에 관한 아시다 경찰청 장관의 발표가 있겠습니다. 이 발표는 '신양' 사건의 범인이 요구한 내용에 따른 것입니다. 그럼 마이크를 발표 현장으로 넘기겠습니다."

이어서 화면이 바뀌고, 즐비한 마이크 앞에 다소 긴장한 모습으로 서 있는 아시다 경찰청 장관의 모습이 비쳤다. 종이 한 장을 손에 들고 있는 장관은 그 종이를 내려다보며 옆에 있는 남자와 얘기를 나누고 있었다. 장내가 웅성거리는 가운데 때로 카메라 플래시가 터졌다. 그런 느슨한 영상이 계속 흐르는데도 방송국 측의 설명 한마디가 없다는 점이 이 장면이 허구의 드라마가 아니라는 것을 말해 주고 있었다.

마침내 아시다 장관이 정면을 향했다. 그는 왼쪽 주먹을 입가로 가져가더니 헛기침을 한 번 했다.

"'신양 사건의 범인에게 고한다."

장관은 톤이 다소 높은 목소리로 손에 든 종이의 내용을 읽기 시작했다.

"정부는 제군의 요구에 따라 전국에 있는 원자력 발전소의 가동을 중단하기 시작했다. 앞으로 25분 후면 모든 원자로가 정지될 예정이다. 따라서 이번에는 제군이 약속을 지킬 차례다. 우리는 야마시타 게이타 군을 구출하는 방법으로 다음과 같은 수단을 생각하고 있다. 이 구출 활동 중에는 결코 CH-5XJ를 움직여서는 안 된다. 이것을 움직일 경우 야마시타 게이타 군뿐 아니라 구조대원들까지 생명을 잃을 우려가 있기 때문이다. 이 구출 작전은 홋카이도에 있는 호쿠토 원전 2호기가 정지된 후 결행할 예정이다."

이때 아시다 장관 옆에 구출 방법을 묘사한 그림판이 놓였다. 그것을 보며 설명을 시작한 사람은 항공 자위대 홍보관이었다. 물론 그 내용을 유하라와 야마시타는 이미 알고 있었다. 홍보관은 담담하게 설명하고 있었지만, 헬리콥터가 얼마나 불안정한 물체인지 잘 아는 유하라로서는 공상 만화 얘기를 듣고 있는 기분이었다. 그럼에도 반대하지 못한 것은 달리 방법이 없다는 것을 알기 때문이었다.

옆에 있는 야마시타의 몸이 흔들거리고 있었다. 발장난을 치나 했는데 그게 아니었다. 그는 텔레비전 화면에 시선을 둔 채입술이 새파래져서 몸을 떨고 있었다.

"걱정하지 마."

유하라는 후배의 어깨를 다독거렸다.

"항공 자위대 구난대는 최고의 전문가들 집단이라고 들었어. 그들의 솜씨를 믿어 보자고."

"네…… 알고 있습니다."

야마시타는 목소리마저 떨렸다.

"문제는 범인이 어떻게 나오느냐 하는 거죠."

"그 점은 염려 없을 거야. 헬기의 고도를 변경하라는 것도 아니고 구난대원이 헬기 안으로 들어가겠다는 것도 아니잖아. 범인 측의 조건을 전부 들어 줬어."

"그야 그렇지만……."

구난대장 야가미가 통화를 끝내고 돌아왔다.

"구난대 쪽은 준비가 거의 완료됐습니다. 언제든지 출동할수 있습니다."

"어떤 분들이 구난 활동에 투입되는 겁니까?"

야마시타가 물었다.

"조종사나 구난대원 모두 최고의 능력자들을 모았습니다. 안심하셔도 됩니다."

"모쪼록 잘 부탁드립니다."

야마시타는 머리를 깊이 숙였다.

야가미가 자리를 뜬 직후 사쿠마 소방대장이 다가왔다.

"확인하고 싶은 게 있는데요."

"뭐죠?"

유하라가 되물었다. 사쿠마는 잠시 야마시타의 눈치를 보다가 이렇게 물었다.

"헬리콥터에 현재 연료가 얼마나 남아 있을까요?"

"그건…… 계산을 해 봐야 알겠는데요. 왜 그러시죠?"

"아, 그게 좀……."

사쿠마가 말을 흐렸다.

그때 조금 떨어진 곳에서 말소리가 들렸다.

"추락에 대비해 소화 방법을 생각해 두려는 거지."

목소리의 주인공은 미시마였다. 그가 발전소 직원들에 섞여 소방대원들과 뭔가 의논을 하고 있다는 것은 유하라도 알고 있었다.

"추락이라니, 어떻게 그런……."

말하면서 유하라는 옆에 있는 야마시타의 표정이 굳어지고 있는 것을 느꼈다.

그러나 미시마는 그의 그런 반응에는 아랑곳없이 냉철한 말투로 덧붙였다.

"구조 활동이 반드시 성공하리라는 보장이 없잖아. 만에 하나 추락할 경우를 고려하는 건 당연한 일이야."

"미시마 군, 굳이 그렇게까지 말할 필요는 없잖나."

나카쓰카가 그를 나무랐다.

"아니죠, 소장님. 이런 상황에서 감정을 앞세우는 건 금물입니다. 게다가 애당초 이번 일은 야마시타 자신에게도 일말의 책임이 있습니다. 아이가 제멋대로 격납고에 들어가서 헬기에 올라타기까지 했다는 건 부모가 교육을 잘못했다는 증거니까요."

"이봐!"

유하라가 의자에서 벌떡 일어섰다.

그런 유하라를 야마시타가 손으로 가로막고 나섰다.

"아닙니다, 맞는 말이에요. 정말 죄송하게 생각하고 있습니다. 모든 게 제 책임입니다."

그리고 그는 사쿠마 소방대장을 올려다보았다.

"남은 연료량을 알고 싶다고 하셨죠? 즉시 계산하겠습니다."

야마시타는 메모지에 계산을 시작했다.

유하라는 계속 미시마를 노려보았다. 다른 사람들은 모두 고개를 숙인 채 어색한 침묵이 방 안을 채웠다. 창밖에서 대형 헬리콥터의 엔진 소리만 요란하게 울렸다.

미시마가 다시 입을 열었다.

"증기 발생기의 충격 강도에 관한 데이터가 우리 회사 연구실에 있을 겁니다. 팩스로 받아 볼 수 있도록 조처하겠습니다."

그러고서 그는 성큼성큼 방을 가로질러 복도로 나갔다.

유하라는 숨을 크게 내쉰 뒤 야마시타의 등에 대고 "신경 쓸 거 없어."라고 말했다.

야마시타가 희미하게 고개를 끄덕였다.

"저 사람, 두 분과 같은 니시키 중공업 사람이라서 그렇게 심하게 말했을 거예요."

나카쓰카가 위로의 말을 했다.

"책임감이 강한 사람이니까요."

"물론 그럴 수도 있겠지만."

유하라가 미시마가 나간 문을 바라보며 중얼거렸다.

"저 사람, 아이가 없다죠, 아마. 아이가 있다면 그런 식으로 말할 수 없었을 겁니다."

그러자 나카쓰카가 뜻밖의 말을 했다.

"아니요, 아이가 있어요. 있었다고 하는 게 맞겠지만."

"네?"

유하라가 깜짝 놀라며 발전소 소장의 얼굴을 바라보았다.

"그게 무슨 뜻입니까?"

"죽었어요. 얼마나 됐더라……."

그렇게 중얼거리면서 나카쓰카가 고테라를 돌아보았다.

"2년쯤 되지 않았나요."

고테라가 대답했다.

"벌써 그렇게 됐어?"

그리고 나카쓰카는 다시 유하라에게 시선을 돌렸다.

"사고였다더군요."

"아……."

미시마의 눈에 10년 전에는 없었던 그늘이 드리운 건 그 탓인가, 하고 유하라는 생각했다.

공중전화 수화기를 내려놓은 후 미시마는 유리 부스 바깥의 상황을 살폈다. 소방대와 자위대 차량이 분주하게 오가고 있었다. 그들 역시 이 구출 작전이 반드시 성공하리라는 보장이 없다는 냉정한 판단을 내렸을 터였다.

그건 그렇고, 그는 조금 전 자신의 언행을 떠올리며, 참으로 꼴사나운 모습을 보였다는 자기혐오에 빠졌다. 야마시타라는 헬리콥터 기술자에게 필요 이상으로 가혹하게 말했던 것이다.

자신의 계획이 헝클어져 짜증스러웠던 것은 사실이다. 하지만 지나치게 신경질적인 반응을 보이고 만 진짜 이유는 야마시타의 모습에 2년 전 자신의 모습이 겹쳐 보였기 때문이다.

그날도 참 더웠었지, 하고 미시마는 회상했다. 6월 말이었다. 장마철로서는 드물게 날씨가 맑았다. 목요일이었다는 것까지 기억하는 것은 주간 회의 중에 그 비보를 들었기 때문이다.

전화를 건 사람은 이바라키 현경의 교통과 경찰이었다. 그가 무거운 목소리로 미시마에게 전한 내용은 더없이 참혹한 것이었다.

도모히로가 건널목에서 전철에 치여 죽었다는 것이다.

머릿속이 빙빙 돌아 그는 수화기를 쥔 채 바닥에 주저앉고 말았다. 옆에서 지켜보던 직장 동료들이 그를 붙들고 있다는 사실조차 그는 알아차리지 못했다.

미시마는 소리를 겨우 짜내어 물었다.

"병원이…… 어딥니까?"

그러나 교통과 경찰은 즉시 대답하지 못했다. 한동안 침묵이 흐른 뒤에야 이렇게 말했다.

"아드님의 시신은 아직 수습 중입니다."

수습, 이라는 말을 들은 순간 미시마의 머릿속에는 이미지 하나가 선명하게 떠올랐다. 도모히로의 조그만 몸이 쇳덩이에 부딪혀, 짓뭉개진 사과마냥 사방으로 튀는 광경이었다. 그는 짐승처럼 포효했다.

그 건널목은 도모히로가 다니는 초등학교와 집의 중간쯤에 있었다. 트럭 한 대가 겨우 통과할 수 있을 정도의 작은 건널목으로, 근처에 민가가 없고 주위가 숲으로 둘러싸여 있어 큰길에서는 잘 보이지 않았다.

학교에서는 그 길을 통학로로 인정하지 않았다. 도모히로도 아침에는 여럿이 모여 등교하기 때문에 그 길을 지나는 일이 없었다. 그러나 하교 때는 지름길인 그 길로 다니는 아이가 적지 않은 듯했다. 도모히로도 그런 아이들 중 하나였다는 얘기가 된다.

정식 통학로로 인정하지 않았던 가장 큰 이유는 차단기가 내려져 있을 때도 그 밑으로 지나다니는 아이들이 끊이지 않았기 때문이다. 그래서 학교 측은 때로 그 건널목 근처에 지킴이를 세워 하교 때 지나다니지 못하도록 하기도 했다.

그런데 도모히로가 죽은 날에는 지킴이가 서 있지 않았다. 또한 함께 길을 건넌 사람도 없었다. 그래서 도모히로가 어떻게 전철에 치이게 됐는지 정확한 상황을 알 수 없었다. 다만 아는 것이라고는 차단기가 내려져 있었음에도 도모히로가 건널목으로 들어섰다는 사실뿐이다. 경보기나 차단기 고장도 없었다.

전철이 다가오는 것도 모른 채, 아이들이 흔히 그러듯이, 차단기 아래를 지나 건널목을 건너려다가 사고를 당했을 것이라는 게 경찰의 견해였다.

미시마도 아내 아키요도 그 견해에는 이의가 없었다. 그것 외에는 아들이 차단기를 넘어 건널목으로 들어설 만한 이유가 떠오르지 않았다.

이런 경우 대개의 남자들이 그러하듯 미시마 역시 아키요를 책망했다. 회사 일로 바쁜 자신이 아이의 세세한 부분까지 신경 쓸 수 있느냐, 정해진 통학로로 잘 다니고 있는지 확인하는 것은 엄마의 역할이 아니냐며 아내를 몰아세웠다. 실은 누구라도 책망하지 않고서는 견딜 수 없어서 그랬다는 것을 지금의 미시마는 잘 알고 있다.

아들의 비참한 죽음으로 거의 노이로제 상태였던 아키요는 장례를 치른 지 7일째 되던 날 밤 자살을 시도했다. 도모히로가 사용하던 커터나이프로 손목을 그은 것이다. 미시마가 금방 알아챈 덕에 큰일은 막을 수 있었지만, 부부 사이에 깊게 파인 골은 어떻게 해도 메울 도리가 없었다. 아키요는 얼마 후 친정으로 돌아가 다시는 미시마 곁으로 돌아오지 않았다. 약 석 달 후 그들은 정식으로 이혼했다.

당시를 돌아볼 때마다 미시마는 생각한다. 자신이 너무나 어리석었다고.

도모히로의 죽음은 여러 가지를 의미하는 것이었다. 그걸 알아차리지 못하고 엉뚱하게도 아키요에게만 책임을 떠넘겼던 것이다. 사실은 부부가 힘을 합해 아들의 죽음의 의미를 생각했어야 했다.

미시마는 창밖으로 향해 있던 시선을 위로 옮겼다. 거대한 기체가 여전히 하늘에서 이쪽을 내려다보고 있었다.

물론 이런 방법이 정답일 리도 없지만, 하고 그는 생각했다.

'신양' 발전소 소장 나카쓰카 앞으로 팩스 한 장이 도착했다. 범인이 보낸 팩스라는 것은 한눈에 알 수 있었다. 내용은 다음과 같았다.

구출에 관한 발표를 봤다.

이쪽에서 내건 조건을 충족하는 것이므로 구출을 허가한다.

단, 구출 도중 고의로 약속을 어기는 행동을 할 경우, 그 즉시 헬리콥터를 추락시킬 것이다. 그때는 사전 경고 따위는 하지 않는다. 추락할 경우 그쪽에 원인이 있다고 해석하면 된다.

구조에 임하는 사람들의 용기에 경의를 표하며, 그들에게 행운이 있기를 바란다. 동시에 만에 하나라도 우리에 대한 배신행위는 저지르지 않기를 간절히 바란다.

천공의 벌

24

다나베 요시유키의 집은 완만한 언덕길에 면해 있었다. 그 언덕길 건너편에는 고속도로의 외벽이 있다. 지금도 자동차들이 달리는 소리가 끊임없이 들린다.

세키네 형사의 자료에 따르면 원전 근로자였던 다나베 요시유키는 약 1년 반 전에 백혈병으로 사망했다. 그의 가족은 그 건으로 소송을 제기한 상태였다.

낡은 목조 2층 건물의 안채 옆에는 양돈장이 있었다. 함석지붕 밑에 콘크리트로 담을 쌓아 만든 것이다. 사방 10미터 정도 크기로, 담이 높아 돼지의 모습은 보이지 않지만 가까이 다가

가자 냄새가 코를 찔렀다. 젊은 형사 세키네는 얼굴을 찡그리며 코를 쥐었다.

무로부시는 현관문을 두드리며 주인을 불렀다. 두 번째 역시 반응이 없자 이 집도 피난을 갔나 보다고 생각했다. 오늘 탐문 조사한 다섯 집 중 두 군데가 비어 있었던 것이다. 그 빈집들의 주인이 범인일 가능성도 있지만, 사람이 없으니 어쩔 도리가 없었다. 그래서 일단 우편함에 메모만 남기고 왔다.

이 집도 그렇게 하는 수밖에 없겠다고 생각하면서 두세 걸음 물러서서 집 주변을 둘러보는데 마당 쪽에서 인기척이 났다. 그리고 잠시 후 남색 셔츠 차림에 밀짚모자를 쓴 여자가 약간 구부정한 모습으로 나타났다. 오십 대 후반으로 보였다.

"무슨 일이시죠?"

그렇게 묻는 눈에 경계의 빛이 어려 있었다.

"다나베 씨죠?"

"그런데요."

"다나베 야스코 씨?"

"네."

"아, 다행입니다."

무로부시는 앞으로 다가서며 바지 주머니에서 지갑을 꺼내 명함을 건넸다.

"경찰입니다."

그녀는 명함을 받지 않은 채 두 형사를 뚫어져라 쳐다봤다.

긴장하는 기색이 역력했다.

"……그 사건 때문인가요?"

"네, 그 사건 때문입니다."

무로부시가 가볍게 미소 지었다. 딱히 심각한 이유가 있어 찾아온 게 아니라는 사실을 알리고 싶었던 것이다.

그러나 다나베 야스코의 반응은 그의 의도와는 달랐다. 얼굴을 한층 굳히며 완강하게 고개를 저었다.

"우리는 그 사건과 아무 상관도 없어요. 왜 왔는지 모르겠지만 할 얘기가 없네요."

그녀는 양손으로 수건을 꽉 쥐고 있었다. 그 손이 파르르 떨렸다.

무로부시는 미소를 거두며 손사래를 쳤다.

"아니, 아닙니다. 딱히 이 댁이 무슨 관계가 있다는 게 아닙니다. 다만 반원전 활동이랄까, 뭐, 그런 유의 활동을 하시는 분들을 찾아 몇 가지 질문을 하도록 돼 있어서요."

"반원전인가 뭔가, 우리는 그렇게 어려운 건 하고 있지도 않아요."

"네, 네. 그것도 잘 압니다. 하지만 원전과 관계가 전혀 없는 건 아니잖습니까. 아드님 일로 서명 운동을 하고 계시던데."

"그야 노동 재해를 인정해 달라는 것뿐인데요."

"그러니까 그 얘기를 해 주시면 됩니다. 오래 걸리지 않아요. 이대로 서서 하셔도 상관없습니다. 잠깐만 시간을 내 주세요.

저희도 여기서 시간을 오래 끌 여유가 없습니다. 아시겠지만, '신양'에 헬리콥터가 추락하기까지 시간이 얼마 남지 않았어요. 그러기 전에 어떻게든 범인을 찾아내야 합니다."

야스코의 얼굴에 망설이는 기색이 떠올랐다. 협조해야 하지 않을까 생각하는지도 몰랐다. 그럼에도 그녀는 조그만 소리로 이렇게 말했다.

"범인이 잡히기 전에 틀림없이 헬리콥터가 떨어질 거라고들 하던데."

"그럴지도 모르죠. 그렇다고 뒷짐 지고 구경만 할 수는 없잖습니까. 할 수 있는 데까지는 해 봐야죠. 그게 저희의 임무입니다."

무로부시가 힘주어 말했다. 하지만 야스코는 여전히 고개를 숙인 채 망설이고 있었다.

그때 뒤에서 누군가 말하는 소리가 들렸다.

"얘기를 해도 되지 않겠어요? 우리가 뭐 떳떳하지 않은 일을 하는 것도 아니고."

뒤를 돌아보니 양돈장 쪽에서 볕에 잘 그을린 마흔 살 정도의 남자가 다가오고 있었다. 그들이 나누는 대화를 듣고 있었던 듯했다.

"누구시죠?"

무로부시가 물었다.

"요시유키의 형이에요. 가즈오라고 합니다. 그런 사건이 일어나서 어쩌면 경찰이 찾아올지 모르겠다고 생각은 했습니다. 안으로 들어오시죠."

"그럼 실례하겠습니다."

무로부시가 정중하게 고개를 숙였다.

두 형사는 마당이 보이는 거실로 안내됐다. 다다미 바닥에 등나무 응접세트가 놓여 있었다. 야스코가 유리 테이블 위에 보리차가 담긴 유리컵을 내려놓았다.

"감사합니다. 잘 마시겠습니다."

무로부시가 얼른 손을 뻗어 컵의 절반 이상을 한 모금에 마셨다. 탐문 수사를 나선 후로 우롱차를 세 캔이나 마셨지만 또 목이 컬컬했다. 세키네도 마찬가지인지 단숨에 컵을 거의 비웠다.

"에어컨을 켤 수 있으면 좋았을 텐데……."

무로부시 맞은편에 가즈오와 나란히 앉은 야스코가 벽에 달린 에어컨을 쳐다보며 말했다.

무로부시는 이리로 오는 도중 절전을 호소하는 홍보 차량과 스쳐 지났던 일을 떠올렸다. 오늘 하루만 불필요한 전기 사용을 자제해 달라고 외치고 있었다.

"어쩔 수 없지 않겠습니까. 하루 정도는 에어컨 없이 생활해 보는 것도 가끔은 괜찮은 것 같아요."

가지고 다니는 부채로 얼굴을 부치면서 무로부시가 말했다.

"맞는 말씀이에요. 일본인들은 너무 사치스러워요. 여름이 더운 건 당연한 일이잖아요. 그렇게 생각하면 좀 더 전기를 절약할 수 있을 텐데."

가즈오가 열띤 목소리로 말하고 나서 "그렇다고 범인을 두둔하자는 건 아니고요."라고 조그만 소리로 덧붙였다.

"아닙니다. 말씀하신 대롭니다."

홍보 차량이 방송을 하면서 돌아다니는데도 여전히 에어컨 실외기가 돌아가고 있는 집을 몇 집이나 보았다. 사건에 대해 모를 리는 없고, 자신들이 조금 사용하는 정도는 괜찮을 것이라고 여기는 것이다. 그런 집들은 예외 없이 커튼이 드리워져 있어 안에 어떤 사람들이 살고 있는지 보이지 않았다.

무로부시는 슬그머니 실내를 둘러봤다. 방구석에 있는 조그만 서랍장 위에 사진이 든 액자가 세워져 있었다. 조금 떨어져 있어 확실히 보이지는 않았지만 사진의 주인공은 청년인 듯했다. 야스코의 아들임에 틀림없다고 무로부시는 생각했다.

"그런데 남편 분은요?"

세키네가 손수건으로 목덜미를 닦고 나서 야스코에게 물었다.

"작년에 돌아가셨어요."

"아, 그렇군요. 죄송합니다."

"병으로 돌아가셨나요?"

이번에는 무로부시가 물었다.

"병이라고 해야 할지…… 뇌일혈이었어요."

그리고 야스코는 잠깐 망설이는 표정을 짓다가 이렇게 덧붙였다.

"의사는 과로와 스트레스가 원인이 아니겠느냐고……."

"아, 그렇군요."

무로부시가 고개를 끄덕였다. 야스코는 재판에 따른 피로를 말하고 있는 것이었다.

"요시유키의 일이 제대로 마무리되지 않아서 아버지도 아쉬움이 컸을 거예요. 의식을 잃은 채 그대로 돌아가셨지만요."

그러면서 가즈오도 보리차가 든 유리컵으로 손을 뻗었다.

"그래서 말인데요."

무로부시는 천천히 수첩을 꺼내 가즈오에게 질문했다.

"요시유키 씨의 일과 관련해서 서명 운동을 시작하셨다던데요."

"네. 재작년 11월, 요시유키가 골수성 백혈병이라는 진단을 받은 직후부터 근무처에 노동 재해라고 호소했지만, 그쪽에서는 갖가지 핑계를 대며 발뺌했어요. 그러다가 그만 요시유키가 죽고 말았죠. 회사 측에서 쥐꼬리만 한 돈을 쥐여 주더군요. 이대로는 안 되겠다고 생각해 작년 6월에 노동 기준 감독서에 노동 재해 인정을 신청했죠. 그런데 그쪽에서도 별다른 진척이 없었어요. 그래서 화가 치민 나머지 서명 운동을 시작한 겁니다."

"운동에는 어떤 분이 참가하셨나요?"

"처음에는 부모님과 저와 제 아내, 그렇게 네 명뿐이었어요. 그러다가 친척과 지인들이 조금씩 도와주게 되면서 비슷한 운동을 펼치는 사람들과도 알게 됐고, 데이토 대학 요시쿠라 교수님도 지원해 주시게 됐죠."

방사선 피폭에 관해 연구하는 데이토 대학 이공학부 요시쿠라 조교수는 반원전 활동가들 사이에서는 널리 알려진 인물이었다. 당연히 지금쯤 경시청 형사가 방문하고 있을 것이다.

"그 외에는 어떤 분들이 협력하고 있죠?"

"지자체 노동 연합의 오카바야시 위원장도 있습니다. 오카바야시 위원장은 서명 운동을 진두지휘하고 있을 뿐만 아니라 현민 모임을 결성해서 노동 기준국과 과학 기술청, 그리고 노동성에 인정 요청서를 재차 제출해 주시기도 했죠."

세키네는 무로부시 옆에서 메모를 하고 있었다. 무로부시는 오늘 오카바야시라는 이름을 벌써 몇 번이나 들었다.

"서명 운동에 참가한 인원은 얼마나 됩니까?"

"8만 명 조금 넘습니다."

"상당한 숫자군요. 혹시 서명록 사본이 있을까요?"

무로부시의 질문에 가즈오는 눈을 크게 뜨더니 다음 순간 얼굴을 굳히며 고개를 저었다.

"사본은 있지만 지금 제가 갖고 있지 않아요. 그리고 설사 갖고 있다 해도 보여 드릴 수는 없습니다."

"아, 그건 잘 압니다."

무로부시가 쓴웃음을 지었다.

"일단 확인해 본 것뿐이에요. 본부에 보고해야 해서요."

설령 지금 본다 한들 별 뾰족한 수가 없을 것이라는 게 무로부시의 본심이었다.

"형사님."

가즈오가 정색하며 다시 무로부시를 불렀다.

"형사님이 묻고 싶은 게 이런 거 아닙니까, 요컨대 서명 운동
에 참가한 사람들 중 이번 사건의 범인으로 지목할 만한 인물
이 있겠느냐. 그런 거 아닌가요?"

가즈오가 이 말을 해 주기를 기다렸던 무로부시는 그러나 짐
짓 머리를 긁적이며 '들켰나요?' 하는 표정을 지었다.

"솔직히 말씀드리면 그렇습니다. 어떤가요, 혹시 짚이는 인
물이라도 있습니까?"

"없습니다."

가즈오가 단호하게 말했다.

"저희를 도와주는 분들은 다들 문제를 이성적으로 해결하려
고 해요. 폭력으로 해결하겠다는 사람은 단 한 명도 없습니다."

"네, 이해합니다. 저 역시 서명한 분들 중에 범인이 있다고
단정하는 건 아니에요. 다만 그런 운동을 하고 있다면 원전 관
계자나 반원전 운동에 관심이 있는 사람들을 많이 알지 않을까
싶어서요. 그 가운데에 이번 사건과 관련지을 만한 인물이 없
을지 궁금했던 것뿐입니다. 사소한 것이라도 좋으니 관련 있을
만한 사건이나 소문이 있으면 생각나는 대로 말씀해 주셨으면
합니다."

"무슨 말씀인지는 잘 알겠습니다."

"아니면 혹시,"

무로부시가 재차 추궁하듯 물었다.

"범인이 원전 관계자나 반원전 활동을 하는 사람들과 무관하다고 생각하시는 겁니까?"

"아니, 그게……."

가즈오는 잠시 머뭇거리더니 "솔직히 말하자면, 저 역시 원전을 좋지 않게 생각하는 사람의 짓이라는 생각은 있어요."라고 말했다.

"하지만 우리 주위에는 정말 좋은 사람들밖에 없어요. 바꾸어 말하면 사람이 좋다는 것밖에 내세울 게 없는 사람들이죠. 그런데 컴퓨터로 조종하는 헬리콥터를 훔치다니……. 하라고 해도 할 수가 없어요."

"다들 시골 사람이니까요."

여태껏 잠자코 있던 야스코가 덧붙였다.

무로부시는 고개를 끄덕이면서 남은 보리차를 마저 마셨다.

"그렇다면 그 말씀은 다나베 씨 주변에 헬리콥터나 비행기를 조종하거나 정비할 수 있는 사람이 없다는 뜻이군요."

"없죠, 어머니?"

가즈오가 야스코를 바라보며 물었다.

"들어 본 적 없어."

야스코는 그렇게 대답했다.

"그럼 전자 공학이라든가 통신이라든가, 그런 쪽을 잘 아는 분은요?"

"글쎄요, 그쪽도 잘……."

가즈오가 고개를 갸웃거렸다.

"원자력 공학 교수님이라면 몇 분 소개받은 적이 있지만요."

거짓말을 하는 것 같지는 않았다. 그러나 적극적으로 떠올려 보려는 기색도 없어 보였다.

"요시유키 씨와 특별히 친하게 지냈던 사람들은 누굽니까?"

"요시유키랑요? 글쎄, 누가 있더라……."

"사쿠라마치에 사는 다카오라든가……."

야스코가 말했다.

"아아, 다카오. 그 녀석과 잘 지냈죠."

"어떤 사람이죠?"

"가와무라 다카오라고, 요시유키의 소꿉친구예요. 지금은 집 안에서 하는 가게를 거들고 있죠. 요 앞길로 500미터 정도 가면 왼쪽에 두부 가게가 있어요. 이 시간에는 가게에 있을 겁니다."

"두부 가게란 말이죠."

"네."

다나베 가즈오의 얼굴에서 긴장기가 조금 사라졌다. 두부 장사나 하는 사람이 범인일 리 없지 않겠느냐는 태도였다.

"그 밖에는요?"

"글쎄요, 취직한 후로는 나가서 혼자 살았기 때문에 어떤 사람들과 가까이 지냈는지 잘 모릅니다."

"그럼 요시유키 씨의 짐은 지금 어디 있습니까?"

"일부는 처분하고, 남은 것은 2층 방에 있습니다. 하지만 대수로운 건 없어요."

"잠깐 볼 수 있을까요?"

무로부시의 부탁에 다나베 가즈오는 미간을 찡그리며 자기 어머니를 봤다.

"그 방, 정리돼 있어요?"

"얼마 전에 청소는 했는데……."

"아주 잠깐이면 됩니다. 동생 분 주변에 어떤 사람이 있었는지만 파악하면 되니까요."

"동생의 원수를 갚아 줄 만한 사람이라면 우리가 모를 리 없지만, 그래야 직성이 풀리시겠다면 보여 드리죠."

가즈오가 그렇게 말하고 일어섰다.

요시유키의 유품이 있는 곳은 동쪽으로 창문이 난 다다미방이었다. 구석에 낡은 책상이 놓여 있고, 책꽂이에는 만화책과 자동차 잡지가 꽂혀 있었다.

"이 지역에 있는 공고를 다닐 때까지는 이 방을 썼습니다."

창문을 열어젖히며 가즈오가 말했다.

"고등학교를 졸업하자마자 다이토 플랜트에 입사했죠. 농업이나 양돈 같은 건 싫다고 하면서요. 원전 관련 일이라는 말을 듣고 저희는 극구 반대했습니다. 하지만 사실 동생 성적으로 이 일대에서 취직할 수 있는 데라고는 그런 회사밖에 없었어요."

다이토 플랜트는 긴키 전력의 재하청 업체로, 원전 관련 설비의 보수와 점검을 맡고 있다.

"거기서 동생은 어떤 일을 했습니까?"

"자세한 것은 잘 모르지만, 원자로 근처에 있는 계측기를 점검하고 수리했던 것 같습니다. 몸이 안 좋다는 말을 한 건 입사한 지 6년째 되는 해였어요. 얼굴이 자주 붓고 몸이 나른하다고 했죠. 우리도 참 어리석었어요. 곧바로 큰 병원에 데리고 갔으면 좋았을 텐데, 회사에서 정기적으로 건강 진단을 받는다고 하니 문제가 있으면 바로 알려 주겠거니 했습니다."

"회사의 건강 진단 결과에는 이상이 없었습니까?"

"아니요. 나중에 알았지만 혈액 검사에서 백혈구 수치가 비정상으로 나왔대요. 그런데도 회사에서는 정밀 검사를 받으라고 하지 않았어요. 그 후로도 요시유키는 계속 현장에 나갔고요."

"거참, 너무했군요."

세키네가 안타깝다는 듯이 말했다.

"그때부터 열이 나서 드러눕는 일이 잦았습니다. 심할 때는 2주일 넘게 일어나지 못했고요. 한여름이면 이불과 다다미가 몽땅 땀으로 젖기도 했어요."

가즈오의 얘기를 들으며 무로부시는 방 안을 살폈다. 조립식 선반 위에 놓여 있는, 예쁘게 페인트칠이 된 모형 스포츠카가 이 방에서 지내던 방사선 피해자가 아직 젊은 청년이었다는 사실을 새삼 일깨워 줬다. 만화와 자동차를 좋아하는 지극히 평범한 청년, 그런 사람의 교제 범위 안에 나라를 상대로 협박을 벌이는 인간이 있다는 건 상상하기 어려웠다.

"동생의 교우 관계를 알 만한 뭔가가 없을까요? 주소록이라든가 연하장이라든가. 아니면 앨범도 좋습니다."

"주소록은 없고, 연하장도 모두 처분했습니다. 앨범이라면 불단 서랍에 들어 있어요. 앨범이라고 할 만한 것도 못 되지만요."

"잠시 봐도 되겠습니까?"

"그러세요."

조금 전 얘기를 나누던 거실 바로 옆이 불단이 있는 방이었다. 서랍장 크기의 불단 위에는 다나베 요시유키의 사진이 놓여 있었다. 동그란 요시유키의 얼굴에는 소년 같은 풋풋함이 입가에 남아 있었다. 그런데 무로부시가 그런 감상을 말하자 가즈오의 표정이 흐려졌다.

"이거, 오래된 사진이에요. 아마 회사에 들어간 직후일 겁니다. 그 이후의 사진은 보고 있으면 가슴이 아파서요."

"왜 그렇죠?"

"이걸 보면 이해하실 거예요."

가즈오는 불단 서랍에서 조그만 앨범을 꺼내, 무릎을 꿇고 앉은 무로부시의 앞에 놓았다.

"회사에 다니던 시절의 사진을 한 권에 모아 두었습니다."

"잠깐 보겠습니다."

무로부시는 앨범을 손에 들고 한 장 한 장 넘겨 보았다. 설날 가족끼리 찍은 사진, 결혼식에 하객으로 참석했을 때의 사진 등이 있었다. 그 사진들을 들여다보던 무로부시는 가즈오가 한 말의 의미를 금방 알아차렸다. 옆에서 들여다보던 세키네도 보기가 딱하다는 듯이 "정말 많이 변했군요."라고 중얼거렸다.

다나베 요시유키가 죽은 것은 그의 나이 스물아홉일 때다. 회사에 다닌 기간이 약 10년. 그런데 앨범에 담겨 있는 그의 모습은 20년도 넘게 세월이 흘러 보였다. 처음에는 동안이라고 할 만했던 얼굴이 차츰 변해 피부색이 나빠지고 턱이 가늘어졌으며 눈이 퀭해져 갔다. 심지어 맨 마지막에 있는 사진은 마흔 전후로 보인다고 해도 지나친 말이 아니었다.

"최근에 알았는데, 노화가 빨리 진행되는 것도 방사선 피폭의 특징 중 하나라고 하더군요. 보았으니 아시겠지만 머리도 많이 빠졌습니다. 게다가 이까지 흔들렸어요. 숨질 무렵에는 잇몸에서 출혈이 계속됐죠. 좀 더 빨리 손을 쓰지 못한 것이 지금도 후회막급입니다."

가즈오는 매우 비통한 표정이었다.

사진 속의 요시유키는 자신의 모습이 그렇게 변해 가고 있다는 사실도 모른 채 명랑하기까지 한 표정이다. 그것이 비극을 한층 부각시키는 느낌이었다.

마지막 사진은 공터 같은 곳에 앉아 웃고 있는 모습이었다. 차림새나 풀의 색깔로 보아 11월쯤으로 보였다. 요시유키 옆에는 젊고 뚱뚱한 남자가 책상다리를 하고 앉아 있었다.

"이 사람은 누구죠?"

무로부시가 가즈오에게 사진을 내보이며 물었다.

"아, 이 녀석이 다카오예요. 두부 가게 아들."

"그렇군요."

무로부시는 잘 봤다며 앨범을 돌려주었다. 사진들 중에 범인의 존재를 암시할 만한 것은 아무것도 없었다.

이 정도면 됐다고 무로부시는 판단했다. 다나베 요시유키의 죽음은 사건과 무관하다는 결론을 내렸다.

"여러 가지로 감사했습니다. 더 조사할 필요는 없는 것 같군요."

"그렇습니까? 저희로서도 괜한 의심은 사고 싶지 않아서요."

가즈오는 앨범을 불단 서랍에 도로 넣었다.

무로부시 일행은 가즈오의 집을 나섰다.

"어쩌실 겁니까, 두부 가게에 가 보실래요?"

조금 걷다가 세키네가 물었다.

"글쎄, 어떻게 할까……. 한번 들러 보지, 뭐. 어차피 가는 길이니까."

"두부 가게라면 이맘때는 바쁠지도 몰라요."

"그렇지. 이런 날은 찬 두부에 간장을 쳐서 먹는 게 최고니까."

차가운 날두부의 식감을 떠올리며 무로부시는 빨리 집에 돌아가 맥주 한잔 마시고 싶다고 생각했다.

'고노와 두부 가게'는 조그만 매장 안쪽에 두부가 잠긴 수조가 있는 옛날식 두부 가게였다. 수조 옆에서 서른 살쯤 된 남자가 의자에 앉아 텔레비전을 보고 있었다. 아까 사진에서 본 가와무라 다카오가 틀림없었다. 무로부시와 세키네가 들여다보고 있다는 걸 알아챈 그는 반갑게 웃으면서 일어섰다.

"어서 오세요."

무로부시도 고개를 꾸벅했다.

"죄송합니다. 손님이 아니에요."

그리고 수첩을 살짝 열어 보였다.

"경찰입니다. 가와무라 다카오 씨죠?"

"아……, 무슨 일이시죠?"

가와무라가 당황해하며 동작을 멈췄다.

"그게……."

설명을 하려다 얼핏 텔레비전을 본 무로부시는 말을 멈추고 화면을 손가락으로 가리키며 다시 가와무라에게 시선을 돌렸다.

"실은 저 사건 때문입니다."

"네?"

가와무라는 텔레비전을 돌아보며 어리둥절한 표정을 지었다. 화면에서는 뉴스 앵커가 사건의 개요를 설명하고 있었다.

"다나베 요시유키 씨 아시죠?"

"네, 알아요."

대답하고 나서 가와무라는 아아, 하며 고개를 끄덕였다.

"그래서 저를……. 요시유키의 형님에게서 제 얘기를 들으셨나요?"

"네, 그렇습니다."

"그러니까, 요시유키 건에 관련된 사람도 모두 용의자라는 겁니까? 하, 제가 의심받을 줄은 꿈에도 몰랐는데요."

말과는 달리 가와무라는 표정을 누그러뜨렸다.

"딱히 가와무라 씨를 의심하는 건 아닙니다. 다나베 씨에게 갔다가 돌아가는 길에 들러 본 것뿐이에요."

"의심받아도 상관없어요. 저도 요시유키의 일로 원전에 한을 품고 있으니까요. 저런 지식과 배짱이 있었다면 저도 저런 짓을 저질렀을지 몰라요."

가와무라가 손가락으로 텔레비전을 가리키며 말했다.

"가와무라 씨처럼 원전에 한을 품고 있으면서, 지식과 배짱까지 있는 인물로 떠오르는 사람, 없나요?"

"없어요, 아쉽지만."

"헬리콥터나 비행기와 관련된 일을 하고 있는 사람은요?"

"없어요."

"그렇군요. 혹시 생각나는 게 있으면 연락 주세요."

무로부시는 수첩 가장자리에 연락처를 적어 그 부분을 죽 찢어서는 가와무라에게 건넸다.

"일단 받기는 하겠는데, 솔직히 말하자면 경찰에 협조하고 싶은 기분이 아니에요, 저는."

"그러지 마시고 부탁 좀 드립니다."

"요시유키가 어떻게 죽었는지 들으셨어요?"

"네, 대충요. 사진도 봤습니다."

"비참하죠?"

"그렇더군요."

"나도 그 녀석 사진을 한 장 갖고 있어요. 이 한을 잊어서는 안 될 것 같아서요."

가와무라는 바지 주머니에서 지갑을 꺼내 사진 한 장을 내밀었다.

"그 녀석과 같이 찍은 마지막 사진이에요."

무로부시는 별 관심은 없었지만 사진을 들여다봤다. 그것은 다나베 집 앨범에 들어 있던, 예의 공터에서 찍은 사진과 같은 배경이었다. 하지만 두 사람의 자세와 요시유키가 뭔가를 손에 들고 있다는 점이 달랐다. 자세히 보니 요시유키가 손에 들고 있는 것은 모형 스포츠카였다. 그것을 본 순간 무로부시는 마음에 걸리는 것이 있었지만 입 밖에 내지는 않았다.

"바쁘실 텐데 실례했습니다."

사진을 돌려주면서 무로부시가 말했다.

"바쁠 거 없습니다. 오늘은 손님이 전혀 없네요. 다들 멀리 피난을 갔든지 집에서 텔레비전을 보고 있든지 둘 중 하나겠죠."

가와무라의 농담에 무로부시는 웃는 얼굴로 답한 후 고개 숙여 인사하고 가게를 나왔다.

"원전이 영 인기가 없네요."

세키네가 손수건으로 땀을 닦으며 말했다.

"그야 원전을 싫어하는 사람들만 만나고 있으니 당연하지."

"일반인들한테 물어보면 어떨까요. 예를 들어 자기 집 근처에 원전이 생기게 된다면, 역시 반대하고 나서겠죠?"

"그야 그렇겠지. 하지만 국민의 절반 이상은 원전이 필요하다고 생각하고 있어."

"국민이란 참 제멋대로예요."

"우리도 그 국민들 중 하나야. 입장이 바뀌면 하는 말도 달라지는 법이지. 실제로 추진파나 반대파나 인간적으로는 별 차이가 없잖아."

"그러는 무로부시 선배는 어느 쪽인데요? 찬성파예요, 반대파예요?"

"나 말이야? 나는 글쎄…… 어느 쪽도 아니야."

"너무 무책임한데요."

"사실이 그런 걸 어떡해. 모두가 싫다고 하면 원전은 없어도 괜찮다고 생각해. 전기를 좀 덜 사용하는 것쯤 참을 수 있으니까. 반대로 모두가 필요하다고 하면 원전을 만들어도 좋아. 물론 우리 집 옆에다 짓는데도 어쩔 수 없고. 뭐, 그런 입장이야."

"자기주장이라는 건 없단 말인가요, 선배는?"

"그런 건 입장에 따라서 얼마든지 좌우될 수 있다는 얘기야. 예를 들어, 지금으로부터 약 10년 전에는 나도 열렬한 추진파였어. 아니, 사실 그럴 마음은 없었는데 결과적으로 그렇게 됐지."

"결과적으로 그렇게 되다니, 그게 무슨 말이죠?"

"그 무렵 난 방범과에 있었거든. 그래서 1년에 몇 번은 수송을 담당하기도 했어."

"무슨 수송요?"

"핵연료 수송 말이야. 도카이무라나 구마토리 일대에서 운반해 왔지. 물론 나르는 건 전문 회사가 하고 경비 회사 차도 따라 붙었지만 우리 관내를 지날 때는 우리도 경찰차를 타고 합류하는 거야. 마치 왕이 행차하는 것 같았지."

"저도 텔레비전에서 본 적이 있어요."

"그런데 말이야, 가뜩이나 차가 줄줄이 이어서 가고 있는데 거기에 또 붙어서 달리는 놈들이 있더군."

"아아."

세키네는 무로부시가 무슨 말을 하려는 것인지 이해한 듯 고개를 끄덕였다.

"원전 반대 운동을 하는 사람들 말이군요."

"맞아. 어떻게 알았는지 모르겠지만, 핵연료를 수송할 때면 귀신같이 알고 나타나는 거야."

"따라붙어서 뭘 하는데요, 스피커로 항의라도 하나요?"

"그런 건 난 경험한 적 없어. 그저 따라오기만 했지. 출발해서 도착할 때까지 내내 따라오는 거야. 우리야 일이니까 어쩔 수 없지만, 그 사람들도 참 고생이 많더군."

"따라오지 말라고 할 수도 없고, 참 골치 아팠겠어요."

"우연히 같은 방향으로 가고 있을 뿐이라고 하면 할 말이 없잖아. 대개는 아무 짓도 안 한다는 걸 알지만, 우리로서는 불안할 수밖에 없어. 핵연료를 수송할 때는 우리도 긴장하고 바짝 졸아 있거든. 제발 우리 관내는 무사통과하게 해 달라고 기도라도 하고 싶은 심정이었지. 만에 하나 사고라도 나면 아무리 사소한 일이라도 큰 소동이 일어날 게 뻔하거든. 가벼운 접촉 사고조차 공포지. 그런데 우리 쪽의 그런 심경은 아랑곳없이 반대파 일당은 수송 트럭 근처에서 계속 알짱거리는 거야. 얼마나 열 받는지 알아?"

"알 것 같아요."

"그래서 가끔은 트릭을 쓰기도 했어."

"어떻게요?"

"응. 기동대와 미리 짜고, 수송 행렬이 1차로에 진입하면 트럭을 앞으로 보내고 경찰차는 속도를 살짝 늦추는 거야. 그렇게 잠시 달리다가 샛길로 빠지지. 놈들은 경찰차가 길을 잘못 들 리 없다고 생각하고 그대로 따라와. 하지만 그 길은 막다른 골목이야. 상대방이 알아차렸을 때는 뒤따라온 또 한 대의 경찰차가 막고 서서 오도 가도 못하게 하지. 그 상태에서 불심 검문을 하는 거야. 그러는 동안 트럭은 다른 경찰차의 호위를 받으면서 달리고."

"그렇게 심한 짓을."

말하면서 세키네는 히죽거렸다.

"당연히 상대방은 화를 내지. 경찰까지 한통속이 돼서 일본을 원전으로 뒤덮으려 한다고 소리소리 지르고 말이야. 어떤 책에 핵연료 수송을 추적하는 얘기가 쓰여 있는 걸 본 적이 있는데, 거기서도 그런 방법으로 자신들을 따돌렸다면서 권력의 무서움을 체험했다고 하더군. 하지만 그건 그런 게 아니라고 말하고 싶어. 우리는 딱히 원전 추진파를 편들려는 게 아니야. 그렇지만 핵연료가 운반되고 있다면 일단은 그걸 지키는 게 우리 임무잖아. 반대 운동을 하는 건 좋지만 안전을 방해해서는 곤란하지."

"반대파는 그렇게 생각하지 않을걸요."

"그러니까 말이지. 개인의 주의 주장이란 건 별 의미가 없어. 자신이 서 있는 땅이 무슨 색인지에 따라 그 인간의 색도 결정되는 거야."

"아하, 땅의 색이라……."

세키네는 잠시 뭔가 생각하더니 "이번 사건의 범인이 서 있는 땅은 무슨 색일까요?"라고 물었다.

"글쎄, 무지개 색 아닐까?"

농담을 하면서 무로부시는 머릿속으로 그 거대한 수송 트럭이 심야의 국도를 달리던 모습을 그려 보고 있었다. '끼어들기 금지'라고 적힌 팻말, 화물이 핵연료라는 것을 나타내는 표시, 그런 것들을 보면서 긴장감 속에 호송했다. 행렬의 길이가 무려 500, 600미터에 이른 적도 있었다. 그리고 반대파 중에는 그 행렬을 단숨에 추월하려는 자도 있었다. 그러기 위해서 그들은 스포츠카를 동원하기도 했다.

무로부시가 걸음을 멈춘 것은 그 순간이었다.

"스포츠카란 말이지!"

"왜 그러세요?"

"아까 가와무라가 사진을 보여 줬을 때 마음에 걸리는 게 있었어. 다 큰 남자들이 놀러 나가는데 모형 스포츠카를 들고 가나?"

"글쎄요, 잘은 모르겠지만……."

세키네는 고개를 갸우뚱했다.

"그런 일은 별로 없지 않을까요."

"그거, 혹시 리모컨으로 움직이는 거 아닐까?"

"아, 그럴지도 모르겠네요. 그렇다면 그걸 공터에 들고 나가는 것도 이해가 되네요."

"좋아."

무로부시가 뒤돌아섰다.

"돌아간다."

"네에?"

"그럴 리는 없겠지만, 확실히 해 두는 게 좋겠어."

세키네는 무로부시가 뭘 하려는 건지 이해하지 못하는 눈치였다.

두 사람이 되돌아가자 가와무라 다카오는 눈을 동그랗게 떴다. 그것이 그를 한결 동안으로 보이게 했다.

"아까 그 사진 말인데요, 다시 한 번 보여 주실 수 있을까요?"

"그럼요. 몇 번이든 보세요."

가와무라가 사진을 꺼냈다.

"이 사진에서 다나베 씨가 들고 있는 스포츠카 말인데요."

무로부시가 사진의 한 부분을 손가락으로 가리켰다.

"혹시 이거, 무선 조종하는 모형 스포츠카 아닙니까?"

의외의 질문이라선지 가와무라는 잠시 어리둥절한 표정이더니 이내 웃으면서 고개를 끄덕였다.

"맞습니다. 그 녀석, 죽기 얼마 전에 무선 조종에 열을 올렸어요. 그날도 모형 자동차를 조종하면서 어린애처럼 좋아하더군요."

"그렇게 말하는 걸 보면 가와무라 씨는 무선 조종에 관심이 없나 봅니다."

"전 그런 거 안 해요. 할 줄도 모르지만, 그런 거 할 나이도 아니잖아요."

"그럼 다나베 씨는 어떤 계기로 무선 조종을 시작하게 됐을까요?"

"음, 어떻게 된 거더라……."

가와무라는 잠시 생각에 잠겼다가 고개를 들었다.

"아마 누가 권해서 시작했을 거예요."

"권해요, 누가요?"

"무선 조종 모임 같은 게 있었던 것 같아요. 아, 맞다. 요시유키 말로는 무선 조종의 스승이 있다고 했는데."

"호오, 스승이라고요."

무로부시가 가와무라의 입을 바라보며 말했다. 바로 그런 말이 듣고 싶었던 것이다.

"그 사람 이름은요?"

"아, 저도 만난 적은 없는데……."

가와무라는 주먹으로 옆머리를 톡톡 두드리며 "사이카와……였나? 아니지, 사이가와……."

"사이가와요?"

"글쎄요, 한자로는 어떻게 쓰는지 모르겠지만, 아마 그런 이름이었을 겁니다."

"사이가와란 말이죠."

무로부시는 수첩에 사이가와라고 쓰고 그 옆에 물음표를 붙였다.

"요시유키 말에 따르면 상당한 마니아인가 보더라고요. 오타쿠라고 하는 게 맞을까요. 실물과 똑같은 비행기랑 헬리콥터 모형이 방에 한가득 있다고 했어요."

"네, 헬리콥터라고요?"

무로부시가 눈을 부릅떴다.

"네."

고개를 끄덕이던 가와무라가 화들짝 놀라는 표정을 지었다.

"아니, 아무리 진짜랑 똑같다고 해도 진짜는 아니잖아요. 진짜 헬리콥터는 무선 조종 모형이랑은……."

"그 사람에 관해 다른 얘기는 듣지 못했나요?"

가와무라의 말을 자르며 무로부시가 물었다.

"하는 일이라든지, 사는 곳이라든지, 나이, 생김새…… 그런 것들 말이에요."

"아니요, 자세한 얘기는 못 들었어요. 그런데 어쩌면 일로 알게 된 사람일지도 몰라요."

"일이라고요, 원전 일 말인가요?"

"얼핏 그런 얘기를 들은 것 같아요. 제 착각일지도 모르지만."

"아, 고맙습니다. 가와무라 씨는 오늘 내내 여기 있을 건가요?"

"네, 있도록 하죠."

"부탁드리겠습니다. 만일 외출하게 되면, 번거로우시겠지만 아까 드린 전화번호로 연락을 좀 해 주세요."

"그럴게요. 나갈 일도 없겠지만요."

무로부시의 태도에서 심상치 않은 분위기를 느꼈는지 가와무라의 얼굴에 긴장감이 돌았다.

두부 가게에서 나온 무로부시는 곧장 다나베 요시유키의 집으로 발길을 돌렸다.

"그 무선 조종 마니아를 범인으로 보시는 건가요?"

"아직은 몰라."

짧게만 대답하고 무로부시는 말없이 걸었다.

다나베 가즈오는 형사들이 다시 오자 조금 놀라는 듯했지만 귀찮아하지는 않았다. 무로부시는 현관에 선 채, 사이카와인지 사이가와인지 하는 인물을 아느냐고 물었다.

"사이카와라…… 아니요, 들어 본 적 없어요. 어머니는 어때요?"

옆에서 걱정스러운 듯 보고 있는 야스코에게 가즈오가 물었다.

"나도 들어 본 적 없는데."

거짓말을 하는 것 같지는 않았다.

"이 집에 다이토 플랜트의 사원 명부 같은 게 있습니까?"

"사원 명부요? 있어요, 어머니?"

가즈오가 다시 야스코에게 물었다.

"그런 건 없을 텐데요."

야스코가 미안하다는 듯이 말했다.

무로부시가 고개를 끄덕이고 세키네를 보았다. 눈빛만으로도 세키네는 선배 형사의 의도를 알아차린 듯했다.

"전화 좀 빌릴 수 있을까요?"

세키네의 말에 가즈오가 "네, 그럼요."라고 대답하자 야스코가 "이쪽으로 오세요."라며 자리에서 일어섰다. 그럼 실례하겠습니다, 라고 예를 갖추고 나서 세키네는 구두를 벗고 집 안으로 들어갔다.

"그 사람이 무슨 잘못을 했나요?"

가즈오가 물었다.

"아니요, 아직은 뭐라고……."

그렇게 애매하게 대답한 후 무로부시는 "그런데 그 목록 말입니다."라고 말을 돌렸다.

"목록요?"

"서명자 목록 말입니다."

"아아……."

가즈오의 표정이 어두워졌다.

"아무래도 그걸 좀 봤으면 싶은데요."

"보여 드리려면 한 명 한 명에게 허락을 받아야 합니다."

"그건 알지만, 모쪼록 부탁을 드리겠습니다."

무로부시가 머리를 깊이 숙였다.

"복사하거나 하는 일은 절대 없을 겁니다. 지금 여기서 잠깐만 보고, 밖으로 가지고 나가거나 하지는 않겠습니다. 그래도 안 될까요?"

"하지만 형사님, 아까도 말씀드렸다시피 서명인의 수가 8만 명이 넘습니다. 컴퓨터에 들어 있는 게 아니라서 검색할 수도 없어요."

"괜찮습니다. 그런 데서 필요한 이름을 찾아내는 작업에는 이골이 나 있습니다."

가즈오가 한숨을 쉬었다. 그러나 어떤 표정을 짓고 있는지는 알 수 없었다. 무로부시가 여전히 고개를 숙이고 있었기 때문이다.

"정말로."

가즈오가 입을 열었다.

"정말로 그 사람이 수상한가요?"

"그건 모르겠습니다. 모르겠는데, 조사할 가치는 있다고 생각합니다."

가즈오가 또 한숨을 내쉬었다.

"고개 드세요. 그러고 계시니 말씀 나누기 어렵잖아요."

그러자 무로부시는 허리를 굽힌 채 고개만 들었다.

"보여 주시겠습니까?"

가즈오는 대답이 없었다. 그때 세키네가 돌아왔다. 가즈오는 세키네를 보고 나서 다시 무로부시를 봤다. 그리고 팔짱을 끼더니 고개를 천천히 끄덕였다.

"잠깐 기다리세요."

그가 안으로 들어갔다.

"감사합니다."

무로부시도 그의 등에 대고 다시 한 번 고개를 숙였다.

세키네가 옆에서 조그만 소리로 속삭였다.

"본부에 연락했습니다. 다이토 플랜트 사원 중에 사이카와나 사이가와 비슷한 이름이 있는지 조사해 달라고 했어요."

그래, 하고 무로부시가 대꾸했다. 거기서 발견되면 그보다 좋은 일이 없다.

가즈오가 돌아왔다. 오른손에 대학 노트를 들고 있었다. 8만 명의 이름이 든 목록으로는 보이지 않았다.

"아까도 말씀드렸지만, 서명자 전원의 목록은 여기 없어요. 그걸 꼭 보고 싶으시면 현민회 쪽에 부탁해 보세요. 전부 거기서 관리하고 있으니까요. 하지만 그러기 전에 이걸 보시는 게 좋을 것 같습니다."

"그건 뭐죠?"

"올해 초 노동 회관에서 있었던 집회의 출석자 명부예요. 출석자는 400명 정도밖에 안 되지만, 특별히 적극적으로 운동에 참여하고 있는 분들이라 이런 일로 이름이 드러나는 것도 어느 정도는 이해해 주지 않을까 싶군요."

"그럼 잠깐 보겠습니다."

무로부시는 노트를 받아 들었다. 이름과 주소가 빽빽이 적혀 있었다. 맨 첫 페이지 첫째 줄에 다나베 야스코와 가즈오, 그리고 가즈오 아내의 이름이 있었다. 그 밑이 데이토 대학의 요시쿠라 조교수였다.

"들어와서 보시죠."

가즈오의 호의에 감사 인사를 하고 무로부시는 구두를 벗었다.

25

니시키 중공업 항공기 사업 본부 후생 센터 2층.

다카사카가 현장 지휘 본부로 들어갔을 때 기타니 형사 부장은 혼자서 텔레비전을 보고 있었다. 어디서 구했는지, 여름 축제에서 부채춤 출 때 나눠 주는 싸구려 부채를 한 손에 쥐고 있다.

"저쪽 상황은 어떻습니까?"

다카사카가 텔레비전 화면을 보면서 물었다.

"범인이 구출을 허가한다는 팩스를 보냈나 봐. 좀 있으면 자위대 구난대원이 출발한다는군."

"그거 잘됐네요."

"아직 안심하기는 일러. 어떤 방법으로 구조하는지 알기나 해?"

"대충 들었습니다."

"여기 기술자들 말로는 제정신이 아니래. 하지만 달리 방법이 있는 것 같지도 않고."

"그럼 하느님, 부처님께 기도나 할까요?"

"그래야 할 것 같아. 구출 작전이 실패해서 헬리콥터가 '신양에 떨어지기라도 하면 보통 일이 아니야."

기타니는 손에 쥔 리모컨 스위치를 눌러 텔레비전을 껐다.

"그나저나, 범인 이 자식이 말이야, 우리를 아주 우습게 보는 것 같아. 어린아이의 생명이 아깝다면 방해하지 않을 테니 너희들끼리 한번 구출해 봐라 이거잖아. 그런데 우리 일본 사람들은 마음이 좋아서 그런 건지, 그런 태도를 무턱대고 미화하고 싶어 한단 말이야. 길거리에서 인터뷰를 하는데, 젊은이들 중에 범인을 멋지다고 지껄이는 바보가 있더라니까."

기타니의 말을 들으면서 다카사카는 그럴 수도 있겠지, 라고 생각했지만 얘기가 길어질까 봐 잠자코 있었다.

"그건 그렇고, 자네는 뭐 좀 알아낸 거야?"

다카사카가 오른손에 들고 있는 종이 다발을 그제야 본 기타니가 물었다.

"아직은 확실하지 않지만, 기술 본관 출입자 관리 표의 기재 사항과 당사자의 말이 일치하지 않는 케이스가 발견됐습니다."

"일치하지 않는다니, 뭐가?"

"관리 표에는 이름이 기록돼 있는데, 당사자는 그날 항공기 사업 본부에 간 적이 없다고 주장하고 있어요."

"어떤 사람이야?"

"이름은 하라구치 마사오. 니시키 중공업 중기 사업 본부 소속입니다."

다카사카는 들고 온 종이 다발을 기타니의 책상 위에 내려놓았다. A4 사이즈 복사 용지로, 네모난 테두리 안에 이름이 죽 나열돼 있었다. 한 페이지당 스무 명이고 이름 앞에는 날짜, 뒤에는 소속이 적혀 있다. 니시키 중공업 기술 본관 사무소에 보관돼 있던 출입자 관리 표의 복사본이었다.

다카사카가 다섯 페이지를 넘긴 후 다음 페이지의 가운데께를 가리켰다.

"여기요."

'6/9 하라구치 마사오, 중기 사업 본부 생산 기술 1과, 내선 2251'이라고 적혀 있었다. 볼펜으로 쓴, 달필에 가까운 글씨였다.

"6월 9일이라면 두 달쯤 됐나……."

기타니가 중얼거렸다.

"네. 그리고 7월 10일에도 하라구치 씨의 이름이 있습니다."

다카사카는 다시 페이지를 넘겨 7월 10일자를 펼쳤다. 아래쪽에 하라구치의 이름이 있었다.

"같은 필체로군."

기타니가 두 이름을 견주어 본 후 말했다.

"이날 역시 본인은 간 일이 없다고 합니다. 지난 1년 동안은 항공기 사업 본부에 가지 않았다는 거예요."

"믿을 수 있어?"

"지금 사실 확인 중입니다만, 제 생각에는 믿어도 좋을 것 같습니다."

"흠……."

기타니는 의자에 몸을 푹 기대고 머리 뒤에서 손깍지를 끼었다.

"범인과 관련이 있을까?"

"그건 단언할 수 없지만, 분명한 건 지난 두 달 사이에 하라구치라는 이름을 빌려 니시키 중공업에 침입한 자가 있었다는 사실입니다."

"그 사람이 왜 하라구치의 이름을 사용했을까?"

"그건 아마도."

다카사카가 잠시 말을 끊고 틈을 좀 두었다가 계속했다.

"하라구치가 종종 항공기 사업 본부를 찾는다는 사실을 알고 있기 때문이겠죠."

"그래. 뿐만 아니라 최근에는 좀처럼 가지 않는다는 것도 알고 있었던 거야. 본인과 우연히 마주치기라도 하면 골치 아플 테니까 말이야."

"하라구치 씨에게는 수사관을 보냈습니다. 이름을 도용당한 것에 대해 짚이는 게 있는지 확인하라고요."

"그래, 특히 ID카드에 대해서 자세히 알아봐."

"그것도 당부했습니다."

다카사카는 자신감 넘치는 태도로 대답했다. 그리고 조금 전 기타니가 내려놓은 텔레비전 리모컨을 집어 들었다.

"구출 작전이 몇 시부터죠?"

"모르겠어. 준비되는 대로 시작한다던데."

"지켜봐야겠네요."

다카사카는 리모컨 스위치를 눌렀다.

"만약 헬리콥터가 추락해 버리면 우리의 수사 방침도 바뀌어야 하니까요."

"맞아."

기타니도 텔레비전 쪽으로 의자를 돌렸다.

26

나카쓰카는 창가에 서서 '신양' 발전소 부지를 내려다보고 있었다. 종합 관리동 주차장에는 이제 차가 한 대도 없었다. 소방차와 자위대 차량은 모두 '신양' 터널 근처로 대피했다.

만에 하나 구출 도중 사고가 발생할 경우, 빅 B뿐 아니라 자위대 헬리콥터도 함께 추락할 위험성이 크다고 하니 우왕좌왕하지 않고 신속하게 대응할 수 있도록 준비해야 할 것이다.

나카쓰카의 머릿속에서 시뮬레이션이 수도 없이 반복됐다. 헬리콥터가 원자로 건물에 떨어질 경우, 보조 건물에 떨어질 경우, 터빈 건물에 떨어질 경우, 디젤 건물에 떨어질 경우, 아니면 보수·유지 및 핵폐기물 처리 건물에 떨어질 경우.

어느 곳으로 떨어지든 참혹한 사고로까지 발전하지는 않을 거라고 그는 결론을 내렸다. 화재는 발생하겠지만, 그건 대기하고 있는 소방대가 충분히 진화할 수 있을 것이라고 예상했다. 사쿠마 대장은 나트륨 화재에 대비해 대량의 무수 탄산나트륨 소화제를 수배하고 있는 모양이지만 그럴 필요가 없지 않을까 하는 생각마저 들었다. 하기야 현재로서는 발생할 확률이 가장 높은 것이 나트륨 화재이니만큼 소화제가 있는 것이 든든하기는 했다. 나트륨 화재는 물로는 진화할 수 없기 때문이다.

문제는 운전원들을 어떻게 하느냐는 것이었다.

현재 니시오카 운전 과장과 베테랑 운전원 두 명이 중앙 제어실에 남아 있다. 거기에 보조 건물 지하층에 있는 비상용 제어실에도 두 명이 대기하고 있다. 오늘 당직인 여덟 명 중 비교적 경험이 적은 세 명은 소장 명령으로 이 건물에 와 있었다.

원자로 운전을 계속하는 이상 제어반 앞에 운전원을 두지 않을 수 없다. 중앙 제어실에 세 사람, 비상용 제어실에 두 사람. 이 인원은 만일의 경우 지체 없이 대응하기 위한 최소한의 포진이다.

그러나 나카쓰카는 아직도 고뇌하고 있었다. 천장이 견고하지 않은 보조 건물 최상층에 있는 중앙 제어실 위에 헬리콥터가 곧바로 떨어질 경우 실내가 괴멸 상태에 이를 것이 불 보듯 뻔했기 때문이다. 소방대원이 몇 명 배치돼 있다고는 하나 폭발이 일어나면 손쓸 방법이 없을 것이다.

모두를 비교적 안전하다고 여겨지는 비상용 제어실로 이동시키는 게 낫지 않을까.

그러나 긴급 정지에 대비해 백업 체제를 구축해 두고 싶은 바람도 버릴 수 없었다. 평상시 거의 사용하는 일이 없는 비상용 제어반에 모든 것을 걸기에는 저항감이 있었다.

나카쓰카가 결론을 내리지 못하고 전전긍긍하고 있을 때, 그 모습을 보고 있기라도 했다는 듯 전화벨이 울렸다. 중앙 제어실과 연결된 전용 전화다.

"네, 나카쓰카입니다."

"아, 소장님. 니시오카입니다."

운전 과장의 목소리였다. 숨을 몰아쉬고 있는 게 느껴졌다.

"어떻던가?"

나카쓰카가 물었다.

"문을 전부 열어 두면 한 층 아래까지는 피신할 수 있습니다."

"거기까지밖에?"

"네. 비상계단까지는 좀 멀어서요."

"흐음."

나카쓰카는 신음했다.

헬리콥터의 현재 고도로 보아 추락에 걸리는 시간은 약 10여 초. 헬리콥터 기술자와 자위대원들이 추락의 전조를 감지할 수 있다면 몇 초는 연장될 수 있을 것이다. 하지만 그래 봐야 20초 정도다.

그 20초 동안 비상 정지 스위치를 누르고 어디까지 도망칠 수 있을까. 니시오카에게 그것을 확인해 보라고 시켰던 것이다.

그 답이 한 층 아래까지 피신할 수 있다는 것이었다. 그걸로 어느 정도까지 안전이 확보될지 나카쓰카는 판단이 서지 않았다. 니시오카나 다른 운전원들 역시 그럴 것이다.

"괜찮습니다. 소장님."

나카쓰카가 아무 말이 없자 니시오카 쪽에서 말했다.

"아무리 거대한 헬리콥터라도 단숨에 보조 건물을 관통하기야 하겠습니까. 그리고 폭발물이 실려 있다고 해도 실제로 폭발할 때까지는 시간이 조금 걸릴 겁니다. 그동안 더 안전한 곳으로 들어가 있겠습니다."

"들어가 있겠다고?"

"네. 다른 운전원들과도 의논해 봤는데, 건물 밖으로 나가는 것보다 더 안전한 장소가 있다는 결론을 내렸습니다."

"그게 어딘가?"

"격납 용기 안입니다. 아래층으로 내려가서 곧장 격납 용기 안으로 피신하겠습니다."

"아!"

나카쓰카가 입을 쩍 벌렸다.

"그런 방법이 있었군."

허를 찔린 듯한 기분이었다.

"밖에서 다소의 폭발이 있다 해도 그 안이라면 끄떡없을 겁니다."

니시오카의 말에는 원자로를 운전하는 사람으로서의 자부심과, 격납 용기 안에서조차 방사능 누출 위험은 제로라는 자신감이 배어 있었다. 반대파 사람들에게 들려주고 싶은 말이라고 나카쓰카는 생각했다.

격납 용기 안이라고 해도 원자로에 접근하는 것은 아니었다. 사람이 들어갈 수 있는 곳은 격납 용기의 상부다. 그곳과 원자로 사이에는 두께 1.6미터의 바닥이 있다.

"들어갈 시간적 여유는 있겠나?"

"있을 거라고 생각합니다. 다만 한 가지, 허락해 주셨으면 하는 게 있습니다."

"뭐지?"

"제1출입문을 개방해 두었으면 합니다."

"그렇군."

격납 용기 입구는 출입문이 이중으로 돼 있다. 그중 첫 번째 출입문은 문 앞에 설치돼 있는 핸들을 돌려서 여는데, 문이 완전히 열리기까지 10초 정도 걸린다. 1초를 다투는 때에 그건 너무 긴 시간이다.

"알겠네. 허락하지."

"감사합니다."

실은 제2출입문도 개방해 놓고 싶지만 두 사람 다 그 말을 꺼내지 않는 데에는 이유가 있었다.

제1문을 지나면 바로 제2문이다. 그리고 역시 제2문 앞에도 문을 열기 위한 핸들이 있다.

그런데 그 핸들을 돌린다고 해서 곧바로 제2출입문이 열리는 것은 아니다. 제1출입문이 완전히 닫힌 후에야 제2출입문이 열리기 시작하는 것이다. 즉 안전상 두 문을 동시에 개방하는 것은 불가능하도록 돼 있는 구조다.

"니시오카, 주의할 게 하나 있네."

"네, 말씀하십시오."

"제2출입문을 열기 전에 격납 용기 내부가 어떤 상태인지 감시창으로 반드시 확인하게. 그런 일은 절대 없을 거라고 생각하지만, 그곳 역시 문제가 생길 가능성도 생각해 둘 필요는 있다네."

나카쓰카의 말에 잠시 침묵하던 니시오카가 입을 열었다.

"소장님, 헬기가 격납 용기로 추락할 경우 천장이 파괴될 수도 있다고 생각하시는 겁니까? 아니면 나트륨 화재로 구멍이 뚫릴 수 있다고 생각하시는 건지……."

"아니, 그런 일이 있을 거라고는 생각하지 않네. 그저 만일을 위해서야."

나카쓰카의 대답에 니시오카는 또다시 침묵했다. 시무룩한 그의 표정이 눈에 보이는 듯했다. 충실함으로는 직원들 중에서도 손꼽히는 사내지만 다소 고집스러운 면도 있다는 사실을 나카쓰카는 떠올렸다.

"알겠습니다."

니시오카가 대답했다.

"격납 용기 내부 상태를 확인한 후 신속히 제2출입문을 열도록 하겠습니다."

"좋아, 그렇게 하게. 구출 작전이 시작되면 다시 연락하겠네."

"알겠습니다."

전화를 끊고 난 나카쓰카는 자신이 어쩌면 상당히 모순된 행동을 하고 있는지도 모르겠다고 생각했다. 니시오카를 비롯한 운전원들을 위험한 상황으로 내몰면서 한편으로 그들이 비관적으로 느낄 수 있는 충고를 하고 있다. 무슨 일이 생겼을 때 자기변호를 할 수 있는 구실을 만들려는 것 아닐까 하는 의심마저 들었다.

문득 정신을 차려 보니 옆에 헬리콥터 기술자 유하라가 와 있었다. 그는 창문을 통해 자신들의 기술의 결정체인 거대한 헬리콥터를 올려다보고 있다.

"헬리콥터에 무슨 이상이라도 있나요?"

나카쓰카가 젊은 기술자의 옆얼굴을 보며 물었다.

"아, 아닙니다."

그는 갑자기 말을 걸어 조금 놀란 듯했다.

"위치가 바뀌지 않았는지 확인하고 있는 것뿐입니다."

"고도가 좀 더 높아진 것 같더군요."

바로 몇 분 전, 나카쓰카는 헬리콥터가 상승하는 것을 목격했다.

"네. 방금 측량해 본 바로는 고도가 약 1,100미터까지 올라갔더군요. 수평 위치는 거의 이동하지 않았지만요."

그리고 유하라는 앞쪽을 손가락으로 가리켰다.

"저 돔 바로 위에 있습니다."

나카쓰카는 고개를 끄덕였다. 돔이란 원자로 건물을 말하는 것이다.

"헬기의 현재 위치를 어떻게 계산하죠?"

나카쓰카가 물었다.

"기본적으로는 GPS를 사용합니다."

"GPS……가 뭡니까?"

"인공위성을 이용한 전 세계 방위 시스템이죠. 네 개 이상의 인공위성에서 발사되는 전파를 수신해서 현재 자신의 위치를 파악하는 겁니다. 자동차 내비게이션도 GPS를 이용한 장치입니다."

"아, 그렇군요."

내비게이션이라면 나카쓰카도 익숙했다.

"자동차에 사용될 정도니 최신식 헬기에 사용되고 있다 해서 이상할 건 없겠네요."

"아니요. 사실 헬기에 GPS 수신기가 장착돼 있는 경우는 거의 없습니다. 있다고 해도 그건 어디까지나 비공식적인 것이고, GPS 항법이 일본에서는 아직 인정받지 못하고 있습니다."

"호오, 그래요?"

"네. 저 빅 B는 GPS를 중심으로 한 하이브리드 항법 장치와 컴퓨터를 조합해서, 사전에 프로그램화된 루트를 프로그램화된 형태로 비행하는 게 가능하지만, 그것은 방위청의 실험을 겸하고 있기 때문에 특별히 허가받은 경우입니다. 저희들로서도 저런 헬기를 만들 기회가 또 있을지는 알 수 없어요. 어쩌면 이번뿐일지도 모릅니다."

"그렇지는 않을 겁니다. 방위청으로서도 연구에 투입한 돈을 헛되이 만들고 싶지는 않을 테니까요."

"알 수 없습니다. 스폰서가 대장성이니까요. 게다가 공직자들의 생각이란 게 아무래도……."

"그런 점이야 우리도 뼈에 사무치도록 잘 알고 있지요."

"그러시겠죠."

긴장된 상황이지만 두 사람 사이에는 사뭇 온화한 공기가 흘렀다.

"그런데 그 GPS가 얼마나 정밀하게 위치를 파악할 수 있는 겁니까?"

나카쓰카가 물었다.

"글쎄요. 차량에 사용되는 GPS의 경우, 평면에서는 최대 100미터, 고도로는 최대 150미터의 오차가 있습니다."

"그렇게 오차가 많은가요?"

나카쓰카가 눈을 동그랗게 떴다.

"민간용은 의도적으로 정밀도를 낮추고 있거든요. 군사용의 경우 수평 방향으로 18미터, 수직 방향으로 28미터가 공식 정밀도입니다. 이건 군사 기밀이지만요."

"저 헬리콥터는 물론 후자겠지요."

"그렇습니다. 게다가 다른 항법 장치와 조합돼 특별한 방식으로 처리되기 때문에 반경 몇 미터에 불과할 겁니다."

"대단하군요."

"아닙니다. 그 정도야 뭐……."

유하라는 자신이 칭찬받기라도 한 것처럼 멋쩍어했다.

원자로 건물의 직경은 약 5미터. 그리고 헬기는 현재 그 바로 위에 있다. 이동 오차가 몇 미터에 불과하다고 하니 원자로 건물에 떨어질 확률도 높을 거라고 나카쓰카는 생각했다.

"원전에 항공기가 추락한 사례가 과거에도 있었습니까? 해외를 포함해서요."

이번에는 유하라 쪽에서 물었다.

"저는 들어 본 적이 없어요. 아마 없을 겁니다."

"그렇군요."

"근처에 추락한 예는 있지."

뒤에서 목소리가 들려 돌아보니 미시마가 다가오고 있었다.

"그렇지 않습니까?"

그것은 나카쓰카를 향한 질문이었다.

"그게 무슨 말이지?"

나카쓰카가 미시마에게 되물었다.

"시코쿠의 이카타 원전 말입니다."

"아아."

나카쓰카도 생각이 난 모양이었다.

"그게 언제였지?"

"1988년입니다."

대답하고 나서 미시마는 유하라를 봤다.

"원전에서 약 1.5킬로미터 지점에 추락했지. 그때도 헬리콥터였어, 미군의."

"헬기의 기종은?"

유하라가 물었다.

"CH-53."

미시마의 막힘없는 대답에 나카쓰카는 살짝 놀랐다.

"잘도 기억하는군."

"흔치 않은 사건이라 인상에 남아 있죠."

"CH-53이라면 슈퍼스탤리온이잖아."

유하라가 그렇게 말하고 나카쓰카를 봤다.

"당시로서는 서방 최대의 헬기였죠. 빅 B와 크기가 거의 비슷하지 않았나 싶습니다. 연료 탱크는 작았지만요. 그때 대소동이 벌어지지 않았던가?"

끝에 한 질문은 미시마를 향한 것이었다.

"신문에서 대서특필했지. 원자력 시설에 항공기가 추락할 수도 있다는 불안이 최초로 현실화된 사건이었으니까. 그 영향을 가장 크게 받은 곳이 로카쇼무라야. 우라늄 농축 공장 건설을 앞두고 안전 심사를 받고 있었거든. 알다시피 아오모리에는 미사와 기지가 있잖아. 연습 중인 항공기가 언제 추락할지 알 수 없는 노릇이었지. 그래서 상업용 원자력 시설로서는 최초로 추락에 의한 피해를 본격적으로 상정하게 된 거야."

"그 일이라면 나도 잘 기억하고 있지."

나카쓰카가 말했다.

"시뮬레이션에 입회했거든."

"어떤 조건하에서 시뮬레이션을 했습니까?"

유하라가 물었다.

"미시마 자네, 구체적인 수치를 기억하나?"

"연료가 가득 찬 F16 전투기가 속도를 잃고 시속 540킬로미터로 건물 콘크리트 벽에 와서 부딪힌다는 설정이었죠."

"결과는?"

"농축 건물 쪽은 벽의 두께가 90센티미터여서 내부 시설에 아무 이상이 없었어. 벽의 두께가 20센티미터밖에 안 되는 저장 가건물은 파괴됐고. 단 이 경우에도 피폭량은 0.06램에 불과했지. 어느 쪽이든 안전은 확보된다는 것이 원자력 안전 위원회의 결론이었어."

"타당한 결론이었다고 생각해."

나카쓰카가 말했다.

유하라는 고개를 기울이고 잠시 생각하는 듯하다가 다시 입을 열었다.

"시속 540킬로미터라는 건 어떤 근거로 나온 수치죠?"

"자세한 건 모르겠지만, 추락한다면 그 정도 속도일 거라고 했던 것 같은데."

사실 그 속도에 대해 의문의 목소리가 컸다는 사실을 나카쓰카는 떠올렸다. 이 젊은 항공기 전문가도 그 점에 대해 의문을 제기할지 모르겠다고 생각했다.

그러나 유하라는 별다른 대꾸 없이 창밖을 보았다.

"F16은 최대 이륙 중량이 약 19톤이니까 빅 B보다 조금 가볍군요. 하지만 이번 경우는 자유 낙하이기 때문에 충돌 시의 속도는 기껏해야 시속 200킬로미터 정도일 겁니다."

"운동 에너지는 5분의 1 정도일 거고."

미시마가 말했다.

"하지만 수직 낙하로 천장을 직격할 테니 건조물에 대한 충격도는 비슷할 수도 있어."

"그건 그렇겠군."

미시마가 고개를 끄덕였다.

그 시뮬레이션에서도 그런 의견이 있었다. 상공에서 항공기가 똑바로 추락하는 경우도 고려해야 하지 않느냐는 것이었다. 하지만 그런 경우는 흔치 않다는 이유로 더는 논의되지 않았다.

"F16이라면……."

유하라가 다시 무언가 생각하는 표정으로 입을 열었다.

"공대공 미사일과 지대공 미사일, 폭탄, 그리고 로켓까지 싣죠. 그런 조건에서 실험이 이루어졌습니까?"

"아니야, 폭탄까지는 상정하지 않았어."

미시마가 대답했다.

"전혀?"

"응."

"그 근처에 추락한다면 훈련 중의 비행기일 테니 폭탄까지는 싣지 않을 거라고 생각한 거지."

그렇게 보충 설명을 하면서 나카쓰카는 자신의 말투가 변명에 가까워지고 있다는 것을 깨달았다.

"하지만……."

뭔가 말하고 싶은 듯했던 유하라는 그러나 결국 그대로 입을 다물었다.

그때였다. 텔레비전을 보고 있던 젊은 직원이 "소장님!" 하고 나카쓰카를 불렀다.

"왜 그러나?"

"본사의 회견이 시작되는 것 같습니다."

"뭐야?"

나카쓰카가 텔레비전 앞으로 다가갔다.

화면에 낯익은 얼굴이 비쳤다. 노연 본사의 하나오카 기획부장이었다. 그는 노연의 대변인이기도 하다. 반대파 앞에서도 강경한 자세를 무너뜨리지 않는 하나오카지만 오늘은 초조감을 감추지 못하고 있었다. 골프로 검게 탄 넓은 이마가 카메라 라이트를 받아 번들거렸다.

"쓰루가 반도의 '신양' 사건에 관해 일부 정확하지 않은 정보가 유포되고 있는바, 이 자리를 빌려 자세히 설명드리려고 합니다."

펼쳐 놓은 종이에 가끔씩 눈길을 떨어뜨려 가며 그는 발표를 시작했다.

"먼저 출력 이상에 대해서입니다. '신양'은 그 어떤 경우라도 결코 폭주하는 일이 없을 것입니다. 이상이 있을 경우 그 즉시 제어봉이 삽입되는 구조이기 때문입니다. 이 기능은 독립된 두 계통에서 이루어지며, 양쪽 모두 작동하지 않는 일은 있을 수 없습니다. …… 그리고 액체 나트륨이 비등하면 거품이 발생해 출력이 비정상적으로 올라갈 수 있다는 얘기도 있습니다만, 그런 일을 미연에 방지하기 위해 '신양'은 평소에 비등점보다 300도 이상 낮은 온도에서 운전하고 있습니다. 게다가 현실적으로는 노심 내부에 몇 기압 정도의 압력이 있기 때문에 비등점이 통상 800도에서 1,100도에 이르므로 액체 나트륨이 끓어오를 가능성은 전혀 없습니다. 그럼에도 어떤 원인으로 출력 이상이 생기고 게다가 제어봉도 작동하지 않는, 우리로서는 도저히 상상할 수 없는 사태가 발생할 경우에도 역시 문제가 없습니다. 그 이유는 그런 노심 붕괴 사고로 엄청난 에너지가 발생한다 해도 결과적으로는 노심의 연료가 배출돼 원자로는 자연히 정지하기 때문입니다. 그때 발생하는 에너지로 인해 원자로 용기나 격납 용기가 파괴되지 않는다는 것도 이미 확인했습니다. 따라서 대량의 방사성 물질이 외부로 누출되는 사태는 절대 없을 것입니다.

다음으로 나트륨과 물의 반응에 대해서입니다. 만일 두 액체가 섞이는 경우에는 수소 가스가 발생합니다. 그래서 '신양'에는 수소 가스 검출기가 설치돼 있습니다. 수소 농도가 올라갈 경우에는 그 즉시 원자로 가동이 정지됨과 동시에 물과 수증기가 밖으로 배출됩니다. 만일 대량으로 반응했을 경우에는 수소 가스의 압력이 높아지겠지만, 그때는 압력 해방판이라는 장치가 자동으로 작동해 압력을 낮춰 주고, 그와 동시에 원자로도 정지하며 물과 수증기를 배출합니다. 결과적으로 대형 나트륨 화재로 발전하는 일은 없게 되는 것입니다.

마지막으로, 다른 나라의 고속 증식로 사고에 대해 말씀드리겠습니다. 지금까지 일어난 모든 사고는 설계 실수와 인위적인 실수에 의한 것이었습니다. '신양'의 안전성과는 전혀 다른 차원의 문제라고 생각해 주시기 바랍니다. 이상입니다."

준비한 원고를 다 읽은 하나오카 기획부장은 다소 안도하는 모습이었다.

기자석에서 곧바로 질문이 쏟아졌다.

"여러 가지 방호 시스템이 있기 때문에 안전하다는 논지인 것 같은데, 그 시스템 자체가 파괴되는 경우는 고려하지 않습니까?"

"그럴 가능성은 생각하기 어렵습니다."

"하지만 폭탄이 어느 정도 실려 있는지 아직 모르지 않습니까."

"그건 그렇습니다만, 저희가 내폭 실험을 한 결과 TNT 화약 100킬로그램으로도 '신양'의 원자로는 파괴되지 않는다는 것을 확인했습니다."

"그것은 원자로 안에서 폭발이 일어났을 경우고, 이번 사건은 어디서 폭발이 일어날지 알 수 없지 않습니까. 그런데도 문제없다고 장담할 수 있는 건가요?"

"문제없다고 확신합니다."

하나오카의 대답에 기자석이 술렁거렸다.

"만약 심각한 피해가 발생하면 어떻게 대응하실 작정입니까?"

"다시 한 번 말씀드리지만, 심각한 피해는 발생하지 않습니다."

"만일 발생한다면 어떻게 하실 거냐고 묻는 겁니다."

"그런 질문에는 답해 드릴 수 없습니다."

기자들이 수긍할 수 없는 답변에 회장은 한층 어수선해졌다.

나카쓰카는 진저리를 내며 텔레비전 앞을 떠났다. 본사로서는 갖가지 억측이 난무하는 것을 염려해 이런 회견을 마련했겠지만 과연 효과가 있을지 의심스러웠다. 원전의 안전성에 의심의 눈초리를 보내고 있는 사람들에게는 무슨 말을 해도 소용이 없다. 애당초 그들에게는 이쪽 얘기를 들을 마음조차 없기 때문이다. 하나오카 기획부장도 그 점을 알고 있을 터였다.

나카쓰카의 뇌리에 암울한 기억이 되살아났다. 작년 2월 오사카에서 열린 '신양에 관한 의견을 듣는 모임'에서 있었던 일이다.

그 모임에 참가한 시민 단체 사람들은 집요하게 지진의 위험성을 주장했다. 절대 무너지지 않을 거라고 했던 건조물들이 줄줄이 붕괴된 한신 대지진의 사례가 그들의 강력한 무기였다.

'전문가들이 장담했던 건물들도 대지진이 발생하면 붕괴된다는 사실이 증명된 마당에 어떻게 '신양'은 절대 파괴되지 않는다고 단언할 수 있는가.'

반대파들의 주장은 오직 그 한마디에 집약되어 있다고 해도 과언이 아니었다.

당시에도 하나오카 기획부장이 노연 측 대표로 나섰다. 하나오카는 늘 하던 대로, '신양'을 건설하기에 앞서 지질 조사를 충분히 실시했다, 건축 기준법의 세 배에 이르는 강한 지진에도 충분히 견딜 수 있는 구조다, 진도 5 이상의 흔들림이 감지됐을 경우에는 자동으로 제어봉이 삽입된다 등의 얘기를 하고 또 했다. 거기서 그쳤으면 좋았을 것을, 흥분한 나머지 그 어떤 지진이 와도 끄떡없다는 표현을 하고 말았다. 그것이 좋지 않았다.

'그 어떤 지진에도'란 무슨 뜻인가, 한신 대지진급 흔들림에도 견딜 수 있다는 말인가 등등의 질문이 쏟아졌다. 이에 하나오카는, 지질 조사와 지반 조사의 결과로 추정할 수 있는, 해당 장소에서의 가장 심한 지진에도 견딜 수 있다는 의미라고 변명했지만 반대파의 공세는 수그러들지 않았다. 한신 대지진의 메커니즘조차 해명되지 않은 마당에 어떻게 그런 말을 할 수 있느냐, 그런 식이니까 당신들이 하는 말을 믿을 수가 없는 것이다, 라며 매도에 가까운 말들을 해 댔다.

지진 대책 이외의 문제에 대해서도 결국은 이와 비슷한 설전이 벌어지고 말았다. 반대파는 '기술에 절대라는 것은 있을 수 없다, 그러니 백 프로 안전하다는 말을 해서는 안 된다'라는 논지로 반론을 펴면서 그 어떤 과학적인 설명에도 물러서지 않았다.

기술에 절대라는 것은 있을 수 없다, 물론 맞는 말이다. 하지만 그 '절대'에 근접하기 위해 노력하고 있다는 것을 과학 기술청이나 노연의 대표는 설명하려 한 것이었다.

하기야 일이 그렇게 돌아갈 것을 처음부터 예상하고 있었지만, 하고 나카쓰카는 당시를 회상했다. 서로의 이해를 넓힌다는 것이 모임의 명분이지만 반대파가 주최 측의 얘기를 곧이곧대로 들어 주리라고는 애당초 털끝만큼도 생각하지 않았었다. 원전의 안전성에 관해서라면 여태껏 수많은 장소에서 수없이 설명해 왔다. 그럼에도 아랑곳하지 않고 반대하는 사람들을 어떻게 납득시킬 수 있단 말인가.

"'신양'을 멈춰, 이 바보들아!"

회장에서 자신들에게 쏟아졌던 야유가 지금도 나카쓰카의 귓가에 맴돈다.

27

미 육군의 블랙호크에서 발진한 항공 자위대 구난 헬리콥터 UH-60J는 거의 최고 속도로 현장을 향해 날아갔다. 승무원은 조종사 두 명과 기내 정비원 한 명, 그리고 메디크라 불리는 구난대원 두 명으로 총 다섯 명이었다.

구난대에는 UH-60J 외에도 V-107A라는 탠덤형 헬리콥터가 있지만 이번에 UH-60J가 사용된 가장 큰 이유는 호버링 능력이 뛰어나기 때문이었다. V-107A로는 구조하기에 충분한 고도에서 호버링하기 어렵다는 판단이었다. 특히 공기가 옅은 여름철에는 지면 효과가 없는 상공에서 비행하려면 상당한 마력이 필요하다.

출발한 지 약 30분 만에 UH-60J는 쓰루가 반도 상공에 도착했다. 구난 요원 중 한 명인 가미조 하사는 뒤 좌석에서 야릇한 기분으로 해안선을 바라보고 있었다. 이 근처를 비행한 적은 지금까지 한 번도 없었다.

고마키에 있는 구난 교육대를 졸업하고 고마쓰에 부임한 지 올해로 3년. 이미 몇 번이나 위험한 상황과 맞닥뜨린 적이 있다. 설산에서 조난당한 등산객을 구조하기 위해 기류가 매우 불안정한 것을 무릅쓰고 헬리콥터로 출동한 적도 있었다. 그때 부상자와 함께 레스큐 슬링에 매달린 것까지는 좋았는데, 다음 순간 바람이 거세져 무사히 헬리콥터에 올라탈 때까지 몇 분이나 허공에서 시계추처럼 진자 운동을 해야 했다. 같이 매달린 등산객은 도중에 실신하고 말았다.

또한 사고로 침몰 직전에 있던 어선의 승조원을 구조할 때는 배의 엔진이 갑자기 불을 뿜기 시작했다. 1분만 탈출이 늦었어도 승조원은 물론 가미조 자신도 살아남지 못했을 것이라고 생각한다.

그런 경험은 가미조의 몸 안에 차곡차곡 쌓여 갔다. 언제나 위험은 각오하고 있으며, 위험하면 위험할수록 몸이 뜨거워지기까지 했다. 자신 같은 구난 요원들은 인명 구조의 마지막 카드라는 자부심이, 포기하고 싶어지는 마음을 언제나 붙들어 준다.

그런데 이번의 미션에 과연 지금까지의 경험을 살릴 수 있을지 아무리 생각해 봐도 도무지 답이 나오지 않았다. '자신 없다'는 것이 솔직한 심정이다. 이런 상황을 겪은 적도 없고 물론 상정해 본적도 없다. 당연히 훈련을 받은 적도 없었다.

그럼에도 그가 이렇게 구난 헬기에 타고 있는 것은 아무도 경험한 적 없는 세계에 도전해 보고 싶다는 마음 때문이었다. 그것은 자기 자신에 대한 도전이기도 했다. 원래 그는 고통과 공포를 극복함으로써 자신을 단련하는 일에 정열을 불태우는 타입이다. 그리고 그 점은 자위대 전체에서도 불과 100명이 채 안 되는 구난 요원들이 공통적으로 지닌 자질이기도 했다.

마침내 '신양' 발전소가 보였다. 하얀 돔이 인상적이었다. 바다를 향해 뻗어 있는 가늘고 긴 벨트 모양의 물체는 아마도 방파제일 것이다.

그리고 그 상공에 하얗고 거대한 싱글 로터 헬리콥터가 떠 있었다. 가미조의 위치에서도 몇백 미터 더 높다.

(여기는 '신양' 발전소 대책 본부다. 들리는가?)

야가미 구난대장의 무선 호출이었다.

"여기는 고마쓰 기지 항공 구난대. 잘 들립니다."

네가미 기장이 응답했다.

(상대의 기체가 보이는가?)

"보입니다. 이제 상승하겠습니다."

(상대의 기체는 15분 전에 다시 상승했다. 당분간은 이대로 고도를 유지할 것으로 보인다. 구조 도중에 고도를 높이면 위험하다. 조속히 행동하기 바란다.)

"알겠습니다."

(상대 헬기의 무선 주파수를 알려 주겠다. 그쪽에서 직접 소년에게 지시를 내리기 바란다. 소년의 이름은 야마시타 게이타. 호이스트 사용법에 대해서는 설명했다. 제대로 작동한다는 것도 확인했다.)

"네, 알겠습니다."

네가미 기장이 기체를 상승시키기 시작했다. 상대의 헬리콥터가 점점 크게 다가온다. 거리가 가까워지자 그 거대함이 한층 부각됐다.

"엄청난 크기군요."

인터컴을 통해 가미조가 뒤에 있는 우에쿠사 중사에게 말했다. 우에쿠사는 눈을 크게 뜨고 고개를 두 번 끄덕였다.

"주파수를 맞췄습니다."

부조종사가 말했다.

"오케이."

네가미가 대답했다. 그리고 마이크에 대고 "게이타 군, 들리나?"라고 말했다.

잠시 응답이 없었다. 네가미가 다시 한 번 부르려고 했을 때 헤드폰에서 "여보세요."라는 어린아이 목소리가 들려왔다.

"게이타 군?"

(네.)

"이쪽 헬리콥터 보여?"

(잘 보여요. 흰색이랑 노란색으로 된 헬리콥터죠?)

"맞아. 무전기 사용법은 알고 있지?"

(지금처럼 하면 되는 거 아닌가요?)

"그래, 잘하고 있어. 지금 어디 있지? 조종석인가?"

(네, 오른쪽 의자에 앉아 있어요.)

하기야 지금은 네가 기장이니까. 가미조가 오른쪽 볼을 찡긋하며 웃었다.

"좋았어. 호이스트 사용법은 배웠지?"

(네. 스위치만 누르면 되니까 간단해요.)

듬직하군, 하고 가미조가 중얼거렸다. 우에쿠사가 쓸데없는 말은 하지 말라는 듯이 노려보았다.

"그래? 그럼 게이타 군, 잘 들어. 이제 우리가 그쪽으로 와이어를 던질 거야. 끝에 낚싯바늘 같은 게 달려 있어. 오른쪽 뒷문을 통해 헬리콥터 안으로 들어가도록 겨냥해서 던질 거야."

참 쉽게도 말하는군, 하고 가미조는 생각했으나 그 말을 입 밖에 내지는 않았다. 옆에서는 우에쿠사가 해상 자위대에서 보낸 비밀 병기를 마지막으로 점검하고 있었다. 그 병기란 스쿠버 다이빙에서 쓰이는 스피어건, 즉 수중총을 개조한 것이었다. 일반 스피어건은 끝에 날카로운 바늘이 달려 있지만 지금 이 스피어건은 끝이 세 갈래로 갈라져 있고 그 각각의 끝부분이 조금 전 네가미가 말했듯이 낚싯바늘처럼 구부러져 있다. 해상 자위대는 이것을 표류하는 배를 포획할 때 사용한다.

현재 이 헬기 안에는 이 스피어건이 5정 있었다. 다시 말해 다섯 번 연속으로 시도할 수 있다는 얘기다. 다섯 번 모두 실패했을 때는 일단 시도를 멈추고 와이어를 다시 세팅해야 한다. 시간을 낭비하지 않기 위해서라도 세 번 안에 성공하는 게 목표다.

상대 헬리콥터는 로터 직경이 약 30미터, 이쪽은 약 16미터였다. 즉 같은 고도에 나란히 있을 경우 적어도 20 몇 미터는 거리가 있어야 한다. 안전율을 고려하면 그 배인 50미터가 이상적이다.

물론 일반적인 상황이라면 그 정도 거리는 아무 문제도 없다. 스피어건은 일반 소총보다는 정확도가 떨어지지만, 타깃의 크기가 크고 시간을 들여 조준할 수 있으므로 빗나가는 일이 거의 없을 것이다. 항공 자위대 구난원은 육상 자위대의 공정단(공수 부대―옮긴이)과 똑같은 훈련을 받는 만큼 사격 솜씨도 우수하다.

그러나 지금은 일반적인 상황이라고 할 수 없었다.

양쪽 헬기의 로터가 일으키는 바람 속에서 과연 그런 사격이 가능할 것인가. 솔직히 말하자면 불가능하다고 가미조는 생각했다.

"한두 번 실패할지 모르지만 걱정할 건 없어. 반드시 성공할 거니까."

네가미는 가미조의 생각과 정반대의 말을 게이타에게 했다.

"하지만 조종석 창문에 부딪칠지도 모르니까 그쪽에 앉아 있으면 위험하겠지. 왼쪽 조종석으로 자리를 옮겨 주겠니?"

그러자 잠시 후 왼쪽 의자로 옮겨 앉았다는 게이타의 말이 들렸다.

"오케이. 그럼 이제 내가 됐다고 할 때까지 고개를 숙이고 있어야 해. 최대한 몸을 낮추고. 절대로 일어나면 안 된다, 알았지?"

(알겠어요.)

교신이 끝나자 네가미는 기체를 서서히 상대 헬리콥터의 오른쪽으로 근접시켰다. 그리고 고도가 거의 같아지자 러더 페달을 미세하게 조절해서 이쪽 헬리콥터의 오른쪽이 상대를 향하게 한 후 호버링 상태로 들어갔다.

고속 증식로 '신양' 발전소.

UH-60J가 빅 B를 향해 상승하는 것을 유하라는 제2관리동 창가에서 확인하고 있었다. 옆에 있는 야마시타는 양손을 몸 앞에서 깍지 낀 채 눈을 하늘로 향하고 미동도 하지 않았다.

다른 사람들도 마찬가지였다. 경찰 관계자도 소방대원도 지금은 자신들의 본래 업무를 잊고 하늘만 올려다보고 있었다. 하나같이 기도하는 표정이다.

니시키 중공업 항공기 사업 본부 후생 센터 1층 매점 앞.

텔레비전 앞에 사람들이 모여 있었다. 대부분이 니시키 중공업 사원과 형사들이다. 출구에 가까운 의자에는 유하라 아쓰코와 야마시타 마치코가 함께 앉아 있었다. 다카히코는 텔레비전 앞에 쭈그리고 앉아 화면을 올려다보고 있었다.

아쓰코가 마치코에게 좀 더 앞에 가서 앉자고 권했지만 그녀는 그냥 그 자리에 있겠다고 했다.

"무슨 일이라도 생기면 출구에 가까운 쪽이……."

아쓰코는 마치코가 중얼거리는 소리에 위를 바늘에 찔린 듯한 느낌이 들었다. 마치코는 구출 작전이 실패로 돌아갔을 때를 생각하고 있는 것이다.

틀림없이 잘될 거야, 라고 하려다 아쓰코는 말을 삼켰다. 너무 무책임한 말로 여겨졌기 때문이다.

텔레비전 화면에는 구난용 헬리콥터가 비치고 있었다. 지상에서 망원으로 촬영하는 탓에 그들이 뭘 하고 있는지 자세히 알 수는 없다.

아들이 겪고 있을 고통을 생각하면 마치코는 가슴이 찢어지는 것만 같았다.

퍼뜩 정신을 차리고 돌아보니 아쓰코의 뒤에도 사람들이 많이 서 있었다. 그러나 소리를 내는 사람은 거의 없다. 리포터가 쉴 새 없이 떠들어 대는 소리도 사람들의 귀를 그저 스치고 지나가는 듯했다.

후쿠이 현 청사 지사실.

가나야마는 다리를 떨기 시작했다. 사람을 좀스러워 보이게 하는 이 버릇을 그는 지사로 취임한 이래 사람들 앞에서 보인 적이 없었다. 원자력 안전 대책 과장인 오사나이는 이 방에 방송국 사람들이 몰려오지 않는 게 다행이라고 생각했다.

일흔 살인 지사의 눈은 텔레비전 화면에 고정돼 있었다. 책상 위에 쌓여 있는 서류를 읽을 여유는 없어 보인다. 그 서류는 헬리콥터가 추락할 경우의 대응책을 사고 규모에 따라 정리한 것이었다. 오사나이와 방재 과장 모로타가 중심이 되어 긴급히 작성한 문서다. 그 문서에 따르면, 상정할 수 있는 가장 큰 규모의 사고가 발생했을 때는 부지사를 본부장으로 하는 현지 대책 본부를 하이키 마을에 설치하고, 사고 발생 스물네 시간 이내에 지사도 현장을 시찰하도록 절차가 정해져 있다. 하지만 이 노인네에게 그런 일은 안중에 없는 것 같았다.

"범인이 구조를 방해할 움직임은 없는 것 같군."

가나야마가 화면을 보면서 말했다.

"그런 것 같습니다."

야마네 부지사나 모로타 과장도 같이 있지만 오사나이는 자신에게 한 말인 것 같아 그렇게 대답했다.

"범인도 어린아이를 죽이기는 껄끄러운 모양이지."

"네."

"그럼 이건 어떨까, 차라리 아이를 구조하지 말고 좀 더 버티는 거야."

가나야마의 말이 무슨 뜻인지 알 수 없어 오사나이는 눈만 껌벅거렸다. 다른 사람들도 대구가 없다.

"말하자면 구조하는 척하면서 시간을 끄는 거지. 그러다가 연료가 떨어지면 범인도 헬리콥터를 착륙시킬 수밖에 없지 않겠나?"

부연 설명을 들었지만 여전히 지사의 의도를 이해할 수 없었던 모로타 방재 과장이 마침내 한마디 했다.

"외람된 말씀이지만 지사님, 그렇게까지 범인을 믿는 건 위험하지 않을까요?"

"그렇게 생각하나? 하지만 범인이 아이를 구하라고 했잖은 가."

"그야 그렇지만……."

모로타도 결국 입을 다물고 말았다.

오사나이는 어이가 없었다. 이 노인은 여태 그런 말도 안 되는 생각을 하고 있었단 말인가. 하지만 그는 그런 속내를 내비치지 않은 채 말했다.

"하지만 연료가 언제 떨어질지는 범인도 알 수 없지 않을까요? 그러니 일단은 구조하는 게 급선무라고 생각하는데요."

그렇게 설명하자 가나야마도 겨우 상황을 이해하는 눈치였다.

"아, 그렇군."

그러고서 그는 다시 텔레비전으로 눈을 돌렸다.

도대체 무슨 생각을 하는 거야, 라는 말을 오사나이는 또 속으로 삼켰다.

UH-60J.

가미조와 우에쿠사는 낙하산을 등에 짊어지고 헬기 옆문을 열었다. 상대 헬리콥터의 거대한 동체가 눈앞에 있었다. 하지만 막상 그들이 조준해야 하는 뒤쪽 문은 매우 작아 보였다.

"기장님, 좀 더 가까이 갈 수는 없을까요?"

우에쿠사가 인터컴 마이크에 대고 외쳤다.

"해 보지. GPS를 탑재하고 있어서인지 저쪽 헬리콥터의 위치가 상당히 안정적이군. 바람도 없고 하니 생각했던 것보다 더 접근할 수 있을 것 같아."

네가미가 대답했다.

위아래, 전후좌우로 조금씩 흔들거리면서 헬리콥터가 상대편 헬리콥터에 다가갔다.

"이 이상은 위험해. 이 위치에서 겨냥해 보도록."

네가미가 감정이 절제된 목소리로 말했다.

"알겠습니다."

그리고 우에쿠사는 가미조에게 지시했다.

"자네가 쏘게. 사격 솜씨는 자네가 나보다 나으니까. 저쪽으로 건너가는 건 내가 해도 좋아."

"명중되면 제가 끝까지 마무리하겠습니다."

가미조가 총을 들었다. 그리고 오른쪽 무릎을 꿇고 앉아 조준에 들어갔다. 바닥 자체가 심하게 흔들리는 통에 조준기의 위치가 좀처럼 안정되지 않는다. 방아쇠를 당기려는 순간 덜컥하며 기체가 갑자기 하강하기도 했다.

"이거야 원, 달리는 말에서 과녁을 맞히는 꼴이군."

가미조가 조준하며 중얼거렸다.

상대편 헬리콥터의 뒤쪽 문이 조준기 안에 들어왔다. 가미조는 손가락을 방아쇠에 걸었다. 그래, 그렇지. 조금만 더. 자, 그대로 움직이지 말고…….

숨을 죽이고, 손가락 끝에 힘을 줬다.

충격음과 함께 총구를 떠난 화살이 상대의 기체를 향해 똑바로 날아갔다. 그래, 완벽해! 하고 생각하는 순간 화살이 급격하게 방향을 틀더니 겨냥한 곳보다 훨씬 밑으로 떨어지고 말았다.

"로터가 일으키는 바람의 영향이야."

날아간 화살과 연결된 와이어를 끌어당기면서 우에쿠사가 말했다.

"다시 한 번 해 보지. 이번에는 조금 더 위를 겨냥하고."

"무리일 것 같아요. 이 상태로는 맞힐 수가 없겠어요."

"아직 포기하기는 일러. 다시 해 봐."

우에쿠사가 강경한 어조로 말했다.

가미조는 두 번째 스피어건을 집어 들었다. 손바닥에 땀이 흥건해 제대로 잡히지 않았다. 기체는 여전히 폭풍이 몰아치는 바다에 떠 있는 한 조각 돛단배처럼 흔들리고 있다.

다시 조준을 하고 그는 두 번째 방아쇠를 당겼다. 상당히 위쪽을 겨냥했다고 생각했지만 이번에도 목표물을 명중시키지 못했다.

"좀 더 위쪽을 겨냥해야 할 것 같아."

"그러면 저쪽 헬리콥터의 로터에 닿을 것 같아서 겁이 나요. 역시 이런 방법으로는 안 되겠어요."

"저쪽에 있는 소년에게 그렇게 말해도 될까?"

우에쿠사의 말에 가미조는 입을 다물었다.

"우에쿠사, 자네가 해 보지."

조종석에서 네가미가 말했다.

우에쿠사가 네, 하고 대답한 후 총대를 잡았다.

그는 출구에 최대한 다가가 목표물을 겨냥했다. 바람 때문인지 두세 번 기체가 흔들렸다. 그럼에도 그는 자세를 바꾸지 않았다. 그리고 그대로 방아쇠를 당겼다.

날아간 화살은 그러나 가미조가 쏘았을 때와 마찬가지의 결과를 낳았다. 목표물에 못 미친 상태에서 갑자기 속도를 잃은 것이다. 역시 힘들겠어. 가미조는 속으로 그렇게 생각했지만 내색하지는 않았다.

우에쿠사는 말없이 다음 스피어건으로 손을 뻗었다. 그 눈이 마치 사냥감을 노리는 사냥꾼의 눈 같았다. 그대로 총을 겨눴다. 기체는 여전히 흔들리고 있었다.

그러다가 문득 기체가 안정되는 순간이 찾아왔다. 마치 폭풍우가 몰아치는 날 아주 잠깐 바람이 잠잠해졌을 때와 같았다. 그리고 그 잠깐의 순간을 우에쿠사는 놓치지 않았다. 그는 주저하지 않고 방아쇠를 당겼다.

발사된 화살이 똑바로 상대의 로터를 향해 날아갔다. 날개에 부딪히겠다 싶어 가미조가 눈을 감으려는 순간 화살이 갑자기 뚝 떨어지면서 와이어가 곡선을 그렸다. 그리고 그 끝이 저쪽 헬리콥터 안으로 사라졌다.

"됐어요!"

가미조가 외쳤다.

"기장님, 저쪽에 연락해 주세요!"

우에쿠사가 와이어와 연결된 총을 들고 다리를 벌려 힘껏 버티고 선 상태로 조종석을 향해 소리쳤다.

"게이타 군! 들리나? 게이타 군!"

네가미가 게이타를 호출했다.

(들려요. 지금 큰 낚싯바늘 같은 게 날아왔어요.)

"그래서 지금 어떻게 돼 있지?"

(입구에 걸려 있어요.)

"좋아. 그럼 이제 게이타 군이 나설 차례야. 잘 들어. 호이스트가 뭔지는 알지? 지금부터 게이타 군이 할 일은 호이스트에서 나와 있는 갈고리 모양의 걸쇠에 그 낚싯바늘 같은 걸 거는 거야."

(잠깐만요. 그러니까…… 걸기만 하면 되는 거예요?)

"그래. 하지만 게이타 군의 키로는 걸쇠에 손이 닿지 않을 거야. 그러니까 우선 호이스트를 작동시켜서 걸쇠를 1미터 정도 내리는 게 좋겠어. 그래야만 닿을 거야."

(알겠어요. 해 볼게요.)

"그래, 힘내라."

마이크에서 입을 뗀 네가미는 가미조에게 명령했다.

"소년이 작업을 제대로 하고 있는지 망원경으로 지켜봐."

"알겠습니다."

가미조가 망원경으로 저쪽 헬리콥터를 살폈다. 호이스트로부터 늘어뜨려져 있는, 정확하게는 페니트레이터라 불리는 걸쇠가 1미터 정도 내려왔다. 다음 순간 소년의 얼굴이 문 위로 보였다. 생각보다 조그만 소년이었다. 소년이 손을 뻗어 호이스트의 와이어를 잡고 페니트레이터를 헬리콥터 안으로 끌어들였다.

"페니트레이터가 무사히 기체 안으로 들어갔습니다."

가미조가 보고했다.

"잘했어, 게이타 군. 그렇게 하면 되는 거야."

네가미가 마이크에 대고 말했다.

"이번에는 낚싯바늘을 걸쇠에 거는 거야. 조심해서. 서두를 필요 없어."

빅 B.

지금 게이타는 자신이 해야 할 일을 잘해 내고 싶다는 생각뿐이었다. 공포는 거의 사라지고 없었다. 구조대가 오긴 했지만 지금 이곳에는 자신밖에 없으며, 자신이 해야 할 일을 제대로 해내지 못하면 그 무엇도 소용없다는 생각이 게이타의 조그만 가슴을 가득 채우고 있었다. 한편으로는 근사한 구조대와 힘을 모으고 있다는 사실에 자랑스러운 기분이기도 했다. 이 얘기를 반 아이들에게 하면 다들 엄청 부러워할 게 틀림없었다. 또한 지금 자신이 천 미터 상공에 있다는 건 반 아이들 중 그 누구도 모를 거라고 생각했다.

뒤쪽 출입구로 날아 들어온 낚싯바늘이 문틀에 걸려 있었다. 게이타는 그것을 빼내려고 했지만 쉽게 빠지지 않았다. 낚싯바늘에 연결된 와이어가 강한 힘으로 그것을 끌어당기고 있기 때문이었다. 그럼에도 혼신의 힘을 다해 결국 빼내는 데 성공한 게이타는 그것을 기체 안으로 끌고 들어와 페니트레이터에 걸었다. 그리고 무전기 앞으로 돌아와 헤드폰을 끼었다.

UH-60J.

(걸었어요.)

게이타의 목소리가 들렸다.

네가미는 고개를 돌려 가미조를 보았다.

"어떻게 됐어?"

"됐습니다. 페니트레이터에 와이어가 연결됐습니다."

"좋아."

네가미가 고개를 끄덕이고 다시 마이크에 입을 갖다 댔다.

"잘했어, 게이타 군. 자, 그럼 이제 호이스트의 와이어를 내려야 해. 그만 내려야 할 때는 이쪽에서 신호할게."

(알겠어요. 지금 바로 스위치를 누르면 되나요?)

네가미는 우에쿠사를 보았다. 우에쿠사는 와이어와 연결된 스피어건을 쥔 채 고개를 힘차게 끄덕거렸다.

"좋아. 눌러."

(네, 눌렀어요.)

351

게이타의 대답과 함께 빅 B의 호이스트 와이어가 풀려나오기 시작했다. 그와 동시에 우에쿠사도 스피어건의 와이어를 잡아 당기기 시작했다. 가미조가 옆에서 거들었다.

고속 증식로 '신양' 발전소.

"빅 B의 윈치에서 나온 로프를 구난대원이 잡아당기고 있답니다."

자위대로부터 연락을 받은 나카쓰카가 기쁜 표정으로 유하라와 야마시타에게 말했다.

"좋았어. 이제 첫 번째 관문은 통과했어."

유하라는 옆에 있던 야마시타의 등을 두드렸다.

"대단하네요. 엄청난 솜씨예요."

그러면서도 야마시타는 여전히 굳은 표정으로 "문제는 지금부터예요."라고 덧붙였다.

"저들에게 맡기자고. 분명 잘해 낼 거야."

그렇게 말하고 유하라는 하늘을 올려다봤다. 두 대의 헬리콥터가 눈에 들어왔다. 그러나 그 안에서 벌어지고 있는 일을 육안으로 확인할 수는 없었다.

UH-60J.

호이스트에서 풀려나온 와이어의 길이가 약 60미터에 이르자 네가미는 호이스트의 작동을 멈추라고 게이타에게 지시했다. 그리고 잠시 후 가미조는 와이어 끝에 달려 있는 페니트레이터를 기내로 끌어들이는 데 성공했다. 옆에서는 우에쿠사가 낙하산 장비를 막 착용한 참이었다.

"오케이. 페니트레이터를 이리 줘."

우에쿠사가 말했다.

가미조가 페니트레이터를 우에쿠사에게 건넸다. 그런데 그때 밖에서 들리는 굉음에 변화가 생겼다. 가미조는 반사적으로 소리가 나는 쪽을 돌아보았다. 빅 B의 거대한 몸체가 상승하고 있었다.

"위험합니다! 상대가 고도를 올리고 있어요!"

가미조가 외쳤다.

와이어의 느슨함이 순식간에 줄어들기 시작했다. 이상을 알아차린 네가미 기장이 UH-60J의 고도를 올리기 시작했을 때는 이미 두 헬리콥터를 잇고 있는 와이어의 각도가 크게 기운 뒤였다.

우에쿠사는 아직 페니트레이터를 자신의 장비에 연결하지 않은 상태였다. 그러나 더 꾸물거렸다가는 와이어가 이쪽 헬리콥터의 로터에 닿을 것 같았고, 그러면 이쪽은 추락할 터였다.

가미조가 새파랗게 질려 있는데 우에쿠사가 페니트레이터를 한 손에 쥔 채 헬리콥터 밖으로 뛰쳐나갔다.

"우에쿠사 중사님!"

가미조가 바닥에 무릎을 대고 아래를 내려다봤다. 오른손 하나로 와이어에 매달린 우에쿠사의 몸이 좌우로 크게 흔들리고 있었다.

그리고 다음 순간, 우에쿠사의 손이 페니트레이터를 놓쳤다.

고속 증식로 '신양' 발전소.

"떨어진다!"

누군가 소리쳤다.

유하라는 창문 밖으로 몸을 내밀고 하늘을 올려다봤다.

공중에 있는 까만 점 하나가 서서히 커지고 있었다. 무슨 일인지는 정확히 몰랐지만, 그 직전에 빅 B가 상승을 시작했다는 것만은 파악하고 있었다. 범인이 일부러 고도를 올렸다기보다는 우연히 상승 타이밍과 겹쳤던 것 같다.

이윽고 낙하산이 펴졌다.

"구난대원입니다. 무사한 것 같습니다."

야가미 구난대장이 냉정함을 잃지 않은 말투로 전했다.

그 자리에 있던 모두가 크게 한숨을 내쉬었다.

UH-60J.

"게이타 군, 게이타 군, 들리나?"

네가미 기장이 게이타를 불렀다.

(들려요. 저…… 어떻게 됐어요?)

"미안해, 게이타 군. 이번 시도는 실패했어. 갑자기 그쪽 헬리콥터가 상승했거든."

(이거, 점점 높아지고 있어요.)

울먹이는 목소리였다.

"그래, 알고 있어. 다시 한 번 할 거니까 호이스트의 스위치를 눌러서 와이어를 도로 감아 줘야겠어."

(네, 알았어요.)

소년과의 교신을 끝낸 네가미는 뒤돌아보지 않은 채 가미조에게 말했다.

"다시 시작한다. 준비는 됐나?"

"준비 완료."

가미조가 대답했다.

빅 B의 호이스트용 와이어가 저쪽 헬리콥터로 감겨 올라갔다. 그리고 소년이 조종석으로 자리를 옮기는 게 보였다.

"좋아, 신중하게 조준하도록."

네가미가 명령했다.

그렇게 말하지 않아도 가미조로서는 신중해질 수밖에 없었다. 지금 실패하면 총을 다시 세팅해야 한다.

그렇다고 어물거리고 있을 수만도 없었다. 과감하게 목표보다 높은 곳을 향해 발사하지 않으면 아까와 같은 실패를 되풀이하게 된다.

기체는 계속해서 흔들리고 있었다. 하지만 지금은 그런 걸 불평하고 있을 때가 아니었다. 저쪽 헬기에서는 초등학생이 고군

분투하고 있다.

마침내 결심한 듯이 그는 방아쇠를 당겼다. 발사된 화살이 빅 B의 로터를 향해 똑바로 날아간다. 가미조는 온몸이 얼어붙을 듯한 한기를 느꼈다. 안 되겠어, 저대로 날아가면 로터에 부딪히겠어, 라고 생각했다.

그런데 화살이 우에쿠사가 발사했을 때처럼 급커브를 그리더니 출입구에 명중하는 것 같았다.

"아…… 이거 곤란한데요."

함께 타고 있던 정비사가 망원경을 들여다보며 말했다.

"와이어가 호이스트를 장착하는 금속에 걸렸어요."

"뭐야?"

가미조가 다급히 망원경을 들여다보았다. 정비사의 말대로였다. 호이스트는 출입구 바깥 위쪽에 설치돼 있는데 거기에 와이어의 끝부분이 걸려 있었다.

"저 위치라면 아이에게는 손이 닿지 않을……"

그때 망원경에 게이타의 모습이 잡혔다. 게이타가 출입구 밖으로 손을 뻗고 있었다.

"위험해! 하지 말라고 하세요."

가미조가 외쳤다.

네가미가 다시 마이크를 잡았다.

"안 돼, 게이타 군! 다시 한 번 쏠 테니까 이번 건 그냥 내버려 둬."

그러나 헤드폰을 끼고 있지 않아 그 소리가 들리지 않는 게이타는 몸을 밖으로 더 내밀었다. 접혀 있는 병사용 의자에 발을 걸고 있는지 반바지 끝자락부터 상반신까지가 전부 출입구 밖으로 나와 있었다. 가미조는 그 광경을 차마 똑바로 쳐다볼 수가 없었다.

니시키 중공업 항공기 사업 본부 후생 센터 1층 매점 앞.

지상에서 망원 카메라를 통해 바라본 영상이 텔레비전 화면에 비치고 있었다. 세세한 건 보이지 않지만, 빅 B의 뒤쪽 출입구로부터 야마시타 게이타의 몸이 반 이상 나와 있다는 것만은 알 수 있었다.

아나운서의 외침이 비명에 가까웠다.

"아무래도 야마시타 게이타 군이 구난대가 던진 와이어를 잡으려고 하는 것 같은데요, 위험합니다. 이건 너무 위험합니다."

유하라 아쓰코는 화면을 계속 보고 있기가 고통스러웠다. 가슴이 아플 정도로 심장이 격렬하게 뛰었다. 위도 욱신거렸다.

옆에서는 야마시타 마치코가 눈을 감은 채 고개를 깊이 숙이고 있었다. 손에는 손수건이 쥐여 있다. 그런 그녀에게 해 줄 말 따위는 없었다.

UH-60J.

"됐어요! 잡았습니다!"

망원경으로 게이타의 모습을 지켜보던 정비원이 외쳤다. 가미조도 재빨리 망원경에 눈을 댔다. 게이타가 와이어의 끝부분을 호이스트의 금속 장치에서 벗겨 내 아까처럼 페니트레이터에 걸고 있는 모습이 보였다.

후우.

가미조는 숨을 토해 냈다.

"어린아이라는 건 참 대단해."

게이타가 조종석으로 돌아갔다. 긴장으로 몸이 굳어 있던 네가미 기장의 귀에 마침내 게이타의 음성이 날아들었다.

(아까랑 똑같이 연결했어요.)

네가미는 고개를 절레절레 흔들었다.

"잘했어. 대단하다. 그럼 이제 뭘 해야 할지도 알고 있지?"

(저걸 움직이면 되잖아요. 응…… 그러니까, 호이스트라고 했나요?)

"그래. 아까와 똑같은 요령으로."

(알겠어요.)

잠시 후 빅 B의 호이스트용 와이어가 다시 풀리기 시작했다. 가미조는 정비원과 함께 스피어건의 와이어를 잡아당겨 호이스트용 와이어의 끝에 달려 있는 페니트레이터를 끌어당겼다. 서두르지 않으면 언제 또 상대의 헬기가 상승을 시작할지 알 수 없다.

페니트레이터가 무사히 기내로 들어왔다. 가미조는 총 중량이 20킬로미터에 이르는 2인용 낙하산 장비를 착용하고 페니트레이터를 자신의 전신벨트에 걸었다. 그리고 조종석을 향해 말했다.

"준비됐습니다."

네가미가 다시 마이크를 잡았다.

"게이타 군, 들리나?"

(네.)

"지금부터 와이어에 우리 대원이 매달릴 거야. 헬리콥터가 흔들릴지도 모르니까 조종석에 앉아서 안전벨트를 단단히 매고 있도록 해."

(네, 알았어요.)

소년의 응답에 네가미는 흐뭇한 미소를 짓고 나서 뒤쪽에 대고 말했다.

"좋아, 이동한다. 준비됐나?"

"준비 완료!"

가미조가 큰 소리로 대답했다.

UH-60J는 고도를 유지한 채 천천히 빅 B에서 멀어졌다. 두 기체를 연결하고 있는 와이어가 서서히 팽팽해져 갔다. 가미조는 와이어를 양손으로 잡고 다리에 힘을 주어 버티고 섰다. 충격을 조금이라도 완화하기 위해서는 와이어가 최대한 팽팽해진 상태에서 매달리는 게 좋다.

드디어 와이어가 거의 일직선이 됐다. 가미조는 안전모 밑에서 눈을 한 번 크게 떠 보고는 낮은 구령과 함께 공중으로 날았다.

빅 B.

게이타는 오렌지색 옷을 입은 대원이 헬리콥터에서 뛰어내리는 모습을 숨죽이고 보고 있었다. 대원은 눈 깜짝할 사이에 빅 B 아래를 통과해 진자처럼 반대쪽으로 모습을 드러냈다. 게이타는 높이가 천 미터도 더 되는 상공에서 길이 50미터의 공중 그네를 뛴 자위대원에게 감탄하면서 마음 깊이 존경심을 품었다. 이제까지 세상에서 제일 멋진 직업은 축구 선수라고 생각해 왔다. 그런데 그 생각이 바뀌고 있었다.

이윽고 로프의 흔들림이 잦아들었다. 그것을 확인한 듯, 헤드폰에서 목소리가 들렸다.

(게이타 군, 듣고 있어?)

게이타가 무전기 스위치를 눌렀다.

"네, 듣고 있어요."

(좋아. 그럼 호이스트의 스위치를 누르고 로프를 감아 올려. 그리고 구조대원이 입구 근처까지 가면 그가 하라는 대로 해. 알겠지?)

"네, 알겠어요."

(그럼 조금만 더 힘내.)

"네."

게이타는 호이스트의 스위치를 눌렀다. 로프가 조금씩 되감겨 올라왔다. 게이타는 아래쪽 뒤쪽 출입구로 얼굴을 내밀고 조심조심 아래를 살폈다. 오렌지색 옷에 하얀 안전모를 쓴 대원의 모습이 조금씩 가까워지고 있었다.

대원이 완전히 올라왔을 때, 호이스트도 자동적으로 작동을 멈췄다.

"아아, 게이타 군!"

구조대원이 씩 웃어 보였다.

"아주 잘했어. 대단해!"

게이타는 뭔가 감사의 말을 해야 한다고 생각했지만 생각과는 달리 아무 말도 나오지 않았다. 그저 가슴이 벅차고 심장이 쿵쿵거릴 뿐이었다. 기쁜데 눈물이 나올 것 같은 기분이었다.

"울지 마. 우는 건 내려가서."

대원이 말했다.

"안 울어요."

그제야 겨우 소리를 낼 수 있었다.

"안 들어오세요?"

대원은 아직 헬기 바깥에 붙어 있는 상태였다.

"안타깝지만 안으로는 들어갈 수 없어."

"왜요?"

"이 헬리콥터는 나쁜 놈들이 조종하고 있거든. 아저씨가 안으로 들어가면 추락시키겠다고 했어."

"그게 정말이에요?"

"응, 정말이야."

"나, 나 때문에 이 헬리콥터가 움직이게 된 거 아니에요?"

"네 탓이 아니야. 물론 멋대로 안에 들어간 건 잘못이지만."

"죄송해요."

게이타가 고개를 떨어뜨렸다.

"사과도 내려가서 하도록. 자, 이쪽으로 와. 그리고 네 등이 아저씨 쪽을 향하게 해."

대원이 상반신만 안으로 들이밀었다. 게이타는 대원이 시키는 대로 했다. 대원의 몸 앞에는 복잡한 벨트 같은 것이 여러 개 달려 있었다. 대원은 그것들을 사용해 게이타의 몸통과 팔을 자신의 몸에 고정했다.

"좋아, 이제 안심해도 돼."

"뛰어내릴 거예요?"

"응. 그런데 잠깐만."

대원은 주머니의 지퍼를 열고 조그만 카메라를 꺼냈다. 그리고 헬리콥터 내부 사진을 몇 장 찍었다.

"자, 다 됐어."

그가 카메라를 주머니에 도로 집어넣었다.

"그런데 말이지, 게이타는 지금까지 얼마나 높은 곳에서 뛰어내려 봤어?"

"음, 그러니까……."

잠시 생각하던 게이타가 "미끄럼틀에서요. 공원 미끄럼틀요."라고 대답했다.

"그렇구나. 그럼 오늘 그 기록을 경신하게 해 주마."

그 말이 끝나기가 무섭게 대원은 게이타의 몸을 껴안고 등 뒤쪽을 향해 몸을 날렸다.

"하늘이 돌아요, 빙글빙글!"

게이타는 신이 나서 소리를 질렀다.

28

"뛰어내렸다!"

누군가가 공중을 보고 외쳤다. 유하라는 창문 밖으로 몸을 내밀고 목이 아플 정도로 고개를 쳐들어 하늘을 봤다. 새파란 하늘에 조그만 점 같은 회색 그림자가 보였다. 그 점은 차츰 크기가 커졌다.

"낙하산이 무사히 펼쳐진 것 같아."

여전히 시선을 공중으로 향한 채 유하라가 말했다. 옆에서 그와 마찬가지로 하늘을 올려다보고 있는 야마시타에게 한 말이었다.

"게이타, 게이타는요? 같이 있나요?"

"글쎄, 그건 아직 잘 모르겠어."

"아니, 있습니다. 보여요."

망원경을 들여다보고 있던 야가미가 외쳤다.

"대원 몸 앞에 꼭 붙어 있습니다. 이제 안심하세요."

"그래요?"

야마시타가 내쉬는 긴 한숨 소리가 유하라의 귓가에 닿았다.

잠시 후, 낙하산을 타고 내려오는 두 사람의 모습이 육안으로도 보였다. 야가미의 말대로 대원의 몸 앞에 게이타의 몸이 꼭 붙어 있었다.

두 사람은 종합 관리동 주차장으로 내려올 모양이었다.

"맞으러 가야지."

유하라가 야마시타에게 말했다.

"네."

야마시타가 웃는 얼굴로 대답하는데, 그런 그를 제지하듯 이마에다 경비 부장이 손을 내밀었다.

"아니요, 원자로 건물에 접근하는 건 위험해요. 언제 헬리콥터가 추락할지 모르니까요. 제 부하에게 마중하라고 시키겠습니다."

"괜찮지 않겠어요?"

나카쓰카가 이마에다를 보며 말했다.

"하지만……."

이마에다는 반박하고 싶은 듯했지만 유하라를 비롯해 그 자리에 모인 사람들의 시선을 의식했는지 일단 입을 다물었다.

그리고 잠시 망설이는 표정을 보이더니 하는 수 없다는 듯 자신의 부하를 향해 고개를 돌렸다.

"야마시타 씨를 낙하지점으로 모시고 가도록."

"감사합니다."

야마시타가 고개를 숙이자 이마에다는 쑥스러운 듯 얼굴을 찡그렸다.

유하라는 다시 창가에 서서 하늘을 올려다봤다. 낙하산이 점점 가까워지면서 낙하 속도가 의외로 빠르다는 것이 느껴졌다. 그는 스카이다이빙 경험은 없지만 패러세일링이라면 딱 한 번해 본 적이 있었다. 기껏해야 수십 미터 높이에서 내려오는데도 아주 사소한 조작 실수만으로 엉뚱한 방향으로 흘러가고 말았던 기억이 있다. 그런데 지금 구난대원은 완벽한 조작으로 주차장 거의 한가운데에 착지하고 있는 것이다.

두 사람이 무사히 착지하자 모인 사람들은 누가 먼저랄 것도 없이 박수를 쳤다. 그와 거의 동시에 지프 한 대가 제2관리동 앞을 출발했다. 뒤 좌석에는 야마시타가 타고 있었다.

지프가 주차장에 도착할 무렵에는 게이타의 몸이 이미 대원의 몸에서 분리돼 있었다. 차에서 내린 야마시타가 아들에게 달려가는 모습이 유하라가 있는 위치에서도 잘 보였다. 야마시타가 게이타를 덥석 껴안았다. 게이타가 울음을 터뜨리는 듯했다. 야마시타도 울고 있을 게 분명하다고 유하라는 생각했다.

"문제는 지금부터야."

어느 틈에 왔는지 미시마가 옆에 서 있었다.

"이제 정부로서는 빠져나갈 구멍이 없어졌어. 운전 중인 '신양'에 헬리콥터가 추락해도 괜찮을지 어떨지 분명한 결론을 내려야 할 거야."

"정부가 범인의 요구를 수용할 가능성이 있을까?"

유하라가 물었다.

"제로지."

미시마는 아무 망설임 없이 대답했다.

"간단한 계산 아니야? 원형로 하나 때문에 수십 기의 원전을 무용지물로 만들 수야 없잖아."

"그렇지만 피해가 어느 정도 될지 알 수 없잖아."

"잘은 모르겠지만, 현시점에서 정부가 할 수 있는 대답은 딱 하나밖에 없어. 무슨 일이 일어나도 큰 피해는 없을 것이며 방사능도 누출되지 않는다."

"만약의 사태는 고려하지 않는다는 건가?"

그러자 미시마가 입술을 일그러뜨리며 쓴웃음을 지었다.

"그런 걸 생각했다면 원전 따위는 만들지 않았겠지."

"흐음……."

유하라는 창밖으로 다시 눈길을 돌렸다. 야마시타 부부와 그 아들이 자위대원의 호위 속에 지프에 올라타고 있었다.

급한 불은 껐다는 사실을 확인한 나카쓰카는 옆에 있던 의자에 털썩 앉았다. 그리고 한숨을 크게 내쉰 후 손수건으로 이마를 닦았다. 땀이 비 오듯 흐르고 있었다.

다음 문제는 범인이 어떻게 나올까 하는 것이다.

그런 생각을 하고 있는데 옆에 있던 전화기가 울렸다. 수화기를 들려는 고테라를 제지하고 나카쓰카는 직접 손을 뻗었다. 구출 작전이 성공한 것을 보고 노연 본사에서 연락했겠지 생각했다.

"'신양' 발전소입니다."

"아, 나카쓰카 소장님. 사카모토입니다."

"아아……."

뜻밖의 상대라서 나카쓰카는 순간 당황했다. 노연 쓰루가 사무소의 사카모토 소장이었다. 그가 오늘 나카쓰카에게 건 두 번째 전화다. 첫 번째는 헬리콥터가 이쪽으로 날아오고 있다는 사실을 알리는 전화였다.

아이가 무사히 구조되는 광경을 텔레비전으로 보고 축하의 말이라도 하려고 전화한 것일까. 그렇다면 참으로 무신경한 사람이다. 아직 위기는 사라지지 않았다.

그런데 그게 아니었다.

"소장님, 실은 방금 이쪽으로 팩스가 들어왔습니다. 범인이 보낸 것 같아요."

"네에?"

나카쓰카는 저도 모르게 엉덩이를 들었다.

"왜 그쪽으로……?"

"그건 내용을 보시면 알게 됩니다. 전송해 드릴 테니 한번 읽어 보세요."

"알았습니다. 보내 주세요."

나카쓰카가 전화를 끊고 나자 낌새가 예사롭지 않다고 느꼈는지 이마에다 경비 부장이 다가왔다.

"무슨 전화인가요?"

"쓰루가 사무소에서 온 전화입니다. 범인이 팩스를 보냈다는군요."

"뭐라고요?"

이마에다가 눈을 활짝 뜨는데 방 한쪽 구석에 놓인 팩스기가 수신음을 울리며 작동하기 시작했다. 모두가 경직된 자세로 팩스기가 토해 내는 하얀 종이를 뚫어져라 바라보았다. 수신이 완료되자 팩스기 옆에서 기다리던 젊은 직원이 종이를 집어 들고 쓱 한 번 훑어본 후 나카쓰카에게 가지고 왔다.

"틀림없습니다. 범인이 보낸 겁니다."

직원이 말했다.

나카쓰카는 팩스의 내용을 핥듯이 읽은 후 직원에게 도로 건네며 "큰 소리로 읽어 드리게."라고 지시했다.

젊은 직원은 긴장한 표정으로 팩스를 읽기 시작했다.

"추적을 피하기 위해 그쪽으로 문서를 보낸다. 받는 대로 '신양 발전소에 전송하기 바란다. 아이가 구출된 것을 확인했다. 이것으로 우리에게는 희생자가 나오게 할 의사가 없다는 사실을 알았으리라 생각한다. 이번에는 당신들에게 그런 의사가 있는지 없는지 밝힐 차례다. 즉시 국내에 있는 원자력 발전소를 사용 불능 상태로 만들 것이며, 그 파괴 장면을 텔레비전으로 중계하기 바란다. 파괴된 원전의 발전 출력에 상응하는 만큼 헬리콥터를 현재 위치에서 멀어지도록 하겠다. 구체적으로 말하자면 발전 출력 10만 kW당 1미터를 이동한다. 즉, 100만 kW급 원전 1기를 사용 불능으로 만들면 10미터 멀어지게 되는 것이다. 당초 모든 원전의 파괴를 희망했던 우리로서는 최대한 양보한 것이다. 부디 잘 생각하고 결단을 내리기 바란다. 천공의 벌"

29

무로부시와 세키네는 다나베의 집 거실에서 가즈오에게 받은 명부를 다시 살피기 시작했다. 조금 전까지 아이의 구출극을 다나베 모자와 함께 보고 있었다. 아이가 자위대원과 함께 낙하산으로 무사히 탈출했을 때는 네 사람이 함께 박수를 쳤다.

"세상에는 아직도 근성 있는 사람이 있군요."

여전히 흥분이 가시지 않는지 세키네가 벌게진 얼굴로 말했다.

"구난대원 말이야?"

"네."

"근성만으로 어떻게 저런 일을 하겠어. 지력, 체력, 판단력 등 여러 가지가 필요하겠지."

"텔레비전에서 아나운서가 그러는데 구난대원의 계급이 하사라고 하더라고요. 경찰로 치면 순사부장이나 경부보일 텐데, 그 사람들에 비하면 우리 일은 쉬운 편이에요."

"그렇게 생각한다면 수다 떠는 동안 손이라도 움직여야지."

"아, 예, 예."

무선 조종 마니아라는 '사이카와'인지 '사이가와'인지 하는 이름의 인물은 아직 찾지 못했다. 다나베 요시유키의 노동 재해 인정을 요구하는 모임의 출석자 목록뿐 아니라 요시유키의 학창 시절 명부 등도 들춰 보았지만 그런 이름은 없었다.

사이카와나 사이가와라면 한자는 犀川이나 齋川, 아니면 才川쯤 될 것이다. 어느 것이든 흔히 볼 수 있는 이름이 아니다.

"혹시 사가와는 아닐까요?"

"그런 이름이 있다면 체크할 필요는 있겠지만, 나는 아니라고 생각해. 사이가와를 사가와로 잘못 듣는 경우는 있지만 그 반대는 불가능해."

"그런가요. 하지만 사이카와든 사이가와든, 그런 이름의 지인은 아직까지 한 명도 안 나왔어요."

"그러니까 다행이지. 이름이 스즈키나 다나카였어 봐. 일일이 메모하기도 벅찰 거야."

"하긴 그것도 그러네요."

세키네가 히죽 웃는데 어디에선가 전화벨 소리가 났다. 그리고 전화를 받는 야스코의 목소리가 들렸다. 잠시 후 야스코가 나타났다.

"저, 두 분 중 아무나 바꿔 달라고 하는데요."

수사본부에서 온 전화일 것이다.

"제가 받겠습니다."

세키네가 웃음기를 거두고 일어섰다.

무로부시는 혼자서 계속 체크했다. 지금 살펴보고 있는 것은 요시유키가 졸업한 중학교 동창회 명부다. 들여다보고는 있지만 여기에는 없을 것이라고 생각하고 있었다. 만약 동창생이나 학창 시절 친구라면 두부 가게의 가와무라 다카오가 알고 있을 것이다.

결국 거기서는 犀川도 斎川도, 또 才川도 찾을 수 없었다.

동창회 명부를 내던지고 의자 깊숙이 몸을 기댔을 때 세키네가 돌아왔다. 표정이 별로 좋지 않았다.

"왜 이렇게 오래 걸렸어, 수확이 있는 거야?"

"아닙니다."

세키네의 대답은 무로부시가 예상한 대로였다.

"다이토 플랜트에도 그런 이름은 없다는데요."

"쳇, 그럼 다른 원전 관련 회사도 조사해 보겠대?"

"아니요, 그게……."

세키네는 살짝 달라붙은 앞머리를 끌어 올렸다.

"뭐야, 조사를 못하겠다는 거야?"

무로부시가 발끈하자 세키네는 한쪽 손에 들고 있던 종이를 내밀었다. 광고 전단지였다. 다나베 야스코에게 얻은 듯한 그 전단지의 뒷면에 전화번호가 빼곡히 적혀 있었다.

"후쿠이 현 내에 있는 원전 관련 회사들 전화번호예요."

"뭐라고? 허, 우리더러 조사하라는 거야? 대체 생각이 있는 거야 없는 거야, 본부 놈들."

"그게 말이죠, 지금 본부에 남아 있는 사람이 거의 없다네요. 교통과랑 소년과까지 전부 동원된 모양이에요. 다이도 플랜트에도 계장님이 직접 전화했답니다."

"그럼 됐네. 그런 식으로 계장님이 계속 열심히 하면 되겠구면."

"그런데 여기저기서 들어오는 정보를 정리하느라고 정신이 하나도 없답니다. 상당한 근거가 있다면 모를까, 좀 의심스러운 정도로는 문의 전화나 하고 있을 여유가 없대요."

"흠……."

무로부시는 한숨밖에 나오지 않았다.

수사 중에 있는 사람은 자신들뿐만이 아니었다. 현 내의 경찰관 대부분이 '신양' 건으로 동분서주하고 있을 게 불 보듯 뻔했다. 그중 몇몇은 무로부시보다 유력한 단서를 잡고 지금쯤 상대를 찾아 나섰을지도 모른다. 그리고 현경 본부에는 경시청이나 다른 현경으로부터도 정보가 들어오고 있을 것이다.

"어쩔 수 없지, 뭐. 나중에 나눠서 걸어 보자고."

그리고 무로부시는 전단지를 접어 주머니에 넣었다.

"그래야겠어요. 그런데 선배는 뭐 좀 찾았나요?"

"중학교 명부는 다 봤는데, 아무리 봐도 없어."

"역시 그렇군요. 그럼 이번에는 초등학교 명부라도 가져올까요? 거기도 없으면 유치원?"

입으로는 그렇게 농담을 하고 있었지만, 표정으로 보아 세키네도 초조하기는 마찬가지인 듯했다.

무로부시는 다나베 요시유키의 노동 재해 인정을 요구하는 집회의 출석자 명부를 다시 집어 들었다.

"그건 벌써 두 번이나 훑었잖아요, 저랑 선배랑 각자 한 번씩요. 사이카와도 사이가와도 없었어요."

"그건 알지만, 아무래도 마음에 걸리는군. 한 번만 더 훑어보자고."

무로부시가 명부를 세키네 앞에 놓았다.

"그러죠, 뭐."

넌더리가 난다는 표정을 지으면서도 세키네는 첫 페이지를 넘겼다. 그러나 그는 이내 고개를 들었다.

"있잖아요, 무로부시 선배. 이건 아무래도 무리인 것 같아요."

"뭐가?"

"무선 조종 마니아가 범인일 거라는 생각 말이에요. 무선 조종으로 헬리콥터를 훔친 건 분명하지만, 전문 지식이 상당히 깊은 사람 아니면 범행이 힘들다고 하잖아요. 장난감 마니아 정도로는 어렵지 않겠어요?"

후배의 말에 무로부시는 슬그머니 미소를 지었다.

"그렇게 생각하나?"

"그렇게 생각하지 않으세요?"

"내 생각은 정반대야. 물론 범인은 단순한 장난감 마니아가 아니야. 프로지. 헬리콥터에 관해서는 속속들이 알고 있는. 다만 현역은 아니야. 기술자는 무대에서 사라진 후에야 나쁜 짓을 하거든. 자신의 솜씨를 살릴 수 있는 무대가 없으니 좋지 않은 생각을 품게 되는 거지."

"그 생각에는 저도 동의합니다."

"그런 사람들은 자칫하면 옛 영광에 사로잡히지. 그래서 어떤 형태로든 그걸 재현하려고 해."

"그게 무선 조종이라는 말씀인가요?"

"그렇지. 그런 의미에서 보자면 무선 조종 마니아는 우리와는 전혀 다른 종류의 인간이야."

"사이카와가 그런 인간이라는 건가요?"

"그건 알 수 없지. 단순한 마니아일 뿐인지도 몰라. 그렇다면 처음부터 새로 시작할 수밖에 없고."

세키네는 얼굴을 찡그리며 코 밑을 문질렀다. 처음부터 다시 시작하게 될 공산이 클 것 같다는 생각이 들었다. 그는 집회 출석자 명부를 다시 훑기 시작했다.

"미안하지만 소리 내서 읽어 봐. 성만이라도 좋으니까."

무로부시가 말했다.

"소리를 내서요?"

"응. 나도 들여다보고 싶은데 눈이 피곤해서."

그리고 무로부시는 이인용 소파에 팔을 베고 드러누워 눈을 감았다.

"그대로 잠드시면 안 됩니다."

"잠들면 깨워 줘."

"안 깨울 거예요. 저도 같이 잘 겁니다. 음, 그럼 처음부터 읽습니다. 다나베, 요시쿠라, 오카바야시, 우치다, 오쓰카……."

세키네가 읽어 나가는 성을 무로부시는 하나하나씩 머릿속에서 한자로 바꿔 갔다. 어디에나 있는 흔한 성이 대부분이었다. 사이카와나 사이가와로 착각할 만한 성들은 아니다.

그 남자가 노동 재해 인정을 요구하는 집회에 반드시 참석했으리라는 보장이 없다는 생각이 들었다. 만약 다나베 요시유키와 비슷한 일을 하는 원전 노동자라면 더욱이 그런 곳에는 참석하지 않았을지도 모른다. 고용주에게 들키면 일자리를 잃을 위험이 있기 때문이다.

흔해 빠진 성을 끝없이 읽어 나가는 세키네의 음성이 무로부시의 귀에는 점점 자장가처럼 들렸다. 이러다가 정말 잠들겠네, 하면서 무로부시는 눈을 뜨고 머리를 흔들었다.

그때였다.

"음, 이건 자카라고 해야 되나, 조가라고 해야 되나……."

여태 유창하게 읽어 나가던 세키네가 갑자기 머뭇거렸다.

"무슨 글자인데 그래?"

무로부시가 누운 채 물었다.

"이거, 어떻게 읽어야 하나요?"

세키네가 노트의 펼친 면을 무로부시에게 내보이며 손가락으로 한 부분을 짚었다. 거기에는 雜賀라는 한자가 적혀 있었다.

비몽사몽간이던 무로부시는 순간 정신이 번쩍 들었다. 그는 튀어 오르듯 일어나 세키네의 손에서 노트를 휙 낚아챘다.

"아까는 왜 못 봤지? ……그래! 사이카와나 사이가와라면 반드시 뒤에 내 천 자가 붙는다고 생각한 게 잘못이었어."

"선배, 이 한자는……."

그러자 무로부시가 히죽 웃으며 노트에 적힌 한자를 가리켰다.

"내가 제법 학식이 있다는 걸 증명해 주지. 이 한자는 말이야, 놀라지 마. 사이카라고 읽는 거야."

"네에?"

"드문 성이니 자네가 못 읽는 것도 당연하지. 그렇군. 사이카라는 성이 있었어. 이런 멍청한……."

거기 적힌 이름은 '사이카 이사오'였다. 흘려 썼다고 할 수 있는 글씨체에 주소는 나가하마 시라고 돼 있을 뿐이다.

"다나베 씨한테 가서 양해를 구해. 전화 좀 길게 쓰겠다고 말이야. 물론 전화 요금은 지불하겠다고 하고."

그리고 무로부시는 조금 전 세키네에게 받은 전화번호 적힌 전단지를 주머니에서 꺼냈다.

"알겠습니다."

세키네가 벌떡 일어섰다.

30

나카쓰카에게 노연 본사로부터 전화가 걸려 온 것은 야마시타 게이타가 무사히 구출되고 20분쯤 지났을 때였다. 제2관리동 회의실에서는 구출을 성공시킨 데 대한 흥분의 열기가 일찌감치 가라앉고 헬리콥터 추락에 대비한 대책을 논의하고 있었다.

나카쓰카가 수화기를 들자 노연 쓰쓰이 이사장의 목소리가 흘러나왔다.

"어떤가, 그쪽 상황은?"

쓰쓰이의 이런 말투에 나카쓰카는 반발심이 일었다. 아무래도 이번 사건을 대하는 쓰쓰이의 태도에는 강 건너 불구경하는 듯한 느낌이 있다는 생각을 지울 수 없었다. 하지만 이제 와서 그런 말을 해 봐야 무슨 소용일까.

"어떻다고 할 만한 것이……."

대답하다 말고 나카쓰카는 회의실 안을 둘러보았다. 모두가 그를 바라보고 있었다.

"소방 쪽을 중심으로 만일의 경우를 상정하고 대응책을 검토하는 중입니다. 아직은 묘안이랄 만한 것이 없습니다만."

"그렇군. 거기 계신 분들께는 내 대신 자네가 잘 부탁드린다고 말씀드려 주게."

"네, 그야 물론……."

겨우 그 말을 하려고 전화를 걸었나 싶어 나카쓰카의 표정이 어두워졌을 때 쓰쓰이가 말했다.

"실은 과기청에서 연락이 왔어."

"네."

"'신양'을 멈출 수 없겠냐고 하더군."

"네?"

순간 나카쓰카는 자신의 귀를 의심했다.

"아니, 가동을 멈추면 헬리콥터를 추락시키겠다고 범인이……."

"그야 나도 알지. 하지만 멈췄는지 안 멈췄는지 범인이 알 수 있을까?"

"아……."

"자네도 텔레비전으로 봤지? 각지의 원전이 가동을 멈추는 장면 말일세."

"네, 봤습니다."

"그럼 내가 무슨 말을 하고 싶은지도 알지?"

말꼬리를 올리며 쓰쓰이가 물었다. 교활하기 짝이 없는 말
투다.

나카쓰카는 수화기를 꽉 쥔 채 침을 꿀걱 삼켰다.

"원자로를 멈추고서 겉으로는 가동하는 것처럼 보이게 하라
는 말씀입니까?"

"그래, 그거야. 안 되겠나?"

"글쎄요, 그건……."

나카쓰카는 다시 사람들을 둘러보았다. 그와 쓰쓰이가 무슨
대화를 나누고 있는지 다들 눈치챈 듯했다.

"그건 위험합니다. 만약 범인이 눈치채기라도 하면……."

"그러니까 범인이 눈치챌 우려가 있는지 없는지 검토해 보란
말일세. 원자로가 멈췄을 경우 외부에서 그 사실을 감지할 수
있는지 없는지 말이야."

"말씀하시는 뜻은 알겠습니다만……."

"이보게, 나카쓰카."

쓰쓰이는 정중하게, 그러나 다소 위협적인 어조로 말했다.

"솔직히 말하자면, 범행을 저지하는 건 어렵지 않겠느냐는 게
내 견해야. 정부가 범인의 요구를 받아들인다는 것도 말이 안
되고. 그렇다면 헬리콥터가 추락하는 건 시간문제 아니겠나."

나카쓰카는 대답하지 않았다. 물론 틀린 말이 아니라는 것은 그도 알고 있었다.

"그렇게 생각하면 미리 원자로를 정지하는 것도 하나의 방법이 아닐까 싶네. 잘하면 헬기가 추락하기 전에 원자로나 배관을 조금이나마 냉각시킬 수도 있을 테고."

"범인에게 들켜서 헬리콥터가 떨어진다 해도 본전이다, 그런 말씀입니까?"

"그렇게 말하진 않았네. 검토를 해 보라는 거지. 범인에게 들킬 염려가 조금이라도 있다면 과기청도 멈추라고 하지는 않을 거야."

나카쓰카는 한숨을 쉬었다.

"알겠습니다. 한번 의논해 보죠."

"그래. 찬찬히 검토해 보고 결과를 알려 줘."

그리고 쓰쓰이는 전화를 끊었다.

나카쓰카는 수화기를 내려놓고 제자리로 돌아왔다. 그가 말을 꺼내기 전에 이마에다 경비 부장이 먼저 물었다.

"'신양'을 정지하라는 전화인가요?"

"그래요."

"당연한 건지도 모르죠."

그렇게 말한 사람은 소방 본부의 사쿠마 특수 재해 과장이었다.

"지금까지는 어린아이가 타고 있었기 때문에 절대 추락하도록 내버려 둘 수 없었지만, 헬기를 이동시킬 수 있는 방법이 없는 이상 어떻게 추락을 막느냐가 아니라 어떤 식으로 추락하도록 하느냐, 그런 방향으로 생각할 시점이 됐는지도 모릅니다."

"그래도 천운에 맡기는 모험을 하기엔 아직 이르지 않을까요?"

이마에다가 반문했다.

"물론 아직 도박을 할 단계는 아니라고 생각합니다. 그러니까 그게 도박인지 아닌지 의논할 필요가 있겠지요. 방금 걸려 온 전화도 그런 내용이었습니다."

나카쓰카는 그렇게 대답하고 고테라 종합 기술 주임을 봤다.

"원자로를 정지시킬 경우 발전소 전체적으로 어떤 변화가 생기지?"

고테라는 잠시 생각하다가 대답했다.

"가장 큰 변화는 역시 터빈이 돌아가지 않는 것이겠죠."

"터빈이 돌아가지 않는 걸 밖에서 알 수 있나?"

"아마 모를 겁니다."

"소리는요? 터빈이 돌아가는 소리도 멈추지 않나요?"

이마에다가 물었다.

고테라는 고개를 저었다.

"터빈이 있는 건물 바로 옆이라면 모를까, 발전소 부지 밖에서는 터빈 돌아가는 소리가 원래 들리지 않습니다."

"물이 흐름을 멈추겠군."

나카쓰카가 생각났다는 듯이 말했다.

"복수기를 통과하는 해수 말일세."

"아, 그건 그렇겠군요."

고테라가 동의했다.

복수기란 터빈을 돌릴 때 발생하는 증기를 물로 되돌리기 위한 냉각 장치로, 밖에서 끌어들인 해수가 파이프 안을 흐르는 것이다. 즉 해수로 증기를 식히는 원리로, 이 설비가 필요하기 때문에 원자력 발전소나 화력 발전소는 바다 옆에 세워야 하는 것이다.

"해수의 흐름이 멈춘 것을 밖에서 보면 알 수 있나요?"

복수기에 대한 설명을 들은 이마에다가 물었다.

"알 수 있을 겁니다. 특히 물을 흘려 내보내는 쪽은 알기 쉽죠. 거리가 좀 있더라도 망원경을 사용하면 보일 겁니다."

나카쓰카가 대답했다.

"그렇다면 범인이 그곳을 주목하고 있을지도 모르겠군요."

사쿠마가 말했다.

"만일 그렇다고 하면 원자로 가동을 중단시켜도 해수 펌프만 계속 가동하면 됩니다. 어려운 일이 아닙니다."

고테라가 자신 있게 말했다.

나카쓰카는 종합 기술 주임의 아이디어에 문제점은 없는지 재빨리 검토해 봤다. 그 결과 괜찮은 생각이라는 판단이 섰다.

"좋아요. 원자로 가동을 멈출 경우에도 해수 펌프는 계속 가동할 수 있도록 준비합시다."

"네. 그럼 조금 이따가 제어실에 그렇게 연락해 두겠습니다."

고테라가 대답했다.

"그 밖에 원자로가 멈췄다는 사실을 나타내 주는 게 없을까?"

"그 외에 눈에 뜨이는 변화는 없을 겁니다."

"전력 공급 면에서는 어떨까요?"

이 질문을 한 사람은 원전에 관해 문외한인 유하라였다.

"여기서 전기 공급을 멈추면 이 일대가 정전된다든가 하는 일은 없나요?"

"아니요, 그럴 염려는 없습니다."

고테라가 대답했다.

"주변 전력 회사에서 즉시 전기를 대체하도록 체제가 마련돼 있거든요."

"하지만 지금은 모든 원전이 정지되는 바람에 전력이 부족한 상황 아닙니까?"

"그건 맞습니다만, 이 발전소의 발전량이 애당초 그다지 많지 않아서요."

"그럼 '신양'이 발전을 멈춰도 아무 변화가 없다는 건가요?"

"아니요, 정전까지는 아니더라도 불의 밝기가 순간적으로 조금 약해지는 정도의 변화는 있을지도 모릅니다."

나카쓰카가 다른 분야 기술자의 의견을 존중하는 태도로 유하라에게 말했다.

"그래도 그것을 '신양'이 정지됐다는 근거로 삼을 수는 없다고 생각합니다."

그렇군요, 하며 유하라가 고개를 끄덕였다.

"여기서 발전된 전기는 어디를 통해서 밖으로 송출됩니까?"

이번에는 사쿠마가 질문했다.

"이 건물 바로 옆에 있는 개폐소입니다. 관계자 외에는 출입할 수 없는 곳이죠."

고테라가 대답했다.

"그 개폐소를 멀리서 망원경으로 보면 전력이 공급되고 있는지 판별할 수 있습니까?"

사쿠마가 다시 질문했다.

"그건 힘들 겁니다."

고테라가 고개를 저었다.

"자네들은 어떤가."

나카쓰카가 자신이 신뢰하는 직원들을 둘러보며 물었다.

"만약 자네들이 아무것도 모르는 상태에서 여기에 왔을 때 저 '신양'이 가동되고 있는지 어떤지 판단해야 한다면 뭘 근거로 하겠나?"

그는 창밖으로 보이는 돔형 건물을 가리켰다.

그 건물은 여전히 그 자리에 소리 없이 서 있을 뿐이었다. 그것은 건물이 세워진 이래 변함없는 일이었다.

"저라면,"

젊은 직원 하나가 입을 열었다.

"중앙 제어실에 전화해서 가동 중인지 아닌지 물어볼 겁니다."

"그러니까, 외관으로는 판단할 수 없다는 말인가?"

"네."

"다른 사람들은 어떤가, 의견 없나?"

"디젤 발전기는 어떨까요?"

또 다른 직원이 발언했다.

"원자로가 긴급 정지되면 디젤 발전기가 작동하지 않습니까."

"그렇지."

나카쓰카가 고개를 끄덕였다.

디젤 발전기는 비상용 전원으로 비치돼 있다. 즉 원자로가 정지되고 동시에 외부로부터의 전력 공급까지 중단될 경우라도 안전장치 등의 제어 시스템을 움직이기 위한 전력만은 자급할 수 있는 것이다. 이 발전기는 원자로가 통상적으로 정지될 때는 작동하지 않지만 긴급 정지 시에는 만일의 정전에 대비해 작동하도록 돼 있었다.

"디젤 발전기가 작동하는 것을 밖에서 보면 알 수 있습니까?"

사쿠마가 그 직원에게 물었다.

"디젤 엔진을 가동시키면 당연히 매연이 나옵니다. 멀리서라도 망원경으로 보면 알 수 있을 겁니다."

"그렇군요."

사쿠마가 이해했다는 표정을 지었다.

"하지만 그 문제라면,"

고테라가 말했다.

"긴급 정지를 하지 않으면 되는 일입니다. 통상의 정지 동작이라면 문제가 없어요."

"나도 같은 생각이기는 한데, 범인이 그 생각을 안 했을 리 없다고 봐."

그렇게 말하고서 나카쓰카는 다시 부하 직원들을 둘러보았다.

"다른 의견은 더 없나?"

직원들이 말없이 고개만 저었다.

나카쓰카가 그런 직원들을 둘러보다가 방 한구석에 서 있던 남자와 눈이 마주쳤다. 남자가 재빨리 고개를 숙였다. 나카쓰카는 그 동작이 묘하게 마음에 걸렸다.

"자네는 어떤가, 자네가 보아 알 수 있는 게 있을까?"

질문을 당한 상대, 즉 니시키 중공업에서 파견된 원자력 기술자 미시마 고이치는 고개를 들고 슬며시 팔짱을 낀 후에 대답했다.

"전에 경수로 일을 할 때는 변압기를 보고 오늘은 발전기가 가동되고 있구나 아니구나를 판단한 적이 있습니다."

"변압기를? 뭘 보고 아는 거지?"

"별건 아닙니다. 공랭용 팬이 돌아가면 변압기가 사용되고 있다는 뜻이니까 당연히 발전도 되고 있는 거죠."

"아!"

나카쓰카가 입을 쩍 벌렸다.

"그렇군. 그런 구별법도 있었어."

변압기에서는 발전된 2만 4천 볼트의 전기를 50만 볼트로 승압한다. 당연히 대량의 열이 발생하므로 변압기마다 수십 개의 냉각 팬이 달려 있다. 발열량에 따라 작동하는 팬의 수도 다른데, 지금은 대부분의 팬이 돌아가고 있을 터였다. 발전 중인데 팬이 멈추어 있는 일은 있을 수 없다.

나카쓰카는 허점을 찔린 듯한 심정이었다. 과연 민간 원전 몇 군데에서 일한 경험이 있다더니, 하며 감탄하는 마음으로 미시마의 얼굴을 보았다.

"하지만,"

고테라가 끼어들었다.

"다른 발전소라면 몰라도 이곳 변압기는 터빈 건물과 종합 관리동 사이에 있어서 밖에서는 안 보이지 않을까요?"

"아니야, 각도에 따라 보이는 곳도 있을 수 있어. 지금까지 나온 의견들 중에서는 가장 신빙성이 있어."

나카쓰카가 말했다.

"자세히 좀 말씀해 주시겠습니까?"

이마에다 경비 부장이 한 발짝 앞으로 나서며 말했다.

나카쓰카는 발전소 전체의 조감도를 책상에 펼쳐 놓고, 고테라가 말했듯이 터빈과 종합 관리동 사이에 주 변압기가 늘어서 있다고 설명했다.

"이 도면으로 보면 아닌 게 아니라 발전소 밖에서는 잘 보이지 않겠는데요."

이마에다가 팔짱을 끼고서 말했다.

"보려면 바다나 뒷산 쪽에서 봐야 할 것 같습니다."

"뒷산에는 사람이 올라갈 수 없습니다."

고테라가 딱 잘라 말했다.

"하지만 혹시 또 모르죠. 전혀 의외의 장소에서 보일지도요. 발전소를 둘러싸고 경관이 보초를 서고 있으니 그 사람들에게 변압기 팬이 보이는지 확인시키겠습니다. 그리고 좀 전에 얘기가 나왔듯이 해수의 흐름을 알 수 있는지 어떤지도 조사하도록 지시하겠습니다."

"네, 잘 부탁합니다."

나카쓰카가 이마에다를 향해 고개를 숙였다.

"변압기 팬도 해수 펌프처럼 원자로가 정지된 후에도 돌아가도록 할 수는 없는 건가요?"

사쿠마가 나카쓰카와 고테라를 보며 질문했다.

"불가능한 건 아니라고 생각합니다만……."

나카쓰카는 그렇게 말하고 고테라를 향해 고개를 돌렸다.

"변압기 회로가 어떻게 돼 있지?"

고테라가 고개를 살짝 갸우뚱하는데 다시 미시마가 나섰다.

"단순한 릴레이 회로입니다. 변압기에 흐르는 전류를 분류해서 그걸로 움직이게 돼 있을 겁니다. 그러니까 발전기를 정지시키고 변압기만 움직이게 하려면 별도의 전원을 연결해야 합니다."

"그거라면 그리 어려운 작업은 아니겠군."

고테라의 말에 미시마는 고개를 저었다.

"어렵지는 않지만 공사를 하려면 일단 발전기와 팬의 가동을 모두 중지해야 합니다."

아, 하는 소리를 흘리듯 내뱉은 건 고테라만이 아니었다. 나카쓰카 역시 그 점을 깜빡 잊고 있었다.

"그렇다면 보초를 서고 있는 경관들에게 기대를 걸어 보는 수밖에 없겠군."

그렇게 말하고 이마에다는 나카쓰카 소장이 아닌 미시마 쪽으로 고개를 돌렸다.

"그 외에는 원자로가 정지했다는 걸 알 수 있는 방법이 없을까요?"

미시마는 턱을 약간 쳐들고 몇 초간 눈을 감았다 뜬 뒤 말했다.

"전자 유도도 생각해 볼 필요가 있겠네요."

"전자 유도라고요?"

"고압 전류가 흐르고 있으니 당연히 그 주위에는 강한 자장이 발생합니다. 거기에 코일을 설치하면 유도 전류가 발생하죠. 그 유도를 모니터하면 송전 상태를 알 수 있습니다. 통상의 발전소는 발전 설비가 하나만 있는 게 아니기 때문에 발전기

하나가 가동을 멈춰도 송전이 제로가 되는 일은 없습니다. 하지만 이곳은 발전 설비가 하나밖에 없어서 '신양'이 가동을 중단하면 송전도 제로가 되죠. 그러니 모니터하기 어렵지 않다고 생각합니다."

이마에다는 얘기를 들어도 이해가 쉽지 않은 눈치였다. 그가 나카쓰카를 보았다.

"무슨 소린지는 잘 모르겠지만, 그런 일이 가능하기는 한 겁니까?"

"그 점을 생각해 보지 않았던 건 아니지만,"

나카쓰카는 말하면서 고개를 갸웃거렸다.

"송전선이 통과하는 곳이 상당히 높은 위치라서 말이죠. 접근하기 거의 불가능하다고 생각했어요."

"지표에서도 장소를 잘 선택하면 모니터가 가능하지 않을까요?"

미시마가 말했다.

"글쎄, 어떨까?"

나카쓰카가 고테라에게 의견을 구했다.

고테라는 별로 인정하고 싶지 않은 기색이었지만 그래도 고개를 까딱했다.

"전자계의 조건이 좋은 장소라면 가능할지도 모르죠."

"어쨌든 말씀하신 코일이나 모니터를 설치하려면 송전선 근처여야 하겠군요?"

경비 부장이 물었다.

"그럴 겁니다."

나카쓰카가 그렇게 대답하자 미시마가 "아니요, 발전소 안에서 더 쉽게 할 수 있습니다."라고 반박했다.

그 자리에 모인 사람들이 모두 어리둥절한 표정을 지었다.

"그게 무슨 뜻입니까?"

이마에다가 물었다.

"개폐소나 변압기 주변에서 좀 더 확실하게 자계의 변화를 감지할 수 있다는 말입니다."

"미시마 씨, 그건 범인이 이 발전소 안에 있는 사람이라는 의미예요."

고테라가 힐난조로 말했다.

"외부인은 발전소 안을 마음대로 활보할 수 없으니까요."

"아니죠, 내부인이 관련됐을 가능성도 저희는 염두에 두고 있습니다."

이마에다가 당연하지 않느냐는 표정을 지었다.

"오히려 전혀 관계없는 사람이 이번 범행을 계획하는 건 무리가 아닐까 하는 생각도 수사본부에서는 하고 있습니다."

"그렇지는 않을 겁니다."

가만있을 수 없다는 듯 나카쓰카가 한마디 했다.

그러자 이마에다가 나카쓰카 쪽으로 고개를 돌렸다.

"왜죠?"

"왜라니, 그야……."

나카쓰카는 말문이 막혔다. 경찰 대표자인 이마에다를 설득할 만한 마땅한 근거가 떠오르지 않았다. 발전소 직원을 믿기 때문이다, 따위의 대답을 했다가는 얼간이 취급을 당할 것이다.

"크기가 얼마나 될까요, 그 장치라는 것이?"

이마에다는 나카쓰카의 말에 개의치 않고 다시 미시마에게 물었다.

"서치 코일의 크기는 설치하는 장소에 따라 달라집니다. 가까우면 가까울수록 작아도 되고, 또 그러는 편이 불필요한 자계 변화의 영향도 덜 받습니다. 작으면 손바닥만 할 수도 있고, 아무리 커 봐야 사람이 들고 다닐 수 있는 정도일 겁니다."

"코일 외에는 어떤 기구가 필요합니까?"

"우선 검출한 자계 변화를 데이터로 변환할 기기가 필요합니다. 하지만 그 기기는 그다지 크지는 않을 겁니다. 그보다는 범인이 그 자리에서 지켜보지는 않을 테니 데이터를 범인에게 보내기 위한 무선기가 있어야 하지 않을까요."

"그건 크기가 얼마나 될까요?"

"도시락 정도가 아닐까 싶습니다."

그러자 이마에다가 얼굴을 찡그렸다.

"그다지 크지는 않군요."

"별로 대단한 기계가 아니니까요. 어쩌면 그보다 더 작을지도 모르겠습니다."

"무선기와 코일은 전선으로 연결됩니까?"

"그렇습니다. 아마 동축 케이블일 겁니다. 그리고 무선기에는 안테나가 달려 있을 것으로 생각합니다."

"그걸 표적으로 해야겠군요."

이마에다가 한숨을 쉬었다.

"알겠습니다. 그럼 일단 발전소 주위를 조사하면서 그런 장치가 설치돼 있는지도 살펴보죠. 그래서 아무것도 발견되지 않으면,"

그는 나카쓰카와 고테라를 힐금 본 뒤 "발전소 내부를 조사할 필요가 있을지도 모릅니다."라고 덧붙였다.

"만약 정말로 그렇게 생각하신다면 발전소 내부도 서둘러 조사하는 편이 좋겠습니다."

나카쓰카는 발전소 관계자 중에 범인이 있을 리 없다는 자신의 생각을 억누르고 이마에다에게 말했다.

"아이를 무사히 구출했으니 헬기가 언제 떨어질지 알 수 없습니다. 미루면 미룰수록 위험해집니다."

"그것도 그렇군요."

이마에다가 손가락 끝으로 코 옆 부분을 긁적거렸다.

"그럼 발전소 내부도 함께 조사하도록 하죠. 하지만 그러려면 누가 안내를 해 주셔야 하는데……."

나카쓰카가 직원들에게 누가 안내할 것인지 물었다. 젊은 직원 둘이 손을 들었다.

이마에다를 중심으로 신속하게 수색 절차가 정해졌다. 경관과 직원들은 있을지 없을지 모르는 모니터를 찾기 위해 서둘러 회의실을 나섰다.

"그런 게 정말 있을까요?"

고테라가 작은 소리로 물었다.

"글쎄, 뭐라고 해야 좋을지 모르겠군."

"저는 없을 거라고 생각합니다. 범인이 허세를 부리고 있는 거예요."

"허세라고?"

"네. 원자로가 정지되면 협박의 효과가 줄어들 거라고 판단해서 그렇게 적어 보냈을 겁니다. 원자로가 가동되고 있는지 어떤지 판단할 방법은 애당초 없을 거예요."

범인이 내부에 있을지도 모른다는 이마에다 경비 부장의 말 때문인지 고테라는 다소 감정적이 돼 있었다.

나카쓰카는 창가에 서서 바깥을 내다보았다. 경관 한 무리가 종합 관리동 뒤쪽으로 돌아가고 있는 모습이 보였다. 변압기 주변을 조사할 모양이었다.

실은 나카쓰카 역시 모니터 따위는 없을 것이라고 생각하고 있었다. 변압기 팬이나 해수 방출구를 지켜볼 수 있다는 말도 정답이 아닌 것 같았다. 그런 생각은 누구나 할 수 있기 때문이다. 범인이 그렇게 안이한 수단을 선택하리라고는 여겨지지 않았다.

하지만 그렇다고 범인이 허세를 부리고 있다고도 생각되지 않았다. 그런 편지를 써 보낸 이상은 반드시 원자로가 정지된 것을 확인할 수단이 있을 거라고 나카쓰카는 확신했다.

그렇다면 그건 무엇일까. 각 분야의 관계자가 모여 있음에도 아무도 생각해 내지 못한, 그러나 범인은 찾아낸 맹점이 어디에 있는 것일까.

만약 그런 것이 있다면.

나카쓰카는 침을 삼켰다. 만약 그런 것이 있다면, 아마도 우리는 범행을 저지하지 못할 것이다.

31

니시키 중공업 항공기 사업 본부.

다카사카는 부하 형사 두 명과 함께 기술 본관 입구에 있는 관리실에 있었다.

"그럼 다시 한 번 정리하죠. 외부인의 경우 저기 있는 창구에서 방문객 표를 보인다. 사내 사람이라도 항공기 사업 본부 소속이 아닌 경우에는 ID카드를 제시한다. 그리고 어느 경우든 출입자 관리 표에 이름과 소속, 연락처를 기입한다. 접수 담당자는 그것이 방문객 표나 ID카드에 기재된 내용과 다른 점이 없는지 확인한 후 관리 표에 시각을 기입하고 출입 카드를 건넨다. 방문객이 그 카드를 입구의 카드 투입구에 넣으면 문이 열리고 안으로 들어갈 수 있다. 출입 카드는 돌아갈 때 이곳에 반납한다. 이상이죠?"

수첩에 메모한 것을 보면서 다카사카가 물었다.

자그마한 회의용 탁자를 사이에 두고 그들과 마주 앉아 있는 사람은 총무부의 오카베 과장이었다. 그는 이곳 관리실의 실장이기도 하다.

"네, 그렇습니다."

오카베는 안 그래도 왜소한 어깨를 더욱 움츠리며 고개를 끄덕였다. 신경질적으로 보이는 남자였다.

"경계가 상당히 엄하군요."

"그야 물론입니다."

오카베가 진지한 표정으로 대답했다.

"이곳은 항공기 사업 본부의 심장부니까요. 외부인이 함부로 들어올 수 없도록 24시간 감시하고 있습니다."

"그런 것 같군요."

오카베의 비위를 맞추는 듯한 대답과는 달리 다카사카는 속으로 딴생각을 하고 있었다. 범인은 그토록 철저하다는 경계를 뚫고 이곳을 드나들었다. 중기 사업 본부 생산 기술 1과의 하라구치 마사오라는 이름을 사용해서. 그것도 두 번이나.

하라구치 본인에게 확인한 바로 지난 1년 동안 그가 항공기 사업 본부에 온 적은 단 한 번도 없었다. 그의 이름을 도용했을 것으로 짐작되는 사람도, ID카드를 분실하거나 남에게 빌려 준 적도 없다고 한다.

생각해 볼 수 있는 가능성은 범인이 ID카드를 위조한 것이었다. 플라스틱 재질인 카드는 앞면에는 소속과 이름, 사원 번호, 사진 등이 인쇄돼 있고, 뒷면에는 갈색 자기 테이프가 붙어 있었다. 출근 시에 이 카드를 전용 기계에 통과시키면 출근 시각 등이 컴퓨터에 기록된다고 한다. 즉, 타임카드를 겸하고 있는 셈이다.

항공기 사업 본부 사원의 경우 그 카드가 기술 본관으로 들어갈 수 있는 입장권을 겸한다. 즉, 카드를 기술 본관 입구의 투입구에 넣으면 게이트가 열리는 것이다. 게이트라고는 해도 대단한 것은 아니고 세 개의 바가 사람이 통과할 때마다 회전하는 간단한 장치에 불과했다. 뛰어넘을 수 없는 것은 아니지만 그러기에는 게이트가 관리실에서 너무 빤히 내다보인다.

만일 항공기 사업 본부의 ID카드를 위조한다 해도 자기 테이프 부분은 진짜와 똑같아야 한다. 그것을 사용해 게이트를 열어야 하기 때문이다. 물론 은행 현금 카드도 위조하는 세상이니 기술적으로 불가능한 일은 아니다. 하지만 그러려면 큰 위험이 따른다.

그렇다면 카드를 위조할 바에는 항공기 사업 본부가 아닌 여타 부서 사원의 카드가 좋을 것이다. 접수 담당자의 눈만 속이면 되기 때문이다. 그것이 컴퓨터를 속이는 것보다는 쉬울 것이다.

"이때 창구에 누가 있었는지 혹시 아십니까?"

다카사카는 출입자 관리 표의 복사본을 오카베에게 내보이며 물었다. 하라구치 마사오의 이름이 기재돼 있는 6월 9일과 7월 10일분이었다.

"음, 두 번 모두 하야시다 군이군요."

오카베가 대답했다.

"여기 적힌 것이 담당자 이름이거든요."

그는 표의 왼쪽 아랫부분을 가리켰다. 그곳에 하야시다라는 이름이 조그맣게 적혀 있었다.

"그분을 좀 불러 주실 수 있습니까?"

"그럼요."

오카베는 그렇게 대답하고 의자를 휙 돌려 "이봐, 하야시다 군, 잠깐 와 보지." 하고 말했다.

벽 쪽 책상에서 컴퓨터 모니터를 들여다보고 있던 남자가 일어섰다. 서른 전후로 보이는, 체격이 좋은 남자다.

"사내 유도부원입니다."

오카베가 형사들에게 말했다. 문지기로 적임자라는 걸 강조하고 싶은지도 몰랐다.

하야시다가 다소 긴장한 표정으로 오카베 옆에 앉았다.

다카사카는 '신양' 사건 때문에 묻는 것이라고 밝히고 예의 방문자 관리 표 사본을 하야시다 앞에 놓았다. 그리고 거기에 적힌 날 하라구치 마사오 본인은 이곳에 오지 않았다는 사실을 알려 주었다.

"정말…… 이상하네요."

들릴 듯 말 듯 한 소리로 하야시다가 중얼거렸다.

"그래서 묻는 건데, 6월 9일과 7월 10일 방문자와 관련해 기억나는 일 없어요? 수상한 사람이라든지, 평소와 다른 일이라든지. 아무리 사소한 일이라도 괜찮습니다."

그러나 하야시다의 표정에는 변화가 없었다. 감정을 겉으로 드러내지 않는 타입인지, 입을 살짝 벌린 채 고개를 조금 갸웃할 뿐이었다.

"그런 일이 있었다면 일지에 적었을 겁니다."

"일지라고요?"

"아, 여기 있습니다."

오카베가 뒤에 있는 책상으로 손을 뻗어 대학 노트를 집었다.

"어디 보자……, 여기, 그리고 여기군요."

오카베가 짚어 준 6월 9일과 7월 10일은 둘 다 공란이었다. 혹시나 싶어 그 전후의 날들도 훑어보았지만 별다른 내용은 적혀 있지 않았다. 한숨이 나오려는 것을 겨우 참으며 다카사카는 노트를 돌려주었다.

위조된 ID카드일 경우 구별해 낼 수 있는지 물으려던 그는 그러나 결국 그 질문을 하지 않았다. 접수 담당자가 그것을 구별할 수 없다고 대답하지는 않을 것으로 판단됐기 때문이다.

그때 하야시다가 주뼛거리며 입을 열었다.

"저, 한 가지 말씀드려도 될까요?"

"그럼요."

이 무뚝뚝한 남자가 제 입으로 먼저 말을 꺼낼 거라고 생각지 못했던 다카사카는 의외다 싶은 심정으로 상대의 입을 바라보았다.

"6월 9일과 7월 10일에 하라구치 씨가 방문했다고 돼 있잖아요. 이 관리 표에요."

"네. 하지만 실제로는 오지 않았답니다. 그래서 다른 사람이 하라구치 씨를 사칭해서 들어온 것 아닌가 의심하고 있는 겁니다."

"네. 그런데 좀 이상해요."

"뭐가요?"

"만일 이날 하라구치 씨 아닌 다른 사람이 하라구치 씨의 이름을 대며 들어오려고 했다면 제가 알아차렸을 거예요."

다카사카는 새삼 하야시다의 얼굴을 찬찬히 보았다.

"왜죠?"

"제가 하라구치 씨를 잘 알거든요."

"네에?"

"만일 다른 사람이 하라구치 씨의 ID카드를 사용했다면 제가 그 자리에서 이상하다고 생각했을 거예요."

다카사카가 눈을 번쩍 떴다. 그리고 부하 두 명을 번갈아 본 뒤 다시 하야시다에게 눈길을 돌렸다.

"그러니까 하야시다 씨가 하라구치라는 분의 얼굴을 알고 있다는 말이군요?"

"네. 전에 공장 실습을 나갔을 때 신세 진 일이 있었거든요. 여기 오시면 간혹 얘기를 나누기도 했어요."

"아니, 하지만 말이죠, 가령 다른 사람이 하라구치라는 이름을 사용했다 해도, 단순히 이름이 같은 사람이라고 생각할 수도 있지 않을까요?"

"그렇지는 않죠. 소속까지 확인하니까요. 중기 사업 본부 생산 기술 1과의 하라구치 씨는 한 사람밖에 없어요."

더듬거리는 말투로 보면 머리 회전이 둔하겠다 싶었는데 하야시다는 의외로 재빨리 납득할 만한 말을 했다.

"그럼 이게 어떻게 된 일이지?"

다카사카가 다시 부하들을 봤다.

"역시 하라구치 씨 본인이 왔던 거 아닐까요? 그런 걸 본인이 잊었든지, 아니면 거짓말을 했든지."

노무라 형사가 말했다.

"아니에요. 하라구치 씨는 오지 않았을 거예요."

하야시다가 다시 가능성을 부정했다.

"방금 말씀드렸지만, 제가 당번일 때 오셨다면 틀림없이 기억할 테니까요. 최근에는 하라구치 씨를 본 적이 없어요."

"하야시다 씨가 그때만 우연히 창구를 비웠을 수도 있지 않을까요?"

다른 형사 하마무라가 그런 의견을 내비쳤다. 하지만 거기에 대해서는 오카베가 반론을 폈다.

"화장실에 간다든지 해서 자리를 비우는 일이 있긴 하지만 그럴 경우에는 대신하는 사람의 이름을 여기 적도록 돼 있습니다."

"그럼 이상하지 않습니까? 하라구치 씨가 온 것도 아니다, 다른 사람이 하라구치 씨의 이름을 사칭한 것도 아니다. 그런데 왜 여기에 하라구치라는 이름이 적혀 있는 걸까요?"

다카사카는 하라구치라는 이름이 적혀 있는 부분을 집게손가락으로 콕콕 찍었다. 짜증이 난 나머지 목소리마저 덩달아 커졌다.

오카베와 하야시다는 대답하지 못했다. 자신들도 영문을 모르겠다는 기색이다. 특히 오카베는 책임 문제로 발전할까 봐서인지 표정이 몹시 좋지 않았다.

"접수창구를 좀 볼 수 있을까요?"

다카사카가 물었다.

"아, 네. 하야시다 군, 안내해 드려."

오카베의 말에 하야시다가 느릿느릿 일어섰다.

접수창구는 관리실 한쪽 끝에 있었다. 창문으로 기술 본관의 현관 로비가 보였다. 창문 앞에 있는 접수 담당자 자리에 지금은 이십 대 초반으로 보이는 여성이 앉아 있다. 등 뒤에 형사들이 서자 여자는 몹시 불편한 표정을 지었다.

"창구는 늘 한 사람이 지킵니까?"

다카사카가 하야시다에게 물었다.

"대개는요. 방문자가 아주 많으면 둘이 있기도 하지만, 그런 일은 거의 없어요."

다카사카는 팔짱을 끼고 고개를 끄덕거렸다. 아닌 게 아니라 아까부터 지켜보고 있었지만 외부인의 출입이 그다지 많지 않다. 이 정도라면 창구를 혼자 지켜도 충분할 것 같았다.

하야시다의 말이 사실이라면 설령 범인이 하라구치의 ID카드를 갖고 있다 해도 사용하지는 않았다는 뜻이 된다. 그러나 하라구치라는 이름이 버젓이 남아 있다. 대체 어떻게 된 일일까.

수사관 여러 명이 투입돼 지난 반년 동안 출입한 사람들을 조사하고 있지만 아직까지는 딱히 미심쩍은 인물도 발견되지 않았다.

"실례합니다. 출입 카드 부탁합니다."

다카사카가 생각에 잠겨 있는데 회색 작업복을 입은 남자가 접수 카운터에 ID카드를 내밀었다.

"이름과 소속, 연락처를 기입해 주세요."

창구 담당 여직원이 관리 표를 남자 앞에 건넨 뒤 옆에 있는 선반에서 출입 카드를 꺼냈다. 남자는 가슴 주머니에서 샤프펜슬을 꺼내 관리 표에 이름을 적기 시작했다.

"아, 여기요."

여직원이 얼른 볼펜을 관리 표 옆에 놓았지만 남자는 이미 기입을 마친 후였다.

여직원은 관리 표의 내용과 ID카드를 대조한 후 출입 카드와 함께 ID카드를 돌려주었다. 남자가 카드 두 장을 집어 들고 입구로 향했다.

"노무라."

다카사카가 부하 형사를 불렀다.

"가서 하라구치의 이름이 적힌 관리 표를 찾아와. 복사본 말고 원본으로."

"네."

노무라는 빠른 걸음으로 오카베가 있는 쪽으로 갔다.

다카사카가 다시 하야시다에게 물었다.

"조금 전에 들어간 사람은 이름과 소속을 샤프펜슬로 적던데, 그런 경우가 많은가요?"

"네, 가끔……."

하야시다가 우물거리는 소리로 대답했다.

"대개는 창구에 비치된 볼펜을 사용하지만 가끔은 자신이 갖고 있는 펜이나 샤프펜슬로 적는 경우도 있죠."

"하지만 샤프펜슬은 지울 수도 있잖아요."

"그야 그렇죠."

하야시다는 눈썹을 찡그렸다.

"하지만 누가 그런 걸 지우겠어요."

"그건……."

다카사카가 무슨 말인가 하려는데 노무라가 "가져왔습니다."

하고 다가왔다. B4 용지를 철한 종이 뭉치가 그의 손에 들려 있었다.

다카사카는 그것을 받아 옆에 있는 빈 책상에 펼쳐 놓았다. 복사본일 때는 몰랐는데 자세히 보니 볼펜뿐 아니라 샤프펜슬이나 만년필로 적은 것도 있었다. 다카사카는 6월 9일과 7월 10일 치를 살펴보았다. 하라구치 마사오의 이름은 둘 다 볼펜으로 적혀 있었다.

그러나 현재 무엇으로 적혀 있느냐는 중요하지 않다.

"무슨 문제라도 있습니까?"

어느새 오카베도 옆에 와 있었다.

"평소 이 관리 표를 어디다 보관합니까?"

다카사카가 오카베에게 물었다.

"그러니까……, 저 캐비닛 안에 두는데요."

오카베는 접수창구 옆에 놓여 있는 회색 캐비닛을 가리켰다.

"캐비닛은 늘 잠가 두나요?"

"아니요, 보통은 안 잠급니다. 장기 휴가 같은 경우에는 잠그지만요."

오카베는 찜찜한 표정으로 말하고 나서 "어쨌든 이 방은 24시간 누군가가 지키고 있습니다."라고 덧붙였다.

"밤에는 누가 있죠?"

"경비가 있습니다. 기술 본관에는 한밤중에도 일하는 사람이 있기 때문에 여기에 아무도 없으면 안 되거든요."

"그렇군요."

그렇다면 밤중에 이곳에 몰래 숨어드는 건 불가능할 거라고 다카사카는 판단했다.

"저, 대체 무슨 말씀을 하고 싶으신 겁니까?"

오카베가 이쪽의 속내를 살피는 듯한 눈빛으로 물었다.

하지만 다카사카는 그 질문에는 대답하지 않고 주위를 슬며시 둘러본 후 소리를 낮추어 다시 물었다.

"이 방에 드나들 수 있는 사람은 어떤 사람들이죠?"

"그야 당연히 이 부서 사람들이죠."

"그 외에는요?"

"그 외에 이 방에 볼일이 있다면…… 인사 사무계 여직원 정도겠죠."

"인사 사무계요?"

"각 부서마다 배치돼 있는 여직원입니다. 사원들의 인사 관계와 관련된 제반 업무를 담당하죠. 저기 있는 여직원도 그중 한 사람입니다."

오카베가 바라보는 쪽으로 다카사카도 눈을 돌렸다. 머리가 긴 여성이 벽에 붙은 선반에 봉투 같은 것을 넣고 있었다.

"여기는 사내 우편물의 중계점이기도 해서 급한 경우에는 그들이 직접 가져오는 일도 있습니다."

"그 사람들도 출입자 관리 표를 볼 수 있나요?"

"인사 사무계 여직원들이요? 그야 보려고 하면 볼 수도 있겠죠."

"마음대로 말입니까?"

"마음대로 보지는 못하겠지만, 점심시간 같은 때에 이 방에 창구 담당자밖에 없다든가 하면 볼 수도 있죠."

거기까지 말하고 난 오카베는 그제야 뭔가를 깨달은 듯 표정이 어두워졌다.

"저, 혹시 사내의 누군가가 관리 표를 조작했다고……."

"아직 단정하긴 이르지만, 그랬을 가능성도 있다고 봅니다."

"설마요, 그렇진 않았을 겁니다."

"왜죠?"

"왜냐하면……."

그러고 나서 오카베는 입을 다물었다.

다카사카가 노무라에게 귀엣말을 했다.

"본부에 연락해서 지원을 요청해. 최소 다섯 명. 그리고 필적 감정을 할 수 있도록 준비해 놓으라고 하고."

"알겠습니다."

노무라가 총총히 방을 나갔다.

32

미시마는 사람들 눈에 뜨이지 않도록 조용히 방을 빠져나와 계단을 내려갔다. 정면 현관 바로 옆에 공중전화가 있었다. 그 전화를 사용하고 싶었지만 그 옆에 경찰이 한 명 서 있었다. 다른 경찰과 소방대원들도 수시로 현관을 들락거리고 있다.

휴대 전화를 가지고 있지만 여기서는 사용할 수 없었다. 쓰루가 반도에서 사용이 가능한 지역은 동서로 뻗은 해안가뿐이다. 이곳처럼 같은 반도의 끝자락이나 산간에는 전파가 닿지 않았다.

미시마는 걸음을 멈추지 않고 화장실에 가는 척하면서 그대로 안쪽을 향해 걸어갔다. 이 건물은 지금은 제2관리동이라는 이름이 붙어 있지만 과거에는 건설 사무소였다. 그래서 미시마는 종합 관리동보다 이쪽의 사정을 더 잘 알고 있다.

복도가 꺾이는 지점에 견본실이라는 방이 있었다. 미시마는 그 방의 문을 열고 안으로 들어갔다. 그곳에는 연료 펠릿과 노심 연료 집합체, 증발기용 전열관의 실물 크기 모형이 전시돼 있다. 그리고 플랜트 전체의 미니어처와 냉각 계통도도 걸려 있었다.

구석에 사무용 책상이 하나 있고 그 위에 전화기가 놓여 있다. 미시마는 수화기를 들고 외선이라고 적힌 버튼을 눌렀다. 단속적이던 발신음이 삐- 소리로 바뀌었다.

그는 주머니에서 메모지를 꺼냈다. 거기에는 그가 손으로 쓴 숫자 몇 가지가 적혀 있었다. 각 숫자의 앞머리에는 패턴 1, 패턴 2라는 번호가 매겨져 있다.

미하마에 있는 그의 집 컴퓨터에는 미리 몇 개의 프로그램을 입력해 두었다. 미시마로서는 상대가 어떻게 나오느냐에 따라 그중 하나를 선택해 움직이는 수밖에 도리가 없었다. 원격 제어 소프트웨어를 심은 포켓 컴퓨터를 준비해 집에 있는 컴퓨터를 컨트롤하는 방법도 있으나 휴대 전화를 사용할 수 없는 데다 통신용 잭을 확보하기도 어려울 것 같아 포기했다.

거기에 미시마는 예상 밖의 프로그램이 필요하게 되는 일은 없을 것으로 예상하고 있었다. 준비해 둔 패턴으로 충분히 대응할 자신이 있었다.

그는 패턴 4의 번호를 손가락으로 더듬었다.

'신양'을 정지하는 게 어떻겠느냐는 제안이 등장하는 것은 시간문제라고 생각하고 있었다. 원자로가 정지했다는 것을 외부에서는 알 수 없지 않을까, 라는 말을 누군가 꺼낸다고 해도 이상할 게 없었다.

물론 그것은 미시마로서는 반드시 막아야 하는 일이었다. 플루토늄이 계속 연소되는 가운데 빅 B가 추락해야 이번 범행의 의미가 있다.

패턴 4는 정부나 노연에 '신양'의 정지를 단념시키기 위한 카드였다. 만약 회사의 지시로 이곳에 오는 일이 없었다면 좀 더 이른 단계에서 사용됐을 것이다. 여태 기다린 것은 가장 효과적인 타이밍을 재고 있었기 때문이기도 하지만, 이 카드에는 경찰에 중대한 단서를 제공하게 되는 양날의 칼 같은 위험성이

도사리고 있기 때문이었다.

그러나 이 이상 기다리는 건 오히려 위험하다는 생각이 들었다. 경찰과 소방대원들의 수색 결과 변압기 팬이나 방수구의 흐름을 외부에서 감지하기 어렵다고 판명되고 전자 유도 모니터 같은 것도 발견되지 않는다면 단숨에 원자로의 가동을 정지하는 방향으로 상황이 전개될 수도 있었다. 나카쓰카 소장은 신중파인 것 같지만, 노연에서 강하게 명령하면 거절할 수 없을지도 모른다.

미시마는 번호 하나하나를 꾹꾹 눌렀다. 잠시 후 전화가 그의 방, 더 자세히 말하면 그의 방에서 대기 중인 컴퓨터와 연결됐다.

이번에는 신중하게 코드 번호를 눌렀다. 절대로 틀려서는 안 된다.

삐삐-, 하고 소리가 길게 났다. 코드를 읽어 들였다는 신호다. 그는 안도의 숨을 내쉬고 수화기를 내려놓았다. 남은 일은 컴퓨터가 계획대로 움직여 주기를 기도하는 것뿐이다.

문이 열린 것은 바로 그때였다.

"어, 죄송……."

그렇게 사과하려던 상대는 안에 있는 사람이 미시마라는 것을 알자 "뭐야, 자네였어?"라고 긴장 풀린 목소리로 말했다.

유하라였다. 그는 손에 메모지를 들고 있었다.

"한숨 돌리려고."

미시마가 말했다.

"위에 계속 있자니 긴장 때문에 숨이 막힐 것 같아서 말이지."

"그래. 그건 나도 마찬가지야."

"자네도 기분 전환 하러 온 거야?"

"그런 것도 있고, 또 궁금한 것도 있어서."

"뭐가 궁금한데?"

"'신양'의 구조라든가 재질이라든가. 나카쓰카 소장에게 물어봤더니 여기에 모형이 있다더군."

"맞아. 항공기에 대해서는 프로지만 원자로에 대해서는 아무것도 모르지, 자네는."

"그거야 서로 마찬가지지. 자네는 헬리콥터에 대해 뭐 좀 아나?"

"비행 원리 정도는 알지만 그 외에는 전혀."

그러면서 미시마는 발전 플랜트 모형 앞에 섰다.

"하지만 세상에는 몰라도 되는 것과 반드시 알아야 하는 것이 있어. 헬리콥터의 구조는 몰라도 되지 않을까 싶은데."

그러자 유하라가 쓴웃음을 지었다.

"원전의 구조는 반드시 알아야 한다는 건가?"

"내 생각은 그래. 국민 모두가 어느 정도는 알아야 한다고 생각해."

미시마는 진지하게 말했지만 그 진심이 상대에게 제대로 전해진 것 같지는 않았다.

"아까 야마시타에게 했던 말 말인데,"

유하라가 화제를 돌렸다.

"상당히 강렬하더군."

아이가 제멋대로 헬리콥터에 올라탄 것은 부모의 교육이 잘못된 탓이라고 야마시타를 몰아세운 일을 말하는 듯했다.

"틀린 말을 했다고는 생각지 않아. 배려는 좀 부족했을지 모르지만."

미시마는 그렇게 되받고 나서 이 헬리콥터 기술자와 입씨름을 할 필요는 없다는 생각이 들었는지 "아무튼 아이가 무사히 구출됐으니 다행이야."라고 덧붙였다.

"음, 그건 그래."

유하라가 고개를 끄덕끄덕했다. 그리고 잠시 틈을 두었다가 다시 조심스럽게 말을 꺼냈다.

"지금은 부인과 둘이 사나?"

"아니, 혼자야."

대답하면서 미시마는 이 남자가 도모히로의 죽음에 대해 누군가에게 들은 모양이라고 추측했다.

"이혼했거든."

"그랬군."

"자네는? 부인과…… 아이는 둘?"

"아니, 하나야."

"딸인가?"

"아들이야."

"그렇군."

미시마는 이제 남의 아들 얘기를 들어도 동요하지 않았다. 물론 이렇게 되기까지는 시간이 꽤 필요했다.

"가정이라는 건 참 좋아."

"그렇지, 뭐. 자네는 새 가정을 꾸릴 계획이 있나?"

"없어."

미시마는 주저 없이 대답했다.

"그래."

유하라는 더 캐묻지 않았다. 그것이 그 나름의 배려라면 배려였다. 대신 각종 부품의 모형에 눈길을 준 채 "자네는 열교환기 담당이라면서?"라고 물었다.

"좀 더 정확하게 말하면 2차계 나트륨의 열로 물을 증기화하는 부분을 담당하지."

"그거 중요한 부분이지?"

"원전에 중요하지 않은 부분이 어디 있겠어."

"하지만 이번 사건에서는 다들 그 부분에 각별한 관심을 보이던걸. 물과 나트륨의 반응이 제일 무섭다면서."

그 말에 아무 대꾸도 하지 않은 채 미시마는 전시대에 놓여 있는 네모난 케이스로 손을 뻗었다. 거기에는 길이 30센티미터 정도의 파이프 두 개가 들어 있었다. 양쪽 모두 직경 약 3센티미터에 파이프의 두께는 3밀리미터 정도 돼 보였다. 한쪽에

413

는 증발기 세관, 다른 쪽에는 과열기 세관이라고 쓰인 스티커가 붙어 있었다.

"이 파이프의 바깥쪽을 고온의 액체 나트륨이 흐르고 있어. 그 열에 의해 파이프 속을 흐르는 물이 증기로 바뀌는 시스템이지."

"하나는 증발기라고 쓰여 있고 하나는 과열기라고 쓰여 있는데?"

"증발기에서 만들어진 증기를 과열기에서 더 높은 온도로 건조시키는 거지."

"왜 두 가지를 일체화하지 않지? 경수로의 증기 발생기는 하나잖아."

이 질문에 미시마는 의표를 찔린 듯한 표정으로 유하라를 보았다. 그 모습을 보고 유하라는 가볍게 흥, 코웃음을 쳤다.

"아무리 원전에 대해 문외한이라도 그 정도는 알거든."

"이거 몰라봐서 미안하네."

미시마가 어깨를 으쓱했다.

"터빈을 돌리려면 물기를 극도로 제거한 증기가 필요해. 주전자 주둥이에서 나오는 증기 같은 걸로는 안 되는 거지. 그러기 위해 경수로에서는 습분 분리기라는 것을 사용하고 있어. 과열기는 그걸 대신하는 거야."

"그렇군. 그런데 증발기와 과열기의 재질이 다른 것 같아."

"과열기는 고온에 노출되니까 내열성이 좋은 SUS 321을 사용하지. 그런데 증발기 쪽은 고온도 고온이지만 까다로운 문제가 하나 더 있어."

"부식이겠지."

"대단한걸!"

"고온과 부식을 견디는 문제로 골머리를 썩는 건 이쪽도 마찬가지니까. 그래서 증발기에는 크롬몰리브덴강을 사용하는 건가? 항공기 배기관 같은 데는 주로 인코넬을 쓰는데."

"인코넬도 나쁘지는 않지. 실제로 가압수형 증기 발생기에는 인코넬이 사용되고 있고. 하지만 '신양'의 증발기는 크롬몰리브덴강이야. 검토 결과 그렇게 됐어."

"애먹었던 모양이군."

유하라가 히죽거렸다.

"지혜를 모은 결과라고들 하지, 노연 쪽 인간들은."

"그런데 말이야,"

유하라가 증발기 세관이라고 표시된 파이프를 집어 들었다.

"이걸로 정말 괜찮은 거야?"

"무슨 뜻이지?"

"나야 물론 잘 모르긴 하지만, 전에 가압수형 원자력 발전소에서 증기 발생기가 사고를 일으켜서 큰 문제가 됐다는 것 정도는 알거든."

"미하마에 있는 미하나 원전 말이군. 최근에는 오이에서도 그런 일이 있었지."

"세관이 파손된 건가?"

"말하자면 그런 거지."

"원인은?"

"여러 가지야. 미하나는 조립에 실수가 있었다고 하고, 오이 쪽은 정확히 모르겠어. 우리 부품도 아니고 해서 말이지."

미하나의 사고는 원자력 업계로서는 엄청난 타격이었다고 미시마는 생각하고 있다. 지금도 반대파들에게는 비장의 카드로 사용되고 있으며, '신양' 발전소 증기 발생기의 신뢰성에 관해 논의가 벌어질 때도 그 사고가 반드시 사례로 등장한다. 비슷한 것이 과거에 사고를 일으켰는데 '신양'은 괜찮다고 단언할 수 있느냐는 것이다. 물론 타당한 말이라고 미시마도 생각한다. 절대로 있어서는 안 되는 실수였다.

"경수로의 증기 발생기 세관도 이런 건가?"

유하라가 손에 든 세관을 가볍게 흔들며 물었다.

"직경은 조금 더 가늘어. 외경이 2센티미터 정도니까. 두께도 이만큼 두껍지는 않고. 2밀리미터 남짓 되려나. 그래 봐야 거기서 거기지만."

"세관의 점검은? '신양'과 일반 원전 사이에 다른 점이 있나?"

"아니, 기본적으로는 같아. 비파괴 검사를 하지."

"비파괴 검사?"

"과전류 탐상 말이야."

"아, 그거. 강관을 제조할 때 자주 사용하는 방법이잖아."

"원리는 아나?"

"대충은. 브리지를 사용해서 인덕턴스의 변화를 검출하는 거잖아."

"그래."

"그 검사 방법에도 자네가 개입했어?"

"그랬지. 탐상 코일을 여러 가지로 시험해 봤어."

"그렇군, 역시."

유하라가 고개를 끄덕였다.

"역시라니?"

"아까 전자 유도 코일에 대해서 얘기했잖아. 그것도 그래서 금방 생각이 난 모양이라고."

"그럴지도 모르지."

금속 등 전기가 통하는 물질에 자기장이 가해졌을 때 그 자기장의 강도가 변하면 전자 유도에 의해 전류가 발생한다. 그것을 과전류라고 한다. 과전류 탐상이란 피검사물의 두 군데에 똑같은 크기의 자기장을 가해서 그것에 의해 발생하는 과전류에 차이가 있는지 없는지를 보는 것으로, 손상 부위를 발견하기 위한 것이다. 만일 과전류에 차이가 있으면 두 군데 중 어느 쪽에 손상 부위가 있다는 얘기다.

자기장을 가할 때는 전선을 감아 만든 코일을 사용한다. 그것에 교류 전류를 흘려보내 손상 부위를 찾고자 하는 부분에

417

갖다 댄다. 원전 현장에서는 이 코일을 '탐상 프로브'라고 부르는 것이 일반적이다. 이때 주파수는 100킬로헤르츠와 400킬로헤르츠, 두 종류를 사용하는데, 그 이유는 주파수가 낮으면 내부까지 검사할 수 있지만 감도가 떨어지고, 반대로 주파수가 높으면 감도는 좋아지지만 표면 주위밖에 검사할 수 없기 때문이다.

"탐상 코일은 크기가 얼마나 되지?"

유하라가 또 물었다.

"직경은 세관의 내경보다 몇 밀리미터 작아. 길이는 몇 센티미터 정도고. 그런 코일을 세관 속에 넣으면 손상이 있는 부분을 통과할 때 신호가 오지."

"세관의 길이는?"

"80미터 정도 될까."

"80미터, 하나가?"

유하라가 눈을 번쩍 떴다.

"그래, 하나가. 그리고 구불구불하지. 그 속으로 탐상 코일을 통과시키는 거야."

"굉장히 어려울 것 같은데."

"솔직히 말해서 고생 좀 했어."

미시마가 쓸쓸하게 웃었다.

"고백하자면 테스트 도중에 코일이 움직이지 않았던 적도 있어. 세관은 관 여러 개를 용접해서 연결하는데, 그 용접 부분에 걸린 거지."

"흠, 있을 법한 얘기네."

"뭔가를 만드는 입장에 서 본 사람들은 그렇게 말하지. 그렇지만 '신양'에 의혹의 눈길을 보내고 있는 사람들은 그럴 만큼 관대하지 않아."

"아니, 그런 일까지 공개한 거야?"

뜻밖이라는 듯이 유하라가 반문했다. 그가 이러는 것도 기술자이기에 품을 수 있는 감상이라고 미시마는 생각했다.

"내부인이 누설했어. 반대파에게는 좋은 먹잇감을 던져 준 셈이지."

탐상 코일이 용접 부분에 걸리는 문제는 약간의 개선으로 이내 해결됐다. 그런데도 반대파들은 이 일이 마치 설계상의 커다란 실수라도 되는 양 걸고넘어졌다. 내부 고발이 있을 때까지 은폐했다는 사실도 용서할 수 없다고 했다.

미시마 등 엔지니어의 입장은, 실험에는 시도와 오류가 따르게 마련이고, 오류 하나하나를 다 보고하라는 것은 일을 하지 말라는 것과 마찬가지라고 생각한다.

"손상 부위를 발견하면 어떻게 처리하지?"

"그런 세관은 막는 것이 원칙이지만 경수로의 경우 보수할 때도 많아. 최근에는 파이버를 사용한 레이저 용접 기술이 발달해서 그다지 어려운 일도 아니거든. 하지만 '신양'의 경우 보수는 무리라고 봐."

"음, 대충은 알겠는데."

유하라가 팔짱을 끼었다.

"솔직히 말해 충분히 안전하겠다는 느낌은 들지 않는군."

"그래?"

"과전류 탐상기로는 발견할 수 있는 손상 부위의 크기에 한계가 있다고 들은 적이 있어."

"그건 부정할 수 없지. 구불구불한 관 속을 통과하다 보면 코일과 관 사이에 어느 정도 간격이 생기게 마련이거든. 그 간격이 벌어지면 벌어질수록 탐상 능력이 떨어지지. 또 조그만 손상을 발견하려면 좀 더 폭이 좁은 코일이 필요하고 그렇게 되면 감는 횟수도 많아지지. 다시 말해서 가는 도선을 정확히 감아야 한다는 건데, 한계가 생기는 게 당연하지."

"그럼 그 한계보다 작은 손상은 검사를 해도 놓칠 수 있다는 얘기잖아. 그 손상 부위가 다음 검사 때까지 커질 가능성도 있는 거 아닌가?"

"없다고는 할 수 없지. 재질이 노후하는 것도 과전류 탐상으로는 발견되지 않고 말이야. 그래도 중대한 사고로 발전할 만큼 손상 범위가 넓어지는 일은 없고, 그다음 검사에서는 반드시 발견된다, 그렇게 생각하는 거지."

"너무 낙관적인 거 아니야? 나트륨과 물이 닿으면 반응이 급격히 일어난다잖아. 그건 두렵지 않나?"

"두렵기야 하지. 하지만 각오는 하고 있어."

"각오라고? 나트륨 화재를 각오하고 있다는 말이야?"

유하라의 목소리가 살짝 커졌다.

"좋은 거 하나 가르쳐 주지. 증기 발생기가 있는 방 입구에 노란 봄베가 하나 놓여 있어. 그게 뭔지 알아?"

"노란 봄베? 아니, 모르겠는데."

"소화기야. 일반 소화기와 구별하기 위해서 노란색이 칠해져 있지. 내용물은 무수 탄산나트륨. 상품명이 나트렉스라고 하던 가……, 어쨌든 나트륨 화재 전용 소화제야. 왜 그런 게 거기 있을까? 그건 나트륨 반응을 어느 정도 상정하고 있기 때문 아니겠어? 이곳 직원들은 전원이 소화 훈련을 받고 있어."

"종합 기술의…… 고테라 씨였던가, 그 사람은 나트륨 화재는 절대 일어나지 않는다고 단언하던데."

"그건 큰 화재로는 발전하지 않는다는 뜻이야. 세관에 구멍이 생기면 물이 새서 나트륨과 반응을 일으키지. 하지만 그 반응으로 생기는 수소를 감지하는 센서가 설치돼 있어서 감지되는 즉시 급수도 원자로도 정지하도록 돼 있어. 큰 화재로 번지지는 않지. 노연의 기획부장이 텔레비전에서 말한 대로야."

"하지만 대처가 늦을 수도 있지 않아? 처음 반응의 영향으로 세관이 잇달아 파손되는 경우도 생각해 볼 필요가 있고. 그 결과 수소가 모여 폭발할 위험도 있지 않겠어?"

"영국에서 그런 사고가 있었지. 하지만 그 설비에는 수소를 급속히 배출하는 장치가 없었어. 물론 '신양'에는 있고."

"자신만만하군."

"사실이 그렇다는 것뿐이야."

"좋아. 그럼 이번 사건에 대한 자네 견해를 듣고 싶군. 빅 B가 추락해서 폭발이 일어나면 어떻게 되지? 방금 자네가 열거한 안전장치들도 파괴될지 모르잖아."

유하라가 진지한 눈빛을 했다.

미시마는 전시돼 있는 '신양'의 모형으로 시선을 돌리더니 조그맣게 한숨을 내쉬고 나서 말했다.

"모르겠어. 신만이 알 수 있다고 해 두지."

"그것참."

유하라가 양손을 살짝 올렸다.

"마음 든든한 얘기군."

미시마는 옆에 있는 의자에 걸터앉았다. 그리고 유하라를 올려다보았다.

"있잖아, 유하라, 절대 떨어지지 않는 비행기가 있어? 없지? 해마다 비행기 사고로 많은 사람이 죽어 가잖아. 그럼 그와 관련해서 자네들이 할 수 있는 일은 뭐지? 떨어질 확률을 낮추는 거겠지. 하지만 그 확률을 제로로 만들 수는 없어. 승객은 그걸 알면서도 그 정도 확률이라면 자신은 무사할 거라고 스스로에게 유리하게 해석하면서 비행기를 타는 거야. 이 일도 그와 마찬가지야. 우리가 할 수 있는 일은 원전이 대형 사고를 일으킬 확률을 낮추는 것뿐이지. 그래도 역시 제로로 만들 수는 없어.

다만 그 확률로 평가받는 거지."

"자네가 무슨 말을 하는지는 알겠는데, 그 설명을 납득할 수 있는 사람은 많지 않을 거야. 비행기는 타고 싶지 않으면 안 타면 그만이잖아."

"문제는 바로 그거야."

미시마가 손가락으로 유하라를 가리켰다.

"원전이 대형 사고를 일으키면 아무 상관이 없는 사람도 피해를 입게 돼. 말하자면 나라 전체가 원전이라는 비행기에 타고 있는 셈이지. 아무도 탑승권을 산 기억이 없는데 말이야. 하지만 사실은 그 비행기를 날지 않도록 하는 게 불가능한 일은 아니야. 그럴 의지만 있다면. 그런데 그럴 의지가 보이지 않아. 승객들의 생각도 모르겠고. 일부 반대파를 제외하곤 대부분 말 없이 좌석에 앉아 있을 뿐 엉덩이조차 들려고 하지 않아. 그러니 비행기는 계속해서 날 수밖에 없잖아. 그리고 비행기가 나는 이상 우리가 할 수 있는 일은 그 비행기가 잘 날도록 최선을 다하는 것밖에 없어. 유하라 자네는 어때, 일본이 앞으로도 원자력에 의지하는 것에 찬성이야 반대야?"

갑작스러운 반문에 유하라는 잠시 주저하는 표정을 지었다.

"어려운 질문이군. 이렇게 대답하면 영악하다고 할지 모르겠지만, 원전은 피할 수 없는 것이니 사고만은 절대 일어나지 않도록 해 달라고 하고 싶은 게 솔직한 심정이야."

"과연 영악하군. 정말 영악한 대답이야. 달리 교통수단이 없으니 비행기를 타기는 하지만 절대 사고는 일으키지 마라, 이거 아닌가. 하지만 타는 이상 각오는 해야 돼. 물론 사고를 방지하기 위해 우리는 할 수 있는 모든 노력을 해야 하고. 그래도 그건 절대적이지 않아. 예기치 못한 일이 벌어지는 게 이번 사건이 마지막이라는 보장도 없고."

미시마의 말에 유하라가 눈썹을 찡그리고 아무 말 못하고 있을 때 갑자기 문이 열렸다. 들어온 사람은 경찰관이었다.

"아, 유하라 씨. 여기 계셨군요."

젊은 경찰관이 반색하며 말했다.

"무슨 일입니까?"

유하라가 물었다.

"범인에게서 또 연락이 왔습니다. 그런데 그게 아주 놀랄 만한……."

유하라가 눈을 크게 떴다.

"뭔데요?"

"저…… 일단 회의실로 가시죠."

"알겠습니다. 바로 가겠습니다."

그리고 유하라는 미시마에게 말했다.

"덕분에 공부가 됐어. 다음에 계속하지."

"기회가 있다면."

유하라는 경찰관과 함께 회의실로 갔다.

미시마도 자리에서 일어섰다. 그리고 '신양'의 모형을 잠시 바라보다가 문으로 향했다. 동시에 그는 쓸데없이 많이 떠들었다며 후회했다.

이어서 그는 방금 유하라와 나눈 대화 중에 등장했던 어떤 단어를 떠올렸다. 그것은 '가정'이라는 단어였다. 그가 잃었고, 두 번 다시 손에 넣을 수 없는 것.

불현듯 한 여자의 얼굴이 떠올랐다. 전처는 아니었다. 그녀 역시 '가정'을 원한다는 사실을 그는 알고 있었다.

그녀가 지금 있을 장소를 미시마는 머릿속에 그려 보았다.

33

나고야 공항.

'그녀'는 버스를 타고 국제선 터미널 빌딩 앞에 도착했다. 빌딩은 3층 건물로, 옆으로 길쭉한 형태였다. 슈트케이스를 밀면서 출입구로 들어서자 바로 앞에 수하물 검사구가 보이고 그너머로 탑승 수속 카운터들이 있었다. 평소에는 한산한 분위기마저 느껴지는 국제선 로비지만 오늘은 여름 방학 기간이라 그런지 가족 여행객들을 비롯한 손님들로 북적거렸다. 하나같이 행복한 표정이다.

그녀가 탈 비행기의 출발 시각은 아직 두 시간 가까이 남아 있었다. 해외여행에 익숙한 그녀가 이렇게 일찍 공항에 도착하는 건 드문 일이었다. 물론 거기에는 나름의 이유가 있었다.

"여기도 덥기는 마찬가지네. 역시 냉방이 중단된 모양이야."

단체 여행객 무리 중 한 중년 남자의 말소리가 귀에 들어왔
다. '그녀'는 무심결에 그쪽으로 고개를 돌렸다.

"약하게 가동되는 것 같은데? 완전히 꺼졌으면 이 정도 더위
로 끝나지 않을 거야."

대답하는 여자는 그의 아내일까. 렌즈 색이 그러데이션 된 선
글라스를 끼고 있다.

"전기가 끊어져도 비행기는 날겠지?"

"그야 당연하지. 비행기가 전기랑 무슨 상관이야. 아…… 맞
다. 관제탑에는 전기가 필요한가. 뭐, 그 정도 전기는 확보해
놨겠지."

"짜증 나네. 하필이면 이럴 때."

"그러게 말이야."

귀를 좀 더 기울여 보니 여기저기서 '신양' 사건에 대해 얘기
하고 있었다. 그들도 완벽하게 행복하지는 않은 것 같다.

'그녀'는 슈트케이스를 유턴해 방금 들어온 출입구로 다시
나갔다. 그리고 버스 승차장 앞을 지나 도착 로비 쪽으로 향했
다. 거기에 텔레비전이 있다는 것을 알기 때문이었다. 출발 동
에는 탑승 게이트 앞까지 가야 텔레비전이 있다. 그리고 말할
필요도 없이 거기까지 가려면 탑승 수속과 출국 심사를 거쳐야
한다.

좁은 도착 로비가 오늘은 사람들로 넘쳐 났다. 특히 텔레비전 앞에 사람들이 많이 모여 있었다. 수하물 택배 카운터를 등진 방향으로 줄줄이 놓인 스무 개 정도의 의자는 빈자리가 하나도 없었다. 그녀는 슈트케이스를 끌고 그 군중들 끄트머리에 가서 섰다.

텔레비전은 여전히 '신양' 사건을 전하고 있는 듯했다. 하지만 화면만 봐서는 뭐가 어떻게 돌아가고 있는지 알 수 없었다. 사건이 해결되지 않은 것만은 분명해 보였다.

그녀는 이 어처구니없는 대사건과 자신의 상관관계에 대해 아직 확실한 결론을 내리지 않은 상태였다. 아무런 관계가 없으리라는 희망을 버리지 않고 있었다. 그렇기에 예정대로, 아니 예정보다 빨리 공항에 나온 것이다.

그녀는 백을 열어 여권과 항공권을 확인했다. 그리고 거울을 꺼내 자신이 여행객다운 표정을 짓고 있는지 확인했다. 짧게 자른 머리가 잘 어울린다는 것이 그녀의 마음을 위로해 주었다. 헤어스타일에 맞춰 화장법도 바꿨다. 회사 동료와 마주쳐도 자기를 알아보지 못할 거라는 자신이 있었다. 긴 머리와 이별하기로 결심한 것이 불과 이틀 전이다. 그러니까 '그'도 그녀의 변화를 알 리 없었다.

여권을 출국 심사원에게 보일 때 다른 사람 것이라고 생각하지 않으면 좋겠는데, 거울을 백에 도로 넣으며 그렇게 생각했다. 여권을 사용할 순간이 온다면 그렇다는 얘기지만.

34

유하라가 회의실로 돌아와 보니 다들 중앙 책상에 모여 앉아 있었다. 불과 몇십 분 전에 아들과 감격의 대면을 한 야마시타의 모습도 보였다. 하지만 아무도 입을 여는 사람이 없었다.

책상 위에는 조금 전까지 없었던 것이 놓여 있었다. 컴퓨터였다. 15인치 컬러 모니터에 뭔지 모를 기묘한 형상이 비치고 있었다. 다들 그걸 바라보고 있다.

"나카쓰카 씨……."

유하라가 그들 쪽으로 다가가며 그들 중 한 사람의 이름을 불렀다.

"아, 유하라 씨."

나카쓰카가 돌아보았다. 안색이 좋지 않다.

"범인에게 또 연락이 왔다고 들었습니다. 그런데 이 컴퓨터는 왜……."

"우선 이걸 좀 보시죠. 이게 먼저 왔습니다."

나카쓰카가 종이 한 장을 유하라에게 내밀었다.

먼저 왔다고? 그게 무슨 뜻일까 생각하면서 유하라는 그 종이를 들여다봤다. 팩스 용지였다.

'노연 질문함에 메일을 한 통 보냈다. 속히 열어 보기를 권한다. 천공의 벌'

"이것뿐입니까?"

"네."

"노연의 질문함이라는 게 뭡니까?"

"'신양'을 비롯한 노연의 사업에 관해 질문을 받는 곳입니다. 전화나 팩스, 우편으로도 받지만 최근에는 컴퓨터 통신에도 전용 코너를 마련했습니다. 메일이라는 말을 사용했으니 아마도 그쪽이 아닐까 싶어서 확인했더니 이런 영상을 보냈더군요."

유하라가 컴퓨터 모니터 앞으로 다가갔다.

선명한 빨강과 파랑으로 채색된 복잡한 영상에는 군데군데 숫자가 적혀 있었다.

"서모그래피 같군요."

유하라가 말했다.

"그렇습니다."

나카쓰카가 대답했다.

서모그래피는 물체의 표면 온도 차를 색으로 표현한 것이다. 유하라도 업무에 사용한 적이 있어서 알고 있다.

"이건 어떤 곳의 지형인가요?"

유하라가 다시 질문했다.

그러자 옆에 있던 고테라가 유하라에게 얇은 책자를 건넸다. 팸플릿이었다. 고테라는 그 팸플릿에 인쇄돼 있는 도면을 손가락으로 가리켰다.

그 도면은 '신양'의 구내 배치도였다. 유하라는 화면에 비치고 있는 도형과 도면을 비교해 봤다. 두 형상이 완벽히 일치했다.

"그러니까 '신양' 발전소를 위에서 촬영한 건가요?"

"그런 것 같습니다. 이 발전소 전체의 온도를 모니터한 것이라고 할 수 있죠."

평정을 유지하려고 애쓰는 듯했으나 나카쓰카의 목소리에서 괴로움이 느껴졌다.

"실시간 영상인가요?"

"그래 보입니다."

"하지만 어떻게 이런 촬영을……."

거기까지 말하고서야 유하라는 퍼뜩 깨달았다.

"빅 B에 서모그래피용 적외선 카메라와 해석 장치가 탑재돼 있는 건가요?"

"아무래도 그런 모양입니다."

그렇게 대답한 사람은 야마시타였다. 아들이 구조되고 나서 제법 냉정을 되찾은 것 같았다.

"그렇게 해서 얻은 데이터가 정지 화상으로 계속 범인에게 송신되고 있는 것 같습니다. 그중 한 장을 범인이 저희에게 보낸 거고요. 그런 장비가 원래부터 헬리콥터에 탑재돼 있는지 질문을 받고 있었습니다."

유하라는 고개를 저었다.

"그런 장비는 없었습니다."

"네, 저도 이분들에게 그렇게 설명했습니다. 아마도 범인이 설치했을 거라고요."

유하라가 손가락으로 입술을 누르며 다시 한 번 컴퓨터 모니터를 들여다보았다. 아무래도 빅 B의 위치가 아니면 이런 영상을 촬영하기 힘들 것 같았다.

"하지만 카메라를 도대체 어디다 설치했을까요?"

"안 그래도 그걸 알아보려고 구난대 쪽에 비디오테이프를 빌려 달라고 요청했습니다."

나카쓰카가 대답했다.

"비디오테이프라니요?"

"기내 정비원이 구조 활동 상황을 비디오에 담았나 봅니다. 그걸 보면 뭔가 알 수 있을지도 몰라서요."

이번에는 야마시타가 대답했다.

"그래, 그거라면 참고가 될지도 모르지."

"그리고 게이타를 구조한 구난대원은 빅 B의 내부 모습을 포켓 카메라로 찍었답니다. 지금 현상하고 있다는군요."

유하라는 고개를 끄덕이고 나서 나카쓰카를 비롯한 일동을 둘러보았다.

"이메일을 보냈다면 보낸 사람이 표시돼 있을 텐데요."

"네, 이런 이름이더군요."

나카쓰카가 컴퓨터 옆에 놓여 있던 메모지를 집어 유하라에게 건냈다. 거기에는 사토 노부오라는 이름과 이메일 주소가 적혀 있었다.

"사토 노부오……, 어떤 사람입니까?"

"아직 몰라요. 현재 후쿠이 현경에서 조사 중입니다."

설마 범인의 이름은 아니겠지, 라고 유하라는 생각했다. 아마도 다른 사람의 이메일 주소와 비밀 번호를 입수해 그걸로 이메일을 보냈을 것이다.

"이 영상의 의미를 아십니까?"

"네, 범인의 의도를 충분히 압니다."

"무슨 뜻이죠?"

"영상 아래에 숫자가 몇 개 있지 않습니까. 그게 범인이 하고자 하는 말일 겁니다."

유하라는 모니터 화면을 응시했다. 아래쪽에 다음과 같은 숫자가 표시돼 있었다.

'X=30.300 Y=23.750'

그는 화면 상단으로 시선을 옮겼다. X와 Y가 무엇을 나타내는지 금세 알 수 있었다. 구내 배치도에 따르면 이 두 개의 숫자가 나타내는 장소는 모두 해상이었다. 다만 두 장소 사이에는 방파제가 있다.

"X는 방수구 부근의 해수 온도, Y는 취수구 부근의 해수 온도를 나타내는 것 같습니다."

고테라가 말했다.

"발전소가 정상적으로 가동하고 있을 때 양쪽의 온도 차는 약 6도입니다."

"그렇다면 범인은……."

유하라는 종합 기술 주임의 굳어진 얼굴을 보았다.

"바다의 온도를 관찰하고 있다는 얘기죠."

그제야 유하라는 모든 것을 이해할 수 있었다. '신양'의 원자로가 가동되고 있는지 확인하는 방법을 범인 쪽에서 먼저 알려온 것이다. 방수구와 취수구의 온도 차가 없어지면 원자로가 가동을 멈췄다고 간주하고 헬리콥터를 추락시키겠다. 범인은 바로 그 말을 하고 있는 것이다.

"완전히 허를 찔리고 말았습니다."

나카쓰카가 몹시 씁쓸한 표정을 지었다.

"원자로가 정지했을 때 나타나는 현상에 대해 그토록 얘기를 많이 나눴는데 해수의 온도 차는 생각지도 못했으니 말이에요. 설마 헬리콥터에 그런 장치까지 해 놓았을 줄이야……."

그 자리에 함께 있던 소방대장 사쿠마와 이마에다 경비 부장도 곤혹스럽긴 마찬가지인 것 같았다. 조금 전까지 그들은 변압기 팬을 지켜볼 수 있는 장소와 전자계 변화를 탐지하는 장치를 수색하러 다녔을 것이다.

"소장님, 이거 혹시 트릭일 가능성은 없을까요?"

고테라가 물었다.

"트릭이라니?"

"말하자면, 마치 헬리콥터에서 적외선 온도계로 해수 온도를 관찰하고 있는 것처럼 보이려고 범인이 만들어 낸 가짜 영상일 가능성은 없냐는 거죠."

두 사람의 말을 옆에서 듣고 있던 유하라는 의표를 찔린 듯한 느낌으로 고테라를 보았다. 그런 생각을 다 해내다니, 솔직히 감탄스러웠다. 이 종합 기술 주임이라는 사람은 사태를 최선을 다해 낙관적으로 받아들이는 습성이 있는 듯하다.

"설사 그렇다 해도 그걸 증명할 방법이 있을까?"

나카쓰카가 물었다.

"아니요, 그건⋯⋯."

고테라가 시선을 내리깔고 우물쭈물하는데 누군가 다급히 뛰어 들어왔다. 경찰관이었다.

"고마쓰 구난대 쪽에서 비디오 테이프를 보내왔습니다."

"아, 왔군요!"

나카쓰카가 의자에서 벌떡 일어섰다.

"일단 그 비디오테이프를 봅시다."

유하라도 몸을 일으켰다.

가능하면 큰 화면으로 보는 게 좋을 것 같아 1층 로비에 있는 텔레비전으로 보기로 했다. 비디오 덱이 연결되고, 곧바로 테이프가 재생되기 시작했다.

구난대 기내 정비원이 촬영한 영상은 연출된 장면에서는 찾아볼 수 없는 긴박감이 있었다. 구난대원이 빅 B를 향해 스피어건을 발사하는 장면과 호이스트 와이어를 잡고 뛰어내리는 장면 등은 구조가 결국 성공했다는 것을 알고 있는데도 숨이 멎을 듯한 초조함이 느껴졌다.

유하라 옆에 앉은 야마시타는 화면을 보는 내내 신음했다.

문제의 장면은 구난대원이 빅 B에 옮겨 타기 직전에 있었다. 빅 B의 기수가 화면의 오른쪽 끝에 나타났을 때 유하라와 야마시타는 동시에 소리를 질렀다.

유하라가 리모컨을 조작해서 테이프를 되감았다. 그리고 한 장면에서 화면을 정지시켰다.

"저거 아니야?"

헬리콥터 기수 맨 앞을 가리키면서 유하라가 물었다.

"그런 것 같아요."

야마시타도 동의했다.

헬리콥터의 정면, 조종석 창문 바로 밑에 거무스름하고 네모난 물체가 붙어 있었다.

"저게 적외선 카메라인가요?"

나카쓰카가 화면에 얼굴을 가까이 들이대며 물었다.

"아마 그럴 겁니다."

유하라가 대답했다.

"원래 저기에는 아무것도 없었으니까요."

"그런데 어떻게 고정했을까요?"

"저 부분에는 조종실의 계기를 점검하기 위한 조그만 문이 달려 있습니다. 그 문을 열면 그 안에 앵글이 설치돼 있는데, 거기에 나사 같은 걸로 고정했을 겁니다."

"생각을 잘도 해냈군요."

"그렇습니다. 이제 와서 이런 말을 하는 게 어떨지 모르겠습니다만, 범인은 정말로 빅 B에 대해 잘 아는 듯합니다."

"이걸로 자네의 범인 트릭설도 물 건너갔군."

나카쓰카가 비스듬히 뒤쪽에 앉아 있는 고테라를 향해 고개를 살짝 돌리고 말했다. 고테라는 말없이 고개만 끄덕거렸다.

"저, 질문이 있는데요."

이마에다가 유하라를 향해 손을 들었다.

"뭐죠?"

"저 장비는 일반인이 쉽게 구할 수 있는 건가요?"

"네, 시판되고 있는 겁니다. 적외선 열화상 장치라는 것인데, 열에 관해 해석해야 하는 연구실이라면 대부분 비치돼 있습니다. 이곳 신양에도 있지 않을까 싶은데요."

그러자 고테라가 "있습니다."라고 대답했다.

"개인이 갖고 있는 경우도 있을까요?"

이마에다가 다시 물었다.

"그런 경우는 별로 없을 겁니다. 쓸 일도 없고, 게다가 상당히 비싸서 말이죠."

"얼마나 하는데요?"

"500, 600만 엔은 하지 않을까요."

"그렇게 비싼가요?"

이마에다가 놀란 듯이 몸을 뒤로 젖혔다.

"게다가 범인이 사용하고 있는 것은 카메라의 각도를 리모컨으로 조종할 수 있는 방식일 겁니다."

유하라가 덧붙였다.

"왜 그래야 하죠?"

"카메라의 각도가 고정돼 있으면 헬리콥터의 위치에 따라서는 발전소 전체를 확실하게 포착하지 못할 수도 있기 때문에 자유롭게 움직일 수 있도록 하는 거죠."

"아, 그렇군요."

이마에다는 납득이 간다는 표정을 짓더니 "그럼 범인은 카메라 각도까지 수시로 조절하고 있다는 얘기군요."라고 덧붙였다.

"아니요, 그건 불가능합니다. 거리가 너무 떨어져 있으니까요. 아마도 이 발전소 전체를 촬영할 수 있도록 카메라 각도가 자동적으로 조절되는 시스템이 아닐까 싶습니다."

"그게 가능한가요?"

"카메라 리모컨을 컴퓨터로 작동시키면 가능합니다. 아니면 휴대용 마이크로컴퓨터로도 충분히 가능하다고 생각합니다. 사전에 컴퓨터에 목표로 하는 이미지를 입력해 놓고, 그와 일치하는 화상이 카메라에 잡히면 그 화상을 좇아 카메라의 각도가 변하도록 하는 거죠."

졌다, 졌어, 라는 표정으로 이마에다는 고개를 절레절레 흔들면서 한숨을 쉬었다.

"도대체 못하는 게 뭔지……. 그런데 말씀을 들으니 범인이 꽤 특수한 장치들을 준비한 것 같은데, 그것들의 입수 경로를 추적하면 혹시 실마리를 얻을 수도……."

뒤의 말은 혼자 읊조리듯이 중얼거리더니 경비 부장은 가까이 있던 부하에게 "범인이 보낸 화상을 지금 당장 본부에 전송해. 범인이 어떤 기계를 사용했는지 알 수 있을지도 모르니까." 라고 명령했다. 부하는 기민한 동작으로 회의실을 나갔다.

유하라는 경비 부장의 기대에 찬물을 끼얹고 싶지 않아 잠자코 있었지만, 범인이 적외선 열화상 장치를 개인적으로 구입했을 가능성은 거의 없다고 생각했다. 이런 종류의 계측기를 취급하는 회사의 고객은 항상 기업이나 대학의 연구 기관이다. 개인 명의로 주문할 경우 곧바로 의심을 살 것이다. 게다가 이런 제품들은 대량 생산을 하지 않기 때문에 납기를 보장할 수 없다. 자칫하다가는 범행에 차질을 빚을 수도 있다는 얘기다. 그런 위험을 무릅쓰느니 어딘가의 연구소에 숨어 들어가 훔치는 편이 손쉽고 확실할 것이다.

"소장님, 본사에는……."

고테라가 엉거주춤한 자세로 말했다.

"아아, 그렇지. 연락해야지."

나카쓰카는 양손으로 무릎을 짚으며 일어섰다. 몸이 몹시 무거워 보였다. 범인의 이번 메시지가 상당한 충격을 준 모양이었다.

"원자로를 정지하기는 불가능하다는 점을 확실히 해 두어야겠군."

나카쓰카가 괴로운 표정으로 중얼거렸다.

"이걸 역이용하는 방법은 없을까요?"

갑자기 그런 질문을 던진 사람은 사쿠마였다.

나카쓰카가 "역이용하다니, 무슨 소리지?"라고 되물었다.

"가령 원자로가 정지되더라도 방수구의 온도가 내려가지 않도록 하는 거죠."

"그건 무리입니다."

고테라가 잘라 말했다.

"열원도 없는데 무슨 수로 해수의 온도를 올리겠습니까."

자신의 의견이 일언지하에 거부되자 사쿠마는 입을 다물었다.

"카메라의 시야를 막으면 어떨까요?"

이번에는 발전소의 젊은 직원이 의견을 냈다.

"해수의 온도를 잴 수 없도록 만드는 거죠. 그 방법이 어떨까 싶은데요."

"어떻게 가린다는 말인가요?"

"헬리콥터를 이용하면 되지 않을까요? 카메라 밑에 헬리콥터를 띄우면……."

그 말에 유하라가 피식 웃었다.

"그러면 시야는 가릴 수 있겠죠. 그런데 범인이 가만히 보고만 있을까요?"

"아, 그렇구나……."

젊은 직원이 멋쩍은 듯 뒷머리를 긁적거렸다.

"그리고 섣불리 잔재주를 부리다가 오히려 위험에 처할 수도 있어요. 적외선 열화상 장치에서 곧바로 헬리콥터에 추락 명령을 내리는 시스템일 가능성도 있어요."

이 발언에 모두가 숨을 삼켰다.

"그건 또 무슨 뜻입니까?"

사쿠마가 좌중을 대표해서 물었다.

"우선 열화상 장치에 입수된 데이터 중 필요한 것만 컴퓨터가 골라냅니다. 필요한 것이란 방수구와 취수구의 온도겠지만, 한 군데뿐 아니라 여러 군데에서 자료를 채취해 평균치를 내겠죠. 한 군데에서만 채취하면 어떤 이유로 그 부분의 온도만 변해 있을 경우도 있으니까요. 평균치를 낸 후에는 그 차이를 계산합니다. 그 차이가 설정치보다 낮아지면 컴퓨터가 헬리콥터의 조종 장치에 로터를 정지하도록 지시를 내리는 시스템이죠."

"그런 장치를 쉽게 만들 수 있습니까?"

이마에다가 물었다.

"쉬운 건 아니지만 지금까지 한 일로 봐서 범인에게는 어렵지도 않을 겁니다. 만약 그런 시스템일 경우, 원자로가 실제로 정지됐을 때는 물론이고 카메라에 비치는 화상에 약간의 의심스러운 점만 있어도 추락 신호가 떨어질 위험성이 있습니다. 그렇기 때문에 잔재주를 부리는 건 좋지 않다고 말씀드리는 겁니다."

형사와 소방 관계자들은 어떨지 몰라도 기술자인 발전소 직원들은 유하라의 얘기를 얼추 이해한 것 같았다. 그런 만큼 더욱이 아무도 섣불리 입을 열지 못했다.

"차라리 헬리콥터를 공중에서 폭파해 버리면 어떻겠습니까?"

이마에다가 그런 말을 꺼냈다.

"공중에서 분해된 상태로 떨어지면 큰 피해가 없을 텐데요."

"어떻게 폭파한다는 말씀이죠?"

유하라가 놀라며 물었다.

"그야 어떻게든 방법이 있지 않을까요?"

"혹시 자위대 비행기로 공격하는 것을 말씀하시는 거라면 더없이 위험한 도박입니다. 제대로 분해되면 다행이지만, 추락을 앞당기는 결과로 끝나 버릴 확률이 아주 높아요."

"그런가요……."

경비 부장이 얼굴을 찡그렸다.

"그리고 그 경우에도 범인이 뒷짐 지고 보고만 있지는 않을 거고요."

사쿠마 소방대장이 말했다.

이마에다도 한숨을 쉬며 고개를 끄덕였다.

"결국 원자로를 정지할 방법은 없는 거군."

나카쓰카가 중얼거렸다.

그때였다. 수사본부에 연락하러 갔던 젊은 경관이 뛰어왔다.

그는 이마에다에게 다가가 뭔가를 속삭거렸다.

"틀림없어?"

"네. 이미 경시청에 보고됐으니 곧 현지 경찰이 움직일 겁니다."

"이마에다 씨, 새로운 소식이라도 있는 겁니까?"

나카쓰카가 답답하다는 듯이 물었다.

경비 부장은 수사상의 비밀을 밝혀도 될지 어떨지 잠시 망설이는 표정을 보였지만 이내 그 내용을 말해 주었다.

"전자 메일을 보낸 인물의 신원이 판명됐답니다."

"어떤 사람이랍니까?"

나카쓰카가 물었다.

이마에다는 유하라와 야마시타의 얼굴을 번갈아 보다가 "그쪽에는 심증 가는 사람이 없습니까?"라고 물었다.

"저희 말입니까? 아니요, 없는데요."

왜 자신들에게 묻는 것일까 생각하며 유하라가 대답했다. 야마시타도 고개를 저었다.

그러자 이마에다는 다시 맨 끝 쪽 의자에 앉아 있는 미시마에게 고개를 돌렸다.

"그럼 당신은요?"

"없습니다."

미시마도 같은 대답을 했다.

그러자 이마에다가 의미심장한 웃음을 입술 끝에 살짝 머금으며 말했다.

"사토 노부오, 니시키 중공업 주식회사 중기 사업 본부장이라고 합니다."

"사토 노부오 상무가요?"

유하라가 펄쩍 뛰어오르는 듯한 몸짓을 하고 물었다. 물론 아는 이름이었다.

35

후쿠이 현 미카타 초.

후지이 미치오는 러닝셔츠와 트렁크스 차림으로 텔레비전 앞에 있었다. 탁자 위에는 빈 맥주병 두 개와 소스가 말라붙은 닭구이 접시가 놓여 있다. 어제 프로 야구를 보며 먹은 저녁의 잔해다. 아침은 아직 먹기 전이었다. 10시 넘어 겨우 일어나서 텔레비전을 켰더니 엄청난 사건을 보도하기에 그대로 눌러앉은 것이다.

저런 미친놈이 다 있나, 라고 그는 뉴스를 보면서 생각했다. 그에게 원전은 아주 친근한 것이었다. 아니, 생활의 근간이라고 해도 과언이 아니다.

텔레비전에서는 현 상황에서 정부가 어떻게 대응해야 하는지에 관해 유명 정치학자가 설명하고 있었다. 범인의 협박을 수용하는 것은 논외이나, 헬리콥터가 추락했을 때 만에 하나 방사능 오염이 발생한다면 원전의 안전 신화를 부르짖던 정부로서는 어떻게든 책임을 져야 할 것이라는 얘기였다. 후지이는 채널을 돌렸다. 하나 마나 한 소리도 다 하고 있다고 생각했다.

그러나 현장에 이렇다 할 진전이 없는 탓인지 어느 채널이나 비슷한 내용을 전하고 있었다. 인스턴트커피라도 타 마셔야겠다고 생각한 후지이는 그제야 엉덩이를 들었다. 마흔이 조금 넘은 그는 현재 독신이다. 결혼한 적이 있지만 그 생활은 2년을 채 못 넘겼다.

주전자에 물을 받아 가스레인지에 올려놓으려는데 현관 벨이 울렸다. 조그만 아파트에 요란하게 울리는 벨 소리가 그는 질색이다.

문을 여니 반소매 남방셔츠를 입은 남자와, 와이셔츠 소매를 걷어 올리고 넥타이를 맨 젊은 남자가 나란히 서 있었다.

"후지이 미치오 씨인가요?"

남방셔츠 입은 남자가 물었다.

후지이는 고개를 끄덕였다. 그러면서 속으로는 그들의 신분을 짐작해 봤다. 그의 직감이 맞았다는 것을 확인하기까지는 오래 걸리지 않았다.

"경찰입니다. 잠시 여쭤 보고 싶은 게 있어서요."

"'신양' 사건 때문입니까?"

"네, 그렇다고 할 수 있습니다."

"저는 '신양'에 가 본 적도 없는데요."

"그건 상관없습니다. 아무튼 잠시 얘기를……"

남방셔츠 차림의 남자는 저자세이긴 하지만 은근히 밀어붙이는 말투로 압박해 왔다.

"그럼 간단히……"

후지이는 문을 활짝 열어 두 사람을 맞아들였다. 그런데 형사들은 좁은 현관에 그대로 선 채 신발을 벗으려 하지 않았다. 그리고 현경 본부의 무로부시와 세키네 형사라고 자신들의 이름을 밝혔다.

"후지이 씨께서는 아마치 청소 회사에서 현장 감독으로 근무하신다고요."

무로부시라고 한 형사가 물었다.

"그런데요."

"오늘은 쉬는 날인가 봅니다."

"네. 이 시기에는 정기 검사가 많지 않아서요."

대답하면서 후지이는 별 이상한 걸 다 묻는다고 생각했다. 쉬는 날이라 집에 있다고 들었으니 이렇게 찾아온 것 아닌가.

아마치 청소 회사는 원전 내의 방사능 오염 제거 작업을 전문으로 하는 하청 업체다. 구체적으로 말하면 물이 새거나 해서 오염된 바닥을 전용 걸레로 닦는 일을 한다. 후지이가 근무한 지는 13년이 됐다. 4년 전부터는 현장 감독으로 일한다.

"혹시 사이카라는 이름을 기억하십니까?"

"사이카요?"

"최근까지 후지이 씨 밑에서 일했다고 회사에서 들었는데요."

"기억납니다. 그게 그러니까…… 작년에 회사를 그만뒀죠, 아마."

"연락처는 아시나요?"

"전에는 이 근처에 살았었는데, 이사하지 않았나 싶어요. 어디로 간다고 얘기했던 것 같은데……."

"나가하마 시라고만 알고 있습니다."

젊은 형사 세키네가 말했다.

"나가하마 시요? 아아, 그렇군요. 몰랐어요. 회사에는 기록이 없나요?"

후지이의 물음에 형사들이 피식 웃었다. 그도 그럴 것이, '아마치 청소 회사'라고 하면 듣기에는 그럴싸하지만 실은 적당히 사람을 모아 원전으로 보내는 게 전부인 용역업체 같은 곳이기 때문이다. 사람을 쓸 때도 이력서조차 제대로 보지 않는다. 그러니 작업원 개개인에 관한 기록이 제대로 남아 있을 것이라고 기대하기는 어렵다.

"그럼 최근에는 연락을 주고받은 적이 없는 겁니까?"

"네, 없어요. 특별히 친한 사이도 아니었으니까요."

"그렇군요."

무로부시 형사는 수첩에 뭔가를 적은 후 "어떤 사람이었습니까?"라고 다시 물었다.

"글쎄요, 어떤 사람이라고 해야 할지⋯⋯."

후지이가 목덜미를 긁적거렸다.

"분명히 말씀드릴 수 있는 건, 눈에 잘 띄지 않는 사람이었다는 겁니다. 붙임성이 없어서 동료들과 이야기도 잘 안 나눴고요. 근무 시간 외에는 뭘 하는지 알 수 없었죠."

"취미에 대해 들으신 적은 있나요?"

"취미요? 아니, 전혀요."

"모형 만드는 취미가 있었던 것 같은데요. 비행기나 뭐, 그런 것 말입니다."

"아, 그래요? 몰랐습니다."

대답하고 난 후지이는 불현듯 떠오르는 게 있는 듯했다.

"아아, 비행기! 그러고 보니 그런 종류의 잡지를 자주 읽었어요."

"그런 종류의 잡지라니, 모형에 관한 잡지 말입니까?"

"아니요, 모형이 아니라 비행기라든지 무기라든지⋯⋯, 왜 있잖습니까? 세계의 군함이나 전차 같은 게 자세하게 나와 있는 잡지."

"아아, 군사 잡지 말이군요."

세키네 형사가 말했다.

"네, 맞아요. 자위대 출신이라 역시 그런 데에 관심이 있나 보다 했죠."

"자위대 출신이라고요?"

남방셔츠 쪽의 얼굴이 갑자기 험악해졌다.

"사이카라는 사람이 자위대 출신이란 말인가요?"

형사가 다그치자 후지이는 멈칫했다.

"……네, 그렇게 들었는데요. 아니, 저……, 본인에게 얼핏 들은 거라서 사실인지 아닌지는 저도 잘……."

"본인이 그렇게 말했단 말이죠?"

"네."

"어느 부대 소속이었답니까?"

"거기까지는 못 들었어요."

후지이 미치오가 사이카에게서 자위대 이야기를 들은 건 일을 마치고 옷을 갈아입을 때였다. 그날은 그와 단둘이서 작업을 했다. 1차 냉각수 정화 장치가 있는 방에서 방사능으로 오염된 바닥을 청소하는 일이었다. 사이카가 걸레로 닦으면 그 걸레를 후지이가 비닐봉지에 담아 폐기물 처리실로 운반했다. 후지이가 바닥 닦는 일을 담당하는 경우는 거의 없었다. 극히 위험한 작업이라는 것을 잘 알고 있었기 때문이다.

왜 이런 일을 하는지 사이카에게 별 뜻 없이 물은 적이 있다. 딱히 할 얘기가 없어서 물어본 것뿐이었다.

"사람들이 원전을 싫어하니까. 그게 내 성격에 맞아."

사이카는 LL 사이즈 방호복을 전용 상자에 던져 넣으며 대답했다.

"왜, 사람들이 자넬 싫어하나?"

"글쎄. 사람들이 나를 싫어하는지 어떤지는 잘 모르겠고, 이 왕이면 이번에도 사람들이 꺼리는 세계에서 일해야지 하고 생각했을 뿐이야."

"이번에도라니, 그럼 전에도 그런 일을 했다는 건가?"

"비슷했지. 없으면 곤란한데도 사람들은 그런 건 필요 없다며 차가운 눈길로 바라보는 일."

"그게 무슨 일인데?"

그 질문에 사이카는 잠깐 주저하더니 "자위대." 하고 퉁명스럽게 내뱉었다. 그게 다였다. 그러니까 소속이 어디였는지, 무슨 일을 했는지, 왜 그만두었는지 후지이는 모른다. 그 후에는 한 번도 그와 관련한 대화를 나눈 적이 없었다.

남방셔츠 형사는 후지이의 얘기를 진지한 얼굴로 듣고 있었다. 그리고 다 듣고 나자 넥타이 맨 형사에게 눈짓을 했다. 넥타이 맨 형사가 말없이 밖으로 나갔다. 두 형사의 얼굴에서 현관을 들어설 때의 여유는 사라지고 없었다.

"후지이 씨, 이건 아주 중요한 일이니까 어떻게든 기억을 더듬어 보셨으면 합니다. 사이카 씨와 얘기를 나눌 때 비행기나 헬리콥터 조종에 관한 얘기를 들은 적이 있습니까? 예를 들면 옛날에 해 본 적이 있다든지······."

"조종요?"

후지이는 곰곰이 생각해 봤다. 하지만 아무리 애써 봐야 없는 기억을 더듬을 수는 없었다. 애당초 그는 수시로 들고 나는 작업원들의 일을 일일이 기억하는 타입이 아니었다.

"기억에 없어요."

그로서는 그렇게 대답할 수밖에 없었다.

"그럼 사이카 씨와 친하게 지냈던 사람은 혹시 생각나시나요?"

"글쎄요. 아까도 말했지만, 붙임성이 없는 사람이라 특별히 누구와 친했던 기억은 없어요."

"그렇군요. 혹시라도 기억이 떠오르면 여기로 연락해 주십시오."

무로부시 형사가 후지이에게 메모를 건넸다. 그리고 실례가 많았다며 현관을 나서려 했을 때였다.

"저……."

후지이가 주저하며 형사를 불렀다.

"왜 그러시죠?"

"그…… 사이카가, 그 사람이 '신양' 사건의 범인인가요?"

"아니, 아직은 뭐라고……. 일단 조사를 하고 있을 뿐입니다."

"일단이라면……."

"죄송합니다. 급히 가 볼 곳이 있어서요."

그 이상의 질문은 사절이라는 듯이 형사가 문을 닫았다.

문을 걸고 나서 후지이는 다시 텔레비전 앞에 앉았다. 커피를 타려던 참이었다는 사실도 까맣게 잊고 있었다.

"사이카라……."

솔직히 후지이는 그동안 그 사람을 떠올려 본 적조차 없었다. 형사에게도 말했듯이 음울하고 눈에 잘 뜨이지 않는 남자였다. 후지이 쪽에서도 적극적으로 말을 붙여 본 기억이 없었다.

하지만 일은 잘하는 사람이었다. 다들 꺼리는 1차 냉각계 일도 군소리 없이 했다. 아마도 일당이 높아서였을 것이다. 체력이 좋아서 다른 작업자들보다 일을 훨씬 많이 하기도 했다. 쉬고 있는 다른 작업자의 외부 피폭 계기를 빌려 피폭량을 속이며 일한다는 사실도 후지이는 알고 있었다. 그걸 보고도 못 본 척한 까닭은 사이카 같은 작업자가 있어야 예정대로 일을 마칠 수 있는 현실 때문이었다.

그런데 사이카가 왜 그토록 돈에 욕심을 부리는지는 후지이도 알지 못했다. 하고 다니는 것을 보건대 사치를 부리는 것 같지도 않았다.

사이카는 다부진 체격에 눈과 눈썹 사이가 좁고 윤곽이 뚜렷한 전형적인 남방계 얼굴이었다. 그 움푹한 눈에는 늘 무언가를 숨기고 있는 듯한 기운이 어려 있었다.

그 사람이 범인? 설마…….

그러나 어쩐지 그 상상이 터무니없는 것만으로는 느껴지지 않았다. 사이카에 대해서 잘 알고 있는 것은 아니지만, 그 사람이라면 할 수 있을지도 모르겠다는 생각이 들었다.

텔레비전에서는 리포터가 항공 평론가를 인터뷰하고 있었

다. 빅 B를 이동시킬 수 있겠느냐는 질문에 초로의 학자는 "범인이 어떤 방법으로 원격 조종하고 있는지를 밝혀내지 못하면 어렵겠지요."라고 대답했다.

원격 조종이라.

그 말을 사이카에게 들은 기억이 났다.

"조만간 이런 원전 내부 일도 전부 로봇이 하게 될 거야. 그럼 우리는 쓸모가 없어지는 거지."

언젠가 그가 작업 중에 그런 말을 불쑥 꺼내자 동료 하나가 웃으며 "우주 소년 아톰에게 일을 빼앗긴다고? 이거 큰일이네!" 하고 대답했다.

놀리는 듯한 반응에도 사이카는 화내지 않고 평온하게 말을 계속했다.

"보수나 점검 같은 일의 상당 부분은 로봇이 차지한 지 오래야. 물론 아톰 정도는 아니고 원격 조종으로 움직이는 극한 작업용 로봇일 뿐이지. 하지만 언젠가는 원격 조종조차 필요 없어지는 날이 올 거야. 로봇이 자기 눈으로 보고 판단하는 거지."

"자기 눈으로? 아니, 로봇이 어떻게 그럴 수 있지?"

"방법은 여러 가지야. 인간의 눈처럼 빛을 받아들여 물체를 분별하는 경우도 있고, 열적외선을 감지해서 판단하는 경우도 있고. 열적외선을 이용하는 경우에는 어두운 곳에서도 보이니까 불을 켤 필요도 없어. 그렇게 눈으로 본 정보에 따라 움직이는 거지."

"그래? 대단하네."

그때 후지이는 별 관심 없이 그 대화를 듣고 있었다. 그저 '이 남자가 어떻게 이런 걸 다 알지?'라고 생각한 정도다. 그리고 그대로 잊고 말았다.

이 얘기를 형사에게 알리는 편이 좋을지 고민했다. 그러나 결국 그는 수화기를 들지 않았다. 귀찮다는 것 외에 다른 이유는 없었다.

무로부시가 후지이의 집을 나와 도로변에 세워 둔 차로 돌아가는데 마침 세키네도 전화 부스에서 나오고 있었다.

"본부에 연락했어?"

"네. 당장 자위대 퇴역자 리스트를 조사하겠다고 합니다."

"그래? 사이카가 자위대 출신이라고 하니까 본부도 귀가 번쩍 뜨이는 모양이군."

"자위대 출신이라면 헬리콥터 전문가일 가능성도 없지 않으니까요. 어쩌면 빅 B 개발에 관여했을 수도 있고요."

원전 노동자에다 서명 운동, 무선 조종 마니아, 그리고 자위대 출신. 이 정도 조건을 갖추었으니 본부가 움직이지 않을 리 없다고 생각했다.

"한데 문제는 지금부터 어떻게 하느냐야."

무로부시는 머릿속으로 여러 가지를 계산하고 있었다. 사실은 자위대 퇴역자 리스트 같은 걸 뒤져 봐야 별 소용이 없을 것이라는 게 그의 생각이었다. 설사 사이카라는 인물이 발견된다 해도 그것만으로는 큰 도움이 안 된다. 그 리스트에 사이카의 현재 행방이 기록돼 있을 거라는 기대는 할 수 없었다.

"나가하마 시에 있다는 사이카의 거주지에 대한 조사는 사가 현경에 협력을 요청할 모양입니다."

무로부시의 생각을 읽기라도 한 듯 세키네가 말했다.

"다른 사람 명의를 빌렸을 수도 있으니까 시간은 좀 걸릴지 모릅니다."

"나가하마라……."

이렇게까지 해 놓고 다른 지역의 경찰에게 사이카의 체포를 맡긴다는 건 너무 분했다.

"좋아, 우리도 나가하마로 간다!"

그러자 세키네가 히죽 웃었다.

"계장님이 여기서 오바마로 곧장 가라고 하셨는데요."

"오바마, 거긴 왜?"

"행방이 파악되지 않았던 반원전 단체 리더가 오바마의 친척 집에 있을지 모른다는 정보가 입수됐답니다. 프랑스에서 들여온 핵연료를 아오모리로 운반할 때 상당히 과격한 항의 데모를 한 사람이라며 일단 소재를 확인하라고 하네요."

"그런 건 그 지역 경찰에게 맡기면 되잖아."

"그쪽도 일손이 부족한 모양입니다. 우리가 이쪽에 있으니까 가 보라는 거겠죠."

그들이 현재 있는 미카타에서 오바마까지는 20킬로미터에 불과했다.

"말도 안 돼. 그 사람은 범인이 아니야."

"하지만 사이카가 범인인 것도 확실치 않잖아요."

"알았어. 차 키 이리 내놔. 나 혼자 갈 거야. 자네는 오바마든 오이든 마음대로 가."

"선배 운전 솜씨로는 나가하마에 도착하기도 전에 헬리콥터가 떨어질 텐데요."

세키네는 운전석 문을 열고 구형 코로나에 올라탔다.

36

이바라키 현 쓰쿠바 시 니시키 중공업 주식회사 중기 사업 본부.

간부 전용 내빈실에서 사토 노부오는 등부터 어깨까지 근육을 긴장시킨 채 꼿꼿이 앉아 있었다. 그의 슬슬 벗어지기 시작한 머리의 속을 지금 오가고 있는 것은 이 일이 회사에 알려질 경우 자신이 과연 불이익을 당하게 될 것인가 하는 생각이었다.

미지근해진 찻잔 세 개를 사이에 두고 두 남자가 그와 마주 앉아 있었다. 이바라키 현 경찰 본부에서 나온 형사들이었다. 이 두 사람은 사토 노부오가 지금까지 만난 그 누구와도 인종

이 달랐다. 도무지 감정을 읽을 수 없고 배짱이 통할 것 같지
않았다. 거기에 바닥을 알 수 없는 교활함마저 엿보였다. 요컨
대 이것이 형사라는 생물인가 보다, 라고 그는 자신을 납득시
키는 수밖에 없었다.

"아무튼,"

중기 사업 본부장이기도 한 상무이사가 말했다.

"나는 전혀 모르는 일입니다. 기억을 떠올려 보라고 하시지
만, 그런 기억이 없는 걸 어떡합니까. 그 컴퓨터 통신인가 뭔가
하는 것도 전혀 몰라요. 나와는 무관한 일입니다."

"그건 잘 알겠습니다."

덩치가 크고 나이도 있어 보이는 형사가 말했다. 결코 회사원
으로는 보이지 않을 얼굴과 헤어스타일이다.

"다만 신용 카드에 대해서 여쭤 보는 것뿐입니다."

"글쎄 남에게 빌려 준 기억이 없다니까요."

"카드 자체를 빌려 준 일은 없으시겠죠. 누가 남에게 카드를
빌려 주겠습니까. 그게 아니라, 카드로 물건을 산 후 신용 카드
영수증이나 사용 내역서 같은 걸 남에게 보여 주신 적이 있느
냐, 그걸 묻는 겁니다."

형사의 억양 없는 목소리가 약간 커졌다.

"영수증은 받자마자 지갑에 넣고, 사용 내역서는 잘 들여다
보지도 않습니다. 사용 내역서가 집으로 우송되면 아내가 정리
하니까요."

그러자 이번에는 체구가 작은 젊은 형사가 나섰다.

"사모님께는 다른 형사가 찾아갔을 겁니다."

"아니, 집에까지 갔단 말이오?"

"네, 정말 죄송합니다. 어찌 됐든 비상사태니까요."

나이 많은 형사가 정중하게 사과했다.

"그러나 저희로서는 카드 번호를 어떤 방법으로 입수했느냐에 관계없이 범인이 상무님 주변에 있을 것으로 짐작하고 있습니다."

"왭니까?"

"생각해 보세요. 그럼 이번 사건의 범인이 어딘가에서 카드 번호를 입수했는데 그게 우연히 니시키 중공업 상무님 것이겠습니까?"

형사는 우스갯소리처럼 말했지만 그 표정은 한층 위협적으로 보였다.

사토 노부오는 악몽이라도 꾸는 심정이었다. 바로 조금 전까지 '신양' 사건에 어떻게 대응해야 할지 본사와 연락을 취하고 있었다. 사건이 어떤 식으로 종결될지 예측할 수는 없지만, 자위대 헬리콥터를 도난당했다는 점, 그리고 니시키 중공업도 어떤 식으로든 대처해야 한다는 사실만은 분명했다. 항공기 사업 본부장이 책임을 지겠다고 한다면 인사 면에서도 상당한 변동이 생길 터였다. 또한 헬리콥터가 추락해 '신양' 발전소에서 니시키 중공업이 관여한 부분에 중대한 고장이라도 발생할 경우 플랜트 사업 본부도 모르는 척할 수는 없었다. 그러나 어찌 됐든 중기 사업 본부를 감독하고 있는 자신에게까지 불똥이 튈 일은 없을 거라고 안심했는데, 그러기가 무섭게 이 두 형사가 나타난 것이다.

형사의 말에 따르면 '신양' 사건의 범인이 사토 노부오의 명의로 인터넷에 가입해 '신양' 앞으로 이메일을 보냈다는 것이다. 사토로서는 기억이 나지 않는다기보다는 뭐가 어떻게 됐다는 건지 도무지 모르겠다는 게 솔직한 심정이었다. 기술자 출신이니만큼 컴퓨터에 대해 전혀 모르는 건 아니지만 도처에 컴퓨터가 설치돼 있어도 스스로 조작해 본 적은 없었다.

형사 말로는 인터넷에 가입하는 데는 신용 카드 번호와 주소, 이름만 있으면 충분하다고 한다. 통신상으로 절차만 밟으면 그 순간부터 자유롭게 서비스를 이용할 수 있는데, 사토 노부오는 이틀 전에 가입한 것으로 되어 있다는 것이다.

다만 범인이 현재 사용하고 있는 것은 임시 ID와 비밀 번호로, 정식 ID는 며칠이 지나야 발급된다고 한다. 그때는 범인이 접속할 수 없게 되겠지만 이번 범행에는 아무런 지장이 없을 것이다.

"아무튼 나는 그런 기억이 없습니다."

사토 노부오로서는 그 말을 되풀이하는 수밖에 없었다.

"카드를 깜박 잊고 아무 데나 둔 일도 없고, 남에게 비밀 번호를 가르쳐 준 일도 없습니다."

"뭐, 그렇게 성급히 결론짓지 않았으면 좋겠습니다. 알겠습니다. 그렇다면 질문을 달리 하죠. 상무님이 평소에 신용 카드를 자주 사용하는 곳을 말씀해 보세요. 골프장이든 레스토랑이든 호텔이든 상관없습니다."

덩치 큰 형사가 말했다.

"전부 말입니까?"

"네, 기억나는 대로 전부 말씀해 주세요."

"그런 건 수첩을 보지 않으면 정확히는……. 수첩이 사무실에 있는데요."

"그럼 사무실까지 함께 가시죠."

형사가 엉덩이를 들썩였다. 사토가 손을 들어 그를 제지했다.

"아니, 괜찮습니다. 제가 가져올 테니 잠깐만 기다리세요."

"알겠습니다."

형사가 도로 자리에 앉았다.

사토 노부오는 내빈실을 나와 본부장실로 향했다. 일이 골치 아프게 됐다고 생각했다. 왜 하필이면 자신의 이름을 사용했는지, 정체불명의 범인에게 분노를 느꼈다.

복도를 걸어가면서 그는 자신의 신용 카드 번호가 남에게 알려졌을 가능성에 대해 생각해 보았다. 예를 들어 카드를 이용했던 가게의 종업원이라면 손쉽게 번호를 베꼈을 수도 있을 것이다. 하지만 그런 사람들이 범인이라고는 생각되지 않았다. 그렇다면 카드를 사용할 때 함께 있었던 사람들을 의심해 볼 수 있는데, 그렇게 긴 번호를 순식간에 기억할 수는 없는 노릇이다. 그렇다면 역시 카드 영수증이 누군가의 손으로 흘러들어간 것일까.

불현듯 무언가가 뇌리를 스친 것은 그가 본부장실 문을 열려고 했을 때였다. 한 여자가 기억에 떠올랐다. 과거 그의 부하 직원이었던 여자다.

그녀에게 뭔가를 사 줄 때, 그녀와 식사를 할 때, 술을 마실 때, 호텔에 갈 때 사토는 되도록이면 현금으로 지불했지만 드물게 신용 카드를 사용할 때가 있었다. 이용 명세서만 봐서는 아내가 의심을 품지 않겠다고 판단되는 경우에 한해서였다. 그렇지만 그런 영수증을 집에 가져올 만큼 사토는 대담하지 못했다. 그럴 때 그는 젊은 애인에게 영수증을 건넸다. "알아서 처리해."라고 말하면서.

그녀는 웃으며 그것을 핸드백에 넣곤 했다. 그녀가 그 핸드백을 그대로 회사로 가져와 사람들 있는 데서 내용물을 쏟아 놓지 않는 한 안심이었다.

그런 영수증들을 그녀가 제대로 처리했을까.

거기까지 생각하다가 사토는 고개를 흔들었다. 말도 안 된다. 그 여자와 헤어진 게 벌써 몇 년 전인가.

 방위청에서 나온 두 사람이 '신양' 발전소 제2관리동에 도착한 시각은 정오를 조금 넘겼을 때였다. 두 사람이란 조달 실시 본부의 오에 계관과 기술 연구 본부 항공기 개발 1부의 나라야마 개발관이다.

 그들이 지금 현지에 나타난 것이 너무 이른 것인지 아니면 너무 늦은 것인지 유하라는 판단하기 힘들었다. 하지만 그들이 좀 더 빨리 왔다 해도 상황이 달라지지 않았을 것만은 확실했다.

 유하라는 야마시타와 함께 두 사람을 제2관리동 응접실에서 만나 지금까지의 경위를 설명했다. 나라야마는 의자에 앉아 메모하면서, 그리고 오에는 창가에 서서 '신양' 쪽을 바라보면서 유하라와 야마시타의 설명을 들었다. 이미 보도된 내용이 대부분이어선지 이렇다 할 반응은 없었다. 다만, 적외선 열화상 카메라가 빅 B에 설치돼 있을 것이라는 말에는 두 사람 모두 놀라는 기색을 보였다.

 "지금 설명을 들은 바로는,"

 나라야마 소령이 등을 쭉 편 뒤 자신이 적은 메모에 눈길을 주면서 말했다.

 "CH-5XJ를 현 위치에서 이동하는 것은 범인이 체포되지 않는 한 불가능할 것 같군요."

"유감스럽지만 그렇습니다."

유하라는 자신이 듣기에도 음울한 목소리로 대답했다.

나라야마는 팔짱을 끼더니 여전히 등을 쭉 편 자세로 눈을 감았다. 그리고 가슴을 크게 부풀리며 숨을 들이쉬었다가 길게 내쉬었다.

저런 동작을 보이는 건 오랜만이라고 유하라는 생각했다. 기본 설계와 상세 설계 단계에서 한 달에 한 번 진척 상황을 설명하기 위해 열렸던 그룹 회의 때 니시키 중공업 측의 설명이 만족스럽지 않으면 이 남자는 종종 이런 포즈를 취했다. 유하라보다 기껏해야 한두 살 많을 텐데 수도승 같은 표정이 그를 훨씬 나이 들어 보이게 했다.

"저건 앞으로 얼마나 더 떠 있을 수 있는 겁니까?"

오에가 창밖을 가리켰다.

유하라는 자신의 시계를 보았다.

"길어야 두 시간 정도입니다."

"남은 수명이 두 시간이라……."

오에는 깔끔하게 손질한 뒷머리를 손바닥으로 두드렸다.

"그때까지 범인을 체포한다는 건 꿈이겠군요."

아마도 현시점에서는 가장 정확한 추론일 터였다. 유하라는 아무 대꾸도 할 수 없었다.

나라야마가 길게 찢어진 눈을 떴다.

"범인은 CH-5XJ를 어떻게 이동시킬 생각일까요?"

"이동시키다니요?"

"정부가 범인의 요구를 수용하면 헬기를 원자로로부터 이동시키겠다고 했잖습니까. 그때는 어떤 방법을 사용할 걸로 생각하십니까?"

"무선으로 컴퓨터에 명령을 주지 않을까 싶습니다."

"그럼 CH-5XJ의 조종 시스템에 그때에 대비한 프로그램이 이미 입력돼 있다는 건가요?"

"그렇습니다."

"그러나 아무리 CH-5XJ라도 자동 착륙은 불가능할 텐데요."

"네, 불가능합니다."

"그렇다면 대체 어디로 어떻게 이동시킬 작정일까요?"

"그게……."

사실 그 질문에 대한 대답은 이미 준비돼 있었다. 다만 입에 담자니 조금 망설여졌다.

"바다로 추락시킬 겁니다."

나라야마는 자세를 흐트러뜨리지 않았지만 오른쪽 뺨이 살짝 실룩했다.

"역시…… 그렇군요."

"네. 그렇게 생각하는 편이 타당할 겁니다."

그러자 조달 실시 본부의 오에가 냉소를 머금었다.

"그러니까 범인을 체포해도 CH-5XJ를 무사히 회수하는 건 불가능하다는 얘기군요."

"아니요, 만약 범인이 체포된다면,"

야마시타가 말했다.

"강제적으로 추락시킬 염려는 없으니까 다른 방법이 있을지도 모릅니다."

"어떤 방법 말이죠?"

나라야마가 몸은 그대로 둔 채 고개만 야마시타 쪽으로 돌리고 물었다.

"예를 들자면…… 사람이 올라탄다든지……. 제 아들을 구조하기 위해 구난대원이 옮겨 타기도 했잖습니까. 그것과 똑같은 시도를 한 번 더……."

야마시타가 말끝을 흐린 건 나라야마의 눈이 점차 험악한 빛을 띠는 것을 느꼈기 때문이다. 그러나 나라야마는 지금까지와 변함없는 말투로 물었다.

"그 구조대원들에게 한 번 더 목숨을 걸라는 말입니까?"

"아니, 꼭 그런 건……."

"그들이 그런 위험한 임무에 도전한 것은 당신의 아들이 사람이기 때문입니다. 사람을 구하기 위해서라면 그들은 목숨을 겁니다. 그러나 헬리콥터를 구하기 위해서 그런 일을 하지는 않습니다. 방위청 또한 고작 헬리콥터 한 대를 구하기 위해 대원에게 목숨을 걸라고 하지는 않습니다."

"죄송합니다."

야마시타가 나지막이 말하며 머리를 숙였다.

나라야마가 다시 유하라 쪽으로 고개를 돌렸다.

"상황은 잘 알겠습니다. 아무튼 지금은 범인이 어떻게 나오는지 지켜보는 수밖에 없겠군요. 저도 여기 남아서 CH-5XJ의 운명을 지켜보도록 하겠습니다."

그리고 그는 오에 쪽으로 몸을 틀었다.

"청사로 돌아갈 겁니까?"

"그래야지. 보고도 해야 하니."

오에는 한시도 더 이곳에 있고 싶지 않은 듯했다. 그가 소파에 앉지도 않은 채 볼일을 끝냈다는 게 그 증거였다.

오에를 배웅한 후 유하라와 야마시타는 나라야마와 함께 2층에 있는 현장 지휘 본부로 돌아갔다. 이마에다 경비 부장이 조금 전까지 통화를 하고 있었는지 수화기를 내려놓으며 한 손을 들어 보였다.

"유하라 씨, 마침 잘 오셨습니다. 잠깐 괜찮겠습니까?"

"무슨 일인데요?"

"물어보고 싶은 게 있어서요."

경비 부장은 야마시타 뒤에 서 있는 나라야마가 신경 쓰이는 눈치였다.

"저분은 누구시죠?"

유하라는 기술 연구 본부의 개발관을 소개했다. 이마에다는 고개를 끄덕였지만 눈가에 살짝 그늘이 졌다.

"방위청 분이시군요. 그럼 얘기하기 좀 껄끄러운 내용이 있긴 하지만 같이 들으시는 편이 낫겠네요."

"무슨 일인데 그러세요?"

유하라가 얘기를 재촉했다.

"실은 본부에서 연락이 왔는데, 수상한 인물이 하나 포착됐답니다. 물론 확실한 근거가 있는 건 아닌 듯합니다만."

"어떻게 수상하다는 거죠?"

"간단히 말하자면 범인으로 지목할 만한 조건을 몇 가지 갖췄다는 거죠."

"그러니까 그 조건이 뭐냔 말입니다."

유하라의 말에 이마에다는 "죄송하지만 자세한 건 말씀드릴 수 없습니다. 프라이버시 침해에 해당하는 내용이라서요."라고 대답했다. 수사상의 비밀이라는 말은 하지 않았다.

유하라는 한숨을 내쉬었다.

"그럼 묻고 싶은 게 뭔데요?"

"그게 말입니다."

그렇게 말을 꺼낸 이마에다는 역시 방위청 개발관이 신경 쓰이는 눈치였지만 하는 수 없다는 듯 계속했다.

"그자가 자위대 출신이랍니다."

서 있을 때도 자세에 흐트러짐 하나 없는 나라야마 개발관이 몸을 움찔하는 것을 유하라는 시선 한끝으로 느꼈다.

"확실한 겁니까?"

유하라가 물었다.

"수사원이 조사한 바로는 그렇다고 합니다. 물론 정보가 틀렸을 가능성은 있습니다."

이마에다는 신중했다.

"알겠습니다. 그래서요?"

"저희가 알고 싶은 건, 자위대 출신이라면 이번 범행이 가능하겠느냐는 것입니다. 저희 같은 문외한이 생각하기에는 과거에 비행사였다거나 하는 경우 그 경험을 살릴 수도 있지 않을까 싶은데요."

이 질문에 나라야마가 먼저 대답에 나섰다.

"비행사 출신이든 자위대 출신이든 CH-5XJ의 조종 시스템에 정통하지 않으면 불가능한 일입니다. 저 헬기는 오늘 영수 비행에 나설 예정이었습니다. 자위대원 대부분은 저 헬기에 대해 아무것도 모릅니다."

이 의견에 동감이었던 유하라는 잠자코 고개만 끄덕였다.

"대부분, 이라면 저 헬기에 대해 아는 사람도 있다는 겁니까?"

이마에다는 나라야마의 말에서 빈틈을 놓치지 않았다.

나라야마는 즉시 대답하지 못했다. 그 이유를 유하라는 알고 있었다. 이마에다의 말을 부정할 수 없었기 때문이다.

유하라가 대신 나섰다.

"극히 한정된 범위이기는 하지만 빅 B의 개발에 관여한 자위대원이 몇 명 있습니다."

"예를 들어 어떤 사람이죠?"

"우선, 일반 자위대원은 아닙니다만, 여기 계시는 나라야마 씨처럼 기술 연구 본부에 계시는 분들이 있죠. 연구를 같이 했으니 당연한 일입니다."

"CH-5XJ에 관여한 개발관들에 대해서는 저희 쪽에서 조사하고 있습니다."

나라야마가 즉시 보충 설명을 했다.

"그건 알고 있습니다. 제가 알고 싶은 건 그분들 이외의 자위대원에 대해서입니다."

이마에다가 답답하다는 듯이 말했다.

"개발이 구체화되면서 자위대의 항공기 정비 담당자가 간혹 공장에 온 일도 있습니다."

유하라가 대답했다.

"정비사가요?"

이마에다가 흥미를 느낀 듯했다.

"무엇 때문이죠?"

"제작자로서는 정비 점검의 편리성이라는 측면도 고려해야 하니까, 현직 정비 담당자에게 보여서 요구 사항을 듣기 위해서죠."

"새 기종에 관한 정비사 교육도 겸한 것이었습니다."

개발관이 덧붙였다.

이마에다는 고개를 끄덕이고 나서 다시 유하라에게 물었다.

"정비사 외에는 없나요?"

"비행사도 있습니다."

"흠, 비행사라……. 기체가 완성되고 난 다음이었습니까?"

"아니요. 한창 제작 중일 때였습니다. 비행사들의 의견을 듣고 설계를 변경하는 일도 종종 있거든요."

새로운 기체를 제작할 때는 반드시 비행 시뮬레이터를 먼저 만든다. 비행사가 그 시뮬레이터를 테스트해 계기의 위치라든지 사용 편리성 등에 관해 의견을 제시한다. 그런 과정을 몇 번 반복해 만족스러운 시뮬레이터가 완성되면 실제 기체에 반영하는 것이다. 니시키 중공업은 자신들이 제작한 기체의 시뮬레이터를 모두 보관하고 있었다. 지금은 그것이 너무 많아져 전용 건물이 지어졌을 정도다.

"그렇다면 그 사람들은 당연히 조종 시스템에 관해 자세히 알고 있겠군요."

이마에다의 말투가 열기를 띠어 갔다.

"그야 뭐……."

유하라는 우물거릴 수밖에 없었다.

"그 사람들의 이름을 알 수 있습니까?"

"아마 회사에는 기록이 남아 있을 겁니다."

"그래요……."

이마에다의 표정이 갑자기 흐려졌다. 아이치 현경이 그 기록을 먼저 입수할까 봐 신경이 쓰이는 듯했다. 유하라는 경찰청 장관이 텔레비전 방송에 나와서 관할을 초월해 수사를 펼치겠다고 역설했던 장면을 떠올렸다.

이마에다가 한쪽 손에 쥐고 있던 메모지를 힐끔 보았다.

"그렇다면 말이죠, 그중에 혹시 사이카라는 사람이 있었습니까?"

"사이카요?"

"네, 사이카 이사오입니다."

유하라가 야마시타를 보았다.

"혹시 알아?"

야마시타는 고개를 저었다.

"모르겠는데요."

"저도 그런 이름은 들어 보지 못했습니다. 제가 아는 한 그런 이름은 없습니다."

나라야마 개발관이 단정적으로 말했다.

"저도 기억에 없습니다."

유하라가 이마에다에게 말했다.

"그렇군요. 뭐, 본명을 사용했다는 보장은 없으니까요."

이마에다는 낙담하지 않는 듯했다.

"그럼 그 정비사나 비행사들은 처음부터 연구에 관여했습니까?"

"아니죠. 아까도 말씀드렸지만, 상당히 구체화된 이후부터입니다."

"그게 대략 언제쯤인가요?"

"글쎄요……."

유하라가 야마시타와 눈을 마주쳤다.

"1년 반쯤 되지 않았나 싶습니다."

"그 정도일 겁니다."

야마시타도 동의했다.

"1년 반이라고요, 확실합니까? 그 사람들이 그 전에는 연구에 관여한 적이 없나요?"

"네, 없습니다. 그보다 전이라면 구체화된 게 아무것도 없었으니 정비사나 비행사의 의견을 듣고 싶어도 들을 도리가 없었죠."

경비 부장은 유하라의 대답이 불만스러운지 눈썹을 찡그리며 입술을 일그러뜨렸다. 눈 주위에 깊은 주름이 생겼다.

"왜요, 1년 반 전이면 안 되는 겁니까?"

유하라가 물었다.

"현재 의심하고 있는 인물과 합치하지 않습니다."

이마에다가 어쩔 수 없다는 듯 털어놓았다.

"최근까지 원전 관련 회사에 적을 두고 있었고 자위대를 그만둔 건 2년이 넘었다고 들었거든요."

"그렇다면 그 인물은 논외군요."

나라야마가 말했다.

"아니요, 자위대 시절의 연줄을 이용해 정보를 입수했을 가능성도 생각해 볼 수……."

이마에다의 이 말에 나라야마가 눈을 부라렸다.

유하라가 재빨리 고개를 저었다.

"그 부분에 대해서는 저희가 드릴 말씀이 없습니다."

"그러시겠죠."

이마에다가 한 걸음 물러섰다.

"이 인물에 대해 자세한 정보가 들어오면 또 시간을 내 주셔야 할지도 모르겠습니다."

"네, 그야 언제든지요."

대답하고 나서 유하라는 다소 마음에 걸리던 것에 대해 물었다.

"그런데 사토 상무의 명의 도용 건에 대해서는 밝혀진 게 있습니까?"

"컴퓨터 통신 건 말씀이군요."

이마에다가 표정을 누그러뜨렸다.

"자세한 건 모르겠지만, 본인은 그런 기억이 없다고 하는 것 같습니다."

그렇겠지, 생각하면서 유하라는 야마시타와 얼굴을 마주 보았다.

"그 부분에 대해서도 새로운 정보가 들어오면 알려 드리죠. 시간 내 주셔서 감사합니다."

이마에다는 진지한 표정으로 인사한 후 회의실을 나갔다.

"이런 말씀 드리기는 뭐합니다만,"

경비 부장이 나가는 모습을 눈으로 좇던 나라야마가 입을 열었다.

"이 범행은 그저 자위대 출신 정도의 인물이 저지를 수 있는 일이 아닙니다."

"같은 생각입니다."

유하라도 동의했다.

"다만,"

나라야마가 고개를 살짝 기울였다.

"그 수상한 인물이 자위대를 그만둔 시점이 2년 전쯤이라고 했죠?"

"네, 이마에다 부장이 그렇게 말했습니다만, 그게 왜요?"

"아, 아닙니다."

개발관은 원래의 무표정한 얼굴로 되돌아갔다.

나라야마와 야마시타를 두고 유하라는 회의실을 나와 화장실로 가서 세수를 했다. 이마와 코에 기름이 번들거렸다. 다행히 이 건물은 냉방이 되고 있어 땀에 젖어서 괴로운 일은 없었다. 나라 전체가 절전을 강요받고 있지만, 이 발전소 내부만큼은 상황이 달랐다. '신양'이 가동되고 있으니 무리하게 절전하지 않아도 되는 것이라고 유하라는 해석했다.

얼굴을 닦고 있는데, 눈앞에 있는 거울로 미시마가 들어왔다.

"경찰이 뭐 좀 찾아냈대?"

그가 유하라에게 나지막한 소리로 물었다. 이마에다와의 대화를 듣고 있었던 모양이다.

"글쎄, 아직은 뭐라 말할 단계가 아닌가 봐."

유하라가 거울을 향해 말했다.

"어떤 사람에 대해 묻는 것 같던데? 사이카라고 했나……."

"응. 그런데 모르는 이름이었어."

"흠."

미시마는 고개를 끄덕거리고서 다시 거울 밖으로 나갔다.

38

니시키 중공업 항공기 사업 본부 가사마쓰 기술 본부장은 그리 익숙지 않은 손놀림으로 키보드를 두드리고 있었다.

"사이카 이사오……라고 했죠."

화면을 보며 그가 중얼거렸다. 화면에는 'B 프로젝트 관련 의사록'이라는 제목 아래 회의 일시와 안건, 그리고 출석자 이름 등이 나열돼 있었다.

"맞아?"

수사반장 다카사카 경부가 옆에 있던 노무라 형사에게 물었다.

"네, 사이카 이사오가 틀림없습니다."

노무라가 손에 쥔 메모를 보며 대답했다.

바로 몇 분 전, 후쿠이 현경이 이 이름에 대해 문의했다. 이런 이름의 자위대원이 니시키 중공업에 출입한 적이 있느냐는 내용이었다. 무슨 이유에선지는 몰라도 후쿠이 현경의 수사망에 걸린 인물일 것이다.

그 즉시 가사마쓰에게 물었더니 정비사든 비행사든 의견 교환을 위해 방문한 적이 있다면 반드시 의사록이 남아 있을 테니 그걸 찾아보면 바로 알 수 있다고 했다. 그래서 기술 본관의 총무부에 있는 컴퓨터 단말기를 빌려 와 사내 정보를 검색하고 있는 것이었다.

"없는데요."

이윽고 가사마쓰가 고개를 저었다.

"그런 사람은 온 적이 없어요. 저도 들어 본 적 없는 이름이고요."

"그런가요."

다카사카는 마음이 복잡해졌다. 아쉬운 느낌인 한편으로 후쿠이 현경에 선수를 빼앗기지 않아 마음이 놓이는 면도 있었다.

아이치 현경은 B 프로젝트의 관계자라도 방위청 관련 인물에 대해서는 조사를 모두 경찰청에 맡기고 있었다. 만약 범인이 그중에 있다면 두 손 들 수밖에 없는 상황이다.

다카사카는 현재 감식반에서 진행 중인 필적 감정에 모든 것을 걸고 있었다. 기술 본관의 출입자 관리 표의 이름을 바꿔 쓴

자는 사내 인물임에 틀림없었다. 범인의 이름을 지우고 하라구치 마사오로 고쳐 쓴 사람 말이다. 총무부 책임자인 오카베 과장 말로는 각 부서의 인사 사무 관계 여사원이라면 그런 일이 가능하다고 한다. 그래서 그녀들이 손으로 쓴 서류나 이력서를 모아 문서 감정과에 보냈던 것이다. 출입자 관리 표에 적힌 하라구치 마사오라는 글자는 다카사카가 보기에도 상당한 달필이었다. 유사한 필적을 지닌 여사원이 그중에 그다지 많지는 않으리라고 봤다. 지금쯤 필적 감정 전문가들이 에어컨도 작동되지 않는 방에서 땀을 뻘뻘 흘리며 글자와 씨름을 하고 있을 것이니 결과가 나오는 것도 멀지 않았다고 그는 생각하고 있었다.

"이거 폐가 많았습니다."

다카사카가 가사마쓰에게 말했다.

"아닙니다."

가사마쓰도 다소 안도하는 눈치였다.

다카사카가 노무라와 함께 총무부에서 나오려는데 전화 한 대가 울리기 시작했다. 그는 기대감에 걸음을 멈추고 뒤를 돌아보았다. 오카베 과장이 수화기를 들려는 참이었다. 과장이 전화를 받고 나서 다소 긴장한 표정으로 다카사카를 보며 "전화입니다."라고 말했을 때 다카사카는 이미 그의 곁에 가 있었다.

"다카사카입니다."

"아, 여보세요. 오야마입니다."

부하의 목소리가 흥분돼 있었다. 특수반장은 예감이 좋다고 느꼈다.

"필적 감정이 끝났나?"

"아니요. 아직 다 끝난 건 아닙니다만, 일치율이 높은 인물을 한 사람 발견했습니다."

"누구지?"

"에, 그러니까…… 엔진 개발 1과의 아카미네 준코라고, 입사 10년 차 여사원입니다."

다카사카는 한자를 확인해 가며 수첩에 여사원의 이름과 부서명을 메모했다. 옆에서 듣고 있던 오카베의 안색이 바뀌었지만, 그런 일에 신경 쓸 때가 아니었다.

전화를 끊자마자 다카사카가 오카베에게 물었다.

"엔진 개발 1과의 책임자를 전화로 연결해 주실 수 있을까요?"

"아, 네."

오카베는 사내 전화번호부를 펼치고 허둥지둥 전화를 걸기 시작했다. 잠시 후 전화가 연결되고 상대 쪽 과장이 나온 듯했다. 오카베는 경찰에서 나온 분이 할 얘기가 있다고 말한 뒤 수화기를 다카사카에게 넘겼다.

"여보세요, 개발 1과 과장님이십니까?"

"네, 그렇습니다만."

상대의 목소리에 긴장감이 감돌았다.

다카사카는 간단히 자기소개를 하고 나서 본론으로 들어갔다.

"그 부서에 아카미네 준코라는 여사원이 있습니까?"

"네, 있는데요……."

상대가 당황하고 있다는 사실이 말투에서 느껴졌다.

"지금 거기 있나요?"

만약 있다면 곧장 가 볼 작정으로 다카사카가 물었다.

"아니요, 오늘은 없습니다. 쉬는 날이라서요."

"쉬는 날이라고요?"

다카사카가 노무라 형사를 돌아보았다. 노무라는 즉시 메모할 준비를 했다. 그 모습을 보면서 다카사카가 다시 수화기에 대고 말했다.

"오늘부터입니까?"

"아니요. 어제부터입니다."

"언제까지죠?"

"휴가는 어제부터 5일간이지만 그 후에는 회사가 추석 연휴에 들어갑니다."

다카사카는 수화기를 손바닥으로 막고 노무라에게 지시했다.

"아카미네 준코의 집으로 빨리 사람을 보내. 그리고 형사 부장과 요시오카 과장에게도 상황을 보고하고."

"알겠습니다."

젊은 형사는 기민한 동작으로 다른 전화의 수화기를 집어 들었다.

다카사카가 다시 수화기에 대고 말했다.

"아, 여쭤 보고 싶은 게 있는데, 그쪽으로 가도 괜찮겠습니까?"

"아니, 저…… 지금 바로 말입니까?"

"네, 일각을 다투는 일입니다."

그 말이 효과가 있었던 것 같다.

"아…… 네, 알겠습니다. 그럼 기다리고 있겠습니다."

엔진 개발 1과 과장은 몹시 당황한 것 같았다.

전화를 끊은 다카사카가 오카베에게 말했다.

"엔진 개발 1과로 안내를 부탁드립니다."

"네."

오카베도 표정뿐 아니라 온몸이 굳어 있는 듯했다.

"아, 잠깐만요."

다카사카가 오카베를 불러 세웠다.

"수사 내용은 절대 입 밖에 내시면 안 됩니다. 아직 확실한 건 모르니까요."

"그야 물론입니다."

오카베는 몇 번이나 고개를 끄덕거렸다.

엔진 개발 1과는 한 층 전체를 차지하고 있는 제1개발부의 한쪽에 있었다. 언뜻 보기에 사원들은 책상 앞에 앉아 평상시대로 일하고 있는 듯했다. 그러나 자세히 보니 그게 아니었다. 군데군데 놓인 컴퓨터 단말기는 모두 전원이 꺼져 있었다. 수건을 목에 걸친 남자 사원도 몇 명 있었는데, 냉방이 들어오는 평상시라면 찾아보기 힘든 모습이었다.

개발 1과 과장은 도모노라는 남자로, 보기 좋게 그을린 네모난 얼굴에 검은 금속 테 안경을 끼고 있었다. 중년을 겨냥한 골프 웨어가 잘 어울릴 법한 인물이었다.

"아카미네 씨는 무슨 일로 찾으십니까?"

그가 먼저 물었다. 당연한 질문이었지만 사실대로 대답할 수는 없었다.

"급히 확인하고 싶은 일이 있어서요."

그렇게 말하고 나서 다카사카는 도모노를 노려보듯이 바라보았다. 쓸데없는 질문을 막기 위해서였다. 그 목적은 달성된 듯했다. "그러시군요."라며 도모노는 눈길을 피했다.

"아카미네 준코 씨는 10년 근속 사원에게 회사에서 특전으로 주는 5일간의 특별 휴가를 갔습니다."

창문을 등지고 회의 탁자에 앉은 도모노가 말했다.

"추석 휴가는 일주일이라고 하셨죠? 그럼 합해서 12일간의 휴가가 되겠군요. 여행이라도 떠난답니까?"

"그런 것 같습니다. 실은 아카미네 씨에게 그 얘기를 들었다는 사람이 있습니다."

도모노는 고개를 쭉 뽑고 먼 곳을 바라보며 "오타 씨!" 하고 불렀다.

책상 사이를 걸어가던 여사원 하나가 그를 돌아다봤다.

"아까 했던 얘기 말인데, 다시 한 번 자세히 말해 봐."

몸집이 자그마한 여사원이 당혹스러워하는 표정을 지으며 다가왔다.

"아카미네 씨가 여행을 갔습니까?"

너무 험악한 표정을 짓지 않도록 주의하면서 다카사카가 물었다.

"그렇게 말했어요."

"해외로요?"

"네, 유럽에 간다고요."

"혼자서요?"

"네⋯⋯."

"구체적으로 어디에 간다고 했나요?"

"그게⋯⋯ 독일과 오스트리아, 그리고 그 주변 나라들일 거예요."

헝가리, 이탈리아, 다카사카는 머릿속에 세계 지도를 떠올렸다. 어느 나라든 아주 먼 곳들이다.

"전부터 계획된 여행이었나요?"

"그럴 거예요."

여사원은 별로 자신이 없는 듯했다.

"이미 석 달 전부터 이 무렵에 휴가를 쓰겠다고 했습니다."

도모노가 덧붙였다. 그렇다고 해도 반드시 여행을 갈 계획이었다고 단정할 수는 없다.

다카사카가 다시 여사원에게 눈길을 돌렸다.

"패키지여행 같은 걸 간 겁니까?"

"아마 아닐 거예요. 아카미네 씨는 여행에 익숙하다고 했으니까 스스로 계획을 세우고 숙박 시설과 비행기 티켓만 여행사에 부탁하지 않았을까 싶은데요."

"그렇군요. 어느 여행사인지는 아십니까?"

거기까지는 무리겠지 생각하며 다카사카가 물었다. 그런데 그녀가 선뜻 이렇게 대답하는 것이었다.

"후생 센터 아닐까요."

"후생 센터라고요? 지금 저희가 현장 지휘 본부로 사용하고 있는 곳 말입니까?"

그러자 도모노가 설명했다.

"네. 일주일에 한 번 여행사에서 후생 센터 1층에 출장을 나오거든요. 그걸 이용했다는 얘기일 겁니다."

"네, 잘 알겠습니다. 협조해 주셔서 감사합니다."

다카사카가 자리에서 일어섰다. 그런데 그는 걸음을 옮기다 말고 돌아서서 오타라는 여사원에게 다시 물었다.

"회사에서 아카미네 씨와 제일 친하게 지내는 사람이 오타 씨인가요?"

"친하다면 친하다고 할 수 있지만 그다지……."

그녀가 말끝을 흐렸다.

"아카미네 씨는 다른 여사원들과 나이 차가 좀 있는 데다 다른 사업 본부에서 온 사람이라서 약간 고립돼 있다고 할 수 있습니다."

도모노가 또 보충 설명을 했다.

"그렇군요."

다카사카는 고개를 끄덕이고 나서 다시 여사원에게 물었다.

"그제까지 아카미네 씨의 모습이 어땠나요. 해외여행을 앞두고 들떠 있던가요?"

"별로…… 평소와 다름없었던 것 같은데요."

그녀가 대답했다. 말꼬리의 억양이 미묘하게 올라간 것은 요즘 세상에 해외여행 정도로 드러내 놓고 들떠 있을 사람이 있겠느냐는, 중년 형사에 대한 조소가 섞여서인지도 몰랐다.

후생 센터로 돌아온 다카사카는 기타니 형사 부장과 요시오카 수사 1과장에게 상황을 보고했다.

"출입자 관리 표를 고쳐 썼다고 의심되는 여직원이 어제 휴가를 내고 유럽 여행을 떠났다. 이거 냄새가 나는데요."

요시오카가 동의를 구하듯 형사 부장을 보며 말했다.

기타니는 고개를 끄덕였다.

"여행사에는 확인했어?"

"지금 하고 있습니다."

다카사카가 대답했다.

"만일 그 여직원이 공범이라면 범인은 출입자 관리 표 때문에 그녀가 수사 선상에 오를 것을 예상하고 있었다는 말이 되는군. 그렇지 않다면 굳이 휴가를 낼 필요가 없을 테니까. 오히려 평소대로 출근시키는 쪽이 경찰의 주목을 끌지 않을 거라고 생각하는 게 보통일 텐데 말이야."

"만만찮은 놈이라는 얘기죠."

요시오카가 분하다는 듯이 말했다.

"그런 이유도 있을지 모르지만, 여자의 입이 두려워서였는지도 몰라요."

다카사카의 그 말에 두 상사는 의아해하는 표정을 지었다.

"무슨 뜻이야?"

수사 1과장이 물었다.

"그 여직원은 범인에게 부탁받고 출입자 관리 표의 이름을 바꿔 썼을 뿐 그 목적에 대해서는 아무것도 모르는 거 아닐까요? 그런데 사건에 대해 알게 되면 당연히 자신이 한 일의 의미를 생각하게 될 테니까……."

"경우에 따라서는 경찰에 신고할 수도 있다, 그 말이군. 맞아, 범인으로서는 그쪽을 더 우려했는지도 모르지."

그러자 요시오카가 낮은 소리로 중얼거렸다.

"그렇다면 여행은 범인이 사주한 것일지도 모르겠군. 여자가 사건에 대해 알지 못하도록 말이야."

"이 사건은 해외 언론도 다루고 있어."

"아니요, 부장님. 그 말씀은 맞지만 독일은 지금 한밤중입니다. 여행객이 눈을 뜨고 있을 시각이 아니에요."

다카사카가 말했다.

"그런가……."

형사 부장이 수긍하는 듯이 입을 다물었을 때 책상 위의 전화가 울렸다. 요시오카가 재빨리 수화기를 들었다. 상대방과 두세 마디 나누던 그의 목소리가 갑자기 높아졌다.

"그게 몇 시쯤이야? ……응, 틀림없지? 어느 공항인지는 말 안 했대? ……그래? 알았어."

전화를 끊은 요시오카가 다카사카를 향해 돌아섰다.

"아카미네 준코의 아파트는 현재 비어 있고, 전화를 걸면 자동 응답기가 받는대. 20일까지 돌아오지 않는다는 메시지가 녹음돼 있는 모양이야. 그런데 말이지, 집을 나간 게 오늘이라는군."

"오늘이라고요, 확실한 겁니까?"

"옆집 사람이 봤나 봐. 빨간 여행 가방을 들고 집을 나서더래, 열한 시쯤."

"여행 가방을 들고 있었다면 여행을 떠나는 건 사실인가 보군."

형사 부장이 말했다.

"위장은 아닐 겁니다. 그런데 열한 시에 나갔다면……."

다카사카가 손목시계를 보았다.

"나고야 공항이라면 벌써 도착했겠군요. 어쩌면 이미 떠났을

지도 모르겠습니다."

"간사이나 나리타 공항에서 출발할 가능성은 없을까?"

요시오카가 물었다.

"나고야에서 출발하는 유럽 편이 요일이 한정돼 있어서 오늘 떠나는 건지도 모릅니다."

"그렇다면 일단 공항으로 가야겠군."

기타니 형사 부장이 그렇게 말하는데 노무라 형사가 뛰어 들어왔다.

"여행사와 연락이 닿았습니다. 아카미네 준코의 일정을 알았어요."

"어느 공항이야?"

다카사카가 다급히 물었다.

"나고야 공항입니다. 오늘 14시 5분발 프랑크푸르트행이고요. 간사이 공항을 경유한답니다."

다카사카가 다시 손목시계를 봤다. 12시 50분이었다. 아직 시간은 충분하다.

"다카사카, 공항 경찰에 연락해."

요시오카 과장이 그렇게 말했을 때 다카사카는 이미 수화기를 들고 있었다.

39

나고야 공항 국제선 터미널.

도착 로비는 여전히 혼잡했다. 정확하게 말해 텔레비전 앞이 그랬다.

화면에는 고속 증식로 '신양'의 사진이 비치고 있었다. 사진 군데군데에 설비의 내부 구조를 묘사한 일러스트가 붙어 있다. 남자 앵커가 그 앞에 서서 헬리콥터가 추락해 폭발할 경우 어떠한 사고로 확대될 가능성이 있는지 경직된 말투로 설명하고 있었다. 그에 따르면 추락까지 앞으로 한 시간도 채 여유가 없다는 것이다.

"큰일이네. 체르노빌처럼 되면 어떡해."

"마침 일본을 떠나게 돼서 다행이야."

옆에서 젊은 남녀의 말소리가 들렸다.

"그래도 출발 시간까지 앞으로 한 시간이나 남았잖아. 그때까지 아무 일 없으면 좋겠는데."

"괜찮을 거야. 저기 후쿠이 현이잖아. 여기까지 방사능이 날아오기 전에 출발할 수 있을 거야."

"그럼 다행이고. 하지만 돌아와서도 문제야. 집이 방사능에 오염돼 있으면 어떻게 해?"

"그러면 일단은 부모님 집으로 갈 수밖에 없지, 뭐."

"야마구치 현은 무사할까?"

"무사할 거야. 여기서 굉장히 멀잖아."

"아니, 무슨 저런 말도 안 되는 짓을 저지르는 놈이 다 있어. 원전이 어떻든 무슨 상관이라고."

"원전이 싫어서 저런 짓을 한 거야?"

"그럴 거야, 아마. 반대하는 거야 제 마음이지만 왜 우리한테 피해를 주냐고."

"그러게 말이야. 우리가 그런 거랑 무슨 상관이라고."

거기까지 듣고서 아카미네 준코는 빈 종이컵을 들고 일어섰다. 그리고 화장실로 가는 도중에 종이컵을 쓰레기통에 버렸다. 공항에 온 후 두 잔째 커피였다.

화장실 세면대에 서서 화장을 좀 고쳤다. 그리고 손목시계를 보았다. 슬슬 탑승 수속을 밟아야 할 시간이다.

그녀는 아직도 망설이고 있었다. 이대로 떠나도 좋은 것일까.

미시마 고이치의 그늘진 얼굴이 떠올랐다. 동시에 조금 전 남녀가 나누던 대화가 되살아났다. 현재 벌어지고 있는 사건과 미시마를 결코 떼어 놓고 생각할 수 없었다. 반드시 무슨 연결 고리가 있을 것만 같았다.

아카미네 준코는 새해가 되자마자 이번 여행을 계획했다. 회사에 딱히 애착이 있는 것도 아닌데 4월이면 근속 10년이었다. 그 포상으로 5일간의 특별 휴가가 주어졌다. 준코는 혼자서 유럽 여행을 하기로 했다. 그녀는 대학 시절과 갓 사회인이 되었을 무렵 혼자서 종종 해외여행을 했다. 여행 기자를 동경했기 때문이다. 실제로 여행하면서 쓴 에세이를 정리해 출판사에 들고 간 적도 있었다.

그러나 최근 들어서는 그런 여행을 거의 하지 못했다. 이유는 잘 모른다. 꿈은 단지 꿈일 뿐이라는 걸 스스로 깨달았기 때문일지도 모르고, 타성에 젖어 하루하루 보내다 보니 홀로 하는 여행의 즐거움을 잊었기 때문인지도 모른다. 하지만 아무튼 '무언가'를 잃어버렸기 때문임은 분명했다.

그 '무언가'를 되찾고 싶었다. 여전히 여행 기자가 되겠다고 생각하는 것은 아니었다. 다만 그 '무언가'를 되찾으면 자신도 틀림없이 변화할 수 있을 것 같았다. 그래서 오랜만에 혼자 여행을 떠나자고 결심한 것이다.

그런 생각을 미시마 고이치에게 털어놓은 것은 5월 중순이었다. 그는 그녀의 방에서 그녀가 끓여 준 페퍼민트 차를 마시고 있었다. 소파에 앉지 않고 낮은 테이블 옆에 책상다리를 하고 앉는 것이 그의 습관이었다. 그는 후쿠이 현 미하마 마을에 있는 장기 출장자용 아파트에서 지내고 있어 준코의 아파트까지는 차로 두 시간이면 올 수 있었다.

"언제부터 언제까지?"

민트 찻잔에서 고개를 들고 그가 물었다.

"음, 8월 12일에 출발해서 24일이나 25일에 돌아올까 해. 회사의 추석 연휴가 12일부터니까 거기다 특별 휴가를 이어서 쓰려고."

"여행사에는 부탁했어?"

"아직. 이제 슬슬 해야지."

"흠……."

미시마가 찻잔을 테이블에 내려놓았다. 준코가 보기에는 그가 뭔가 생각에 잠긴 것처럼 보였다.

"왜, 뭐가 잘못됐어?"

"아니, 잘못됐다는 건 아니고."

그는 우물거리며 대답하더니 잠시 후 이렇게 물었다.

"그거, 조금 변경할 수 없을까?"

"어떻게?"

"조금 앞당겼으면 해서."

그리고 그는 달력을 들여다보았다.

"8월 7일에 출발하면 안 될까? 그러니까 특별 휴가를 추석연휴 앞에 붙여서 쓰는 거지."

"왜?"

"실은 내가 그 시기에 독일에 있을 예정이거든. 함부르크에 출장 갈 것 같은데 하루나 이틀 정도는 자유 시간이 있으니까 거기서 합류했으면 해서."

"아아, 그래? 진작 알려 주지 그랬어."

"당신이 그런 계획을 세우고 있을 줄 몰랐지."

"그렇구나. 그럼 독일에서 만나는 것도 좋겠네."

혼자 하는 여행을 좋아하지만, 때로 고독이 견디기 힘들 때도

있다는 것을 준코는 알고 있었다. 하루나 이틀 정도 미시마를
만날 수 있다면 더없이 좋을 거라고 생각했다.

"회사 쪽은 문제가 없을 것 같은데, 예약이 어떨지 모르겠네."

"아무튼 그런 일정으로 검토해 봐. 가능하면 8월 8일까지는
독일에 도착했으면 좋겠어."

"8일? 알았어."

준코는 달력 앞에 서서 빨간 사인펜으로 8월 8일에 동그라미
를 쳤다.

다음 날 당장 그녀는 회사에 출입하는 여행사와 상담했다. 그
결과 8월 7일에 나리타 공항에서 출발하는 프랑크푸르트행 직
항으로 일정을 잡았다. 그리고 직속 상사에게도 7일부터 휴가
를 쓰겠다고 보고했다.

그 후로는 달뜬 마음을 진정시키느라 힘든 나날을 보냈다. 혼
자서 여행을 떠나기로 결정한 시점에는 그 정도로 설레지 않았
으니 역시 미시마와 독일에서 만난다는 게 기뻤던 것이리라.

그런데 그 기쁨은 여행을 며칠 앞두고 산산이 부서지고 말았
다. 출발을 일주일 앞둔 7월 31일, 미시마에게서 전화가 걸려
온 것이다. 자신은 못 가게 됐다고.

"출장 스케줄이 갑자기 변경됐어. 내일부터 한동안 다른 곳
에 가 있어야 해. 나 때문에 일부러 계획을 변경했는데 정말 미
안해."

"그래……, 어쩔 수 없지, 뭐."

준코는 실망스럽고 화도 났지만, 그런 일로 투정을 부리지 않을 만큼의 분별력은 있었다.

대신 이런 말을 덧붙였다.

"그럼 나도 아예 취소해 버릴까 보다."

그런데 미시마의 태도가 좀 이상했다.

"그건 아니지. 당신이 왜 안 가? 꼭 가야 해."

"왜?"

"모처럼의 기회잖아. 제발 부탁이니 가도록 해. 당신이 안 가면 내 책임인 것 같아서 마음이 무겁단 말이야."

"그럴 필요는 없는데. 나 스스로 안 가는 건데, 뭐."

"하지만 내게 원인이 있는 건 사실이잖아. 부탁인데, 취소하느니 어쩌느니 하지 말고 가 줘. '무언가'를 되찾고 싶다고 했잖아. 그걸 포기하지 않았으면 좋겠어."

미시마의 열렬한 설득에 준코는 마음이 움직였다. 실망스럽던 기분도 조금은 나아졌다.

"그래, 알았어. 그럼 다녀올게."

그녀의 대답에 그는 안도하는 기색이 역력했다.

"그래, 잘 생각했어. 그렇게 말해 줘서 고마워."

"그런데 내일 어디로 출장 가는데?"

"북쪽이야. 홋카이도랑 아오모리 등등."

"아아."

지금까지 미시마가 그런 곳에 출장을 간 적은 한 번도 없었다.

"나 출발하기 전에 전화 한 번 해 줘."

"알았어. 꼭 할게."

그 후로는 여행을 망설인 적이 없었다. 미시마 말대로 이 기회를 놓쳐서는 안 되겠다는 생각을 줄곧 품고 있었다.

이 결심을 흔들어 놓은 것이 그로부터 사흘 후에 걸려 온 미시마의 전화였다. 그는 준코가 틀림없이 7일에 출발한다는 것을 집요하게 확인했다. 꼭 떠날 거라는 그녀의 대답을 듣고서야 겨우 안심하는 눈치였다.

"그런데 당신에게 부탁이 하나 있어."

"뭔데?"

"6일 오전에 항공기 사업 본부 자재 창고로 물건이 배달될 거야. 도요토미 상사라는 회사에서 보내는 건데, 크기가 좀 큰 나무 상자에 들어 있을 거야. 수취인을 당신으로 했어. 내용물은 책이랑 사무기기야. 일단 좀 받아 줘."

"그리고?"

"그걸 제3격납고 뒤에 갖다 놓으면 돼. 그게 다야."

"격납고 뒤에 두기만 하면 되는 거야? 누가 가지러 오나?"

"응. 나중에 누가 가지러 갈 거야."

"왠지 수상하네. 무슨 일인데 그래?"

"극비리에 진행되고 있는 연구에 관한 거라고만 알아 둬. 미안. 자세한 건 다음에 만나서 찬찬히 설명해 줄게."

"쳇, 극비란 말이지? 알았어. 그런데 나 혼자서도 옮길 수 있는 거야?"

"아니, 꽤 무거울걸. 핸드 리프트를 사용해야 할 거야. 사용법을 모르면 창고에 있는 사람에게 부탁해서 수레에 실어 달라고 해. 다만 괜한 얘기는 하지 말고. 그리고 될 수 있는 대로 빨리 가지러 갔으면 좋겠어. 늦어져서 창고에서 당신 사무실로 전화하고 그러면 성가시잖아."

"알았어. 해 볼게. 부탁이란 건 그것뿐이야?"

"응. 미안하지만 잘 부탁할게."

"괜찮아, 그 정도 부탁쯤은. 그보다, 선물은 뭐가 좋겠어?"

"선물은 됐어. 모쪼록 몸조심하고. 좋은 여행이 되길 바랄게."

"고마워. 선물 잔뜩 사 올게."

그러자 전화 저편의 미시마가 침묵했다. 그리고 잠시 후 이렇게 말했다.

"이번 여행에서 모든 걸 백지로 돌렸으면 좋겠어, 모든 걸."

"그래, 알았어."

"그럼 안녕."

"잘 자."

그리고 수화기를 놓았다.

이상한 느낌이 들기 시작한 것은 그러고 나서 잠시 후였다. 미시마의 말이 문득 마음에 걸렸다. 모든 걸 백지로 돌리는 게 좋겠다니, 무슨 뜻일까.

494

미시마의 말을 들은 순간에는 단순히 리프레시 하라는 의미로 받아들였다. 그러나 백지라는 말에 다른 뉘앙스가 담겨 있다는 느낌이 들기 시작한 것이다. 모든 것을 백지로 돌린다, 그건 미시마를 잊으라는 뜻 아닐까. 그러고 보니 그는 마지막에 안녕, 이라고 했다. 평소에는 잘 자라고 했는데.

밤새 불안에 시달린 그녀는 다음 날 미시마의 사무실로 전화를 걸어 보았다. 저쪽에서 수상하게 여기지 않도록 자신을 인사부 직원이라고 밝히고, 확인하고 싶은 게 있어서 미시마 씨에게 연락을 취하고 싶다고 했다.

그런데 전화를 받은 상대는 미시마가 현재 후쿠이 현의 미하마에 있다는 것이었다.

"미하마라고요, 홋카이도나 아오모리가 아니고요?"

"아닌데요. 미시마 씨는 요즘 계속 후쿠이에 있어요."

준코는 가슴에 묵직한 통증을 느꼈다. 미시마는 지금도 미하마에 있다. 출장을 간 것이 아니다.

"저, 왜 그러시죠?"

이상하다고 느꼈는지 상대 남자가 그렇게 물었다. 하지만 그녀로서는 확인하고 싶은 게 하나 더 있었다.

"혹시 이번 여름에 미시마 씨가 해외 출장을 갈 예정이었나요?"

상대의 대답은 명료했다.

"미시마 씨가요? 아니요, 그런 얘기는 못 들었습니다."

"아, 그래요……."

"무슨 문제라도 있습니까?"

"아니요. 아닙니다. 저희 쪽에 뭔가 착오가 있었나 봅니다. 실례했습니다."

서둘러 전화를 끊었다. 그러고서 한동안 움직일 수가 없었다. 가슴이 격렬하게 고동치기 시작했다.

처음부터 다 거짓말이었던 것이다. 독일에서 준코를 만날 생각 따위는 없었다.

하지만 왜.

이유는 한 가지밖에 떠오르지 않았다. 준코의 여행 계획을 바꾸기 위해서였다. 그렇다면 무엇 때문에 준코의 여행 계획을 바꿔야 했을까.

맨 먼저 준코의 뇌리를 스친 것은 자신이 여행하는 동안 다른 여자를 만날 작정이었나 하는 것이었다. 그러나 다음 순간 자조적인 웃음과 함께 그 생각은 버렸다. 미시마가 그런 잔꾀를 부릴 필요가 어디 있겠는가. 결혼한 사이도 아니고, 또 장래에 결혼하기로 약속한 것도 아니다. 달리 좋아하는 여자가 생겼다면 준코에게 양해를 구할 것도 없이 그쪽을 택하면 될 일이다.

8월 8일까지는 독일에 도착했으면 좋겠는데. 미시마가 했던 말이 떠올랐다. 굳이 8일이라고 날짜를 구체적으로 못 박은 사실이 마음에 걸렸다.

준코는 생각했다. 그는 8일에 뭔가 일을 벌일 계획인가. 그 계획을 실행하는 데 내가 일본에 있으면 곤란한 사정이라도 있다는 것인가. 그 사정이란 무엇일까. 그에게 불리한 무언가를 내가 알고 있는 것일까. 그걸 누군가에게 말하면 그가 곤경에 빠지는 것일까. 나는 그에 대해서 과연 뭘 알고 있나…….

거기까지 생각하고서 준코는 허망한 기분에 휩싸였다. 자신은 그에 대해 아무것도 아는 게 없었다. 그가 말해 주지 않았기 때문이다. 그가 늘 지니고 다니는 사진 속의 소년, 아무래도 그의 아들인 듯한데, 그 아이에 대해서조차 얘기해 주지 않았다.

하지만 그건 피차 마찬가지 아닌가. 그녀는 미시마에게 과거 자신이 처자식 있는 남자와 깊은 관계였다는 사실을 말하지 않았다. 그 남자가 자신의 직속 상사였다는 것도, 그의 아이를 가진 적이 있다는 것도 비밀로 했다. 그리고 그 남자와 헤어졌을 때 그가 손을 써서 준코가 중기 사업 본부에서 항공기 사업 본부로 전출됐다는 것도 미시마는 모른다. 그것은 여사원으로서는 이례적인 인사이동이었다. 그녀가 10년 근속이라는 성과를 이루어 낸 이유 중에는 그 남자에 대한 오기가 있다는 것을 미시마는 상상도 못 할 것이다.

그는 아무것도 묻지 않았지. 준코는 약 1년 전의 일을 떠올렸다. 출장으로 항공기 사업 본부에 온 미시마와 사원 식당에서 우연히 만났다. 그가 소속된 플랜트 개발 사업 본부가 중기 사업 본부에 속해 있을 때 사무실이 가까워서 마주치면 인사를 나누는 정도의 사이였다.

"뭐야, 이런 곳에 숨어 있었어요?"

그가 그녀에게 건넨 첫마디였다.

숨어 있었냐는 표현 때문에, 준코가 부서를 옮긴 이유를 그가 알고 있나 보다고 생각했는데 얘기를 나누다 보니 그렇지 않았다.

"갑자기 없어져서 줄곧 신경이 쓰였어요. 어디로 간 거지, 하면서 나도 모르게 찾고 있더라고요."

"부서 사람들에게 물어보면 되잖아요."

"그렇긴 하지만 좀 이상하잖아요, 흑심이 있다고 여겨질 수도 있고."

실제로 그때 그가 흑심이 있었는지 없었는지 지금으로서는 확실치 않다. 아마 없었을 것이라고 준코는 생각한다. 그러나 그때 만남을 계기로 두 사람은 아주 자연스럽게 친해졌다. 그리고 관계가 더 깊어질 수 있었던 이유는 그가 그녀에게 아무것도 캐묻지 않았기 때문이다. 그녀 역시 그에게 시시콜콜 캐묻지 않았다. 어떻게 보면 허망하기도 하지만 나름 편안한 관계였다.

거기까지 생각했을 때 문득 떠오르는 기억이 있었다.

그 일이 관련이 있을까.

한 달 전쯤이었다. 미시마가 준코에게 묘한 걸 부탁했다.

기술 본관의 출입자 관리 표를 고쳐 써 달라고 한 것이다. 6월 9일과 7월 10일자에 자신의 이름이 적혀 있는데 그걸 다른 사람의 이름으로 바꿔 달라고 했다.

"양쪽 다 샤프펜슬로 썼는데, 그걸 지우고 볼펜으로 다시 써 줬으면 좋겠어. 누구 이름이든 상관없어. 그래도 가급적이면 가끔은 항공기 사업 본부에 가는 사람이 좋겠지. 너무 자주 가는 사람이면 필적이 다르다는 걸 알아차리는 사람이 있을지 몰라. 그건 당신에게 맡길게."

"ID카드를 다른 사람한테 빌려 준 거야?"

"그 비슷해. 해 줄 수 있겠어?"

"응, 한번 해 볼게."

카드를 누구한테 빌려 줬느냐, 왜 이름을 그대로 두면 안 되느냐 따위를 묻지는 않았다. 그때도 그녀는 두 사람 사이의 암묵의 룰을 지킨 것이다. 다만 그 무렵부터 불길한 예감이 들기 시작했다. 미시마가 어떤 위험한 세계에 발을 들여놓으려는 것 아닐까 하는 예감이었다.

관리 표의 이름을 바꿔 적은 일과 관련이 있을까.

그리고 마음에 걸리는 일이 하나 더 있었다. 바로 6일에 배달된다는 물건이었다. 그것 역시 기이한 부탁이다. 나무 상자 안에 대체 무엇이 들어 있을까.

미시마에게 직접 물어보는 것이 가장 빠른 해결책이었다. 휴대 전화 번호는 알고 있었다. 그러나 그녀는 전화를 걸기가 망설여졌다. 그는 아마도 홋카이도나 도호쿠에 있다고 할 것이다. 그런 그에게 어떻게 대응하면 좋단 말인가. 사실은 미하마에 있는 것 아니냐고 따져 본들 해결될 일은 아무것도 없었다. 두 사람 사이만 끝날 뿐이다. 그리고 그가 계획하고 있는 일도 물거품이 될지 모른다. 자신의 전화 한 통에 모든 게 무너질 수도 있다고 생각하면 그녀는 두려웠다.

8월 8일에 미시마가 무언가를 할 작정이라는 것을 그녀는 확신하고 있었다. 그게 어떤 일인지는 상상도 할 수 없었다. 그러나 결코 좋은 일이 아니라는 것만은 분명했다.

이런 상황에서 예정대로 여행을 떠나도 좋을지 그녀는 고민했다. 만일 취소하면 미시마의 계획은 물거품이 될 수도 있다. 그러나 이대로는 도저히 발길이 떨어질 것 같지 않았다.

생각 끝에 그녀는 한 가지 절충안을 찾아냈다. 여행 일정을 하루 늦추는 것이었다. 출발을 8일로 하고, 그때까지 아무 일도 생기지 않으면 안심하고 떠나기로 했다. 서둘러 여행사에 변경을 요청했더니 마침 나고야에서 출발해 간사이 공항을 경유하는 항공편에 자리가 있다는 것이었다.

그렇게 해서 오늘, 출발일이 됐다. 그런데.

아침에 준코는 자신의 아파트에서 '신양' 사건을 알게 됐다. 사건의 규모가 너무 큰 탓에 그녀는 그것을 곧바로 자신과 연결 지어 생각하지 못했다. 그저 '큰일이 일어났네.' 하며 방관했다.

숨이 멎을 듯한 충격에 휩싸인 것은 도난당한 헬리콥터가 니시키 중공업의 것이라는 사실을 알았을 때였다. 그것도 사건이 제3격납고에서 발생했다는 것이다. 그저께 그녀가 미시마의 부탁으로 어떤 물건을 옮겨 놓은 곳이 바로 그 제3격납고 뒤였다.

게다가 원자력 발전소. 그 모든 것이 미시마를 가리키고 있었다. 그가 계획하던 일이 이것이었단 말인가?

한편으로 설마 하는 의구심도 있었다. 그가 이렇게 엄청난 일을 저지를 리 없다. 거짓말 같은 우연일 뿐이다. 그 역시 사건을 알고서 크게 놀랐을 것이다. 하지만…….

몹시 주저하면서도 그녀는 여행 가방을 끌고 공항으로 나갔다. 여행을 떠날 기분은 전혀 아니었지만, 달리 뭘 하면 좋을지 생각이 나지 않았다.

공항에 도착해서는 식사도 거른 채 도착 로비의 텔레비전 앞에 앉아 있었다. 사건의 추이를 지켜본 후에 앞으로 어떻게 할 것인지 결정하자고 생각했다.

그러나 지금까지의 경과로 미루어 사건이 미시마와 무관하다고 단언할 만한 근거는 아무것도 없었다. 오히려 미시마의 그림자를 짙게 느낄 수 있는 사건이 하나 더 있었다. 아이의 구출에 범인이 협력한 것이다. 그가 늘 지니고 다니던 사진이 머릿속에 떠올랐다.

견디다 못한 그녀는 전화를 걸어 보기로 했다. 그로 인해 미시마와 헤어지게 된다 해도 어쩔 수 없다는 생각마저 들었다.

그러나 전화는 연결되지 않았다. 휴대 전화의 전원이 꺼져 있었다.

그녀는 다시 도착 로비로 돌아왔다. 그리고 조금 전까지 텔레비전 화면만 뚫어져라 바라보고 있었다.

탑승 수속 마감 시간까지는 5분밖에 남지 않았다.

"앞으로 5분이라."

공항 경찰인 마키노가 시계를 보며 중얼거렸다. 그는 동료인 시미즈와 함께 마치 공항 직원인 양 탑승 수속 카운터 옆에 서서 탑승 수속을 밟으러 오는 손님들의 얼굴을 주시하고 있었다. 그러나 손님들 대부분은 출발이 한 시간 넘게 남은 비행기를 타러 오는 사람들이었다. 국내선과는 달리, 출발 시간이 다돼서 허둥지둥 카운터로 뛰어오는 사람은 없었다.

마키노의 손에는 사진 한 장이 들려 있었다. 긴 머리에 전형적인 일본 미인이라고 할 수 있는 여자의 얼굴 사진이다. 표정이 굳어 있는 것은 니시키 중공업 사원 등록용으로 찍은 것이기 때문이라고 했다. 흑백인 데다 전송된 사진이어서 디테일이 분명치 않다. 실제로는 전혀 다른 모습을 하고 있을 가능성도 충분히 있었다.

마키노가 왼쪽 귀에 꽂고 있는 이어폰에서 목소리가 들렸다.

(마키노, 들리나?)

공항 경찰서의 무선 본부로부터 온 연락이었다.

마키노는 손바닥으로 가리듯이 쥐고 있던 무전기의 스위치를 누르고 "들립니다."라고 조그만 소리로 응답했다.

(여행사에도 항공사에도 취소하겠다는 연락은 없었다고 한
다. 끝까지 긴장을 늦춰서는 안 된다.)

"알겠습니다. 하지만 이제 정말 시간이 얼마 안 남았습니다."

(아카미네 준코는 해외여행에 익숙하다니까 조금 늦는 것쯤
대수롭지 않게 여길지도 모른다.)

"알겠습니다."

자신도 한번 해외여행에 익숙해져 보고 싶다고 생각하면서
마키노는 카운터 위를 곁눈질했다. 그곳에는 출발 시간이 한
시간도 남지 않은 프랑크푸르트행 비행기의 탑승자 목록이 있
다. 그중에서 아직 수속을 밟지 않은 사람은 아카미네 준코뿐
이었다.

마키노는 살짝 초조해졌다. 자신들이 지켜보고 있다는 것을
아카미네 준코가 눈치챘을지도 모른다는 생각이 들었다.

바닥에 바퀴가 달린 여행 가방을 끌면서 아카미네 준코는 도
착 로비를 떠나 출발 측 건물로 향했다. 도중에 경찰들의 대기
소가 보이고 경찰 몇 명이 그곳을 드나들고 있었다. 그녀는 그
모습을 멍하니 바라보며 그 앞을 통과했다.

준코는 이제 탑승 수속을 밟을 마음이 전혀 없었다. 출발 측
건물로 향하고 있는 것은 비행기 표를 취소하기 위해서다.

한 시간 전에 지났던 입구를 그녀는 다시 들어섰다. 그때 이
상으로 몸도 가방도 무거웠다. 사실은 다리를 옮기기조차 힘겨

울 정도다.

탑승 수속 카운터에는 긴 줄이 늘어서 있었다. 그녀는 잠시 머뭇거리다가 이내 발길을 돌렸다. 그 긴 줄을 헤치고 카운터 앞까지 가서 비행기 표를 취소하려니 상상만 해도 우울했던 것이다. 어디 가서 전화를 걸자고 생각했다. 그러는 편이 취소하는 이유를 둘러대기도 쉽다. 공항에 오는 도중에 교통사고를 당했다고 하면 가엾게 여길지도 모른다.

무거운 발걸음으로 그녀는 건물을 나왔다. 그리고 다시 도착 로비 쪽을 향해 여행 가방을 끌기 시작했다. 불과 얼마 전만 해도 설마 이런 기분으로 오늘이라는 날을 맞게 될 줄은 꿈에도 몰랐다.

어깨에 가벼운 충격을 느꼈다. 뒤에서 누군가 부딪쳐 온 것이다. 퍼뜩 놀라 돌아보니 상대는 제복 차림의 경찰이다.

"아, 죄송합니다."

젊은 경찰은 준코에게 사과하고 나서 뛰다시피 하며 사라졌다. 오늘은 경찰의 모습이 유난히 눈에 많이 띈다. '신양' 사건과 관계가 있는 것일까 하고 그녀는 생각했다.

그 사건에 미시마 고이치가 연루돼 있다. 그런 생각은 이제 준코의 내면에서 거의 확신에 가까운 것으로 굳어 가고 있었다. 그 근거가 비단 최근에 그에게 부탁받은 몇 가지 기묘한 일들뿐만은 아니었다. 그러고 보니 요즘 들어 그의 태도가 줄곧 이상했다. 함께 있을 때도 혼자만의 생각에 빠지는 일이 자주 있었다.

긴장과 공포가 파도처럼 그녀의 마음을 덮쳤다. 두통이 일고 속이 메슥거리기 시작했다.

도착 로비의 입구가 바로 앞에 보였지만 이번에는 안으로 들어가지 않고 건물을 따라 왼쪽으로 돌았다. 모퉁이 하나를 더 돌면 택시 승강장이 있을 것이다. 택시를 타기 전에 전화하는 편이 낫겠지.

그 모퉁이 옆에 조금 전 준코와 부딪치고 지나간 경찰이 서 있었다. 그는 다른 경찰 한 명과 함께 날카로운 눈초리로 사방을 살피고 있었다. 누군가를 찾는 것처럼 보였다. 그러고 보니 두 사람은 손에 든 종이로 간간이 눈길을 떨어뜨렸다. 찾고 있는 상대의 사진인지도 몰랐다.

준코가 그들 앞을 지나칠 때 두 경찰이 그녀의 얼굴을 보았지만 아무 반응이 없었다.

그리고 공중전화를 찾으려고 고개를 휙 돌렸을 때였다. 갑자기 눈앞이 핑그르르 돌았다. 몸을 지탱할 수 없어 그녀는 그 자리에 주저앉았다. 마치 전력 질주라도 하고 난 것처럼 심장이 빠르게 뛰었다.

"왜 그러세요. 괜찮아요?"

남자 목소리가 들렸다. 준코는 손바닥으로 이마를 누르면서 맥없이 고개를 끄덕였다. 아까 부딪쳤던 젊은 경찰이 그녀의 얼굴을 들여다보았다.

"괜찮아요. 잠시 현기증이 났나 봐요."

"급히 일어서지 않는 게 좋겠습니다."

"네, 이제 괜찮아요."

그녀는 여행 가방에 의지해 몸을 일으켰다. 아직 어지러운 기운이 좀 남아 있었다.

"걸을 수 있겠어요?"

"네."

"어디에 좀 앉혀 드리는 게 좋지 않겠어?"

나이가 조금 들어 보이는 다른 경찰이 말했다.

"그럴까요."

젊은 경찰이 여행 가방을 들었다.

"아, 저, 괜찮아요."

"하지만 안색이 안 좋습니다. 경찰서에 간이침대가 있습니다."

준코는 고개를 저었다.

"이제 정말 괜찮아요. 고맙습니다."

"그렇다면 다행이지만…… 여행은 어느 쪽으로 다녀오셨나요?"

경찰이 물었다.

"네, 저……, 유럽으로요."

취소했다고 하기도 이상해서 거짓말을 했다.

"그러시군요. 부럽습니다. 그런데 좀 피곤하신가 봅니다."

"네, 그런가 봐요."

"얼른 집에 돌아가서 쉬시는 게 좋겠습니다. 시차의 영향도 있을 테니까요."

"그럴게요."

"그럼 조심해서 가십시오."

그러고서 경찰이 여행 가방을 준코 쪽으로 밀어 주었다. 그때 그의 시선이 가방을 향했다. 그와 동시에 경찰이 손의 움직임을 멈췄다.

그녀는 영문을 모른 채 자신의 여행 가방을 보았다. 손잡이 옆에 'J. AKAMINE'라고 새겨진 테이프가 붙어 있다.

경찰이 새삼 그녀의 얼굴을 보았다. 그리고 의심스럽다는 표정으로 물었다.

"아카미네 씨?"

"그런데요."

경찰의 눈에 놀라는 빛이 어렸다. 그는 그 눈을 준코에게 향한 채 "계장님!" 하고 외쳤다.

"왜 그래, 무슨 일이야?"

아까 그 나이 들어 보이는 경찰이 물었다.

"찾았습니다!"

젊은 경찰이 대답했다. 그 얼굴에 조금 전까지 보이던 친절함은 남아 있지 않았다.

나이 든 경찰과 젊은 경찰의 찌를 듯한 눈초리를 번갈아 보면서 준코는 영문을 몰라 어리둥절했다. 대체 뭘 찾았다는 거지, 내가 뭘 어쨌다고 그래.

그러나 혼란 속에서도 희미하게 떠오르는 생각이 하나 있었다. 그것은 역시 어제 독일로 출발했어야 했다는 것이었다.

40

세키네가 모는 코로나가 나가하마 인터체인지를 빠져나온 직후 무로부시의 무선 호출기가 울렸다. 본부에서 호출하는 것이었다. 지시를 거스르고 나가하마로 향하는 길이긴 했지만 그 사실은 이쪽으로 오는 도중에 이미 보고했다. 무로부시의 성격을 잘 아는 상사 사와이 계장은 어쩔 수 없다며 포기하는 눈치였다.

도로가에 차를 세우고 공중전화를 찾아 사와이에게 연락했다. 사와이는 사이카가 아파트 임대 계약을 맺고 있는 부동산 소개소를 찾았다며 나가하마 경찰서 사람과 합류하라고 무로부시에게 지시했다. 적절한 타이밍이었다.

"만일 사이카가 범인이면 크게 한턱 쏘셔야 합니다."

"그래, 알았어."

사와이가 흥분한 목소리로 대답했다.

그와의 통화를 끝내고 무로부시는 곧바로 나가하마 서에 전화해 합류할 장소를 정했다.

"드디어 사이카와 대면하게 됐군요."

세키네의 말에 무로부시는 "아직 범인으로 단정할 수는 없어."라고 대답했다.

나가하마 역 앞은 커다란 로터리 형태로 돼 있었다. 역사 맞은편에는 이 지역에서 흔히 볼 수 있는 대형 슈퍼마켓 건물이 있다. 세키네 형사는 핸들을 틀어 천천히 로터리를 돌았다. 역사 출입구 바로 앞에 회색 폴로셔츠를 입은 마흔 전후로 보이는 남자가 서서 손에 든 부채로 얼굴을 부치고 있었다. 그것이 실은 사전에 약속한 암호였다. 세키네는 남자 앞에 코로나를 세웠다.

무로부시가 조수석 창문을 열었다.

"미즈누마 씨인가요?"

"아, 네. 어서 오세요."

남자가 부채질하던 손을 멈추지 않은 채 인사했다.

"자, 타세요."

무로부시가 차 뒷문의 도어 록을 해제하며 말했다.

나가하마 서의 미즈누마는 차에 올라타자마자 "아이고, 이거 좋은데요."라고 감격스러운 듯 말했다. 차 안에 에어컨이 들어오는 걸 두고 하는 말일 것이다.

"나가하마 서도 오늘은 냉방 금지인가요?"

무로부시가 물었다.

"네, 그렇습니다. 이쪽은 여름에 에어컨 없이는 지내기 힘든데 말이죠. 게다가 오늘은 올여름 최고의 더위라고 하네요."

"그래요? 어쩐지."

무로부시가 미즈누마의 말에 장단을 맞춰 줬다. 그는 미즈누마의 말에 교토 억양이 섞여 있는 것에 반가움을 느꼈다.

"부동산 소개소가 여기서 먼가요?"

세키네가 물었다.

"아닙니다. 이 로터리에서 오른쪽으로 나가서 조금만 더 가면 됩니다."

세키네는 미즈누마가 시키는 대로 차를 몰았다.

"의외로 빨리 찾으셨더군요."

무로부시가 뒤에 앉은 미즈누마 쪽으로 고개를 비틀며 말했다. 사이카의 소재지를 얘기하는 것이었다.

"좁은 동네니까요. 그리고 운이 좋았습니다. 오늘은 부동산이 쉬는 곳이 많아서 전화를 걸어도 잘 받지 않더라고요. 어쩌다 연결된 부동산에서 찾았으니 망정이니 그렇지 않았으면 오늘 중으로 찾기 힘들었을 겁니다."

"부동산이 왜 하필 오늘 다들 쉬는 건지."

세키네가 중얼거렸다.

"에어컨 없이는 일하기 힘들 거라고 보고 다들 임시 휴업에 들어간 거죠. 그리고 만에 하나 원전에서 사고가 발생할 경우를 대비해 대피한 사람들도 있을 겁니다. 이 거리만 해도 평소에는 행인이 아주 많거든요."

아닌 게 아니라 역 앞 상점가가 매우 한산했다. 문을 닫은 가게도 꽤 많았다. 새 건물이 많고 거리도 깨끗하게 정리돼 있는 것으로 보건대 평상시에는 훨씬 활기가 넘치는 거리일 것 같았다.

"부동산을 탐문할 때는 주로 어떤 질문을 했습니까?"

무로부시가 물었다.

"아, 그건 본부의 지시대로 했습니다. 작년 말에서 올해 초에 걸쳐 나가하마 시내에 방을 빌린 자로, 20대 후반에서 40세까지의 남자. 근무처와 그 전에 살던 곳이 불분명하고 사이카라는 이름을 대는 자. 뭐, 이 정도입니다. 아, 저기예요. 저 왼쪽 집입니다."

미즈누마가 왼편을 가리켰다. 세키네는 브레이크를 밟아 차를 세웠다.

'오모리 부동산'이라는 간판을 단 그곳은 정면의 폭이 2미터도 채 안 되는 아주 작은 부동산이었다. 유리로 된 출입문에는 임대 아파트 광고가 빼곡히 붙어 있었다.

차에서 내린 세 사람은 무로부시를 앞세우고 부동산 안으로 들어갔다. 텔레비전을 보고 있던 뚱뚱한 남자가 당황한 표정으로 의자에서 일어섰다.

"바쁘실 텐데 죄송합니다. 나가하마 서에서 나왔습니다. 연락 받으셨죠?"

미즈누마의 말에 남자는 "아, 네. 앉으시죠."라고 말하며 세 형사를 쓱 훑어보았다. 그리고 가게 안쪽을 향해 "이봐, 여기 시원한 것 좀 내와."라고 외쳤다. 안쪽에 부인이 있는 모양이었다.

"아니, 괜찮습니다. 그보다, 말씀하신 임차인에 대해서 얘기해 주셨으면 합니다."

"아, 예, 예, 그러죠."

뚱뚱한 주인은 옆에 놓여 있던 두툼한 파일을 책상 위에 펼쳤다. 볼살을 짓누르고 있는 그의 안경이 땀에 젖어 있었다. 냉방이 되지 않는 실내가 습하고 후덥지근한 걸 보면 정부의 호소에 충실히 따르고 있는 듯했다. 이 뚱뚱한 아저씨가 오늘 하루 동안 땀을 1리터 이상은 흘리겠지, 하고 무로부시는 속으로 생각했다.

"에, 사이카 이사오 씨. 나이는 38세라고 돼 있군요."

부동산 주인이 파일을 형사들 쪽으로 내보이며 말했다.

거기에는 이전에 살던 곳의 주소와 직업도 적혀 있었다. 주소는 후쿠이 현 오이 군 오이 초, 직업란에는 아마치 청소 근무라고 돼 있다. 거짓으로 쓰지는 않은 것이다.

"주민표는 받아 두셨습니까?"

미즈누마가 물었다. 부동산 주인이 어색하게 웃으며 뺨을 문질렀다.

"이 손님에게는 그런 걸 받지 않았습니다. 대신 열 달 치 집세를 선불로 내겠다고 하더군요. 뭔가 사정이 있는 눈치였지만, 그런 허름한 아파트를 야쿠자 사무실로 쓸 리도 없고 해서 두말 않고 계약했어요."

그리고 그는 목소리를 낮추어 물었다.

"혹시 그 사람이 무슨 짓을 저질렀나요?"

"그건 아직 모릅니다."

무로부시가 대답했다. 주인은 굵은 목을 움츠렸다.

"그 사람 집이 여기서 멉니까?"

미즈누마가 물었다.

"음…… 걷기에는 좀 멀죠. 차로 모시겠습니다."

"아니요, 저희도 차를 가지고 왔으니 뒤따라가죠."

부동산 주인의 차는 흰색 미라주였다. 세키네가 그 뒤를 쫓았다.

"그 남자를 도대체 어떻게 찾아내신 겁니까?"

미즈누마가 물었다.

협력해 주는 데 대한 의리도 있고 해서 무로부시는 그간의 경위를 간단하게 설명했다. 얘기를 듣고 난 미즈누마는 "과연 냄새가 나는군요."라고 느낌을 말했다. 그의 온화한 눈빛에도 역시 형사다운 예리함은 깃들어 있었다.

"반핵·반원전 운동을 하는 사람들 중에는 과격분자도 가끔 있죠."

"이곳 사람들도 반원전 운동을 합니까?"

세키네가 전방을 주시한 채 물었다.

"하죠. 특히 비와 호와 관련해서요."

"비와 호요?"

"와카사나 쓰루가 같은 곳에서 원전 사고가 발생하면 방사성 물질이 비와 호로 흘러 들어간다는 겁니다. 그러니 비와 호를 방사능으로부터 지키자, 그런 취지로 종종 데모를 하는 거죠. 최근에는 별로 없었습니다만."

지역에 따라 사정도 여러 가지군. 얘기를 들으면서 무로부시는 그렇게 생각했다.

앞서가던 미라주가 샛길로 들어갔다. 조그맣고 예쁜 주택들이 늘어선 길이 있고, 유리 공예품을 진열해 놓은 상점도 보였다. 그곳을 지나 모퉁이를 몇 번 돌고 나서 그들은 차를 세웠다. 동네 분위기가 조금 전과는 달리 어수선했다.

세 형사는 열기를 내뿜고 있는 아스팔트 위로 내려섰다.

"저 아파트입니다."

부동산 주인이 꼬깃꼬깃한 손수건으로 목덜미를 닦으며 앞쪽을 가리켰다. 거기에는 칙칙한 베이지색을 띤 3층 건물이 있었다. 벽에는 금이 죽죽 가 있고, 구정물이 흘러내린 것 같은 흔적이 남아 있었다.

무로부시는 주변을 둘러보았다. 길가에 늘어선 집들은 형태가 제각각이었다. 낡은 목조 가옥이 있는가 하면 최신 공법으로 지은 새 집도 있었다. 집들이 다닥다닥 붙어 있어 옆집에서 나는 소리가 다 들리지 않을까 싶을 정도였다.

집들은 모두 좁은 마당을 끼고 있고, 그 마당에는 약속이나 한 듯이 철제 헛간 같은 것이 들어서 있었다. 그리고 대부분의 집 앞에 자전거가 세워져 있었다. 역까지 걸어가기에는 거리가 만만치 않은 탓일 것이다.

형사들은 부동산 주인을 따라 아파트로 향했다. 바깥 계단이 있었지만 부동산 주인은 그 계단을 오르지 않고 아파트 끝 쪽을 향해 갔다. 그쪽은 이웃집 담이 바짝 붙어 있어서 한낮임에도 상당히 어두컴컴했다.

"잠깐만요."

무로부시가 부동산 주인을 불러 세웠다.

"어느 집이죠?"

"저기, 끝에서 두 번째, 105호예요."

무로부시는 건물 뒤쪽으로 돌아갔다. 105호는 창문이 닫혀 있고 커튼도 쳐져 있었다. 에어컨은 작동하고 있지 않은 것 같았다. 창문에 귀를 대 보았지만 아무 소리도 들리지 않았다.

그렇게 몇 가지를 확인한 무로부시는 원래 있던 곳으로 돌아가 "집이 비어 있는 것 같은데."라고 세키네에게 말했다.

"이 더위에 에어컨도 안 켠 채 창문을 닫아 놓을 리는 없잖아."

"그럼 어떻게 할까요?"

"일단 벨을 눌러 봐야겠지. 자네는 뒤쪽 창문으로 가서 지키고 있어."

"알겠습니다."

이번에는 세키네가 건물 뒤로 돌아갔다.

무로부시와 미즈누마는 부동산 주인과 함께 105호 문 앞으로 갔다. 엉성한 벨이 붙어 있어 눌러 보았지만 반응이 없었다. 문을 두드려 봐도 안에서 사람 기척은 나지 않았다.

"역시 집이 비었나 봅니다."

미즈누마가 말했다.

"그런 것 같죠? 안을 한 번 살펴보고 싶은데."

무로부시가 문 주위를 둘러보았다. 부엌 창문도 닫혀 있어 아무것도 들여다보이지 않는다. 그렇다고 강제로 문을 열 권한이 무로부시에게는 없었다.

"오모리 씨, 마스터 키 갖고 계시죠?"

미즈누마가 부동산 주인에게 물었다.

"문을 잠깐 열어 주실 수 있을까요?"

"열 수는 있지만, 마음대로 들어가도 괜찮을지 모르겠네요. 영장 같은 거 있으세요?"

오모리가 미즈누마와 무로부시를 번갈아 보며 물었다.

"안에는 안 들어갈 겁니다. 현관에 서서 잠깐 들여다보기만 하면 됩니다."

미즈누마가 대답했다.

"그래요? 정 그러시면 열어 드리긴 하겠지만, 골치 아픈 일에

516

휘말리는 건 딱 질색입니다."

주인은 바지 주머니에서 열쇠를 꺼내 열쇠 구멍에 꽂고 돌렸다. 찰칵, 잠금장치 풀리는 소리가 났다.

"뒤로 물러서세요."

미즈누마가 그렇게 말하더니 장갑을 끼고 문손잡이를 잡았다. 무로부시도 장갑을 끼었다.

천천히 문을 열었다. 현관에서 뒤 창문이 그대로 바라다보이는, 부엌 딸린 단칸방이었다.

"으아, 이거 대단하구먼!"

무로부시가 자신도 모르게 소리를 지르고 말았다. 집 안이 엉망진창으로 어질러져 있었던 것이다. 책과 휴지 조각, 기계 부품 같은 것이 사방에 나뒹굴었다. 무로부시는 잠시 그대로 서 있었다.

"이거 완전 쓰레기장이군요."

미즈누마가 말했다.

"그러게요."

"들어가 보죠."

"하지만……."

"뭐, 어때요."

미즈누마가 뒤돌아보며 히죽 웃었다.

"범인과 무관하다 싶으면 시치미 뚝 떼면 그만 아닙니까. 저 부동산 주인도 어디 가서 떠벌리지는 않을 테고요."

그의 제안에 무로부시도 웃으며 "그렇겠죠? 그럼 일단 들어가 봅시다."라고 대답했다.

말은 그렇게 했지만 발을 어디다 들여놓아야 할지 난감했다. 라면 용기와 빵, 과자 봉지, 빈 맥주캔 등이 발 디딜 틈 없이 널려 있었다. 무로부시는 다다미 바닥이 드러난 곳을 찾아 조심스럽게 발을 들여놓았다. 세키네도 그를 따라 들어갔다.

"와, 진짜 더럽네요. 냄새도 많이 나고."

세키네가 코를 킁킁거렸다.

실내에는 각종 쓰레기와 함께 용도를 알 수 없는 공구류와 전선, 금속 조각 같은 것들이 널려 있고 잡지와 팸플릿들도 여기저기 쌓여 있었다. 잡지는 전자 기술에 관한 것이 대부분이고 팸플릿은 전자 부품의 특성이 자세히 적힌 것들이었다.

"선배, 저건 무슨 기계일까요?"

세키네가 방 한구석에 놓인 탁자 위를 가리켰다. 거기에는 컴퓨터와 계측기 종류가 놓여 있고 그 옆에 손으로 만든 것처럼 보이는 알루미늄 상자가 있었다. 크기는 14인치 텔레비전 정도로, 전면에 여러 가지 스위치와 레버가 달려 있다. 그리고 거기에서 뻗어 나온 전선이 안테나가 달린 자그마한 기계와 연결돼 있다. 그 자그마한 기계는 시판 제품을 개조한 것 같았다.

"난들 알겠어. 그보다, 물건들에 함부로 손대지 마."

무로부시가 주의를 주었다. 심상치 않다는 예감이 그의 가슴속에 스멀스멀 번지고 있었다.

벽장을 열자 위 단에는 이불과 담요, 아래 단에는 종이 상자가 하나 들어 있었다. 상자 안에는 너저분한 옷가지와 일용품 몇 가지가 들어 있었다.

"임시 거처 같은 분위기인데요."

세키네가 말했다. 무로부시도 같은 생각이었다.

"사이카의 신원을 알 수 있을 만한 물건이 있는지 찾아봐."

"안 그래도 찾고는 있는데, 도대체 발을 디딜 곳이 마땅치 않네요."

세키네가 평균대를 건너는 자세로 방을 가로지르며 말했다.

"지문이 묻어 있을 만한 물건이 있으면 확보하고."

"그래도 됩니까?"

"지금 되고 안 되고를 따질 때가 아니야."

그러고 있는데 현관으로 미즈누마가 들어왔다.

"아파트 주민들에게 물어보니 오늘 오전에는 사이카가 여기 있었던 것 같다는데요. 몇 시에 나갔는지 아는 사람은 없었지만요."

"차는 가지고 있답니까?"

"본 적이 없다고 해요."

"그렇군요."

사이카는 어디 갔을까. 금세 돌아올까.

그런 생각을 하고 있는데 세키네가 "무로부시 선배." 하고 그를 불렀다. 세키네는 쓰레기통 대용으로 보이는 종이 상자에 얼굴을 들이대고 있었다.

"왜?"

"잘게 찢긴 도면 같은 게 있는데요. 군데군데 뭔가 적어 놓기도 했어요."

무로부시가 발밑을 조심하면서 세키네에게 다가갔다. 종이상자에 찢긴 종잇조각이 가득했다. 도면 외에, 해독할 수 없는 기호가 잔뜩 적힌 종이도 있었다. 아마도 컴퓨터 프로그램일 것이라고 무로부시는 짐작했다.

"이거 도무지 뭐가 뭔지 알 수 없네요. 역시 정식으로 영장을 받아서 전문가에게 보이는 편이 낫지 않겠어요?"

그러나 무로부시는 그 말에는 아랑곳하지 않고 신음에 가까운 소리를 내며 종잇조각을 하나하나 들여다보고 있었다. 잠시 후 그의 손이 움직임을 멈추는가 싶더니 손끝이 파르르 떨렸다.

"이봐, 본부에 당장 연락해."

침착하려고 무척 애쓰는 듯한 목소리였다.

"왜 그러시는데요?"

세키네가 물었다. 미즈누마도 목을 쭉 빼고 무로부시가 손에 든 종잇조각을 들여다보았다.

"잘하면 계장이 한턱내야 할지도 모르겠어."

"네?"

"제대로 맞혔어. 사이카가 '신양' 사건의 범인이야."

"뭐라고요, 정말입니까?"

세키네의 눈이 휘둥그레졌다.

"이걸 봐."

무로부시가 종잇조각을 내밀었다.

그것은 도면이었다. 비록 일부가 찢겨 나가기는 했지만 인쇄된 글자는 분명하게 읽을 수 있었다.

니시키 중공업 항공기 사업 본부.

그리고 사외비, 라고 쓰여 있었다.

41

'신양' 발전소 소장 나카쓰카는 중앙 제어실과 통화하고 있었다.

"잘 들어, 니시오카. 시간을 두 시로 설정하게. 두 시가 되면 원자로를 정지하는 거야. 알겠나?"

상대가 잘못 알아듣지 않도록 그는 한 마디 한 마디를 확실하게 내뱉었다.

"네, 두 시란 말씀이죠. 그보다 앞당겨지는 일은 없을까요?"

"있을지도 몰라. 그러나 지금으로서는 두 시야. 그렇게 알아둬."

"알겠습니다."

"정지는 그쪽에서 실행한다. 비상용 제어실 담당자들은 그

전에 철수시켜."

"그래야겠죠. 정지는 통상 정지입니까?"

"아니, 스크럼 정지야. 고테라에게 들었겠지만, 범인은 방수구의 온도를 모니터하고 있어. 출력을 천천히 낮추면 도중에 온도 변화를 감지하고 헬기를 추락시킬지도 몰라. 그렇게 되면 자네들이 탈출할 여유가 없어."

"잘 알겠습니다."

"스크럼 스위치를 누른 후에는 곧바로 거기서 나와야 해. 대피 장소는 아까 자네가 제안했던 대로 격납 용기 안이 좋을 것 같네. 노연 본사와도 의논해 봤는데 그러는 편이 좋겠다는 대답이었어."

"네, 그곳이라면 안전합니다."

니시오카 운전 과장이 힘 있게 대답했다.

"그 후에는 소방대원의 무전기로 연락한다. 그러나 격납 용기 내부에서는 전파가 잘 잡히지 않을 수도 있다는 점을 유의하기 바란다. 나머지는 소방대원의 지시에 따라 행동할 수밖에 없을 텐데, 어찌 됐든 마음대로 움직이지 않는 것이 최선책일 것이다."

"네, 달팽이처럼 껍데기 안에서 꼼짝 않고 있겠습니다."

"그럼 무슨 일이 있으면 또 연락하지."

나카쓰카는 전화를 끊었다. 그리고 창 너머로 바라다보이는 원자로 건물로 시선을 향했다. 격납 용기가 파괴될 가능성에 대해서는 언급하지 않았다. 그런 사태를 미리 걱정해 봐야 뾰족한 방법이 있는 것도 아니다. 격납 용기가 파괴될 만한 위험이 닥치면 다른 곳은 그 이상으로 위태롭다.

"나카쓰카 소장님."

사쿠마 소방대장이 헐레벌떡 뛰어왔다. 얼굴이 그 어느 때보다 심각했다.

"철수는 언제부터 시작하나요?"

"방금 중앙 제어실에 두 시에 원자로를 정지할 예정이라고 전했습니다만……."

"그렇다면,"

소방대장은 머릿속으로 뭔가를 계산하는 듯했다.

"그 10분 전에는 이곳을 빠져나가는 게 좋겠습니다. 차에 올라타서 터널을 지나려면…… 사실 15분은 필요하겠지만 말입니다."

"직원들에게는 그 전에 대피하라고 지시할 계획입니다."

"그게 좋을 것 같습니다. 한꺼번에 대피할 경우 터널 입구에서 혼란이 빚어질지도 모르니까요."

"네. 그리고 저는 여기 남을 겁니다."

나카쓰카의 말에 사쿠마는 순간적으로 허를 찔린 듯한 표정을 짓더니 이어 길게 한숨을 내쉬었다.

"침몰하는 배의 선장 같은 심경인가요. 그러지 마세요."

"아니요. 저는 운전원들이 무사한지 확인하고 싶을 뿐입니다. 그들을 끝까지 위험에 몰아넣고 저 혼자 도망칠 수는 없어요. 그리고 무슨 일이 터졌을 때는 저희 쪽에서 지시를 내리지 않으면 안 됩니다. 그러기 위해서는 '신양'을 잘 아는 사람이 자리를 지켜야 하고요."

"하이키에서도 지켜볼 수 있습니다."

"너무 멀어요. 무슨 일이 일어나고 있는지는 이곳이 아니면 알 수 없습니다. 적확한 지시를 내리기 위해서는 여기 있을 필요가 있습니다."

"말씀하시는 뜻은 알겠지만……."

"아이를 구출할 때도 헬기가 추락할 위험성이 있었어요. 그런데도 모두가 여기 있지 않았습니까."

"그때와는 상황이 다릅니다. 이번에는 범인의 의지로 헬기가 추락하는 겁니다. 그 말은 즉 추락하는 장소도 범인이 정한다는 뜻이죠. 이 건물 근처에 떨어지지 않는다는 보장이 없습니다. 그래서 저희도 대기 중인 소방차를 최대한 분산시킨 겁니다."

그러나 나카쓰카는 고개를 저으며 같은 말을 되풀이했다.

"운전원들에게 지시를 내릴 사람이 필요합니다."

사쿠마는 넓적한 손으로 얼굴을 문질렀다. 그리고 그 손을 바지 옆 자락에 닦았다.

"하는 수 없군요. 그럼 무전기를 가진 대원 한 명을 붙이겠습니다. 원자로 정지 신호가 떨어진 후에는 그 대원 곁을 절대 떠나지 마십시오."

"알겠습니다."

대답을 들은 다음 사쿠마는 유하라와 야마시타 쪽으로 성큼 성큼 다가갔다.

"여러분도 이제 대피하시는 게 좋겠습니다. 상황이 이미 우리 손을 떠났습니다."

"알겠습니다."

두 헬리콥터 기술자가 허탈한 표정으로 고개를 끄덕였을 때 이마에다 경비 부장이 뛰어 들어오며 외쳤다.

"유하라 씨 있습니까?"

"네, 여기 있는데요."

유하라가 큰 소리로 대답했다.

"본부에서 방금 연락이 왔는데 범인의 아지트로 추정되는 곳을 찾았다고 합니다."

쩌렁쩌렁 울리는 이마에다의 말에 방 안이 술렁거리기 시작했다.

"그게 정말입니까?"

나카쓰카가 물었다.

"아직 확증은 없지만, 범인일 가능성이 상당히 높아 보이답니다. 직접 제작한 것으로 보이는 복잡한 무선 장치가 방에서 발견된 데다 니시키 중공업 항공기 사업 본부라고 인쇄된 도면도 찾았다고 합니다."

"그럼 범인이 체포된 겁니까?"

미시마가 격앙된 음성으로 물었다.

"수사원이 갔을 때 용의자는 없었다고 합니다. 수사원이 지키고는 있지만 이미 도주했을 가능성이 있는 것으로 보고 사가 현경이 전력을 다해 행방을 추적하고 있답니다."

"사가 현이라고요?"

유하라가 물었다.

"나가하마 시입니다."

"대단하군요. 이렇게 짧은 시간에 거기까지 추적하다니요."

고테라가 놀랍다는 듯이 고개를 저었다.

"어떻게 그자가 범인인 걸 알았습니까?"

"아까 말씀드린 전 자위대원이었습니다. 현재는 원전 노동자고, 피폭으로 사망한 동료의 노동 재해 인정을 촉구하는 운동에 참여한 적이 있다고 합니다. 그 동료의 원한을 갚을 작정으로 이런 일을 벌였을지도 모릅니다."

"전 자위대원이……?"

뭔가 석연치 않다는 듯이 유하라가 고개를 갸우뚱했다.

"그 무선 장치라는 건 어떤 겁니까?"

야마시타가 물었다.

"저도 잘 모르겠습니다. 그래서 실은 그 방에 있던 물건들, 그러니까 기계류와 도면 등을 모두 헬리콥터로 실어 오도록 했습니다."

그리고 경비 부장은 시계를 보았다.

"순조로울 경우 20, 30분 내에 도착할 겁니다."

"20, 30분이라……."

이번에는 소방대장이 시계로 눈을 돌렸다.

"그때는 이미 대피를 시작했을 시각인데……."

"아니죠, 해결책이 있다면 원자로를 조금 늦게 정지해도 괜찮습니다."

나카쓰카가 말했다.

"다만 그것이 틀림없는 해결책일 때 얘기지만요."

그리고 그는 확인하듯 헬리콥터 전문가들을 보았다.

"그 장치를 보지 않고서는 뭐라 말씀을……."

유하라는 기술자답게 신중히 대답했다.

아무도 자신 있게 발언할 수 없는 사안이라 잠시 침묵이 흘렀다.

"만일 그 장치가 진짜라면 범인은 이미 헬리콥터를 컨트롤할 수 없게 됐을 텐데요."

"그렇다면 아무 때나 원자로를 정지해도 되는 거 아닐까요?"

고테라가 나카쓰카를 보며 물었다.

"아직은 모른다니까."

나카쓰카가 딱 자르듯 대답했다.

"아무튼 한 줄기 빛입니다."

경비 부장이 말했다.

그랬으면 좋겠다고 나카쓰카도 마음속으로 생각했다.

42

미시마는 그들에게서 떨어져 창가로 다가갔다. 그리고 '신양' 상공으로 시선을 옮겼다. 빅 B는 몇 시간 전과 거의 똑같은 위치에서 호버링을 계속하고 있었다. 지금으로서는 추락할 기미가 없다. 하기야 사이카의 말에 따르면 '기미가 보였을 때는 이미 추락이 시작된 것'이라고 하지만.

무사히 도망친 모양이군.

아슬아슬했다. 경찰이 이렇게 빨리 사이카를 찾아낼 줄은 몰랐다. 발각돼도 자신이 먼저 발각될 거라고 예상하고 있었다. 경찰이 '사이카'라는 이름의 남자를 추적하고 있다는 말을 유하라와 이마에다의 대화에서 듣고 급히 그에게 연락했으니 망정이지, 그렇지 않았다면 지금쯤 계획이 전부 물거품이 됐을 것이다.

적어도 오늘 하루는, 아니 앞으로 한 시간이면 되니까 그동안만은 잡히지 않기를 그는 어디론가 사라져 버린 파트너에게 바랐다. 사이카의 행방에 관해서는 그도 전혀 짚이는 바가 없었다.

실은 미시마도 그 남자의 본명조차 알지 못했다. 사이카라는 이름도 가명일 것이라고 생각했다. 자신에 대해서는 거의 아무 것도 얘기하지 않는 사람이었기 때문에 이름도 당연히 가짜일 것으로 믿고 있었다.

두 사람이 서로 알게 된 것은 올 1월이었다. 미하나 발전소 증기 발생기 교환을 위해 미시마가 미하마 마을에 간 지 반년 이 지났을 때였다. 그날 그는 기후 시 노동 회관에서 열린 한 집회에 참석했다. 원전 말단 노동자들의 피폭 위험성을 호소 하는 집회였다. 당시 미시마는 자기 나름의 이유로 반원전 관 련 집회가 있으면 기회가 닿는 대로 참석하곤 했다. 그날 집회 에서는 백혈병으로 사망한 한 원전 근로자의 형과 어머니가 그 근로자의 죽음을 노동 재해로 인정해 달라는 서명 운동을 펼쳤다.

사망한 근로자의 이름은 다나베 요시유키였다. 그가 소속돼 있던 다이토 플랜트는 미시마도 잘 아는 회사였다. 와카사 만 에 있는 몇 개 원전의 원자로를 정기적으로 점검하는 곳이다. 그러나 다나베라는 사람과 만난 적은 없었다.

방사선 장해 분야 전문가인 유명 국립 대학교 조교수가 단상 에 올라, 원전 정책이 수많은 작업원들의 희생 위에 이루어지 고 있다는 것을 정부가 인정해야 한다고 역설했다. 그 주장에 는 오류가 없다고 미시마도 생각하고 있지만 그로서는 한마디 덧붙이고 싶은 것이 있었다. 원전과 자신은 아무런 관련이 없 다고 생각하는 일반인들에게도 그 같은 사실을 인식시켜야 한다는 것이었다.

강연이 끝나고 미시마가 자리에서 일어섰을 때였다. 뒤에서 누가 어깨를 툭 쳤다. 돌아보니 큰 키에 턱이 뾰족한 남자가 입가에 의미를 알 수 없는 미소를 띤 채 약간 사시인 눈으로 미시마를 내려다보고 있었다. 안색은 거뭇거뭇하다 못해 잿빛에 가까웠다.

미시마는 그 표정이 왠지 기분 나빴지만, 한편으로 이 남자와 어디선가 만난 적이 있다는 생각이 들었다. 그게 어디였는지 금방은 기억나지 않았다.

"원자로 관련 회사에 다니는 사람이 이런 데 올 줄은 몰랐어."

그 남자가 말했다. 그래서 원전과 관계있는 사람이라는 걸 알았다. 이윽고 미시마의 기억이 되살아났다.

"당신은 아마치의……."

"기억하고 있군."

남자는 입술을 고무 인형처럼 옆으로 늘이며 히죽 웃었다.

"그쪽이야말로 용케도 기억하는군."

"잊을 수가 있겠어? 원자로 기술자들 중에 그런 곳에 들어온 사람은 당신밖에 없는데."

남자가 한쪽 눈썹을 찡긋했다.

그는 원전 유지 보수 업체인 아마치 청소라는 회사에 소속된 사람이었다. 작년에 있었던 오이 원자력 발전소 정기 점검 기간에 탈의실 등에서 종종 얼굴을 마주쳤다. 원자로 기술자가 말단 노동자와 접촉하는 일은 흔하지 않지만, 그때는 어떤 문제가 발생한 직후에 있었던 정기 점검이었기 때문에 미시마도 연일 플랜트 안으로 들어갔었다. 남자가 말한 '그런 곳'이란 1차 냉각 계실을 말하는 것이다.

"다나베를 알아?"

남자가 물었다.

"아니, 몰라."

"그런데 여기는 왜 왔지? 이런 데서 당신 정체가 탄로 나면 사람들이 가만두지 않을 텐데."

"그저 기분이 내켜서 와 봤을 뿐이야. 그보다, 그쪽은 왜 여기 있는데? 고인과 친분이라도 있나?"

"글쎄, 모르는 사이는 아니었다고 해 두지."

그런 얘기를 나누던 끝에 남자가 이렇게 말했다.

"요 근처에서 한잔, 어때? 조용하고 괜찮은 가게를 아는데."

미시마는 뜻밖이라는 심정으로 그 키 큰 남자를 올려다보았다. 그런 말을 할 만한 분위기가 아니었기 때문이다. 하지만 이 남자와 얘기를 나눠 보는 것도 나쁘지는 않을 것 같다는 생각이 들었다. 주머니에 든 차 키를 만지작거리면서 미시마는 잠시 망설였다. 몰고 온 파제로가 노동 회관 주차장에 서 있었다.

"여기서 가까운가?"

미시마가 물었다.

"걸어서 15분 정도."

"그렇다면,"

미시마는 주머니 속 차 키를 손에서 놓았다.

"조금만 하지."

두 사람은 함께 걷기 시작했다. 그리고 서로 자기소개를 했다. 남자의 성이 사이카라는 것은 그때 알았다.

가게는 낡고 조그만 건물 2층에 있었다. ㄷ자형 카운터 안에서 흰 수염을 기른 주인이 혼자 일하는, 그야말로 조용한 가게였다. 사이카는 와일드 터키 록을 주문했다. 미시마는 운전을 해야 하므로 맥주를 시켰다.

"다나베에 대해 어떻게 생각하지?"

사이카가 대뜸 물었다.

"어떻게 생각하긴. 안됐다고 생각하지. 젊은 사람이 말이야."

"백혈병에 대해서는? 다나베가 했던 일과 관계있다고 생각하나?"

"글쎄, 잘 모르겠어."

미시마는 솔직하게 대답했다.

"자료가 부족해서 말이지. 샘플이 하나뿐이니 누가 장담할 수 있겠어."

"자료라면 조금은 있어. 전력 회사가 내놓은 거지만. 예를 들면 이런 식이지. 다나베가 일했던 원전에서 지금까지 일한 사람의 수는 약 10만 명. 그중에서 백혈병으로 죽은 사람은 다나베 한 명. 한편 백혈병의 자연 발생률은 10만 명에 4, 5명꼴인데 원전 노동자의 백혈병 발생률은 그보다 낮다. 따라서 다나베의 백혈병은 일과는 아무런 인과 관계가 없다."

사이카는 다나베 요시유키의 죽음에 관한 긴키 전력의 주장을 설명했다.

"하지만 그 10만은 연인원이야. 실제 숫자는 훨씬 낮다고."

미시마가 반론했다.

"그렇지."

사이카가 고개를 끄덕였다.

"간단한 트릭이야. 게다가 노출된 방사선의 양에 따라 분류하지 않으면 아무 의미가 없어."

다나베 요시유키의 피폭량이 '5밀리시버트×종사 연수'로 결정되는 노동 재해 인정 기준치를 상회한다는 점은 이날 있었던 강연에서도 언급됐다.

"노동 재해 기준을 넘긴 피폭자가 전국에 몇 명이나 있을까?"

미시마가 물었다.

"5천 명이 조금 넘을 거야."

사이카는 그 수치를 알고 있었다.

"많군."

"그럴까? 그런데 말이야, 그 5천 명이 없으면 이 나라의 원전은 무용지물이야."

"그건 나도 알아."

노동 재해 인정 기준은 '5밀리시버트×종사 연수'이지만,

'원자로 등 규제법'을 비롯한 여타의 법령에서는 한도량을 '연간 5밀리시버트'로 정해 놓고 있고, 실제로도 원전 노동자들은 이 한도 내에서 일하고 있다. 피폭량이 이 범위 내라면 법정 한도를 넘지 않았다고 말할 수 있는 것이다. 다나베 요시유키 건에 관해 '회사는 책임이 없다'고 하는 긴키 전력의 주장도 이 때문이다.

그러나 사이카가 말했듯이 이 허점 있는 기준 덕분에 원전을 계획대로 가동할 수 있는 것이 현실이었다. 만약 노동 재해 인정 기준을 준수하라고 한다면 노동자들은 방사능 피폭량 경보기가 쉴 새 없이 울려 대서 일을 할 수 없을 것이다. 그렇게 되면 석 달 안에 정기 점검을 끝내는 것은 도저히 불가능하다.

"하지만 뭐, 어쩌겠나."

두 잔째 버번을 받아 들고 사이카가 말했다.

"만약 인과 관계가 있다 해도 그건 직업병이라고 해야겠지. 병원 내에서 감염되는 간호사들의 위험에 비하면 아무것도 아니야. 원전에 관계하는 이상 방사선 피폭 정도는 각오해야 하는 거 아니겠나."

"그렇게 생각하면서 오늘 집회에는 왜 나온 거야?"

"원전을 반대하는 집회가 아니잖아. 노동 재해를 인정하라는 집회지. 아까도 말한 것처럼, 다나베와는 모르는 사이가 아니었으니까 그가 조금이라도 돈을 받을 수 있었으면 하고 생각한 것뿐이야."

"흠, 그렇군."

"미시마 씨, 그러는 당신이야말로 그런 곳에는 왜 온 거야? 단지 호기심 때문만은 아닐 것 같은데."

"그저 기분이 내켰다고 했잖아."

"정말 그것뿐이야?"

"그래."

미시마는 잔을 들어 맥주를 한 모금 꿀꺽 들이켰다. 사이카도 그 이상은 캐묻지 않았다.

그런데 그때부터 사이카가 얘기를 묘한 방향으로 몰고 갔다. 미시마에게 항공기 사업 본부에 가는 일이 있느냐고 물은 것이다.

"항공기 사업 본부라면, 고마키에 있는 거?"

사이카는 흥흥거리며 웃었다.

"거기 말고 또 있나?"

"그건 아니지만…… 왜 그런 걸 묻는 건데?"

"좋아하니까. 비행기나 헬리콥터 같은 거 말이야. 그래서 몇 번이나 그 근처까지 가기도 했다니까."

"취미가 참 건전하군."

겉보기와는 다르게, 라는 말은 하지 않았다.

"미시마 씨는 간 적 없어?"

미시마의 잔에 맥주를 따르면서 사이카가 또 물었다.

"아주 가끔 가기는 하지."

"그래? 일과 관련해서?"

"아니. 직접적인 관련은 거의 없어. 전혀 없다고 해도 과언이 아니지. 다만 가끔은 분야가 전혀 다른 사람들의 연구 내용이 참고가 되는 경우가 있거든. 그래서 얘기를 들으러 가는 거야."

"가장 최근에 간 게 언제지?"

"작년 여름. 그게 마지막이었을 거야."

미시마는 거기서 아카미네 준코를 만난 일을 떠올렸다.

"미시마 씨, 헬리콥터에 대해서 좀 아나?"

"헬리콥터? 아니, 전혀."

"항공기 사업 본부에서 CH-5XJ라는 기체를 전면 개조하고 있다는데, 그런 얘기도 들은 적 없어?"

"기뢰 파괴용 헬기의 조종 시스템을 컴퓨터화하는 거 말인가?"

"맞아."

사이카가 고개를 끄덕거렸다.

"사내보에서 얼핏 읽은 적이 있어. 그런데 그건 왜?"

"아니……"

사이카가 고개를 저었다.

"그저 알고 있나 싶어서 물어본 것뿐이야."

이상한 남자군, 하고 미시마는 생각했다.

미시마가 맥주 한 병과 진저에일을 다 마셨을 때 두 사람은 가게를 나왔다. 거리에는 자신도 모르게 얼굴이 찡그려질 만큼

차가운 바람이 불고 있었다.

"데려다줄까?"

미시마가 차 키를 내보이며 사이카에게 물었다.

"아니, 사양하겠어."

사이카가 시니컬하게 웃었다.

그 이상 강권할 만큼 남자에게 친밀감을 품고 있지는 않았다. 그래서 미시마는 "그럼."이라며 손을 가볍게 들어 보이고는 그대로 돌아서서 걷기 시작했다.

그런데 그 직후 등 뒤에서 뭔가 둔탁한 소리가 들렸다. 돌아보니 사이카의 기다란 몸이 아스팔트 위에 쓰러져 있었다. 미시마는 놀라 달려갔다.

"괜찮아?"

사이카의 얼굴이 흙빛이었다.

"아무것도 아니야. 너무 많이 마셨나 보군."

신음하듯 그가 중얼거렸다.

그러나 그 정도 술로 쓰러진다는 것은 납득이 가지 않았다.

일단 근처에 있는 건물 처마 밑에 사이카를 끌어다 앉혔다.

"여기서 기다려. 차를 가져올 테니까."

그렇게 말하고 미시마는 노동 회관으로 향했다.

그냥 내버려 둬, 라고 뒤에서 사이카가 자포자기한 듯한 소리로 외치는 것을 그는 모른 척했다.

그러나 미시마가 파제로를 몰고 돌아왔을 때 사이카의 모습은 보이지 않았다. 상태가 나아져서 제 발로 돌아갔나 보다고 생각하며 그는 천천히 차를 몰았다.

그런데 200미터 정도 나아간 곳에서 그는 다시 사이카를 발견했다. 사이카는 전화 부스 뒤에 웅크리고 있었다. 미시마는 즉시 차를 세웠다. 그리고 경적을 한 번 울렸다. 사이카가 고개를 들더니 억지로 웃어 보였다.

미시마는 차에서 내려 반대편 문을 열었다.

"타."

잠시 망설이던 사이카는 결국 말없이 차에 올라탔다.

"집이 어디지?"

"나가하마."

"마침 잘됐군. 가는 길이야. 도착하면 알려 줄 테니 잠시 누워 있어."

달리는 동안 사이카는 거의 아무 말도 하지 않았다. 그런데 고속도로에 진입할 무렵 불쑥 이렇게 물었다.

"아들인가?"

조수석 앞에 붙어 있는 사진을 말하는 듯했다. 도모히로가 소풍 갔을 때 찍은 사진이었다. 그래, 라고 미시마는 대답했다.

"몇 살이지?"

살아 있으면, 하고 말을 꺼내려다 미시마는 생각을 바꿨다. 멋 부리며 할 얘기가 아니다.

"죽었어."

사이카가 어떤 표정을 지었는지는 알 수 없었다. 몇 초 동안 말이 없던 그는 잠시 후 "사연이 많겠군."이라고 자신의 감상을 말했다.

"그래."

그리고 두 사람은 완전히 침묵에 빠졌다.

나가하마 인터체인지를 빠져나오자마자 사이카는 내려 달라고 했다. 그러나 주위에 집도 가게도 하나 없는 길 한가운데에 환자나 다름없는 사람을 내려 줄 수는 없었다. 미시마는 그의 말을 무시하고 시가지로 들어갔다. 그러자 사이카도 하는 수 없다는 듯 자신이 사는 장소를 알려 주었다.

"미안해."

차에서 내리면서 사이카가 말했다. 상태는 많이 회복된 것 같았다.

"됐고, 빨리 집에 들어가기나 해."

그러자 사이카는 오른손으로 경례를 붙인 다음 휘청휘청 집을 향해 걸어갔다. 그 모습을 잠시 바라보다가 미시마는 차를 출발시켰다. 당시에는 이 사람과 다시 만날 일이 없을 거라고 생각했다.

문제가 생겼다는 것을 안 건 그로부터 이틀 후였다.

지갑에 넣어 두었던 사원증이 없었다. 신용 카드와 같은 크기인 데다 지갑에 다른 카드도 많이 들어 있어서 사원증이 없어졌다는 사실을 금방 눈치채지 못했다.

그는 최근의 자신의 행동을 더듬어 보았다. 하지만 아무리 생각해 봐도 사원증을 지갑에서 꺼낸 기억이 없었다. 원전에 출입할 때는 별도의 등록증이 필요하고, 그것은 지갑에 들어 있지 않았다. 생각해 볼 수 있는 것은 지갑을 꺼낼 때 실수로 사원증을 떨어뜨렸을 가능성인데, 지갑을 거꾸로 들고 마구 흔들어 보았지만 카드 꽂이에 꽂혀 있는 카드가 빠져나오는 일은 없었다.

닷새가 지나 할 수 없이 회사에 분실을 알려야겠다고 생각하고 있는데 예상치 못한 곳에서 연락이 왔다. 쓰루가 역이었다. 사원증이 습득물로 들어와 있으니 가지러 오라는 것이었다. 미시마는 사원증이 그곳에 들어오게 된 경위를 물었지만 담당자는 어떤 손님이 주워서 창구로 가져왔을 뿐 그 이상은 모른다고 했다. 주워 온 사람의 이름조차 기록하지 않았다는 것이다.

이상한 일이라고 미시마는 생각했다. 최근에 쓰루가 역에 간 적이 없었기 때문이다.

다음 날 곧바로 사원증을 찾으러 쓰루가 역에 갔다. 미시마의 사원증이 틀림없었다. 어디에 떨어져 있었는지 물어봤지만 담당자는 그것도 듣지 못했다고 했다.

이 이상한 분실 사건을 새삼 떠올리게 된 것은 그로부터 몇 주일이 지난 후였다. 그날 미시마는 아카미네 준코를 만났다.

준코를 사랑하는지 사랑하지 않는지는 미시마 자신도 분명히 답할 수 없었다. 좋아한다고 할 수는 있다. 그래서 만나고

싫고, 만나면 시간이 빠르게 흐른다. 그러나 그녀와 언제까지나 함께 있을 수 없다는 사실은 처음 그녀를 안았을 때부터 예감하고 있었다. 그것은 준코도 마찬가지였을 것이다. 서로의 과거를 건드리지 않는다는 암묵적인 룰이 생긴 것도 그 결과라고 할 수 있다.

둘은 준코의 집에서 만나는 일이 많았다. 그날도 미시마는 그녀의 집에 있었다.

그가 침대에 누워 있을 때였다.

"자기, 어제 우리 공장에 왔더라."

침대 옆 테이블에서 귤 껍질을 벗기며 준코가 이야기를 꺼냈다.

"어제? 아닌데."

"자기 이름이 기술 본관 방문자 명부에 있던데?"

"명부에? 말도 안 돼. 그럴 리 없어."

"정말이야. 내 눈으로 봤는걸. 플랜트 개발부 미시마 고이치라고 쓰여 있었어."

준코의 표정으로 보아 거짓말을 하는 것 같지는 않았다.

"분명히 어제 날짜였어? 작년에 갔을 때의 명부가 우연히 나와 있었던 거 아니고?"

그녀가 고개를 저었다.

"어제 날짜야. 틀림없어."

"거참, 이상하네."

"왔으면 연락이라도 하지, 그렇게 생각했는걸."

"나 아니야."

"뭐라고? 그럼 왜 자기 이름이 거기 있었지?"

"모르겠어. 누가 내 이름을 사칭했을 수도 있고……."

"하지만 ID카드가 없으면 못 들어갈 텐데."

사원증을 말하는 것이었다.

그 순간 미시마는 몇 주일 전 사원증이 없어졌던 사실이 떠올랐다. 그걸 주운 사람이 사원증을 복제한 것일까.

아니야.

그게 아니라는 생각이 들었다. 범인은 애당초 그걸 목적으로 자신에게 접근해 빈틈을 노려서 훔쳤던 것이다. 그날 밤 미시마의 지갑은 코트 주머니에 들어 있었다. 그리고 술을 마시는 동안 그 코트는 술집 벽에 걸려 있었다. 마음만 먹으면 언제든 훔칠 수 있는 상황이었다.

그래서 그때 사이카가 차에 타기를 거부했을 것이라고 미시마는 생각했다. 사이카는 한시라도 빨리 미시마와 헤어지고 싶었던 것이다.

준코에게 그 얘기를 들은 지 사흘 후 미시마는 나가하마로 차를 몰았다. 한 번밖에 가지 않았지만 그다지 넓지 않은 동네라서 사이카의 아파트가 있는 곳을 기억했다.

1층 안쪽에서 두 번째 집이라는 사실도 기억에 남아 있었다. 문패는 없었지만, 다른 집에는 문패가 붙어 있었기 때문에 오히려 그 집이라는 것을 확신했다.

벨을 눌러 보았지만 아무도 없는지 반응이 없었다. 그는 혹시
나 싶어 손잡이를 돌려 보았다. 잠겨 있지 않았는지 문이 그대
로 열렸다. 문을 잠그지 않고 나갔다는 것은 곧 돌아온다는 뜻
이다.

집 안을 들여다본 미시마는 아연해지고 말았다. 눈앞에 펼쳐
진 광경이 참으로 기이했다. 맨 먼저 눈에 뜨인 것이 오실로스
코프이고 그다음이 다다미에 널려 있는 수많은 도면 종류였다.
낮은 탁자 위에는 만들다 만 IC 기판과, 어떤 기기의 본체로 사
용하려 했던 것으로 보이는 알루미늄 케이스 같은 것들이 놓여
있었다. 납땜인두도 있었다.

그 광경을 본 순간 미시마는 자신의 이름을 도용해 항공기 사
업 본부로 들어간 사람이 사이카임에 틀림없다고 확신했다. 그
남자는 단순한 원전 노동자가 아니다.

미시마는 신발을 벗고 안으로 들어가 흩어져 있는 도면들을
살펴보기 시작했다. 놀랍게도, 라고 해야 할지 아니면 역시, 라
고 해야 할지 모르겠지만 도면에는 항공기 사업 본부라고 표시
돼 있었다. 그것이 무엇에 관한 도면인지는 알 수 없지만, 사외
비라는 도장이 찍혀 있는 것으로 보아 부정한 방법으로 입수한
것만은 틀림없었다.

방 한구석에 쇼핑백이 놓여 있길래 그것도 들여다보았다. 랩
톱 컴퓨터 한 대와 전화 코드, 전기 코드 등이 들어 있었다. 그

리고 그것들과 섞여 조그만 수첩 하나가 들어 있었다. 수첩을 펼쳐 보았다. 첫 페이지에는 숫자와 알파벳을 조합한 문자열 두 개가 적혀 있었다. 컴퓨터 ID와 비밀 번호인 듯했다. 그리고 페이지를 넘기자 다음과 같은 내용이 있었다.

'경비원은 한 명. 오후 10시에 제1격납고, 오전 2시에 제10 격납고를 순찰. 뒷문에서 손전등을 비춰 보는 정도.'

이게 뭘까 생각하면서 다음 페이지로 넘기려고 했을 때였다. 수첩 사이에서 무언가가 툭 떨어졌다. 주워 보니 다름 아닌 니시키 중공업의 사원증이었다. 그것도 이름과 사원 번호는 미시마 것이지만 얼굴 사진은 사이카 것이다. 회사 로고의 색조가 조금 다른 점을 빼고는 진짜와 큰 차이가 없었다. 창구에서 보여 주는 정도로는 위조인지 분간하기 힘들 것 같았다.

그때 등 뒤에서 문 열리는 소리가 났다. 손에 편의점 비닐봉지를 든 사이카가 현관으로 들어왔다. 그는 발을 들여놓다가 움찔하는 듯했지만, 집 안에 있는 사람이 미시마라는 것을 알자 금세 입술을 옆으로 벌리며 벌쭉 웃었다.

"이렇게 누추한 집에 손님이 찾아오는 일도 있군."

무단 침입을 했는데도 화를 내지 않는 것이 오히려 섬뜩했다.

미시마는 가짜 사원증을 팔랑팔랑 흔들어 보였다.

"이게 뭐지? 어떻게 된 거야, 설명해 봐."

사이카는 엷은 미소를 띤 채 다가왔다. 주눅 든 기색은 조금도 없다.

"장난 좀 쳐 봤지. 별것 아니야. 당신한테는 피해 없을 거야."

"그렇게 말하면 내가 납득할 거라고 생각하나? 이걸로 항공기 사업 본부에 침입했다는 거 알고 있어."

그 말에 사이카는 다소 의외라는 표정을 지었다.

"그 관리 표를 그렇게 면밀히 체크해?"

마치 그게 더 큰 문제라도 된다는 양 말했다.

"그런 게 뭐가 중요해. 이게 어떻게 된 일인지 설명해 보라니까."

사이카는 머리를 긁적거리다가 편의점 비닐봉지를 탁자에 내려놓고서 다다미에 책상다리를 하고 앉았다.

"당신과는 관계없는 일이야."

"그렇지 않아. 내게도 이유를 물을 권리가 있어."

사이카는 흥흥, 하며 코웃음을 쳤다.

"전에도 말했다시피 내가 비행기나 헬리콥터에 관심이 많아서 말이지. 만드는 걸 한번 보고 싶었어. 그뿐이야."

"그뿐이라고?"

"그래."

"그럼 이것들은 대체 뭐지?"

미시마가 옆에 있는 도면을 집어 들었다.

"전부 항공기 사업 본부 거잖아. 어떻게 훔쳐 냈는지는 모르지만, 이런 걸 멋대로 집어 갔는데 그냥 넘어갈 걸로 생각하나?"

순간 사이카의 얼굴에서 미소가 사라졌다. 하지만 그는 이내 옅은 미소를 되찾았다.

"아무래도 경찰에 신고하는 수밖에 없겠군."

사이카는 그 말에 대꾸하지 않고 소리 없이 실실 웃기만 했다.

"사실대로 말하는 게 어때? 솔직하게 말하면 경찰에 신고하지는 않을 테니. 거짓말해도 소용없어. 거짓말인지 아닌지, 나도 그 정도는 알 수 있으니까."

그러자 사이카가 다시 머리를 긁적거렸다. 그리고 천천히 다리를 뻗었다.

"하는 수 없군."

"얘기할 마음이 생긴 거야?"

사이카는 아무 대답 없이 엉거주춤 일어서더니 벽장으로 손을 뻗었다. 상황을 설명하기 위해 무언가를 꺼내려는 모양이라고 미시마는 생각했다. 그러나 그게 아니었다. 사이카는 놀랄 만치 민첩한 동작으로 미시마를 덮쳤다. 어느 틈엔가 손에는 나이프가 쥐여 있었다. 미시마는 저항했지만 눈 깜짝할 새에 사이카 밑에 깔리고 말았다. 사이카가 미시마의 목에 나이프를 들이댔다.

"멋대로 놀리는 그 입부터 찢어 줄까? 정말 열 받게 하는 놈일세."

사이카의 얼굴에 조금 전까지 보이던 미소는 사라지고 없었다. 그의 눈은 냉혈 동물의 그것이었다. 미시마는 몸이 오그라

들고 목소리도 나오지 않았다. 저항하려고 했지만, 마치 기계로 고정시킨 것처럼 조금도 움직일 수 없었다.

"상관하지 말란 말이야, 묻지도 말고. 나도 여기서 본 것도 깨끗하게 잊어. 그리고 아무에게도 입 놀리지 말고. 경찰한테도 말이야, 알았어?"

악의에 찬 음성이었다. 그가 한 마디 한 마디 내뱉을 때마다 날카로운 나이프 끝이 미시마의 목에 닿았다.

"도대체 무슨 짓을 꾸미고 있는 거야?"

"귀 없어? 묻지 말라고 했잖아!"

그가 눈을 희번덕거렸다.

"내가 지금 당신 말대로 하겠다고 하면 믿겠어? 여기서 나가 경찰서로 곧장 달려갈 수도 있는데."

"아하!"

사이카가 눈을 크게 뜨고 미시마를 내려다보았다.

"그렇게 하실 예정이다?"

"이왕 믿을 거면 철저히 믿으라는 얘기야. 경찰에 신고하지 않겠다고 했으면 안 하는 거야."

"입을 잘도 놀리는군."

나이프 끝이 목에서 턱 밑으로 이동했다.

"네놈을 믿는다고는 하지 않았어. 바보가 아닌 이상 내가 이렇게까지 말했는데 경찰에 찔렀다가는 어떻게 될지 짐작할 거라고 여길 뿐이지. 아니면 뭐야, 내가 괜히 으름장만 놓는 거라

547

고 생각하는 건가?"

미시마가 대답하지 않자 사이카는 나이프를 쥔 손에 한층 힘을 주었다. 예리한 칼날이 미시마의 피부를 파고들었다.

"그 입만 놀리지 않으면 네놈한테는 피해가 가지 않을 거란 말이야. 알겠어?"

미시마는 고개를 끄덕이는 대신 눈을 천천히 한 번 감았다 떴다.

"좋아, 진작에 그렇게 나올 것이지. 몰라도 될 일을 무리하게 알려고 하면 못써."

사이카가 천천히 힘을 빼며 미시마의 몸에서 떨어져 나갔다. 나이프 끝이 미시마의 목에서 떨어진 건 맨 마지막이었다.

그때 사이카의 표정에 변화가 나타났다. 눈이 부시기라도 한 것처럼 미간을 찌푸리며 눈을 가늘게 뜨더니 몸의 균형이 무너지며 나이프를 쥐지 않은 손으로 다다미 바닥을 짚었다. 숨쉬기가 곤란하다는 것은 오르내리는 어깨로 알 수 있었다.

"왜 그래?"

미시마가 물었다.

"아무것도 아니야."

그러나 몹시 고통스러워하는 목소리였다.

"몸이 안 좋은 거 아니야?"

"네놈과는 관계없는 일이야. 당장 꺼져. 두 번 다시 나타나지 말고."

그날 밤 길에 쓰러졌을 때와 똑같다고 미시마는 생각했다. 이 남자로서는 쓰러지는 바람에 미시마로 하여금 자신을 집까지 바래다주게 만든 것이 큰 패착이었을 것이다.

"어디가 안 좋은지는 알아?"

미시마가 또 물었다.

"입 닥치라니까!"

"의사를 부르지."

"안 돼. 내 일에 상관 마. 그 위조 사원증은 이제 사용하지 않을 테니 가지고 가도 좋아."

사이카가 다다미 위에 몸을 웅크리더니 한 손으로 머리를 움켜잡았다. 그러면서도 나이프를 손에서 놓지 않는 건 정말이지 대단한 인내였다.

미시마는 일어서서 그를 내려다보았다. 사이카는 꼼작도 하지 않았다. 그렇게 몇 분이 지난 후 마침내 사이카의 온몸에서 힘이 스르륵 빠져나가는 것이 느껴졌다. 여러 번 심호흡을 한 후 그가 고개를 들었다. 집 안의 공기는 싸늘한데 사이카의 이마에는 식은땀이 흐르고 있었다.

"괜찮나?"

미시마가 물었다.

사이카는 대답하지 않고 "빨리 나가."라고만 했다.

미시마가 돌아서서 한쪽 발을 현관에 내려놓으려고 했을 때였다.

"잠깐 기다려."

뜻밖의 말에 미시마가 뒤를 돌아보았다.

사이카가 숨을 한 번 길게 내쉬더니 나이프를 바닥에 내던 졌다.

"경찰에 신고하지 않겠다고 한 이유가 뭐지?"

"뭐라고?"

"아까 그랬잖아, 솔직하게 말하면 경찰에는 신고하지 않겠다 고. 내가 무슨 말을 할지도 모르면서."

미시마는 그만 피식 웃고 말았다. 아닌 게 아니라 묘한 말을 했다. 하지만 그저 입에서 나오는 대로 내뱉은 것은 아니었다.

"이유는 두 가지야. 하나는 항공기 사업 본부에 무슨 일이 생 기든 내 알 바 아니라는 것. 또 하나는,"

미시마는 집 안을 한 번 둘러본 후 계속했다.

"여기 있는 것들을 보고 호기심이 생겼어. 재미있는 얘기가 나올 것 같더군. 무슨 일이 일어나는지 지켜보고 싶다는 생각 이 들었어."

"흥, 별난 놈이로군."

"그런가."

"그게 다야?"

"그래, 그뿐이야."

"흐음."

사이카는 다리를 뻗고 벽에 기대어 앉았다.

두 사람 사이에 잠시 침묵의 시간이 흘렀다. 사이카는 구석에 말아 둔 담요를 끌어당겨 뒤집어썼다. 미시마는 코트 주머니에 손을 넣고 앞자락을 포갰다.

이윽고 사이카가 입을 열었다.

"장난감이나 하나 얻을까 해서 말이지."

나른하게 느껴지는 목소리였다.

"장난감?"

사이카가 다다미 위에 펼쳐 놓은 자료 중 사진 한 장을 집어 미시마 쪽으로 내밀었다. 상당히 큰 자위대 헬리콥터 한 대가 찍혀 있었다.

"CH-5XJ. 전에 내가 얘기한 적 있지?"

미시마는 놀라며 사이카의 얼굴을 보았다.

"이걸 훔치겠다는 거야?"

"그렇다고 할 수 있지."

"어떻게?"

"니시키 중공업 격납고에서 꺼낸 다음 띄워 올려 내 걸로 만들지."

"당신, 헬리콥터 조종할 줄 알아?"

"작은 건 해 본 적 있어. 하지만 빅 B는 못해."

"빅…… 뭐라고?"

"이 헬리콥터 말이야."

그리고 사이카는 미시마의 손에서 사진을 도로 가져갔다.

"조종은 내가 하는 게 아니야."

"동료가 있다는 건가?"

사이카가 어깨를 으쓱했다.

"동료라면 동료지. 이제부터 잘 길들여야 하지만."

미시마는 이 남자가 하는 말의 의미를 생각해 봤다. 짐작 가는 바가 있었다.

"컴퓨터 말이야?"

"맞아."

사이카가 담요 밖으로 고개만 내민 채 고개를 끄덕거렸다.

"CH-5XJ는 위성 항법으로 자신의 위치를 확인하면서 프로그램화된 루트를 프로그램화된 비행 모드로 날 수 있어. 따라서 이륙 가능한 곳으로 가지고 나오기만 하면 조종사 없이도 원하는 곳으로 비행시킬 수 있지."

"굉장한 물건이군."

사이카의 말은 헬리콥터에 대한 미시마의 인식을 바꿔 놓는 것이었다.

"그래, 저 헬리콥터는 아주 특별해."

"어디까지 날릴 작정이지?"

"그건 아직 안 정했어. 어디든 상관없지만."

"그래도 헬리콥터를 회수할 수 있는 곳이어야지."

"회수한다고?"

사이카가 의아하다는 듯이 말했다.

"회수 같은 건 하지 않아."

"훔친다면서?"

"일단 공중에 띄우면 그걸로 끝이야. 아쉽지만, 아무리 이 헬리콥터라도 자동 착륙은 불가능하니까. 물론 할 수 있다 해도 회수하지 않을 거지만. 저런 건 훔쳐 봐야 둘 데도 없어."

"그럼 헬리콥터는 어떻게 되는데?"

"어떻게 되긴 뭐가 어떻게 돼. 나는 것은 언젠가는 떨어질 수밖에 없는 거야."

"추락시키겠다는 건가?"

"어쩔 수 없지, 뭐. 이왕이면 국회 의사당에 떨어뜨릴까?"

사이카가 히죽히죽 웃었다.

사이카의 말이 어디까지 진담인지 미시마로서는 판단이 서지 않았다.

"추락시키기 위해 훔치겠다는 건가? 왜 그런 짓을 하는 거지?"

"하고 싶으니까. 애들이 장난감을 갖고 싶어 하는 거랑 비슷한 거야."

사이카는 그렇게 말하고 웃었지만 의외로 그 눈빛에 일그러짐이 없는 것을 보고 미시마는 어쩌면 이 남자의 말이 진심일지도 모른다고 생각했다.

미시마의 시선이 낮은 탁자 위를 향했다.

"저건 뭘 만드는 거지?"

"조종기."

"뭘 조종하는데?"

"방금도 말했지만, 헬리콥터가 이륙 태세에 들어가면 그때부터는 컴퓨터가 조종해 줄 거야. 하지만 그때까지는 수동으로 조종해야 해. 그런데 자동 조종으로 전환한 뒤 헬리콥터에서 뛰어내리면 그 자리에서 체포되고 말겠지. 그걸 피하려면 수동 조종 부분도 어떻게든 떨어진 곳에서 해야 해."

"무선 조종기로군."

"일단 그렇다고 해 두지."

"어려울 것 같은데. 구동 장치의 내부 구조를 꿰뚫고 있지 않는 한 말이야."

그러다가 미시마는 생각나는 것이 있어서 사이카를 보았다.

"그래서 항공기 사업 본부에 잠입했던 거야?"

사이카는 대답하지 않았다. 대답할 필요가 없기 때문이었을 것이다.

미시마는 제작 중인 장치를 새삼스럽게 바라보았다. 초보자의 솜씨가 아니었다. 오실로스코프라는 것만 해도 연구실에서는 흔히 볼 수 있지만 일반 가정에 있을 물건은 아니었다.

"당신, 대체 뭐야?"

미시마가 담요를 휘감고 있는 남자를 내려다보며 물었다. 이 남자가 단순히 원자로 주변이나 청소하는 인물이 아니라는 것은 명백했다.

"장난감을 탐내는 꼬맹이지. 그거면 충분하지 않아?"

그 이상은 말해 주지 않을 것 같았다. 미시마는 그의 방을 다시 한 번 둘러본 후 물었다.

"이제 항공기 사업 본부에는 볼일이 없는 거야?"

"모르겠어. 있을 수도 있고."

"그럼 저건 두고 가는 게 좋겠군."

낮은 탁자 위에 놓인 위조 사원증을 턱으로 가리키면서 미시마가 말했다.

"단, 사용하기 전에 연락 한 번 해 주면 좋겠어."

"그러지."

"참 그럴듯하게 만들었군. 이것도 직접 만든 건가?"

"아니, 오사카에 있는 업자에게 부탁했어."

"업자라니?"

"세상에는 다양한 업자가 있지. 가짜 면허증, 위조 여권, 그 무엇이라도 만들 수 있어. 견본만 있으면."

"그렇군."

미시마는 어깨를 으쓱했다.

"그런데 왜 내게 털어놓을 마음이 생긴 거지?"

"그냥."

사이카가 무뚝뚝하게 대답했다.

그 후 한동안 미시마는 가벼운 흥분 상태에 있었다. 사이카의 얘기에 충격을 받은 것은 사실이었다. 너무 엄청난 일이라서 실행에 옮겨지면 세상이 발칵 뒤집힐 거라고 생각했다. 그러나 미시마는 어느새 사이카의 계획을 자신과 연관 짓기 시작했다.

그런 아이디어가 언제 떠올랐는지는 분명하게 기억할 수 없다. 사이카의 계획을 알게 된 순간일 수도 있고, 국회 의사당에 떨어뜨리겠다는 농담을 들었을 때인지도 모른다. 어쩌면 사이카의 집에서 나와 조금 걷고 난 후였는지도 몰랐다. 아무튼 미시마가 자기 집에 돌아왔을 때에는 그 생각이 이미 머릿속에서 구체화되고 있었다.

그는 일에 거의 집중할 수 없었다. 식사 중에도 그 아이디어를 검토하는 데에 온 마음이 쏠려 있었다. 그것은 말도 안 되는 생각이었다. 그걸 실행한다면 자신의 인생이 막을 내리는 상황까지 각오해야 했다.

어리석은 망상이다. 잘될 리 없잖아. 분명 내 인생이 파탄 날 거야.

아니야, 성공이 목적이 아니다. 실행하는 것에 의미가 있다.

며칠 동안 미시마의 마음은 계속 갈팡질팡하며 안절부절못했다. 결단을 내린 것은 사이카의 집을 찾은 지 엿새째 되는 날이었다. 그는 방에 놓여 있는 아들의 영정을 보며 결심했다.

그다음 날, 미시마는 사이카의 아파트를 다시 찾았다. 사이카는 집에 있었다. 미시마를 보고 얼핏 놀라는 눈치였지만 아무

말 없이 문을 열어 주었다.

"일은 잘돼 가나?"

탁자 위를 보면서 미시마가 물었다.

"웬일이야?"

사이카는 마뜩잖은 표정이었다.

"다시는 오지 말라고 했을 텐데."

"실은 제안할 게 있어서."

"제안이라고, 뭔데?"

"당신의 계획에 나도 끼워 주면 안 될까?"

사이카는 자신이 잘못 들은 게 아닌가 하는 얼굴로 미시마를 보았다.

"무슨 뜻이지?"

미시마는 며칠 동안 생각한 것을 그에게 털어놓았다.

CH-5XJ를 고속 증식 원자로 '신양'에 추락시키지 않겠느냐는 것이었다.

빅 B를 원전 상공에서 호버링하게 하고 정부를 협박한다. 그 대단한 사이카도 놀라는 눈치였다. 그와의 만남에서 미시마가 심리적으로 우위에 선 것은 딱 이때뿐인지도 몰랐다.

"당신은 왜 그런 짓을 하려는 거지?"

사이카가 물었다.

"그쪽은 어떤데, 왜 그 헬리콥터를 갖고 싶어 하지?"

"갖고 싶은 욕망에는 논리가 없어. 어린애가 게임기를 갖고 싶어 하는 것에 무슨 이유가 있겠어? 그냥 갖고 싶으니까 갖고 싶은 거야. 그뿐이라고."

사이카는 여전히 퉁명스럽게 대답했다.

"그럼 나 역시 별다른 이유는 없다고 해 두지. 원전에 헬리콥터를 떨어뜨리고 싶으니까 떨어뜨린다, 그 전에 정부를 협박하고 싶으니까 협박한다, 그렇게 생각하면 돼."

사이카는 흥, 콧방귀를 뀌었다.

"말이 되는 소리를 해야지."

"그쪽에도 그리 나쁜 제안은 아닐 텐데. 지금까지의 계획을 변경해야 하는 것도 아니고 말이야. 전에 헬리콥터를 국회 의사당에 떨어뜨릴까, 그런 말도 했잖아. 국회 의사당을 원전으로 바꾸자는 것뿐이야. 그다음 일은 전부 내가 알아서 하겠어."

"경찰에 잡히지 않을 자신이 있나?"

미시마는 고개를 살래살래 흔들었다.

"없어. 아니, 당연히 잡히겠지."

"각오는 좋지만, 당신이 잡히면 나 역시 무사하지 못할 거야."

"그렇겠지."

"쉽게 말하는군."

"그럼 내가 묻지. 나와 손잡지 않고 단독으로 헬리콥터를 훔친다면 당신이 범인이라는 걸 들키지 않을 자신이 있나?"

사이카는 대답하지 않고 외면하듯 고개를 옆으로 돌렸다. 그 옆얼굴에 대고 미시마가 또 말했다.

"당신, 그 헬리콥터 개발에 관여한 적 있지? 그렇지 않다면 이런 짓은 생각도 못했을 테고, 설사 생각했다 해도 가능하지 않을 거야. 다시 말해 경찰이 당신을 찾아내는 데에 시간이 그리 오래 걸리지 않을 거라는 뜻이야."

사이카가 고개를 다시 돌리고 미시마를 쏘아보았다.

"내가 지금 무슨 생각을 하는 줄 알아? 역시 당신에게 말하지 말았어야 했다고 후회하고 있어."

"나와 손을 잡으면 큰 도움이 될 거야. 무엇보다 난 니시키 중공업의 사원이잖아. 항공기 사업 본부에는 내가 믿을 수 있는 사람도 있어. 이유를 알리지만 않는다면 도움을 받을 수도 있지."

이때 이미 미시마의 머릿속에는 아카미네 준코가 있었다.

사이카는 얼굴을 찡그리고 잠시 생각하더니 "당신의 힘을 빌리면 빅 B를 훔치기는 쉽겠지."라고 말했다. 그리고 화장지를 한 장 뽑아 코를 팽 풀었다.

계획은 모두 사이카의 아파트에서 세웠다. 그때 미시마는 사이카가 니시키 중공업에서 상당한 분량의 극비 정보까지 훔쳐냈다는 것을 알았다. 그 정보는 한정된 몇 사람만 컴퓨터에서 꺼낼 수 있는 것이었다. 미시마는 사이카의 수첩 첫 페이지에 기록돼 있던 ID번호와 비밀 번호로 보이는 문자열을 떠올리지 않을 수 없었다. 그것이 극비 정보에 접근하는 열쇠였다면 사이카는 무슨 방법으로 그걸 손에 넣었을까. 하지만 그 점에 대해서는 사이카에게 묻지 않았다.

또한 미시마는 사이카가 헬리콥터 조종 시스템뿐 아니라 자동 제어 전반에 관해서도 풍부한 지식과 경험이 있다는 것을 알게 됐다. 그것은 사이카가 화상 피드백 시스템 얘기를 꺼냈을 때 한층 명확해졌다.

미시마가 이번 계획을 세우면서 가장 고민한 부분은 어떻게 해야 원자로 정지를 막을 수 있느냐는 것이었다. 원자로가 정지되면 헬기를 추락시키겠다는 협박장을 보내 봐야 소용이 없기 때문이다. 그리고 원자로가 정지됐는지 여부는 외견상으로 좀처럼 알기 어려웠다.

속임수를 쓰지 못하도록 하는 방법으로서 취수구와 방수구의 온도를 모니터하는 방법은 비교적 쉽게 생각해 냈다. 적외선 열화상 장치에 대해서도 생각해 둔 것이 있었다. 이바라키 공장의 열처리 실험실에 수백만 엔을 들여 구입한 것이 쓰임새가 거의 없어 가동하지 않고 잠들어 있다는 것을 알고 있었다. 카메라도 리모트 컨트롤로 작동되는 최신식이었다. 캐비닛에 자물쇠를 채워 보관하고 있긴 하지만 그 열쇠 관리가 아주 허술하다는 것은 주지의 사실이었다.

그 장치를 헬리콥터에 장착하고 데이터를 무선으로 지상의 컴퓨터에 보내도록 하면 되는 것이다. 그런데 거기에는 한 가지 문제가 있었다. 과연 카메라의 시야에 목적하는 부분이 제대로 들어와 줄 것인가 하는 점이었다. 그러지 않으면 모니터는 불가능하다. 그리고 해수 온도를 그래픽으로 전환한 영상을 '신양'으로 보내지 않는 한 저들은 원자로 가동을 정지하고자 하는 유혹을 뿌리치기 어려울 것이었다.

그 얘기를 꺼내자 사이카는 화상 피드백 시스템이란 것을 제안했다.

"미리 입력된 도형을 카메라가 계속 추적하도록 시스템을 만들면 되는 거야. 그러니까 컴퓨터에 '신양'의 부지와 그 인근의 지형을 미리 기억시켜 놓는 거지. 그 부분만 콘크리트로 돼 있어서 흰색이니까 인식하기도 쉬울 거야. 그 지형을 좇아 카메라를 움직이고, 일단 찾으면 계속 그걸 포착하도록 만들면 돼. 그 시스템은 헬기가 호버링을 시작하면 작동하도록 설정해 놓고."

"그런 시스템이 있다면 정말 좋겠지만, 만들 수 있을까?"

"만들지도 못하는 걸 뭐하러 얘기하겠어."

사이카가 입가를 일그러뜨리며 웃었다.

그리고 실제로 그는 이주일 만에 그런 시스템을 만들어 냈다. 시판되는 화상 처리 소프트웨어를 응용했다고 하는데, 그렇다 해도 대단한 솜씨였다. 그런데도 그는 카메라만 움직이도록 하면 되는 것이라 아주 간단하다고 했다.

"물론 화상 데이터를 기초로 해서 헬기의 본체까지 움직이도록 하려면 골치가 좀 아프겠지만."

561

그렇게 말할 때 사이카의 얼굴은 자신감에 넘쳤다. 연구자의 얼굴, 이라는 생각이 스쳤다.

적외선 카메라 테스트는 오사카의 고층 빌딩에서 세 번 했다. 테스트할 때마다 사이카는 부족한 점을 보완해 거의 완벽하다고 여겨지는 수준으로 완성했다.

"실제 헬리콥터는 천 몇백 미터까지 올라갈 거야. 멀수록 화면의 흔들림이 적어지니까 카메라를 제어하는 것은 어렵지 않을 텐데, 문제는 온도로군. 잘 잴 수 있을까?"

오사카에서 돌아오는 차 안에서 사이카가 물었다.

"문제없을 거야."

"하지만 공기층이 있잖아. 적외선 온도계는 공기의 상태에 따라 오차가 생겨서 말이지. 만일을 위해서 2색 온도계도 탑재하면 어떨까?"

2색 온도계 역시 적외선 온도계의 일종이지만, 서로 다른 두 가지 파장의 적외선을 이용해 온도를 측정하기 때문에 온도계와 측정 대상물 사이의 공기 오염이나 밀도에 의한 오차가 거의 생기지 않는다. 그런 장치에 대해 안다는 사실 자체가 사이카가 평범한 기술자는 아니라는 것을 말해 주었다.

"오차가 발생해도 상관없어. 필요한 것은 절대 온도가 아니라 방수구와 취수구 간의 온도 차니까 말이야. 그리고 더는 시스템을 복잡하게 만들고 싶지 않아."

"그래, 맞는 말이야."

사이카가 고개를 끄덕였다.

이 적외선 온도 측정 시스템을 완성한 것은 5월 말이었다. 그 무렵 미시마는 공장 사람으로부터 이바라키 공장에서 적외선 열화상 장치를 도난당한 것 같다는 얘기를 들었다. 미시마가 훔쳐 낸 후로 두 달 이상 지난 시점이었다.

한편 사이카가 맡기로 한 무선 조종 시스템도 착착 완성돼 가고 있었다. 그 기계는 아주 심플한 세 개의 시스템으로 구성 돼 있었다. 엔진을 기동하는 시스템, 방향키를 조정하기 위해 전기 신호를 보내는 시스템, 그리고 자동 조종으로 전환하는 시스템. 역학적인 중계점이 없이 전기 신호를 주고받아 각종 구동 장치를 작동시키는 플라이 바이 와이어 시스템이 도입된 헬리콥터이기에 이런 재주를 피울 수 있는 거라고 사이카는 말했다.

하지만 실제 기체에 관한 정보가 부족한 탓에 도저히 해결할 수 없는 문제도 적지 않았다. 또한 각종 기기의 설치 방법 등에 대해서도 검토해 둘 필요가 있었다. 예를 들어 적외선 카메라 를 어디에 설치할 것이며 코드는 어떻게 연결할 것인가 하는 점도 실행 전에 결정해 두어야만 했다. 현장에 가서 드릴로 구 멍을 뚫어 볼트로 고정할 수는 없는 노릇이기 때문이었다.

결국 사이카는 6월과 7월에 각각 한 번씩 항공기 사업 본부 에 잠입했다. 그때마다 미시마는 그에게 출입자 관리 표에 이 름과 소속을 기입할 때 반드시 샤프펜슬을 사용하라고 지시했다. 나중에 아카미네 준코가 다른 이름으로 바꿔 쓸 수 있도록 하기 위해서였다.

결행 일자는 처음부터 정해져 있었다. CH-5XJ의 영수 비행이 예정된 8월 8일이었다. 그 바로 전날 빅 B의 거대한 스폰슨에 연료가 가득 채워질 것이라고 사이카는 예상했다. 그 전에는 연료가 없고, 그날이 지나면 헬기는 방위청에 넘겨지게 된다.

최종 리허설은 8월 5일에 했다. 그리고 그날이 사이카와 마지막으로 만난 날이었다. 종일 비가 내렸지만 두 사람은 그 비를 반겼다. 8일에는 틀림없이 날이 맑을 거라고 생각했다.

"그럼 잘 부탁해."

헤어질 때 미시마는 오른손을 내밀었다. 사이카는 별로 내키지 않는 듯했지만 결국 그 손을 잡았다.

사이카가 대체 어떤 인간인지 미시마는 지금도 모른다. 왜 빅 B를 탈취하려 했는지도 여전히 수수께끼다. 다만 미시마는 이렇게 생각해 본다. 사이카 역시 미시마와 비슷한 모순에 부딪혀 돌파구 없는 분노를 줄곧 가슴에 품고 있지 않았을까, 라고.

사이카가 방위청에 근무한 경력이 있다는 것은 명백했다. 그곳에서 무슨 일이 있었는지는 모르지만, 그가 무언가에 크게 실망했다는 점은 의심의 여지가 없었다. 그 결과 그는 그곳을 나왔고, 종적을 감췄다. 그가 몸을 숨겨야 하는 처지인 것도 아마 틀림없을 것이다.

하지만 그것만으로 그가 이번 범행을 기도했을까? 미시마는 그렇지 않을 것이라고 해석한다. 역시 원전의 세계에 몸을 담그게 된 것이 그에게 이런 결단을 내리도록 하지 않았을까.

방위청을 나온 사이카가 원전을 다음 일터로 선택한 것은 어쩌면 우연이었을지도 모른다. 그러나 그는 그 세계에서도 과거에 맛보았던 것과 비슷한 모순에 직면했고, 그 결과 비슷한 분노를 품게 된 것 아닐까. 미시마가 그렇게 생각하게 된 데에는 근거가 있었다. 사이카가 어느 날 이런 말을 했던 것이다.

"세상에는 없으면 곤란하지만 똑바로 바라보기는 싫은 게 있어. 원전도 결국 그런 것들 중 하나야."

그가 이 말을 내뱉었을 때 자위대에서 있었던 일이 그의 머릿속에 떠오른 것이라고 미시마는 해석했다.

어쩌면 그 분노를 폭발시킨 계기는 다나베 요시유키 사건일지도 몰랐다. 사이카가 그 청년의 죽음에 계속 집착하고 있다는 것은 그가 종종 다나베 얘기를 꺼내는 것으로 짐작할 수 있었다. 그리고 상상의 나래를 좀 더 펼쳐 본다면, 사이카의 몸 상태가 좋지 않다는 점과도 연관 지어 생각할 수 있었다. 그가 백혈병 관련 문헌을 수집하고 있다는 사실을 미시마는 알고 있었다.

물론 이런 것들은 모두 공상에 불과했다. 어쩌면 사이카 본인이 말했듯이 어린아이가 장난감을 갖고 싶어 하는 것과 마찬가지의 심리로 빅 B를 갖고 싶었을 뿐인지도 모른다.

진실은 어둠에 갇혀 있었다.

43

수사관들이 데리고 온 아카미네 준코를 보고 다카사카는 공항에서 경찰들이 그녀를 놓칠 만도 하다고 생각했다. 니시키 중공업에서 입수한 사진에서 본 그녀는 머리가 길고 음영이 짙지 않은 얼굴이었는데, 지금 눈앞에 있는 여자는 단발에 사뭇 이국적이라고 할 수 있는 얼굴이었다. 예정대로라면 그녀는 지금 유럽으로 향하고 있을 터였다. 행선지에 맞추어 이렇게 화장한 것일까, 다카사카는 그런 생각을 해 봤다.

"휴가 중인데 죄송합니다. 이쪽으로 앉으시죠."

그가 건너편 의자를 권했다.

아카미네 준코는 고개를 까딱하고 나서 자리에 앉았다. 그녀를 데리고 온 수사관들은 밖으로 나갔다. 그녀가 완강한 태도로 나오는 것을 막기 위해서라도 동석한 경찰의 수는 적은 편이 좋았다. 지금 이 방에는 다카사카 외에 고마키 경찰서의 곤노 수사 1계장이 있을 뿐이었다.

이곳은 고마키 경찰서 내에 있는 응접실. 취조실로 데려가지 않은 것은 그녀가 공항에서 보인 태도 때문이었다. 그녀에게는 범행에 가담했다는 인식이 없었고, 해외로 나가려 한 것도 도주 의사 때문은 아니라고 판단됐다.

"아카미네 준코 씨 맞으시죠?"

다카사카는 그렇게 물은 후 그녀가 고개를 끄덕이는 것을 보고 나서 질문에 들어갔다.

"원래는 어제 여행을 떠날 예정이었다고 들었습니다. 그런데 나흘 전에 출발을 하루 연기했고, 당일인 오늘은 출발을 취소했습니다. 왜죠?"

아카미네 준코는 무릎 위에 두 손을 올려놓은 채 아무 대답도 하지 않았다. 벌써부터 묵비권을 행사할 셈인가 했는데 잠시 후 그녀의 입술이 움직였다.

"몸 상태가 좋지 않아서…… 감기에 걸린 것 같아 하루만이라도 늦추는 게 좋겠다고 생각했어요. 제가 감기에 걸리면 잘 낫지 않는 체질이라서요."

"그렇군요. 그런데 결국은 여행을 취소하셨습니다."

"몸이 좋아지질 않았어요."

아카미네 준코는 고개를 숙인 채 대답했다.

"알겠습니다. 그럼 장시간 붙들어 두는 건 좋지 않겠군요. 아니, 제 질문에 정직하게 대답만 해 주시면 당장이라도 돌려보내 드리겠습니다."

그리고 다카사카는 종이 한 장을 그녀 앞에 놓았다. 예의 출입자 관리 표였다. 6월 9일 치와 7월 10일 치를 한 장에 복사한 것이다.

"여기, 그리고 여기, 하라구치 마사오라는 이름이 있죠? 그런데 이것이 하라구치 마사오 본인의 필적이 아닌 것으로 판명됐어요. 그렇다면 과연 누가 썼을까. 필적을 감정한 결과 아카미네 준코 씨의 필적과 아주 유사하다는 결과가 나왔습니다. 게다가 이렇게 달필로 글씨를 쓸 만한 사람이 아카미네 준코 씨 외에는 없다는 조사 결과도 나왔고요. 그래서 묻는 건데, 이걸 쓴 사람이 아카미네 준코 씨, 맞죠?"

관리 표를 내민 순간 그녀의 눈동자가 미세하게 흔들리는 것을 다카사카는 보았다. 그녀의 표정이 서서히 굳어졌다.

"아닌데요."

그녀의 목에서 약간 쉰 듯한 소리가 났다.

"아니라고요? 그거 의외군요. 최근에 아카미네 준코 씨 말고는 관리 표를 만진 사람이 없다던데요."

"아뇨. 제가 아니에요. 저도 그걸 만진 적이 없어요."

그녀는 같은 말을 반복했다.

다카사카는 한숨을 쉬며 곤노를 힐끔 보고 나서 다시 그녀의 얼굴로 시선을 향했다.

"뭐, 좋습니다. 그럼 하나 더 묻겠는데요, 당신은 그제 저녁에 자재 창고에서 커다란 물건을 하나 운반했습니다. 그게 무엇이었죠?"

그것은 방금 들어온 정보였다. 예의 제3격납고 뒤에 놓여 있던 나무 상자에 대해 조사한 결과, 그제 오후 자재 창고 당번이었던 근무자가 그 나무 상자로 보이는 물건을 여직원 하나가 꺼내 간 것으로 기억하고 있었던 것이다. 그는 여직원이 나무 상자를 핸드 리프트에 싣는 것을 거들었다고 했다. 그러나 안타깝게도 그 여직원의 얼굴까지는 기억이 나지 않는다는 것이었다. 즉 다카사카의 이번 질문은 넘겨짚어 본 것이라고 할 수 있었다.

그러나 아카미네 준코는 넘어가지 않았다.

"전 그런 물건 몰라요. 자재 창고에 간 적도 없습니다."

"정말인가요? 창고 근무자는 아카미네 준코 씨가 물건을 운반할 때 거들었다고 하던데요."

"사람을 잘못 본 거예요."

그녀가 딱 잘라 말했다.

"이봐요, 이게 무슨 수사인지 알기나 해요?"

곤노 수사 1계장이 애가 탄다는 듯이 끼어들었다.

"알고 있겠지만, 지금 쓰루가 반도에서 엄청난 일이 벌어지고 있어요. 이건 말이죠, 그 사건의 범인을 잡기 위한 수사예요. 당장 범인을 찾지 못하면 어떤 피해가 생길지 알 수 없단 말입니다. 누굴 감싸고 있는지 모르지만, 솔직하게 말하는 게 좋을 거예요."

곤노의 위협적인 말투에 아카미네 준코가 몸을 움츠렸다. 괜히 마음만 닫게 만든 것 같았다.

다카사카는 손을 뻗어 테이블에 있던 리모컨을 집어 들었다. 그리고 방 한쪽에 놓인 텔레비전을 향해 버튼을 눌렀다. 여전히 특별 보도 프로그램이 방송되고 있었다. 화면에 쓰루가 시내의 모습이 비쳤다. 여자 리포터가 카메라를 향해 서 있었다.

"보시는 것처럼 지금 시내에는 행인이 자취를 감췄습니다. 차량의 모습도 보이지 않습니다. 대다수가 집 안에서 은신하고 있는 것으로 보입니다. 이 일대 회사와 상점들은 대부분 임시 휴업에 들어갔습니다. 거리 전체가 죽은 듯이 고요한 가운데 시민들은 앞으로 어떤 사태가 벌어질지 기도하는 심정으로 지켜보고 있습니다. 현장에서 전해 드렸습니다."

"아카미네 씨."

다카사카는 최대한 부드러운 음성으로 말했다.

"'그'가 어떤 죄를 저지르게 될 거라고 생각합니까?"

아카미네 준코가 얼굴을 살짝 들었다. 그, 라는 말에 반응한 것이 틀림없었다.

"당신이 비호하고 있는 '그' 사람의 죄 말입니다. 가령 헬리콥터가 추락해 원전 내에서 폭발이 일어났다고 가정해 봅시다. 그 결과 사망자가 나오면 살인이 되겠죠. 설사 당장은 사망자가 나오지 않는다 해도 방사능이 대기 중에 방출될 가능성도 있습니다. 그렇게 되면 앞으로 몇 년에 걸쳐 그 주변에 사는 사람들에게, 아니 어쩌면 나라 전체에 피해를 끼칠지도 모릅니다. 그건 어떤 의미에서는 단순한 살인보다 더 큰 범죄라고 할 수 있겠죠. 하지만,"

그리고 다카사카는 여자의 반응을 잠시 지켜본 뒤 말을 계속했다.

"만일 미수에 그치면 어떻게 될까요. 헬리콥터가 원전에 추락하는 일도 폭발하는 일도 없다면요. 그때는 '그'의 죄를 살인 미수라고 할 수 있을까요? 이건 제 개인적인 생각입니다만, 살인 미수로 기소하기는 어려울 겁니다. 왠지 아세요?"

아카미네 준코가 얼굴을 조금 더 들었다. 다카사카와 시선이 마주치자 순간적으로 눈을 내리깔았다가 다시 치켜뜨고 다카사카를 보았다.

"그건 말이죠, '그'의 범행이 살인이 될 수 없다고 정부가 주장하고 있기 때문이에요. 사건 발생 후 과학 기술청 사람이 몇 번이나 텔레비전에 나와서 역설했습니다. 헬리콥터가 추락해도 사상자는 나오지 않는다, 그리고 방사능이 대기 중으로 누출되는 일도 없다, 그렇게요. 물론 이렇게 세상을 시끄럽게 했으니 그에 상응하는 벌은 받게 되겠죠. 하지만 그의 행위가 살인은 절대로 아니라고 주장하는 쪽이 아이러니하게도 이번 사건의 직접적인 피해자인 노연과 국가란 말입니다."

다카사카의 말에 곤노가 놀랍다는 표정을 지었다. 그로서는 생각해 본 적도 없기 때문일 것이다.

"따라서,"

다카사카는 또 잠시 틈을 두었다가 말을 이었다.

"당신이 사실을 말하는 것이 동시에 '그'를 돕는 길도 되는 겁니다. 자, 솔직하게 말씀해 주세요. 아카미네 준코 씨에게 관리 표를 바꿔 써 달라고 부탁한 사람이 누굽니까?"

그러나 그녀의 태도는 변하지 않았다. 아무 말도 하지 않겠다고 마음을 굳힌 듯했다. 다카사카는 '그'라는 표현을 사용했지만, 범인이 남자라고 결론이 난 것은 아니었다. 그런데도 다카사카는 남자일 것으로 확신하고 있었다. 그것도 아카미네 준코에게 아주 특별한 남자일 것으로.

"그럼 여기서, 지금까지 일어난 일을 시간순으로 돌아보도록 하겠습니다."

텔레비전에서 앵커가 말했다.

"사건은 아이치 현 고마키 시에 있는 니시키 중공업 시험 비행장에서 시작됐습니다."

화면에 니시키 중공업의 격납고가 비쳤다. 그리고 장면은 경찰차가 서 있는 주차장으로 전환됐다. 다카사카는 리모컨을 들어 텔레비전 볼륨을 낮췄다. 사건 실황을 보여 주면 입을 여는 데 도움이 될 것 같아 텔레비전을 켜 놓기로 곤노와 의논해 결정했는데 효과가 없는 것 같았다.

"그렇게 입 다물고 있으면 당신도 공범이 되는 거예요. 그래도 좋습니까?"

곤노가 짜증스럽다는 듯이 말했지만 아카미네 준코는 고개를 약간 아래로 기울인 채 간혹 텔레비전 화면만 곁눈질했다.

이 여자에게 이런 협박은 통하지 않겠다고 다카사카는 생각했다. 이 여자는 자세한 상황을 전혀 모를 것이다. 남자가 범인이라는 사실조차 아직 받아들이지 못하고 있는지도 모른다. 아마도 이 여자는 지금 당장 남자를 만나 그에게 직접 얘기를 들고 싶을 것이다. 그리고 자신이 뭘 어떻게 하면 좋을지 가르쳐 달라고 하고 싶을 것이다. 그때까지는 쓸데없는 말을 하지 않기로 작정한 것이 틀림없다. 그런 여자이기에 범인도 이 여자를 이용하기로 한 것이다. 범인은 바보가 아니다.

어쩌면 헬리콥터가 추락하기 전에 범인을 찾아낼 수 없을지도 모르겠군. 여자의 꼭 다문 입술을 보면서 다카사카는 그렇게 생각했다.

44

유하라는 야마시타와 나란히 책상 앞에 앉아 있었다. 책상 위에는 빅 B의 조종 시스템과 관련된 도면들이 펼쳐져 있다. 그러나 두 사람이 그 도면을 두고 무언가를 검토하고 있는 것은 아니었다. 범인이 만들었다는 기계가 도착하기 전에는 손을 쓸 방법이 없었다.

"시간이 꽤 걸리는군."

유하라가 시계를 보았다. 범인의 거처가 발견됐다는 얘기를 들은 지 30분이 지나고 있었다.

"그러게요."

야마시타도 자신의 손목시계에 시선을 주었다.

"그런데요 선배, 범인이 잡혔다는 얘기는 들리지 않던데, 역시 도주한 걸까요?"

"모르겠어. 그럴지도 모르지."

"만약 도망친 거라면 범인은 왜 무선 조종기를 놔두고 갔을
까요?"

그 점에는 유하라도 신경이 쓰였다. 짐작 가는 이유가 있기는
했다. 솔직히 말해 비관적인 내용이었다. 그러나 일말의 희망
을 버리고 싶지 않아 입 밖으로 내지 않고 있었다.

"도주하는 데 방해가 된다고 생각하지 않았겠어?"

일단은 그렇게 대답했다.

"그렇다면 범인이 이미 범행을 단념했다는 건가요?"

"무선 조종기를 놓고 갔다는 건 그런 뜻이겠지."

"하지만……."

야마시타가 머뭇거리고 있는데 젊은 경찰 하나가 방으로 들
어오더니 유하라에게 다가왔다.

"자위대에서 이걸 전해 드리라고 했습니다. 구조대가 촬영한
것이랍니다."

유하라는 사진을 받아 든 뒤 경찰에게 고맙다고 인사했다. 사
진은 경찰 말대로 게이타를 구조할 당시 빅 B의 내부를 찍은
것이었다. 그 생사를 건 곡예 중에 이런 걸 다 찍다니. 유하라
는 새삼 감탄했다.

사진에는 폭발물이 든 것으로 보이는 나무 상자와 조종석 부
근이 찍혀 있었다. 그러나 아쉽게도 범인이 손을 댔을 것으로 여

겨지는 부분은 찍혀 있지 않았다. 구조대원이 안으로 들어가지 못했으니 어쩔 수 없는 일이었다. 왼쪽 조종석 뒤에 각종 전자 기기들이 있는데, 그 부근은 어둡고 초점도 정확하지 않았다.

유하라는 사진을 책상에 내려놓았다.

"아쉽지만 이건 참고가 안 되겠어."

"그렇겠네요."

"나가하마에서 오는 자료에 기대를 걸어 보는 수밖에."

그는 또 손목시계를 보았다.

"나가하마……란 말이죠."

야마시타가 뭔가 떠오르는 것이라도 있는지 생각에 잠긴 표정을 지었다. 그리고 불쑥 이런 말을 했다.

"유하라 선배, 사타케 개발관 기억나요?"

"사타케?"

귀에 익지 않은 이름이라 금방 떠오르지 않았으나 잠시 생각하던 유하라는 마침내 그 이름을 기억해 냈다.

"맞아, 그런 사람이 있었어. 상세 설계 심사 때도 있었나?"

"그때는 없었을 겁니다. 그 사람, 무서울 정도로 두뇌 회전이 빠른 사람이었죠."

"그랬지. 그런데 그 사람은 왜?"

그렇게 묻던 유하라의 머릿속에 어떤 예감이 스쳐 지나갔다. 가슴이 이상할 정도로 쿵쿵거렸다.

"실은 선배가 적외선 카메라에 대해 얘기했을 때 떠오른 건데,

무인 헬리콥터 연구 때 화상 피드백 시스템이 사용됐었죠?"

"무인 헬리콥터라면, 퍼지 제어를 이용한 지적 무인 헬리콥터 말이야?"

갑자기 엉뚱한 화제가 나오자 의아하다는 듯이 유하라가 되물었다.

"네, 맞아요. 거기에 사용된 기술과 비슷하다는 생각, 안 듭니까?"

"화상 인식을 다음 단계에 반영한다는 점에서는 비슷한데……."

지적 무인 헬리콥터란 말 그대로 조종사 없이 비행하는 헬리콥터로, 몇 개 대학과 연구 기관 등에서 개발이 진행되고 있다. 헬리콥터 조종을 지상에서 사람이 무선을 통해 말로 하는 것이다. 예를 들면 "조금 더 오른쪽으로 이동하라." "크게 선회하라." 하는 식이다. 다만 현재로서는 사람이 타는 대형 헬리콥터에는 적용하지 못하고, 농약 살포 등에 쓰이는 산업용 무선 조종 헬리콥터를 개량한 것이 대부분이었다. 물론 그런 헬리콥터라도 전체의 길이가 약 4미터, 로터 직경이 5미터에 이르니 장난감 모형 헬기와는 비교가 되지 않는다.

그와 관련된 연구 테마 중에 야마시타가 말한 화상 피드백 시스템이라는 기술도 포함돼 있었다. 그것은 무인 헬리콥터가 촬영한 화상 데이터를 이용해 헬리콥터가 자동 착륙하고 장애물을 피하는 등 내비게이션을 하는 제어 시스템이다. 예를 들어서 자동 착륙에서는 착륙장에 랜드마크를 찍어 놓고, 헬기에 탑재된 카메라가 그 마크를 찾아 움직이다가 발견하면 착륙장의 형태 등을 인식하면서 자동적으로 착륙하는 것이다.

그러고 보니 이번 사건에 사용된 적외선 카메라 제어와 흡사했다.

"유하라 선배는 화상을 인식해 카메라를 움직이도록 하는 것이 기술적으로 어렵지 않다고 했지만, 경험이 전혀 없다면 쉽게 만들 수는 없을 것 같아요. 그런데 무인 헬리콥터 연구자라면 어렵지 않겠죠."

"그야 그렇겠지만, 그렇다고 그걸 연구했던 사람들을 의심하는 건 지나친 비약이지. 더구나 그 얘기와 사타케 씨가 무슨 관계가 있어."

"사타케 씨도 지적 무인 헬기를 연구한 적이 있거든요."

야마시타의 말에 유하라는 깜짝 놀라 후배의 얼굴을 바라보았다.

"그게 정말이야?"

"확실합니다. 본인에게 들었으니까요. 무인 헬리콥터라면 방위대 항공 우주 공학 교실에서도 연구 테마로 삼았던 적이 있는데, 사타케 씨가 자신도 거기 출신이고 연구회 멤버였다고 했어요."

"그래? 하지만 그것만 가지고 수상하다고 할 수는 없어. 화상 피드백 기술은 다른 분야에서도 얼마든지 사용되고 있으니까."

"그야 그렇죠. 저도 나가하마라는 말을 듣지 않았다면 사타케 씨를 떠올리지 못했을 거예요."

"나가하마가 왜?"

야마시타가 턱을 치켜들었다.

"선배, 혹시 『나라 훔친 이야기』 알아요?"

"시바 료타로의 소설 말이야?"

"맞아요."

"알지. NHK에서 드라마로도 방영했잖아. 그건 또 왜?"

"사타케 씨는 그룹 회의를 하다가 쉬는 시간이 되면 그 책을 자주 읽곤 했어요. 기억 안 나세요?"

"그랬나? 자네는 분과회에서 자주 마주쳐서 그런 것까지 기억하는 모양이군. 그래서?"

"나가하마라는 지명 때문에 그 사실이 생각났어요. 나가하마라는 이름을 생각해 낸 사람이 히데요시잖아요."

"아아, 그랬군."

유하라가 슬그머니 웃음 지었다.

"하지만 그거야 자네의 연상일 뿐이지."

야마시타는 선배가 그렇게 단정 지어 버리는 것을 막기라도 하듯 손을 내저었다.

"얘기는 지금부터예요. 아까 이마에다 씨에게 사이카라는 이름을 들었을 때, 아는 이름이 아닌데도 왠지 모르게 마음에 걸리는 게 있었어요. 그게 뭔지 이제야 겨우 떠올랐어요. 『나라

훔친 이야기』의 등장인물 가운데 사이카 마고이치라는 사람이 있거든요. 사이카당이라는 철포대의 수령이죠."

"사이카…… 마고이치?"

드라마를 본 적도 없고 책도 읽지 않은 유하라는 당연히 그 이름을 알지 못했다.

"사타케라는 사람은 가까워지기가 어려운 사람이었어요. 말투도 퉁명스럽고, 무슨 생각을 하는지도 잘 모르겠고. 그런 사타케 씨와 딱 한 번 신나게 얘기한 적이 있었는데, 바로 『나라 훔친 이야기』에 대해 얘기할 때였어요. 물론 저야 드라마밖에 보지 못했지만요. 그때 그 사람이 이런 말을 했던 기억이 있어요. 등장인물 중 제일 좋아하는 사람이 사이카 마고이치라고요."

낮은 소리로 단숨에 거기까지 말한 후 야마시타는 반응을 살피듯이 유하라의 눈을 빤히 바라보았다. 유하라는 가슴속에 멍울이 생긴 듯한 감촉을 느꼈다. 야마시타의 얘기는 비약이 다소 있기는 했지만 묘한 설득력이 있었다.

"그러니까 자네 말은 사타케 씨가 사이카라는 가명을 쓰고 있는 거 아니겠느냐, 그런 건가?"

"확신하는 건 아니지만요."

"만일 그렇다고 하면……."

개발관이었던 사람이라면 빅 B의 기밀을 잘 알고 있을 터이므로 이번 범행도 불가능하지 않을 것이다. 최신 데이터가 필요할 테니 니시키 중공업 기술 본관에 침입할 필요가 있었을 것이고, 전혀 모르는 곳이 아니니 어렵지 않았을 것이다. 문제는 컴퓨터에서 기술 정보를 빼내려면 ID와 비밀 번호가 필요하다는 것인데…….

"사타케 씨가 주재관 보좌로 온 적이 있었나?"

"글쎄요. 사내에서 몇 번 마주친 적은 있는 것 같은데, 주재관 보좌로 온 건지 어떤지는 잘……. 회사에 문의해 보면 알 수 있지 않을까요?"

"그렇겠군. 그럼 그건 나중에 알아보지."

주재관이란 방위청에서 파견되는 감독관을 말한다. 니시키 중공업에서는 그 주재관에게 관련 연구에 관한 정보를 열람할 수 있도록 특별히 ID와 비밀 번호를 부여한다. 한편 주재관이 파견될 때는 그를 보좌하는 개발관이 따라오는 일도 있다. 사타케가 만일 보좌로 온 적이 있다면 주재관의 번호를 입수했을 가능성도 있다.

"그런데 그 사람이 과연 방위청을 그만뒀을지는……."

거기까지 말하고 유하라는 입을 다물었다. 등 뒤에서 인기척을 느꼈기 때문이다. 다음 순간 그의 시야에 들어온 사람은 나라야마 개발관이었다.

"무슨 얘기를 나누고 계시는 겁니까?"

나라야마가 유하라와 야마시타의 모습에서 심상치 않은 느낌을 받았는지 그렇게 물었다.

야마시타는 당황한 듯 머뭇거렸고, 유하라는 몇 초간 생각한 뒤 눈 딱 감고 말을 꺼냈다.

"전에 빅 B 프로젝트에 투입됐던 사타케 씨 얘기를 하고 있었습니다."

"사타케요?"

개발관의 표정이 확 어두워졌다. 그 모습을 본 유하라는 말을 잘못 꺼냈나 싶었지만 그럼에도 그는 다시 질문했다.

"그분은 요즘 어떻게 지내십니까?"

"그 사람에 대해서 왜 물으시는 거죠?"

"지금 야마시타와 얘기를 나누던 중에, 프로젝트 멤버는 아니지만 CH-5XJ의 시스템에 대해 잘 아는 사람이 누가 있을까 생각하다가 사타케 씨의 이름이 나와서요."

자세한 전후 사정을 얘기하지 않은 것은 나라야마를 자극하지 않기 위해서였다.

나라야마는 심호흡을 했다. 그리고 턱을 약간 치켜들고 높아진 코 너머로 유하라를 보았다. 다음 순간 그의 얇은 입술이 천천히 벌어졌다.

"사타케는 개인적인 이유로 사직했습니다."

유하라는 역시, 라고 내뱉을 뻔했으나 간신히 말을 삼켰다.

"구체적으로 어떤 이유였습니까?"

야마시타가 물었다.

"글쎄요, 그건 저도 잘 모릅니다."

무엇이든 시원시원하게 대답하던 나라야마의 말투에서 웬일로 낭패감이 느껴졌다.

"그럼 지금은 어디서 뭘 하는데요?"

다시 유하라가 물었다.

나라야마는 눈을 옆으로 길게 뜨고 노려보는 듯한 눈빛으로 유하라를 보았다.

"그걸 당신에게 설명할 필요는 없겠죠. 당신도 알 필요가 없고."

"추적은 하고 있겠죠?"

"사무관, 자위관을 막론하고 퇴직자에 대해서는 추적 조사를 계속하고 있습니다. 예외는 없어요."

그러나 이름을 바꾸고 어디론가 숨었다면? 그 질문은 하지 않기로 했다.

"그렇다면 다행입니다. 쓸데없는 질문을 해서 죄송합니다."

유하라는 가볍게 고개를 숙였다. 하지만 나라야마는 가면 같은 표정으로 계속 두 사람을 노려봤다.

그때 멀리서 부르는 소리가 들렸다.

"범인의 장치가 도착했답니다."

"자, 그럼."

유하라가 야마시타에게 고개를 까닥해 보이고 일어섰다.

그런데 걸음을 옮기려는 순간 나라야마가 그의 오른팔을 잡았다. 억센 힘이었다. 장신의 개발관은 유하라의 귀에 대고 속삭였다.

"사타케의 이름을 절대 입 밖에 내서는 안 됩니다. 경찰에게 도요. 그에 대해서는 우리도 조사하고 있습니다."

유하라는 놀라며 나라야마의 표정 없는 얼굴을 올려다보았다. 동시에 유하라의 마음 한구석에는 이 작자들이 처음부터 그를 범인으로 지목하고 있었던 것 아닐까 하는 검고 공허한 의혹이 싹트고 있었다.

"그럼 가 보십시오."

나라야마가 유하라의 팔을 잡았던 손을 놓았다.

유하라는 한숨을 한 번 내쉬고 재빨리 그 자리를 벗어났다.

45

아카미네 준코의 침묵은 계속됐다. 다카사카로서는 그녀의 입을 열게 할 방법이 없었다. 두 형사와 그녀 사이에 한동안 침묵이 흘렀다. 텔레비전은 여전히 켜져 있고 아나운서도 여전히 흥분된 어조로 소식을 전하고 있었다. 준코의 눈은 그 화면을 멀거니 바라보고 있을 뿐이다.

그녀의 집에 대한 수색도 이미 시작됐다. 지금쯤 수사원 여러 명이 그녀의 좁은 아파트를 이 잡듯이 뒤지고 있을 것이다.

다카사카는 범인이 준코와 특별한 관계에 있는 남자일 것으로 판단하고 있었다. 그렇지 않다면 방문자 관리 표에 적힌 이

름을 바꿔 써 달라든지 미심쩍은 물건을 옮겨 달라는 수상한
부탁을 모두 들어줬을 리 없다. 그리고 어제 해외여행을 떠나
려 했던 것 역시 그 남자가 지시한 일일 것이다.

그러나 그녀의 집을 수색하고 있는 수사원들로부터 낭보는
아직 들리지 않았다. 물론 그녀의 집에 남자가 드나드는 것을
목격했다는 동네 주민들의 제보는 있었다. 그러나 얼굴까지는
보지 못했다고 한다.

그 남자가 누군지 알아낼 수 있는 실마리가 어쩌면 찾아지지
않을지도 모르겠다고 다카사카는 생각하기 시작했다. 가령 남
자의 일용품이 발견된다 해도 그것이 누구 것인지 특정하기는
어렵다. 물론 지문은 채취할 수 있겠지만 남자에게 전과가 없
는 한 아무 의미가 없다. 그리고 아마도 이번 사건의 범인에게
는 전과가 없을 것이라고 다카사카는 추측했다.

지금까지 확보한 자료를 통해 그는 어렴풋하게나마 범인의
윤곽을 파악하고 있었다. 그 인물은 그가 지금까지 접한 그 어
떤 범죄자와도 다른 타입이었다. 범인의 가장 큰 특이점은 범
죄를 수행하기 위해서는 세심한 주의를 기울였지만 결행 후 체
포될 것에 대해서는 조금도 신경 쓰지 않았다는 것이었다. 그
한 예가 아카미네 준코를 범행 당일을 포함한 단기간 동안만
일본을 떠나 있게 한 것이었다. 사건을 알게 된 그녀가 경찰에
신고할 것을 우려한 조처였겠지만, 그렇다고 그녀가 언제까지
나 해외에 머무를 것도 아니었다. 일본으로 돌아오게 되면, 아

니 빠르면 외국에서 '신양' 사건을 알고 경찰에 신고할 수도 있다. 그럼에도 그것을 막으려고 시도한 흔적은 그 어디서도 찾을 수 없었다.

설령 이 여자가 그의 이름을 밝히지 않는다 해도 사건이 종결된 후 범인이 자진해서 나타날지도 모른다는 생각마저 들었다.

그런저런 생각을 하고 있을 때였다. 아카미네 준코의 표정에 갑자기 변화가 나타났다. 눈을 크게 뜨고 입술을 파르르 떤 것이다. 그러고 나서 그녀는 고개를 숙이고 자신의 무릎으로 시선을 떨어뜨렸다가 다시 천천히 텔레비전으로 시선을 향했다.

텔레비전이로군. 다카사카도 화면을 보았다. 거기에는 사건의 흐름을 요약해서 전하는 영상이 흐르고 있었다.

그녀가 무엇을 보고 동요했을까.

잘못 봤을 리는 없었다. 아카미네 준코의 얼음 같던 표정이 틀림없이 균형을 잃고 흔들렸다. 시치미를 떼고 있는 지금도 조금 전에 비하면 침착함을 잃은 것처럼 보였다.

"곤노 씨, 잠깐만요."

그는 고마키 경찰서 수사 1계장에게 눈짓을 하고 엉덩이를 들었다. 곤노도 고개를 끄덕이며 자리에서 일어섰다.

응접실을 나간 다카사카는 곤노에게 조그만 소리로 물었다.

"분위기가 좀 바뀐 것 같지 않습니까?"

"맞아요."

곤노가 대답했다.

"갑자기 안절부절못하더군요."

"텔레비전인 것 같습니다."

"텔레비전이라니요?"

"뭔가를 본 것 아닐까요? 아카미네 준코를 동요하게 만든 무언가를."

"채널이 NHK였죠?"

그리고 곤노는 팔짱을 끼더니 턱수염을 쓰다듬었다.

"알겠습니다. 지금 바로 방송국에 연락해서 테이프를 입수하죠."

"부탁합니다."

총총히 복도를 걸어가는 곤노의 뒷모습을 바라보다가 다카사카는 다시 응접실로 돌아왔다. 아카미네 준코가 후다닥 의자에 앉는 모습이 눈에 들어왔다. 테이블 위에 놓인 리모컨이 아까와는 위치가 다르고 방송되는 채널도 달라져 있었다.

"역시 사건이 마음에 걸리는 모양이군요."

다카사카는 그녀를 향해 앉은 다음 리모컨을 들고 채널을 NHK로 되돌렸다. 어쩌면 아카미네 준코를 동요하게 한 영상이 다시 나올지도 모른다고 생각했기 때문이다.

그러나 그녀는 말이 없었다.

"그쪽에 친척이 있습니까?"

재떨이를 당기면서 다카사카가 물었다.

"그쪽이라니요?"

"쓰루가 말입니다. 없다면 다행입니다만."

아카미네 준코는 무엇 때문인지 잠시 뜸을 들였다가 "아니요, 없어요."라고 대답했다.

"그렇군요. 저도 그쪽에는 친척도 아는 사람도 없습니다. 그렇다고 이곳이 안전하다고 할 수 있는 것도 아니지만요. 뉴스를 보니 아이치 현이나 오사카 역시 가능한 한 멀리 가 있으려는 사람들 때문에 교통이 혼잡한 것 같더군요. 방사능이 대규모로 누출될 경우, 바람의 방향에 따라서는 위험할 수도 있다는 소문이 퍼지고 있어서 그런가 봅니다."

말하면서 다카사카는 아카미네 준코의 표정을 살폈다. 이러저러한 말을 하다 보면 어느 부분에선가 반응을 나타낼지 모른다고 기대했던 것이다.

"형사님들은,"

웬일로 그녀 쪽에서 먼저 말을 꺼냈다.

"대피하지 않아도 되나요?"

"대피하겠다는 사람이 있으면 말리지는 않습니다. 하지만 현재로서는 그런 사람이 없는 것 같습니다."

"안전하다고 믿는 건가요?"

"확신이 있는 것은 아닙니다만, 솔직히 말하자면 믿고 싶지 않아도 믿을 수밖에 없다고 하는 게 속마음일 겁니다. 아무튼 지금은 자신의 임무를 다할 수밖에 없으니까요. 한신 대지진 때 구조 작업에 임한 경찰들도 아마 같은 생각이었을 겁니다."

그렇게 묻는 것으로 보아 그녀가 양심의 가책을 느껴 마음이 흔들리기 시작한 건 아닐까, 다카사카는 대답하는 동안 머릿속으로 그런 생각을 했다. 그렇다면 가능성이 있다. 하지만 성급하게 굴어서는 안 된다.

그녀가 다시 물었다.

"그럼 현지에도 경찰이 가 있나요?"

"현지라니요?"

"그러니까, 저, '신양'에……."

"아아, 그야 당연히 가 있겠죠. 후쿠이 현경에서 몇 명 나가 있을 겁니다. 그런데 그건 왜요?"

"아니 그게, 그 사람들은 대피를 안 해도 되나 싶어서요."

"맨 마지막 순간에는 대피하겠죠. 하지만 그 전까지는 할 수 있는 한 대책을 강구할 겁니다."

"그래도 괜찮을까요? 그렇게 아슬아슬하게 대피해도 말이에요?"

"글쎄요, 그건 뭐라 말하기 어렵군요. 헬기가 추락해도 아무 일 없을 거라는 과학 기술청과 노연의 말을 믿는 수밖에 없지 않을까요."

왜 그런 걸 물을까. 왜 현지의 경찰을 염려하는 것일까. 그 또한 양심의 가책 때문일까. 그렇다면 무엇이 그녀의 심경에 변화를 일으켰을까.

그 이후 아카미네 준코는 다시 입을 다물었다. 다카사카도 굳이 뭘 물으려 하지 않았다. 그녀가 왜 집에 가겠다는 말을 하지 않는지도 의문이었다. 그녀는 지금 체포된 것이 아니라 임의 동행 형식으로 와 있을 뿐이다. 즉, 언제라도 이 방을 나갈 수 있는 것이다.

텔레비전에서 앵커의 흥분된 목소리가 들려왔다.

"추락까지는 이제 시간이 없습니다. 정부는 결국 범인의 요구를 받아들이지 않았습니다. 이에 대해 범인은 과연 어떤 행동을 취할까요. 예고했던 대로 헬리콥터를 '신양'에 추락시킬 것인지, 아니면 그 직전에 헬리콥터를 이동시킬 것인지, 전혀 예측할 수 없는 상황입니다."

화면을 보고 있던 아카미네 준코의 오른손이 자신의 블라우스 자락을 쥔 채로 파르르 떨렸다.

46

후쿠이 현 지사 가나야마 시게루는 현경 본부장으로부터 낭보를 듣고 있었다. 지금 지사실에는 가나야마 외에는 아무도 없었다. 야마네 부지사와 모로타 방재 과장, 오사나이 원자력 안전 대책 과장은 한 시간 전쯤 현지를 향해 출발했다. 아무래도 헬리콥터의 추락을 저지하기는 어려울 것이고, 그렇게 되면 원전에 많든 적든 피해가 발생할 테니 현의 대표자가 현장에 있어야 한다는 판단에서였다.

현경 본부장이 전화로 전한 낭보란, 드디어 범인의 윤곽이 드러났으며 범인이 헬리콥터를 조종하는 데 사용한 장치가 발견된 것 같다는 내용이었다. 그 두 가지 소식에 가나야마는 적이 안도했다. 이제 헬리콥터의 추락을 저지할 수 있겠다고 생각한 것이다.

헬리콥터가 떨어지면 골치 아프게 생겼다고 가나야마는 생각하고 있었다. 설령 피해가 많지 않다 해도 '신양'은 당분간 운영이 중단될 것이다. 문제는 그다음이었다. 정말로 가동을 재개해도 괜찮은 것인가, 겉보기에는 별문제 없어 보여도 가동을 재개한 순간 손상된 부분이 발견되면 어떻게 할 것인가, 하는 식으로 신중파가 문제를 제기할 것이다. 가나야마로서는 그런 목소리를 무시할 수 없었다. 그렇다고 운전 재개를 반대하는 입장도 취할 수 없다. 그 사이에서 어떤 태도를 취할 것인가 하는 어려운 문제에 부딪힐 것이 뻔했다.

"그래서, 범인을 체포할 가능성이 있습니까?"

가나야마가 물었다.

"시간문제라고 생각합니다. 다만 양해를 구하고 싶은 일이 있습니다."

그렇게 전제하고 나서 본부장이 한 말은, 범인이 방위청 간부 후보생 출신일 가능성이 높기 때문에 후쿠이 현경이 체포해 들이기 전에 일단 방위청에 먼저 인도하게 될 것이라는 내용이었다.

"상황이 그렇다면 어쩔 수 없죠. 하지만 참 이상한 일이군요. 대체 범인이 어떤 사람입니까?"

"아직 자세한 것은 모릅니다만,"

본부장은 말을 잠시 멈췄다가 "지사님, 혹시 '치킨 게임' 사건을 아십니까?"라고 되물었다.

"치킨…… 뭐라고요?"

"저도 방위청 간부에게 들은 얘기라 정확한 내용은 잘 모르지만, 몇 년 전에 방위청 내에서 치킨 게임이라는 사건이 있었다고 합니다. 젊은 연구자들이 모여서 쿠데타 계획을 세우고 시뮬레이션까지 했다는데, 뭐…… 거기까지는 흔히 있는 일이라고 하더군요."

문제는 시뮬레이션의 내용이 외부로 새어 나갔다는 것이었다. 그 시뮬레이션 프로그램에는 방위청의 기밀이 여러 건 포함돼 있었다. 누출한 사람은 멤버 중 하나였다고 하지만 확실히 알려진 것은 없다. 게다가 방위청으로서는 운 나쁘게도 이 사건을 야당 의원이 포착해 조사에 들어갔다. 방위청은 긴급히 해당 멤버들을 조사하고 리더 격인 인물을 처벌할 수밖에 없었다.

이상이 사건의 경위다. '치킨 게임'은 문제의 시뮬레이션에 붙여진 이름이라고 한다.

"그리고 이번 사건의 범인이 그때 처벌받은 사람일지 모른다는 겁니다."

"아아, 그렇군요."

가나야마로서는 처음 듣는 얘기였다.

"아직 확실한 건 아닙니다만, 만약 그 인물이 범인이라면 조금 전에 말씀드린 절차를 따르게 될 겁니다."

"알겠습니다. 저로서는 어떻게든 빨리 해결되면 좋겠습니다."

"네. 그럼 저도 말씀드린 내용을 양해해 주시는 것으로 알고 그렇게 처리하겠습니다."

전화를 끊은 가나야마는 내내 켜져 있는 텔레비전으로 시선을 돌렸다. 범인이 밝혀졌다는 소식은 아직 전해지지 않은 듯했다.

그런데 쿠데타 계획이 있었다고?

방위청 내에 그런 계획을 세우는 자들이 없지 않다는 얘기는 가나야마도 들은 적이 있다. 특히 우수한 인재일수록 불만이 많은 듯했다.

하지만, 하고 가나야마는 고개를 갸웃했다. 그런 자가 왜 '신양'에 헬리콥터를 떨어뜨리려 할까.

47

유하라와 야마시타는 마침내 도착한 장치를 세밀히 관찰했다. 결론은 금방 나왔다. 그러나 유하라는 그 결론을 입 밖에 내기가 망설여졌다. 주위에 그 장치에 마지막 희망을 걸고 있는 관계자들이 잔뜩 모여 있었다.

"어떻습니까?"

나카쓰카가 일동을 대표해서 물었다.

유하라가 천천히 고개를 끄덕였다.

"범인이 사용했던 장치가 맞는 것 같습니다. 아주 잘 만들어졌어요. 보통 솜씨가 아닙니다."

아아, 하고 안도하는 소리로 주위가 술렁거렸다.

"그럼 이제 저 헬리콥터를 움직일 수 있겠군요."

'신양' 발전소 소장은 불안과 기대가 교차하는 표정으로 말했다. 유하라도 그 기대에 부응하고 싶었지만 기술자로서의 견해를 굽힐 수는 없었다.

"아니, 그건 뭐라고……."

대답하면서 그는 아마시타를 보았다. 그 역시 장치에 실망하는 눈치였다.

"아니, 그럼 사용할 수 없다는 말입니까?"

"아직 확실하게 말씀드릴 수는 없지만 그럴 가능성이 높습니다."

"어째서요? 망가진 겁니까?"

"아니요, 망가진 건 아닙니다만, 애초에 이 장치로는 불가능한 일입니다."

"아니, 어떻게……."

"설명해 주십시오."

뒤에서 그렇게 말하는 소리가 들렸다. 사쿠마 소방대장이었다.

"네, 말씀드리겠습니다."

그리고 유하라는 장치를 가리켰다.

"이건 말하자면 무선 조종기입니다. 일반적으로 쓰이는 무선 조종 송신기를 응용한 것이죠."

"그건 알겠습니다."

"현재 이 장치가 할 수 있는 일은 딱 세 가지입니다. 엔진을 기동시키는 것, 주 로터와 테일 로터의 움직임을 조작하는 것, 그리고 자동 조종으로 전환하는 것이죠."

"그것만 가능해도 어떻게든 되지 않겠습니까? 자동 조종을 다시 수동 조종으로 돌린 다음 방향을 잡으면 되는 거 아닌가요?"

나카쓰카가 물었다.

"문제는 그겁니다. 이 장치로는 자동 조종을 해제할 수 없어요."

"아니, 전환할 수 있다고 하지 않았습니까?"

"수동에서 자동으로 전환할 수는 있습니다. 아마 이 스위치를 켜면 될 겁니다."

유하라는 장치의 왼쪽에 붙어 있는 버튼을 가리켰다.

"하지만 그 반대는 안 됩니다. 이 버튼을 아무리 눌러도 안 될 겁니다."

모인 사람들 사이에 절망감이 퍼지는 것을 유하라는 느낄 수 있었다. 가슴이 아프지만 그로서는 어쩔 도리가 없었다.

"그런 기능을 가진 스위치가 어딘가 있지 않겠습니까, 가령 조종석이라든지?"

사쿠마가 물었다.

"아니요, 그런 스위치는 없습니다."

"없다니요, 그럼 어떻게 수동 조종으로 전환하죠?"

"자동 조종 상태에서 수동 조종으로 돌리기 위한 장치는 따로 마련돼 있지 않습니다. 조종사가 사이클릭 스틱이나 컬렉티브 레버, 또는 러더 페달 등 어느 하나만 움직여도 자동적으로 전환되니까요. 자동 조종으로 비행하다가 무슨 일이 생길 경우, 자동 조종을 해제하고 나서 조종간을 조작하는 것은 시간적으로도 손실이 있고 실수로 연결될 우려도 있기 때문이죠. 만일 그렇게 해서 전환되지 않을 때는 자동 조종 장치 자체를 정지시켜 버립니다. 그러기 위한 스위치는 물론 따로 있습니다."

"그렇다면 이 기계도 마찬가지 아니겠습니까. 로터를 조작하는 레버를 움직이면 저절로 수동으로 전환되지 않겠느냐 이 말입니다."

소방대장의 의견은 물론 타당한 것이었다. 유하라와 야마시타는 당연히 그 점에 대해서도 검토해서 이미 답을 갖고 있었다.

"안타깝게도 그렇게는 되지 않습니다."

"왜죠?"

"가령 조종사가 사이클릭 스틱을 움직였다고 해 보죠. 센서는 그걸 감지해서 그 변위량을 전기 신호로 바꿉니다. 그 전기 신호가 다시 디지털 자료로 바뀌어 컴퓨터로 보내지는 것인데, 범인은 아마도 센서에서 나오는 배선을 절단하고 전기 신호를 보내는 장치를 따로 부착했을 겁니다. 그리고 그것을 이 기계로 조종할 수 있도록 했겠죠. 다시 말해 조종간의 움직임을 감지하는 센서는 현재 죽은 상태입니다. 그리고 방금 말씀드렸다시피 그 센서가 신호를 보내지 않으면 자동 조종을 해제하는 건 불가능합니다."

"센서가 작동하지 않으니 해제도 할 수 없다?"

나카쓰카의 물음에 유하라는 "그렇습니다."라고 대답할 수밖에 없었다.

"아니, 이런!"

이마에다 경비 부장이 옆에 있는 책상을 쾅 내리치며 내뱉듯 말했다.

"그럼 뭡니까, 이 기계는 이제 아무 쓸모가 없다는 말 아닙니까."

맞습니다, 라고는 차마 대답할 수 없어 유하라는 입을 다물고 말았다. 사건 발생 몇 시간 만에 범인의 윤곽을 파악하고 이 조종기까지 찾아낸 수사관들의 노고를 짐작하고도 남기 때문이었다.

그러나 유하라로서는 어느 정도 예상한 일이기도 했다. 만일 범인이 도주했다면 범인의 집에 남아 있는 기기는 이미 아무 쓸모가 없어진 것들이 아닐까 생각했던 것이다.

"그렇다면, 그렇다면 말입니다. 범인은 만일 요구가 받아들여진다면 어떤 방법으로 헬기를 이동시킬 생각이었을까요?"

이마에다 경비 부장이 분노를 간신히 억누르는 듯한 음성으로 물었다.

"생각해 볼 수 있는 건 두 가지입니다. 하나는 범인이 별도의 조종기를 갖고 있는 것이죠."

"이 장치 말고 하나가 더 있다는 말씀입니까?"

"그렇습니다. 아마도 그 기기는 헬기에 탑재된 자동 조종용 컴퓨터에 무선으로 접근할 수 있도록 되어 있을 겁니다. 그럴 경우 헬기를 이동시키기 위한 프로그램이 미리 입력돼 있을 테니 그 프로그램을 실행시킬 수 있는 명령어만 보내면 되겠죠."

사실 나가하마에서 범인의 조종기가 발견됐다고 들었을 때 유하라가 기대한 것은 그런 장치였다. 그래서 실물을 보자마자 실망하고 만 것이다. 그건 야마시타도 마찬가지였을 것이다.

"그럼 범인은 그런 기계를 가지고 도주했겠군요?"

이마에다가 물었다.

"네. 그리고 그런 기계를 지니고 이동하고 있다면 자동차를 이용할 겁니다. 안테나도 필요하니까요."

유하라가 대답했다.

"아닙니다. 이동하고 있지 않을 겁니다."

고테라 종합 기술 주임이 끼어들었다.

"제 생각에는 은신처가 따로 있을 것 같습니다."

"왜 그렇게 생각하시죠?"

이마에다가 물었다.

"예의 발전소 전체를 찍은 서모그래피 화상 말입니다. 범인은 그걸 지켜봐야 합니다. 그러자면 방금 유하라 씨가 말한 기계 외에도 통신 기기와 컴퓨터까지 들고 이동해야 한다는 얘기인데, 그건 좀 어렵지 않을까 싶습니다."

"그렇군요."

나카쓰카가 고개를 끄덕였다.

"생각해 보니 나가하마의 범인 집에 헬리콥터에서 보내는 열화상 사진을 수신하는 설비가 없었다는 것도 이상해요."

경비 부장도 고테라의 의견이 타당하다고 느꼈는지 떨떠름한 얼굴로 이렇게 말했다.

"그 얘기는 일단 나중으로 미루죠. 범인이 여러 명이라면 따로 행동할 가능성도 있으니까요. 그보다 유하라 씨, 범인이 헬기를 이동시킬 수 있는 또 하나의 방법은 뭐죠?"

"아, 그게 말이죠, 어쩌면……."

유하라가 거기까지 말해 놓고 머뭇거렸다.

"어쩌면, 뭐죠?"

마음을 다잡은 유하라가 입을 열었다.

"어쩌면 범인에게도 헬기를 이동시킬 수단이 없는 것 아닐까, 그런 생각도 듭니다. 즉 자신들의 요구가 받아들여지지 않을 것이라고 예상하고 애초부터 추락시킬 작정이었다는 거죠."

"아니, 그런……."

이마에다가 말을 꺼내다 말고 입을 다물었다. 말도 안 되는, 이라고 덧붙이고 싶었겠지만 그러지 않은 것은 유하라의 말이 얼토당토않은 소리만은 아니라는 생각이 스쳤기 때문일 것이다. 아닌 게 아니라 정부는 단 한 번도 범인의 요구에 응할 뜻을 비치지 않았다. 국민들 역시 그것이 당연하다고 여기고 있을 터였다. 그렇다면 범인이 처음부터 그렇게 생각했다고 한들 이상할 것이 없다.

"그렇다면 범인은 애초에 헬리콥터를 저대로 놔둘 작정이었다는 말인가요?"

사쿠마가 물었다.

"그럴 가능성도 있지 않을까 하는 거죠."

말은 그렇게 했지만 유하라 본인은 그럴 가능성이 매우 높다고 생각하고 있었다. 범인은 어제 밤 시간 동안 설치를 모두 마쳐야 했을 것이다. 그렇다면 가능한 한 불필요한 절차를 생략하지 않았을까. 정부가 요구를 수용할 리 없다는 걸 알면서 쓸데없는 장치까지 설치할 여유는 없었을 것이다.

"만약 그렇다면 원자로를 최대한 빨리 정지하는 편이 낫다는 얘기가 되는군요. 어차피 범인은 헬기를 추락시킬 수 없을 테니까요."

"아니, 그건 알 수 없습니다."

고테라의 의견에 유하라가 반론을 제기했다.

"왜죠?"

"헬기를 이동할 수단은 없어도 떨어뜨릴 수단은 있을 수도 있습니다. 떨어뜨리는 건 간단하니까요."

"그렇습니까."

고테라가 실망을 감추지 못했다.

무거운 공기가 좌중을 휩싸기 시작했다. 범인의 집에서 발견된 조종기로 위기를 모면할 수 있을 것이라는 기대가 컸던 만큼 실망도 컸다.

이마에다 경비 부장이 꽈당 소리를 내며 의자에 털썩 앉았다.

"요컨대 현시점에서는 뾰족한 대책이 없다는 말이군요."

목소리가 그의 분노를 대변하고 있었다.

48

나가하마 시.

사이카가 돌아올 것이라는 예감은 들지 않았다. 햇볕이 뜨겁게 내리쬐는 탓인지 거리에는 오가는 사람이 별로 없었다. 간혹 자동차가 먼지를 일으키며 지나갈 뿐이다.

무로부시는 세키네와 함께 사이카가 사는 아파트 건물의 맨 끝, 도로와 면한 집에 있었다. 그 집 부엌 창문에서는 아파트로 들어오는 사람들의 얼굴을 모두 확인할 수 있기 때문이었다. 무로부시는 사이카의 얼굴을 몰랐지만, 보면 반드시 알 수 있을 것이라고 확신했다. 이 집이 마침 빈집이어서 부동산 주인과 교섭해 오늘 하루만 빌리기로 한 것이다.

그러나 사이카가 돌아오지 않을 것이라는 의견에는 두 형사가 일치했다. 이런 엄청난 사건의 범인이 그 어떤 사정이 있다 한들 일시적으로 아지트를 비우리라고는 생각하기 어려웠다. 돌아올 의사가 있었다면 떠나지 않았을 것이다.

그렇게 생각하자 범인의 집에 있던 복잡기괴한 기계들이 과연 도움이 될지 의심스러웠다. 그 기계들은 사가 현경에서 서둘러 수거해 갔으니 지금쯤이면 '신양'에 도착했겠지만, 과연 그걸로 뭘 할 수 있을까 하는 게 무로부시의 생각이었다. 만약 자신이 범인이고 다시는 아지트로 돌아오지 않을 작정이라면 틀림없이 기계를 못 쓰게 만들었을 것이다. 그러지 않은 것은 그럴 필요가 없기 때문 아닐까.

"지원 인력이 안 오네요."

세키네 형사가 스포츠 음료를 마시면서 말했다. 그는 다른 한 손에 햄버거를 쥐고 있었다. 이 찜통 같은 더위 속에서 땀을 줄줄 흘리며 햄버거를 물어뜯는 모습을 보고 있자니 무로부시는 자신이 나이를 먹었다는 것을 실감하지 않을 수 없었다.

"그러게 말이야. 너무 늦는군."

그는 시계를 보고 나서 손바닥으로 얼굴에 흐르는 땀을 닦았다. 그리고 바지 주머니에서 합성 피혁으로 만들어진 검은 케이스 같은 것을 꺼냈다. 입구에는 지퍼가 달려 있었다.

"뭡니까, 그게?"

세키네가 물었다.

"뭘 것 같아?"

남은 스포츠 음료를 모두 부어 넣은 세키네가 고개를 갸웃했다.

"카메라 케이스인가? 아니야, 그건 아닌 거 같은데. 어디서 난 겁니까?"

"사이카의 집에 떨어져 있던 거야."

"네에?"

세키네의 눈이 휘둥그레졌다.

"아니, 어쩌려고 그러십니까."

"뭘 그리 빡빡하게 구나."

무로부시는 그 물건을 도로 주머니에 집어넣었다.

그런 대화가 오간 직후 도로에 대형 트럭 한 대가 멈춰 섰다. 이삿짐센터 마크가 옆쪽에 찍혀 있었다. 파란 유니폼을 입은 작업원 두 명이 트럭에서 내렸다. 하필 이런 때 이사야, 무로부시가 그렇게 생각하고 있는데 작업원들을 뒤따라 와이셔츠 차림의 남자가 내렸다. 나가하마 경찰서의 미즈누마였다.

그가 작업원 하나를 데리고 아파트 쪽으로 걸어왔다. 그리고 무로부시가 있는 집의 벨을 눌렀다.

세키네가 문을 열자 두 사람은 인사를 하고 안으로 들어왔다. 세키네는 서둘러 현관문을 닫았다.

"무로부시 씨?"

이삿짐센터 유니폼을 입은 남자가 물었다. 그 심각한 표정과 매서운 눈초리가 이삿짐센터 직원이라는 직업에는 전혀 어울리지 않았다.

"그런데요."

남자가 고개를 끄덕이더니 "방위청에서 나왔습니다."라고 말했다. 소속까지 자세히 밝힐 마음은 없어 보였다.

역시, 라는 것이 무로부시의 감상이었다. 분위기가 경찰과는 사뭇 달랐던 것이다.

"수고하셨습니다. 이제 저희가 인수하겠습니다. 그만 돌아가 주시죠."

말투는 정중했지만 태도와 분위기에서는 위압감이 느껴졌다.

"인수하다니, 그게 무슨……."

옆에서 항의하려는 세키네를 무로부시가 오른손으로 제지했다. 그리고 남자에게 물었다.

"후쿠이 본부에서는 이 일을 알고 있습니까?"

"물론 양해를 구했습니다."

남자가 무로부시의 눈을 빤히 보며 대답했다.

"의심스러우면 확인해 보셔도 좋습니다."

그리고 그는 허리춤에 차고 있던 휴대 전화를 빼서 내밀었다.

"아니, 괜찮습니다."

무로부시가 손을 내저었다.

"사이카의 집이 어딘지는 아시겠군요."

"네, 압니다. 저 안쪽이죠?"

사이카의 집 쪽을 가리키며 남자가 말했다.

"네, 그럼……."

무로부시가 세키네를 힐끔 봤다.

"저희는 이만 가 보겠습니다. 잘 부탁드립니다."

"수고 많으셨습니다."

남자가 깍듯하게 고개를 숙였다.

무로부시와 세키네는 미즈누마와 함께 아파트를 나왔다. 이 삿짐센터 트럭의 운전석에서는 작업모를 쓴 남자가 낮잠을 자는 척하고 있었다. 짐칸에도 몇 명 대기하고 있을 것이라고 무로부시는 짐작했다.

"이게 무슨 일이죠, 현직에 있다면 또 몰라도, 자위대 출신이라는 것 하나 때문에 방위청에서 나오다니요?"

세키네가 소곤거리며 물었다.

"평범한 자위대 출신자는 아니라는 뜻이겠지."

"그럼 대체 뭐 하는 사람인데요?"

"그걸 내가 어떻게 알겠어."

"엘리트였기 때문이겠죠."

옆에서 걷던 미즈누마가 말했다.

"간부 후보생이었답니다. 그러니 방위청으로서도 경찰에 넘기기 전에 자기들이 먼저 심문하고 싶겠죠."

무로부시가 고개를 끄덕거렸다. 그도 같은 생각이었다. 이번 범행만 봐도 범인이 단순히 체력만 넘치는 남자가 아니라는 점은 분명했다.

어쩌면 방위청은 벌써부터 사이카를 찾고 있었을지도 모르겠다고 무로부시는 생각했다. 그러나 단서가 없어서 여태 행방을 찾지 못했던 것이다. 아마도 사이카라는 이름은 가명일 것이다.

그래서 경찰청에서 들어오는 정보를 체크하면서 의심되는 인물이 떠오르기를 기다리고 있지 않았을까. 그렇지 않고서는 이토록 빠르게 대응하는 것을 납득하기 어려웠다.

길가에 세워 놓았던 세키네의 차는 마치 오븐에서 꺼낸 것처럼 뜨끈뜨끈했다. 보닛 위에는 아지랑이가 피어오르고 있었다. 세키네는 양쪽 문을 모두 활짝 열어 놓은 채로 시동을 걸고 에어컨을 켰다. 당장은 탈 수 있는 상태가 아니었다.

"서까지 타고 가세요."

무로부시가 미즈누마에게 권했다.

"아닙니다. 저도 요 근처에 차를 세워 놓았어요."

그러고는 목소리를 낮추더니 이렇게 물었다.

"사이카란 놈, 여기로 돌아올 것 같습니까?"

무로부시는 얼굴을 찡그리며 고개를 저었다. 그걸 보며 미즈누마가 쓴웃음을 지었다.

"그렇죠? 저도 그럴 거라고 생각합니다. 지금쯤 다른 데서 의기양양하게 텔레비전이나 보고 있을 거예요."

"동감입니다."

"자신의 범행이 얼마나 완벽했는지 확인하고 싶겠죠."

세키네가 말했다.

"그럴 겁니다. 지금은 텔레비전에서 실황을 중계하고 있지 않지만요."

미즈누마의 말에 무로부시는 의아한 생각이 들었다.

"그래요?"

"네. 조금 전까지 서에서 텔레비전을 보고 있었는데, 이미 봤던 걸 녹화해서 내보내고 있었어요."

"어, 왜 그러는 거지?"

"아마 방송국 사람들도 조금씩 현장을 떠나기 시작했기 때문일 겁니다. 반경 8킬로미터라고 했나, 아무튼 그 범위 안으로는 들어갈 수 없답니다."

"그렇군요. 그럼 촬영을 하고 싶어도 못 하겠네요."

세키네가 납득했다는 듯이 말한 후 "그래도 NHK 정도는 남아 있어야 하는 거 아닐까요?"라며 다시 고개를 갸우뚱했다.

"NHK는 남아 있겠죠. 하지만 촬영한 영상을 그대로 내보내

606

지는 않을 겁니다."

"그건 또 왜죠?"

"왜냐면, 그게 말이죠……."

그리고 미즈누마는 무로부시를 보며 의미심장하게 웃었다. 그 얼굴을 보고 무로부시도 그가 하고 싶은 말이 무언지 알아차렸다.

"그렇군요."

무로부시는 손바닥으로 자신의 턱을 문질렀다.

"그럼 저는 이만. 또 연락드리겠습니다."

미즈누마가 손을 가볍게 들어 보이고 돌아섰다. 무로부시도 같은 동작으로 인사했다.

잠시 후 세키네가 부루퉁한 표정으로 물었다.

"대체 무슨 말입니까, 촬영한 걸 그대로 내보내지 않는다는 게?"

그러나 무로부시는 대꾸하지 않은 채 차 안으로 손을 집어넣었다.

"슬슬 시원해지는 것 같은데? 차에 타고 나서 천천히 얘기하지."

그는 바로 조수석에 올라탔다. 등받이는 여전히 뜨거웠다.

세키네도 운전석에 앉았다. 그가 문을 닫는 것을 보고 있다가 무로부시가 입을 열었다.

"결국은 헬기가 추락한 후 어떻게 될지 정부도 알 수 없다는 뜻 아니겠어. 어쩌면 엄청난 참사가 벌어질지도 모른다, 그런 거 아니겠냐고."

"그렇다 해도 왜 텔레비전에서……."

거기까지 말하고서 세키네는 말을 멈추더니 입을 쩍 벌렸다.

"대형 사고가 발생했을 경우를 대비해서 생중계를 하지 않는 거군요."

"요즘 세상은 텔레비전의 힘이 막강하잖아. 한신 대지진이 아무리 엄청나다고 떠들어 봐야 고속도로가 끊긴 장면을 보여 주는 것에는 댈 게 아니거든. 바꿔 말하면, 텔레비전에서 보여 주지만 않으면 나중에 어떻게든 둘러댈 여지가 있다는 거지. 대참사가 벌어지면 숨기기 어렵겠지만, 원전에 이상이 좀 생긴 정도라면 정부로서는 공표하고 싶지 않을 거야."

"그건 사기잖아요."

"글쎄, 과연 그럴까. 평소 원전에 아무 관심도 없던 일반 국민들에게는 알려 줄 필요가 없을지도 몰라. 내가 총리라도 그렇게 할지 모르지."

"그게 연장자의 지혜라는 겁니까?"

"뭘 그렇게 발끈하고 그러나. 대혼란이 벌어지면 고생하는 건 우리 경찰들이야."

"그야 물론 그렇지만……."

"그건 그렇고,"

무로부시가 등받이를 뒤로 젖히고 두 손을 머리 뒤로 돌려 깍지를 꼈다.

"텔레비전으로는 '신양'이 어떤 상태인지 알 수 없는데도 사이카가 가만히 있을까?"

"그게 무슨 뜻입니까?"

"아까 자네도 말했잖아. 범행이 얼마나 완벽한지 자기 눈으로 확인하고 싶을 거라고."

"설령 그렇다 해도 사이카가 현장에 갈 것 같지는 않은데요."

"과연 그럴까?"

"그렇지 않겠어요? 반경 8킬로미터 이내로는 들어갈 수도 없게 돼 있고, 기동대원들이 그 앞에서 물샐틈없이 지키고 있을 텐데요. 제아무리 범인이라도 '신양'에 접근할 도리가 없잖아요."

"그건 알지. 하지만 범인은 이번 범행에 목숨을 걸었어. 그런데 결과를 확인하지 않고 배길 수 있을까?"

그러나 세키네는 자신의 의견을 꺾지 않았다.

"아무리 그래도 이 상황에서 범인이 현장에 접근할 거라고는 생각하기 어려워요. 잡히면 끝장인걸요."

무로부시는 후, 숨을 내쉬었다. 세키네의 말도 틀린 건 아니다. 그러나 자신이 목숨을 건 일의 결과를 지켜보지 않을 리 없다. 그는 생각의 방향을 바꿔 보기로 했다.

"'신양'은 현장에 가지 않으면 안 보이나?"

"하이키 마을에서는 보일 겁니다. 발전소가 내해에 면해 있으니까요. 아니면 배를 타고 나가 바다 쪽에서 보든지요. 환경 보호 단체가 보트를 타고 나가서 '신양' 원자로 건물에 해골 마크 그림자를 비춘 적이 있거든요."

"이런 상황에서 사이카가 배를 이용할 것 같지는 않은데."

무로부시는 잠시 생각하다가 몸을 일으켜 바로 앉았다.

"원전은 안 보이더라도 헬리콥터는 보이는 장소가 어디 있을 거야."

"글쎄요, 어떨지 모르겠네요. 그 일대는 기복이 심해서 웬만한 곳에서는 산에 가로막혀 보이지 않을 거예요."

"지도 없어? 도로 지도 말이야."

"여기 있어요."

세키네가 차 문 안쪽 포켓에서 '전국 도로 지도'라고 쓰여 있는 두툼한 책자를 꺼내 무로부시에게 건넸다. 무로부시는 쓰루가 반도가 있는 페이지를 펼쳤다.

쓰루가 반도에는 해안선을 차로 일주할 수 있는 도로가 없었다. 반도의 서쪽과 동쪽에 각각 해안 도로가 나 있지만 그 양 도로를 잇는 길은 반도를 횡단하게 돼 있고, 양쪽 해안 도로는 모두 반도 북단에서 끊겨 있다. 그리고 서쪽 도로 끝에는 '신양'이 있고 동쪽 도로 끝에는 쓰루가 원전이 있었다. 두 발전소 사이의 거리는 3킬로미터 정도다.

"쓰루가 원전 쪽에서는 '신양'이 보이나?"

"아니요, 안 보입니다."

세키네가 분명하게 대답했다.

"가운데에 산이 있거든요. 특히 도로에서는 쓰루가 원전 건물 자체에 가려서 아무것도 보이지 않습니다."

"'신양'은 안 보여도 헬리콥터는 보이지 않을까? 천 미터도 넘는 상공에 떠 있으니까."

"글쎄요, 잘 모르겠네요. 각도 문제도 있고 또,"

세키네가 고개를 갸웃했다.

"너무 멀지 않나요? 그 헬기가 크다고는 하지만 그래 봐야 여객기만큼은 아닐 텐데요."

그러자 무로부시가 주머니를 더듬더니 사이카의 집에서 갖고 나왔다던 검은 케이스를 꺼냈다.

"그건 또 왜요?"

"이거, 망원경이야."

"아……."

입을 쩍 벌리고 있는 세키네를 모른 척하고 무로부시는 다시 지도를 내려다봤다. 하지만 아무리 들여다봐도 더는 알 수 있는 게 없었다.

"좋아, 출발하지. 있는 힘껏 밟아."

무로부시가 지도를 덮고 말했다.

"어디로 가는데요?"

세키네가 사이드 브레이크를 풀고 기어를 넣으면서 물었다.

"몰라서 물어? 헬리콥터 보러 가는 거지."

"쓰루가 원전으로요?"

"아니. 좀 더 멀리, 다테이시 곶으로."

49

'신양' 발전소 제2관리동에서는 대피가 시작됐다. 운전원과 소방 관계자를 제외한 전원이 부지 밖으로 나가라는 지시가 떨어졌다.

미시마는 자신의 파제로에 유하라와 야마시타를 태우고, 왔던 길을 반대로 달려 신양 터널을 빠져나갔다.

"결국 우리가 할 수 있는 일은 아무것도 없었군요."

뒤 좌석에서 야마시타가 말했다.

"게이타를 구해 준 게 고마워서 어떻게든 힘이 되고 싶었는데."

"어쩔 수 없잖아. 아무리 우리 손으로 만든 거라지만 하늘에 떠 있는데 어떻게 하겠어? 아무튼 이번에는 범인에게 보기 좋게 당했어."

말은 그렇게 했지만 유하라의 목소리에는 분하다는 느낌이 배어 있었다.

"그렇게 안타까워할 게 뭐 있어."

시선을 앞으로 향한 채 미시마가 말했다.

"거기 있던 사람들 중 힘이 된 사람은 아무도 없었어. 다들 뒷짐만 지고 있었지. 나도 그렇고. 도움 되는 일을 한 사람은 용감한 구조대원들밖에 없었어."

미시마의 말에 두 헬리콥터 기술자는 아무 대꾸도 하지 못했다.

"그런데 도무지 이해가 안 가는 게 하나 있어요."

야마시타가 화제를 돌렸다.

"하나밖에 없어? 나는 이해가 안 가는 것투성이던데."

유하라가 자조적으로 말했다.

"그건 그런데, 특히 이해가 안 가는 거요. 그 사이카라는 사람이 범인이라 치고, 왜 사토 상무의 명의를 도용했을까요?"

"이메일 말하는 거지?"

"네."

"그러게. 나도 모르겠어. 범인이 장난을 친 건지도 모르지."

"장난이라면 항공기나 원전 관계자로 하는 게 낫지 않아요? 사토 상무는 중기 담당인 데다 과거에는 철도용 차량을 만들었던 사람이잖아요. 전혀 관련성이 없는데요."

"듣고 보니 그렇군. 미시마 자네는 어떻게 생각해? 사토 상무와 관련해서 뭐 짚이는 거 있어?"

"아니, 없는데."

미시마가 즉시 대답했다. 그걸로 이 화제는 차 안에서 사라졌다.

그러나 미시마는 내심 이번 범행에서 가장 쓸데없는 짓이 사토 노부오라는 이름을 도용한 것이라고 반성하고 있었다. 인터넷 계정 따위는 마음만 먹으면 그 누구의 것이라도 사용할 수 있었다. 그런데 군이 사토의 것을 사용한 이유가 아카미네 준코의 방에서 우연히 사토의 신용 카드 영수증을 발견했기 때문만은 아니었다. 준코가 유럽 여행에서 돌아와 경찰의 심문을 받을 때 만에 하나라도 미시마를 감싸는 일이 있어서는 안 된다는 나름의 배려에서였다. 과거 자신과 불륜 관계에 있었던 남자의 이름을 악용했다는 사실을 알면 제아무리 사람 좋은 준코라도 용서치 않을 것이라고 생각했던 것이다.

그러나 그게 얼마나 웃기는 생각인지 지금에서야 미시마는 깨닫고 있다. 그런 배려 따위는 필요 없었다. 이렇게 엄청난 사건을 저지른 범인을 그녀가 감쌀 리 없다.

터널을 빠져나와 발전소 문을 나서자 자위대 차량이 스무 대 정도 늘어서 있었다. 재해가 발생할 경우를 대비해 대기시켰을 것이다. 대원들은 차량 안에 있는 듯했다.

그 외에 지원조로 보이는 소방차가 몇 대 있었다. 뭔가 준비를 하는지 소방대원들이 분주히 움직이고 있다.

그리고 유지 보수 회사인 N사 서비스 하우스 주차장에는 게이타를 성공적으로 구출한 구난대의 헬기가 착륙해 있었다. 구난대원들의 모습도 보였다.

"저 사람들이 아직도 여기 있군요. 뭘 하는 걸까요?"

야마시타가 물었다.

"아직 출동할 여지가 남아 있어서 아닐까?"

유하라가 대답했다.

"그게 무슨 뜻이죠?"

"'신양'에 운전원들이 남아 있잖아. 무슨 일이 있어도 그들만은 구출해야지. 그런데 원자로 주위에 화재가 발생하면 지상에서는 접근하기가 어려울 테니까."

"아아, 그럴 때를 대비하고 있는 거군요."

두 사람의 대화를 들으면서 미시마는 차를 N사 서비스 하우스 옆에 있는 매점 주차장에 세웠다. 간단한 식사 외에 빵이나 과자 따위를 파는 곳이었다. 매점 밖에는 공중전화와 자동판매기도 있었다.

미시마는 시동을 끄고 문을 열었다. 뒤 좌석의 두 사람도 내렸다. 그때 차 안으로 불어 들어온 바람에 종이 한 장이 날려 유하라의 발치에 떨어졌다. 유하라가 종이를 주워 들더니 다소 복잡한 표정을 지었다.

"아들이야?"

유하라가 미시마에게 종이를 내밀며 물었다.

"어."

사진을 받아 셔츠의 가슴 주머니에 넣고 미시마가 대답했다.

"……."

미시마의 아들이 죽었다는 것을 알고 있었던 유하라는 뭐라고 해야 좋을지 난감했다. 야마시타 역시 어색하게 입을 다물고 있었다.

"살아 있었으면 올해 중학교 1학년이지. 이 사진은 4학년 때 찍은 거고."

말이 끝나기도 전에 이미 미시마는 후회하고 있었다. 또 쓸데없는 말을 하고 만 것이다.

"사고였다고 들었어."

유하라가 가까스로 말을 꺼냈다.

"그랬지."

"안타까운 일이네요."

무슨 말이라도 해야겠다고 생각했는지 야마시타도 조심스럽게 한마디 했다. 그러자 미시마가 야마시타 쪽으로 얼굴을 돌렸다.

"자네에게 해 주고 싶은 말이 있는데 말이지."

"저한테요?"

야마시타가 몸을 쭉 펴면서 물었다.

"그래. 이번 일을 교훈 삼는 게 좋을 것 같아서 해 두는 말이야. 이대로는 아무것도 모르는 채 끝날 것 같아서."

미시마가 무슨 말을 하려는 건지 알 수 없어 불안해진 야마시타는 눈을 껌뻑이며 그를 바라보았다.

"지금 여기서 꼭 해야 되는 말인가?"

유하라가 물었다.

"응."

유하라를 향해 고개를 끄덕인 후 미시마는 다시 야마시타를 보았다.

"자네 아들을 구출하기 위해서 정부가 범인의 요구를 받아들인 일 말이야."

"그 일에 대해서는 정말 감사하고 있어요. 제 아들을 위해 큰 희생을 치른 국민들에게도 폐를 끼쳤다고 생각하고요."

야마시타는 성의를 다해 말했지만 미시마는 그 말을 들으면서 고개를 저었다.

"물론 어느 정도 손실은 있었겠지. 절전을 강요당한 국민들 중에는 민폐라고 생각한 사람들도 많았을 테고. 하지만 정부는 희생을 치렀다는 의식이 없어. 아마 도박에서 이겼다고 여길걸."

"그게 무슨 말이야?"

유하라가 물었다.

미시마는 여전히 야마시타에게서 눈을 떼지 않은 채 말했다.

"범인의 요구는 전국의 원자로를 정지하라는 것이었는데 정부는 끝내 그 요구를 받아들이지 않았거든."

"네?"

야마시타가 눈을 동그랗게 떴다.

"아니, 정지한 거 아니었어?"

유하라가 의아한 표정을 지었다.

"그건 트릭이었어. 내가 확인한 바로 실제로 정지한 곳은 네

군데뿐이야. 그것도 모두 발전량이 적은 원전이었고."

"설마……."

야마시타가 입을 다물지 못했다.

"무슨 트릭을 썼다는 거야?"

"대단한 건 아니야. 시뮬레이터를 썼지."

"시뮬레이터라면, 제어 장치 시뮬레이터 말인가?"

"그래. 어느 원전이나 실제 제어반과 똑같이 만든 훈련용 시뮬레이터가 설치돼 있어. 운전원들은 그걸로 거의 매일 훈련을 하고 있지. 그런 장치인 만큼 비전문가가 겉으로만 봐서는 진짜인지 아닌지 알 수 없어. 실제로 운전되고 있는 것과 똑같이 계기류도 작동하고 경보 장치도 울리니까. 이번에 원자로 정지 과정을 텔레비전으로 중계할 때 다른 부분은 모두 실제 중앙 제어실에서 중계했지만 원자로 정지 장면만은 시뮬레이터실에서 중계했어. 원자로가 2기 있는 곳에서는 같은 시뮬레이터를 재사용했고. 물론 그 사실이 발각되지 않도록 절대 연속해서 방영하지 않았지. 그리고 실제 장면도 조금은 섞는 편이 좋다고 생각해서 발전량이 적은 원전 네 군데를 골라 실제로 원자로를 정지하기도 했어."

"그랬나요? 전혀 몰랐어요."

야마시타가 고개를 저었다.

"제어실에서 일해 본 적이 없는 사람은 알 리 없지."

"자네는 언제 그걸 눈치챘어?"

유하라가 물었다.

"처음부터."

"정말이야?"

"당연하지. 나는 그 제어판과 시뮬레이터를 만드는 입장이잖
아."

"그런데 왜 말해 주지 않았어?"

유하라가 조금 발끈했다.

"말해서 뭐하게? 야마시타 군의 걱정만 커질 텐데. 범인이 눈
치채면 격분해서 헬기를 추락시키지 않을까 하고 말이야. 나뿐
아니라 다른 사람들도 입 다물고 있었던 것은 그런 이유 때문
일 거야."

"다른 사람들이라니, 그럼 다른 사람들도 알고 있었단 말이
야?"

유하라가 미간을 찌푸렸다.

"당연하지. 나카쓰카 소장과 고테라 주임은 원전 전문가잖
아. 그 사람들뿐 아니라 전국의 원전 관계자들은 대부분 트릭
을 눈치챘을걸. 노연 본사에서 '신양' 원자로를 정지해도 범인
이 모르지 않겠냐는 의견이 나온 것도 트릭에 대해 알기 때문
이고. 정지한 것처럼 보이게 해 놓고 가동하는 게 가능했으니
그 반대도 할 수 있지 않겠느냐는 거지."

그렇다면 그 시점에 노연 본사는 범인이 원전 전문가가 아니
라는 결론을 내렸을 것이다.

"그랬군요. 생각해 보니 이해가 가네요. 제 아이 하나 때문에 전국의 원전 가동을 중지한다는 건 제가 생각해도 있을 수 없는 일이죠."

야마시타가 스스로를 납득시키기라도 하듯 말했다.

"자네가 그런 식으로 말할 필요는 없어. 사실 자네는 화를 내야 한다고 생각해. 정부가 자네 아들을 버렸잖아. 죽어도 상관없다고 생각했단 말이야."

"말이 좀 지나치군."

유하라가 미시마를 노려봤다.

"그럼 자네는 범인이 트릭을 눈치챌 수 있다는 걸 정부가 전혀 고려하지 않았다고 보나?"

"그건……."

유하라는 말을 잇지 못했다.

"범인이 아이를 구출하기 위한 교환 조건을 제시했을 때 정부가 가장 의식한 것은 국민의 눈이었어. 원전을 정지하지 않으면 인명을 가벼이 여긴다는 비난이 쏟아질 판이었지. 그렇지만 정지하고 싶지는 않았어. 그건 단지 위신의 문제가 아니야. 한 번이라도 모든 원전을 정지했다는 실책을 남길 경우 이후의 원전 정책에 영향을 미칠 우려가 있기 때문이지. 그럼 어떻게 해야 하나. 아마 정부 수뇌들이 적잖이 골머리를 썩였을 거야. 그래서 생각해 낸 것이 바로 그 방법이었어. 일단 국민에게는 범인의 요구를 받아들인다고 발표하고, 실제로는 트릭을 사용하는 거지. 그렇게 해서 사건이 잘 해결되면 나중에 그것이 실은 트릭이었다고 당당하게 밝히면 되니까. 그리고 만일 범인이 트릭이란 걸 눈치채고 헬기를 추락시키면……."

그는 거기서 야마시타를 한 번 보았다. 그리고 목소리를 낮추어 다시 말했다.

"그때는 트릭을 쓴 사실을 숨기고 범인을 나쁜 놈으로 몰면 그만이라고 생각한 거지. 그런 속셈이었던 거야. 모든 것을 주도면밀하게 계산해 놓고 있었어."

이 추리를 미시마는 자신했다. 아니, 사실 그는 정부가 실제로는 원전 가동을 중지하지 않고 어떻게든 트릭을 쓸 것이라고 미리 예상하고 있었다. 하지만 상관없었다. 그 트릭이 국민을 속일 수 있을 정도로 완벽한 것이라면 원전을 실제로 정지하는 것과 똑같은 효과를 얻을 수 있기 때문이었다. 물론 그런 사실까지는 이 두 사람에게 말할 수 없었다.

미시마가 말을 마치자 몇 초간 침묵이 흘렀다. 유하라는 시선을 아래로 향한 채 미간을 찡그리고 있었다. 야마시타는 바지 주머니에서 손수건을 꺼내 이마에 흐르는 땀을 닦았다.

"하실 말씀은 그게 다인가요?"

"그래, 이것뿐이야. 자네가 진실을 알고 있는 편이 좋을 것 같아서."

"그렇군요. 말씀해 주셔서 고맙습니다. 어쩌면 그 말이 사실일지도 모르죠. 아니, 아마 사실일 겁니다. 정부가 어떤 식으로 문제를 해결하는지 저도 조금은 압니다. 하지만 말이죠, 미시마 씨."

야마시타가 미시마를 보았다.

"그래도 감사한 마음은 마찬가지입니다. 여러 사람 덕분에 게이타의 목숨을 구할 수 있었다고 생각합니다."

"어떻게 생각하든 그건 자네 자유야."

야마시타가 고개를 끄덕이고 나서 유하라에게 고개를 돌렸다.

"그럼 유하라 선배, 이제 그만 갈까요."

"그러지."

유하라가 미시마를 봤다. 미시마는 매점을 엄지손가락으로 가리켰다.

"난 매점에 잠깐 들렀다 갈게."

"그래? 그럼 우리 먼저 가야겠군."

유하라는 앞서 걷기 시작한 야마시타를 뒤쫓아 갔다.

그들의 모습이 충분히 멀어지기를 기다렸다가 미시마는 공중전화 수화기를 들었다. 그리고 전화 카드를 밀어 넣은 뒤 번호를 눌렀다. 신호가 가고 컴퓨터가 응답하는 것을 확인하자 그는 코드를 입력했다. 컴퓨터에 내리는 마지막 지령이었다.

전화를 끊고 전화 카드를 지갑에 도로 넣었다. 그리고 아까 차에서 떨어진 사진도 넣으려고 가슴 주머니에서 꺼냈다. 도모히로가 다카오 산에 소풍 갔을 때 사진이다. 스왈로즈의 야구

모자를 쓰고 손가락으로 V 사인을 그리고 있다.

야마시타가 그런 태도를 보인 것은 아들이 무사히 구출되었기 때문이라고 미시마는 생각했다. 만약 아들이 죽었다면 정부가 트릭을 사용했다는 것을 알았을 때 전혀 다른 태도를 보였을 것이다.

미시마는 지금으로부터 약 9개월 전 일을 떠올렸다. 그날 그는 도모히로의 유품을 정리하고 있었다. 그 전까지는 그저 보는 것만으로도 고통스러워서 종이 상자에 넣어 둔 채 들여다보지도 않았었다.

유품의 내용은 도모히로가 입던 옷과 장난감, 만화책, 문구류, 교과서, 참고서, 공책, 포스터 등이었다. 책 읽기를 싫어했던 아이라 공부에 관계된 것 이외에는 책이 없었다.

미시마는 유품 대부분을 처분하기로 결심했다. 마냥 남겨 둬봐야 좋을 게 없을 거라는 생각에서였다. 헤어진 아내에게 연락해 그런 사실을 알렸더니 알아서 적당히 처분하라는 대답이 돌아왔다. 집을 나갈 때 아내는 아들 사진이 가득 든 앨범을 가져갔다. 그것으로 충분한 듯했다.

가장 버리기 힘들었던 것이 공책이었다. 거기에는 아들이 쓴 글씨가 생생히 남아 있었다. 그걸 들여다보면 수학 문제 풀이, 한자 공부, 나팔꽃 그림 같은 것들을 쓰고 그리고 있을 도모히로의 모습이 생생히 되살아났다.

공책들만이라도 남겨 놓을까, 그런 생각을 하고 있을 때였다.

미시마의 눈에 그 공책이 들어왔다. 국어 공책이었다. 앞부분은 선생님이 칠판에 쓴 내용을 베껴 쓴 것으로 보였다. 그런데 페이지를 절반 정도 넘기자 이런 글자가 있었다.

원전 집 자식, 꺼져.

사인펜 같은 것으로 적힌 그 글자는 도모히로의 필체가 아니었다. 미시마는 가슴에 말뚝이 박히는 듯한 충격을 느꼈다. 그리고 그 느낌은 차츰 불길한 생각으로 번졌다. 그는 도모히로의 공책과 교과서를 하나하나 뒤지기 시작했다. 그의 생각이 틀리지 않았다는 사실을 뒷받침할 증거가 몇 가지나 나왔다.

방사능 퍼뜨리지 마라, 체르노빌로 만들지 마라, 같은 못된 낙서에, 죽어, 이 한마디뿐인 낙서도 군데군데 있었다. 또 수학 교과서 어느 페이지에는 버섯구름이 매직으로 그려져 있고 그 옆에는 무덤 그림과 함께 '미시마 도모히로'라는 글자가 쓰여 있었다.

그제야 미시마는 진실을 깨달았다.

도모히로가 죽은 지 며칠이 지났을 무렵 미시마는 이상한 소문을 들었다. 도모히로가 집단 괴롭힘을 당하고 있었을지도 모른다는 것이었다. 그걸 말해 준 사람은 도모히로와 같은 반 아이의 엄마였다. 생전에 도모히로가 그런 눈치를 보인 적이 한 번도 없었기 때문에 미시마는 뜻밖이라고 생각했다. 아내도 짚이는 게 없다고 했다.

그때 좀 더 자세하게 알아봤어야 했다. 그러나 그도 그의 아내도 적극적으로 나서지 않았다. 이제 겨우 초등학교 5학년인 도모히로가 자살했다고는 상상하기 어려웠고, 무엇보다 그럴 기력이 없었다. 사고로 죽었다고 생각하는 쪽이 마음 편하다는 방어 본능도 작용했을지 모른다.

그러나 실제로 악의에 찬 낙서를 본 미시마는 자신의 어리석음을 한탄했다. 아버지가 원전에서 일한다는 것을 빌미로 아들이 괴롭힘을 당하는 일은 충분히 있을 만한 일이었다. 도모히로가 직접 소리 내어 말한 적은 없지만 그동안 갖가지 방법으로 자신의 괴로움이 담긴 메시지를 전하려 했을 것이 틀림없었다. 그걸 미처 알아채지 못함으로써 도모히로는 최악의 길을 선택하고 만 것이다. 그게 다가 아니었다. 자신은 도모히로가 죽은 후에도 아무것도 알려고 하지 않았다.

미시마는 도모히로가 죽었을 당시의 담임 선생을 찾아갔다. 중년의 남자 선생은 따돌림이나 괴롭힘은 없었던 것으로 기억한다고 했다. 좀 더 캐묻자 담임선생은 다음과 같은 얘기를 해주었다.

"그때 우리 반에 부모가 반원전 운동을 하는 아이가 하나 있었습니다. 그 아이를 중심으로 지구 환경 보호에 관한 벽신문을 만들자는 얘기가 나왔어요. 그래서 각자 조사한 것을 기사로 만들어 벽신문에 싣기로 했죠. 뭐, 리더가 그런 아이였으니 아무래도 원전에 반대하는 분위기가 있었던 것은 부인할 수 없습니다. 그리고 저로서는 일단 아이들이 자율적으로 하는 일이라 괜한 참견은 하지 않았습니다. 도모히로요? 물론 참가했죠. 딱히 아이들과 어울리지 못한다든가 하는 느낌은 없었던 걸로 기억합니다. 네? 그런 낙서가 공책에……, 저는 전혀 몰랐습니다. 그저 장난으로 그랬던 것 아닐까요? 제 생각은 그렇습니다."

미시마는 그 리더였다는 아이의 이름과 주소를 물었다. 마지못해 가르쳐 주던 선생은 좀 묘한 말을 덧붙였다. 지금은 그 아이의 담임이 아니라서 자세한 건 모르겠지만 구타니 료스케라는 그 아이가 가정 사정으로 최근 들어 학교를 쉬고 있다는 것이었다. 그리고 이제 와서 새삼스럽게 그 일 때문에 시끄러워지는 일이 없었으면 한다는 뜻을 우회적으로 표현했다.

선생을 만나고 난 미시마는 도모히로가 집단 괴롭힘을 당했다는 사실을 맨 먼저 알려 준 도모히로의 동급생을 만나러 갔다. 그 아이는 그 당시 도모히로의 반에 이상한 소문이 나돌았다는 얘기를 했다.

"방사능요. 방사능에 오염된 책상이 있다고 했어요. 그걸 만지면 방사능이 옮는다고요. 확실하지는 않지만 도모히로의 책상을 말하는 거 같았어요."

그리고 소년은 자신이 그런 얘기를 했다는 사실을 아무에게도 말하지 말라고 부탁했다.

그 후로도 미시마는 당시 도모히로와 같은 반이었던 아이들집을 몇 군데 더 찾아다녔다. 그러나 아이들은 찾아온 사람이 도모히로의 아버지라는 사실을 알자 다들 만나지 않으려 하든지 만나더라도 아무 말 하지 않으려 했다. 미시마는 그 아이들의 표정에서라도 진실을 읽어 내려고 했지만 '어린아이의 얼굴'이라는 가면을 쓴 그들은 그 어떤 감정의 변화도 나타내지 않았다. 미시마는 몇 번이나 아이들을 호되게 나무라고 싶은 충동을 느꼈지만, 그 작은 악마들은 그의 그런 심정을 비웃고 있다는 느낌마저 들었다.

도모히로의 집단 괴롭힘에 대해 조사를 시작한 지 2주일이 지났을 때에야 미시마는 구타니 료스케의 집을 찾아갔다. 그러나 그 집에는 아무도 없었다. 우편함에는 우편물이 넘치다 못해 바닥에 떨어져 있는 것도 있었다. 어찌할 바를 모르고 현관 앞에 서 있던 미시마에게 동네 주민인 듯한 여자가 다가와서 료스케의 엄마 야스에가 입원 중이며 료스케는 외가에서 지내고 있다는 사실을 알려 주었다. 료스케의 아버지 겐지는 매일 밤늦게야 돌아온다고 했다.

"이 집에 여러 가지로 복잡한 일이 많은가 봐요."

여자는 그렇게 덧붙였다.

미시마는 구타니 료스케의 담임 선생을 만나 보기로 했다. 젊은 여선생은 처음에는 왠지 몹시 경계하는 눈치였다. 미시마는 나중에 그녀가 해 준 놀라운 얘기를 듣고 그 까닭을 이해할 수 있었다. 구타니 료스케의 집이 1년 넘도록 누군가로부터 괴롭힘을 당했다는 것이었다.

그것은 처음에는 아무 말 없이 전화를 끊는, 흔히 있는 형태로 시작됐다. 그러다가 주문도 하지 않은 물품이 배달되는 일이 잦아졌다. 그리고 비방과 중상하는 내용이 적힌 편지가 오기 시작했다. 많을 때는 하루에 열 통도 넘게 왔다. 편지는 보낸 사람의 이름이 적혀 있지 않은 경우가 대부분이었지만 개중에는 구타니 집안과 관련이 깊은 사람이 보낸 걸로 돼 있는 경우도 있었다. 물론 당사자는 그런 편지를 보낸 적이 없다고 했다.

때로는 전국의 반핵 반원전 운동 단체들로부터 항의 편지가 쇄도하기도 했다. 알아보니 그 단체들에 료스케 아빠와 엄마의 이름으로 운동가들을 비난하는 편지가 배달된 것이었다. 오해를 풀기 위해 부부는 그들에게 해명하는 편지를 직접 써 보냈다.

그러나 사태는 거기서 그치지 않고 점점 확대돼 갔다. 구타니 일가의 프라이버시를 모독하는 전단이 동네에 뿌려지는가 하면, 료스케의 엄마 야스에가 반원전 활동가와 러브호텔을 드나든다는 내용의 편지가 동네 여러 가정에 배달되기도 했다. 그리고 집 전화를 도청해 녹음한 테이프가 구타니 료스케의 집으로 배달된 일도 있었다.

그중에서도 부부에게 가장 큰 충격을 준 것은 료스케의 사진이 봉투에 담겨 배달된 일이었다. 하교하는 아들을 몰래 숨어서 찍은 듯했다.

정신적 고통을 견디다 못한 야스에는 결국 마음과 몸에 병을 얻어 입원하기에 이르렀다. 료스케는 료스케 나름대로 괴로워하는 것 같았다. 그래서 구타니 겐지는 사태가 진정될 때까지 아들을 처가에 맡기기로 한 것이다.

범인이 부부의 반원전 운동에 반감을 품은 사람이라는 것은 분명했다. 구타니 겐지는 그 사실을 경찰에 신고하고 집회가 있을 때마다 자신에게 일어난 일을 알리는 한편 이렇게 비열한 괴롭힘에는 절대 굴하지 않겠다고 선언했다고 한다.

미시마는 료스케의 집 우편함에 흘러넘치던 우편물들을 떠올렸다. 그것들 역시 악의로 가득한 것들이었구나 싶었다.

얘기를 듣고 나서 미시마는 구타니 겐지를 만나러 갔다. 토요일 낮이었다. 구타니는 아들이 있는 처가에 가려고 준비하는 참이었다.

금테 안경을 끼고 휴일인데도 머리를 반듯하게 빗은 구타니는 착실한 은행원 같은 인상이었다. 실제로는 식료품 수입 회사에서 일하고 있다고 했지만.

처음에는 수상쩍어하던 구타니 겐지도 미시마가 그간의 경과를 솔직히 털어놓자 차츰 경계심을 풀었다. 도모히로의 죽음이 집단 괴롭힘으로 인한 자살이 아니었을까 싶다고 하자 참담한 얼굴로 고개를 끄덕이기도 했다.

"그랬을지도 모르겠군요. 우리 어른들 입장에서는 원전에서 일하는 분들을 공격할 마음이 전혀 없지만, 아이들이란 내 편이 아니면 네 편이라는 식으로 생각하니까요. 단,"

그리고 그는 말투를 바꾸었다.

"그렇다고 우리 료스케가 괴롭힘에 가담했을 것이라고 단정하는 것은 경솔한 생각 아닐까요? 믿으실지 모르겠지만 제 아들은 그런 짓을 할 아이가 아닙니다."

아버지가 아들에 대해 그렇게 말하는 것은 당연한 일이었다. 미시마 또한 죄를 시인하라고 찾아온 것은 아니었다. 다만 그들이 어떤 사람들인지 알고 싶었을 뿐이다.

미시마는 그들이 반원전 운동에 참여하게 된 계기가 무엇인지 물었다.

"한마디로 말하자면 체르노빌 때문이었어요. 식료품을 수입하는 저희로서는 그때 충격이 컸습니다. 도대체 안심하고 먹을 수 있는 게 무엇인지 알 수 없었죠. 물론 그 전에도 외국에서 들여오는 식품에 문제가 발생하는 일은 있었습니다. 하지만 그건 모두 일시적인 것이었고, 산지와 종류를 한정하면 극복할 수 있는 문제였어요. 그런데 방사능은 다르잖아요. 온갖 음식물에 영향을 미치는 데다 그 영향이 얼마나 오래 지속될지도 알 수 없고요. 그때 생각했습니다. 이 문제를 방치했다가는 인류가 멸망할 거라고요."

내용 자체는 새로울 것이 없었다. 그러나 그가 열띠게 얘기하는 모습을 보고 있자니 세상에는 이토록 진지하게 미래를 걱정하는 사람들도 있구나 싶었다. 그의 태도가 자기만족이나 얻으려는 자세로는 보이지 않았다.

그와 얘기를 나누는 동안 전화벨이 여러 번 울렸다. 이상한 것은 구타니가 아예 전화를 받으려 하지 않는다는 사실이었다. 왜 그러느냐고 묻자 그는 지쳐 보이는 미소를 지었다.

"어차피 괴롭히려는 전화일 텐데요, 뭐. 토요일에는 내가 집에 있다는 사실을 아는 겁니다. 아내와 아들은 용건이 있으면 호출기를 쓰죠."

집 전화는 자동 응답기로 돌려져 있지만, 녹음된 메시지를 들어 봐야 뻔한 내용이라고 했다.

불편하시겠네요, 라고 미시마가 말하자 구타니는 이제 익숙해져서 괜찮다고 했다.

마지막으로 미시마는 료스케를 만나게 해 줄 수 있겠느냐고 물었다. 직접 만나서 얘기를 듣고 싶었다. 그러나 구타니는 거절했다.

"당신 기분은 충분히 이해합니다. 나도 당신 입장이었다면 똑같이 했을 거예요. 하지만 료스케를 만나게 해 드릴 수는 없습니다. 죄송합니다."

아주 잠깐이라도 괜찮다며 부탁했지만 그의 태도는 달라지지 않았다. 그는 이렇게 말했다.

"실은 그 아이, 지금 정상적인 상태가 아닙니다. 말을 하지 못해요. 언젠가 혼자서 집을 지키고 있을 때 누가 전화를 해서 끔찍한 말을 했던 모양입니다. 그 후로 전화를 두려워해서 밤

중에 전화벨이 울리면 경련을 일으키기도 했어요. 그러다가 그만……."

그 말을 듣고 나니 더는 부탁하기 어려웠다. 마지막에 구타니는 중얼거리듯 말했다.

"왜 원전 같은 게 존재하는 걸까요."

필요로 하는 사람이 많아서겠죠. 미시마는 그렇게 대답했다. 그 말에 구타니는 약간 거북한 표정을 지었다.

그 일이 있은 후로 미시마의 마음에 변화가 생겼다. 구타니 료스케를 동정해 도모히로의 일을 용서하기로 마음먹은 것은 아니었다. 일단 구타니 료스케가 아들을 괴롭힌 주범이라는 증거가 없었다. 그리고 누가 그 일에 가담했는가는 그렇게 큰 문제가 아니라는 생각이 들었다.

결국 료스케의 고통이나 도모히로의 죽음이나 그 원인은 같은 것에 있지 않을까. 둘 다 피해자이기는 마찬가지다. 그렇다면 그 피해의 근원은 무엇인가.

그런 생각을 하던 미시마에게 한 가지 떠오르는 게 있었다. 집단 괴롭힘이 있었는지 확인하기 위해 도모히로와 같은 반이었던 아이들을 만났을 때 보았던 그 가면 같던 얼굴들.

아이들만 그런 얼굴을 하고 있는 게 아니라는 사실을 그는 깨달았다. 다수의 사람들이 어른이 돼서도 가면을 벗지 않는다. 그리고 그들은 '침묵하는 군중'을 형성한다.

미시마는 답을 얻었다고 생각했다. 의심의 여지가 없었다. 도모히로는 그들에게 살해당한 것이다.

진정한 의미의 투쟁은 그때부터 시작됐다. 미시마는 뭔가를 하지 않으면 안 된다고 마음먹었다. 하지만 내가 뭘 할 수 있을 까. 침묵하는 군중의 저 섬뜩한 가면을 향해 돌 하나라도 던질 수 있을까.

사이카를 만난 것은 바로 그즈음이었다.

50

아이치 현 고마키 경찰서.

노크 소리가 났다. 이어서 문이 열리고 곤노가 얼굴을 들이밀 었다. 그는 다카사카를 보더니 고개를 끄덕했다.

"잠깐 실례하겠습니다. 텔레비전이라도 보고 계세요."

다카사카는 아카미네 준코에게 그렇게 말하고 방을 나왔다.

"비디오가 왔습니다."

곤노가 조그만 소리로 말했다.

"생각보다 빨리 왔군요."

"현경 본부 쪽에서도 기록용으로 NHK 프로그램을 계속 녹 화했답니다. 운이 좋았어요."

"드디어 행운의 여신이 우리 쪽으로 돌아선 걸까요."

다카사카는 곤노와 함께 형사부 방으로 갔다. 거기에 텔레비전과 비디오가 이미 세팅돼 있었다. 두 사람이 들어오는 것을 보고 젊은 형사가 재생 버튼을 눌렀다.

"시간적으로 볼 때 여기쯤인 것 같습니다."

젊은 형사가 말했다.

모니터 화면에 쓰루가 시내의 모습을 전하는 여자 리포터가 비쳤다. 본 기억이 있는 장면이었다. 이 프로그램이 틀림없다.

리포터가 전국 각지의 상황을 전한 후, 여태까지 있었던 사건의 흐름을 정리한 영상이 흘렀다. 이것도 본 기억이 있었다. 아카미네 준코의 상태가 바뀐 것이 바로 이 부근이다.

헬리콥터가 도난당한 장소라는 설명과 함께 니시키 중공업의 격납고가 비쳤다. 그다음 장면은 '신양' 발전소였다.

"잠깐, 스톱!"

곤노가 외쳤다.

"조금 뒤로 돌려 봐. 격납고가 나오는 장면."

젊은 형사가 곤노의 말대로 격납고가 나오는 부분에서 화면을 정지시켰다.

"여기 아닐까요? 그 여자와 직접 관계있는 장면이라고는 여기밖에 없는데요."

곤노가 다카사카에게 물었다.

"흐음……."

다카사카가 화면 가까이 얼굴을 가져갔다. 이 장면에 그녀를 동요시킬 만한 것이 무엇이 있을까? 그러나 그것은 예의 격납고를 멀리서 찍은 장면에 불과했다. 사람은 비치지도 않았다.

옆에서 곤노가 한숨지었다.

"아무것도 없는데요."

다카사카도 말없이 고개를 저었다.

"계속 틀어 봐."

곤노의 지시에 젊은 형사는 다시 재생 버튼을 눌렀다. 격납고 다음 장면은 '신양' 발전소다. 범인으로부터 협박장이 왔다는 사실과 경찰청 장관이 기자 회견을 했다는 것, 범인이 아이를 구출하는 조건을 제시했다는 것 등을 아나운서가 이어서 설명 하고 있었다.

"짧은 시간 동안 참 많은 일이 있었군요."

곤노가 또 한숨을 쉬었다.

이어서 '신양'에 도착한 헬리콥터 기술자가 발전소 문을 통과 하는 장면과 전국의 원자로를 정지하는 모습, 그리고 하이라이 트라고 할 수 있는 게이타 구출 작전에 관련된 장면이 나왔다.

"다시 한 번 처음부터."

다카사카가 말했다.

테이프를 되감는 동안 그는 생각했다. 별로 열심히 보고 있었 던 것도 아닌 아카미네 준코가 알아봤다면 그다지 세밀한 부분 은 아니다. 그녀를 동요하게 한 무언가가 화면에 정통으로 비 쳤을 것이다. 그런데 왜 자신들은 그걸 찾지 못하는 걸까.

조금 전까지 그녀와 나누었던 대화를 되새겨 보았다. 그녀는 어느 순간 갑자기 헬리콥터의 추락에 의한 피해를 걱정하기 시작했다. 현지에 나가 있는 경찰들까지 신경 쓰고 있었다. 왜 일까.

다시 화면이 재생되기 시작했다. 눈을 부릅뜨고 화면을 봤지만 이번에도 딱히 눈에 들어오는 장면은 없었다.

"여자의 상태가 달라졌다고 생각한 게 착각이었을까요?"

곤노가 그렇게 말했을 때였다. 다카사카가 저도 모르게 엉덩이를 들었다.

"스톱. 리모컨 좀 줘 봐."

젊은 형사가 리모컨을 건네자 다카사카는 화면을 뒤로 돌렸다가 다시 재생했다. 그리고 곧 일시 정지 버튼을 눌렀다.

화면에 '신양' 발전소 입구가 비치고 있었다. 니시키 중공업의 헬리콥터 기술자 두 명이 경찰이 운전하는 차를 타고 들어가고 있었다.

"저게 왜요?"

곤노가 물었다.

"조금 전부터 아카미네 준코는 현장 상황을 몹시 신경 쓰기 시작했어요. 헬리콥터가 추락했을 경우의 피해를 걱정하고 있는 것 같아요."

"그래서요?"

"그 이유를 계속 생각하고 있었는데, 혹시 이런 게 아닐까 싶어서요. 요컨대 그녀에게 소중한 사람이 현장에 있는 거죠."

"네에?"

곤노가 눈을 크게 떴다.

"그 사실을 아카미네 준코는 여태까지 모르고 있었는데 텔레비전을 보다가 우연히 알고 깜짝 놀란 거예요."

"그렇다면 범인이 '신양'에 있다는 말씀인가요?"

"엉뚱한 생각일지 모르겠지만, 범인이 내부인이라고 가정하면 그렇게 무모한 발상도 아니지 않을까요?"

"그러니까, 그 범인이 지금 화면에 나왔다는 말씀인가요?"

곤노가 화면으로 눈을 돌렸다.

"하긴 이 두 사람은 니시키 중공업의 사원이니 분명히 그 여자와 접점이 있긴 할 텐데……."

"아니요, 헬리콥터 기술자는 아닐 겁니다. 저 두 사람이 '신양'에 간 것은 몇 번이나 뉴스에 나왔으니까 아카미네 준코가 몰랐다고 보기는 힘듭니다."

"그렇군요."

"이건 누구죠?"

다카사카가 화면 구석을 가리켰다. 한 남자가 경비실 앞에 서 있었다.

다시 재생 버튼을 눌렀다. 남자가 경비실 앞을 떠나 카메라를 비스듬히 가로질렀다. 그리고 다음 순간 남자가 카메라를 힐끗 보았다.

"전화!"

곤노가 젊은 형사에게 소리쳤다.

다카사카가 곤노와 함께 응접실로 돌아왔을 때도 아카미네 준코는 텔레비전을 보고 있었다. 그녀가 연인의 신변을 염려하고 있다는 건 확실했다. 그녀는 '그'를 위험한 장소에서 벗어나게 할 유일한 방법이 경찰에 모든 것을 알리는 것임을 알고 있다. 그래서 집에 가겠다는 말을 하지 않는 것이다. 그러나 한편으로 그녀는 '그'가 체포되는 사태도 원하지 않는다. 지금 그녀의 가슴속은 폭풍우가 몰아치는 바다와 같이 격렬하게 요동치고 있을 터였다.

다카사카가 그녀의 얼굴을 바라보며 의자에 앉았다. 그녀는 아까 그랬던 것처럼 다시 고개를 숙였다.

"범인의 윤곽이 잡혔습니다. 그 인물이 현재 '신양' 발전소에 있더군요."

다카사카가 나지막한 소리로 말했다. 그 순간 아카미네 준코의 어깨가 움찔했다. 그녀는 천천히 고개를 들었다. 눈이 붉게 충혈돼 있다.

"다만,"

다카사카가 덧붙였다.

"아직 체포할 수 있는 단계는 아닙니다. 이제부터 조금씩 증거를 수집해야겠죠. 지금 이대로라면 헬리콥터의 추락을 막기는 어려울 겁니다. 하지만 범인은 반드시 체포합니다."

아카미네 준코가 혀로 입술을 축였다. 목이 마를 만도 했다.

"만약 당신이 진심으로 그를 염려한다면 사실을 말해 주세요. 그러면 지금 바로 그를 체포할 수 있습니다. 헬리콥터의 추락을 막을 수도 있고요. 그게 그에게도 좋은 일입니다. 어쩌면 그의 목숨을 구하게 될 수도 있고 말이죠."

"그래요, 그 사람은 죽을 생각이에요."

옆에서 곤노가 거들었다. 이 말에 그녀가 충격을 받은 게 확실해 보였다. 곤노가 이야기를 계속했다.

"죽을 생각이 없다면 굳이 제 발로 현장에 들어갈 리 있겠어요? 헬리콥터의 추락이 임박해 관계자들도 전원 대피한 마당에 말이죠. 그 남자가 과연 대피를 할지 모르겠군요. 그리고 대피했다고 해서 반드시 안전이 보장되는지 어떤지는 우리도 몰라요. 안전하기를 빌 뿐이죠."

아카미네 준코가 오른손으로 왼팔을 문지르기 시작했다. 동시에 눈의 초점이 흐릿해졌다. 숨결이 흐트러졌다는 것도 쉽게 알 수 있었다.

"아카미네 씨."

다카사카가 그녀를 똑바로 봤다.

"출입자 관리 표를 고쳐 쓴 사람이 당신이죠?"

그녀가 고꾸라지듯이 허리를 숙였다. 한동안 그대로 움직이지 않다가 잠시 후 고개만 희미하게 위아래로 흔들었다.

곤노가 긴 한숨을 내쉬었다.

다카사카가 다시 질문했다.

"자재 창고에서 물건을 옮긴 사람도 당신이죠?"

몇 초간 침묵이 있은 후 그녀가 또 고개를 끄덕였다.

"그걸 어디로 옮겼죠?"

"제3 격납고 뒤에……."

다카사카와 곤노가 얼굴을 마주 보았다. 그 한마디로 아카미네 준코와 사건이 완전히 연결된 것이다. 나무 상자가 격납고 뒤에 놓여 있었다는 것은 일부 목격자를 제외하면 범인이나 그 공범밖에 알 수 없는 사실이었다.

"내용물은 무엇이었습니까?"

"그건 저도 몰라요."

"누군가의 부탁을 받고 옮긴 거죠?"

"네."

"그 사람이 관리 표를 고쳐 써 달라고 부탁한 사람과 동일 인물인가요?"

"네."

"누굽니까, 그 사람이?"

아카미네 준코가 천천히 고개를 들었다. 눈 주위가 붉게 물들어 있었다. 그런데도 눈물은 흐르지 않았다.

"그가 죽지 않게 해 주세요."

그러고 그녀는 그의 이름을 말했다.

다카사카가 예상한 이름이었다.

51

바다의 반짝거림이 눈부셔서 유하라는 눈을 가늘게 떴다.

하이키 마을 어항에 지금은 주민들 모습이 보이지 않는다. 대신 '신양' 직원들과 경찰, 그리고 소방 관계자와 자위대원들이 있었다. 지금 그들의 눈은 바다 건너 '신양' 발전소와 그 위 천 몇백 미터 상공에 떠 있는 거대한 헬리콥터로 향해 있다.

"여보세요, 나카쓰카 소장님이십니까? 저, 이지마입니다."

유하라 바로 옆에서 이지마 부소장이 휴대 전화로 통화하고 있었다. 나카쓰카는 소방대원들과 함께 발전소에 남아 있다.

"그쪽에 이제 남은 직원은 없죠? 그렇죠, 운전원 말고요. 네, 네. 그럼 예정대로…… 네, 알겠습니다."

전화를 끊고 이지마는 주위를 향해 큰 소리로 외쳤다.

"앞으로 10분 후에 정지한답니다."

안 그래도 긴장감이 돌던 공기가 한층 팽팽해졌다. 앞으로 10분 후면 정지다. 그 결과 헬리콥터가 떨어질지 안 떨어질지 는 아무도 알 수 없다. 그러나 다른 방법이 없었다.

"회사에 연락했습니다. 가사마쓰 본부장님이 수고 많다고 전해 달랍니다."

야마시타가 다가와 말했다.

"빈정거리는 거야? 빅 B가 떨어지는 걸 뒷짐 지고 구경만 하는 판인데."

유하라는 분위기를 조금이라도 누그러뜨리려고 농담으로 맞받았다.

"그리고 보고드릴 게 있습니다."

"뭔데?"

야마시타는 조금 겸연쩍은 표정을 지었다.

"게이타가 무사히 도착했다고 합니다. 다카히코 군이 맨 먼저 맞으러 나왔다네요."

"그래?"

유하라가 슬며시 미소를 지었다.

"그 녀석, 게이타에게 미안하다고 사과했대?"

"그랬나 봐요. 하지만 게이타는 형을 원망하지 않는대요."

"그렇다면 다행이고."

온통 암울한 얘기뿐인 상황에서 간만에 밝은 화제였다.

"저, 말씀 중에 실례합니다."

옆에서 누군가 말을 걸어 두 사람이 돌아보니 오렌지색 옷을 입은 젊은 자위대원이 꾸벅 고개를 숙였다.

"아! 게이타를 구조해 주신 분이군요. 가미조 씨, 맞죠?"

"네, 그렇습니다."

"아아, 이번 일, 정말로 감사드립니다."

유하라도 고개를 숙였다. 상대는 얼굴에 아직 풋풋함이 남아 있는 젊은이였다. 그토록 어려운 일을 해낸 사람이라고는 도무지 상상하기 어려웠다.

"그게 저희 일인걸요, 뭐. 그보다, 헬기 내부 사진은 보셨습니까?"

"네, 봤습니다. 덕분에 내부 상황을 알 수 있었습니다."

유하라는 '크게 도움이 되지는 않았지만요.'라는 말은 덧붙이지 않았다.

"그렇다면 다행입니다."

그리고 가미조 대원은 사진 한 장을 새로 내밀었다.

"실은 한 장이 더 있었는데 사진이 좀 흔들려서 보내 드리지 않았습니다. 그런데 생각해 보니 그것도 전해 드리는 게 나을 것 같아서요."

유하라가 사진을 받아 들고 보니 아닌 게 아니라 너무 심하게 흔들려서 세세한 부분을 알아보기 힘들었다. 먼저 받은 사진과 찍힌 내용도 별반 다르지 않아 별로 참고될 것이 없어 보였다. 그래도 유하라는 그 사진을 야마시타에게 건넨 뒤 가미조에게 감사 인사를 했다.

"일부러 이렇게 가져다주셔서 고맙습니다."

"저 헬기는 어떻게 할 방법이 없는 건가요?"

'신양' 상공을 바라보며 젊은 구난대원이 물었다.

"네, 안타깝지만요."

"그렇군요. 저희 쪽에서는 어쩌면 아까 했던 방식으로 다시 한 번 저 헬리콥터에 옮겨 타고 뭔가 하라고 할지도 모른다는 얘기를 하고 있습니다."

"그런 일은 없을 겁니다."

유하라가 콧등을 살짝 찡그리며 웃었다. 그리고 "범인이 가만있지도 않을 테고요."라고 덧붙였다.

"그렇겠죠."

용건을 마친 가미조는 "그럼 이만 가 보겠습니다."라고 인사하고 뒤돌아섰다.

그때였다.

"어! 유하라 선배, 이거 좀 보세요."

"뭔데?"

그러자 야마시타가 사진의 한 부분을 가리켰다.

"조종석 앞 패널에서 케이블이 나와 있는 거 보이시죠?"

유하라는 눈을 찡그리며 야마시타가 가리킨 곳을 보았다. 야마시타 말대로 전면 패널의 GPS 모니터 옆쪽에서 케이블 같은 것이 나와 있었다.

"이거, 아무래도 제3유닛에 연결되어 있는 것 같은데요."

제3유닛은 두 조종석 사이에 있는 계기류 중 하나다.

"이게 뭘까요?"

"계기판 뒤에서 케이블이 나와 있는 건 이상한데."

"지금 이 헬기는 계기판 뒤에 적외선 열화상 장치가 붙어 있잖아요. 거기서 나온 거 아닐까요?"

"적외선 열화상 장치에서?"

잠시 생각하던 유하라는 뭔가를 깨달은 듯한 표정을 지었다.

"제3유닛은 자동 조종 장치를 조작하는 장치니까…… 그래, 자동적으로 정지 신호가 발신되도록 한 것이겠군."

"그게 무슨 뜻이죠?"

어느 틈엔가 옆에 와 있던 고테라 종합 기술 주임이 물었다.

"역시 범인이 직접 지켜보고 있는 게 아니었습니다. 방수구의 수온에 변화가 생기면 적외선 열화상 장치에서 신호가 나와 자동으로 헬리콥터가 추락하도록 설정되어 있는 것 같습니다."

그 말에 고테라가 떨떠름한 얼굴을 했다.

"그래요? 원자로를 정지해도 범인이 금방은 눈치채지 못할 테니 헬리콥터의 추락을 조금이라도 늦추면 그동안 플랜트 전체를 다소나마 냉각시킬 수 있겠다 생각했는데."

그리고 그는 결론이 났다는 듯 고개를 크게 위아래로 흔들더니 "하는 수 없군요. 이젠 뭐가 어떻게 되든 마찬가지겠어요. 어차피 헬기는 떨어질 테니."라고 말했다.

"아니, 꼭 그렇지 않을 수도 있습니다."

유하라가 골똘히 생각하는 표정으로 고테라의 말을 제지하고 나섰다. 그리고 방금 자신에게 떠오른 생각이 그저 착각만은 아니라는 것을 확인하려는 듯 몇 초간 더 생각하고 나서 고개를 들었다.

"어쩌면 헬리콥터를 움직일 방법이 있을지도 모르겠습니다. 아니, 움직일 수 있습니다."

뭐? 하는 소리로 주위가 술렁였다. 모두가 그들의 대화를 듣고 있었던 것이다.

"움직이다니…… 어떻게 말입니까?"

고테라가 물었다.

"방수구의 온도가 내려가면 자동으로 엔진을 멈추라는 지시가 내려질 겁니다. 그 순간에 자동 조종도 해제되죠. 요컨대 조종 모드가 수동으로 바뀌는 겁니다."

"아! 그럼 그걸 이용하면 되겠군요."

야마시타가 유하라의 생각을 눈치챈 것 같았다.

"범인이 남기고 간 조종기 말이에요."

"그래."

유하라가 고개를 끄덕였다.

"자동 조종이 해제되는 순간 그 조종기로 로터를 조작할 수 있을 거야."

"아니, 하지만 엔진이 꺼져 있을 거 아닙니까. ……혹시 엔진을 다시 켜겠다는 건가요?"

고테라가 물었다.

"아니요, 그건 어렵습니다. 하지만 오토 로테이션이 가능하니 괜찮습니다."

"오토 로테이션이라고요?"

"헬리콥터는 공중에서 엔진이 꺼져도 추락하지 않고 착륙할 수 있습니다. 낙하할 때 기체 아래쪽에서 발생하는 바람이 로터를 회전시켜 주기 때문이죠. 그것이 오토 로테이션입니다.

다만, 그러기 위해서는 로터의 방향을 어느 정도 조작해 줄 필요가 있습니다."

"하지만 모든 것이 작동을 멈춘 상태인데 방향타를 어떻게 움직입니까?"

"엔진이 꺼진다고 전기 계통까지 모두 꺼지는 건 아닙니다. 아마 방향타도 작동할 거예요."

"그걸 범인의 조종기로…… 과연 잘될까요?"

"시도해 볼 가치는 있다고 생각합니다. 어차피 원자로를 정지할 거라면 말이죠."

유하라는 자신감을 담아 대답했다.

그러자 고테라가 옆에 있던 젊은 직원에게 물었다.

"범인의 조종기를 이쪽으로 가져왔나?"

"경찰에서 가져갔습니다."

"그럼 바로 가서 가져오지."

"아니요, 여기서는 안 될 겁니다."

유하라가 나섰다.

"너무 멀어서 전파가 닿지 않을 거예요. 좀 더 가까이 접근해야 합니다."

"그럼 발전소로 돌아가자는 말씀인가요?"

"아니요."

유하라는 고개를 젓더니 가까이에서 그들의 대화를 듣고 있던 가미조 대원을 봤다.

"저를 헬리콥터에 태워서 빅 B 가까이 데려가 주실 수 있습니까?"

가미조는 유하라가 무슨 말을 할지 절반은 예상하고 있었다는 듯, 까무잡잡한 얼굴에 시원스러운 미소를 떠올렸다.

"상부에 말씀만 해 주시면 저희는 언제라도 출동할 수 있습니다."

"그 연락은 저희가 하도록 하죠."

고테라가 말했다.

"그럼 저희는 헬리콥터 근처에서 대기하고 있겠습니다."

그리고 가미조 대원은 기운차게 뛰어갔다.

"나카쓰카 소장님께 상황을 설명하고 원자로 정지를 조금만 연기해 달라고 하시죠."

고테라가 이지마 부소장에게 말했다.

"알겠네."

이지마 부소장이 휴대 전화 버튼을 누르기 시작했다.

"선배, 제가 가겠습니다."

야마시타가 침착한 표정으로 유하라에게 말했다.

"아니, 내가 가. 마무리는 내가 하도록 해 줘."

야마시타는 뭔가 하고 싶은 말이 더 있는 듯했지만 결국 고개를 끄덕였다.

"그럼 부탁드리겠습니다."

"내게 맡겨."

유하라는 야마시타의 가슴께를 주먹으로 툭 쳤다.

52

엔진이 비명을 올리고 있었다. 세키네는 바닥을 뚫을 기세로 액셀러레이터와 브레이크를 번갈아 밟으면서 구불구불한 도로를 따라 핸들을 이리저리 틀었다. 무로부시는 두 발로 바닥을 짚고 버티면서 몸을 똑바로 가누느라 악전고투하고 있었다. 맞은편에서 차가 오지 않는 건 그나마 천만다행이었다.

오른쪽으로 보이는 쓰루가 만의 수면이 햇빛을 받아 반짝반짝 빛났다. 그 앞으로는 모래사장이 펼쳐져 있다. 평소 같으면 그곳에 색색가지 파라솔이 죽 늘어서 있고 그 사이사이로 해수욕객들이 바글바글할 터였다. 그러나 오늘은 그런 광경이 보이지 않았다. 노점들도 모두 문을 닫은 상태였다.

"대피 명령이 여기까지 내려진 건가?"

무로부시가 물었다.

"그럴 겁니다. 여긴 '신양'에서 10킬로미터도 안 되니까요."

가쁘게 호흡하며 세키네가 대답했다. 급커브 길에 접어들자 타이어가 기분 나쁘게 끼익거리는 소리를 냈다.

이로하마, 우라소코를 지나 달려왔다. 도중에 공사 때문에 1차로가 차단되고 임시 신호기가 설치돼 있는 곳이 있었지만 세키네는 그것도 싹 무시하고 내처 달렸다.

라디오에서 아나운서의 목소리가 들렸다.

"현재까지 확인된 정보에 따르면 발전소 직원들은 대부분 대피한 것 같습니다. 다만 '신양'은 가동을 계속하고 있는 관계로 운전원이 남아 있다고 합니다. 또한 헬리콥터에는 아직까지 별다른 변화가 없어 보이지만 연료가 거의 바닥을 드러냈을 것으로 전문가들은 보고 있습니다."

"있을까요, 사이카가?"

세키네가 말했다.

"모르지. 하지만 나 같으면 거기로 갔을 거야."

추락하는 헬리콥터를 볼 수 있는 곳은 거기밖에 없다고 무로부시는 확신했다. 그리고 이번 사건의 범인이 추락 광경을 자신의 눈으로 확인하지 않는다는 건 도저히 생각할 수 없었다.

이윽고 왼편 앞쪽으로 쓰루가 원자력 발전소가 눈에 들어왔다. 도로와는 잡목림과 철조망으로 경계가 나뉘어 있다. 그 너머로 칙칙한 분홍색의 돔형 건물이 보인다. 예산이 많지 않은 영화사라면 산속에 숨은 비밀 기지의 세트 대신 사용할 만하다.

도로 건너편에 있는 주차장에는 차가 몇 대 남아 있었다. 아직 대피하지 않은 직원들이 있는 듯했다.

정문 앞에 경찰차가 한 대 서 있었다. 다가가자 경찰이 나와서 한 손을 들었다. 세키네가 차의 속도를 늦추고 그 앞에 차를 세웠다.

경찰이 다가오자 세키네는 경찰수첩을 꺼내 보였다.

"이 원전에 볼일이 있습니까?"

경찰이 물었다.

"아니요, 그 너머에 볼일이 있습니다."

세키네가 대답했다.

"그 너머라니요?"

경찰이 미간을 찡그렸다.

"혹시 이 앞을 통과해 곶 쪽으로 간 사람, 없었습니까?"

무로부시가 물었다.

"곶 쪽으로요?"

경찰이 기억을 더듬어 보려는 듯 비스듬히 아래쪽으로 시선을 주었다가 눈을 치켜떴다.

"그러고 보니까 조금 전에 어부가 하나 지나갔어요."

"어부라고요?"

"네. 집에 아이가 있다면서 급히 가던데요."

"그런 다음 이쪽으로 다시 왔습니까?"

"아니요. 차가 없어서 배로 대피하겠다고 했습니다. 갈 때는 오토바이를 타고 갔어요."

"고맙습니다. 이봐, 출발하지."

무로부시가 세키네에게 말했다.

"왜 그러시죠? 그쪽에는 아무것도 없는데요."

경찰이 재차 물었다.

"아, 그럴 일이 있습니다."

그리고 무로부시는 세키네에게 어서 출발하라고 속삭였다.

세키네는 경찰에게 "수고하십시오."라고 인사한 뒤 브레이크에서 발을 뗐다. 백미러에 비친 경찰이 의심스러운 표정으로 이쪽을 바라보고 있었다.

"그 남자일까요?"

"나도 몰라. 아무튼 빨리 서두르자고."

쓰루가 원전을 지나자 한동안 도로 양편으로 울창한 숲이 이어졌다. 그 구간을 빠져나가니 다시 해변 도로가 나왔다.

잠시 후 조그만 어항이 우측에 나타났다. 열 척이 좀 넘어 보이는 배가 정박해 있었다.

세키네는 항구를 오른쪽으로 두고 계속 차를 몰았다. 왼쪽으로는 민가가 몇 채 서 있었다. 하나같이 낡은 목조 가옥이다. 인기척은 어디에도 없었다. 좀 더 가다 보니 버스 정거장이 나타났다. 표지판에 다테이시 곶이라고 쓰여 있다.

항구 맨 안쪽 방파제 바로 앞에 차를 세웠다. 찻길이 거기서 끊겨 있었다.

"여기서는 아무것도 안 보이는데요."

차에서 내려 주위를 둘러보던 세키네가 말했다.

"저 산을 넘어가야 뭐라도 보일 것 같아요."

그는 민가 뒤에 있는 산을 가리켰다.

"나도 알아."

이 말을 했을 때 무로부시는 이미 근처에 서 있던 오토바이에 다가가 있었다. 배기량 150cc짜리 낡은 오토바이였다.

"이건가요?"

세키네도 오토바이로 다가왔다.

"그럴 거야."

오토바이 키 박스에는 가위가 꽂혀 있었다. 폭주족들이 오토바이를 훔칠 때 흔히 사용하는 수법이다.

"번호 적어 둬."

세키네가 네, 하고 오토바이 넘버를 메모했다.

"됐습니다."

"좋아. 그럼 가 볼까."

"어디로 가는데요?"

"잔말 말고 따라와."

그리고 무로부시는 성큼성큼 앞서갔다.

방파제 부근을 지나자 사람이 겨우 지나다닐 만큼 좁은 길이 해안선을 따라 뻗어 있었다. 오른쪽은 바다, 왼쪽은 울창한 숲이다. 무로부시가 걸음을 옮길 때마다 길바닥에 들러붙어 있던 수십 마리의 갯강구들이 바퀴벌레같이 움직이며 사방으로 흩어졌다.

"도대체 어디까지 가시는 겁니까?"

한참을 뒤따라오던 세키네가 불안한 목소리로 물었다. 그때 무로부시가 바다 쪽을 보면서 걸음을 멈췄다. 뭍에서 20미터 정도 떨어진 해수면에 둥그런 바위가 머리를 내밀고 있었다.

"저거야."

무로부시가 나지막이 중얼거리듯 말했다.

"저 바위가 뭔데요?"

"표시지. 와 본 지 몇십 년이 됐는데, 내 기억력이 아직은 쓸 만한가 보군."

그러고서 무로부시는 조금 더 걸어가 그 바위와 옆으로 나란한 지점에 이르자 또다시 걸음을 멈췄다. 그리고 바다와 반대쪽을 향해 섰다. 울창한 숲이 무로부시가 서 있는 곳 바로 앞쪽만 양쪽으로 갈라져 있었다.

"여기야. 틀림없어."

"아, 그러니까 뭐가요!"

"이 위로 올라가는 길. 걷기엔 좀 불편하지만, 어느 정도 가다 보면 돌계단이 나올 거야."

"아니, 이런 데로 올라간단 말입니까?"

"위에 등대가 있어. 서두르면 10분 내로 도착할 거야."

무로부시는 산길을 향해 성큼성큼 걸음을 내디뎠다.

하이키 어항.

유하라는 고테라, 이지마 등과 함께 원자로 정지에 관한 연락을 주고받을 방법에 대해 논의하고 있었다. 조금이라도 손발이 맞지 않으면 돌이킬 수 없는 사태가 벌어질 수 있으므로 거듭 확인하는 중이었다.

그때 젊은 직원 하나가 그들이 있는 쪽으로 뛰어왔다.

"범인의 조종기를 구난대 쪽으로 옮겨 놓았습니다."

"고맙습니다."

유하라가 감사 인사를 했다. 구난대의 협력을 얻는 문제는 이미 해결돼 있었다.

"유하라 씨를 구난 헬기가 있는 곳까지 모시고 가게."

고테라가 젊은 직원에게 지시했다. 그리고 그는 유하라의 얼굴을 보며 "잘 부탁합니다."라고 말했다.

"걱정 마세요. 틀림없이 잘될 겁니다."

유하라가 확신에 찬 표정으로 말했다.

관계자들이 배웅하는 가운데 유하라는 젊은 직원이 운전하는 차를 타고 어항을 떠났다. 하이키 마을을 지나 '신양' 입구로 향하는 언덕길을 오르려는데 맞은편에서 차 한 대가 내려왔다. 그 차는 속도를 줄이더니 유하라가 탄 차 바로 앞에서 창문을 열고 누군가 손을 내밀어 멈추라고 신호했다. 경비 부장인 이마에다였다.

유하라가 탄 차가 멈춰 서서 창문을 열었다.

"미시마 씨 못 보셨습니까?"

이마에다가 예상치 못한 질문을 했다. 그 눈초리가 심상치 않았다.

"아니요, 아까 같이 있긴 했는데……. 아직 위에 있지 않을까요?"

유하라는 매점 주차장에서 헤어진 후로 그를 본 적이 없었다.

"그래요. 알았습니다."

경비 부장은 창문을 닫았다.

경찰이 왜 미시마를 찾는 걸까. 유하라는 의아한 생각이 들었다.

두 사람이 탄 차는 '신양' 앞에서 우회전해 N사의 주차장 앞에서 멈춰 섰다. 그곳에서는 가미조를 비롯한 구난대원들이 이륙 준비를 하고 있었다.

"수고하십니다."

유하라가 그들 쪽으로 다가가며 말했다.

"아, 네. 어서 오세요. 기계는 실어 놓았습니다."

가미조가 헬리콥터에 실려 있는 장치를 가리키며 말했다.

유하라는 조종기로 다가가서 다시 한 번 장치의 상태를 점검했다. 배터리는 충분해 보였다. 문제는 과연 제대로 작동해 줄 것인가 여부인데, 그 점은 지금 여기서 확인할 방법도 시간도 없었다. 그러니까 시도해 보는 수밖에 도리가 없는 것이다.

선글라스를 쓴 나이가 좀 들어 보이는 남자가 인사하며 다가왔다. 풍기는 분위기로 보아 조종사일 것이라고 유하라는 짐작했다.

"네가미라고 합니다. 기장입니다."

베테랑의 풍모를 갖춘 조종사는 낮지만 울림 있는 목소리로 인사를 건넸다.

"잘 부탁드립니다."

유하라가 머리를 숙였다.

"빅 B에는 어느 정도 접근하면 되겠습니까?"

"글쎄요……, 200, 300미터 아래쪽이면 좋을 것 같습니다."

"아래쪽이라고요? 바로 옆에 붙는 게 아니고요?"

"네. 옆에 있으면 안 된다고 생각합니다. 빅 B는 엔진 정지와 동시에 강하를 시작할 테니 저희가 미리 그 아래쪽에 가 있지 않으면 통제하기 힘들 겁니다."

"알겠습니다."

네가미 기장이 고개를 끄덕인 후 제자리로 돌아갔다.

그가 멀어지는 모습을 바라보던 유하라가 퍼뜩 정신을 차려 보니 어느새 미시마가 옆에 와 있었다. 그가 이곳에 있다는 사실이 유하라는 좀 의아하게 여겨졌다.

"저걸 사용해서 뭘 하려는 거지?"

미시마가 물었다.

"최후의 찬스에 도박을 걸어 보자는 거지, 뭐. 모 아니면 도."

자세히 설명하고 있을 여유가 없었다.

"유하라."

미시마가 차분한 음성으로 그를 불렀다.

"한번쯤은 벌에 쏘여 보는 것도 나쁘지 않아."

"뭐라고?"

"헬리콥터가 떨어져도 '신양'은 큰 걱정 없어. 그러니 무리하지 말라고."

"그 말을 들으니 마음이 좀 편해지는군. 그래도 할 수 있는 데까지는 해 봐야지."

그리고 유하라는 가미조에게 신호를 보냈다.

"좋습니다. 그럼 가시죠."

가미조는 고개를 끄덕인 후 미시마에게 "위험하니까 물러서세요."라고 말했다.

유하라가 헬리콥터에 올라탔다. UH-60J를 타는 건 처음이었다. 그는 자신도 모르는 사이 기술자의 눈으로 헬기 내부를 관찰하고 있었다. 과연 좋은 기체다. 헬리콥터란 모름지기 이래야 한다 싶은 부분이 군데군데 있었다.

엔진이 시동되고 로터가 회전하기 시작했다. 유하라는 안전띠를 매고 바닥에 놓여 있는 장치를 다시 보면서 그것이 무사히 작동해 주기를 기도했다.

엔진 음이 한층 높아졌다고 생각한 순간 헬리콥터가 후미를 들어 앞으로 살짝 기울었다가 천천히 상승하기 시작했다. 유하라는 창밖을 내려다보았다.

미시마에게 남자 몇 명이 다가가고 있었다. 그중에는 이마에다 경비 부장의 모습도 보였다. 그러고 보니 그가 미시마를 찾고 있었다는 생각이 났다.

다테이시 곶.

너비 1미터 정도의 산길이 끝없이 이어졌다. 울퉁불퉁한 돌계단을 뛰어 올라가던 무로부시가 얼굴을 찡그렸다. 생각했던 것보다 경사가 급하고 길었다. 예전에 올랐을 때와는 체력이 다르다는 걸 새삼 느꼈다. 땀이 턱에서 가슴으로 비 오듯 흐른다. 그는 잠시 걸음을 멈추고 앞쪽을 올려다봤다. 산길이 도중에 굽어 있어 얼마나 더 계속될지 알 수 없었다.

"잠깐 쉴까요?"

"아니, 괜찮아."

무로부시는 다시 걸음을 옮기기 시작했다. 이윽고 돌계단이 끝나고 콘크리트가 깔린 오르막길이 나왔다. 포장을 했다기보다는 콘크리트를 적당히 들이부은 느낌이다. 그것이 지나자 이번에는 흙길이 나왔다.

"정상이 얼마 안 남았어. 범인이 있을지도 모르니까 조심해."

무로부시가 조그만 소리로 말했다.

세키네는 고개를 끄덕거리고 걸음을 약간 늦췄다.

있을지도 모른다, 라고 했지만 무로부시는 확신하고 있었다. 사이카를 발견하면 그다음은 어떻게 해야 할까 생각해 봤지만 좋은 생각이 떠오르지 않는다.

주위를 살피면서 두 형사는 정상에 섰다. 바로 앞에 하얀 등대가 있었다. 높이가 몇 미터밖에 안 되는 조그만 등대로 주위에는 돌담이 둘러쳐져 있다. 1881년에 처음으로 점등된 이 등대가 쓰루가 시의 상징으로 채택돼 있다는 사실을 두 형사는 몰랐다.

그 등대 위에 한 남자가 서 있었다. 이 더위에 회색 트렌치코트 같은 것을 걸치고 망원경을 들여다보고 있다.

남자가 보고 있는 방향으로 무로부시도 시선을 돌렸다. 예의 헬리콥터가 깨알만 하게 보였다.

발소리를 들었는지 남자가 망원경에서 눈을 떼고 무로부시 쪽을 돌아보았다. 트렌치코트 속은 러닝셔츠 바람이다. 다부진 체격이지만 안색은 좋지 않았다. 그리고 텁수룩한 수염이 턱 전체를 덮고 있었다.

두 형사를 본 남자는 표정이 전혀 바뀌지 않은 채 다시 망원경을 눈에 댔다. 세키네가 남자에게 다가가려 하자 무로부시가 손을 내밀어 막았다.

"가까이 갈 필요 없어."

"왜요?"

"도주할 방법이 없잖아. 그보다 저 사람 짐이 신경 쓰이는군."

"짐이요?"

세키네가 남자 쪽을 보았다. 발치에 검은 가방이 놓여 있었다.

무로부시는 먼 하늘을 올려다보았다. 검은 점이 하나 더 나타나 헬리콥터 쪽으로 다가가고 있었다.

UH-60J.

빅 B의 거대한 몸체가 점점 가까워지고 있었다. 유하라는 온몸에 소름이 돋는 것을 느꼈다. 긴장과 공포 때문이 아니라, 자신들의 작품이 멋지게 비행하는 모습을 코앞에서 보고 있기 때문이었다. 그는 아주 잠깐 자신의 임무를 잊고 있었다.

"이 정도면 되겠습니까?"

가미조 대원이 인터컴을 통해 물었다. 접근 거리를 말하는 듯했다. 유하라는 고개를 힘차게 끄덕였다. 가미조가 조종석 쪽에 신호를 보내자 UH-60J가 호버링을 시작했다. 저쪽 헬리콥터와의 거리는 200미터 남짓. 오른쪽 위로 빅 B가 보인다.

가미조가 신속한 동작으로 오른쪽 문을 활짝 열어젖혔다. 쏟아져 들어온 햇살에, 사이카라는 남자가 만들었다는 조종기 표면이 빛났다.

그 조종기는 직접 만든 알루미늄 상자와 노트북 컴퓨터, 무선 송신기, 그렇게 세 부분으로 구성돼 있었다. 가미조는 무릎을 바닥에 대고 앉아 그 각각의 부분을 연결하는 코드가 빠지지 않도록 조심하면서 알루미늄 상자를 미리 약속한 대로 유하라의 무릎 위에 올려놓았다. 이제 유하라는 안전띠에 몸을 의지한 채 조종기를 조작할 수 있게 된 것이다.

준비가 끝나자 가미조가 씩 웃으며 유하라에게 뭔가 말을 했다. 소음 때문에 제대로 듣지 못한 유하라가 무슨 말이냐고 되물었다.

"세계 최대의 무선 조종기 놀이라고요."

가미조가 대답했다.

유하라는 웃으며 고개를 끄덕였다.

'신양' 발전소 제2관리동.

나카쓰카는 고테라의 전화를 받고 있었다.

"날세. 준비는 다 됐겠지? ……알았네. 전화 끊지 말고 잠깐 기다리게."

나카쓰카는 수화기를 책상 위에 내려놓고 뒤를 돌아다봤다. 이제 이곳에는 사쿠마와 소방대원 세 명이 남아 있을 뿐이다.

"준비를 마쳤다는군요. 제어실에 연락해도 되겠습니까?"

"좋습니다. 이쪽은 이미 전원이 제자리에서 대기하고 있습니다."

사쿠마의 대답을 듣고 나카쓰카는 옆에 있는 또 한 대의 전화에서 수화기를 들었다. 그리고 중앙 제어실 버튼을 눌렀다.

"제어실입니다."

니시오카 운전 과장이 전화를 받았다.

"소장일세. 준비는 다 됐나?"

"네, 언제라도 가능합니다."

662

니시오카는 스스로의 마음을 가라앉히려는 듯이 천천히 낮은 목소리로 말했다.

"그래. 그럼 전화 끊지 말고 기다리도록."

그리고 나카쓰카는 조금 전에 내려놓았던 수화기를 다시 들었다.

"고테라, 듣고 있나?"

"네, 듣고 있습니다."

"그럼 카운트다운을 시작하겠네."

"알겠습니다."

나카쓰카는 양손에 수화기를 들고 책상에 놓인 시계를 보았다. 현재 시각 2시 33분. 그는 침을 꿀꺽 삼키고 입술을 뗐다.

"10초 전."

중앙 제어실.

소방대원이 니시오카의 귀에 수화기를 갖다 붙이듯이 들고 서 있었다. 니시오카 본인은 비상 정지 스위치에 양손을 얹고 있어 수화기를 들 손이 없었기 때문이다. 비상 정지 스위치는 오작동을 막기 위해 두 개의 버튼을 동시에 누르는 방식이었다.

니시오카의 귀에 나카쓰카의 음성이 울렸다.

"5…… 4…… 3…… 2…… 1……."

니시오카의 양손 근육이 긴장으로 팽팽해졌다.

"정지!"

그는 양손으로 두 개의 버튼을 동시에 눌렀다.

비상 정지를 알리는 부저가 요란하게 비명을 질렀다. 그리고 패널 위에서 경보 램프가 번쩍거리기 시작했다. 니시오카는 그 소리와 불빛을 뒤로한 채 소방대원과 함께 출구를 향해 뛰었다.

빅 B.

기수에 붙어 있는 카메라와 해석 장치는 여전히 범인들의 계획대로 작동하고 있었다. 그 시야에는 지금도 변함없이 '신양' 발전소 전체의 모습이 들어와 있고, 그중에서도 가장 의미 있는 부분, 즉 방수구와 취수구의 해수 온도를 샘플링 하는 작업이 계속되고 있었다.

오후 2시 33분이 조금 지났을 무렵 그 데이터에 변화가 나타났다. 해석 장치가 출수구와 입수구의 온도 차를 계산한 결과, 그 수치가 순식간에 제로에 가까워진 것이다. 그 순간 해석 장치가 신호를 보냈다. 그리고 그 신호는 케이블로 전해져 자동 조종 장치의 엔진 제어 회로로 보내졌다. 그리고 컴퓨터는 엔진을 정지시켰다.

UH-60J.

원자로가 정지됐다는 정보가 즉시 네가미 기장에게 전달됐다.

유하라는 그보다 조금 전에 조종기를 조작하기 시작했다.

물론 그때는 아직 빅 B의 자동 조종이 해제되지 않았기 때문에 유하라의 행위는 빅 B에 아무런 영향을 미치지 못했다.

그의 머릿속에는 원자로가 정지될 때부터 빅 B에 추락 신호가 송신될 때까지 몇 초간은 여유가 있을 것이라는 계산이 있었다. 해수의 온도가 그토록 급격히 변하리라고는 생각하지 않았기 때문이다.

그런데 변화는 생각보다 급격히 찾아왔다. 순식간에 빅 B의 로터 회전수가 달라지는가 싶더니 다음 순간 벌써 그 거대한 기체가 급강하하기 시작한 것이다.

엔진이 정지됐다고 외칠 틈조차 없이 유하라는 재빨리, 그러나 신중하게 조종기 레버를 조작했다.

빅 B의 로터는 아직도 회전하고 있었다. 밑에서 부는 바람 덕분이다. 빅 B가 균형을 잃지 않고 오토 로테이션 상태를 유지하려면 날개가 바람과 맞부딪치는 각도를 적절하게 유지할 필요가 있었다. 그러나 유하라는 균형을 무시하기로 했다. 일단 지금은 조금이라도 헬기를 현재의 위치에서 벗어나게 하는 것이 우선이기 때문이었다. 유하라는 사이클릭 스틱에 해당하는 레버를 열심히 움직였다. 그러나 무선 조종기를 처음 다뤄보는 유하라로서는 요령도 무엇도 없이, 다만 실물을 보고 무엇이 어떻게 움직이는지 확인하면서 조작하는 수밖에 없었다.

빅 B의 기체가 점점 크게 다가왔다. 떨어지고 있는 것이다. 하지만 아래를 향해 수직으로 떨어지는 것이 아니라 비스듬히 떨어지고 있었다. 로터 면의 각도가 변한 것이다. 성공이다, 라고 유하라는 생각했다. 엔진이 정지되고 나서 불과 5초밖에 되지 않는 시간이 그에게는 한없이 길게 느껴졌다.

"이쪽으로 다가옵니다!"

가미조가 외쳤다. 아닌 게 아니라 빅 B는 그들을 향해 강하하는 것처럼 보였다.

그 직후.

엄청난 충격음이 들렸다. 그리고 다음 순간 유하라가 본 것은 지금까지와는 비교도 안 되는 속도로 낙하하는 빅 B의 모습이었다. 조금 전까지 회전하던 로터는 움직임을 멈추고, 그 중심에서 연기가 피어오르고 있었다. 균형을 잃은 기체가 기수가 아래를 향한 채 추락하고 있었다.

거대한 그림자가 태양을 가리는가 싶더니 유하라가 탄 UH-60J를 집어삼켰다. 마치 그들을 습격하기라도 하는 것처럼 빅 B는 떨어져 내렸다. 유하라는 누군가의 외침을 들었다. 그 자신도 실은 뭐라고 외치고 있었다.

그의 몸이 급격한 가속을 느꼈다. 시간의 흐름이 느껴지지 않고 아무 소리도 들리지 않았다. 빅 B의 거대한 기체가 손을 내밀면 닿을 듯한 지척의 공간을 소리 없이 통과하는 모습이 보였다. 그 광경은 슬로 모션 영상으로 그의 뇌리에 새겨졌다. 마치 거대한 배가 침몰하는 것과 흡사했다.

유하라는 출입구로 몸을 내밀어 아래를 보았다. 빅 B가 바다로 빨려 들어가는 것이 보였다. 다음 순간 하얀 포말 덩어리가 마치 폭죽이 터지는 것처럼 원을 그리며 흩어졌다. '신양' 발전소에서 불과 몇십 미터 떨어진 지점이었다.

공백의 시간이 영점 몇 초간 있었던 것 같다. 그 후 어마어마한 폭발음이 들렸다. 바다의 표면이 깨어지고 물대포가 온 사방을 향해 발사됐다. 불꽃이 춤추고, 연기와 수증기가 피어올랐다. 폭발은 한 번으로 그치지 않았다. 두 번, 세 번 반복되었다.

유하라는 몸을 떨면서 그 광경을 지켜보았다. 몸을 마음대로 움직일 수도, 소리를 낼 수도 없었다.

마침내 폭발이 멈췄다. 그러나 귀에서는 아직 잔향이 들렸다. 어느 사이엔가 리시버가 귀에서 빠져 있었다.

모든 것이 끝났을 때, 빅 B의 모습은 어디에도 없었다. 다만 해수면에 이는 하얀 거품과 수십 개의 파문이 빅 B가 그곳에 떨어졌다는 것을 표시하고 있었다. 눈을 가늘게 뜨고 자세히 보니 그 주변으로 자잘한 것들이 무수히 떠다녔다. 헬기에 있던 각종 장비와 부품의 파편일 것이다.

유하라는 여전히 몸을 움직일 수 없었다.

'신양' 발전소 제2관리동.

헬리콥터가 바닷속으로 사라진 후에도 나카쓰카는 얼빠진 모습으로 멍하니 서 있었다. 그런 그를 정신 차리게 한 것은 전화

벨 소리였다. 중앙 제어실과 직통으로 연결된 전화가 울렸다.

"나카쓰카입니다."

"아, 소장님. 저 니시오카입니다. 어떻게 됐습니까?"

"음……."

나카쓰카는 침을 꿀꺽 삼켰다.

"헬기는 바다로 떨어졌어. 이제 다 끝났어."

"그래요? 다행이네요."

숨을 내쉬는 소리가 수화기를 타고 전해졌다.

"자네는 제어실로 돌아갔나?"

"네. 격납 용기 안으로 피신했다가 별일이 없는 것 같아서 돌아왔습니다."

"그래. 플랜트에는 이상이 없고?"

"다시 한 번 꼼꼼히 확인해 보겠습니다만, 현재로서는 이상 없어 보입니다."

"알았어. 곧 지원 팀을 보내도록 하지."

"네, 감사합니다."

전화를 끊고 나카쓰카는 뒤를 돌아보았다. 사쿠마 소방대장이 가무잡잡한 얼굴로 활짝 웃고 있었다.

"고생하셨습니다."

나카쓰카가 말했다.

"네. 덕분에 잘 끝났습니다."

사쿠마는 고개를 끄덕인 뒤 부하들에게 "그럼 다들 철수하도록." 하고 지시했다.

소방대원들이 나가는 것을 지켜보고 나서 나카쓰카는 옆에 있는 의자에 털퍼덕 앉았다. 몸에서 힘을 빼는 게 아주 오래간만인 것 같은 느낌이었다.

그에게는 아직 노연 본사에 보고하는 일이 남아 있었다. 지금 쯤 쓰쓰이 이사장이 안절부절못하며 기다리고 있을 것이다.

뭐, 어때, 하고 그는 생각했다. 오늘은 점심도 못 먹었다. 1분쯤 더 쉰다고 큰 잘못은 아닐 것이다.

하이키 마을 어항.

폭발이 일단락되자 누가 먼저랄 것도 없이 박수를 치기 시작했다. '신양' 직원들은 물론, 경찰 관계자와 자위대원들의 얼굴에도 미소가 번졌다.

"아니, 그런데 대체 어떻게 된 일입니까? 공중에서 갑자기 폭발이 일어났을 때는 간담이 서늘했어요."

고테라가 야마시타를 향해 고개를 돌리고 물었다.

"오토 로테이션으로 인해 헬기의 낙하 속도가 느려지는 걸 범인이 원치 않았던 거죠. 그래서 연료가 떨어지거나 적외선 열화상 장치의 명령으로 엔진이 정지되는 시점에 로터가 부서지도록 기어 박스에 작은 폭탄을 설치한 겁니다."

"범인이 거기까지 생각해 뒀군요."

"네. 그런데 이유는 잘 모르겠지만 폭탄에 신호가 약간 늦게 전달된 것 같습니다. 그 틈에 유하라 씨가 조종기로 로터 면의 각도를 바꾸어 헬기의 낙하 위치가 빗나간 겁니다."

"맨 마지막 순간에 범인의 계산이 어긋났군요."

고테라는 다시 한 번 바다를 봤다.

UH-60J.

유하라의 의식이 서서히 제자리를 찾아갔다. 소리가 되살아나고 주변 상황도 파악할 수 있게 되었다. 덕분에 자신이 탄 구난 헬기가 강하하고 있다는 사실도 알아차렸다.

누군가 눈앞에 손수건을 들이밀었다. 올려다보니 가미조 대원이 손을 뻗고 있었다. 유하라는 손수건을 받아 이마의 땀을 닦았다.

가미조가 유하라에게 큰 소리로 물었다.

"지금 제일 하고 싶은 게 뭡니까?"

유하라는 떠오르는 대로 대답했다.

"에어컨이 들어오는 방에서 시원한 맥주를 마시고 싶군요."

"동감입니다."

가미조가 오른손을 내밀었다. 유하라가 그 손을 힘 있게 마주 쥐었다.

다테이시 곶.

헬리콥터의 추락에서 폭발까지를 무로부시는 숨죽이고 지켜보았다. 어이없다면 어이없는 일이지만, 영화 한 편을 보고 났을 때와 같은 여운이 남는 것도 사실이었다. 옆에 있는 세키네도 비슷한 기분인지, 헬기가 떨어진 바다로 시선을 둔 채 아무 말이 없었다.

그때 무로부시의 시야에서 무언가가 움직였다. 그는 그 방향으로 시선을 돌렸다.

사이카가 눈에서 뗀 망원경을 멀리 내던지고 있었다. 그리고 무로부시와 세키네는 안중에도 없다는 듯 담배를 빨기 시작했다.

"사이카 이사오, 맞나?"

무로부시가 물었다. 그러나 그 소리도 남자의 귀에는 들리지 않는 듯했다. 남자는 저 멀리 어딘가를 지그시 바라볼 뿐이었다.

세키네가 다가가려고 하자 무로부시가 그 팔을 잡았다. 사이카가 옆에 놓인 가방에서 뭔가를 꺼내기 시작했기 때문이다.

까만 권총이었다.

무로부시와 세키네는 바짝 긴장했다. 무로부시가 고함을 질렀다.

"바보 같은 짓 하지 마!"

사이카가 자신들을 쏠 것이라는 생각은 신기하게도 들지 않았다. 무로부시가 생각한 것은 남자가 자살하려는 게 아닐까 하는 것이었다. 바보 같은 짓이란 그런 뜻이었다.

사이카가 권총을 왼손에 쥐더니 성가시다는 듯이 총구를 형사들 쪽으로 향했다. 그러나 얼굴은 그들을 향하고 있지 않았다. 여전히 남자는 헬리콥터가 가라앉은 바다를 바라보고 있었다.

"말이 많군. 좀 조용히 해. 장례식이 아직 안 끝났잖아."

남자가 말했다.

그리고 그는 권총 쥔 손을 높이 들더니 공중을 향해 방아쇠를 당겼다.

미하마 마을.

미시마 고이치의 방에서 컴퓨터가 다시 작동하기 시작했다. 컴퓨터는 미시마에게서 마지막 지령을 받은 후부터 계속해서 어떤 데이터가 들어오는 것을 확인하고 있었다. 그것은 빅 B의 열화상 장치가 30초에 한 번씩 통신 장치를 통해 보내는 데이터였다.

그 데이터가 더는 들어오지 않게 되고 그 상태가 1분을 넘겼을 때 컴퓨터는 다음 단계로 진입했다.

먼저 사전에 준비된 문서가 화면에 나타났다. 그리고 그 문서는 지정된 몇 개의 장소에 팩스로 보내졌다.

문서의 내용은 다음과 같았다.

관계자 여러분

우리의 희망 사항이 받아들여지지 않아 유감이다. 그 결과 CH-5XJ가 고속 증식 원형로 '신양'에 떨어진 것을 방금 확인했다.

'신양'이 무사할 것임을 우리는 확신한다. 이번에 사용된 폭발물은 다이너마이트 열 개에 불과하기 때문이다. 원전의 각종 안전장치가 기능을 제대로 발휘해 지금쯤 원자로는 안전한 상태로 식어가는 중일 것이다.

이번 시도는 우리의 충고였다.

침묵하는 군중이 원자로라는 존재를 잊게 해서는 안 된다. 그 존재를 모르는 척하게 해서도 안 된다. 자신들 바로 가까이에 있다는 사실을 인식하고 그 의미를 생각하도록 해야 한다. 그리고 그들에게 자신의 길을 선택할 기회를 주어야 한다.

이번에 우리가 '신양'을 목표로 한 것은 이 원자로가 위기감을 주기에 알맞다고 판단했기 때문이다. 그리고 실은 한 가지 이유가 더 있다. 그것은 세계 최대의 헬리콥터를 천 몇백 미터 상공에서 추락시켰을 경우, 다른 원전은 방사능이 누출될 가능성이 있기 때문이었다.

그것은 원자로 건물의 견고함과는 무관하다.

우리가 우려한 것은 어떤 착오로 인해 헬리콥터가 사용하고 난 연료 저장고에 추락하는 것이었다. 저장고의 천장은 원자로 건물

만큼 견고하지 않다. 얇은 판 하나뿐이다. 그 밑에 플루토늄을 대량으로 함유한 사용 후 연료가 다량 보관돼 있는 것이다. 만일 그곳에 헬리콥터가 추락해 단 열 개의 다이너마이트로도 폭발이 일어난다면 어떻게 될 것인가.

플루토늄은 물과 섞이고 말 것이다. 그리고 욕조에 낀 때처럼 저장고 벽면에 달라붙을 것이다. 개중에는 말라서 미세 입자가 되어 떠다니고 사방으로 날아가는 것도 있을 것이다. 그 입자가 사람의 폐에 들어가 자리 잡고, 거기서 방사능이 계속 나올 수도 있다.

물론 확률이 낮은 얘기다. 그러나 제로는 아니다. 그리고 제로가 아닌 이상 우리로서는 그런 원전을 목표로 삼을 수는 없었다. 현재 일본의 원전은 그 어느 곳이나 사용 후 연료를 다량 보유하고 있다.

사용 후 연료가 가장 적은 곳이 바로 가동된 지 얼마 안 된 '신양'이었다. 더욱이 '신양'은 저장고가 지하에 있어 피해를 면할 가능성이 클 것으로 예측했다.

아이러니한 것은 위험하다고 여겨지는 고속 증식 원형로가 우리의 계획에서는 가장 안전하다고 판단됐다는 점이다.

이는 우리 주위에 존재하는 원자로가 하나의 얼굴만 지닌 것이 아니라는 증거다. 원자로는 다양한 얼굴을 지녔다. 인류에게 미소를 보내는가 하면 송곳니를 드러낼 수도 있다. 미소만을 요구하는 것은 인간의 오만이다.

다시 한 번 말한다. 침묵하는 군중이 원자로의 존재를 잊도록 해서는 안 된다. 항상 의식하고, 스스로의 길을 선택하도록 하라.

어린아이는 벌에 쏘이고 나서야 벌의 무서움을 안다. 이번 일이 교훈이 되기를 빈다.

다이너마이트가 항상 열 개에 그치리라는 보장은 없다.

천공의 벌

미시마는 '신양' 입구에 서서 빅 B의 최후를 보았다. 그것은 그가 쓴 시나리오와는 다른 결말이었다.

실패했다는 데 대한 무상함과 분함은 없었다. 다만 허망할 뿐이었다. 해답을 얻지 못한 데 대한 허망함이다. 그는 해답을 요구했던 것이다.

미시마가 뭐라고 중얼거렸다. 아주 작은 소리였다. 그래서 그의 뒤에서 그를 호송해 가기 위해 기다리고 있는 이마에다에게는 잘 들리지 않았다.

"뭐? 뭐라고 했지?"

경비 부장이 물었다.

"아닙니다."

미시마는 대답하고 나서 다시 바다 쪽을 보았다.

그가 중얼거린 것은 이런 말이었다.

"'신양'에 떨어졌어야 했어. 언젠가는 그걸 깨달을 날이 있겠지."

그는 꽉 쥐고 있던 주먹을 천천히 폈다.